TEORIA GERAL
DO DIREITO E DO ESTADO

TEORIA GERAL
DO DIREITO E DO ESTADO

Hans Kelsen

Tradução
Luís Carlos Borges

martins fontes

© Hans Kelsen Institute, Viena.
© 1945 The President and Fellows of Harvard College,
publicado em 1961 por Russell and Russell, Inc.
© 1990, Livraria Martins Fontes Editora Ltda.,
São Paulo, para a presente edição.
Título original: General Theory of Law and State.

Publisher	*Evandro Mendonça Martins Fontes*
Coordenação editorial	*Vanessa Faleck*
Revisão técnica	*Dr. Péricles Prade*
Produção gráfica	*Susana Leal*
Capa	*Katia Harumi Terasaka*
Preparação	*Pier Luigi Cabra*
Revisão	*Renata Sangeon*

Dados Internacionais de Catalogação na Publicação (CIP)
(Câmara Brasileira do Livro, SP, Brasil)

Kelsen, Hans, 1881-1973.
  Teoria geral do direito e do Estado / Hans Kelsen ;
tradução Luís Carlos Borges. – 5ª ed. – São Paulo :
Martins Fontes - selo Martins. – (Coleção Justiça e direito)

  Título original: General theory of law and state
  Bibliografia.
  ISBN 978-85-8063-266-8

  1. Direito – Filosofia 2. Direito internacional
3. Direito natural 4. O Estado I. Título. II. Série.

16-01827   CDU-340.12

Índices para catálogo sistemático:
1. Direito : Filosofia   340.12
2. Direito natural   340.12

Todos os direitos desta edição reservados à
Martins Editora Livraria Ltda.
Av. Dr. Arnaldo, 2076
01255-000 São Paulo SP Brasil
Tel. (11) 3116 0000
info@emartinsfontes.com.br
www.emartinsfontes.com.br

Sumário

Prefácio.. XXVII

PRIMEIRA PARTE: O DIREITO

Estática jurídica

I. O CONCEITO DE DIREITO................................. 5
   A. Direito e justiça... 5
      a. A conduta humana como objeto de regras..... 5
      b. Definição científica e definição política de Direito... 7
      c. O conceito de Direito e a ideia de justiça....... 8
         1. A justiça como um julgamento subjetivo de valor... 9
         2. Direito natural... 12
         3. O dualismo de Direito positivo e Direito natural... 17
         4. Justiça e paz.. 19
         5. Justiça e legalidade..................................... 20
   B. O critério de Direito (o Direito como uma técnica social específica)............................. 21
      a. Motivação direta e indireta............................ 21
      b. Sanções transcendentais e socialmente organizadas... 23
      c. Punição e recompensa................................... 25

d. O Direito como ordem coercitiva	26
e. Direito, moralidade, religião	28
f. A monopolização do uso da força.................	29
g. Direito e paz	31
h. Compulsão psíquica	32
i. As motivações do comportamento lícito	33
j. Argumentos contra a definição do Direito como ordem coercitiva	34
1. A teoria de Eugen Ehrlich	34
2. A série infinita de sanções.......................	40
C. Validade e eficácia....................................	42
a. A "norma"...	42
1. O Direito como comando. *i.e.*, expressão de uma vontade..	43
2. A "vontade" das partes em uma transação jurídica	45
3. A "vontade" do legislador	46
4. O Direito consuetudinário como comando	48
5. O "dever ser"...	49
b. Normas individuais e gerais	52
c. Normas condicionais e incondicionais..........	54
d. Norma e ato	54
e. A eficácia como conformidade da conduta à norma	55
f. A conduta "oposta" à norma........................	56
g. A eficácia como condição de validade	58
h. A esfera de validade das normas.................	59
i. Leis retroativas e *ignorantia juris*	61
D. A norma jurídica..	62
a. Norma jurídica e regra de Direito num sentido descritivo	62
b. Regra de Direito e lei da natureza	64
c. A norma jurídica como padrão de avaliação..	66
II. A SANÇÃO	71
III. O DELITO	73

    A. *Mala in se* e *mala prohibita* 73
    B. O delito como condição da sanção 75
    C. O delito como conduta do indivíduo contra o qual é dirigida a sanção 76
    D. Identificação do delinquente com os membros de seu grupo 80
    E. Delito de pessoas jurídicas 81

IV. O DEVER JURÍDICO 83
    A. Dever e norma 83
    B. Dever e "dever ser" 84
    C. Norma secundária 86
    D. Obedecer e aplicar a norma jurídica 87
    E. A distinção de Austin entre deveres primários e secundários 88

V. A RESPONSABILIDADE JURÍDICA 93
    A. Culpabilidade e responsabilidade absoluta ... 93
    B. Dever e responsabilidade – responsabilidade individual e coletiva 97
    C. O conceito de dever de Austin 101
        a. Nenhuma distinção entre dever (obrigação) e responsabilidade 101
        b. O dever jurídico não é um vínculo psicológico ... 102
        c. O dever como temor da sanção 103
        d. O conceito psicológico de dever e a jurisprudência analítica 105

VI. O DIREITO JURÍDICO 107
    A. Direito e dever 107
    B. Permissão 110
    C. O direito jurídico em um sentido restrito 110
        a. Um direito é mais do que o correlativo de um dever 110

      b. Direito objetivo e direito subjetivo 111
      c. O direito como vontade reconhecida ou interesse protegido 113
      d. O direito como possibilidade jurídica de colocar a sanção em funcionamento 116
      e. Direito subjetivo e representação 119
    D. O direito subjetivo como técnica jurídica específica 120
    E. Direitos absolutos e relativos 122
    F. O direito subjetivo como participação na criação do direito objetivo 124
    G. Direitos civis e políticos 125

VII. COMPETÊNCIA (CAPACIDADE JURÍDICA) ... 129

VIII. IMPUTAÇÃO (IMPUTABILIDADE) 133

IX. A PESSOA 135
    A. Substância e qualidade 135
    B. A pessoa física 136
      a. Pessoa física e ser humano 136
      b. Pessoa física: uma pessoa jurídica 138
    C. A pessoa jurídica 139
      a. A corporação 140
      b. Deveres e direitos de uma pessoa jurídica como deveres e direitos de homens 141
      c. Os regulamentos da corporação (ordem e comunidade) 142
      d. O órgão da comunidade 143
      e. A imputação à ordem 144
      f. A pessoa jurídica como ordem personificada 144
      g. Atribuição de obrigações e de poderes às pessoas jurídicas 145
      h. O conceito de pessoa jurídica como conceito auxiliar 145

i. Deveres e direitos de uma pessoa jurídica: deveres e direitos coletivos de homens 147
j. O delito civil de uma pessoa jurídica 149
k. O delito criminal de uma pessoa jurídica 150
l. Pessoa jurídica e representação 154
m. A pessoa jurídica como ser (organismo) real 155
n. A corporação como "corpo de homens" 156

Dinâmica jurídica

X. A ORDEM JURÍDICA 161
   A. **A unidade de uma ordem normativa** 161
      a. O fundamento de validade: a norma fundamental 161
      b. O sistema estático de normas 163
      c. O sistema dinâmico de normas 165
   B. **O direito como um sistema dinâmico de normas** 165
      a. A positividade do Direito 165
      b. Direito consuetudinário e Direito estatutário. 167
   C. **A norma fundamental de uma ordem jurídica** 168
      a. A norma fundamental e a constituição 168
      b. A função específica da norma fundamental .. 169
      c. O princípio de legitimidade 171
      d. Mudança da norma fundamental 173
      e. O princípio de eficácia 173
      f. Dessuetude 174
      g. O "dever ser" e o "ser" 175
      h. Direito objetivo e poder (direito e força) 176
      i. O princípio de eficácia como norma jurídica positiva (Direito internacional e Direito nacional) 177
      j. Validade e eficácia 178
   D. **O conceito estático e o conceito dinâmico de Direito** 178

XI. A HIERARQUIA DAS NORMAS 181
A. A norma superior e a norma inferior 181
B. Os diferentes estágios da ordem jurídica 182
   a. A constituição 182
      1. A constituição num sentido material e num sentido formal; a determinação da criação das normas gerais 182
      2. Determinação do conteúdo de normas gerais pela constituição 183
      3. O costume como determinado pela constituição 184
   b. Normas gerais decretadas com base na constituição; estatutos, Direito consuetudinário ... 187
   c. Direito substantivo e Direito adjetivo 188
   d. Determinação dos órgãos aplicadores de Direito pelas normas gerais 189
   e. Regulamentos 190
   f. As "fontes" de Direito 191
   g. Criação de Direito e aplicação de Direito 193
      1. Diferença meramente relativa entre função criadora de Direito e função aplicadora de Direito 193
      2. Determinação da função criadora de Direito 194
   h. Normas individuais criadas com base em normas gerais 195
      1. O ato judicial como criação de uma norma individual 195
      2. O ato judicial como um estágio do processo criador de Direito 196
      3. A averiguação dos fatos condicionantes.... 197
C. A transação jurídica (ato jurídico) 199
   a. A transação jurídica como ato criador e aplicador de Direito 199
      1. Autonomia privada 199
      2. A norma secundária como produto de uma transação jurídica 200
      3. Reparação 201

4. Transação jurídica e delito 203
b. O contrato 204
   1. A vontade e a sua expressão 204
   2. Oferta e aceitação 205
   3. A norma criada pelo contrato 205
   4. Transações jurídicas unilaterais e bilaterais ... 206
D. **Natureza do Direito constitucional** 207
E. **Relação entre o ato judicial e a norma preexistente aplicada pelo ato judicial** 209
   a. Determinação do ato judicial apenas pelo Direito adjetivo 209
   b. Determinação do ato judicial pelo Direito substantivo 210
   c. Arbítrio do tribunal (o juiz como legislador) . 210
F. **Lacunas do Direito** 212
   a. A ideia de "lacunas": uma ficção 212
   b. O propósito da ficção das lacunas 214
G. **Normas gerais criadas por atos judiciais** 216
   a. Precedentes 216
   b. "Todo o Direito é Direito criado por juiz" 217
      1. A doutrina de J. C. Gray 217
      2. Nenhuma decisão judicial sem Direito preexistente 218
      3. Apenas o Direito pode ser "fonte" de Direito 220
H. **Conflitos entre normas de diferentes estágios** 222
   a. Concordância ou discordância entre a decisão judicial e a norma geral a ser aplicada pela decisão 222
   b. Concordância ou discordância entre estatuto e constituição (O estatuto inconstitucional)... 224
   c. Garantias da constituição 226
      1. Revogação do estatuto "inconstitucional". 226
      2. Responsabilidade pessoal do órgão 227
   d. *Res judicata* (Força de Direito) 228
   e. Nulidade e anulabilidade 230

f. Nenhuma contradição entre uma norma inferior e uma superior 232

XII. JURISPRUDÊNCIA NORMATIVA E SOCIOLÓGICA 235
A. A jurisprudência sociológica não é a única ciência do Direito 235
B. A jurisprudência normativa como ciência empírica e descritiva do Direito 236
C. A previsão da função jurídica 239
   a. A distinção de T. H. Huxley entre a "Lei dos homens" e a lei da natureza 239
   b. O conceito de jurisprudência como profecia de O. W. Holmes e B. N. Cardozo 241
D. O significado específico de um enunciado jurídico 242
E. Nenhuma previsão da função legislativa 243
F. O Direito não é um sistema de doutrinas (teoremas) 244
G. A diferença entre os enunciados de uma jurisprudência normativa e de uma jurisprudência sociológica 245
H. Elementos sociológicos na jurisprudência analítica de Austin 247
I. Previsibilidade da função jurídica e eficácia da ordem jurídica 249
J. Irrelevância das circunstâncias individuais .. 251
K. A sociologia do Direito e a sociologia da justiça 252
L. A jurisprudência sociológica pressupõe o conceito normativo de direito 253
   a. Diferença entre o ato jurídico e o ato antijurídico 253
   b. A definição de Max Weber de sociologia do Direito 253
   c. Autoridade jurídica e *de facto* 254

M. O objeto da sociologia do direito: a conduta
determinada pela ordem jurídica 257

SEGUNDA PARTE: O ESTADO

I. O DIREITO E O ESTADO 261
  A. **O Estado como uma entidade real (sociológica) ou jurídica** 261
    a. O Estado como personificação da ordem jurídica nacional 261
    b. O Estado como ordem e como comunidade constituída pela ordem 262
    c. O Estado como unidade sociológica 264
      1. A unidade (corpo) social constituída por interação 264
      2. A unidade (corpo) social constituída por vontade ou interesse comum 266
      3. O Estado como organismo 267
      4. O Estado como dominação 268
    d. O conceito jurídico de Estado e a sociologia do Estado 271
      1. A conduta humana orientada para a ordem jurídica 271
      2. O caráter normativo do Estado 272
    e. O Estado como sociedade "politicamente" organizada (O Estado como poder) 273
    f. O problema do Estado como um problema de imputação 275
  B. **Os órgãos do Estado** 277
    a. O conceito de órgão do Estado 277
    b. O conceito formal e o material de Estado 278
    c. A criação do órgão do Estado 280
    d. O órgão simples e o composto 281
    e. Procedimento 283
  C. **O Estado como sujeito de deveres e direitos** .. 283
    a. A auto-obrigação do Estado 283

    b. Os deveres do Estado (O delito do Estado).... 286
    c. Os direitos do Estado................................ 288
    d. Direitos contra o Estado 289
D. Direito privado e público............................... 289
    a. A teoria tradicional: o Estado e as pessoas privadas 289
    b. O Estado como sujeito do Direito privado..... 291
    c. Superioridade e inferioridade...................... 292
    d. Autonomia e heteronomia (Direito privado e administrativo)... 294
    e. Direito de família. Direito internacional........ 295
    f. Interesse público ou privado (Direito privado e criminal)... 296

II. OS ELEMENTOS DO ESTADO.......................... 299
  A. O território do Estado................................. 299
    a. O território do Estado como a esfera territorial de validade da ordem jurídica nacional ... 299
    b. A limitação da esfera territorial de validade da ordem jurídica nacional pela ordem jurídica internacional.. 300
    c. O território do Estado em um sentido mais restrito e em um sentido mais amplo............ 304
    d. A "impenetrabilidade" do Estado................. 306
    e. As fronteiras do território de Estado (Mudanças no *status* territorial) 307
    f. O território do Estado como espaço tridimensional 312
    g. A relação entre o Estado e o seu território 313
  B. O tempo como um elemento do Estado.......... 314
    a. A esfera temporal de validade da ordem jurídica nacional... 314
    b. Nascimento e morte do Estado 315
        1. A limitação da esfera temporal de validade da ordem jurídica nacional pela ordem jurídica internacional 315
        2. A identidade do Estado......................... 316

3. O nascimento e a morte do Estado como problemas jurídicos 317
c. O reconhecimento 318
   1. O reconhecimento de uma comunidade como Estado 318
   2. Reconhecimento *de jure* e *de facto* 324
   3. Reconhecimento com força retroativa 325
   4. Reconhecimento por meio de ingresso na Liga das Nações 326
   5. Reconhecimento de governos 327
   6. Reconhecimento de insurgentes como poder beligerante 329
d. A sucessão de Estados 330
e. Servidões de Estado 332

C. O povo do Estado 334
  a. O povo do Estado como a esfera pessoal de validade da ordem jurídica nacional 334
  b. A limitação da esfera pessoal de validade da ordem jurídica nacional pelo Direito internacional 335
  c. Extraterritorialidade; proteção de estrangeiros 335
  d. Cidadania (Nacionalidade) 336
    1. Serviço militar 336
    2. Fidelidade 337
    3. Direitos políticos 337
    4. Expulsão 339
    5. Extradição 339
    6. Proteção de cidadãos 340
    7. Jurisdição sobre cidadãos no exterior 341
    8. Aquisição e perda de cidadania 342
    9. Nacionalidade de pessoas jurídicas 343
    10. A cidadania é uma instituição necessária? 345

D. A competência do Estado como a esfera material de validade da ordem jurídica nacional 346

E. Conflito de leis 347

F. Os chamados direitos e deveres fundamentais dos Estados 355

    a. A doutrina do Direito natural aplicada às relações entre Estados.................................. 355
    b. A igualdade dos Estados............................. 361
G. O poder do Estado.. 364
    a. O poder do Estado como a validade e a eficácia da ordem jurídica nacional................. 364
    b. Os poderes ou funções do Estado: legislação e execução....................................... 365
    c. O poder legislativo....................................... 366
    d. O poder executivo e o judiciário.................. 368
    e. Constituição... 369
        1. O conceito político de constituição.......... 369
        2. Constituições rígidas e flexíveis............... 370
        3. O conteúdo da constituição..................... 372
            α. O preâmbulo....................................... 372
            β. A determinação do conteúdo de estatutos futuros.. 373
            γ. Determinação da função administrativa e da judiciária... 374
            δ. A lei "inconstitucional"..................... 374
            ϵ. Proibições constitucionais.................... 375
            ζ. Carta de direitos................................. 379
            η. Garantias da constituição.................... 380

III. A SEPARAÇÃO DE PODERES................................. 385
    A. O conceito de "separação de poderes"........... 385
    B. A separação do poder legislativo do executivo 386
        a. Prioridade do chamado órgão legislativo....... 386
        b. Função legislativa do chefe do departamento executivo.. 387
        c. Função legislativa do judiciário..................... 389
    C. Não separação, mas distribuição de poderes 390
    D. Separação do poder judiciário do poder executivo (administrativo)................................... 390
        a. Natureza da função judiciária....................... 390
        b. Função judiciária dos órgãos do poder executivo (administração).................................... 391

c. Independência de juízes... 393
d. A função administrativa específica: o ato administrativo.. 394
e. Administração sob controle do judiciário...... 395
f. Ligação íntima entre a função administrativa e a judiciária.. 396
g. Processo administrativo...................................... 397

E. **Atos coercitivos dos órgãos administrativos**.. 398
F. **Administração direta e indireta**...................... 399
G. **Controle jurídico da administração pelos tribunais ordinários ou administrativos**............ 400
H. **Controle da legislação por tribunais**............. 401
I. **O papel histórico da "separação de poderes"** 402
J. **Separação de poderes e democracia**............... 403

IV. FORMAS DE GOVERNO: DEMOCRACIA E AUTOCRACIA... 405

A. **Classificação das constituições**....................... 405
   a. Monarquia e república...................................... 405
   b. Democracia e autocracia.................................. 406

B. **Democracia**... 407
   a. A ideia de liberdade... 407
      1. A metamorfose da ideia de liberdade........ 407
      2. O princípio de autodeterminação............... 408
   b. O princípio de maioria...................................... 408
      1. Autodeterminação e anarquia..................... 408
      2. A restrição necessária da liberdade pelo princípio de maioria..................................... 409
      3. A ideia de igualdade...................................... 410
   c. O direito da minoria... 411
   d. Democracia e liberalismo................................ 411
   e. Democracia e compromisso 412
   f. Democracia direta e indireta (representativa) 412
   g. A ficção da representação 413
   h. Os sistemas eleitorais.. 418

1. O corpo eleitoral 418
2. O direito de sufrágio 419
3. Representação majoritária e proporcional . 420
   α. O partido político 421
   β. Eleitorado e corpo representativo 422
   γ. A ideia de representação proporcional ... 422
   i. Representação funcional 425
   j. Democracia da legislação 425
      1. Sistema unicameral e bicameral 426
      2. Iniciativa popular e plebiscito 426
   k. Democracia de execução 427
      1. Democracia e legalidade de execução 427

C. **Autocracia** 428
   a. A monarquia absoluta 428
   b. A monarquia constitucional 429
   c. A república presidencial e a república com governo de gabinete 429
   d. A ditadura de partido 430
      1. O Estado unipartidário (bolchevismo e fascismo) 430
      2. Supressão completa de liberdade individual . 431
      3. Irrelevância de instituições constitucionais . 431
      4. O Estado totalitário 432

V. FORMAS DE ORGANIZAÇÃO: CENTRALIZAÇÃO E DESCENTRALIZAÇÃO 433

   A. **Centralização e descentralização como conceitos jurídicos** 433

   B. **O conceito estático de centralização e descentralização** 434
      a. O conceito jurídico de divisão territorial 434
      b. Princípios de organização baseados em *status* territorial ou pessoal 435
      c. Centralização e descentralização totais e parciais 436
      d. Critérios dos graus de centralização e descentralização 437

- e. Método de restrição da esfera territorial de validade 438
- **C. O conceito dinâmico de centralização e descentralização** 440
  - a. Criação de normas centralizada e descentralizada 440
  - b. Forma de governo e forma de organização 443
  - c. Democracia e descentralização 444
  - d. Centralização e descentralização perfeitas e imperfeitas 446
  - e. Descentralização administrativa 447
  - f. Descentralização por autonomia local 448
  - g. Descentralização por províncias autônomas .. 450
- **D. Estado federal e confederação de Estados** 451
  - a. Centralização de legislação 451
    - 1. Estado federal 451
    - 2. Confederação de Estados 454
  - b. Centralização de execução 456
    - 1. Estado federal 456
    - 2. Confederação de Estados 456
  - c. Distribuição de competência num Estado federal e numa confederação de Estados 457
  - d. Cidadania 458
  - e. Obrigação e autorização diretas e indiretas ... 458
  - f. Internacionalização e centralização 460
  - g. Transformação de um Estado unitário num Estado federal ou numa confederação de Estados 461
- **E. A comunidade jurídica internacional** 462
  - a. Nenhuma fronteira absoluta entre o Direito nacional e o Direito internacional 462
  - b. O Direito nacional como ordem jurídica relativamente centralizada 463
  - c. A descentralização do Direito internacional .. 464
    - 1. Descentralização estática 464
    - 2. Descentralização dinâmica 465

3. Centralização relativa pelo Direito internacional particular 466

VI. DIREITO NACIONAL E INTERNACIONAL 467
  A. O caráter jurídico do Direito internacional... 467
    a. Delito e sanção do Direito internacional 467
    b. Represálias e guerra 470
    c. As duas interpretações da guerra 471
    d. A doutrina de *bellum justum* 472
      1. Opinião pública internacional 472
      2. A ideia de *bellum justum* no Direito internacional positivo 474
      3. A ideia de *bellum justum* na sociedade primitiva 476
      4. A teoria de *bellum justum* na Antiguidade, na Idade Média e nos tempos modernos 477
    e. Argumentos contra a teoria de *bellum justum* 478
    f. A ordem jurídica primitiva 481
    g. O Direito internacional como Direito primitivo 483

  B. Direito internacional e Estado 486
    a. Os sujeitos do Direito internacional: obrigação e autorização indireta de indivíduos pelo Direito internacional 486
    b. As normas do Direito internacional são normas incompletas 488
    c. Obrigação e autorização direta de indivíduos pelo Direito internacional 489
      1. Indivíduos como sujeitos diretos de deveres internacionais 489
      2. Indivíduos como sujeitos diretos de direitos internacionais 494
    d. O Direito nacional "delegado" pelo Direito internacional... 495
    e. A função essencial do Direito internacional .. 496
    f. A determinação da esfera de validade da ordem jurídica nacional pela ordem jurídica internacional... 498

g. O Estado como órgão da ordem jurídica internacional (A criação do Direito internacional) . 499
h. A responsabilidade internacional do Estado.. 504
  1. Responsabilidade coletiva do Estado e responsabilidade individual dos indivíduos na condição de sujeitos do Direito internacional.................. 504
  2. Dever de reparação................ 507
  3. A chamada responsabilidade "indireta" ou "substituta".................. 509
  4. Responsabilidade absoluta do Estado........ 513
C. A unidade do Direito nacional e do Direito internacional (monismo e pluralismo)........... 515
  a. A teoria monista e a teoria pluralista.............. 515
  b. A matéria do Direito nacional e do Direito internacional.................. 517
  c. A "fonte" do Direito nacional e do Direito internacional.................. 519
  d. O fundamento de validade do Direito nacional e do Direito internacional........ 521
    1. O fundamento de validade da ordem jurídica nacional determinado pelo Direito internacional.................. 521
    2. Revolução e *coup d'état* como fatos criadores de Direito segundo o Direito internacional.................. 523
    3. A norma fundamental do Direito internacional.................. 524
    4. A visão histórica e a lógica jurídica........... 526
  e. Conflitos entre Direito nacional e Direito internacional.................. 527
  f. A unidade do Direito nacional e do Direito internacional como um postulado da teoria jurídica........ 530
    1. A relação possível entre dois sistemas de normas.................. 530
    2. A relação entre Direito positivo e moralidade.................. 531

3. Choque de deveres 533
4. Normatividade e efetividade 534
g. Primazia do Direito nacional ou primazia do Direito internacional 535
   1. Personalidade nacional e internacional do Estado 535
   2. Transformação do Direito internacional em Direito nacional 537
   3. Apenas uma ordem jurídica nacional como sistema de normas válidas 539
   4. O reconhecimento do Direito internacional ... 541
   5. A primazia do Direito nacional 542
h. Soberania 544
   1. A soberania como qualidade de uma ordem normativa 544
   2. A soberania como qualidade exclusiva de uma única ordem 547
i. A significação filosófica e jurídica das duas hipóteses monistas 549
   1. Subjetivismo e objetivismo 549
   2. Usos indevidos das duas hipóteses 550
   3. A escolha entre as duas hipóteses 551

Apêndice

A DOUTRINA DO DIREITO NATURAL E O POSITIVISMO JURÍDICO

I. A IDEIA DE DIREITO NATURAL E A ESSÊNCIA DO DIREITO POSITIVO 557

  A. A teoria social e o problema da justiça 557

  B. O princípio de validade no Direito natural e no Direito positivo; o fator da coerção; Direito e Estado 558

  C. O "dever ser": validade absoluta e relativa ... 560

D. A norma fundamental do Direito positivo 563
E. A imutabilidade do Direito natural 565
F. A limitação da ideia de Direito natural 566

II. O DIREITO NATURAL E O DIREITO POSITIVO COMO SISTEMAS DE NORMAS 569
   A. A unidade dos dois sistemas de normas 569
   B. O princípio estático do Direito natural e o princípio dinâmico do Direito positivo 570
   C. A limitação do positivismo 572
   D. O Direito positivo como uma ordem significativa 573
   E. O significado subjetivo e objetivo do material jurídico 577
   F. A importância metodológica da norma fundamental no Direito positivo 579

III. A RELAÇÃO DO DIREITO NATURAL COM O DIREITO POSITIVO. A SIGNIFICAÇÃO POLÍTICA DA TEORIA DO DIREITO NATURAL 581
   A. A validade exclusiva de um sistema de normas: o princípio lógico de contradição na esfera da validade normativa 581
   B. A norma como um "dever ser" e como um fato psicológico: choque de deveres e contradição de normas 583
   C. Direito e moral: o postulado da unidade de sistemas 584
   D. A impossibilidade da coexistência do Direito positivo e do Direito natural 586
   E. A impossibilidade de uma relação de delegação entre o Direito natural e o Direito positivo 587

F. O Direito positivo como mero fato na sua relação com o Direito natural como norma 589
G. A relação do Direito natural com o Direito positivo na doutrina histórica do Direito natural 591
H. O Direito natural como justificativa do Direito positivo 593
I. O caráter supostamente revolucionário da doutrina do Direito natural 595

IV. OS FUNDAMENTOS EPISTEMOLÓGICOS (METAFÍSICOS) E PSICOLÓGICOS 599
   A. O dualismo metafísico 599
      a. A duplicação do objeto de cognição na esfera da realidade natural; a teoria da imagem 599
      b. A duplicação do objeto de cognição no domínio dos valores 601
      c. A teoria da natureza e do Direito entre os primitivos 603
      d. O dualismo metafísico-religioso 605
      e. Dualismo pessimista: tipo de personalidade e atitude metafísica 607
      f. Dualismo pessimista: a sua teoria social; a posição revolucionária 608
      g. Dualismo otimista: tipo de personalidade e atitude metafísica 610
      h. Dualismo otimista; a sua filosofia política e jurídica; conservadorismo 612
      i. O tipo conciliador do dualismo metafísico 614
      j. O tipo conciliador: personalidade e metafísica 615
      k. O tipo conciliador: a sua atitude jurídico-política. Conciliação e posição evolucionária 618
   B. A filosofia científico-crítica 619
      a. O fim do dualismo metafísico 619
      b. A epistemologia da perspectiva científica; o seu fundamento psicológico 620

c. O positivismo jurídico; Direito e poder 622
d. A doutrina jusnaturalista lógico-transcendental. A indiferença política do positivismo jurídico 625
e. O ideal de justiça torna-se um padrão lógico . 627
f. O método do tipo ideal 631
g. A concretização dos tipos ideais na história intelectual 633
h. O idealismo crítico de Kant e o positivismo jurídico 635

Prefácio

A intenção do presente livro é antes reformular que meramente republicar pensamentos e ideias previamente expressos em alemão e francês[1]. O objetivo foi duplo: em primeiro lugar, apresentar os elementos essenciais daquilo que o autor veio a chamar "teoria pura do Direito" de modo a aproximá-la dos leitores que cresceram em meio às tradições e à atmosfera do Direito consuetudinário; em segundo lugar, dar a essa teoria uma formulação tal que a capacitasse a abranger os problemas e as instituições do Direito inglês e americano, além daqueles dos países que adotam o Direito civil, para os quais ela foi originalmente formulada. Espera-se que tal reformulação tenha resultado em progresso.

A teoria que será exposta na primeira parte deste livro é uma teoria geral do Direito positivo. O Direito positivo é sempre o Direito de uma comunidade definida: o Direito dos Estados Unidos, o Direito da França, o Direito mexicano, o Direito internacional. Conseguir uma exposição científica dessas ordens jurídicas parciais que constituem as comunidades jurídicas correspondentes é o intuito da teoria geral do Direito aqui exposta. Esta teoria, resultado de uma análise comparativa das diversas ordens jurídicas positivas, fornece os conceitos fundamentais por meio dos quais o Direito positivo de uma comunidade jurídica definida pode ser descrito. São tema de uma teo-

---

1. *Allgemeine Staatslehre* (1925); *Théorie Générale du Droit International Public* (1928); *Reine Rechtslehre* (1934). Quanto a outras publicações, ver a lista de publicações no fim deste livro.

ria geral do Direito as normas jurídicas, os seus elementos, a sua inter-relação, a ordem jurídica como um todo, a relação entre as diferentes ordens jurídicas e, finalmente, a unidade do Direito na pluralidade das ordens jurídicas positivas. Como o objetivo desta teoria geral do Direito é capacitar o jurista interessado numa ordem jurídica particular, o advogado, o juiz, o legislador ou o professor de Direito a compreender e a descrever de modo tão exato quanto possível o seu próprio Direito, tal teoria tem de extrair os seus conceitos exclusivamente do conteúdo de normas jurídicas positivas. Ela não deve ser influenciada pelas motivações de autoridades legisladoras ou pelos desejos e interesses de indivíduos no tocante à formação do Direito ao qual eles estão sujeitos, exceto na medida em que essas motivações e intenções, esses desejos e interesses, sejam revelados no material produzido pelo processo legislativo. O que não pode ser encontrado no conteúdo de normas jurídicas positivas não pode fazer parte de um conceito jurídico. A teoria geral, tal como é apresentada neste livro, está voltada antes para uma análise estrutural do Direito positivo que para uma explicação psicológica ou econômica das suas condições ou uma avaliação moral ou política dos seus fins.

Quando esta doutrina é chamada "teoria pura do Direito", pretende-se dizer com isso que ela está sendo conservada livre de elementos estranhos ao método específico de uma ciência cujo único propósito é a cognição do Direito, e não a sua formação[2]. Uma ciência que precisa descrever o seu objeto tal como ele efetivamente é, e não prescrever como ele deveria ser do ponto de vista de alguns julgamentos de valor específicos. Este último é um problema da política, e, como tal, diz respeito à arte do governo, uma atividade voltada para valores, não um objeto da ciência, voltada para a realidade.

Contudo, a realidade para a qual está voltada a ciência do Direito não é a realidade da natureza, que constitui o objeto de

---

2. Cf. minha dissertação "The Function of the Pure Theory of Law" em 2 *Law: A Century of Progress, 1835-1935; Contributions in Celebration of the 100th Anniversary of the Founding of the School of Law of the New York University* (1937), 231-41.

uma ciência natural. Se é necessário separar a ciência do Direito da política, não é menos necessário separá-la da ciência natural. Uma das tarefas mais importantes de uma teoria geral do Direito é determinar a realidade específica do seu objeto e demonstrar a diferença que existe entre a realidade jurídica e a realidade natural. A realidade específica do Direito não se manifesta na conduta efetiva dos indivíduos sujeitos à ordem jurídica. Esta conduta pode ou não estar em conformidade com a ordem cuja existência é a realidade em questão. A ordem jurídica determina o que a conduta dos homens deve ser. É um sistema de normas, uma ordem normativa. A conduta dos indivíduos, tal como ela é efetivamente, é determinada por leis da natureza de acordo com o princípio de causalidade. Isto é a realidade natural. E na medida em que a sociologia lida com a sua realidade tal como determinada por leis causais, a sociologia é um ramo da ciência natural. A realidade jurídica, a existência específica do Direito, manifesta-se num fenômeno designado geralmente como positividade do Direito. O objeto específico de uma ciência jurídica é o Direito positivo ou real, em contraposição a um Direito ideal, o objetivo da política. Exatamente como a conduta efetiva dos indivíduos pode ou não corresponder às normas do Direito positivo que regula esta conduta, o Direito positivo pode ou não corresponder a um Direito ideal, apresentado como justiça ou Direito "natural". É na sua relação com o Direito ideal, chamado justiça ou Direito "natural", que surge a realidade do Direito positivo. A sua existência é independente da sua conformidade ou não conformidade com a justiça ou o Direito "natural".

A teoria pura do Direito considera o seu objeto não como uma cópia mais ou menos imperfeita de uma ideia transcendental. Ela não tenta compreender o Direito como um produto da justiça, como o filho humano de um progenitor divino. A teoria pura do Direito insiste numa distinção clara entre o Direito empírico e a justiça transcendental, excluindo esta de seus interesses específicos. Ela vê o Direito não como a manifestação de uma autoridade supra-humana, mas como uma técnica social específica baseada na experiência humana; a teoria pura recusa-se a ser uma metafísica do Direito. Consequentemente, ela procura a base do Direito – isto é, o fundamento da sua validade – não num princípio metajurídico, mas numa hipótese jurídica – isto é, uma norma fundamental – a ser estabelecida por meio de uma análise lógica do pensamento jurídico efetivo.

Boa parte da jurisprudência tradicional é caracterizada por uma tendência para confundir a teoria do Direito positivo com ideologias políticas disfarçadas ou de especulação metafísica sobre a justiça ou de doutrina jusnaturalista. Ela confunde a questão da essência do Direito – isto é, a questão do que o Direito realmente é – com a questão do que ele deveria ser. Ela tende mais ou menos a identificar Direito e justiça. Por outro lado, algumas teorias de jurisprudência mostram uma tendência para ignorar a fronteira que separa a teoria das normas jurídicas que regulam a conduta humana de uma ciência que explica em termos causais a conduta humana efetiva, uma tendência que resulta do fato de se confundir a questão de como os homens devem se conduzir juridicamente com a questão de como os homens se conduzem de fato e de como provavelmente se conduzirão no futuro. Esta última questão pode ser respondida, se é que o pode, apenas com base numa sociologia geral. Fundir-se a esta ciência parece ser a ambição da jurisprudência moderna. Apenas separando a teoria do Direito de uma filosofia da justiça, assim como da sociologia, é possível estabelecer uma ciência específica do Direito.

A orientação da teoria pura do Direito é, em princípio, a mesma da chamada jurisprudência analítica. Como John Austin, no seu famoso *Lectures on Jurisprudence*, a teoria pura do Direito procura obter os seus resultados exclusivamente por meio de uma análise do Direito positivo. Toda asserção exposta por uma ciência do Direito deve estar fundamentada numa ordem jurídica positiva ou numa comparação dos conteúdos de várias ordens jurídicas. É confinando a jurisprudência a uma análise do Direito positivo que se separa a ciência jurídica da filosofia da justiça e da sociologia do Direito e se obtém a pureza do seu método. Neste aspecto, não existe nenhuma diferença essencial entre a jurisprudência analítica e a teoria pura do Direito. No que elas divergem, elas o fazem porque a teoria pura do Direito tenta conduzir o método da jurisprudência analítica de modo mais coerente que Austin e seus seguidores. Isto é verdadeiro especialmente no que diz respeito a conceitos fundamentais[3], como o de norma jurídica, por um lado, e os de direito jurídico e dever jurídico, por outro, apresentados na jurisprudência francesa e alemã como um contraste entre Direito num sentido objetivo e Direito num sentido subjetivo; e, por último, mas não menos importante, no que diz respeito à relação entre Direito e Estado.

Austin compartilha a opinião tradicional, segundo a qual o Direito e o Estado são duas entidades diferentes, embora não vá tão longe quanto a maioria dos teóricos jurídicos, que apresentam o Estado como o criador do Direito, como o poder e autoridade moral por trás do Direito, como o deus do mundo do Direito. A teoria pura do Direito mostra o verdadeiro sentido destas expressões figuradas. Ela mostra que o Estado como ordem social deve ser necessariamente idêntico ao Direito ou, pelo menos, com uma ordem jurídica específica, relativamente centralizada, isto é, a ordem jurídica nacional em contraposição com a ordem jurídica internacional, altamente descentralizada. Justamente como a teoria pura do Direito elimina o dualismo de Direito e justiça e o dualismo de Direito objetivo e subjetivo, ela abole o dualismo de Direito e Estado. Ao fazê-lo, ela estabelece uma teoria do Estado como uma parte intrínseca da teoria do Direito e postula a unidade do Direito nacional e do internacional dentro de um sistema que compreende todas as ordens jurídicas positivas.

A teoria pura do Direito é uma teoria monista. Ela demonstra que o Estado imaginado como ser pessoal é, na melhor das hipóteses, nada mais que a personificação da ordem jurídica, e, mais frequentemente, uma mera hipostatização de certos postulados político-morais. Ao abolir este dualismo através da dissolução da hipostatização habitualmente ligada ao ambíguo

---

3. Cf. meu artigo. "The Pure Theory of Law and the Analytical Jurisprudence" (1941), 55 *Harv. L. Rev.*, 44-70.

termo "Estado", a teoria pura do Direito revela as ideologias políticas dentro da jurisprudência tradicional.

É precisamente por seu caráter anti-ideológico que a teoria pura do Direito prova ser uma verdadeira ciência do Direito. A ciência como cognição tem sempre a tendência imanente de revelar o seu objeto. Mas a ideologia política encobre a realidade, seja transfigurando-a a fim de conservá-la ou defendê-la, seja desfigurando-a a fim de atacá-la, destruí-la ou substituí-la por outra realidade. Toda ideologia política tem a sua raiz na volição, não na cognição, no elemento emocional da nossa consciência, não no racional; ela se origina de certos interesses, ou, antes, de outros interesses que não o da verdade. Este comentário, é claro, não implica qualquer asserção no tocante ao valor dos outros interesses. Não há nenhuma possibilidade de decidir racionalmente entre valores opostos. É precisamente desta situação que emerge um trágico conflito: o conflito entre o princípio fundamental da ciência, a Verdade, e o ideal supremo da política, a Justiça.

A autoridade política que cria o Direito e, portanto, que deseja conservá-lo pode ter dúvidas em saber se uma cognição puramente científica dos seus produtos, livre de qualquer ideologia política, é desejável. De modo semelhante, as forças inclinadas a destruir a ordem presente e substituí-la por outra supostamente melhor tampouco terão muita serventia para uma tal cognição do Direito. Mas uma ciência do Direito não faz caso nem de um, nem de outro. É tal tipo de ciência que a teoria pura do Direito deseja ser.

O postulado de uma separação completa entre jurisprudência e política não pode ser sinceramente questionado, caso deva existir algo como uma ciência do Direito. Duvidoso apenas é o grau em que a separação é concretizável neste campo. Neste preciso aspecto, existe de fato uma pronunciada diferença entre a ciência natural e a ciência social. Naturalmente, ninguém sustentaria que a ciência natural não corre absolutamente risco algum de tentativas de influenciá-la, motivadas por interesses políticos. A história demonstra o contrário e mostra com clareza suficiente que uma potência terrestre por vezes se sentiu amea-

PREFÁCIO XXXIII

çada pela verdade a respeito do movimento dos astros. Mas o fato de, no passado, a ciência natural ter sido capaz de alcançar a sua independência completa da política deve-se ao poderoso interesse social por esta vitória: o interesse no avanço da técnica que apenas uma ciência livre pode garantir. Mas a teoria social não leva a vantagens diretas tais como as proporcionadas pela física e pela medicina na aquisição de conhecimento técnico e terapia médica. Na ciência social, e especialmente na ciência jurídica, ainda não há nenhuma influência capaz de se contrapor ao interesse esmagador que os que residem no poder, assim como os que anseiam por ele, têm por uma teoria que satisfaça os seus desejos, isto é, por uma ideologia política.

Isto é particularmente válido em nosso tempo, decididamente "fora dos eixos", quando os fundamentos da vida social foram profundamente abalados por duas Guerras Mundiais. O ideal de uma ciência objetiva do Direito e do Estado, livre de todas as ideologias políticas, tem uma melhor chance de reconhecimento num período de equilíbrio social.

Parece, portanto, que uma teoria pura do Direito, hoje, é extemporânea, quando, em grandes e importantes países, sob o domínio da ditadura de partido, alguns dos mais proeminentes representantes da jurisprudência não conhecem nenhuma tarefa mais elevada que a de servir – com a sua "ciência" – o poder ideológico do momento. Se o autor, porém, aventurou-se a publicar esta teoria geral do Direito e do Estado, foi com a crença de que, no mundo anglo-americano, onde a liberdade da ciência continua a ser respeitada e onde o poder político se encontra mais estabilizado que alhures, as ideias têm mais apreço que o poder; e também com a esperança de que, mesmo no continente europeu, após a sua libertação da tirania política, a geração mais jovem será conquistada pelo ideal de uma ciência do Direito independente; porque o fruto de uma tal ciência nunca pode ser perdido.

O autor pôde preparar este livro apenas porque teve o privilégio de vir para os Estados Unidos e de trabalhar durante dois anos na Universidade de Harvard. Esta oportunidade ele deve, antes de mais nada, ao generoso auxílio da Fundação Rockefeller, à qual ele deseja expressar a sua sincera gratidão.

Com igual gratidão ele reconhece a considerável assistência prestada pela Agência de Pesquisa Internacional, cuja subvenção o auxiliou na elaboração da parte do livro que trata da teoria do Direito internacional.

Gratos reconhecimentos são feitos também ao Comitê para a Tradução e Publicação de uma série de Filosofia Jurídica do Século XX, da Associação das Escolas Americanas de Direito, que proveram os fundos para a tradução.

O autor está profundamente agradecido ao professor Jerome Hall por muitas sugestões valiosas e por ter lido as provas.

Finalmente, agradecimentos ao dr. Anders Wedberg por seu valioso auxílio na tradução para o inglês da principal parte do livro, posteriormente revista pelo autor, e ao dr. Wolfgang Kraus por traduzir a monografia, *Die Philosophischen Grundlagen der Naturrechtslehre und des Rechtspositivismus* (1929), que surge no Apêndice sob o título "A doutrina do Direito natural e o positivismo jurídico".

H. K.
Berkeley, Califórnia, abril, 1944

PRIMEIRA PARTE
O Direito

Estática jurídica

I. O conceito de Direito

A. DIREITO E JUSTIÇA

a. A conduta humana como objeto de regras

O Direito é uma ordem da conduta humana. Uma "ordem" é um sistema de regras. O Direito não é, como às vezes se diz, uma regra. É um conjunto de regras que possui o tipo de unidade que entendemos por sistema. É impossível conhecermos a natureza do Direito se restringirmos nossa atenção a uma regra isolada. As relações que concatenam as regras específicas de uma ordem jurídica também são essenciais à natureza do Direito. Apenas com base numa compreensão clara das relações que constituem a ordem jurídica é que a natureza do Direito pode ser plenamente entendida.

O fato de o Direito ser uma ordem da conduta humana não significa que a ordem jurídica diga respeito apenas à conduta humana, que nada além da conduta humana faça parte do conteúdo das regras jurídicas. Uma regra que torna o assassinato um delito punível diz respeito a uma conduta humana que tem a morte de um ser humano como efeito. A morte em si, porém, não é uma conduta humana, mas um processo fisiológico. Toda regra jurídica obriga os seres humanos a observarem certa conduta sob certas circunstâncias. Essas circunstâncias não precisam ser atos de conduta humana; podem ser, por exemplo, o que chamamos de eventos naturais. Uma regra jurídica pode obrigar os vizinhos a prestarem assistência às vítimas de uma inundação. A inundação não é uma conduta humana, mas sim a condição de uma conduta humana prescrita pela ordem jurídica. Nesse sentido, os fatos que não são fatos da conduta humana tendem a fazer parte do conteúdo de uma regra jurídica. No entanto, eles podem sê-lo apenas na medida em que estejam relacionados com a conduta humana, como sua condição ou como seu efeito.

Aparentemente, isso se aplicaria apenas ao Direito dos povos civilizados. No Direito primitivo, os animais e mesmo as plantas e objetos inanimados são muitas vezes tratados da mesma maneira que os seres humanos e, particularmente, punidos[1]. Contudo, o fato deve ser visto em sua conexão com o animismo do homem primitivo. Ele considera os animais, as plantas e os objetos inanimados como providos de uma "alma", porquanto lhes atribui faculdades mentais humanas e, às vezes, sobre-humanas. A diferença fundamental entre o ser humano e os outros seres, que faz parte da perspectiva do homem civilizado, não existe para o homem primitivo. E ele aplica seu Direito também a seres não humanos porque, a seu ver, eles são humanos ou, pelo menos, similares ao homem. Neste sentido, o Direito primitivo também é uma ordem da conduta humana.

---

1. Na Antiguidade, havia em Atenas uma corte especial, cuja função era condenar objetos inanimados como, por exemplo, uma lança pela qual um homem houvesse sido morto. Demóstenes, *Oration against Aristocrates*, 76 (tradução inglesa de J. H. Vince, 1935, 267): "Há também um quarto tribunal, o de Prytaneum. Sua função é a de, caso um homem seja atingido por uma pedra, um pedaço de madeira ou ferro, ou qualquer coisa do tipo que lhe caia por cima, e, caso alguém, sem saber quem atirou, conheça e esteja de posse do implemento do homicídio, mova ação contra esses implementos nesse tribunal" (Cf. também Platão, *The Laws*, 873, e Aristóteles, *Athenensium Res Publica*, cap. 57). Na Idade Média ainda era possível mover uma ação contra um animal, por exemplo, um cão ou um touro que houvessem matado um homem, ou gafanhotos que houvessem causado dano comendo a colheita; e, num processo jurídico apropriado, o tribunal condenava o animal à morte, depois do que o animal era executado exatamente como um ser humano. Cf. Karl von Amira, *Thierstrafen und Thierprocesse* (1891).

b. Definição científica e definição política de Direito

Qualquer tentativa de definição de um conceito deve adotar como ponto de partida o uso comum da palavra, denotando o conteúdo em questão. Para definirmos o conceito de Direito, devemos começar pelo exame da seguinte pergunta: os fenômenos geralmente chamados "Direito" apresentam uma característica comum que os distingue de outros fenômenos sociais de tipo similar? E essa característica é de tal importância na vida social do homem que possa ser tomada como base na definição de um conceito útil para a cognição da vida social? Por razões de economia de pensamento, deve-se partir do uso mais amplo possível da palavra "Direito". Talvez não seja possível encontrar uma característica do tipo que procuramos. Talvez o uso real seja tão livre que os fenômenos chamados "Direito" não exibam nenhuma característica comum de real importância. Mas se tal característica pode ser encontrada, justifica-se incluí-la na definição.

Isso não quer dizer que seria ilegítimo formular um conceito mais restrito de Direito, que não abrangesse todos os fenômenos geralmente chamados "Direito". Podemos definir como quisermos os termos que desejamos usar como ferramentas em nosso trabalho intelectual. A única questão é saber se eles servirão ao propósito teórico ao qual os destinamos. Um conceito de Direito cujo alcance coincida, grosso modo, com o uso comum deve, obviamente – no mais não havendo diferença –, ser preferível a um conceito aplicável a uma classe muito mais restrita de fenômenos. Tomemos um exemplo. Mesmo depois da ascensão do bolchevismo, do nacional-socialismo e do fascismo, fala-se de "Direito" russo, alemão ou italiano. Nada nos impede, contudo, de incluir em nossa definição de ordem jurídica um mínimo determinado de liberdade pessoal ou a possibilidade da propriedade privada. Um resultado de tal definição seria as ordens sociais da Rússia, Itália e Alemanha não mais poderem ser reconhecidas como ordens jurídicas, mesmo possuindo elas elementos de grande importância em comum com as ordens sociais dos Estados democráticos capitalistas.

O conceito acima mencionado – o qual de fato se encontra em obras recentes de filosofia do Direito – também mostra como um viés político pode influenciar a definição de Direito. O conceito de Direito, neste caso, é elaborado de modo a corresponder a um ideal específico de justiça, isto é, o da democracia e do liberalismo. Do ponto de vista da ciência, livre de quaisquer julgamentos valorativos, morais ou políticos, a democracia e o liberalismo são apenas dois princípios possíveis de organização social, exatamente como o são a autocracia e o socialismo. Não há nenhuma razão científica pela qual o conceito de Direito deva ser definido de modo a excluir estes últimos. Tal como empregado nestas investigações, o conceito de Direito não tem quaisquer conotações morais. Ele designa uma técnica específica de organização social. O problema do Direito, na condição de problema científico, é um problema de técnica social, não um problema de moral. A afirmação: "Certa ordem social tem o caráter de Direito, é uma ordem jurídica", não implica o julgamento moral de qualificar essa ordem como boa ou justa. Existem ordens jurídicas que, a partir de certo ponto de vista, são injustas. Direito e justiça são dois conceitos diferentes. O Direito, considerado como distinto da justiça, é o Direito positivo. É o conceito de Direito positivo que está em questão aqui; e uma ciência do Direito positivo deve ser claramente distinguida de uma filosofia da justiça.

c. O conceito de Direito e a ideia de justiça

Libertar o conceito de Direito da ideia de justiça é difícil porque ambos são constantemente confundidos no pensamento político não científico, assim como na linguagem comum, e porque essa confusão corresponde à tendência ideológica de dar aparência de justiça ao Direito positivo. Se Direito e justiça são identificados, se apenas uma ordem justa é chamada de Direito, uma ordem social que é apresentada como Direito é – ao mesmo tempo – apresentada como justa, e isso significa justificá-la moralmente. A tendência de identificar Direito e justiça é a tendência de justificar uma dada ordem social. É uma tendência política, não científica. Em vista dessa tendência, o esforço de lidar com o Direito e a justiça como dois problemas distintos pode cair sob a suspeita de estar repudiando inteiramente a exigência de que o Direito positivo deva ser justo. Essa exigência é evidente por si mesma, mas o que ela realmente significa é outra questão. De qualquer modo, uma teoria pura do Direito, ao se declarar incompetente para responder se uma dada lei é justa ou injusta ou no que consiste o elemento essencial da justiça, não se opõe de modo algum a essa exigência. Uma teoria pura do Direito – uma ciência – não pode responder a essas perguntas porque elas não podem, de modo algum, ser respondidas cientificamente.

O que realmente significa dizer que uma ordem social é justa? Significa que essa ordem regula a conduta dos homens de modo satisfatório a todos, ou seja, que todos os homens encontram nela a sua felicidade. O anseio por justiça é o eterno anseio do homem pela felicidade. É a felicidade que o homem não pode encontrar como indivíduo isolado e que, portanto, procura em sociedade. A justiça é a felicidade social.

1. A justiça como um julgamento subjetivo de valor

É óbvio que não pode existir nenhuma ordem "justa", ou seja, uma ordem que proporcione felicidade a todos, caso se defina o conceito de felicidade em seu sentido original, restrito, de felicidade individual, dando como significado de felicidade de um homem aquilo que ele considera que isso seja. Porque, então, é inevitável que a felicidade de um indivíduo entre, em algum tempo, em conflito com a de outro. Uma ordem justa não é possível mesmo com a suposição de que ela procure concretizar não a felicidade individual de cada um, mas sim a maior felicidade possível do maior número possível de indivíduos. A felicidade que uma ordem social é capaz de assegurar pode ser felicidade apenas no sentido coletivo, ou seja, a satisfação de certas necessidades, reconhecidas pela autoridade social, pelo legislador, como necessidades dignas de serem satisfeitas, tais como as necessidades de alimentação, vestuário e moradia. Mas quais são as necessidades humanas dignas de serem satisfeitas e, em especial, em que ordem de importância? Essas questões não podem ser respondidas por meio da cognição racional. A resposta a elas é um julgamento de valor, determinado por fatores emocionais e, consequentemente, de caráter subjetivo, válido apenas para o sujeito que julga e, por conseguinte, apenas relativo. A resposta será diferente, conforme seja dada por um cristão convicto, que considera o bem-estar de sua alma no além-mundo mais importante que os bens terrenos, ou por um materialista, que não crê em vida após a morte; e será diferente ainda conforme seja dada por quem considere a liberdade pessoal como o bem supremo, isto é, o liberalismo, ou por quem considere a segurança social e a igualdade de todos os homens como superiores à liberdade, ou seja, o socialismo.

Se as posses espirituais ou as materiais, se a liberdade ou a igualdade representam o valor supremo é uma questão que não pode ser respondida racionalmente. Ainda assim, o julgamento de valor subjetivo e, portanto, relativo, através do qual se responde a essa pergunta, em geral é apresentado como uma asserção de valor objetivo e absoluto, como uma norma de validade geral. É uma peculiaridade do ser humano a sua necessidade profunda de justificar seu comportamento, a expressão de suas emoções, seus desejos e anseios, através da função do seu intelecto, do seu pensamento e cognição. Isso é possível, pelo menos em princípio, na medida em que os desejos e anseios estejam relacionados ao meio pelo qual um fim ou outro deva ser alcançado – pois a relação entre meio e fim é uma relação de causa e efeito, e isso pode ser determinado com base na experiência, ou seja, racionalmente. Mesmo isso às vezes é impossível, tendo em vista as atuais condições da ciência social – pois, em muitos casos, não temos uma experiência adequada que nos possibilite determinar como certos objetivos sociais podem ser melhor atingidos. Por conseguinte, a questão do meio apropriado é com frequência determinada antes por julgamentos subjetivos de valor do que por um discernimento objetivo da conexão entre meio e fim, ou seja, entre causa e efeito. Portanto, pelo menos no momento, o problema da justiça, ainda que seja, como aqui, restrito a uma questão quanto ao meio apropriado para se alcançar um fim geralmente reconhecido, não pode ser solucionado de forma racional. A controvérsia entre liberalismo e socialismo, por exemplo, é em grande parte uma controvérsia não quanto ao objetivo da sociedade, mas antes quanto à maneira correta de se atingir um objetivo sobre o qual a totalidade dos homens se acha de acordo; e essa controvérsia não pode ser solucionada cientificamente, pelo menos não no presente.

O julgamento pelo qual se declara que algo é um meio apropriado para um fim pressuposto não é um verdadeiro julgamento de valor; trata-se – tal como assinalado – de um julgamento que diz respeito à conexão entre causa e efeito, e, como tal, um julgamento sobre a realidade. Um julgamento de valor é a afirmação pela qual algo é declarado como um fim, um fim último que, em si, não é um meio para um fim posterior. Tal julgamento é sempre determinado por fatores emocionais.

Uma justificação da função emocional pela racional, porém, está excluída em princípio, na medida em que se trata de uma questão de fins últimos que, em si, não são meios para fins posteriores.

Caso a asserção de tais fins últimos surja na forma de postulados ou normas de justiça, eles sempre repousam sobre julgamentos de valor puramente subjetivos e, portanto, relativos. É desnecessário dizer que há um grande número de tais julgamentos de valor, diferentes uns dos outros e inconciliáveis. Isso, é claro, não significa que cada indivíduo possua seu próprio sistema de valores. Na verdade, muitos indivíduos concordam em seus julgamentos de valor. Um sistema positivo de valores não é uma criação arbitrária de um indivíduo isolado, mas sempre o resultado da influência que os indivíduos exercem uns sobre os outros dentro de um dado grupo, seja ele família, tribo, classe, casta ou profissão. Todo sistema de valores, em especial um sistema de moral com a sua ideia central de justiça, é um fenômeno social, o produto de uma sociedade e, portanto, diferente de acordo com a natureza da sociedade dentro da qual ele emerge. O fato de haver certos valores geralmente aceitos dentro de certa sociedade não contradiz de modo algum o caráter subjetivo e relativo desses julgamentos de valor. Que muitos indivíduos estejam em concordância quanto aos seus julgamentos de valor não é uma prova de que esses julgamentos sejam corretos. Assim, o fato de a maioria das pessoas acreditarem que o Sol gira ao redor da Terra não é, ou não foi, uma prova de veracidade dessa ideia. O critério de justiça, como o critério de verdade, não depende da frequência com que são feitos julgamentos sobre a realidade ou julgamentos de valor.

Como a humanidade está dividida em várias nações, classes, religiões, profissões, etc., muitas vezes divergentes entre si, existe um grande número de conceitos diferentes de justiça – aliás um número grande demais para que se possa falar simplesmente de "justiça".

2. Direito natural

Não obstante, cada um tende a apresentar seu próprio conceito de justiça como sendo o único correto, o único absolutamente válido. A necessidade de justificação racional de nossos atos emocionais é tão grande que buscamos satisfazê-la mesmo correndo o risco de autoilusão. E a justificação racional de um postulado baseado num julgamento subjetivo de valor, ou seja, num desejo como, por exemplo, o de que todos os homens devem ser livres, ou o de que todos os homens devem ser tratados igualmente, é uma autoilusão ou – o que equivale a dizer a mesma coisa – uma ideologia. Ideologias típicas dessa espécie são as asserções de que algum tipo de fim último e, portanto, de algum tipo de ordenamento definitivo da conduta humana provém da "natureza", ou seja, da natureza das coisas ou da natureza do homem, da razão humana ou da vontade de Deus. Em tal pressuposição reside a essência da doutrina do chamado Direito natural. Essa doutrina sustenta que há um ordenamento das relações humanas diferente do Direito positivo, mais elevado e absolutamente válido e justo, pois emana da natureza, da razão humana ou da vontade de Deus.

A vontade de Deus é – na doutrina do Direito natural – idêntica à natureza, na medida em que a natureza é concebida como tendo sido criada por Deus, e as leis naturais como sendo expressão da vontade de Deus. Consequentemente, as leis que regulam a natureza têm, de acordo com essa doutrina, o mesmo caráter das regras jurídicas emitidas por um legislador: elas são comandos dirigidos à natureza; e a natureza obedece a esses comandos assim como o homem obedece às leis emitidas por um legislador[2]. A lei criada por um legislador, *i.e.*, por um ato de vontade de uma autoridade humana, é Direito positivo. O

---

2. Blackstone, *Commentaries on the Laws of England*, Introdução, §§ 36--39: "A lei, em seu sentido mais geral e abrangente, significa uma regra de ação; e é aplicada indiscriminadamente a todos os tipos de ação, animada ou inanimada, racional ou irracional. Desse modo, falamos de leis do movimento, da gravitação, da óptica ou da mecânica, assim como de leis da natureza e das nações. E é essa regra de ação, prescrita por alguém superior, que o inferior é obrigado a obedecer. Assim, quando o Ser Supremo formou o universo e criou a matéria do nada, Ele imprimiu certos princípios a essa matéria, dos quais ela não pode se afastar e sem os quais deixaria de ser. Quando ele pôs a matéria em movimento, estabeleceu certas leis de movimento, às quais todos os objetos móveis devem se conformar... Esta, então, é a significação geral de lei, uma regra de ação ditada por algum ser superior; e, no caso das criaturas que não possuem nem o poder de pensar, nem o de ter vontade, tais leis devem ser invariavelmente obedecidas, para que a criatura em si subsista, pois sua existência depende dessa obediência. Mas as leis, em seu sentido mais restrito, e com o qual é nosso presente objetivo considerá-las, denotam as regras, não da ação em geral, mas da ação ou conduta humana: ou seja, os preceitos pelos quais o homem, o mais nobre dos seres sublunares, uma criatura dotada de razão e livre-arbítrio, é comandado a fazer uso dessas faculdades na ordenação geral de seu comportamento". ... "Como o homem depende absolutamente de seu Criador para tudo, é necessário que ele se conforme em todos os pontos à vontade de seu Criador. Esta vontade de seu Criador é chamada de lei da natureza. Porque, assim como Deus, quando criou a matéria e dotou-a de um princípio de mobilidade, estabeleceu certas regras quanto à direção perpétua desse movimento; assim, quando criou o homem e dotou-o de livre-arbítrio para se conduzir em todas as partes da vida, Ele estabeleceu certas leis imutáveis de conduta humana, por meio das quais o livre-arbítrio é regulado e restringido em certa medida, e deu-lhe também a faculdade da razão para descobrir o teor dessas leis... Ele estabeleceu apenas leis tais que estivessem fundadas nas relações de justiça, que existissem na natureza das coisas, antecedentes a qualquer preceito positivo. Essas são as leis eternas, imutáveis, do bem e do mal, às quais o próprio Criador, em todas as Suas disposições, se conforma; e às quais Ele possibilitou à razão humana descobrir, tanto quanto sejam necessárias à condução das ações humanas."

Direito natural, de acordo com sua doutrina específica, não é criado pelo ato de uma vontade humana, não é o produto artificial, arbitrário, do homem. Ele pode e tem de ser deduzido da natureza por uma operação mental. Examinando-se cuidadosamente a natureza, em especial a natureza do homem e de suas relações com outros homens, podem-se encontrar as regras que regulam a conduta humana de uma maneira correspondente à natureza e, portanto, perfeitamente justa. Os direitos e deveres do homem, estabelecidos por essa lei natural, são considerados inatos ou congênitos ao homem, porque implantados pela natureza e não a ele impostos ou conferidos por um legislador humano; e, na medida em que a natureza manifesta a vontade de Deus, esses direitos e deveres são sagrados.

Contudo, nenhuma das numerosas teorias de Direito natural conseguiu até agora definir o conteúdo dessa ordem justa de um modo que pelo menos se aproxime da exatidão e objetividade com que a ciência natural pode determinar o conteúdo das leis da natureza ou a ciência jurídica, o conteúdo de uma ordem jurídica. Aquilo que até agora tem sido proposto como Direito natural ou, o que redunda no mesmo, como justiça, consiste, em sua maior parte, em fórmulas vazias, como *suum cuique*, "a cada um o seu", ou tautologias sem sentido como o imperativo categórico, ou seja, a doutrina de Kant de que os atos de alguém devem ser determinados somente por princípios que se queiram obrigatórios para todos os homens. Mas a fórmula "a cada um o seu" não responde à questão do que é "o seu de cada um", e o imperativo categórico não diz quais são os princípios que se deveria desejar que fossem obrigatórios para todos os homens. Alguns autores definem justiça pela fórmula "Você fará o certo e evitará fazer o errado". Mas o que é certo e o que é errado? Trata-se de uma questão decisiva e que permanece sem resposta. Quase todas as fórmulas consagradas que definem justiça pressupõem a resposta esperada como evidente por si mesma. Mas essa resposta não é, de modo algum, evidente. Na verdade, a resposta ao que é o seu de cada um, a qual é o conteúdo dos princípios gerais obrigatórios a todos os homens, ao que é certo e o que é errado – a resposta a todas essas perguntas deve, supostamente, ser dada pelo Direito positivo. Consequentemente, todas essas fórmulas de justiça têm o efeito de justificar qualquer ordem jurídica positiva. Elas permitem que qualquer ordem jurídica positiva desejada tenha a aparência de justa.

Quando as normas a que se atribui o caráter de "lei da natureza" ou justiça têm um conteúdo definido, elas surgem como princípios mais ou menos generalizados de um Direito positivo definido, princípios que, sem razão suficiente, são propostos como absolutamente válidos pelo fato de serem declarados como sendo leis naturais ou justas.

Entre os chamados direitos naturais, inatos, sagrados, do homem, a propriedade privada representa um importante, senão o mais importante, papel. Quase todos os principais autores da doutrina do Direito natural afirmam que a instituição da propriedade privada corresponde à própria natureza do homem. Assim, uma ordem jurídica que não garante e protege a propriedade privada é considerada contrária à natureza e, portanto, não pode ter longa duração. "No momento em que é admitida na sociedade a ideia de que a propriedade não é tão sagrada quanto as leis de Deus, e que não há nenhuma força de Direito e justiça pública para protegê-la, a anarquia e a tirania começam. Se 'NÃO COBIÇARÁS' e 'NÃO ROUBARÁS', regras que pressupõem a instituição da propriedade privada, não fossem mandamentos do Céu, deveriam ser tornados preceitos invioláveis em toda sociedade, antes que ela pudesse ser civilizada ou tornada livre"[3]. Foi John Adams quem escreveu essas sentenças, expressando desse modo uma convicção geralmente aceita em sua época. De acordo com sua teoria, uma organização comunista que exclui a propriedade privada e reconhece apenas a propriedade pública, uma ordem jurídica que reserva a posse da terra e de outros agentes de produção à comunidade, em especial ao Estado, não apenas é contrária à natureza e, portanto, injusta, mas também virtualmente insustentável.

---

3. 6, *Works of John Adams* (1851), 9.

Contudo, é quase impossível provar essa doutrina; ao lado de ordens jurídicas que instituem a propriedade privada, a história exibe outras que reconhecem a propriedade privada, quanto muito, apenas num âmbito bastante restrito. Sabemos de sociedades agrícolas relativamente primitivas onde o bem mais importante, a terra, não pertence a particulares, mas à comunidade; e as experiências dos últimos vinte e cinco anos demonstram que uma organização comunista é perfeitamente possível mesmo em um Estado poderoso e altamente industrializado. Se o sistema do capitalismo, baseado no princípio da propriedade privada, ou o sistema do comunismo, baseado no princípio da propriedade pública, é o melhor, trata-se de outra questão. De qualquer forma, a propriedade privada não é, historicamente, o único princípio sobre o qual uma ordem jurídica pode ser baseada. Declarar a propriedade como um direito natural, porque é o único que corresponde à natureza, é uma tentativa de tornar absoluto um princípio especial que, historicamente, em certo tempo e sob certas condições políticas e econômicas, tornou-se Direito positivo.

Chega realmente a acontecer, ainda que com menos frequência, que os princípios declarados "naturais" ou "justos" se oponham a um Direito positivo definido. O socialismo também tem sido advogado pelo método específico da doutrina do Direito natural, e a propriedade privada tem sido declarada contrária à natureza. Por esse método sempre é possível sustentar e, pelo menos em aparência, provar postulados opostos. Se os princípios do Direito natural são apresentados para aprovar ou desaprovar uma ordem jurídica positiva, em qualquer dos casos, sua validade repousa em julgamentos de valor que não possuem qualquer objetividade. Uma análise crítica sempre demonstra que eles são apenas a expressão de certos interesses de grupo ou classe. Dessa maneira, a doutrina do Direito natural é às vezes conservadora, às vezes reformista ou revolucionária em caráter. Ela ou justifica o Direito positivo proclamando sua concordância com a ordem natural, racional ou divina, uma concordância afirmada, mas não provada; ou põe em questão a validade do Direito positivo sustentando que ele se encontra em contradição com algum dos pressupostos absolutos. A doutrina revolucionária do Direito natural, assim como a conservadora, preocupa-se não com a cognição do Direito positivo, da realidade jurídica, mas com sua defesa ou ataque, com uma tarefa política, não científica[4].

3. O dualismo de Direito positivo e Direito natural[5]

A doutrina do Direito natural é caracterizada por um dualismo fundamental entre Direito positivo e Direito natural. Acima do imperfeito Direito positivo existe um perfeito – porque absolutamente justo – Direito natural; e o Direito positivo é justificado apenas na medida em que corresponda ao Direito natural. Nesse aspecto, o dualismo entre Direito positivo e Direito natural, tão característico da doutrina do Direito natural, lembra o dualismo metafísico da realidade e a ideia platônica. O centro da filosofia de Platão é sua doutrina das ideias. De acordo com essa doutrina – que possui um caráter profundamente dualista –, o mundo é dividido em duas esferas diferentes: uma é a do mundo visível, perceptível pelos nossos sentidos, o que chamamos realidade; a outra é a do mundo invisível das ideias. Tudo no mundo visível possui seu padrão ideal ou arquétipo no outro mundo, o invisível. As coisas que existem neste mundo visível são apenas cópias imperfeitas, sombras, por assim dizer, das ideias existentes no mundo invisível. Esse dualismo entre realidade e ideia, entre um mundo imperfeito dos nossos sentidos e outro perfeito, inacessível à experiência dos nossos sentidos, o dualismo entre natureza e supra-

---

4. Roscoe Pound, *An Introduction to the Philosophy of Law* (1922), 33 s., diz: "A concepção do Direito natural como algo do qual todo Direito positivo seria apenas expressão, como algo pelo qual todas as regras reais deveriam ser medidas, ao qual, na medida do possível, elas deveriam se conformar, pelo qual as novas regras deveriam ser moldadas e pelo qual as velhas deveriam ser ampliadas ou restritas em sua aplicação, era um poderoso instrumento nas mãos dos juristas e dava--lhes capacidade para prosseguir em sua tarefa de construção jurídica com confiança segura". Um "poderoso instrumento", sem dúvida: mas esse instrumento é uma mera ideologia ou, para usar um termo mais familiar aos juristas, uma ficção.
5. Cf. o Apêndice.

natureza, entre o natural e o sobrenatural, o empírico e o transcendental, o aqui e o além, essa reduplicação do mundo[6], é um elemento não apenas da filosofia de Platão; é um elemento típico de toda interpretação metafísica ou, o que redunda no mesmo, de toda interpretação religiosa do mundo. Esse dualismo tem um caráter otimista conservador ou pessimista revolucionário, conforme afirme que há concordância ou contradição entre a realidade empírica e as ideias transcendentais. O propósito dessa metafísica não é – como no caso da ciência – explicar racionalmente a realidade, e sim, ao contrário, aceitá-la ou rejeitá-la emocionalmente. E tem-se a liberdade de escolher uma ou outra interpretação da relação entre realidade e ideias, já que a cognição objetiva das ideias não é possível, em vista do transcendentalismo envolvido na própria definição. Se o homem possuísse um discernimento completo do mundo das ideias, ele seria capaz de adaptar seu mundo e, em especial, seu mundo social, sua conduta, a esse padrão ideal; e, já que o homem se tornaria perfeitamente feliz se sua conduta correspondesse ao ideal, ele certamente se conduziria dessa maneira. Ele e, consequentemente, seu próprio mundo empírico tornar-se-iam inteiramente bons. Por conseguinte, não haveria mais um mundo empiricamente real, distinto de um mundo transcendental ideal. O dualismo entre este mundo e o outro, resultante da imperfeição do homem, desapareceria. O ideal seria o real. Caso se pudesse ter conhecimento da ordem absolutamente justa, cuja existência é postulada pela doutrina do Direito natural, o Direito positivo seria supérfluo, ou melhor, desprovido de sentido. Confrontada com a existência de uma ordenação justa da sociedade, inteligível em termos de natureza, razão ou vontade divina, a atividade dos legisladores equi-

---

6. Em sua crítica à doutrina das ideias de Platão, Aristóteles (*Metaphysica*, 990b) diz: "Mas no que diz respeito aos que postularam as Ideias como causas, em primeiro lugar, ao buscar entender as causas das coisas ao nosso redor, eles introduziram outras, em igual número ao dessas como se um homem que quisesse contar coisas pensasse que não poderia fazê-lo enquanto estas fossem poucas, mas que tentasse contá-las quando houvesse aumentado seu número. Porque as Formas são praticamente iguais, ou não menores em quantidade, às coisas...".

valeria a uma tola tentativa de criar iluminação artificial em pleno sol. Fosse possível responder à questão da justiça como é possível resolver problemas de técnica da ciência natural ou da medicina, pensar-se-ia tanto em regular as relações entre os homens através de medida de autoridade coercitiva quanto se pensa hoje em prescrever forçosamente pelo Direito positivo como se deve construir uma máquina a vapor ou como curar uma doença específica. Caso houvesse uma justiça objetivamente reconhecível, não haveria Direito positivo e, consequentemente, Estado; pois não seria necessário coagir as pessoas a serem felizes. A asserção costumeira, contudo, de que realmente existe uma ordem natural, absolutamente boa, mas transcendental e, por conseguinte, não inteligível, de que de fato existe algo como justiça, mas que ela não pode ser definida com clareza, é, em si mesma, uma contradição. Trata-se, na verdade, de uma paráfrase eufemística para o doloroso fato de que a justiça é um ideal inacessível à cognição humana.

4. Justiça e paz

A justiça é uma ideia irracional. Por mais indispensável que seja para a volição e a ação dos homens, não está sujeita à cognição. Considerada a partir da perspectiva da cognição racional, existem apenas interesses e, consequentemente, conflitos de interesses. Sua solução pode ser alcançada por uma ordem que satisfaça um interesse em detrimento de outro ou que busque alcançar um compromisso entre interesses opostos. Que apenas uma dessas duas ordens seja "justa" não é algo que possa ser estabelecido pela cognição racional. Tal cognição pode entender apenas uma ordem positiva evidenciada por atos determináveis objetivamente. Essa ordem é o Direito positivo. Somente isso pode ser objeto da ciência; somente isso é o objeto de uma teoria pura do Direito, o qual é uma ciência, não uma metafísica do Direito. Ela apresenta o Direito tal como ele é, sem defendê-lo chamando-o justo. Ou condená-lo denominando-o injusto. Ela busca um Direito real e possível, não o correto. É, nesse sentido, uma teoria radicalmente realista e empírica. Ela declina de avaliar o Direito positivo.

Contudo, a teoria pode fazer uma afirmação com base na experiência: somente uma ordem jurídica que não satisfaça os interesses de um em detrimento dos de outro, mas que, ao contrário, proporcione uma solução de compromisso entre interesses opostos, de modo a minimizar os possíveis atritos, possui a expectativa de existência relativamente duradoura. Apenas uma ordem de tal espécie estará em posição de assegurar a paz social em uma base relativamente permanente. E, apesar de o ideal de justiça em seu sentido original, tal como o desenvolvido aqui, ser razoavelmente diferente do ideal de paz, existe uma tendência definida de identificar os dois ideais ou de, pelo menos, substituir o ideal de justiça pelo de paz.

5. Justiça e legalidade

Essa mudança de significado do conceito de justiça caminha lado a lado com a tendência de retirar o problema da justiça da insegura esfera dos julgamentos subjetivos de valor e de estabelecê-lo no terreno seguro de uma ordem jurídica determinada. Nesse sentido, a "justiça" significa legalidade; é "justo" que uma regra geral seja aplicada em todos os casos em que, de acordo com seu conteúdo, esta regra deva ser aplicada. É "injusto" que ela seja aplicada em um caso, mas não em outro caso similar. E isso parece "injusto" sem levar em conta o valor da regra geral em si, sendo a aplicação desta o ponto em questão aqui. A justiça, no sentido de legalidade, é uma qualidade que se relaciona não com o conteúdo de uma ordem jurídica, mas com sua aplicação. Nesse sentido, a justiça é compatível e necessária a qualquer ordem jurídica positiva, seja ela capitalista ou comunista, democrática ou autocrática. "Justiça" significa a manutenção de uma ordem positiva através de sua aplicação escrupulosa. Trata-se de justiça "sob o Direito". A afirmação de que o comportamento de um indivíduo é "justo" ou "injusto", no sentido de "legal" ou "ilegal", significa que sua conduta corresponde ou não a uma norma jurídica, pressuposta como sendo válida pelo sujeito que julga por pertencer essa norma a uma ordem jurídica positiva. Tal afirmação tem, logicamente, o mesmo caráter de uma afirmação pela qual subordinamos um fenômeno concreto a um conceito abstrato. Se a declaração de que certa conduta corresponde ou não a uma norma legal for chamada julgamento de valor, isto é julgamento objetivo de valor, que deve ser claramente distinguido de um julgamento subjetivo pelo qual a vontade ou o sentimento do sujeito que julga é expresso. A declaração de que uma conduta específica é legal ou ilegal independe das vontades ou dos sentimentos do sujeito que julga; ela pode ser verificada de modo objetivo. Apenas com o sentido de legalidade é que a justiça pode fazer parte de uma ciência do Direito[7].

B. O CRITÉRIO DE DIREITO (O DIREITO COMO UMA TÉCNICA SOCIAL ESPECÍFICA)

Se restringirmos nossa investigação do Direito positivo, e se compararmos todas as ordens sociais, do passado e do presente, geralmente chamadas "Direito", descobriremos que elas têm uma característica comum que nenhuma ordem social de outro tipo apresenta. Essa característica constitui um fato de suprema importância para a vida social e seu estudo científico. E essa característica é o único critério pelo qual podemos distinguir com clareza o Direito de outros fenômenos sociais como a moral e a religião. Qual é esse critério?

a. Motivação direta e indireta

A função de toda ordem social, de toda sociedade – porque a sociedade nada mais é que uma ordem social – é motivar certa conduta recíproca dos seres humanos: fazer que eles se abstenham de certos atos que, por alguma razão, são considerados nocivos à sociedade, e fazer que executem outros que, por alguma razão, são considerados úteis à sociedade.

---

7. Cf. *infra*, 51 ss.

De acordo com a maneira pela qual a conduta socialmente desejável foi motivada, vários tipos de ordens sociais podem ser distinguidos. Esses tipos – trata-se de tipos ideais a serem apresentados aqui – são caracterizados pela motivação específica empregada pela ordem social para induzir os indivíduos a se comportarem conforme o desejado. A motivação pode ser direta ou indireta. A ordem pode vincular certas vantagens à observância de certa conduta e certas desvantagens à sua nãoobservância e, por conseguinte, fazer que o desejo pela vantagem prometida ou o medo da ameaça de desvantagem atue como motivação de conduta. A conduta em conformidade com a ordem estabelecida é alcançada por uma sanção estabelecida na própria ordem. O princípio de recompensa e punição – o princípio da retribuição –, fundamental para a vida social, consiste em associar a conduta de acordo com a ordem estabelecida e a conduta contrária à ordem, respectivamente, com uma promessa de vantagem e uma ameaça de desvantagem como sanções.

A ordem social pode, contudo, mesmo sem a promessa de uma vantagem em caso de obediência e sem a ameaça de uma desvantagem em caso de desobediência, isto é, sem decretar sanções, determinar uma conduta que pareça vantajosa aos indivíduos, de modo que a simples ideia de uma norma que decrete esse comportamento seja suficiente como motivação para a conduta em conformidade com a norma. Esse tipo de motivação direta, em sua pureza absoluta, raramente é encontrado na realidade social.

Em primeiro lugar, não há quase nenhuma norma cujo teor seja diretamente atraente aos indivíduos cujo comportamento ela regula, de modo que sua mera ideia seja suficiente como motivação. Além disso, a conduta social dos indivíduos é sempre acompanhada por um julgamento de valor, ou seja, a ideia de que a conduta em consonância com a lei é "boa", ao passo que a contrária à ordem é "má". Por conseguinte, a conformidade à lei é geralmente associada à aprovação dos pares; a nãoconformidade, à sua desaprovação. O efeito dessa reação do grupo à conduta dos indivíduos em conformidade ou em conflito com a ordem é o de uma sanção da ordem. A partir de uma perspectiva realista, a diferença decisiva não se encontra entre as ordens sociais cuja eficácia repousa em sanções e aquelas cuja eficácia não repousa em sanções. Toda ordem social é, de certo modo, "sancionada" pela reação específica da comunidade à conduta de seus membros, em conformidade ou em conflito com a ordem. Isso também é verdadeiro no caso de sistemas morais altamente desenvolvidos, os quais se aproximam mais intimamente do tipo de motivação direta por normas desprovidas de sanção. A única diferença é que certas ordens sociais estabelecem, elas mesmas, sanções definidas, ao passo que, em outras, as sanções consistem numa reação automática da comunidade não expressamente estabelecida pela ordem.

b. Sanções transcendentais e socialmente organizadas

As sanções estabelecidas pela própria ordem social podem ter um caráter transcendental, ou seja, religioso, ou então social-imanente.

Em primeiro lugar, as sanções estabelecidas pela ordem consistem em vantagens ou desvantagens que devem ser aplicadas aos indivíduos por uma autoridade sobre-humana, um ser mais ou menos caracterizado como divino. De acordo com a ideia que os indivíduos têm dos seres sobre-humanos nos primórdios do desenvolvimento religioso, eles existem, não num além-mundo diferente do aqui, mas intimamente ligados aos homens na natureza que os circunda. O dualismo do aqui e do além ainda é desconhecido do homem primitivo[8]. Os seus primeiros deuses são as almas dos mortos, particularmente dos ancestrais, que vivem em árvores, rios, rochas e especialmente em certos animais. São eles que garantem a manutenção da ordem social primitiva, punindo a sua violação com morte, doença, má sorte na caça e, de modo similar, recompensando a sua observância com saúde, vida longa e boa sorte na caça. A retri-

---

8. Cf. meu trabalho *Society and Nature* (1943), 24 ss.

buição realmente emana da divindade, mas é tornada real no aqui. Pois a natureza é explicada pelo homem primitivo de acordo com o princípio da retribuição. Ele considera os eventos naturais apenas no que diz respeito à vantagem ou à desvantagem a eles associadas e interpreta os eventos vantajosos como recompensa e os desvantajosos como punição a ele infligida pelos seres pessoais e sobre-humanos que imagina existir dentro ou por trás dos fenômenos naturais. A ordem social primordial possui um caráter absolutamente religioso. Originalmente, não conhece outras sanções que as religiosas, ou seja, as que emanam de uma entidade sobre-humana. Apenas mais tarde, pelo menos dentro do grupo mais estreito, aparecem, lado a lado com as sanções transcendentais, as sanções socialmente imanentes, ou seja, organizadas, sanções a serem executadas por um indivíduo determinado pela ordem social de acordo com as disposições dessa ordem. Nas relações entre diferentes grupos, a vingança de sangue aparece bem cedo como uma reação socialmente organizada contra um dano considerado injustificado e atribuível a um membro de um grupo alienígena.

O grupo do qual parte essa reação é uma comunidade baseada numa relação de sangue. A reação é induzida pelo medo da alma da pessoa assassinada. Aparentemente, esta última não pode se vingar de seu assassino, caso ele pertença a um grupo alienígena. Portanto, ela compele seus parentes a executar a vingança. A sanção organizada socialmente desse modo é ela própria garantida por uma sanção transcendental. Os que fracassam em vingar a morte de seu parente na pessoa do assassino estrangeiro e de seu grupo são ameaçados com doença e morte pela alma do homem assassinado. Ao que tudo indica, a vingança de sangue é a mais antiga sanção socialmente organizada. É digno de nota o fato de que, de início, ela possuía um caráter intertribal. Somente quando a comunidade social abarca diversos grupos, baseada na consanguinidade, é que a vingança de sangue se torna de fato uma instituição intratribal.

No curso posterior do desenvolvimento religioso, a divindade é concebida como pertencente a um domínio bastante diferente do aqui, como removida para longe dele, e a realização da retribuição divina é protelada para o além-mundo. Com bastante frequência, esse além é dividido – em correspondência com o caráter dual da retribuição – num céu e num inferno. Nesse estágio, a ordem social perdeu seu caráter religioso. A ordem religiosa funciona apenas como suplemento e apoio para a ordem social. As sanções da última são exclusivamente atos de indivíduos humanos regulados pela própria ordem social.

c. Punição e recompensa

É digno de nota o fato de que entre as duas sanções aqui apresentadas como típicas – a ameaça de desvantagem em caso de desobediência (punição, no sentido mais amplo do termo) e a promessa de vantagem no caso de obediência (a recompensa) –, a primeira desempenha um papel muito mais importante que o da segunda na realidade social. Que a técnica da punição seja preferida à da recompensa é percebido com clareza especial onde a ordem social ainda possui um caráter distintamente religioso, *i.e.*, onde é garantida por sanções transcendentais. O comportamento em conformidade com a ordem social por parte dos povos primitivos, sobretudo no tocante à observância de numerosas proibições chamadas de "tabus", é determinado principalmente pelo medo que domina a vida de tais povos. É o medo do doloroso mal com que a autoridade sobre-humana reage a toda violação dos costumes tradicionais. Se as violações das normas sociais são bem menos frequentes nas sociedades primitivas do que nas sociedades civilizadas, como dizem alguns etnologistas, o responsável por esse efeito de preservação da ordem social é o medo da vingança dos espíritos, o medo de uma punição que tem origem divina, mas que tem lugar aqui. A esperança de recompensa tem uma significação apenas secundária. E, mesmo em religiões altamente desenvolvidas, onde a retribuição divina não é mais, ou não apenas, realizada aqui, mas no além, a ideia de uma punição a ser esperada após a morte ocupa o primeiro lugar. Nas crenças efetivas do gênero humano, o medo do inferno é muito mais vivo, e a imagem de um lugar de punição é muito mais concreta que a esperança geralmente vaga de um paraíso futuro onde nossa virtude encontrará sua recompensa. Mesmo quando a fantasia de concretização de desejos dos indivíduos não é limitada por quaisquer restrições, ela imagina uma ordem transcendental, cuja técnica não é de todo diferente da técnica da sociedade empírica. Isso pode ser atribuído ao fato de que a ideologia religiosa sempre reflete, em maior ou menor grau, a realidade social concreta. E, no que diz respeito à organização do grupo, leva-se em conta essencialmente apenas um método de obtenção do comportamento socialmente desejado: a ameaça de aplicação de um mal no caso de comportamento contrário – a técnica da punição. A técnica da recompensa desempenha um papel significativo apenas nas relações privadas dos indivíduos.

d. O Direito como ordem coercitiva

Quando a sanção é organizada socialmente, o mal aplicado ao violador da ordem consiste numa privação de posses – vida, saúde, liberdade ou propriedade. Como as posses lhe são tomadas contra a sua vontade, essa sanção tem o caráter de uma medida de coerção. Isso não significa que a força física deva ser aplicada na execução da sanção. Onde a autoridade que aplica a sanção possui poder adequado, esse caso é apenas excepcional. Uma ordem social que busca efetuar nos indivíduos a conduta desejada através da decretação de tais medidas de coerção é chamada ordem coercitiva. Ela o é porque ameaça atitudes socialmente danosas com medidas de coerção, porque decreta tais medidas de coerção. Como tal, ela apresenta um contraste com todas as outras ordens possíveis – as que estabelecem recompensas de preferência a punições como sanções e, em especial, as que não decretam absolutamente sanção alguma, valendo-se da técnica da motivação direta. Em contraste com as ordens que decretam medidas coercitivas como sanções, a eficácia das outras repousa não na coerção, mas na obediência voluntária. Ainda assim, esse contraste não é tão distinto como pode parecer à primeira vista. Isso se segue do fato de que a técnica de recompensa, como técnica de motivação indireta, tem o seu lugar entre a técnica de motivação indireta através de punição – como técnica de coerção – e a técnica de motivação direta, a técnica da obediência voluntária. A obediência voluntária é em si mesma uma forma de motivação, ou seja, de coerção, e, por conseguinte, não é liberdade, mas coerção no sentido psicológico. Se as ordens coercitivas são contrastadas com as que não possuem caráter coercitivo, que repousam na obediência voluntária, isso é possível apenas no sentido de que uma estabelece medidas de coerção, ao passo que a outra não o faz. E essas sanções são medidas coercitivas apenas no sentido de que certas posses são tiradas dos indivíduos em questão contra sua vontade, se necessário pelo emprego da força física.

Nesse sentido, o Direito é uma ordem coercitiva.

Se as ordens sociais, tão extraordinariamente diferentes em seus teores, que prevaleceram em diferentes épocas e entre diferentes povos, são chamadas ordens jurídicas, poder-se-ia supor que está sendo usada uma expressão quase que destituída de significado. O que o chamado Direito dos babilônios antigos poderia ter em comum com o direito vigente hoje nos Estados Unidos? O que a ordem social de uma tribo negra sob a liderança de um chefe despótico – uma ordem igualmente chamada "Direito" – poderia ter em comum com a constituição da república suíça? No entanto, há um elemento comum que justifica plenamente essa terminologia e que dá condições à palavra "Direito" de surgir como expressão de um conceito com um significado muito importante em termos sociais. Isso porque a palavra se refere à técnica social específica de uma ordem coercitiva, a qual, apesar das enormes diferenças entre o Direito da antiga Babilônia e o dos Estados Unidos de hoje, entre o Direito dos *ashanti* na África Ocidental e o dos suíços na Europa, é, contudo, essencialmente a mesma para todos esses povos que tanto diferem em tempo, lugar e cultura: a técnica social que consiste em obter a conduta social desejada dos homens através da ameaça de uma medida de coerção a ser aplicada em caso de conduta contrária. Saber quais são as condições sociais que necessitam dessa técnica é uma importante questão sociológica. Não sei se podemos ou não respondê-la de modo satisfatório. Tampouco sei se é possível ou não o gênero humano se emancipar totalmente dessa técnica social. Mas, caso a ordem social viesse no futuro a não mais possuir o caráter de ordem coercitiva, caso a sociedade viesse a existir sem "Direito", então, a diferença entre essa sociedade do futuro e a do presente seria incomensuravelmente maior que a diferença entre os Estados Unidos e a Babilônia antiga, ou entre a Suíça e a tribo *ashanti*.

e. Direito, moralidade, religião

Ao mesmo tempo que reconhecemos o Direito como uma técnica social específica de uma ordem coercitiva, podemos colocá-lo em nítido contraste com outras ordens sociais que perseguem, em parte, os mesmos propósitos que o Direito, mas através de métodos bem diversos. Além disso, o Direito é um meio, um meio social específico, e não um fim. O Direito, a moralidade e a religião, todos os três proíbem o assassinato. Só que o Direito faz isso estabelecendo que, se um homem cometer assassinato, então outro homem, designado pela ordem jurídica, aplicará contra o assassino certa medida de coerção prescrita pela ordem jurídica. A moralidade limita-se a exigir: não matarás. E, se um assassino é relegado moralmente ao ostracismo por seus pares, e se vários indivíduos evitam o assassinato não tanto porque desejam evitar a punição do Direito, mas a desaprovação moral de seus pares, permanece ainda uma grande diferença: a de que a reação do Direito consiste em uma medida de coerção decretada pela ordem e socialmente organizada, ao passo que a reação moral contra a conduta imoral não é nem estabelecida pela moral, nem é, quando estabelecida, socialmente organizada. Nesse aspecto, as normas religiosas encontram-se mais próximas das normas jurídicas do que as normas morais. Pois as normas religiosas ameaçam o assassino com a punição por uma autoridade sobre-humana. As sanções que as normas religiosas formulam têm um caráter transcendental; não se trata de sanções socialmente organizadas, apesar de estabelecidas pela ordem religiosa. São provavelmente mais eficientes do que as sanções jurídicas. Sua eficácia, contudo, pressupõe a crença na existência e no poder de uma autoridade sobre-humana.

Não é, porém, a eficiência das sanções que se encontra em questão aqui, mas apenas saber se e como elas são providas pela ordem social. A sanção socialmente organizada é um ato de coerção que um indivíduo determinado pela ordem social dirige, da maneira determinada pela ordem social, contra o indivíduo responsável por uma conduta contrária a essa ordem. Chamamos a essa conduta "delito". Tanto o delito quanto a sanção são determinados pela ordem jurídica. A sanção é a reação da ordem jurídica contra o delito ou, o que redunda no mesmo, a reação da comunidade, constituída pela ordem jurídica, contra o malfeitor, o delinquente. O indivíduo que executa a sanção atua como um agente da ordem jurídica. Isso equivale a dizer que o indivíduo que executa a sanção atua como um órgão da comunidade, constituída pela ordem jurídica. Uma comunidade social nada mais é que uma ordem social que regula o comportamento recíproco dos indivíduos sujeitos a essa ordem. Dizer que os indivíduos pertencem a certa comunidade ou que formam certa comunidade significa apenas que os indivíduos estão sujeitos a uma ordem comum que regula seu comportamento recíproco. A sanção legal é, desse modo, interpretada como um ato da comunidade jurídica; ao passo que a sanção transcendental – a doença ou a morte do pecador ou a punição em outro mundo – nunca é interpretada como uma reação do grupo social, mas sempre como um ato de uma autoridade sobre-humana e, consequentemente, suprasocial.

f. A monopolização do uso da força

Entre os paradoxos da técnica social aqui caracterizada como ordem coercitiva encontra-se o fato de o seu instrumento específico, o ato coercitivo da sanção, ser exatamente do mesmo tipo que o ato que ele busca prevenir nas relações dos indivíduos, o delito; o fato de que a sanção contra uma conduta socialmente danosa é, ela própria, uma conduta similar. Pois o que deve ser obtido através da ameaça de perda de vida, saúde, liberdade ou propriedade é precisamente que os homens, em suas relações mútuas, se abstenham de privar um ao outro de vida, saúde, liberdade ou propriedade. A força é empregada para prevenir o emprego da força na sociedade. Aparentemente, trata-se de uma antinomia; e o esforço para evitar essa antinomia leva à doutrina do anarquismo absoluto, que proscreve a força mesmo como sanção. O anarquismo tende a estabelecer a ordem social baseada unicamente na obediência voluntária dos indivíduos. Ele rejeita a técnica de uma ordem coercitiva e, portanto, rejeita o Direito como forma de organização.

A antinomia, no entanto, é apenas aparente. O Direito, com certeza, é uma ordenação que tem como fim a promoção da paz, na medida em que proíbe o uso da força nas relações entre os membros da comunidade. Contudo, ele não exclui absolutamente o uso da força. O Direito e a força não devem ser compreendidos como absolutamente antagônicos. O Direito é uma organização da força. Porque o Direito vincula certas condições para o uso da força nas relações entre os homens, autorizando o emprego da força apenas por certos indivíduos e sob certas circunstâncias. O Direito autoriza certa conduta que, sob todas as outras circunstâncias, deve ser considerada "proibida"; ser considerada proibida significa ser a própria condição para que tal ato coercitivo atue como sanção. O indivíduo que, autorizado pela ordem jurídica, aplica a medida coercitiva (a sanção) atua como um agente dessa ordem ou – o que equivale a dizer o mesmo – como um órgão da comunidade, constituído por ela. Apenas esse indivíduo, apenas o órgão da comunidade, está autorizado a empregar a força. Por conseguinte, pode-se dizer que o Direito faz do uso da força um monopólio da comunidade. E, precisamente por fazê-lo, o Direito pacifica a comunidade.

g. Direito e paz

A paz é uma condição na qual não há o uso da força. Nesse sentido da palavra, o Direito assegura paz apenas relativa, não absoluta, na medida em que priva os indivíduos do direito de empregar a força, mas reserva-o à comunidade. A paz do Direito não é uma condição de ausência absoluta de força, um estado de anarquia; é uma condição de monopólio de força, um monopólio de força da comunidade.

Afinal, uma comunidade só será possível se cada indivíduo respeitar certos interesses – vida, saúde, liberdade e propriedade – de todos os outros, ou seja, se cada um se abstiver de interferir pela força nas esferas de interesses dos outros. A técnica social que chamamos "Direito" consiste em induzir o indivíduo a se abster de interferência imposta na esfera de interesses dos outros através de meios específicos: no caso de tal interferência, a própria comunidade jurídica reage com uma interferência similar na esfera de interesses do indivíduo responsável pela influência prévia. Igual por igual. É a ideia de retribuição que se encontra na base dessa técnica social. Apenas num estágio relativamente tardio de evolução é que a ideia de retribuição é substituída pela de prevenção. Mas, então, trata-se apenas de uma mudança de ideologia justificando a técnica específica do Direito. A técnica em si permanece a mesma.

Desse modo, a interferência imposta na esfera de interesses de outrem constitui, por um lado, um ato ilegal, o delito, e, por outro, uma sanção. O Direito é uma ordem segundo a qual o uso da força é geralmente proibido, mas, em caráter excepcional, sob certas circunstâncias e a certos indivíduos, é permitido como sanção. Na regra jurídica, o emprego da força surge como delito, *i.e.*, a condição para a sanção, ou como sanção, *i.e.*, a reação da comunidade jurídica contra o delito.

Na medida em que a interferência imposta na esfera de interesses dos indivíduos é permitida apenas como reação da comunidade contra a conduta proibida de um indivíduo, na medida em que a interferência imposta na esfera de interesses dos indivíduos é tornada monopólio da comunidade, uma esfera definida de interesses dos indivíduos é protegida. Desde que não exista nenhum monopólio de interferência imposta da comunidade na esfera de interesses do indivíduo, ou seja, desde que a ordem social não estipule que se possa lançar mão dessa interferência imposta na esfera de interesses do indivíduo apenas sob condições bem definidas (a saber, como reação contra a interferência ilegal na esfera de interesses dos indivíduos e, então, apenas por indivíduos determinados), não haverá nenhuma esfera de interesses dos indivíduos protegida pela ordem social. Em outras palavras, não há um estado de Direito que, no sentido aqui desenvolvido, seja essencialmente um estado de paz.

h. Compulsão psíquica

O parecer de que a coerção é um elemento essencial do Direito costuma ser interpretado falsamente, de modo que a eficiência da sanção jurídica seja vista como parte do conceito de Direito. Diz-se que a sanção é eficiente se os indivíduos sujeitos à lei – a fim de evitar o mal da sanção – se comportam "legalmente"' ou se a sanção é executada no caso de sua condição, o delito, ter sido concretizada. Uma expressão desse parecer é a afirmação, com frequência ouvida, de que o Direito é uma regra "executável pela força" ou, mesmo, uma regra efetivamente "executada pela força" por certa autoridade. A conhecida definição de Holland é típica: "Uma lei é, no sentido próprio do termo, ... uma regra geral da ação humana externa efetivada pela força por uma autoridade política soberana"[9]. Ou seja, é da essência de uma regra jurídica o fato de que a sanção por ela prescrita seja executada pelo órgão apropriado. No entanto, tal é o caso apenas quando um indivíduo não se comporta legalmente, quando ele "viola" a regra jurídica. Em outras palavras, a sanção a ser executada pelo órgão é prevista

---

9. *Sir* Thomas Erskine Holland, *The Elements of Jurisprudence* (13ª ed., 1924), 41 s.

apenas para os casos concretos em que a conduta que a ordem jurídica tenta obter não foi "executada pela força" e, desse modo, provou não ser "executável pela força". É apenas para esses casos que a sanção foi estabelecida.

Usemos o termo "sujeito" para denotar o indivíduo que obedece ou não à lei e o termo "órgão" para denotar o indivíduo que executa a sanção e que, por fazê-lo, aplica a lei. Caso se descreva o Direito como uma regra da conduta humana "executável pela força" ou "executada pela força", então uma distinção deve ser feita entre a conduta do sujeito e a conduta do órgão. Em sua definição, Holland parece referir-se à conduta do órgão. Contudo, os que falam em "execução forçosa" da lei costumam ter em mente a conduta do sujeito: o fato de que o sujeito é compelido a obedecer à regra jurídica. Eles se referem não à medida coercitiva que o órgão efetivamente executa, mas ao medo do sujeito de que a medida seja executada em caso de não obediência, de conduta ilegal. A "coerção" que eles têm em mente é, desse modo, uma compulsão psíquica, resultante da ideia que os homens têm da ordem jurídica. Essa ideia é "coercitiva" se fornece uma motivação para a conduta desejada pela ordem jurídica. No tocante a essa compulsão psíquica, o Direito não difere das normas morais ou religiosas. Porque as normas morais e religiosas também são coercitivas na medida em que nossas ideias a seu respeito fazem que nos comportemos de acordo com elas.

i. As motivações do comportamento lícito

A tentativa de tornar essa "compulsão psíquica" um elemento essencial do conceito de Direito está aberta a sérias objeções adicionais. Não sabemos exatamente quais motivações induzem os homens a cumprir as regras jurídicas. Nenhuma ordem jurídica positiva jamais foi investigada de maneira científica e satisfatória com o propósito de se responder a essa pergunta. Atualmente não dispomos nem mesmo de métodos que nos permitam tratar de modo científico desse problema de suma importância sociológica e política. Tudo o que podemos fazer é construir conjecturas mais ou menos plausíveis. É bem provável, contudo, que as motivações da conduta lícita não sejam, de modo algum, apenas o medo das sanções legais ou mesmo a crença na força de obrigatoriedade das regras jurídicas. Quando as ideias morais e religiosas de um indivíduo são paralelas à ordem jurídica à qual ele está sujeito, seu comportamento em conformidade com a lei é, muitas vezes, devido a essas ideias morais e religiosas. Benefícios que não estão, em absoluto, relacionados com a conduta lícita também podem ser uma motivação para a conduta em conformidade com a lei. Um homem muitas vezes cumpre o dever legal de saldar suas dívidas, não porque deseje evitar as sanções estabelecidas pela lei contra o indivíduo que não o faz, mas porque sabe que, se pagar suas dívidas escrupulosamente, seu crédito aumentará; ao passo que, se não saldar suas dívidas, perderá seu crédito. A vantagem do crédito não é estabelecida pela ordem jurídica como uma recompensa pelo cumprimento de deveres. Na verdade, é um benefício relacionado com a conduta humana lícita, e, frequentemente, o desejo de obter tal benefício funciona como motivação para a conduta lícita. Seria gratuito concluir, a partir do fato de que as pessoas, de um modo geral, se comportam em conformidade com as regras jurídicas, que isso se deve à compulsão psíquica que a ideia da ordem jurídica, o medo de suas sanções, exerce. Dizer que uma ordem jurídica é "eficaz" significa estritamente apenas que a conduta das pessoas conforma-se à ordem jurídica. Nenhuma informação é dada, por meio dessa afirmação, sobre as motivações de tal conduta e, em particular, sobre a "compulsão psíquica" que emana da ordem jurídica.

j. Argumentos contra a definição do Direito como ordem coercitiva

1. A teoria de Eugen Ehrlich

A doutrina segundo a qual a coerção é um elemento essencial do Direito é contestada com certa frequência, sobretudo a partir de um ponto de vista sociológico. O argumento típico é a referência ao fato de que muitas vezes – senão na maior parte das vezes – os homens obedecem à ordem jurídica, cumprem seus deveres, não por causa do medo das sanções estabelecidas pela ordem jurídica, mas por outros motivos. Desse modo, por exemplo, Eugen Ehrlich, um dos fundadores da sociologia do Direito, diz:

> É bastante óbvio que o homem vive em meio a inúmeras relações jurídicas e que, com poucas exceções e de modo absolutamente voluntário, ele executa os deveres que lhe são incumbentes devido a essas relações. Alguém executa seus deveres como pai ou filho, como marido ou esposa, não interfere com o gozo da propriedade por parte dos vizinhos, paga suas dívidas, entrega o que vendeu, apresenta a seu empregador o trabalho que assumiu a obrigação de fazer. O jurista, naturalmente, está pronto a fazer a objeção de que todos os homens cumprem seus deveres apenas porque sabem que os tribunais poderiam, por fim, compeli-los a isso. Se ele fizesse o esforço, ao qual, sem dúvida, não está acostumado, de observar o que os homens fazem e deixam de fazer, logo se convenceria do fato de que, como regra, a ideia de compulsão pelos tribunais nem ao menos passa pela mente dos homens. Na medida em que não ajam simplesmente por instinto, tal como de fato ocorre na maioria dos casos, sua conduta é determinada por motivos inteiramente diversos: caso se portassem de outra maneira poderiam ter brigas com os parentes, perder sua posição, perder freguesia, ganhar a reputação de pessoas briguentas, desonestas, irresponsáveis. O jurista deveria ser a última pessoa a fechar os olhos para o fato de que aquilo que os homens fazem ou deixam de fazer como dever jurídico, nesse sentido, é muitas vezes algo bem diferente e, às vezes, muito mais do que aquilo que as autoridades poderiam compeli-los a fazer ou deixar de fazer. Não raro, a regra de conduta é bem diferente da regra que é obedecida por compulsão (*Zwangsnorm*)[10].

---

10. Eugen Ehrlich, *Grundlegung der Soziologie des Rechts* (1913), citação da tradução inglesa, *Fundamental Principles of the Sociology of Law* (1936), 21.

Sem sombra de dúvida é correta a afirmação de que os indivíduos sujeitos à ordem jurídica não conformam sua conduta a essa ordem apenas porque desejam evitar os efeitos desagradáveis previstos por ela. Mas essa afirmação não é, em absoluto, irreconciliável com a doutrina de que a coerção seja um elemento essencial do Direito. Essa doutrina não se refere às motivações efetivas da conduta dos indivíduos sujeitos à ordem jurídica, mas ao seu conteúdo, aos meios específicos empregados pela ordem jurídica para obter certa conduta dos indivíduos, à técnica específica dessa ordem social. A doutrina de que a coerção seja um elemento essencial do Direito não se refere à conduta efetiva dos indivíduos sujeitos à ordem jurídica, mas à própria ordem jurídica, ao fato de que a ordem jurídica sustenta sanções e que, exatamente por esse fato e apenas por ele, ou seja, por essa técnica específica, ela é distinta de outras ordens sociais. Se – contra seu impulso instintivo – um indivíduo se abstém de assassinato, adultério, roubo, porque acredita em Deus e se sente obrigado pelos Dez Mandamentos, e não porque teme a punição que certas ordens jurídicas vinculam a esses crimes, as normas jurídicas – pelo menos no que diz respeito a esse indivíduo – são completamente supérfluas; não possuindo efeito algum, de um ponto de vista psicológico, elas até mesmo inexistem em relação a esse indivíduo. Se caracterizarmos a conduta humana a partir da perspectiva de suas motivações, a conduta do indivíduo em questão é um fenômeno religioso, e não jurídico, sendo objeto de estudo da sociologia da religião, e não da sociologia do Direito. Se a ordem jurídica prevê a punição no caso de um homem cometer assassinato, roubo, adultério, é porque o legislador supõe – correta ou erroneamente – que a crença em Deus e seus Dez Mandamentos, que outras motivações, além do medo da punição jurídica, não são suficientes para induzir o homem a se abster de assassinato, roubo e adultério. Se existe alguma ordem jurídica com sanções específicas, é precisamente porque os homens que criam e executam essa ordem jurídica supõem – correta ou erroneamente – que outras ordens sociais, sem sanções ou com sanções diversas, não têm eficiência sufi-

O DIREITO

ciente para obter a conduta que os criadores e executores da ordem jurídica consideram desejável.

O que distingue a ordem jurídica de todas as outras ordens sociais é o fato de que ela regula a conduta humana por meio de uma técnica específica. Se ignoramos esse elemento específico do Direito, se não concebemos o Direito como uma técnica social específica, se definimos o Direito simplesmente como ordem ou organização, e não como uma ordem coercitiva, então perdemos a possibilidade de diferenciar o Direito de outros fenômenos sociais; identificamos o Direito com a sociedade e a sociologia do Direito com a sociologia geral.

Esse é um erro típico de vários sociólogos do Direito e, em especial, da sociologia do Direito de Eugen Ehrlich. Sua tese principal é a de que o Direito é uma ordem coercitiva apenas se identificado com as regras segundo as quais os tribunais têm de decidir as disputas jurídicas que lhes são apresentadas. Mas o Direito não é, ou não é, apenas, a regra segundo a qual os tribunais decidem ou têm de decidir as disputas; o Direito é a regra segundo a qual os homens efetivamente se conduzem:

> A regra de conduta humana e a regra segundo a qual os juízes decidem as disputas jurídicas podem ser duas coisas completamente distintas; porque os homens não se comportam sempre de acordo com as regras que serão aplicadas na resolução de suas disputas. Sem dúvida, o historiador do Direito concebe o Direito como uma regra da conduta humana; ele expõe as regras segundo as quais, na Antiguidade ou na Idade Média, os casamentos eram firmados, segundo as quais marido e mulher, pais e filhos, conviviam em família; ele diz se a propriedade era de posse individual ou comum, se o solo era cultivado pelo proprietário ou por um arrendatário que pagava aluguel ou por um servo que rendia serviços; as regras segundo as quais os contratos eram celebrados e a propriedade, transmitida. O mesmo seria ouvido caso se pedisse a um viajante que retorna de terras estrangeiras um relato do Direito dos povos que conheceu. Ele falará dos costumes de casamento, da vida familiar, da maneira de se celebrarem contratos, mas terá pouco a dizer sobre as regras segundo as quais as ações judiciais são decididas.
> Esse conceito de Direito, que o jurista adota de modo totalmente instintivo quando está estudando o Direito de um país estrangei-

ro ou de tempos remotos com um propósito puramente científico, ele abandonará de imediato quando se voltar para o Direito positivo de seu próprio país e de sua própria época. Sem que ele tenha consciência disso, dissimuladamente, por assim dizer, a regra segundo a qual os homens agem torna-se a regra segundo a qual seus atos são julgados pelas cortes e outros tribunais. A última, certamente, é também uma regra de conduta, mas ela o é apenas para uma pequena parcela das pessoas, *i.e.*, para as autoridades encarregadas de aplicar a lei, ao contrário da primeira, que o é para a totalidade das pessoas. A perspectiva científica cedeu lugar à perspectiva prática, adaptada às exigências do funcionário jurídico, o qual, com certeza, está interessado em conhecer a regra segundo a qual deve proceder. É certo que os juristas consideram essas regras também como regras de conduta, mas eles alcançam tal perspectiva por meio de um julgamento precipitado. Eles querem dizer que as regras segundo as quais os tribunais tomam decisões são as regras pelas quais os homens devem regular sua conduta. A isso acrescenta-se uma vaga noção de que, com o decorrer do tempo, os homens realmente regularão sua conduta de acordo com as regras segundo as quais os tribunais proferem suas sentenças. Ora, é verdade que uma regra de conduta não é apenas uma regra segundo a qual os homens habitualmente regulam sua conduta, mas também uma regra segundo a qual os homens devem fazê-lo; no entanto, trata-se de uma pressuposição de todo inadmissível a de que esse "deve" seja determinado exclusiva, ou mesmo preponderantemente, pelos tribunais. A experiência cotidiana ensina o contrário. Certamente ninguém nega que as decisões jurídicas influenciam a conduta dos homens, mas devemos, em primeiro lugar, indagar até que ponto isso é verdadeiro e de quais circunstâncias isso depende[11].

A resposta de Ehrlich a essa questão é que as decisões judiciais influenciam a conduta dos homens apenas num âmbito bastante limitado. As regras de acordo com as quais os tribunais e outros órgãos da comunidade decidem os litígios, e com isso queremos dizer as regras que preveem atos coerci-

---

11. Ehrlich, *Sociology of Law*, 10-1.

tivos como sanções, são apenas uma parte, e nem ao menos uma parte essencial, do Direito, o qual é a regra ou o complexo de regras de acordo com o qual os homens – inclusive os que não são órgãos da comunidade – efetivamente se conduzem. Mas nem toda regra segundo a qual os homens se conduzem é uma regra jurídica. Qual é a diferença específica entre as regras jurídicas e as outras regras da conduta humana? Em outras palavras: qual é o critério de Direito, qual é o objeto específico de uma sociologia do Direito em contraposição ao objeto da sociologia geral? Para essa pergunta, Ehrlich tem a seguinte resposta:

> Três elementos, portanto, devem, sob quaisquer circunstâncias, ser excluídos do conceito de Direito como ordem compulsória mantida pelo Estado – um conceito ao qual a ciência jurídica tradicional tem se agarrado tenazmente em substância, apesar de nem sempre fazê-lo quanto à forma. Não é um elemento essencial do conceito de Direito o fato de ser ele criado pelo Estado, ou o de constituir a base para as decisões das cortes e outros tribunais, nem o de ser a base de uma compulsão legal resultante de alguma dessas decisões. Resta um quarto elemento, e esse deverá ser o ponto de partida, *i.e.*, o Direito é um ordenamento... Podemos considerar como provado que, dentro do âmbito do conceito de associação, o Direito é uma organização, ou seja, uma regra que atribui a todo e cada membro da associação sua posição na comunidade, seja ela de dominação ou sujeição (*Ueberordnung, Unterordnung*), e seus deveres; e que, então, é absolutamente impossível pressupor que o Direito exista dentro dessas associações principalmente com o propósito de solucionar controvérsias que emergem da relação comunal. A norma jurídica segundo a qual são decididos os litígios jurídicos, a norma de decisão, é meramente uma espécie de norma jurídica com funções e propósitos limitados[12].

O resultado da tentativa de Ehrlich de emancipar a definição de Direito do elemento de coerção é a seguinte definição: o

---

12. Ehrlich, *Sociology of Law*, 23-4.

Direito é um ordenamento da conduta humana. Mas essa é uma definição de sociedade, não de Direito. Todo complexo de regras ordenando a conduta recíproca dos homens é uma ordem ou organização que constitui uma comunidade ou associação e que "atribui a todo e cada membro da associação sua posição na comunidade e seus deveres". Existem várias ordens de tal tipo que não possuem caráter jurídico. Mesmo que limitemos o conceito de ordem ou organização a ordens relativamente centralizadas que instituem órgãos especiais para a criação e a aplicação da ordem, o Direito não é suficientemente determinado pelo conceito de ordem. O Direito é uma ordem que atribui a todo membro da comunidade seus deveres e, desse modo, sua posição na comunidade, por meio de uma técnica específica, prevendo um ato de coerção, uma sanção dirigida contra o membro da comunidade que não cumpre seu dever. Se ignoramos esse elemento, não temos capacidade para diferenciar a ordem jurídica das outras ordens sociais.

2. A série infinita de sanções

Outro argumento contra a doutrina de que a coerção é um elemento essencial do Direito, ou de que as sanções constituem um elemento necessário dentro da estrutura jurídica, diz o seguinte: se é necessário garantir a eficácia de uma norma que prescreve certo comportamento por meio de outra norma que prescreve uma sanção para o caso de a primeira não ter sido obedecida, é inevitável uma série infinita de sanções, um *regressus ad infinitum*. Pois "a fim de assegurar a eficácia de uma regra do enésimo grau, uma regra do grau n + 1 é necessária"[13]. Já que a ordem jurídica pode ser constituída apenas por um número definido de regras, as normas que prescrevem sanções pressupõem normas que não prescrevem sanções. A coerção não é um elemento necessário, mas apenas possível, do Direito.

---

13. N. S. Timasheff, *An Introduction to the Sociology of Law* (1939), 264. De acordo com L. Petrazhitsky, *Theory of Law and State* (em russo, 2ª ed., 1909), 273-85.

O DIREITO

É correta a asserção de que, a fim de assegurar a eficácia de uma regra de enésimo grau, é necessária uma regra de grau n + 1 e que, portanto, é impossível assegurar a eficácia de todas as regras jurídicas através de regras que preveem sanções; mas a regra de Direito não é uma regra cuja eficácia é assegurada por outra regra que prevê uma sanção, mesmo que a eficácia dessa regra não seja assegurada por outra regra. Uma regra é uma regra jurídica não porque sua eficácia é assegurada por outra regra que prevê uma sanção; uma regra é uma regra jurídica porque ela prevê uma sanção. O problema da coerção (constrangimento, sanção) não é o de assegurar a eficácia das regras, mas sim o do conteúdo das regras. O fato de ser impossível assegurar a eficácia de todas as regras de uma ordem jurídica através de regras prevendo sanções não exclui a possibilidade de se considerarem apenas as regras prevendo sanções como regras jurídicas. Todas as normas de uma ordem jurídica são normas coercitivas, *i.e.*, normas que preveem sanções; mas entre essas normas existem algumas cuja eficácia não é assegurada por normas coercitivas. A norma *n*, por exemplo, diz o seguinte: se um indivíduo roubar outro indivíduo, um órgão da comunidade irá puni-lo. A eficácia dessa norma é assegurada pela norma n + 1: se o órgão não punir o ladrão, outro órgão punirá o órgão que violar seu dever de punir o ladrão. Não existe uma norma n + 2 assegurando a eficácia da norma n + 1. A norma coercitiva n + 1 – se o órgão não punir o ladrão, outro órgão punirá o órgão violador da lei – não é garantida por uma norma do grau n + 2. Mas todas as ordens dessa ordem jurídica são normas coercitivas[14].

Por fim, fazem-se objeções à doutrina de que a coerção seja um elemento essencial do Direito alegando-se que entre as normas de uma ordem jurídica há várias que não preveem sanção alguma. As normas da constituição são frequentemente destacadas como ordens jurídicas, apesar de preverem sanções. Trataremos desse argumento num capítulo posterior[15].

---

14. Isso não significa que a execução da sanção estipulada em uma norma jurídica tenha sempre o caráter de um dever jurídico. Cf. *infra*, 64 ss.

15. Cf. *infra*, 146 s.

C. VALIDADE E EFICÁCIA

O elemento de "coerção", que é essencial ao Direito, consiste, desse modo, não na chamada "compulsão psíquica", mas no fato de que atos específicos de coerção, como sanções, são previstos em casos específicos pelas regras que formam a ordem jurídica. O elemento de coerção é relevante apenas como parte do conteúdo da norma jurídica, apenas como um ato estipulado por essa norma, não como um processo na mente do indivíduo sujeito à norma. As regras que constituem um sistema de moralidade não possuem tal significação. Se os homens se comportam efetivamente ou não de maneira a evitar a sanção com que a norma jurídica os ameaça, e se a sanção é efetivamente levada a cabo, caso suas condições sejam concretizadas, são questões concernentes à eficácia do Direito. Mas não é a eficácia, e sim a validade do Direito que se encontra em questão aqui.

a. A "norma"

Qual é a natureza da validade do Direito, considerada distinta de sua eficácia? A diferença pode ser ilustrada por um exemplo: uma regra jurídica proíbe o roubo, prescrevendo que todo ladrão deve ser punido pelo juiz. Essa regra é "válida" para todas as pessoas, para os indivíduos que têm de obedecer à regra, os "sujeitos" aos quais, desse modo, o roubo é proibido. A regra jurídica é "válida" em particular para os que efetivamente roubam e, ao fazê-lo, "violam" a regra. Ou seja, a regra jurídica é válida até mesmo nos casos em que lhe falta "eficácia". É precisamente nesse caso que ela tem de ser "aplicada" pelo juiz. A regra em questão é válida, não apenas para os sujeitos, mas também para os órgãos que aplicam a lei. No entanto, a regra conserva sua validade mesmo que o ladrão consiga fugir, e o juiz se veja na impossibilidade de puni-lo, de aplicar a regra jurídica. Assim, no caso particular, a regra é válida para o juiz mesmo quando sem eficácia, no sentido de que as condições prescritas pela regra foram concretizadas e, ainda assim, o juiz se acha impossibilitado de ordenar a sanção. Qual é, então, o significado da afirmação de que a regra é válida mesmo quando, num caso concreto, ela carece de eficácia, não é obedecida ou não é aplicada?

Por "validade" queremos designar a existência específica de normas. Dizer que uma norma é válida é dizer que pressupomos sua existência ou – o que redunda no mesmo – pressupomos que ela possui "força de obrigatoriedade" para aqueles cuja conduta regula. As regras jurídicas, quando válidas, são normas. São, mais precisamente, normas que estipulam sanções. Mas o que é uma norma?

1. O Direito como comando, i.e., expressão de uma vontade

Em nossa tentativa de explicar a natureza da norma, suponhamos provisoriamente que a norma seja um comando. É assim que Austin caracteriza o Direito. Ele diz: "Toda *lei* ou *regra*... é um *comando*. Ou melhor, leis ou regras, assim apropriadamente chamadas, são uma *espécie* de comando"[16]. Um comando é a expressão da vontade ou desejo de um indivíduo, cujo objeto é a conduta de outro indivíduo. Se eu quero (ou desejo) que alguém se conduza de certo modo, e se expresso minha vontade (ou desejo) ao outro de um modo particular, então essa expressão de minha vontade (ou desejo) constitui um comando. Um comando difere em forma de um pedido ou de um mero apelo. Um comando é a expressão em forma imperativa da vontade de que alguém se conduza de certa maneira. É mais provável que um indivíduo dê essa forma à sua vontade quando ele tem, ou acredita ter, certo poder sobre o outro indivíduo, quando ele está, ou pensa que está, em posição de impor obediência. Mas nem todo comando é uma norma válida. Um comando é uma norma apenas quando for obrigatório para o indivíduo ao qual é dirigido, apenas quando esse indivíduo deve fazer o que o comando exige. Quando um adulto ordena a

---

16. 1 John Austin, *Lectures on Jurisprudence* (5ª ed., 1885), 88.

uma criança que faça algo, não se trata de um caso de comando obrigatório, por maior que seja a superioridade de poder do adulto, e por mais imperativa que seja a forma do comando. No entanto, se o adulto for pai ou professor da criança, então o comando é obrigatório para ela. A obrigatoriedade ou não de um comando é algo que depende do fato de ser o indivíduo que comanda "autorizado" ou não a emitir esse comando. Uma vez que o seja, a expressão de sua vontade tem o caráter de obrigatoriedade, mesmo que, na verdade, ele não tenha qualquer poder superior e a expressão careça da forma imperativa. Austin, é verdade, é da opinião de que "um comando se distingue das outras acepções de desejo não pelo estilo em que o desejo é expresso, mas pelo poder e pelo propósito da parte que comanda para infligir mal ou dor no caso de ser desobedecida". Ele acrescenta: "Um comando se distingue das outras acepções de desejo por esta peculiaridade: a de a parte à qual ele é dirigido estar sujeita a um mal infligido pela outra, caso não se submeta ao seu desejo. Estando sujeito a um mal de sua parte, caso não me submeta a um desejo que você exprime, estou *constrangido* ou *obrigado* por seu comando"[17]. Assim, ele identifica os dois conceitos: "comando" e "comando obrigatório". Mas isso é incorreto, já que nem todo comando emitido por alguém de poder superior é de natureza obrigatória. O comando de um bandido para que lhe entreguem dinheiro não é obrigatório, mesmo que o bandido tenha efetivamente poder para forçar sua vontade. Repetindo: um comando é obrigatório não porque o indivíduo que comanda possui uma superioridade real de poder, mas porque está "autorizado", porque está "investido do poder" de emitir comandos de natureza obrigatória. E ele está "autorizado" ou "investido do poder" apenas se uma ordem normativa, a qual se pressupõe que seja obrigatória, lhe confere tal capacidade, a competência para emitir comandos obrigatórios. Então, a expressão de sua vontade, dirigida à conduta de outro indivíduo, *é* um comando obrigatório, mesmo se o indivíduo que comanda não possui nenhum poder efetivo sobre o

---

17. 1 Austin, *Jurisprudence*, 89.

indivíduo a quem o comando é dirigido. A força de obrigatoriedade de um comando não é "derivada" do comando em si, mas das condições em que o comando é emitido. Na suposição de que as regras jurídicas sejam comandos obrigatórios, está claro que a força de obrigatoriedade reside nos comandos porque eles são emitidos por autoridades competentes.

2. A "vontade" das partes em uma transação jurídica

Numa análise mais rigorosa, torna-se patente que as regras de Direito são "comandos" apenas num sentido bastante vago. Um comando, no sentido próprio da palavra, existe apenas quando um indivíduo em particular estabelece e expressa um ato de vontade. No sentido próprio da palavra, a existência de um comando pressupõe dois elementos: um ato de vontade tendo a conduta de outrem como objeto, e a expressão dele por meio de palavras, gestos ou outros sinais. Um comando existe apenas na medida em que esses elementos estejam presentes. Se alguém me dirige um comando, e se, antes de executá-lo, eu tenho evidência satisfatória de que o ato subjacente à vontade não mais existe – a evidência pode ser a morte do indivíduo que comanda –, então, não estou diante de um comando, mesmo que a expressão deste ainda esteja presente – como pode acontecer, por exemplo, caso o comando seja escrito. A situação é completamente diversa quando o comando é obrigatório. Então, em linguagem comum, o comando "subsiste" mesmo quando o ato de vontade não mais existe. A chamada "última vontade" de alguém, seu testamento, é um comando que assume força de obrigatoriedade quando essa pessoa está morta, ou seja, quando ela não é mais capaz de ter uma vontade, e um comando, no sentido próprio da palavra, não teria possibilidade de existir. Neste caso, aquilo no qual reside a força de obrigatoriedade deve ser, portanto, algo diverso do ato psíquico de vontade na mente do testador. Se uma vontade real por parte do testador é absolutamente necessária para a validade de um testamento, então a força de obrigatoriedade não pode pertencer a essa vontade; ela deve pertencer a algo que é "criado" pela vontade do testador, algo cuja "existência" ou "validade" sobrevive à existência dessa vontade real.

A fim de estabelecer um "contrato obrigatório", dois indivíduos têm de expressar sua concordância, *i.e.*, sua intenção de concordância no que diz respeito à conduta recíproca. O contrato é o produto da vontade de duas partes contratantes. Contudo, pretende-se que o contrato permaneça válido mesmo se, mais tarde, uma das partes mudar de ideia e não mais quiser o que disse querer quando o contrato foi feito. Assim, o contrato obriga essa parte, mesmo que contra sua vontade, e, portanto, não pode ser na vontade das partes que reside a força de obrigatoriedade, a qual continua, permanece "válida", após o contrato ter sido firmado. Se denotarmos aquilo que possui a força de obrigatoriedade pelo termo "contrato", então o contrato obrigatório e o procedimento pelo qual foi criado, *i.e.*, a expressão da intenção de concordância das partes, são dois fenômenos diferentes. Além disso, não se sabe se o procedimento pelo qual um contrato obrigatório é criado implica que, na mente de cada parte, haja uma intenção real, uma "vontade", tendo como objeto o conteúdo do contrato.

3. A "vontade" do legislador

Se chamarmos um estatuto, votado por um parlamento nas formas prescritas pela constituição, de "comando" ou, o que redunda no mesmo, de "vontade" de um legislador, então o "comando", nesse sentido, não tem nada em comum com o comando propriamente dito. Um estatuto que deve sua existência a uma decisão parlamentar obviamente começa a existir primeiro no momento em que a decisão foi tomada e – supondo que a decisão seja a expressão de uma vontade – quando não haja mais a presença de vontade. Tendo aprovado o estatuto, os membros do parlamento voltam-se para outras questões e deixam de querer o conteúdo da lei, se é que alguma vez nutriram tal vontade. Já que o estatuto passa a existir quando se completa o procedimento legislativo, sua "existência" não pode consistir na vontade real dos indivíduos pertencentes ao órgão legislativo. Um jurista que deseja demonstrar a existência de uma lei não tenta, de modo algum, provar a existência de fenômenos psicológicos. A "existência" de uma norma jurídica não é um fenômeno psicológico. Um jurista considera um estatuto "existente" mesmo quando os indivíduos que o criaram não querem mais o conteúdo do estatuto ou, mais ainda, mesmo quando ninguém mais quer seu conteúdo, pelo menos ninguém dentre os que tinham competência para criar o estatuto através de atos de vontade. Na verdade, é possível, e muitas vezes acontece efetivamente, que o estatuto "exista" numa época em que os responsáveis por sua criação já estão mortos e incapazes de ter qualquer tipo de vontade há muito tempo. Desse modo, o estatuto obrigatório não pode ser a vontade na mente dos indivíduos que o fazem, mesmo que o ato de vontade real seja necessário para a elaboração do estatuto.

Caso façamos uma análise psicológica do procedimento pelo qual um estatuto é criado constitucionalmente, descobriremos ainda que o ato criador da regra obrigatória não precisa necessariamente ser um ato de "vontade" que tenha o conteúdo dessa regra por objeto. O estatuto é criado por uma determinação do parlamento. O parlamento – segundo a constituição – é a autoridade competente para dar força de lei ao estatuto. O procedimento pelo qual o parlamento aprova um estatuto consiste essencialmente na votação de um projeto de lei que foi submetido ao exame de seus membros. O estatuto é "aprovado" se a maioria dos membros votar a favor do projeto. Os membros que votam contra o projeto não "querem" o conteúdo do estatuto. Apesar do fato de expressarem uma vontade contrária, a expressão de sua vontade é tão essencial para a criação do estatuto quanto a expressão da vontade dos que votaram a favor. O estatuto, é bem verdade, é a "decisão" de todo o parlamento, incluindo a minoria divergente. Obviamente, no entanto, isso não significa que o parlamento "queira" o conteúdo do estatuto. Consideremos apenas a maioria que vota a favor da lei. Mesmo assim, a afirmação de que os membros dessa maioria "querem" o estatuto é claramente de natureza fictícia. Votar a favor de um projeto de lei não implica, em absoluto, querer efetivamente o conteúdo do estatuto. Num sentido psicológico, pode-se "querer" só quando se tem uma ideia. É impossível "querer" algo que se desconhece. Ora, é um fato que, muitas vezes, senão sempre, um número considerável dos que votam a favor de um projeto tem, quando muito, um conhecimento bastante superficial de seu conteúdo. Tudo o que a constituição requer é que votem a favor do projeto erguendo a mão ou dizendo "sim". Isso eles podem fazer sem conhecer o conteúdo do projeto e sem fazer do conteúdo objeto de sua "vontade" – no sentido de um indivíduo "querer" que outro se comporte de certo modo quando ele comanda que o faça. Não prosseguiremos aqui com a análise psicológica do fato de um parlamentar dar seu "consentimento" constitucionalmente requerido a um projeto de lei. Basta dizer que consentir em um projeto não é necessariamente "querer" seu conteúdo, que o estatuto não é a "vontade" do legislador – caso entendamos "vontade" como uma vontade real, um fenômeno psicológico – e que, portanto, o estatuto não é um comando no sentido próprio do termo.

4. *O Direito consuetudinário como comando*

O caráter fictício da afirmação habitual de que uma regra jurídica é um comando torna-se mais evidente quando consideramos o Direito consuetudinário. Suponhamos que, em certa comunidade, a seguinte regra é considerada válida: um devedor deve pagar ao credor 5% de juros, caso não haja nenhum outro acordo quanto a esse ponto. Suponhamos ainda que essa regra foi estabelecida através do costume, segundo o qual, no decorrer de um longo espaço de tempo, os credores exigiram, de fato, 5% de juros, e os devedores pagaram, de fato, tal quantia. Suponhamos também que eles o fizeram com a opinião de que tais juros "deviam" ser pagos, *opinione necessitatis*, como formulavam os juristas romanos.

Qualquer que seja nossa teoria sobre os fatos criadores de lei no que diz respeito ao Direito consuetudinário, nunca poderemos sustentar que é "vontade" ou "comando" das pessoas cuja conduta efetiva constitui o costume que todo credor pague 5% de juros, no caso de ter aceitado um empréstimo sem entrar em acordo quanto a alguma outra taxa de juros. Em cada caso particular, nem o credor, nem o devedor têm qualquer vontade que seja no que diz respeito à conduta de outras pessoas. Um credor individual quer que um devedor individual efetivamente pague os 5% de juros, e esse devedor individual paga efetivamente os juros exigidos ao credor individual. É essa a natureza dos fatos particulares que, juntos, estabelecem a existência do "costume", criando a regra geral de que, sob certas circunstâncias, o devedor tem de pagar 5% de juros ao credor. A existência do costume não envolve uma vontade que tenha essa regra como conteúdo. Quando, num caso particular, um tribunal da comunidade condena o devedor a pagar 5% de juros, ele baseia seu julgamento no pressuposto de que, em questões de empréstimo, tem-se de agir como os membros da comunidade sempre agiram. Esse pressuposto não reflete a "vontade" real de legislador algum.

5. O "dever ser"

Quando se descrevem as leis como "comandos" ou expressões da "vontade" do legislador, e quando se diz que a ordem jurídica, como tal, é o "comando" ou a "vontade" do Estado, isso deve ser entendido de modo figurado. Como de costume, uma analogia é responsável pela expressão figurada. A situação em que uma regra jurídica "estipula", "prevê" ou "prescreve" certa conduta humana é, na verdade, muito semelhante à situação em que um indivíduo quer que outro se comporte de tal e tal modo, e expressa sua vontade na forma de um comando. A única diferença é que, quando dizemos que certa conduta humana é "estipulada", "prevista" ou "prescrita" por uma regra jurídica, estamos empregando uma abstração que elimina o ato psicológico de vontade que é expressado por um comando. Se a regra jurídica é um comando, ela é, por assim dizer, um comando despsicologizado, um comando que não implica uma "vontade" no sentido psicológico do termo. A conduta prescrita pela regra de Direito é "exigida" sem que nenhum ser humano tenha de "querê-la" num sentido psicológico. Isso é expresso pela afirmação de que alguém "tem a obrigação de", que alguém "deve" observar a conduta prescrita pela lei. Uma "norma" é uma regra que expressa o fato de que alguém deve agir de certa maneira, sem que isso implique que alguém realmente "queira" que a pessoa aja dessa maneira. A comparação entre o "dever ser" de uma norma e o comando é justificada apenas num sentido bem limitado. Segundo Austin, é a força de obrigatoriedade de uma lei que faz dela um "comando". Ou seja, quando chamamos uma lei de comando, apenas expressamos o fato de ser ela uma "norma". Nesse ponto, não há diferença alguma entre uma lei promulgada por um parlamento, um contrato firmado por duas partes ou um testamento feito por um indivíduo. O contrato também é obrigatório, também é uma norma que obriga as partes contratantes. O testamento também é obrigatório. É uma norma obrigando o executor e os herdeiros. Se é dúbio que um testamento possa ou não, mesmo que a título de comparação, ser descrito como um "comando", é absolutamente impossível assim descrever um contrato. Nesse caso, se isso fosse feito, ambos os indivíduos emitiriam o comando e seriam por ele obrigados. Isso é impossível, pois ninguém pode, propriamente falando, comandar a si próprio. Contudo, é possível que uma norma seja criada pelos mesmos indivíduos que se encontram obrigados por essa norma.

Aqui, pode-se levantar a objeção: o contrato em si não obriga as partes. É a lei do Estado que obriga as partes a se conduzirem de acordo com o contrato. Contudo, uma lei pode, às vezes, estar bem próxima de um contrato. Na medida em que identificar o que comanda com o que é comandado é incompatível com a natureza de um comando, as leis criadas de modo democrático não podem ser reconhecidas como comandos. Se as compararmos a comandos, devemos, por abstração, eliminar o fato de que esses "comandos" são emitidos por aqueles a quem são dirigidos. Podem-se caracterizar as leis democráticas como "comandos" apenas caso se ignore a relação entre os indivíduos que emitem o comando e os indivíduos a quem o comando é dirigido, caso se assuma apenas uma relação entre os últimos e o "comando" considerado como autoridade impessoal, anônima. Essa é a autoridade da lei, acima das pessoas individuais que comandam e são comandadas. Essa ideia de que a força de obrigatoriedade emana não de algum ser humano que comanda, mas de um "comando" impessoal e, como tal, anônimo, é expressa nas famosas palavras *non sub homine, sed sub lege*. Se uma relação de superioridade e inferioridade é incluída no conceito de comando, então as regras de Direito são comandos apenas se considerarmos o indivíduo a elas obrigado como sujeito à regra. Um "comando" impessoal e anônimo – essa é a norma.

A afirmação de que um indivíduo "deve" se conduzir de certa maneira não implica que outro indivíduo "queira" ou "comande" tal coisa, nem que o indivíduo que deve se conduzir de certa maneira efetivamente o faça. A norma é a expressão da ideia de que algo deve ocorrer e, em especial, de que um indivíduo deve se conduzir de certa maneira. Nada é dito pela norma sobre o comportamento efetivo do indivíduo em questão. A afirmação de que um indivíduo "deve" se conduzir de certo modo significa que essa conduta está prescrita por uma norma – ela pode ser uma norma moral, jurídica ou de algum outro tipo. O "dever ser" simplesmente expressa o sentido específico em que a conduta humana é determinada por uma norma. Tudo o que podemos fazer para descrever esse sentido é dizer que ele é diferente do sentido em que dizemos que um indivíduo efetivamente se conduz de certo modo, que algo de fato ocorre ou existe. Um enunciado no sentido de que algo deve ocorrer é uma afirmação sobre a existência e o conteúdo de uma norma, não uma afirmação sobre a realidade natural, *i.e.*, eventos concretos na natureza.

Uma norma que expressa a ideia de que algo deve ocorrer – apesar da possibilidade de esse algo não ocorrer – é "válida". E se a ocorrência a que ela se refere for a conduta de certo indivíduo, se a norma disser que certo indivíduo deve se conduzir de certa maneira, então a norma é "obrigatória" para esse indivíduo. Apenas com o auxílio do conceito de norma e do conceito correlato de "dever ser" é que podemos entender o significado específico das regras de Direito. Apenas desse modo podemos compreender sua relevância para aqueles cuja conduta ela "prevê", para aqueles a quem "prescreve" certo curso de conduta. Qualquer tentativa de descrição do significado de normas jurídicas através de regras que descrevam a conduta efetiva dos homens – e, desse modo, apresentando o significado de normas jurídicas sem recorrer ao conceito de "dever ser" – está fadada ao insucesso. Nem um enunciado sobre a conduta efetiva dos que criam a norma, nem um enunciado sobre a conduta efetiva dos que estão sujeitos à norma podem reproduzir o significado específico da norma em si.

Em resumo, dizer que uma norma é "válida" para certos indivíduos não é dizer que certo indivíduo ou certos indivíduos "querem" que outros se conduzam de certa maneira; porque a norma é válida também quando tal vontade não existe. Dizer que uma norma é válida para certos indivíduos não é dizer que os indivíduos efetivamente se conduzem de certo modo; porque a norma é válida para esses indivíduos mesmo que eles não se conduzam desse modo. A distinção entre o "deve ser" e o "é" é fundamental para a descrição do Direito.

b. Normas individuais e gerais

Se o Direito for caracterizado como "regras", dever-se-á enfatizar que as regras jurídicas diferem essencialmente de outras regras e, em particular, das apresentadas como leis da natureza (na acepção da física). Ao passo que as leis da natureza são enunciados sobre o curso efetivo dos eventos, as regras jurídicas são prescrições para a conduta do homem. As leis da natureza são regras que descrevem como os eventos naturais efetivamente ocorrem, ou seja, quais são suas causas. As regras de Direito referem-se apenas à conduta humana; elas especificam como o homem deve se conduzir e não dizem nada sobre o comportamento efetivo do homem e suas causas. A fim de evitar mal-entendidos (quanto à natureza do Direito), é melhor, portanto, não usar o termo "regra" neste contexto, mas, antes, caracterizar o Direito como normas.

Outro motivo pelo qual a designação de Direito como regra é enganosa é o fato de que a palavra "regra" carrega a conotação de algo "geral". Uma "regra" não se refere a um evento único, irrepetível, mas a toda uma classe de eventos similares. A implicação de uma regra é a de que um fenômeno de certo tipo ocorre – ou deve ocorrer – sempre, ou quase sempre, que condições de certo tipo forem concretizadas. De fato, o Direito é muitas vezes interpretado como "regras gerais". Austin[18] traça uma distinção explícita entre "leis" e "comandos particulares": quando o comando, ele diz, "obriga *em geral* a atos ou omissões de atos de uma *classe*, o comando é uma lei ou regra. Mas onde ele obriga a um ato ou omissão de ato específico... o comando é ocasional ou particular". Tendo identificado "lei" e "regra", podemos, é claro, reconhecer como Direito apenas as normas gerais. Mas não há dúvida de que o Direito não consiste apenas em normas gerais. O Direito inclui normas individuais, *i.e.*, normas que determinam a conduta de um indivíduo em uma situação irrepetível e que, portanto, são válidas apenas para um caso particular e podem ser aplicadas apenas uma vez. Tais normas são "Direito" porque são partes de uma ordem jurídica como um todo, exatamente no mesmo sentido das normas gerais com base nas quais elas foram criadas. Exemplos de tais normas particulares são as decisões dos tribunais, na medida em que sua força de obrigatoriedade seja limitada ao caso particular em questão. Suponhamos que um juiz ordene a um devedor *A* que devolva $ 1.000 a seu credor *B*. Ameaçando *A*, expressa ou tacitamente, com uma sanção civil no caso de nãopagamento, o juiz, nesse caso, "comanda" *A* a pagar $ 1.000 a *B*. A decisão do juiz é uma norma jurídica no mesmo sentido e pela mesma razão que o princípio geral de que, se alguém não devolve um empréstimo, então uma sanção civil deve lhe ser infligida por ação do credor. A "força de obrigatoriedade" ou "validade" de Direito está intrinsecamente relacionada, não ao seu caráter possivelmente geral, mas apenas ao seu caráter como norma. Já que, por sua natureza, o Direito

---

18. 1 Austin, *Jurisprudence*, 92 s.

é norma, não há razão alguma para que apenas as normas gerais sejam consideradas como Direito. Se, em outros aspectos, as normas individuais apresentam as características essenciais de Direito, elas também devem ser reconhecidas como tal.

c. Normas condicionais e incondicionais

As normas jurídicas gerais têm a forma de enunciados hipotéticos. A sanção estipulada pela norma é estipulada sob certas condições. Uma norma jurídica individual também pode ter essa forma hipotética. A decisão do tribunal, que acabamos de mencionar, fornece um exemplo. A sanção civil é estipulada sob a condição de que o réu não observe a conduta prescrita pelo tribunal. Existem, porém, normas jurídicas individuais que não têm caráter hipotético. Por exemplo, quando uma corte criminal estabelece que certo indivíduo é culpado de certo delito e então inflige a ele certa penalidade, por exemplo dois anos de reclusão, é com base na norma geral hipotética que a corte cria a norma individual de que o acusado será privado de liberdade pessoal por dois anos. Essa norma é incondicional.

d. Norma e ato

A execução dessa sentença – o processo que implica que o condenado seja posto na cadeia e lá mantido por dois anos – não é em si uma norma jurídica. Se designarmos esse processo um "ato jurídico", expressando desse modo que tal ato pertence ao Direito, então a definição de Direito como um sistema de normas pareceria muito restrita. Não apenas a execução de uma norma jurídica, a decretação de uma sanção que ela estipula, mas também todos os atos pelos quais as normas jurídicas são criadas, são mais atos jurídicos. Regular sua própria criação é uma peculiaridade do Direito que é da maior importância teórica e que será discutida mais tarde. O ato pelo qual se cria uma norma jurídica, geral ou individual, é, portanto, um ato determinado pela ordem jurídica, tanto quanto o ato que é a execução da norma. Um ato é um ato jurídico precisamente porque determinado por uma norma jurídica. A qualidade jurídica de um ato é idêntica à sua relação com uma norma jurídica. Um ato é um ato "jurídico" apenas porque, e apenas na medida em que, é determinado por uma norma jurídica. Portanto, é incorreto dizer que o Direito consiste em normas e atos. Seria mais correto dizer que o Direito compõe-se de normas jurídicas e de atos jurídicos determinados por essas normas. Se adotamos uma perspectiva estática, ou seja, se consideramos a ordem jurídica apenas em sua forma completa ou num estado de repouso, então percebemos apenas as normas pelas quais os atos jurídicos são determinados. Por outro lado, se adotamos uma perspectiva dinâmica, se consideramos o processo através do qual é criada e executada a ordem jurídica, então vemos somente os atos criadores de leis e executores de leis. Retornaremos mais tarde a essa importante distinção entre a estática e a dinâmica do Direito.

e. A eficácia como conformidade da conduta à norma

No que foi escrito anteriormente, tentamos esclarecer a diferença entre a validade e a eficácia do Direito. Validade do Direito significa que as normas jurídicas são obrigatórias, que os homens devem se conduzir como prescrevem as normas jurídicas, que os homens devem obedecer e aplicar as normas jurídicas. Eficácia do Direito significa que os homens realmente se conduzem como, segundo as normas jurídicas, devem se conduzir, significa que as normas são efetivamente aplicadas e obedecidas. A validade é uma qualidade do Direito; a chamada eficácia é uma qualidade da conduta efetiva dos homens e não, como o uso linguístico parece sugerir, do Direito em si. A afirmação de que o Direito é eficaz significa apenas que a conduta efetiva dos homens se conforma às normas jurídicas. Assim, validade e eficácia referem-se a fenômenos inteiramente diferentes. A linguagem comum, subentendendo-se que tanto a validade quanto a eficácia são atributos do Direito, é enganosa, mesmo que, por eficácia da lei, se queira dizer que a ideia de Direito fornece uma motivação para a conduta de acordo com a lei. O Direito como norma válida encontra sua expressão na afirmação de que os homens devem se conduzir de certa maneira, afirmação que, desse modo, não nos diz coisa alguma sobre eventos efetivos. A eficácia do Direito, compreendida da maneira como foi mencionada pela última vez, consiste no fato de que os homens são levados a observar a conduta requerida por uma norma pela ideia que têm dessa norma. Uma afirmação concernente à eficácia do Direito compreendido desse modo é uma afirmação sobre a conduta efetiva. Designar tanto a norma válida quanto a ideia de norma, que é um fato psicológico, pela mesma palavra, "norma", é cometer um equívoco que pode dar lugar a graves falácias. Contudo, como já assinalei, não estamos em posição de dizer qualquer coisa com exatidão a respeito do poder motivador que a ideia de Direito dos homens pode ter. Objetivamente, podemos afirmar apenas que a conduta dos homens se conforma às normas jurídicas. A única conotação vinculada ao termo "eficácia" do Direito neste estudo é, portanto, a de que a conduta efetiva dos homens se conforma às regras jurídicas.

f. A conduta "oposta" à norma

O julgamento de que a conduta efetiva "se conforma" a uma norma ou de que a conduta de alguém é tal como, segundo a norma, deve ser, pode ser caracterizado como um julgamento de valor. É uma afirmação sustentando uma relação entre um objeto, em especial a conduta humana, e uma norma que o indivíduo que faz a afirmação pressupõe como válida. Tal julgamento de valor deve ser cuidadosamente distinguido da afirmação que sustenta uma relação entre o objeto e um interesse do indivíduo que faz a afirmação ou de outros indivíduos. Ao julgar que algo é "bom", podemos querer dizer com isso que nós

O DIREITO

(denotando o sujeito que julga ou outros indivíduos) o desejamos ou que o consideramos agradável. Então, nosso julgamento sustenta um estado de coisas concreto: é a nossa própria atitude emocional ou a de outros indivíduos que verificamos diante da coisa chamada de "boa". O mesmo se pode dizer do julgamento de que algo é "mau" se, com isso, expressamos nossa atitude diante dessa coisa, ou seja, que não a desejamos ou que a consideramos desagradável. Se designamos tais julgamentos como julgamentos de valor, então esses julgamentos de valor são afirmações sobre fatos concretos; eles não são diferentes – em princípio – de outros julgamentos sobre a realidade.

O julgamento de que algo – em particular a conduta humana – é "bom" ou "mau" também pode significar que não seja a afirmação de que eu, que faço o julgamento, ou outros indivíduos desejamos ou não a conduta; pode significar que eu, que faço o julgamento, ou outros indivíduos julgamos a conduta agradável ou desagradável. Tal julgamento também pode exprimir a ideia de que a conduta está, ou não está, em conformidade com a norma cuja validade eu pressuponho. A norma aqui é usada como um padrão de avaliação[19]. Também poderia ser dito que eventos concretos estão sendo "interpretados" de acordo com uma norma. A norma, cuja validade é dada como certa, serve como um "esquema de interpretação". Que uma ação, ou uma abstenção de ação, se conforme a uma norma válida, ou seja, "boa" (no sentido mais geral da palavra), significa que o indivíduo em questão efetivamente manteve a conduta que, segundo a norma, deveria manter. Se a norma estipula a conduta A, e a conduta efetiva do indivíduo também é A, então sua conduta conforma-se à norma. É uma concretização da conduta estipulada na norma. Que a conduta de um indivíduo seja "má" (no sentido mais geral da palavra) significa que sua conduta está em discordância com a norma válida; significa que o indivíduo não observou a conduta que, segundo a norma, deveria ter observado. Sua conduta não é uma concretização da conduta estipulada na norma. A norma estipula a conduta A; mas a con-

---

19. Cf. *infra*, 51 s.

duta efetiva do indivíduo é não *A*. Em tal caso dizemos: a conduta do indivíduo "contradiz" a norma. Essa contradição, contudo, não é uma contradição lógica. Apesar de haver uma contradição lógica entre *A* e não *A*, não existe contradição entre o enunciado que exprime o significado da norma: "O indivíduo deve se comportar da maneira *A*", e o enunciado que descreve a conduta efetiva do indivíduo: "O indivíduo conduz-se de maneira não *A*". Tais enunciados são perfeitamente compatíveis entre si. Uma contradição lógica pode ter lugar apenas entre dois enunciados que afirmam um "deve ser", entre duas normas. Por exemplo: "X deve dizer a verdade" e "X não deve dizer a verdade". As relações de "conformidade" ou "nãoconformidade" são relações entre uma norma que estipula certa conduta e é considerada válida, por um lado, e a conduta efetiva dos homens, por outro.

g. A eficácia como condição de validade

A afirmação de que uma norma é válida e a afirmação de que é eficaz são, é verdade, duas afirmações diferentes. Mas, apesar de validade e eficácia serem dois conceitos inteiramente diversos, existe, contudo, uma relação muito importante entre os dois. Uma norma é considerada válida apenas com a condição de pertencer a um sistema de normas, a uma ordem que, no todo, é eficaz. Assim, a eficácia é uma condição de validade; um condição, não a razão da validade. Uma norma não é válida *porque* é eficaz; ela é válida *se* a ordem à qual pertence é, como um todo, eficaz. A relação entre validade e eficácia é cognoscível, porém, apenas a partir da perspectiva de uma teoria dinâmica do Direito que lide com o problema da razão da validade e o conceito de ordem jurídica[20]. A partir da perspectiva de uma teoria estática, apenas a validade do Direito se encontra em questão.

---

20. Cf. *infra*, 121 ss.

h. A esfera de validade das normas

Como as normas regulam a conduta humana e a conduta humana tem lugar no tempo e no espaço, as normas são válidas por certo tempo e para certo espaço. A validade de uma norma pode começar em um momento e terminar em outro. As normas do Direito tchecoslovaco começaram a ser válidas em certo dia de 1918; as normas do Direito austríaco deixaram de ser válidas quando a república austríaca foi incorporada ao Reich alemão em 1938. A validade de uma norma também tem uma relação com o espaço. A fim de ser realmente válida, ela deve ser válida não apenas num determinado tempo, mas também num determinado território. As normas do Direito francês são válidas apenas na França, as normas do Direito mexicano, apenas no México. Podemos, portanto, falar da esfera de validade temporal e da esfera de validade territorial de uma norma. Para se determinar como os homens devem se conduzir é preciso determinar quando e onde eles têm de se conduzir da maneira prescrita. Como devem se comportar, quais atos devem praticar ou se abster de praticar, essa é a esfera material de validade de uma norma. As normas que regulam a vida religiosa dos homens referem-se a outra esfera material, assim como as normas que regulam sua vida econômica. Com referência a certa norma pode-se, contudo, levantar não apenas a questão do que deverá ser feito ou evitado, mas também a questão de quem deverá fazer ou evitar o quê. A última questão refere-se à esfera pessoal de validade da norma. Exatamente como existem normas válidas apenas para um território determinado e para um tempo determinado, existem normas válidas apenas para determinados indivíduos, como católicos ou suíços, por exemplo. A conduta humana que forma o conteúdo das normas e que ocorre no tempo e no espaço consiste em um elemento pessoal e um matinal: o indivíduo que, em algum lugar e em certo tempo faz ou evita fazer algo, e a coisa, o ato, que ele faz ou evita fazer. Por conseguinte, as normas têm de regular a conduta humana em todos esses aspectos.

Dentre as quatro esferas de validade de uma norma, a esfera pessoal e a material têm precedência sobre a esfera territorial e a material. As duas últimas são apenas o território dentro do qual e o tempo durante o qual o indivíduo deverá observar certa conduta. Uma norma pode determinar tempo e espaço apenas em relação à conduta humana. Dizer que uma norma é válida para um dado território é dizer que ela se refere à conduta humana que ocorre dentro desse território. Dizer que uma norma é válida por certo tempo é dizer que ela se refere à conduta humana que ocorre durante esse tempo. Qualquer território e qualquer tempo nos quais ocorre a conduta humana podem formar a esfera territorial e a temporal de validade das normas.

Ocasionalmente, afirma-se que as normas podem ter validade não para o passado, mas apenas para o futuro. Não é assim, e a asserção parece dever-se a uma incapacidade de distinguir a validade de uma norma e a eficácia da ideia de uma norma. A ideia de uma norma como fato psíquico pode tornar-se eficaz apenas no futuro, no sentido de que essa ideia deve preceder temporalmente a conduta em conformidade com a norma, já que a causa deve preceder temporalmente o efeito. Mas a norma também pode se referir à conduta passada. O passado e o futuro são relativos a um determinado momento no tempo. O momento que têm em mente os que argumentam que uma norma é válida apenas para o futuro é, evidentemente, o momento em que a norma foi criada. O que eles querem dizer é que as normas não podem se referir a eventos que tiveram lugar antes desse momento. Mas isso não se aplica se estivermos considerando a validade de uma norma como distinta da eficácia de sua ideia. Nada nos impede de aplicar uma norma como esquema de interpretação, como padrão de avaliação, para fatos que ocorreram antes do momento em que a norma veio a existir. Podemos avaliar o que alguém fez no passado de acordo com uma norma que assumiu validade somente após esse ato ter sido feito. No passado, era um dever religioso sacrificar seres humanos aos deuses, e a escravidão era uma instituição legal. Hoje dizemos que esses sacrifícios humanos eram crimes, e que a escravidão, como instituição legal, era imoral.

Aplicamos a esses fatos normas morais válidas em nosso tempo, apesar do fato de as normas que proíbem sacrifícios humanos e escravidão terem vindo a existir bem depois da ocorrência dos fatos que agora, segundo essa norma, julgamos criminosos e imorais. A legitimação subsequente é possível e frequente, sobretudo no campo do Direito. Um exemplo especial é a lei alemã pela qual certos assassinatos, cometidos por ordem de seu chefe de Estado, em 30 de junho de 1934, foram, retroativamente, privados de seu caráter de delito. Também seria possível, retroativamente, dar o caráter de sanções a esses atos de assassinato. Uma norma jurídica, por exemplo, um estatuto, pode vincular uma sanção a fatos consumados antes da criação da norma. Essa norma é válida para o sujeito que deverá evitar o delito, assim como para o órgão que deverá executar a sanção. Tal tipo de norma é, no que diz respeito ao sujeito, válida para o passado.

i. Leis retroativas e *ignorantia juris*

O valor moral e político das leis retroativas pode ser discutido, mas não há dúvida quanto à possibilidade de sua existência. A constituição dos Estados Unidos, por exemplo, no Artigo I, seção 9, cláusula 3, diz: "Nenhuma... lei *ex post facto* será aprovada". O termo "lei *ex post facto*" é interpretado como lei penal com força retroativa. As leis retroativas são consideradas censuráveis e indesejáveis porque fere nosso sentimento de justiça infligir uma sanção, especialmente uma punição, a um indivíduo por causa de uma ação ou omissão às quais o indivíduo não poderia saber que se vincularia tal sanção. Por outro lado, porém, reconhecemos o princípio – fundamental em todas as ordens jurídicas positivas – *ignorantia juris neminem excusat*, a ignorância da lei não exime ninguém. O fato de um indivíduo não saber que a lei vincula uma sanção à sua ação ou à sua omissão não é motivo para que a sanção não lhe seja infligida. Às vezes o princípio em questão é interpretado restritivamente: a ignorância da lei não é desculpa se o indivíduo desconhece a lei apesar de ser possível conhecê-la. Então esse princípio não parece incompatível com a rejeição de leis retroativas. Pois no caso de uma lei retroativa é de fato impossível conhecer a lei no momento em que é executado o ato ao qual a lei vincula uma sanção. Porém, a distinção entre um caso em que o indivíduo pode conhecer a lei válida no momento em que comete o delito e um caso em que indivíduo não pode conhecê-la é mais do que problemática. Em geral, pressupõe-se que uma lei válida pode ser conhecida pelos indivíduos cuja conduta é regulada pela lei. Na verdade, trata-se de uma *presumptio juris et de jure*, *i.e.*, um "pressuposto irrefutável", um pressuposto contra o qual não se pode apresentar nenhuma evidência, uma hipótese jurídica cuja incorreção não deve ser provada, a hipótese de que todas as normas de uma ordem jurídica positiva podem ser conhecidas pelos indivíduos sujeitos a essa ordem. Isso, obviamente, não é verdade; o pressuposto em questão é uma ficção jurídica típica. Portanto, no que diz respeito à possibilidade ou impossibilidade de se conhecer a lei, não há nenhuma diferença essencial entre uma lei retroativa e vários casos em que uma lei retroativa não é, e não pode ser, do conhecimento do indivíduo a quem essa lei tem de ser aplicada.

D. A NORMA JURÍDICA

a. Norma jurídica e regra de Direito num sentido descritivo

Se a "coerção", no sentido aqui definido, é um elemento essencial do Direito, então as normas que formam uma ordem jurídica devem ser normas que estipulam um ato coercitivo, *i.e.*, uma sanção. Em particular, as normas gerais devem ser normas nas quais certa sanção é tornada dependente de certas condições, sendo essa dependência expressada pelo conceito de "dever ser". Isso não significa que os órgãos legislativos tenham necessariamente de dar às normas a forma de um enunciado com um "dever ser" hipotético. Os diferentes elementos de uma norma podem estar contidos em produtos bem diferentes do procedimento legislativo e podem ser exprimidos linguisticamente de várias maneiras diferentes. Quando o legislador proíbe o roubo, ele pode, por exemplo, definir em primeiro lugar o conceito de roubo em uma série de frases que formam o artigo de um estatuto e, então, estipular a sanção em outra frase, que pode ser parte de outro artigo do mesmo estatuto ou até mesmo parte de um estatuto inteiramente diverso. Muitas vezes, essa última sentença não possui a forma linguística de um imperativo ou de uma sentença com "dever ser", mas sim a forma de uma predição de um evento futuro. O legislador com frequência faz uso do tempo futuro, dizendo que um ladrão "será" punido de tal e tal modo. Ele, então, pressupõe que a questão quanto a quem é um ladrão foi respondida alhures, no mesmo estatuto ou em algum outro. A expressão "será punido" não subentende a predição de um evento futuro – o legislador não é profeta – mas um "imperativo" ou um "comando", sendo esses termos tomados num sentido figurado. O que a autoridade criadora de normas quer dizer é que a sanção "deve" ser executada contra o ladrão quando as condições da sanção forem concretizadas.

A tarefa da ciência do Direito é descrever o Direito de uma comunidade, *i.e.*, o material produzido pela autoridade jurídica no procedimento legislativo, na forma de enunciados no sentido de que "se tais e tais condições forem satisfeitas, então deve-se proceder a tal e tal sanção". Esses enunciados, por meio dos quais a ciência jurídica descreve o Direito, não devem ser confundidos com as normas criadas pelas autoridades legislativas. É preferível não chamar de normas esses enunciados, mas de regras jurídicas. As normas jurídicas decretadas pelas autoridades legislativas são prescritas; as regras de Direito formuladas pela ciência jurídica são descritivas. É importante que o termo "regra jurídica" ou "regra de Direito" seja empregado aqui num sentido descritivo.

b. Regra de Direito e lei da natureza

A regra de Direito, o termo usado num sentido descritivo, é um julgamento hipotético vinculando certas consequências a certas condições. Essa é a forma lógica também da natureza. Exatamente como a ciência do Direito, a ciência da natureza descreve seu objeto em sentenças que têm o caráter de julgamentos hipotéticos. E, como a regra de Direito, a lei da natureza também relaciona dois fatos entre si como condição e consequência. Neste caso, a condição é a "causa", a consequência, o "efeito". A forma fundamental da lei da natureza é a da lei da causalidade. A diferença entre a regra de Direito e a lei da natureza parece ser a de que a primeira se refere a coisas e suas reações. A conduta humana, contudo, também pode ser tema de leis naturais, na medida em que o comportamento humano também pertence à natureza. A regra de Direito e a lei da natureza não diferem tanto pelos elementos que relacionam quanto pela maneira em que é feita a conexão. A lei da natureza estabelece que, se A é, B é (ou será). A regra de Direito diz: se A é, B deve ser. A regra de Direito é uma norma (no sentido descritivo do termo). O significado da conexão estabelecida pela lei da natureza entre dois elementos é o "é", ao passo que o significado da conexão estabelecida entre dois elementos pela regra do Direito é o "deve ser". O princípio segundo o qual a ciência natural descreve seus objetos é o da causalidade; o princípio segundo o qual a ciência jurídica descreve seu objeto é o da normatividade.

Em geral, a diferença entre lei da natureza e norma caracteriza-se pela afirmação de que a lei da natureza não pode ter exceções, ao passo que uma norma pode. Isso, porém, não é correto. A regra normativa "se alguém roubar, deve ser punido" permanece válida mesmo se, num dado caso, um ladrão não for punido. Esse fato não implica uma exceção ao enunciado de dever ser que exprime a norma; ele é uma exceção ao enunciado de "ser" que exprime a regra de que, se alguém roubar, será efetivamente punido. A validade de uma norma permanece incólume se, num caso concreto, um fato não corresponder à norma.

Um fato tem o caráter de "exceção" à regra, se o enunciado que estabelece o fato estiver em contradição lógica com a regra. Como a norma não é um enunciado de realidade, nenhum enunciado de um fato real pode estar em contradição com a norma. Por conseguinte, não pode haver exceções à norma. A norma é, por sua própria natureza, inviolável. Dizer que a norma é "violada" por certa conduta é uma expressão figurada, e a figura usada nessa afirmação é incorreta. Porque a afirmação não diz nada sobre a norma; ela apenas caracteriza a conduta efetiva como contrária à conduta prescrita pela norma.

A lei da natureza, no entanto, não é inviolável[21]. Exceções verdadeiras a uma regra da natureza não estão excluídas. A conexão entre causa e efeito estabelecida em uma lei da natureza que descreve a realidade física tem apenas o caráter de possibilidade, não o de necessidade absoluta, tal como pressuposto pela filosofia da natureza mais antiga. Se, como resultado de uma pesquisa empírica, dois fenômenos são considerados como estando em relação de causa e efeito, e, se esse resultado for formulado em uma lei da natureza, não se exclui, em absoluto, que possa ocorrer um fato que esteja em contradição com essa lei e que, portanto, represente uma exceção real à lei. Se um fato desse tipo ocorrer, então a formulação da lei tem de ser alterada de modo a fazer que o novo fato corresponda à nova fórmula. Mas a conexão de causa e efeito estabelecida pela nova fórmula também possui apenas o caráter de probabilidade, não o de necessidade absoluta. Exceções à lei não estão excluídas.

Se examinarmos o modo pelo qual a ideia de causalidade se desenvolveu na mente humana, descobriremos que a lei da causalidade tem sua origem em uma norma. A interpretação da natureza tinha originalmente um caráter social. O homem primitivo considerava a natureza como parte intrínseca de sua sociedade. Ele interpretava a realidade física segundo os mes-

---

21. William A. Robson, *Civilisation and the Growth of Law* (1935), 340, diz: "Os homens de ciência não mais arrogam às leis naturais a validade inexorável, imutável e objetiva que se supunha, antigamente, que elas possuíssem".

mos princípios que determinavam suas relações sociais. Para ele, sua ordem social era, ao mesmo tempo, a ordem da natureza. Assim como os homens obedecem às normas da ordem social, as coisas obedecem às normas que emanam de seres pessoais sobre-humanos. A lei social fundamental é a norma de acordo com a qual o bem tem de ser recompensado e o mal, punido. O princípio de retribuição domina completamente a consciência primitiva. A norma jurídica é o protótipo desse princípio. Segundo esse princípio de retribuição, o homem interpreta a natureza. Sua interpretação tem um caráter normativo-jurídico. É na norma de retribuição que a lei da causalidade se origina e é nela que, na forma de uma modificação gradual de significado, se desenvolve. Mesmo durante o século XIX, a lei da causalidade era concebida como uma norma, como a expressão da vontade divina. O último passo na emancipação da lei da causalidade da norma de retribuição consiste no fato de que a primeira se livra do caráter de norma e, portanto, deixa de ser concebida como inviolável[22].

c. A norma jurídica como padrão de avaliação[23]

A norma jurídica pode ser aplicada, não apenas no sentido de ser executada pelo órgão ou obedecida pelo sujeito, mas também no sentido de formar a base de um julgamento específico de valor qualificando a conduta do órgão ou do sujeito como lícita (legal, certa) ou ilícita (ilegal, errada). São os julgamentos de valor especificamente jurídicos. Outros julgamentos de valor dizem respeito à lei em si ou à atividade dos indivíduos que criam a lei. Esses julgamentos declaram a atividade do legislador e de seu produto, a lei, justa ou injusta. A atividade do juiz também é, a bem da verdade, considerada justa ou injusta, mas apenas na medida em que ele funciona na condi-

---

22. Cf. meu trabalho *Society and Nature*, 233 ss.
23. Cf. meu artigo "Value Judgement in the Science of Law" (1942), 7, *J. of Social Philosophy and Jurisprudence*, 312-33.

ção de criador de lei. Na medida em que apenas aplica a lei, sua conduta é considerada lícita ou ilícita exatamente como a conduta dos que estão sujeitos à lei. Os predicados de valor envolvidos nos julgamentos que declaram certa conduta lícita ou ilícita serão designados aqui como "valores de Direito", ao passo que aqueles envolvidos nos julgamentos quanto à justiça ou injustiça de uma ordem jurídica serão chamados "valores de justiça". Os enunciados que afirmam valores de Direito são julgamentos objetivos de valor, e os que afirmam valores de justiça são julgamentos subjetivos de valor. O julgamento jurídico de valor de que certa conduta é lícita ou ilícita é uma asserção de uma relação positiva ou negativa entre a conduta e uma norma jurídica cuja existência é presumida pela pessoa que faz o julgamento. A existência de uma norma jurídica é sua validade; e a validade de normas jurídicas, apesar de não idêntica a certos fatos, é por eles condicionada. Como demonstraremos em seção subsequente[24], esses fatos são: a eficácia da ordem jurídica total à qual pertence a norma; a presença de um fato criando a norma; a ausência de algum fato anulando a norma. Um julgamento jurídico de valor que afirma uma relação positiva ou negativa entre uma conduta humana definida e uma norma jurídica implica a afirmação da existência de uma norma jurídica. Essa afirmação, e, portanto, o próprio julgamento jurídico de valor, pode ser verificada por intermédio dos fatos que condicionam a existência da norma. Nesse sentido, o julgamento jurídico de valor tem um caráter objetivo. A existência do valor de Direito é verificável objetivamente. O valor de justiça, porém, não é da mesma natureza que o valor de Direito. Quando julgamos uma ordem jurídica ou uma instituição justa ou injusta, queremos dizer algo mais do que quando dizemos que um prato de comida é bom ou ruim, indicando que o consideramos ou não agradável ao paladar. A afirmação de que uma instituição jurídica, por exemplo, a escravidão ou a propriedade privada, é justa ou injusta, não significa que alguém tenha um interesse nessa instituição ou no seu oposto.

---

24. Cf. *infra*, 121 ss.

Sua significação é a de que a instituição em questão corresponde ou não corresponde a certa norma cuja validade é presumida pela pessoa que faz a afirmação. Mas essa norma não é uma norma de Direito positivo. Contudo, um julgamento de justiça arroga-se a expressão de um valor objetivo.

As normas efetivamente usadas como padrões de justiça variam, como assinalamos, de indivíduo para indivíduo, e são, muitas vezes, mutuamente irreconciliáveis. Algo é justo ou injusto apenas para o indivíduo que acredita na existência da norma de justiça apropriada, e essa norma existe apenas para os que, por um motivo ou outro, desejam o que a norma prescreve. É impossível determinar a norma de justiça de modo único. Ela é, em última análise, uma expressão do interesse do indivíduo que declara uma instituição social justa ou injusta. Isso, porém, é algo do qual ele não tem consciência. Seu julgamento pretende-se capaz de afirmar a existência de uma justiça independente da vontade humana. Essa pretensão de objetividade é particularmente evidente quando a ideia de justiça surge sob a forma de "Direito natural". Segundo a doutrina do "Direito natural", a norma de justiça é imanente à natureza – a natureza do homem ou a natureza das coisas – e o homem pode apenas apreender, mas não criar ou influenciar essa norma. A doutrina é uma ilusão típica, devida a uma objetivação de interesses subjetivos.

Os valores de justiça não consistem, é verdade, numa relação com um interesse, mas numa relação com uma norma. Essa norma, porém, não é, como crê a pessoa que julga, objetiva; ela depende de um interesse subjetivo seu. Não existe, porém, apenas um padrão de justiça, mas vários padrões desse tipo, diferentes e mutuamente inconsistentes.

Por outro lado, existe apenas um Direito positivo. Ou – caso desejemos dar razão às várias ordens jurídicas nacionais – existe apenas um Direito positivo para cada território. Seu conteúdo pode ser unicamente determinado por um método objetivo. A existência dos valores de Direito é condicionada por fatos verificáveis objetivamente. Às normas do Direito positivo corresponde uma determinada realidade social, mas o mesmo não ocorre com as normas de justiça. Nesse sentido, o valor de Direito é objetivo, enquanto o valor de justiça é subjetivo. A partir desta perspectiva, não faz diferença se, às vezes, um grande número de pessoas tem o mesmo ideal de justiça. Os julgamentos jurídicos de valor são julgamentos que podem ser testados objetivamente com o auxílio de fatos. Portanto, eles são admissíveis dentro de uma ciência jurídica. Os julgamentos de justiça não podem ser testados objetivamente. Portanto, não há espaço para eles dentro de uma ciência jurídica.

Os julgamentos morais e políticos são da mesma natureza que os julgamentos de justiça. Eles pretendem expressar um valor objetivo. De acordo com seu significado, o objeto a que se referem é de valor para todas as pessoas. Eles pressupõem uma norma objetivamente válida. Mas a existência e o conteúdo dessa norma não podem ser verificados por fatos. Ela é determinada apenas por um desejo subjetivo do sujeito que faz o julgamento. Os julgamentos de valor morais e políticos e, em particular, os julgamentos de justiça baseiam-se em ideologias que não são, como são os julgamentos jurídicos de valor, paralelos a uma realidade social definida.

II. *A sanção*

O conceito de regra jurídica em seus dois aspectos – a regra jurídica como norma criada pela autoridade jurídica para regular a conduta humana e como instrumento usado pela ciência jurídica para descrever o Direito positivo – é o conceito central da jurisprudência. Outros conceitos fundamentais são os de sanção, delito, dever jurídico, direito jurídico, pessoa jurídica e ordem jurídica.

As sanções são estabelecidas pela ordem jurídica com o fim de ocasionar certa conduta humana que o legislador considera desejável. As sanções do Direito têm o caráter de atos coercitivos no sentido desenvolvido acima. Originalmente, existia apenas um tipo de sanção: a sanção criminal, *i.e.*, punição, no sentido estrito da palavra, punição envolvendo vida, saúde, liberdade ou propriedade. O Direito mais antigo era apenas Direito criminal. Posteriormente, uma diferenciação foi feita na sanção: surgiu, acrescentada à punição, uma sanção civil específica, a execução civil, uma privação forçosa de propriedade com o fim de prover reparação, *i.e.*, compensação por um dano causado ilegalmente. Assim, desenvolveu-se o Direito civil ao lado do Direito criminal. Mas o Direito civil, o Direito que regula a vida econômica, garante a conduta desejada dos homens em seu campo de uma maneira que não difere essencialmente daquela com que o Direito criminal o consegue em seu domínio, a saber, estabelecendo, para o caso de conduta contrária, uma medida coercitiva, sua própria medida coercitiva específica, a sanção civil. A diferença entre Direito civil e Direito criminal é uma diferença no caráter de suas respectivas sanções. Se considerarmos, porém, apenas a natureza externa das sanções, não poderemos encontrar quaisquer características distintivas. Um exemplo: apesar da sanção civil sempre consistir em uma privação de alguma posse econômica, a multa, que é uma sanção criminal, também é dessa natureza. Mais fundamental é a diferença de propósito: ao passo que o Direito criminal tem como fim a retribuição ou, segundo a visão moderna, a coibição, *i.e.*, a prevenção, o Direito civil tem como fim a reparação. Essa diferença encontra sua expressão no conteúdo da ordem jurídica. Existem disposições referentes ao uso das posses apreendidas. Essas posses, ou o dinheiro obtido com sua venda, têm de ser transferidas: no caso da sanção civil, para o sujeito prejudicado ilegalmente; no caso da sanção criminal, para a comunidade jurídica (o fisco). Contudo, a diferença entre sanção civil e sanção criminal – e, consequentemente, entre Direito civil e Direito criminal – tem apenas um caráter relativo. É praticamente impossível questionar que as sanções civis, pelo menos secundariamente, servem ao propósito de prevenção por coibição. Uma diferença adicional pode ser vista no procedimento pelo qual os dois tipos de sanções são levados a efeito, no modo como o procedimento foi efetivamente estabelecido nas várias ordens jurídicas. O procedimento que almeja a execução civil, *i.e.*, o procedimento civil dos tribunais, é iniciado apenas por uma ação de um determinado sujeito interessado na execução, o sujeito do "direito" violado. O procedimento que almeja a sanção criminal, *i.e.*, o processo criminal dos tribunais, é iniciado *ex officio*, ou seja, pelo ato de um órgão, o promotor público. Contudo, essa diferença de procedimento, sobre a qual se falará mais tarde, é de importância menor. Assim, apesar da diferença que existe entre sanção criminal e sanção civil, a técnica social é fundamentalmente a mesma em ambos os casos. É essa diferença bastante relativa entre sanção civil e sanção criminal que constitui a base de diferenciação entre Direito civil e Direito criminal.

III. O delito

A. *MALA IN SE* E *MALA PROHIBITA*

A sanção é tornada uma consequência da conduta considerada nociva à sociedade e que, de acordo com as intenções da ordem jurídica, tem de ser evitada. Essa conduta é designada pelo termo "delito", sendo o termo compreendido em seu sentido mais amplo. Se precisamos definir o conceito de delito em conformidade com os princípios de uma teoria pura do Direito, então as "intenções da ordem jurídica" ou os "propósitos do legislador" podem fazer parte da definição apenas enquanto forem expressos no material produzido pelo procedimento legislativo, na medida em que se tornem manifestos no conteúdo da ordem jurídica. Caso contrário, o conceito de delito não será um conceito jurídico.

Considerado a partir deste ponto de vista, o delito é a condição à qual a sanção é vinculada pela norma jurídica. Certa conduta humana é um delito porque a ordem jurídica vincula a essa conduta como condição, como consequência, uma sanção. O pressuposto costumeiro, segundo o qual certo tipo de conduta humana acarreta uma sanção por se tratar de um delito, não é correto. É um delito porque acarreta uma sanção. A partir da perspectiva de uma teoria cujo único objeto é o Direito positivo não existe nenhum outro critério de delito que não o fato de ser a conduta a condição de uma sanção. Não existe delito em si. Na teoria tradicional do Direito criminal faz-se uma distinção entre *mala in se* e *mala prohibita*[1], ou seja, a conduta que é má

---

1. Cf. Jerome Hall, "Prolegomena to a Science of Criminal Law" (1941), 89 *U. of PA. L. Rev.*, 549-80. A distinção entre *mala in se* e *mala prohibita, i.e.*, entre

em si e a conduta que é má apenas porque foi proibida por uma ordem social positiva. Essa distinção não pode ser mantida em uma teoria de Direito positivo. A distinção é o elemento típico de uma doutrina de Direito natural[2]. Ela se origina em uma pressuposição – que não pode ser provada cientificamente – de que certos padrões de conduta humana são, por sua própria natureza, delitos. As questões, porém, quanto a dizer se certa conduta humana é ou não um delito não podem ser respondidas por uma análise dessa conduta; podem ser respondidas apenas com base em uma ordem jurídica determinada. A mesma conduta pode ser um delito segundo o Direito da comunidade A, e não ser, em absoluto, um delito segundo o Direito da comunidade B. Ordens jurídicas diversas de povos diversos estigmatizaram como delitos padrões bem diferentes de condutas em épocas diferentes. É verdade que ordens jurídicas diversas, mas com o mesmo *status* cultural, concordam, em certa medida, em estigmatizar como delitos certos padrões de conduta; e que certos tipos de conduta são reprovados não apenas pelo Direito positivo, mas também pelo sistema de moral a ele relacionado. Esses fatos, porém, não justificam a pressuposição de *mala in se*. Além disso, é necessário separar a questão jurídica: "como será definido o conceito de delito dentro de uma teoria do Direito positivo?" da questão moral-política: "que conduta

---

a conduta que é má em si e a conduta que é má apenas por ser proibida por uma ordem social positiva, é quase idêntica à distinção que Aristóteles fez na sua *Ethica Nichomachea* (1134b) entre o "natural" e o "jurídico". "O natural: aquilo que tem em todo lugar a mesma força e não existe por pensarem as pessoas isto ou aquilo; o jurídico: aquilo que é originalmente indiferente, mas que, quando formulado, não é indiferente."

2. Blackstone, *Commentaries*, Introdução, § 65, distingue entre deveres naturais e positivos. "No que diz respeito aos *direitos naturais*, e ofensas tais que são *mala in se*: neste caso, estamos obrigados por consciência, porque obrigados por leis superiores, antes que essas leis humanas viessem a existir, a executar uma e a evitar a outra. Mas, em relação àquelas leis que prescrevem apenas *direitos positivos* e proíbem apenas coisas tais que não são *mala in se*, mas meramente *mala prohibita*, em qualquer mistura de culpa moral, que anexam uma penalidade e a não-observância, nesse caso, compreenda que a consciência não tem qualquer relação adicional, além de ordenar uma submissão à penalidade, no caso de nossa ruptura dessas leis."

o legislador deverá relacionar com intenção ou justiça a uma sanção?". Certamente o legislador deve, primeiro, considerar determinado tipo de conduta como prejudicial, como um *malum,* a fim de vincular-lhe uma sanção. Antes de ser estabelecida a sanção, porém, a conduta não é um *malum* no sentido jurídico, um delito. Não existem *mala in se,* existem apenas *mala prohibita,* pois um comportamento é um *malum* apenas se for *prohibitum.* Isso nada mais é que a consequência dos princípios geralmente aceitos na teoria do Direito criminal: *nulla poena sine lege, nullum crimen sine lege*[3] – não há sanção sem uma norma jurídica que estabeleça essa sanção, não há delito sem uma norma jurídica que determine esse delito. Esses princípios são a expressão de um positivismo jurídico no campo do Direito criminal, mas eles prevalecem também no campo do Direito civil, pelo menos no que diz respeito ao delito civil e à sanção civil. Eles significam que a conduta humana pode ser considerada um delito apenas se uma ordem jurídica positiva vincula uma sanção, como consequência, como condição, a essa conduta.

B. O DELITO COMO CONDIÇÃO DA SANÇÃO

A partir de uma perspectiva puramente jurídica, o delito caracteriza-se como uma condição da sanção. Mas o delito não é a única condição. No caso de um delito criminal, isso talvez não seja tão óbvio quanto no caso do delito civil, *i.e.,* o delito que acarreta uma sanção civil, não uma criminal. Tomemos um exemplo de não cumprimento de um contrato. A regra jurídica pertinente é: se duas partes firmarem um contrato, e se uma das partes não o cumprir, e se a outra parte mover uma ação contra a primeira parte em corte competente, então a corte ordenará uma sanção contra a primeira parte. Mas essa formulação não é, em absoluto, completa. Ela não enumera todas as condições possíveis, mas somente as condições ca-

---

3. Cf. Jerome Hall, "Nulla poena sine lege" (1937) 47, *Yale L. J.,* 165-93.

racterísticas da sanção nesse caso especial. As condições são as três seguintes: 1) um contrato foi feito; 2) uma das partes não cumpre o compromisso assumido; 3) a outra parte move uma ação, *i.e.*, exige que seja conduzido o procedimento judiciário que leve à execução da sanção. O delito, *i.e.*, o fato de que uma parte não cumpriu o contrato, não é suficientemente caracterizado dizendo-se que ele é "uma condição da sanção". A elaboração do contrato e a ação judiciária também são condições. Qual é, então, a característica distinta dessa condição chamada "delito"? Se não fosse possível encontrar outro critério que não o suposto fato de que o legislador deseja uma conduta contrária àquela que é caracterizada como "delito", então seria impossível uma definição jurídica do conceito de delito. O conceito de delito definido simplesmente como uma conduta socialmente indesejável é um conceito moral ou político, em resumo, um conceito metajurídico, mas não jurídico. As definições que caracterizam o delito como uma "violação da lei", como um ato contrário à lei, "ilegal" ou "ilícito", como uma "negação da lei" – em alemão, não lei (*Unrecht*) – são todas desse tipo. Todas as explicações desse tipo sempre redundam em dizer que o delito é contra o propósito da lei. Mas isso é irrelevante para o conceito jurídico de delito. A partir de uma perspectiva puramente jurídica, o delito não é "violação da lei" – o modo específico de existência da norma jurídica, sua validade, não está, de modo algum, ameaçado pelo delito. Nem é o delito, a partir de uma perspectiva jurídica, "contrário à lei" ou "negação da lei"; para o jurista, o delito é uma condição determinada pela lei tanto quanto, como no exemplo acima, a elaboração do contrato e a ação.

C. O DELITO COMO CONDUTA DO INDIVÍDUO CONTRA O QUAL É DIRIGIDA A SANÇÃO

Uma definição jurídica de delito deve ser inteiramente baseada na norma jurídica. Em geral, o delito é a conduta do indivíduo contra o qual é dirigida a sanção, como consequência de sua conduta. Eis a definição jurídica de delito. O critério do conceito de delito é um elemento que constitui o conteúdo da norma jurídica. Não se trata de uma suposta intenção do legislador. Trata-se de um elemento da norma pelo qual o legislador expressa sua intenção de um modo objetivamente cognoscível; trata-se de um elemento que pode ser encontrado através de uma análise do conteúdo da norma jurídica. A partir de um ponto de vista político, o motivo pelo qual e o propósito com o qual o legislador estipula e dirige a sanção contra certo indivíduo são, naturalmente, do maior interesse. Mas, a partir de um ponto de vista jurídico, o motivo e o propósito do legislador são levados em consideração apenas na medida em que sejam expressados no conteúdo da norma; e o legislador normalmente expressa sua intenção dirigindo uma sanção contra o indivíduo cuja conduta é contrária à conduta desejada pelo legislador. Com certa frequência, o delito, sobretudo o delito criminal, é um objeto de reprovação moral e religiosa, considerado como "pecado", e tal conotação é vinculada às palavras com que em geral se designa o delito: "errado", "ilegal", "ilícito", "violação da lei". No entanto, o conceito jurídico de delito deve ser mantido livre de tais elementos. Eles não têm relevância alguma para uma teoria analítica do Direito positivo.

A definição de delito como conduta do indivíduo contra o qual é dirigida a sanção, como consequência de sua conduta, pressupõe – apesar de não fazer referência ao fato – que a sanção é dirigida contra o indivíduo cuja conduta o legislador considera nociva à sociedade e que, portanto, ele tem a intenção de obstar através da sanção. Isso é válido em princípio para o Direito dos povos civilizados.

Com relação a isso, deve-se notar que o fato do delito pode consistir não apenas em certo tipo de conduta, mas também nos efeitos dessa conduta. A ordem jurídica relaciona uma sanção à conduta de um indivíduo por causa do efeito que essa conduta tem sobre outros indivíduos. O delito chamado de "assassinato" consiste na conduta de um indivíduo que tem o intento de ocasionar a morte de outro indivíduo e que efetivamente o faz. A conduta não é necessariamente uma ação, ela pode ser também uma omissão, o não desempenho de uma ação. Em tal caso, poder-se-ia às vezes ter a impressão de que a sanção é dirigida contra outro indivíduo que não o perpetrador do delito, o "delinquente", como, por exemplo, quando uma criança causa a morte de alguém e, de acordo com o Direito positivo, o pai é, "portanto", punido. O delito nesse caso não é a ação da criança, mas a conduta do pai que não conseguiu impedir a criança de cometer uma ação socialmente indesejável; é "por causa" dessa omissão que o pai é punido. O pai, não a criança, é o "delinquente".

Segundo o Direito criminal dos povos civilizados, a sanção em geral é estipulada apenas para os casos em que o efeito socialmente indesejável foi ocasionado pelo delinquente de modo intencional ou por negligência. Se a intenção é essencial para a perpetração do crime, uma atitude mental definida da parte do delinquente é um ingrediente material do delito; nesse caso, o delito é psicologicamente qualificado. Se o efeito socialmente indesejável não foi ocasionado de forma intencional ou por negligência[4], então nenhuma sanção tem de ser executada contra o indivíduo cuja conduta levou ao resultado. Isso pressupõe o princípio de que a sanção deve ser dirigida apenas contra o delinquente, ou seja, o indivíduo que, por sua ação ou omissão, direta ou indiretamente, ocasionou o efeito socialmente nocivo. O princípio de que a sanção é dirigida contra o indivíduo cuja conduta é considerada nociva à sociedade, e que podemos, portanto, definir juridicamente como a conduta do indivíduo contra quem é dirigida a sanção, como consequência dessa conduta, resulta do propósito da sanção, seja ele retribuição ou prevenção (por coibição). Apenas se o mal da sanção for infligido ao malfeitor, as exigências de retribuição serão concretizadas e o medo da sanção poderá impedir as pessoas de cometer o delito.

No caso de a sanção ser dirigida contra outra pessoa que não o indivíduo cuja conduta é considerada socialmente nociva, então o propósito de retribuição ou prevenção (coibição) só

---

4. A negligência não é uma qualificação psicológica do delito. Cf. *infra*, 70 ss.

pode ser alcançado se esse indivíduo e o indivíduo contra quem a sanção é dirigida forem, por um motivo ou outro, identificados, se o mal que a sanção dirige à vítima imediata também for sentido como mal pelo outro indivíduo. Então, a sanção atinge por fim o indivíduo cuja conduta é considerada nociva à sociedade; e então o delito pode – a partir de um ponto de vista jurídico –, mesmo nesse caso, ser definido como a conduta do indivíduo contra quem – indiretamente – é dirigida a sanção, como uma consequência de sua conduta. Ao se matar uma criança, pode-se estar punindo o pai, e de modo muito mais severo do que por qualquer outro mal que pudéssemos infligir contra sua pessoa. É no fato de nos identificarmos, em maior ou menor grau, com os indivíduos pertencentes a nosso grupo – seja ele família, povoado, comunidade política ou religiosa –, que se baseia a cruel, porém eficaz, prática de se fazer reféns. Um refém é um indivíduo mantido como garantia para a execução de alguma exigência. Se a exigência não for satisfeita, o refém será executado. Uma vez que sua morte seria sentida como um mal por seus parentes ou concidadãos, a ameaça de matá-lo funciona como uma sanção indireta contra os potenciais violadores das exigências.

O propósito da sanção civil é, pelo menos primariamente, a reparação de um dano através da privação forçosa de propriedade. Neste caso, quase que sem exceções, a ordem jurídica emprega a técnica de estabelecer como condições não apenas o fato de o dano ter sido feito, mas também o de que o indivíduo de cuja propriedade a reparação deve ser tirada não compensou voluntariamente o dano. A sanção sempre é decretada contra o indivíduo que deve reparar o dano, mas não o fez. O delito civil consiste em não reparar o dano. Desse modo, o sujeito do delito civil e o objeto da sanção civil são sempre idênticos aqui, sem levar em consideração se o dano a ser reparado foi ou não causado pelo indivíduo que tem de repará-lo ou por algum outro indivíduo. O conceito jurídico de delito pressupõe, em princípio, que o indivíduo cuja conduta tem, a partir de uma perspectiva política, um caráter socialmente nocivo, e o indivíduo contra quem é executada a sanção, coincidem. Apenas sob tal condição é correta a definição jurídica do delito como conduta do indivíduo contra quem é dirigida a sanção, como consequência de sua conduta.

D. IDENTIFICAÇÃO DO DELINQUENTE COM OS MEMBROS DE SEU GRUPO

Pode parecer que o princípio segundo o qual a sanção é dirigida contra o delinquente tem apenas uma validade restrita. O Direito primitivo, pelo menos, parece apresentar exceções. A sanção transcendental que emana de algum poder sobre-humano é, na crença do homem primitivo, muitas vezes dirigida não apenas contra o delinquente, mas também contra outras pessoas que não tomaram parte no delito nem tinham quaisquer condições de impedi-lo. Se alguém viola uma regra-tabu, e se, mais tarde, sua esposa ou seu filho ficarem doentes, isso é interpretado como uma punição. O mesmo é válido para a sanção socialmente organizada do Direito primitivo. A vingança por um homicídio é dirigida não apenas contra o assassino, mas também contra sua família, contra a totalidade do grupo social do qual ele é membro. Essa técnica jurídica é uma consequência do caráter coletivo do pensamento e do sentimento do homem primitivo[5]. O homem primitivo não se considera um indivíduo independente do grupo social ao qual pertence, mas parte integrante desse grupo. Ele se identifica com seu grupo e identifica todo outro indivíduo com o grupo ao qual esse indivíduo pertence. Aos olhos do homem primitivo, não existe algo como um indivíduo independente. Nas várias tribos primitivas observou-se que, se um homem cai enfermo, o suposto remédio é tomado não apenas por ele, mas também pela esposa e pelos filhos. Toda ação ou omissão socialmente relevante de um indivíduo é considerada ação ou omissão de seu grupo social. Naturalmente, portanto, a sanção é decretada contra todo o grupo ao qual o delinquente pertence. Segundo o Direito primitivo, foi o grupo como um

---

5. Cf. meu trabalho *Society and Nature*, 6 ss.

todo que cometeu o delito. O grupo, não o indivíduo, é a unidade social. A partir do ponto de vista do homem civilizado moderno, a sanção do Direito primitivo é dirigida contra o delinquente e contra todos os outros membros de seu grupo social, que estão unidos ao delinquente e, portanto, identificados com ele. Nesse caso, o sujeito do delito e o objeto da sanção coincidem. E nesse caso, também, o delito é a conduta do ser contra o qual é dirigida a sanção, como consequência de sua conduta. Mas esse ser não é um indivíduo, é uma coletividade. O conceito jurídico de delito, portanto, vale também para o Direito primitivo. Sua ideologia não é ainda a de prevenção, e sim a de retribuição; e as exigências de retribuição são concretizadas mesmo no caso de a sanção ser dirigida contra outra pessoa que não o delinquente, se, por um motivo ou outro, aquela for identificada com este.

E. DELITO DE PESSOAS JURÍDICAS

Encontra-se uma situação semelhante no Direito dos povos civilizados. Em certos casos, uma pessoa jurídica, uma corporação, é considerada perpetradora de um delito cometido diretamente por um único indivíduo que é órgão da corporação. A sanção é dirigida não contra esse indivíduo responsável, mas, em princípio, contra todos os membros da corporação. Tal é, por exemplo, o caso no Direito internacional. Se ocorre um delito internacional, uma "violação" do Direito internacional, certo Estado é considerado o sujeito desse delito, apesar do fato de o delito consistir na conduta de um indivíduo definido, por exemplo, o chefe de Estado ou o ministro das Relações Exteriores. Por ser esse indivíduo um órgão do Estado, sua conduta é considerada como um delito cometido pelo Estado. A sanção do Direito internacional, represálias ou guerra, também é dirigida contra o Estado, e isso significa contra todos os seus membros, e não apenas contra o delinquente imediato. Na medida em que o Estado é concebido como uma pessoa jurídica, o sujeito do delito e o objeto da sanção são idênticos. O delito é, nesse caso, também, a conduta do sujeito contra quem é dirigida a sanção, como uma consequência dessa conduta.

O conceito de corporação como pessoa jurídica equivale, em certo sentido, a uma identificação do indivíduo e seu grupo social, semelhante à identificação que ocorre no pensamento primitivo. Se quisermos evitar o uso deste conceito e da identificação que ele implica, devemos nos contentar com a afirmação de que a sanção é dirigida contra os indivíduos que se acham em uma relação juridicamente determinada com o delinquente. A fim de incluir esse caso em nossa definição, teríamos de definir o delito como a conduta do indivíduo contra o qual a sanção é dirigida ou que tem certa relação juridicamente determinada com os indivíduos contra os quais é dirigida a sanção.

Em consequência disso, a relação entre delito e sanção pode ser de dois tipos diferentes. Em ambos os casos, é verdade, o sujeito do delito e o objeto da sanção são idênticos. Mas, num caso trata-se de uma identificação física real, e no outro caso, de uma identificação jurídica fictícia. Num caso, a sanção é empreendida contra o indivíduo que foi o perpetrador imediato do delito, o delinquente; no outro caso, contra um indivíduo, ou indivíduos, que tem certa relação juridicamente determinada com o delinquente.

IV. O dever jurídico

A. DEVER E NORMA

Intimamente relacionado com o conceito de delito está o conceito de dever jurídico. O conceito de dever é, em sua origem, um conceito específico da moral e denota a norma moral em sua relação com o indivíduo a quem certa conduta é prescrita ou proibida pela norma. A afirmação: "Um indivíduo tem o dever (moral) – ou está obrigado (moralmente) – de observar tal e tal conduta" significa que existe uma norma (moral) válida ordenando essa conduta, ou que o indivíduo deve se conduzir dessa maneira.

O conceito de dever jurídico nada mais é que uma contraparte do conceito de norma jurídica. Mas a relação aqui é mais complexa, já que a norma jurídica tem uma estrutura mais complicada que a da norma moral. A norma jurídica não se refere, como a norma moral, à conduta de um único indivíduo, mas à conduta de dois indivíduos pelo menos: o indivíduo que comete ou pode cometer o delito e o indivíduo que deve executar a sanção. Se a sanção foi dirigida contra outro indivíduo que não o delinquente imediato, a norma jurídica se refere a três indivíduos. O conceito de dever jurídico, tal como efetivamente usado na jurisprudência e tal como definido sobretudo por Austin, refere-se apenas ao indivíduo contra o qual é dirigida a sanção no caso de ele cometer o delito. Ele está juridicamente obrigado a se abster do delito: se o delito for certa ação positiva, ele é obrigado a não empreender essa ação. Um indivíduo está juridicamente obrigado à conduta cujo oposto é a sanção dirigida contra ele (ou contra indivíduos que têm com ele certa relação juridicamente determinada). Ele "viola" seu dever (ou obrigação), ou, o que redunda no mesmo, ele comete um delito quando se comporta de maneira tal que sua conduta seja a condição de uma sanção; ele cumpre seu dever (obrigação), ou, o que redunda no mesmo, se abstém de cometer um delito, quando sua conduta é oposta a este. Assim, estar juridicamente obrigado a certa conduta significa que a conduta contrária é um delito e, como tal, é a condição de uma sanção estipulada por uma norma jurídica; assim, estar juridicamente obrigado significa ser o sujeito potencial de um delito, um delinquente potencial. Contudo, apenas no caso de a sanção ser dirigida contra o delinquente imediato é que o sujeito do dever, aquele que é passível de uma sanção estipulada por uma norma jurídica, é o objeto potencial da sanção. Quando a sanção é dirigida contra outro indivíduo que não o delinquente imediato, o sujeito do dever (ou seja, o delinquente potencial) e o objeto potencial da sanção não coincidem, pelo menos não em realidade, mas apenas segundo uma ficção jurídica. A existência de um dever jurídico nada mais é que a validade de uma norma jurídica que faz a sanção dependente do oposto da conduta que forma o dever jurídico. O dever jurídico não é nada, quando separado da norma jurídica. O dever jurídico é simplesmente a norma jurídica em sua relação com o indivíduo a cuja conduta a sanção é vinculada na norma. A conduta oposta (contrária) à conduta que, como um delito, é a condição da sanção é o conteúdo do dever jurídico. O dever jurídico é o dever de se abster do delito. "Obedecer" à norma jurídica é o dever do sujeito.

B. DEVER E "DEVER SER"

Sob esta definição de dever jurídico, a norma jurídica que obriga o sujeito a se abster do delito vinculando a este uma sanção não estipula nenhum dever jurídico de executar a sanção, de "aplicar" a norma em si. O juiz – ou, para se usar uma expressão mais geral, o órgão aplicador da lei – pode estar obrigado juridicamente a executar a sanção – no sentido em que o sujeito está obrigado a se abster do delito, a "obedecer" à norma jurídica – apenas se houver uma norma adicional que vincule uma sanção adicional à não execução da primeira sanção. Desse modo, deve haver duas normas distintas: uma estipulando que um órgão tem de executar uma sanção contra o sujeito e uma estipulando que outro órgão tem de executar uma sanção contra o primeiro órgão, no caso de a primeira sanção não ser executada. Em relação à segunda norma, o órgão da primeira norma não é um "órgão" "aplicador" da lei, mas um sujeito que obedece ou desobedece à lei. A segunda norma torna dever jurídico do órgão da primeira norma executar a sanção estipulada pela primeira norma. O órgão da segunda norma pode, por sua vez, ser obrigado por uma terceira norma a executar a sanção estipulada pela segunda norma, e assim por diante.

Contudo, essa série de normas jurídicas não pode ser aumentada indefinidamente. Deve haver uma última norma da série, uma norma tal que a sanção por ela estipulada não seja um dever jurídico no sentido aqui definido. Se o significado desta última norma for também expressado dizendo-se que, sob certas condições, uma sanção "deve" ser decretada, então o conceito de "dever ser" não coincide com o conceito de dever jurídico. Um órgão que "deve" decretar uma sanção pode, ou não, estar obrigado juridicamente a fazê-lo. Nas ordens jurídicas primitivas e no Direito internacional não existe nenhum dever jurídico de que o órgão execute a sanção jurídica. Se a norma jurídica for expressada dizendo-se que, quando certas condições forem concretizadas o órgão deve ordenar e executar a sanção, então a palavra "deve" denota apenas o sentido específico em que a sanção é "estipulada", "estabelecida", "determinada", na norma. Com isso não se diz nada sobre a questão do órgão ser ou não "obrigado" a decretar a sanção. No campo da moral, o conceito de dever coincide com o de "dever ser". A conduta que é o dever moral de alguém é simplesmente a conduta que ele deve observar segundo a norma moral.

O conceito de dever jurídico também implica um "dever ser". Que alguém seja juridicamente obrigado a certa conduta significa que um "órgão" deve lhe aplicar uma sanção no caso de conduta contrária. Mas o conceito de dever jurídico difere do de dever moral pelo fato de o dever jurídico não ser a conduta que a norma "exige", que "deve" ser observada. O dever jurídico, pelo contrário, é a conduta por meio de cuja observância o delito é evitado, e assim, o oposto da conduta que forma a condição para a sanção. Apenas a sanção "deve" ser executada.

C. NORMA SECUNDÁRIA

Caso se diga também que o dever jurídico "deve" ser executado, então esse "dever ser" é, por assim dizer, um epifenômeno do "dever ser" da sanção. Tal noção pressupõe que a norma jurídica seja dividida em duas normas separadas, dois enunciados de "dever ser": um no sentido de que certo indivíduo "deve" observar certa conduta e outro no sentido de que outro indivíduo deve executar uma sanção no caso de a primeira norma ser violada. Um exemplo: não se deve roubar; se alguém roubar, será punido. Caso se admita que a primeira norma, que proíbe o roubo, é válida apenas se a segunda norma vincular uma sanção ao roubo, então, numa exposição jurídica rigorosa, a primeira norma é, com certeza, supérflua. A primeira norma, se é que ela existe, está contida na segunda, a única norma jurídica genuína. Contudo, a representação de Direito é grandemente facilitada se nos permitimos admitir também a existência da primeira norma. Fazê-lo é legítimo apenas caso se tenha consciência do fato de que a primeira norma, que exige a omissão do delito, depende da segunda norma, que estipula a sanção. Podemos expressar essa dependência designando a segunda norma como norma primária, e a primeira norma como norma secundária. A norma secundária estipula a conduta que a ordem jurídica procura ocasionar ao estipular a sanção. Caso se faça uso do conceito auxiliar de norma secundária, então o oposto do delito surge como "conduta lícita", ou conduta em conformidade com a norma secundária, e o delito como "conduta ilícita", ou conduta em contradição com a norma secundária. Quando o delito é definido simplesmente como conduta ilícita, o Direito é considerado um sistema de normas secundárias. Mas isso não é sustentável se percebemos que o Direito tem o caráter de uma ordem coercitiva que estipula sanções. A lei é a norma primária que estipula a sanção, e essa norma não é contestada pelo delito do sujeito, o qual, pelo contrário, é a condição específica da sanção. Apenas o órgão pode agir contra a lei em si, contra a norma primária, ao não executar a sanção apesar de suas condições terem sido concretizadas. Mas, quando se fala do delito do sujeito como sendo ilícito, não se tem em mente a conduta ilícita do órgão.

D. OBEDECER E APLICAR A NORMA JURÍDICA

Se com "validade" se quer dizer "dever ser", então a lei, *i.e.*, a norma primária, é diretamente válida apenas para o órgão que deve executar a sanção. Apenas quando se faz uso do conceito de normas secundárias na noção de lei é que o sujeito "deve" evitar o delito e executar o dever jurídico, e, desse modo, indiretamente a lei adquire validade também para o sujeito. Apenas o órgão pode, estritamente falando, "obedecer" ou "desobedecer" à norma jurídica, ao executar ou deixar de executar a sanção estipulada. Tal como ordinariamente usadas, porém, as expressões "obedecer à norma" e "desobedecer à norma" referem-se à conduta do sujeito. O sujeito pode "obedecer" ou "desobedecer" apenas à norma secundária. Se sustentarmos o modo comum de expressão, segundo o qual o sujeito obedece ou desobedece à lei, é (recomendável) dizer que o órgão "aplica" ou "não aplica" a lei. Apenas adotando alguma distinção terminológica de tal tipo seremos capazes de perceber com clareza a diferença entre a relação da lei com o sujeito, o delinquente potencial, e sua relação com o órgão. Na medida em que compreendemos por lei a norma jurídica primária genuína, a lei é eficaz se for aplicada pelo órgão – se o órgão executar a sanção. E o órgão tem de aplicar a lei precisamente no caso em que o sujeito "desobedece" à lei: esse é o caso para o qual foi estipulada a sanção. Existe, contudo, certa conexão entre obediência efetiva e aplicação efetiva do Direito. Se uma norma jurídica é permanentemente desobedecida por seus sujeitos, ela provavelmente não é mais aplicada também pelos órgãos. Por conseguinte, apesar de a eficácia da lei ser primariamente sua aplicação pelo órgão apropriado, secundariamente sua eficácia significa sua observância pelos sujeitos.

E. A DISTINÇÃO DE AUSTIN ENTRE DEVERES PRIMÁRIOS E SECUNDÁRIOS

Uma das principais deficiências da teoria de Austin é a falta de um discernimento claro do caráter secundário da norma, o qual estipula a conduta dos sujeitos pretendida pela ordem jurídica. Ele diz: "Uma lei é um comando que obriga uma pessoa ou pessoas"[1]. Ele vê a função característica de um comando jurídico no fato de este criar um dever jurídico (uma obrigação): "Comando e dever são, portanto, termos correlatos". "'Estar obrigado a fazer ou a deixar de fazer' e 'estar sob um *dever* ou uma *obrigação* de fazer ou deixar de fazer' é estar sujeito ou exposto a uma sanção, no caso de se desobedecer a um comando"[2]. Se, como Austin presume, o dever jurídico é uma consequência da sanção, então a conduta que é nosso dever jurídico observar não pode ser idêntica à conduta que a norma jurídica comanda. A única coisa que se pode comandar é a sanção. A norma jurídica não estipula a conduta que forma o dever jurídico. Apenas seu oposto, a conduta que é designada como "errada", "ilícita", "dano", ocorre na norma jurídica como condição da sanção, que é o que a norma jurídica estipula. O fato de a norma jurídica vincular certa sanção a certa conduta faz que a conduta oposta se torne um dever jurídico. Austin, contudo, apresenta a questão como se a norma jurídica, por ele chamada de "comando", prescrevesse a conduta que forma o dever jurídico. Ao fazê-lo, ele contradiz sua própria definição de dever jurídico. No comando de Austin não há lugar para a sanção. E, ainda assim, por meio da sanção o coman-

---

1. 1, Austin, *Jurisprudence*, 96.
2. 1, Austin, *Jurisprudence*, 89, 444.

do é obrigatório. O "comando" de Austin é aquele conceito auxiliar que foi designado acima como "norma secundária". Tendo compreendido que a sanção é um elemento essencial do Direito, ele deveria ter definido a regra genuína de Direito como um "comando" estipulando uma sanção. Não fazê-lo envolveu-o em contradições.

Parece que o próprio Austin teve consciência desse fato, mas, não obstante, não conseguiu chegar a uma noção clara. No capítulo sobre "Direito das coisas"[3] – bem depois de ter definido os conceitos de "comando" e "dever" – ele sente a necessidade de fazer uma distinção entre direitos e deveres "primários" e "secundários". Uma análise demonstra que essa distinção diz respeito, na verdade, a uma diferença entre comandos primários e secundários. Deveres e direitos – melhor, comandos – primários são aqueles cuja substância é a conduta desejada pelo legislador. Deveres e direitos secundários – melhor, comandos – são aqueles cuja substância é formada pela sanção a ser executada no caso de os comandos primários não serem obedecidos. Desse modo, Austin designa os deveres (e direitos) secundários como "sancionadores", "porque seu propósito (característico) é prevenir delitos ou infrações". Eles são as normas estipuladoras da sanção ou, na terminologia de Austin, os comandos estipuladores de sanção. Ele identifica lei e comandos (deveres, direitos) primários quando diz: "Se a obediência à lei fosse absolutamente perfeita, os direitos e deveres primários seriam os únicos a existir". A lei que cria esses deveres primários consiste em comandos que prescrevem a conduta lícita pretendida dos sujeitos, e eles são comandos que não estipulam qualquer sanção. Desse modo, Austin contradiz diretamente suas próprias definições de "comando" e "dever" transcritas acima: "Estar obrigado é estar sujeito a uma sanção". Caso não existissem comandos estipulando sanções, tampouco existiriam quaisquer deveres jurídicos. Mas no comando, que prescreve a conduta lícita, não há lugar para a sanção. Esse é o motivo pelo qual Austin é forçado a introduzir comandos

---

3. 2, Austin, *Jurisprudence*, 760 ss.

secundários ou sancionadores, disfarçados como "direitos e deveres". Contudo, a distinção entre direitos e deveres primários e secundários (ou sancionadores) é incompatível com sua posição original. Caso se admita que, por vincular uma sanção ao delito, a norma jurídica cria um dever de evitar o delito, esse delito também pode ser apresentado na forma de uma norma separada proibindo o delito. Como já mencionado, a formulação de uma norma de tal tipo facilita indubitavelmente a explicação de Direito. Mas tal procedimento é justificável apenas caso se mantenha em mente que a única norma jurídica genuína é a norma sancionadora. Por motivos já expostos, essa é a norma primária, e, se queremos fazer uso de uma norma proibindo o delito, tal norma terá o *status* apenas de uma norma secundária. Austin afinal compreende isso quando salienta que apenas a lei sancionadora é indispensável. Primeiro, é verdade, ele diz: "Em alguns casos, a lei que confere ou impõe o direito ou dever primário e que define a natureza do dano está contida por implicação na lei que dá a reparação ou que determina a punição"[4]. Aqui, diz-se que a lei, não os direitos e os deveres, é sancionadora. Mas, no que se segue, ele não restringe a "alguns casos" a afirmação de que a lei primária está contida por implicação na lei secundária. Ele diz apenas: "É perfeitamente claro que a lei que dá a reparação, ou que determina a punição, é a única absolutamente necessária. Pois a reparação ou punição implica um dano anterior, e um dano anterior implica que um direito ou dever primário foi violado. Além disso, o direito ou dever primário deve sua existência como tal à injunção ou à proibição de certos atos, e à reparação ou punição a ser aplicada no caso de desobediência. A parte essencial de toda lei é a parte imperativa da mesma: *i.e.*, a injunção ou proibição de um dado ato, e a ameaça de um mal no caso de não obediência"[5]. Comentando Bentham, que faz distinção entre lei "imperativa" e lei "punitiva", ele declara: "As duas ramificações (imperativa

---

4. 2, Austin, *Jurisprudence*, 767.
5. 2, Austin, *Jurisprudence*, 767.

e punitiva) da lei estão *correlacionadas*. Se a ramificação imperativa da lei não importasse em sancionamento, ela não seria *imperativa*, e *e converso*"[6]. A distinção interna de lei primária e secundária serve apenas ao propósito de facilitar a apresentação da lei sem dizer nada sobre sua natureza. "O motivo de se descrever o direito e o dever primário separadamente, de se descrever o dano separadamente, de se descrever a reparação ou a punição separadamente, é a clareza e a concisão que resultam da separação"[7]. Por fim, lemos: "A rigor, meus próprios termos 'direitos e deveres primários e secundários', não representam uma distinção lógica. Pois um direito ou dever primário não é, em si, um direito ou dever sem o direito ou dever secundário, pelo qual é sustentado; e *e converso*"[8]. Se o dever primário deve sua existência inteiramente ao dever secundário ou sancionador, parece mais correto chamar o primeiro de "secundário" e o segundo de "primário", e falar de comandos primários e secundários em vez de deveres primários e secundários.

---

6. 2, Austin, *Jurisprudence*, 767.
7. 2, Austin, *Jurisprudence*, 767.
8. 2, Austin, *Jurisprudence*, 768.

V. A responsabilidade jurídica

A. CULPABILIDADE E RESPONSABILIDADE ABSOLUTA

Um conceito relacionado ao de dever jurídico é o conceito de responsabilidade jurídica. Dizer que uma pessoa é juridicamente responsável por certa conduta ou que ela arca com a responsabilidade jurídica por essa conduta significa que ela está sujeita a sanção em caso de conduta contrária. Normalmente, ou seja, no caso de a sanção ser dirigida contra o delinquente imediato, o indivíduo é responsável pela sua própria conduta. Neste caso, o sujeito da responsabilidade jurídica e o sujeito do dever jurídico coincidem.

Na teoria tradicional distinguem-se dois tipos de responsabilidade: a responsabilidade baseada em culpa e a responsabilidade absoluta. Tal como salientado alhures, a ordem jurídica vincula uma sanção à conduta de um indivíduo por causa do efeito dessa conduta sobre outros indivíduos. A técnica do Direito primitivo caracteriza-se pelo fato de que a relação entre a conduta e o seu efeito não possui qualificação psicológica. Saber se o indivíduo atuante previu ou pretendeu o efeito da sua conduta é irrelevante. Basta que sua conduta tenha ocasionado o efeito considerado nocivo pelo legislador, que exista uma conexão externa entre sua conduta e o efeito. Não é necessária nenhuma relação entre o estado mental do delinquente e o efeito da sua conduta. Esse tipo de responsabilidade é chamado responsabilidade absoluta.

Uma técnica jurídica refinada requer uma distinção entre o caso em que o indivíduo atuante previu ou pretendeu o efeito da sua conduta e o caso em que a conduta do indivíduo ocasionou um efeito nocivo não previsto ou pretendido pelo indivíduo atuante. Um ideal individualístico de justiça requer que uma sanção deva ser vinculada à conduta de um indivíduo apenas se o efeito nocivo da conduta foi previsto ou pretendido pelo indivíduo atuante e se este pretendeu prejudicar outro indivíduo com sua conduta, tendo sua intenção o caráter de maldade. Um efeito que o legislador considera nocivo pode ser ocasionado intencionalmente por um indivíduo sem a intenção de prejudicar outro indivíduo. Assim, por exemplo, um filho pode matar o próprio pai, doente incurável, a fim de abreviar o sofrimento deste. A intenção do filho de ocasionar a morte do pai não é maldosa.

O princípio de vincular uma sanção à conduta de um indivíduo apenas se o efeito foi antecipado ou pretendido com maldade pelo indivíduo atuante não é de todo aceito no Direito moderno. Os indivíduos são considerados juridicamente responsáveis não apenas se o efeito objetivamente nocivo foi ocasionado com maldade pela sua conduta, mas também se o efeito foi pretendido sem maldade, ou se o efeito, sem ser pretendido, foi, pelo menos efetivamente, previsto pelo indivíduo e, mesmo assim, ocasionado pela sua ação. Mas as sanções podem ser diferentes nesses diferentes casos. Eles são caracterizados pelo fato de a conduta que constitui o delito ser psicologicamente condicionada. Certo estado mental do delinquente, a saber, o de que ele prevê ou pretende o efeito prejudicial (a chamada *mens rea*) é um elemento do delito. Esse elemento é designado pelo termo "culpa" (*dolus* ou *culpa* num sentido mais amplo do termo). Quando a sanção é vinculada apenas a um delito psicologicamente qualificado, fala-se de responsabilidade baseada em culpa ou culpabilidade, em contraposição a responsabilidade absoluta.

O Direito moderno, porém, vincula sanções também a uma conduta que ocasionou um efeito prejudicial sem que este fosse previsto ou efetivamente pretendido, sobretudo no caso de o indivíduo não ter tomado as medidas pelas quais um efeito prejudicial pode normalmente ser evitado. Porque o Direito moderno obriga os indivíduos a tomar medidas tais que os efeitos prejudiciais da sua conduta sobre os outros possam ser evitados. A omissão do exercício do cuidado prescrito pela lei é chamada negligência; e a negligência é geralmente considerada como outro tipo de "culpa" (*culpa*), embora menos grave do que a culpa que consiste em prever e pretender – com ou sem maldade – o efeito prejudicial. Existe, contudo, uma diferença essencial entre os dois casos. Apenas o último é uma qualificação psicológica do delito; apenas neste caso é que certo estado mental do delinquente se torna uma condição essencial da sanção. A negligência caracteriza-se por uma ausência completa de antecipação ou intenção. A omissão de certas medidas de precaução, isto é, o não exercício do grau de cuidado que deve ser exercido segundo a lei, não é a qualificação específica de um delito, é o próprio delito. A negligência é um delito de omissão, e a responsabilidade pela negligência é antes um tipo de responsabilidade absoluta que um tipo de culpabilidade.

Isso se torna manifesto quando se compara um delito de omissão que tem o caráter de negligência com um delito de omissão que constitui culpabilidade. Uma criança que brinca às margens de um lago cai na água e se afoga. A mãe, que estava com a criança, não exerceu o cuidado necessário porque desejava se ver livre da criança. Ela anteviu claramente a possibilidade do evento e pretendeu-o com maldade. Esse é o caso de "culpa" ou culpabilidade. Em outro caso, ocorre a mesma coisa, mas a mãe omite o cuidado necessário não porque deseja a morte da criança; pelo contrário, ela ama a criança; mas, no momento crítico, ela está lendo uma passagem emocionante de uma história de mistério e esquece as circunstâncias externas. Este é um caso de negligência. A mãe não previu o acidente porque sua consciência estava completamente tomada pelos eventos imaginários da história de mistério; ela com certeza não pretendeu o acidente. Mas deveria ter previsto a possibilidade do acidente e, portanto, não deveria estar lendo uma história de mistério, esquecendo-se da circunstância externa de ter uma criança brincando às margens de um lago. Seu delito consiste exatamente em não prever a possibilidade do acidente e em não fazer o que era necessário para impedi-lo. Mas esse é o aspecto jurídico ou moral da situação, não o psicológico.

A partir de um ponto de vista psicológico, não há relação alguma entre a morte da criança e a conduta da mãe. Seu estado mental no que diz respeito à morte da criança só pode ser caracterizado de modo negativo. Se a responsabilidade absoluta consiste no fato de uma sanção ser vinculada a uma conduta sem se levar em consideração se o efeito prejudicial foi ou não previsto ou pretendido pelo indivíduo atuante, se o delinquente está sujeito a uma sanção mesmo que não haja qualquer relação psicológica entre o seu estado mental e o efeito prejudicial da sua conduta, então vincular uma sanção a um delito cometido por negligência constitui um tipo de responsabilidade absoluta.

Contudo, existe uma diferença entre esse tipo de responsabilidade absoluta e a responsabilidade absoluta existente no Direito primitivo. A segunda não obriga os indivíduos a tomar as medidas necessárias pelas quais os efeitos prejudiciais da sua conduta sobre outros indivíduos podem ser evitados, e o Direito primitivo não restringe as sanções aos casos em que o efeito prejudicial foi previsto e pretendido pelo delinquente, ou em que a obrigação de exercer o cuidado necessário não foi cumprida. De acordo com o Direito primitivo, uma sanção é vinculada à conduta mesmo que o seu efeito prejudicial tenha sido ocasionado com o exercício do cuidado necessário. Apesar de não respeitar completamente o princípio da responsabilidade absoluta, o Direito moderno tem a tendência de restringi-la ao não cumprimento da obrigação de se tomarem as medidas necessárias pelas quais, normalmente, os efeitos prejudiciais de uma conduta humana podem ser evitados. Quando, com a sua conduta, um indivíduo ocasionou um efeito prejudicial sobre outro indivíduo, ele pode, em princípio, ficar livre de sanção criminal ou civil provando que não previu ou pretendeu o efeito prejudicial da sua conduta e que cumpriu o dever jurídico de tomar as medidas necessárias pelas quais, em circunstâncias normais, o efeito prejudicial poderia ter sido evitado.

B. DEVER E RESPONSABILIDADE – RESPONSABILIDADE INDIVIDUAL E COLETIVA

A distinção terminológica entre dever jurídico e responsabilidade jurídica é necessária quando a sanção não é, ou não é apenas, dirigida contra o delinquente imediato, mas contra indivíduos juridicamente ligados a ele, sendo essa relação determinada pela ordem jurídica. A responsabilidade de uma corporação por um delito cometido por um de seus órgãos nos dá um exemplo. Suponhamos que uma corporação deixe de cumprir um contrato de reparar o dano ocasionado por tal atitude. Por meio de uma ação judicial instaurada pela outra parte do contrato, uma sanção civil é executada contra o patrimônio da corporação, que é patrimônio comum dos membros. Ou – para se tomar outro exemplo – por ordem do chefe do Estado A, um regimento de soldados de A ocupa uma ilha que pertence ao Estado B. Em consequência dessa violação dos seus direitos, B vai à guerra contra A; isso significa que o exército de B tenta matar ou capturar o maior número possível de indivíduos pertencentes a A e destruir tanto quanto possível do valor econômico dos indivíduos pertencentes a A. Em ambos os exemplos, a sanção é executada contra indivíduos que não cometeram o delito, mas que se acham em uma determinada relação jurídica com os que cometeram o delito. Aqueles a quem a sanção atinge pertencem à corporação ou ao Estado cujo órgão, ou órgãos, cometeu o delito. Na linguagem jurídica, a corporação e o Estado são personificados: eles são considerados "pessoas jurídicas", em contraposição a "pessoas físicas", *i.e.*, seres humanos; eles são considerados sujeitos de deveres e direitos. Na medida em que a situação é descrita em termos de pessoa jurídica, o sujeito do dever jurídico e o objeto da sanção são idênticos. Trata-se, em nosso primeiro exemplo, da corporação que cometeu o delito e contra a qual a sanção é dirigida. E trata-se, em nosso segundo exemplo, do Estado A, que violou o Direito internacional e contra o qual a sanção do Direito internacional, a guerra, é dirigida. Em ambos os casos, uma pessoa jurídica é obrigada a evitar o delito e é responsável por ele; dever e responsabilidade parecem coincidir. Mas, caso se dissolva a personificação e se descrevam as relações jurídicas entre os indivíduos envolvidos sem o conceito de pessoa jurídica, então torna-se evidente a diferença entre o sujeito imediato do delito e o objeto imediato da sanção. O delito foi cometido por certo indivíduo – o órgão da corporação ou o órgão do Estado; a sanção é dirigida contra todos os membros da corporação e contra todos os sujeitos do Estado.

E, então, há certas dificuldades para se responder à questão: quem é juridicamente obrigado a evitar o delito? Não podem ser os indivíduos contra os quais é executada a sanção, porque eles não estão em posição de cumprir a obrigação e não podem, por meio de qualquer conduta sua, obstar a sanção. Apenas os órgãos competentes da corporação ou do Estado podem cumprir ou violar o dever. Os indivíduos contra os quais é dirigida a sanção não podem estar propriamente sob a "obrigação" de que certos indivíduos, os órgãos, devam se portar de certa maneira. Uma pessoa só pode estar obrigada a cumprir a sua própria linha de conduta. Obrigado ao comportamento cujo oposto é a condição da sanção está o indivíduo que pode cumprir ou violar o dever, o que, por meio de sua própria conduta, pode acionar ou obstar a sanção. A obrigação é incumbência dos indivíduos que, na condição de órgãos competentes, têm de cumprir o dever da pessoa jurídica. É a sua conduta que forma o conteúdo desse dever. Mas a sanção não é dirigida contra eles. Aqueles contra quem a sanção é dirigida são responsáveis pelo não cumprimento do dever. A responsabilidade de alguém pode incluir também a conduta de outros. A mesma relação jurídica, aquela entre o delito e a sanção, é expressada nos conceitos de obrigação (dever) e responsabilidade. Mas os dois conceitos referem-se a dois casos diferentes da mesma relação. Trata-se – em outras palavras – da mesma norma jurídica que é descrita como obrigação (dever) e como responsabilidade. A norma jurídica implica um dever em relação ao sujeito potencial do delito; ela implica uma responsabilidade pelo objeto potencial da sanção. É, portanto, aconselhável distinguir entre dever e responsabilidade nos casos em que a sanção não é, ou não é apenas, dirigida contra o delinquente, mas contra outros indivíduos que possuem certa relação juridicamente determinada com o delinquente. O delinquente, o perpetrador ou sujeito do delito, é o indivíduo cuja conduta, determinada pela ordem jurídica, é a condição de uma sanção dirigida contra ele ou contra outro indivíduo (ou, antes, indivíduos) que tem (ou têm) uma relação juridicamente determinada com ele. O sujeito do dever jurídico, obrigado juridicamente, é aquele que é capaz de obedecer ou desobedecer à norma jurídica, ou seja, aquele cuja conduta, em sua qualidade de delito, é a condição da sanção. Responsável pelo delito é o indivíduo, ou os indivíduos, contra os quais a sanção é dirigida, mesmo que não seja a conduta dela, ou deles, mas a sua relação, juridicamente determinada com o delinquente, a condição para que a sanção seja dirigida contra ele ou eles.

No Direito dos povos civilizados, o indivíduo que é obrigado a certa conduta normalmente também é o responsável por essa conduta. Em geral, alguém é responsável pela sua própria conduta, pelo delito que ele próprio cometeu. Mas existem casos excepcionais em que um indivíduo é tornado responsável por uma conduta que constitui o dever de outra pessoa, por um delito cometido por outrem. A responsabilidade, assim como o dever (obrigação), referem-se ao delito, mas o dever refere-se sempre ao delito cometido pela própria pessoa, enquanto a responsabilidade pode referir-se ao delito cometido por outra.

Não se trata de um caso de responsabilidade pelo delito de outrem quando, dentro do campo do Direito civil, um indivíduo – como se costuma dizer – é responsável pelo dano causado por outrem. Pressupondo que nenhuma sanção seja dirigida contra quem causou o dano, o delito – tal como previamente assinalado – consiste no fato de que o dever de reparar o dano não foi cumprido. Mas esse dever é incumbência daquele contra quem a sanção é executada. Aquele que está sujeito à sanção é, aqui, capaz de obstar a sanção por meio da conduta apropriada, *i.e.*, reparando o dano que outro cometeu. É a sua própria conduta, a não reparação do dano, e não a sua relação com o indivíduo que causou o dano que é a condição da sanção. Devemos, neste caso, pressupor o dever dessa conduta, e, aqui, portanto, o sujeito do dever é, simultaneamente, o sujeito da responsabilidade. Quando os membros de uma corporação são responsáveis por um delito cometido por um órgão dessa corporação, os responsáveis não podem obstar a sanção por meio de qualquer conduta sua. Não é a sua conduta, é a sua relação específica com os indivíduos que cometeram o delito que é a condição da sanção a ser dirigida contra eles. Desse modo, eles não podem ser considerados sujeitos de qualquer dever jurídico.

Quando a sanção é dirigida contra os indivíduos pertencentes à mesma comunidade jurídica do indivíduo que, na condição de órgão dessa comunidade, cometeu o delito, quando a relação entre o delinquente e os indivíduos responsáveis pelo delito é constituída pelo fato de que o delinquente e os responsáveis pelo delito pertencem à mesma comunidade jurídica, fala-se de uma responsabilidade coletiva. A responsabilidade individual ocorre quando a sanção é dirigida apenas contra o delinquente.

Quando a sanção não é dirigida contra o delinquente, ou seja, contra o indivíduo que, por sua própria conduta, cometeu o delito, mas contra outros indivíduos que se acham em uma determinada relação jurídica com o delinquente – como no caso da responsabilidade coletiva –, a responsabilidade do indivíduo, ou dos indivíduos, contra os quais a sanção é dirigida tem sempre o caráter de responsabilidade absoluta. A responsabilidade por um delito cometido por outro indivíduo, que não o responsável, nunca pode ser baseada na culpa do indivíduo responsável, ou seja, no fato de ter ele previsto ou pretendido o efeito prejudicial. A responsabilidade coletiva é sempre responsabilidade absoluta.

Contudo, é possível que, de acordo com o Direito positivo, a responsabilidade coletiva ocorra apenas quando o delito foi cometido intencionalmente pelo delinquente imediato; de modo que não ocorre nenhuma responsabilidade caso o efeito prejudicial tenha sido ocasionado pelo perpetrador imediato sem a sua intenção. Então, a responsabilidade tem o caráter de responsabilidade absoluta no que diz respeito aos indivíduos responsáveis pelo delito, mas caráter de responsabilidade baseada em culpa no que diz respeito ao delinquente, ou seja, ao indivíduo que, por sua própria conduta, cometeu o delito. Trata-se de uma responsabilidade baseada na culpa do delinquente; mas, já que o delinquente não é, ou não é sozinho, o responsável, trata-se, no que diz respeito ao último, de uma responsabilidade absoluta, porque não baseada na sua culpa.

C. O CONCEITO DE DEVER DE AUSTIN

a. Nenhuma distinção entre dever (obrigação) e responsabilidade

O conceito de dever aqui desenvolvido é o conceito que a teoria analítica de Austin almejava, mas que nunca conseguiu alcançar inteiramente. Austin raciocina sobre o pressuposto de que a sanção é sempre dirigida contra o delinquente. Não tendo consciência dos casos em que a sanção é dirigida, ao contrário, contra indivíduos que têm certa relação jurídica com o delinquente, ele não percebe a diferença entre estar "obrigado" a certa conduta e ser responsável por ela. Sua definição jurídica de dever, tal como citada acima, diz: "'Estar obrigado a fazer ou a deixar de fazer' ou 'estar sob um *dever* ou uma *obrigação* de fazer ou deixar de fazer' é estar sujeito ou exposto a uma sanção, no caso de se desobedecer a um comando"[1]. Mas o que dizer a respeito do caso em que outra pessoa que não aquela que desobedece à norma jurídica – o comando, como Austin o chama – está sujeita à sanção? Segundo a definição de Austin, a norma jurídica não estipularia dever algum em tais casos. Na teoria de Austin, porém, é da essência de uma norma jurídica, de um comando jurídico, estipular um dever. É o comando que obriga os indivíduos.

---

1. 1, Austin, *Jurisprudence*, 444.

b. O dever jurídico não é um vínculo psicológico

As contradições da teoria de Austin devem-se, em última análise, à sua fidelidade à noção de comando, ao seu fracasso em alcançar o conceito de norma impessoal. Essa deficiência tem uma consequência adicional muito mais séria para a sua doutrina de dever jurídico. O conceito de dever jurídico é, a partir de uma perspectiva da jurisprudência analítica, um conceito puramente normativo, *i.e.*, ele expressa certa relação pertencente ao conteúdo de uma norma jurídica. O enunciado de que um indivíduo é juridicamente obrigado a certa conduta é uma asserção sobre o conteúdo de uma norma jurídica e não sobre quaisquer eventos concretos, e, especialmente, não sobre o estado mental do indivíduo obrigado. Ao estipular deveres, ao vincular sanções à violação dos deveres, ao delito, a ordem jurídica pode pretender fazer que os indivíduos cumpram os seus deveres devido ao medo das sanções. Mas saber se alguém realmente teme a sanção e, movido por tal temor, cumpre o seu dever é uma questão irrelevante para a teoria jurídica. Se a obrigação jurídica for expressa dizendo-se que um indivíduo está "obrigado" pela ordem jurídica, esse modo de expressão não deve ser compreendido no sentido psicológico de que sua ideia da ordem jurídica motiva sua conduta. Significa apenas que, em uma norma jurídica válida, certa conduta do indivíduo é vinculada a uma sanção. O enunciado jurídico que diz que um indivíduo é juridicamente obrigado a certa conduta é válido mesmo se o indivíduo desconhece completamente o fato de estar obrigado. Que a ignorância da lei não exime de obrigação é um princípio que prevalece em todas as ordens jurídicas e que tem de prevalecer, já que, do contrário, seria quase impossível aplicar a ordem jurídica. Existem casos no Direito positivo em que o indivíduo obrigado por uma norma jurídica não poderia ter conhecimento da norma. São os casos em que se dá às normas jurídicas, em particular aos estatutos, força retroativa. Uma norma jurídica retroativa vincula uma sanção à conduta que ocorreu antes da promulgação da norma, de tal modo que a norma ainda não era válida no momento em que o delito poderia ter sido cometido ou evitado. Deve-se notar que o dever jurídico torna-se relevante precisamente no caso em que a ordem jurídica não alcança o efeito psíquico pretendido e em que o indivíduo viola o seu dever porque a ideia da ordem jurídica não constitui motivação suficiente para que ele evite o delito.

c. O dever como temor da sanção

A definição de Austin, portanto, é inteiramente pertinente: "A parte é *constrangida* ou *obrigada* a fazer ou deixar de fazer porque está exposta ao mal". Mas Austin prossegue e diz: "E porque ela teme o mal. Fazendo empréstimo das expressões correntes, apesar de não muito acuradas, ela é *compelida* pelo temor do mal a fazer o que é prescrito, ou *impedido* pelo temor do mal de fazer o ato que é proibido"[2]. Isso contradiz a outra definição: "Estar obrigado... é estar sujeito a uma sanção no caso de se desobedecer a um comando." Se alguém está ou não "sujeito a uma sanção" é algo que não depende, de maneira alguma, do fato de esse alguém temer ou não a sanção. Se fosse verdade que "a parte é *constrangida* ou *obrigada* porque... ela teme a sanção", então a definição deveria dizer: "Estar obrigado é temer a sanção". Mas tal definição é incompatível com o princípio da jurisprudência tal como concebida por Austin. O Direito é, na opinião de Austin, um sistema de comandos, e nenhuma análise do conteúdo de comandos pode estabelecer o fato psicológico do temor. Austin diz explicitamente: "Para que uma obrigação possa ser eficiente (ou, em outras palavras, para que a sanção possa operar como uma motivação para o cumprimento), duas condições devem concorrer. 1ª) É necessário que a parte conheça a lei, pela qual a *Obrigação* é imposta e à qual a sanção é vinculada. 2ª) É necessário que ela efetivamente saiba (ou, por meio do devido cuidado ou atenção, tenha possibilidade concreta de saber) que dado ato, ou dada

---

2. 1, Austin, *Jurisprudence*, 444.

abstenção ou omissão, *violaria* a lei ou importaria em um *rompimento* da obrigação. A menos que concorram estas duas condições, é impossível que a sanção opere sobre os seus desejos"³. Contudo, Austin não nega que "a ignorância da lei não exime ninguém" seja um princípio do Direito positivo. Ele dá um excelente motivo para esse princípio: "O único motivo *suficiente* para esse princípio parece ser este: o de que, se a ignorância da lei fosse admitida como fundamento de isenção, as Cortes seriam envolvidas em questões quase impossíveis de se solucionar e que tornariam a administração da justiça quase impraticável. Se a ignorância da lei fosse admitida como fundamento de isenção, a ignorância da lei seria sempre alegada pela parte, e a Corte, em todos os casos, seria obrigada a decidir a questão"⁴. Do Direito inglês, em particular, ele diz: "Não estou a par de um único caso em que a ignorância da lei (considerada *per se*) exima ou absolva a parte, civil ou criminalmente"⁵. Austin admite ainda a possibilidade de normas jurídicas retroativas e, desse modo, a possibilidade de casos em que a pessoa obrigada por uma norma não poderia ter conhecimento dela. Austin não afirma que tais normas – as chamadas "leis *ex post facto*" – sejam inválidas. Ele simplesmente levanta certas objeções jurídico-políticas contra elas: "Que a objeção a leis *ex post facto* é deduzível a partir do princípio geral já explicado, a saber, o de que a intenção, ou desatenção, é necessária para constituir um dano. A lei não existia no tempo do ato, da abstenção ou omissão dados: consequentemente, a parte não sabia, nem podia saber, que estava violando uma lei. A sanção não podia operar como motivação para a obediência, porquanto não havia nada a ser obedecido"⁶. Ele chega mesmo a dizer: "Deve-se observar que uma decisão judicial *primae impressionis*, ou um julgamento pelo qual se decide pela primeira vez uma questão de Direito, é sempre uma lei *ex post*

---

3. 1, Austin, *Jurisprudence*, 480-1.
4. 1, Austin, *Jurisprudence*, 482.
5. 1, Austin, *Jurisprudence*, 485-6.
6. 1, Austin, *Jurisprudence*, 485-6.

facto no que diz respeito ao caso particular em que a questão primeiro surgiu e em que a decisão foi tomada"[7].

d. O conceito psicológico de dever e a jurisprudência analítica

A lógica aguçada de Austin faz que ele perceba a contradição que existe entre o seu conceito psicológico de dever e uma exposição analítica do Direito. "No que diz respeito à ignorância ou ao erro em relação ao estado do Direito, apresento uma dificuldade que sugere naturalmente a si própria; é a seguinte. Para que a obrigação possa ser eficiente ou para que a sanção possa fazer que a parte se abstenha do mal, é necessário, primeiro, que a parte conheça ou presuma a lei que impõe a obrigação e à qual a sanção está ligada; e, em segundo lugar, que ela saiba, ou possa saber por meio do devido cuidado ou atenção, que o ato, a abstenção ou omissão, entra em conflito com os fins do Direito e do dever. A menos que concorram ambas as condições, a sanção não pode operar como uma motivação, e o ato, a abstenção ou omissão, não é imputável a intenção ilícita, negligência, desatenção ou irreflexão. Mas, apesar de que, para fazer que a sanção seja eficaz, é necessário que a parte conheça a lei, pressupõe-se, geral ou universalmente, em todo o sistema jurídico, que a ignorância ou opinião errônea sobre o estado do Direito não exime a parte de responsabilidade. Esta máxima inflexível, ou quase inflexível, poderia parecer conflitante com o princípio necessário, que tantas vezes expressei, a respeito dos elementos constituintes do dano ou transgressão. Porque a ignorância da lei é muitas vezes inevitável, e, nas ocasiões em que o dano ou transgressão é a consequência inevitável dessa ignorância, ele não é, nem mesmo remotamente, o efeito de intenção ilícita ou desatenção ilícita"[8]. Mas Austin nunca soluciona a dificulda-

---
7. 1, Austin, *Jurisprudence*, 487.
8. 1, Austin, *Jurisprudence*, 489.

de: "A solução desta dificuldade deve ser encontrada nos princípios da evidência judicial. A alegação de ignorância da lei como fundamento específico de isenção levaria a intermináveis investigações sobre questões de fato e, na prática, anularia o Direito, retardando a administração de justiça. Esta regra, portanto, é uma regra que deve ser mantida, apesar de, ocasionalmente, ferir o importante princípio de que a intenção ilícita, ou a desatenção ilícita, é um ingrediente necessário do dano"[9]. Mas isso não é uma "solução" da dificuldade. É apenas uma justificação jurídico-política do princípio de *ignorantia juris nocet*. A dificuldade não pode ser solucionada dentro da teoria de Austin, já que ela é uma consequência da sua definição de lei como "comando".

---

9. 1, Austin, *Jurisprudence*, 489.

VI. O direito jurídico

A. DIREITO E DEVER

O conceito de dever é habitualmente contrastado com o conceito de direito. O termo "direito" possui os mais diversos significados. Aqui, estamos interessados apenas naquilo que se compreende por "um direito jurídico". Este conceito deve ser definido a partir da perspectiva de uma teoria pura do Direito.

A linguagem coloquial parece sugerir a distinção entre dois tipos de "direitos". Costuma-se dizer: "Eu tenho o direito de fazer ou de me abster de fazer tal e tal coisa". Também se diz: "Eu tenho o direito de exigir que alguém faça ou se abstenha de fazer tal e tal coisa". O uso linguístico faz, desse modo, uma distinção entre um direito que diz respeito à conduta do próprio indivíduo e um direito que diz respeito à conduta de outrem. Ainda fazemos outra distinção na linguagem coloquial. Dizemos não apenas que alguém tem um direito sobre certa conduta – a sua própria conduta ou a conduta de outrem; dizemos também que alguém tem um direito sobre certa coisa. Dizer que possuo certa coisa significa que eu tenho um direito sobre uma coisa. Daí ser feita a distinção entre *jus in rem*, ou seja, um direito sobre uma coisa, e *jus in personam*, ou seja, um direito de exigir que outrem se conduza de certa maneira, o direito sobre a conduta de outrem; por exemplo, o credor tem o direito de exigir que o devedor pague certa quantia de dinheiro. Mas o direito sobre uma coisa (*jus in rem*) parece ser apenas um caso especial do direito que diz respeito à conduta da própria pessoa. Dizer que possuo uma coisa significa que eu tenho o direito de usá-la ou de destruí-la, em suma, que posso dispor dela à vontade.

Se o direito for um direito jurídico, ele é necessariamente um direito sobre a conduta de outra pessoa, um direito de obter a conduta à qual o outro está juridicamente obrigado. Um direito jurídico pressupõe um dever de outra pessoa. Isso é auto evidente caso falemos de um direito sobre a conduta de outra pessoa. O credor tem um direito jurídico de exigir que o devedor pague certa quantia de dinheiro; se o devedor está juridicamente obrigado, ele tem o dever jurídico de pagar essa quantia de dinheiro. Mas também podemos falar de um direito jurídico que diz respeito à própria conduta apenas se um dever correspondente for incumbência de outra pessoa. A afirmação: "Eu tenho o direito jurídico de usar uma estrada que passa pela propriedade de outra pessoa" significa: o proprietário dessas terras está juridicamente obrigado a não me impedir de usar essa estrada. A firmação de que eu tenho um direito de me conduzir de certa maneira pode ter – é verdade – apenas um significado negativo, a saber, o de que não sou obrigado a me comportar de outro modo. Ao dizer: "Tenho o direito de fazer algo", eu possivelmente pretendo apenas dizer: "Não sou obrigado a me abster de fazê-lo". E ao dizer: "Tenho o direito de me abster de fazer algo", eu possivelmente pretendo apenas dizer: "Não sou obrigado a fazê-lo". Nesse sentido, a afirmação: "Eu tenho um direito" tem apenas um significado negativo: eu sou – no que diz respeito a certa conduta – livre; não há norma alguma que me obrigue a essa conduta ou a uma contrária.

Mas, para ser juridicamente livre no que diz respeito a certa conduta, outro indivíduo, ou outros indivíduos, devem estar obrigados a uma linha de conduta correspondente. Eu não estou juridicamente livre para fazer o que desejo se os outros não estiverem juridicamente obrigados a permitir que eu faça o que desejo. A minha liberdade jurídica é sempre a sujeição jurídica de outra pessoa, o meu direito jurídico é sempre o dever jurídico de outrem. Eu tenho um direito de fazer algo ou de me abster de fazer algo apenas porque, e na medida em que, outra pessoa tem o dever jurídico de não me impedir de fazê-lo ou de deixar de fazê-lo. Se eu tenho o direito de usar uma estrada que passa pela propriedade de outra pessoa, a implicação jurídica é a de que o dono dessa propriedade e, por esse motivo, todas as outras pessoas são obrigadas a não me impedir de usar a estrada. Se me impedirem, estarão violando um dever que lhes foi imposto pela ordem jurídica e se expondo a uma sanção. Dizer que possuo uma coisa significa, a partir de um ponto de vista jurídico, que todas as outras pessoas estão obrigadas a não interferir com o uso que faço dessa coisa. Se alguém interferir, estará cometendo um delito que o torna sujeito a uma sanção. E, se digo que tenho o direito jurídico de permanecer em meu apartamento, isso, mais uma vez, significa que, se alguém tentasse me tirar de lá à força, seria culpado de um delito. O dever jurídico de alguém não existe sem um dever jurídico de outra pessoa. O conteúdo de um direito é, em última análise, o cumprimento do dever de outra pessoa.

Por outro lado, a obrigação de um indivíduo a certa linha de conduta é sempre uma obrigação que diz respeito à conduta desse indivíduo em relação a outro indivíduo. Uma pessoa é obrigada a saldar um empréstimo junto ao seu credor; uma pessoa é obrigada a não matar outra, e assim por diante. A uma conduta *a*, à qual um indivíduo A está obrigado para com outro indivíduo B, corresponde uma conduta *b* de B, no sentido de que B tem um direito a *b*, exatamente porque B tem um direito a *a* de A. À restituição de um empréstimo pelo devedor corresponde o recebimento pelo credor da quantia a ser devolvida. O devedor não pode restituir o empréstimo ao credor se o credor se recusar a receber a quantia a ser devolvida. A está obrigado a restituir um empréstimo a B (A está obrigado no que diz respeito à sua própria conduta para com B), B tem o direito de receber de volta esse empréstimo de A (B tem um direito que diz respeito à sua própria conduta), porque B tem um direito de que A lhe restitua o empréstimo (porque B tem um direito sobre a conduta de outrem). Dizer que um indivíduo "exerce" ou "faz uso de seu direito", dizer que ele "usufrui" de seu direito (*Rechts-Genuss*), significa que ele manifesta a conduta que corresponde à conduta à qual algum outro indivíduo está obrigado. Um indivíduo é livre para fazer ou não uso de seu direito.

B. PERMISSÃO

O direito de se conduzir de certa maneira é muitas vezes interpretado como uma permissão. Dizer que eu tenho um direito de fazer ou de deixar de fazer algo também pode ser expressado dizendo-se que a lei me permite fazê-lo ou deixar de fazê-lo. Consequentemente, uma distinção é traçada, por um lado, entre normas jurídicas que comandam ou proíbem e, por outro, entre normas jurídicas que permitem: "A lei é imperativa ou permissiva". Mas a distinção não é válida. A ordem jurídica dá permissão a alguém, confere um direito a alguém, apenas impondo um dever a outra pessoa. E a lei impõe um direito estipulando uma sanção. Portanto, se a estipulação de uma sanção é denominada "imperativa", é incorreto dizer que a lei é "imperativa ou permissiva". A lei é imperativa para um e, desse modo, permissiva para outro. Ao obrigar um indivíduo a certa conduta para com outro indivíduo, a norma jurídica garante a este a conduta correspondente daquele. Esse é o fato que a distinção, um tanto quanto infeliz, entre lei "imperativa" e "permissiva" pretende descrever.

C. O DIREITO JURÍDICO EM UM SENTIDO RESTRITO

a. Um direito é mais do que o correlativo de um dever

Se a ordem jurídica determina uma linha de conduta à qual certo indivíduo é obrigado, ela determina ao mesmo tempo uma conduta correspondente de outro indivíduo à qual – como geralmente se diz – este outro indivíduo tem direito. Neste sentido, a cada obrigação corresponde um direito. Um "direito", neste sentido, nada mais é que o correlativo de um direito. O direito de um indivíduo de se conduzir de certa maneira é o dever de outro indivíduo de se conduzir de certa maneira para com aquele. Austin fala de um "dever relativo". Ele diz: "o termo 'direito' e o termo 'dever *relativo*' são expressões correlatas. Elas exprimem as mesmas noções, consideradas a partir de aspectos diferentes"[1]. A teoria de Austin parece não reconhecer nenhum conceito de direito diferente do de dever. Um conceito de tal tipo existe, porém, e desempenha uma parte importante, até mesmo decisiva, na jurisprudência. Porque quando se fala do direito jurídico de um indivíduo tem-se em mente um conceito mais restrito do que aquele de algo que coincide com o dever de outro indivíduo. Toda obrigação de uma pessoa não acarreta necessariamente um direito jurídico de outra pessoa, o termo sendo usado em seu sentido técnico, mais restrito. Qual é, então, o critério de existência de um direito jurídico em seu sentido mais restrito? Sob quais condições alguém possui tal direito? O conteúdo da própria norma jurídica deve fornecer a resposta para essa questão, assim como para a anterior, a de se saber sob que condições alguém possui um dever jurídico. O direito jurídico é, como o dever jurídico, a norma jurídica em relação a certo indivíduo determinado pela própria norma. O fato de a norma jurídica obrigar alguém a se conduzir de certa maneira em relação a outra pessoa não implica, em si, que esta última tenha um direito a essa conduta da primeira, que ela tenha um direito jurídico de exigir que a primeira cumpra a sua obrigação. A norma jurídica deve ter um conteúdo específico a fim de constituir um direito jurídico no sentido técnico. O dever jurídico foi definido como a norma jurídica em sua relação com o indivíduo cuja conduta representa o delito. Este é o indivíduo contra quem é dirigida a sanção ou o indivíduo que tem uma relação definida com este. Agora, devemos definir o direito jurídico de modo análogo.

b. Direito objetivo e direito subjetivo

A definição habitual de direito jurídico não satisfaz as exigências metodológicas da teoria pura do Direito ou da jurispru-

---

1. 1, Austin, *Jurisprudence*, 395.

dência analítica. Ela pressupõe, mais ou menos conscientemente, que o Direito objetivo (inglês: *law*) e o direito subjetivo (inglês: *right*) são dois fenômenos diferentes que não devem ser agrupados sob um termo geral comum. A língua inglesa sustenta este dualismo pelo próprio fato de possuir duas palavras inteiramente distintas: "*law*" (Direito objetivo) e "*right*" (direito subjetivo), ao passo que a língua alemã e a francesa possuem apenas uma palavra correspondente, "*Recht*" e "*droit*", sendo o Direito objetivo (*law*) distinguido do direito subjetivo (*right*) pelo uso das expressões "*objektives Recht*", "*droit objectif*", e "*subjektives Recht*", "*droit subjectif*". Contudo, uma visão dualista prevalece também na teoria alemã e na francesa. O "*objektives Recht*" ou "*droit objectif*" e o "*subjektives Recht*" ou "*droit subjectif*" são considerados entidades de naturezas completamente diferentes. Apenas o "*objektives Recht*", "*droit objectif*", o Direito objetivo, é reconhecido como regra ou norma, ao passo que o "*subjektives Recht*", "*droit subjectif*", o direito subjetivo, é definido como "interesse" ou "vontade". É verdade que o direito jurídico não é interpretado como um interesse ou vontade incondicional, mas como um interesse protegido pela ordem jurídica, ou como uma vontade reconhecida e levada a efeito pela ordem jurídica. Desse modo, o direito subjetivo e o Direito objetivo são colocados em certa relação entre si. No entanto, o dualismo ainda é mantido, na medida em que o direito jurídico subjetivo é considerado, lógica e temporalmente, anterior ao Direito objetivo. No começo, existiam apenas direitos subjetivos – em especial o protótipo de todos os direitos, o direito à propriedade (obtida por ocupação) – e apenas num estágio posterior o Direito objetivo como ordem do Estado foi acrescentado com o propósito de sancionar e proteger os direitos que, independentemente dessa ordem, haviam passado a existir. Esta ideia é desenvolvida com mais clareza na teoria da Escola Histórica, que foi decisivamente influenciada não apenas pelo positivismo jurídico do último século, mas também pela jurisprudência moderna dos países de língua inglesa. Em Dernburg, por exemplo, lemos: "Os direitos vieram a existir bem antes que o Estado – com uma ordem jurídica deliberada – houvesse surgido. Eles tiveram sua base na personalidade do indivíduo e no respeito que ele era capaz de obter e de impor. O conceito de ordem jurídica pode ser extraído da percepção dos direitos existentes apenas por meio de um processo gradual de abstração. É, portanto, histórica e logicamente incorreto supor que os direitos nada mais são que emanações do Direito. A ordem jurídica garante e ajusta os direitos jurídicos, mas não os cria"[2].

c. O direito como vontade reconhecida ou interesse protegido

Percebe-se facilmente que essa teoria da precedência dos direitos subjetivos é insustentável, tanto a partir de um ponto de vista lógico, quanto de um psicológico. O caráter jurídico de um fenômeno não é perceptível pelos sentidos. O fato de um indivíduo ter ou não ter um direito de possuir uma coisa não pode ser visto, ouvido ou tocado. A afirmação de que um indivíduo tem um direito ou não tem um direito de possuir uma coisa é um julgamento de valor que é possível lógica e psicologicamente apenas se o indivíduo que faz a afirmação pressupõe a existência, isto é, a validade, de uma norma geral referente à posse. Essa norma não é, nem lógica, nem psicologicamente, o resultado de uma abstração baseada numa soma de percepções similares de direitos; por exemplo, o conceito geral de uma árvore é o resultado de uma abstração baseada em uma soma de percepções similares; porque os direitos não são perceptíveis pelos sentidos como as árvores. O modo como a ideia de uma regra geral vem a existir é uma questão que não temos

---

2. Heinrich Dernburg, *System des Römischen Rechts* (Der Pandekten achte, umgearbeitete Auflage), Erster Teil (1911), 65. Blackstone, *Commentaries*, Book I, § 167: "Porque o principal objetivo da sociedade é proteger os indivíduos no usufruto daqueles direitos absolutos que lhes foram conferidos pelas leis imutáveis da natureza, mas que não poderiam ser preservados em paz sem assistência e comunicação mútuas, que são conquistados com a instituição de comunidades gregárias e amistosas. Daí se segue que o fim primeiro e primordial das leis humanas é manter e regular estes direitos *absolutos* dos indivíduos. Direitos tais como os sociais e *relativos* resultam da formação dos estados e da sociedade, e lhes são posteriores...". Os chamados direitos absolutos são anteriores à formação do Estado.

de responder aqui. Precisamos apenas estabelecer que, sem pressupor uma norma geral regulando a conduta humana, não é possível fazer nenhuma afirmação sobre a existência ou não existência de direitos. Se existe uma questão de direito jurídico, deve-se pressupor uma regra jurídica. Não podem existir direitos jurídicos antes da existência do Direito. A definição de direito jurídico como um interesse protegido pelo Direito, ou como uma vontade reconhecida pelo Direito, expressa vagamente um discernimento desse fato. Enquanto um direito não foi "garantido" pela ordem jurídica – usando a expressão de Dernburg –, ele não é um direito jurídico. Ele é tornado um direito jurídico primeiramente pela garantia da ordem jurídica. Isso significa que o Direito objetivo precede os direitos subjetivos ou é concomitante a eles.

Apesar de logicamente insustentável, a teoria da precedência dos direitos subjetivos é da máxima importância política. O seu propósito é, obviamente, influenciar a formação do Direito, em vez de analisar a natureza do Direito positivo. Se a ordem jurídica não pode criar, mas meramente garantir direitos, ela tampouco pode extinguir direitos. É, então, juridicamente impossível abolir a instituição da propriedade privada, ou, mais ainda, a legislação é, então, incapaz de privar qualquer indivíduo particular de qualquer direito particular de propriedade. Todas essas consequências da doutrina da precedência dos direitos estão em contradição com a realidade jurídica. A doutrina da precedência dos direitos não é uma descrição científica do Direito positivo, mas sim uma ideologia política.

Definir um direito jurídico como um interesse protegido pelo Direito ou uma vontade reconhecida pelo Direito é igualmente incorreto. Analisemos primeiro a teoria do interesse, na qual o erro básico comum a ambas as teorias é mais evidente. Dizer que alguém tem interesse em certa linha de conduta por parte de outra pessoa significa que ele deseja essa conduta porque acha que ela lhe é útil. A palavra "interesse" exprime certa atitude mental. Ora, é obviamente falso que alguém tenha um direito jurídico de exigir certa linha de conduta de outra pessoa apenas na medida em que tenha um interesse concreto por essa conduta. Mesmo que lhe seja indiferente que um devedor lhe pague ou não um empréstimo ou que, por algum motivo, não deseje que ele lhe pague, você ainda tem o direito de ter de volta o seu dinheiro. Quando o legislador obriga um indivíduo a se comportar de certa maneira para com outro indivíduo, de modo a salvaguardar um direito deste, esse interesse encontra sua expressão específica na conduta pela qual este usa ou exerce o seu direito. Mas alguém pode usar ou não usar os seus próprios direitos à vontade. Alguém tem um direito mesmo que não o use. É possível até mesmo ter um direito sem que se tenha conhecimento disso. Em tal caso, não pode existir qualquer interesse. Por outro lado, alguém pode estar intensamente interessado em que outro indivíduo cumpra o seu dever jurídico, sem que tenha um direito jurídico (no sentido técnico, mais restrito do termo) sobre o outro. Assim, pode-se ter um direito a certa conduta da parte de outro indivíduo sem que se tenha interesse por essa conduta, e pode-se também ter o interesse sem que se tenha o direito.

Sem dúvida, o legislador dá ao credor um direito de receber de volta o seu dinheiro, e, ao proprietário, um direito de dispor da sua propriedade, justamente porque supõe que um credor, via de regra, tem interesse de receber o seu dinheiro e que, via de regra, é interesse do proprietário que os outros não interfiram com o uso de sua propriedade. O legislador supõe que as pessoas possuem certos interesses sob certas condições, e ele pretende proteger alguns desses interesses. Mas um direito existe mesmo nos casos em que – ao contrário da suposição do legislador – não existe nenhum interesse efetivo. O direito, portanto, deve consistir não em um interesse presumido, mas na proteção jurídica. A proteção que o legislador dá a um tipo de interesse consiste no estabelecimento de regras jurídicas de certo significado. O direito de um credor, por conseguinte, é a norma jurídica segundo a qual o devedor é obrigado a pagar o empréstimo; o direito do proprietário é a norma segundo a qual outros indivíduos são obrigados a não interferir no uso da propriedade por parte deste. O direito jurídico subjetivo é, em resumo, o Direito objetivo.

d. O direito como possibilidade jurídica de colocar a sanção em funcionamento

Como já foi mencionado, nem toda norma jurídica que obriga um indivíduo a conduzir-se de certa maneira para com outro indivíduo confere a este um direito jurídico sobre o primeiro. Ao obrigar o indivíduo a não matar outro indivíduo, o Direito criminal não confere a todos os que estão protegidos por essa norma um direito jurídico de não ser morto, um direito jurídico no sentido técnico em que o credor tem um direito de receber o seu dinheiro do devedor, e em que o proprietário tem direito ao uso exclusivo de sua propriedade: Por que não é apenas "direito" que o devedor restitua o dinheiro ao credor, mas também por que é "direito do credor", o meu direito como credor, que o devedor restitua o dinheiro? O "direito" subjetivo em seu sentido original é a mesma coisa que o "Direito" objetivo, assim como, por exemplo, na afirmação: "Ter um direito é ter poder" (*Right is might*). Por que se diz que o Direito, a lei – em dada situação – é o meu Direito, a minha lei, ou seja, o meu direito? Qual é a relação específica em que se encontram credor e proprietário para com as normas jurídicas que protegem os seus interesses? Qual é a relação que faz que essas normas sejam o Direito "deles", ou seja, o "direito" deles? Qual é o motivo de se considerar o Direito objetivo, o sistema de normas que regulam a conduta humana, ou uma norma desse sistema – sob certas circunstâncias – como o direito de um sujeito, como um Direito subjetivo?

A doutrina segundo a qual um direito jurídico é uma vontade reconhecida pelo Direito, ou um poder concedido pelo Direito, está mais próxima da solução do nosso problema do que a doutrina segundo a qual um direito é um interesse protegido pelo Direito. O poder que, segundo nossa visão, é a essência do direito de um indivíduo consiste no fato de que a ordem jurídica vincula à expressão da vontade de um indivíduo o efeito para o qual está voltada a vontade. A ordem jurídica realmente dá aos homens tal "poder", por exemplo, o poder de regularem suas relações econômicas por meio de transações jurídicas, especialmente por meio de contratos. Um contrato é um acordo entre dois ou mais indivíduos referente a certa linha mútua de conduta. "Acordo" significa que as vontades que as partes contratantes expressam a respeito da sua conduta mútua estão em concordância. Um contrato tem o efeito jurídico de obrigar as partes contratantes a se comportarem de acordo com o contrato. Toda parte contratante tem o "direito" de que a outra se conduza de acordo com o contrato; o seu direito é, porém, não a sua vontade, a vontade que ela expressou fazendo o contrato. Não é a sua vontade ou a expressão da sua vontade; é o acordo, a expressão de concordância das vontades das partes contratantes que – de acordo com a ordem jurídica – cria as obrigações das partes contratantes. O indivíduo isolado não tem o poder jurídico de obrigar – por meio da expressão da sua vontade – o outro indivíduo. Se o "direito" que uma das partes contratantes tem sobre a outra é uma "vontade", ela deve ser outra vontade que não a vontade expressada no ato pelo qual foi feito o contrato.

Uma parte contratante tem um direito sobre a outra parte contratante apenas se esta tiver um dever jurídico de se conduzir de certa maneira para com aquela; e esta tem um dever jurídico de se conduzir de certa maneira para com aquela apenas se a ordem jurídica estabelecer uma sanção no caso de conduta contrária. Mas isso não é o suficiente para constituir um direito jurídico da outra parte. Uma parte contratante tem um direito jurídico sobre a outra parte contratante porque a ordem jurídica torna a execução da sanção dependente, não apenas do fato de um contrato ter sido feito e uma das partes não o ter cumprido, mas também do fato de a outra parte expressar uma vontade de que a sanção seja executada contra o delinquente. Uma parte expressa tal vontade movendo uma ação contra a outra parte perante um tribunal. Ao fazê-lo, o queixoso põe em funcionamento o mecanismo coercitivo do Direito. É apenas por meio de uma ação de tal tipo que pode ser iniciado o processo pelo qual o delito, *i.e.*, a quebra do contrato, é verificada e a sanção, emitida pelo tribunal. Isto é parte da técnica específica do Direito civil. A sanção é tornada dependente, dentre outras condições, do fato de uma das partes ter movido uma ação, isto é, do fato de que uma parte declarou a sua vontade de que fosse mencionado o processo mencionado. À parte está aberta a possibilidade jurídica de ocasionar a aplicação da norma jurídica que estabelece a sanção. Neste sentido, portanto, a norma é o Direito "dele", ou seja, o seu "direito". Apenas se um indivíduo se acha em tal relação com a norma jurídica, apenas se a aplicação da norma jurídica, a execução da sanção, depender da expressão da vontade de um indivíduo voltada para esse objetivo, ela poderá ser o Direito "dele", um Direito subjetivo, ou seja, um "direito". Apenas então é que a subjetivação do Direito – implicada no conceito de direito subjetivo –, a apresentação de uma norma jurídica objetiva como um direito subjetivo de um indivíduo, é justificada.

Apenas se definido desta maneira, o conceito de "direito" jurídico não coincide com o de dever jurídico, apenas assim o direito de A a certa conduta da parte de B não é idêntico ao dever de B de se comportar dessa maneira para com A. Se estiver aberta para um indivíduo a possibilidade de "impor" por meio de uma ação judicial o dever jurídico de outro indivíduo, a situação jurídica não é completamente descrita apresentando-se o dever de B de se conduzir de certa maneira para com A. Se o conceito de direito jurídico deve ser diferente do conceito de dever jurídico, o primeiro deve ser restrito a este caso.

Um direito é, dessa maneira, uma norma jurídica em sua relação com o indivíduo que, para que a sanção seja executada, deve expressar uma vontade nesse sentido. O sujeito de um direito é o indivíduo cuja manifestação de vontade é voltada para a sanção, *i.e.*, cuja ação judicial é uma condição da sanção. Se denotarmos o indivíduo ao qual a ordem jurídica confere a possibilidade de mover uma ação judicial um queixoso potencial, então é sempre um queixoso potencial quem é o sujeito de um direito. A ordem jurídica em geral confere essa possibilidade ao indivíduo que o legislador presume ter certo interesse na sanção. Mas se a ordem jurídica confere tal possibilidade a um indivíduo, este indivíduo possui um direito mesmo que, num caso concreto, ele não tenha um interesse e, desse modo, uma "vontade" de que a sanção seja executada. Um direito não é o interesse ou a vontade do indivíduo ao qual ele pertence, assim como um dever não é o temor da sanção ou a compulsão na mente do indivíduo obrigado. O direito jurídico é, como o dever jurídico, a norma jurídica em sua relação com um indivíduo determinado pela norma, a saber, o queixoso potencial.

e. Direito subjetivo e representação

A afirmação de que o sujeito do direito é o queixoso potencial não parece ser válida em todos os casos. Através de certa transação jurídica, um indivíduo pode fazer que certas declarações de outro indivíduo, seu "agente", tenham o mesmo efeito que declarações similares emitidas por ele, o constituinte. Se alguém se vale desta instituição jurídica, a chamada "representação consensual", ele também pode mover uma ação judicial por meio da intervenção de seu agente. Há certos indivíduos que, de acordo com o Direito moderno, devem possuir um representante – por exemplo, menores e deficientes mentais. No caso de tal "representação não consensual", o representante, chamado "tutor", é instituído não por uma transação jurídica entre ele e o indivíduo que ele representa, o seu "tutelado", mas diretamente pela ordem jurídica, sem um ato de nomeação, como, por exemplo, no caso do pai, que é o representante jurídico do seu filho, ou, então, por ato de uma autoridade pública, em especial um tribunal, como, por exemplo, o tutor de um indivíduo insano. Também o tutor pode mover uma ação em nome do seu tutelado, da mesma maneira que o agente pode fazê-lo em nome do seu constituinte. Dizer que o agente ou tutor expressa uma vontade "em nome de" seu constituinte ou tutelado significa que sua declaração de vontade tem o mesmo efeito jurídico que teria caso houvesse sido feita pelo constituinte ou tutelado – contanto que, no segundo caso, o tutelado houvesse atingido a maioridade ou gozasse de saúde mental. Este complicado estado de coisas é descrito de uma maneira bastante simplificada pela fórmula fictícia de que as declarações de vontade emitidas pelo agente ou pelo tutor devem ser consideradas como declarações do constituinte ou do tutelado. Se é direito do constituinte ou do tutelado que o agente ou tutor instaure um processo, então o sujeito do direito não é o queixoso potencial, mas um indivíduo que se acha em uma relação específica, juridicamente determinada, com o queixoso potencial, em uma relação de representação consensual ou não consensual. O sujeito do direito jurídico é, portanto, o queixoso potencial ou o indivíduo que o representa juridicamente.

D. O DIREITO SUBJETIVO COMO TÉCNICA JURÍDICA ESPECÍFICA

Fazer que a sanção dependa de uma ação judicial de certo indivíduo (o queixoso), conceder "direitos", no sentido técnico do termo, é – como foi assinalado – típico da técnica do Direito civil. A aplicação efetiva da norma jurídica depende, então, em cada caso particular, do fato de ter o sujeito do direito (ou o representante) interesse efetivo na aplicação da sanção, um interesse suficiente para que ele inicie, por meio da sua "ação judicial", o processo que leva à execução da sanção. Ao fazer que a aplicação da norma jurídica dependa da declaração de vontade de um indivíduo definido, o legislador considerou decisivo o interesse desse indivíduo. Frequentemente, porém, a aplicação de uma norma jurídica é do interesse de todos os outros ou da maioria dos outros membros da comunidade jurídica, e não apenas de um indivíduo em particular. Que a sanção instituída pela ordem jurídica seja executada contra o devedor que deixa de cumprir suas obrigações, é do interesse de todos os que possam vir a se tornar credores, mais ainda, de todos os que queiram que a ordem jurídica seja mantida. É – como geralmente se diz – do interesse da comunidade jurídica que todas as normas da ordem jurídica sejam obedecidas e aplicadas. Em uma ordem baseada nos princípios do capitalismo privado, a técnica do Direito civil é determinada pelo fato de que o legislador desconsidera o interesse coletivo na aplicação das normas e atribui importância real apenas ao interesse de indivíduos particulares. É por isso que o processo que leva à execução da sanção é iniciado e levado a cabo apenas em consequência de uma declaração de vontade nesse sentido da parte de um indivíduo particular, o queixoso. Nesse aspecto, o Direito criminal apresenta uma técnica oposta. Um processo criminal não pode, via de regra, ser iniciado pela pessoa cujos direitos foram mais diretamente prejudicados pelo delito. Na maioria das vezes, é alguma autoridade pública, um órgão da comunidade, que tem a competência para mover uma ação judicial que, geralmente, é obrigado a fazê-lo. Como a sanção criminal não depende de uma ação judicial por parte de um indivíduo particular, nenhum indivíduo particular tem um "direito" de não ser roubado ou morto – ou, num sentido mais amplo, de não se tornar vítima de um delito criminal. Mas como a execução da sanção depende de uma ação por parte de um órgão competente do Estado, pode-se falar de um "direito" do Estado de que os membros da comunidade devam se abster de crimes. Neste campo, em que interesses especialmente vitais da comunidade têm de ser protegidos, o legislador coloca o interesse coletivo acima do interesse privado. Contudo, o processo criminal possui a mesma forma, ou, pelo menos, o mesmo aspecto externo, do processo civil; ele exibe uma disputa entre duas partes: no processo criminal, uma disputa entre a comunidade jurídica, o Estado, representado por um órgão público, e um indivíduo particular, o acusado; no processo civil, uma disputa entre dois indivíduos particulares, o queixoso e o réu.

A técnica do Direito moderno, civil e criminal, segundo a qual o processo que leva à sanção só pode ser iniciado com uma ação judicial da parte de um indivíduo determinado, a técnica jurídica segundo a qual o processo dos órgãos aplicadores da lei, os tribunais, tem o caráter de uma disputa entre duas partes, não é a única técnica concebível. A sanção poderia muito bem ser aplicada por um órgão público sem qualquer ação prévia da parte de outro órgão público, como no Direito criminal, ou da parte privada, como no caso do Direito civil. Se a ordem jurídica fosse dessa natureza, ela ainda criaria um dever jurídico de se abster do delito, só que não mais daria a ninguém um direito jurídico de que esse dever fosse executado. Não se concebe nenhum direito jurídico sem um dever correspondente, mas poderia muito bem existir um dever jurídico sem qualquer direito correspondente (neste sentido mais restrito da palavra).

E. DIREITOS ABSOLUTOS E RELATIVOS

Na medida em que o direito de um indivíduo é possível apenas em relação ao dever de outro, todos os direitos são direitos relativos. Todos os deveres são relativos, porém, apenas na medida em que alguém seja obrigado a se conduzir de certa maneira em relação a outro indivíduo que pode ser, mas não é necessariamente, o sujeito de um direito correspondente (no sentido técnico, mais restrito, da palavra).

Os termos "absoluto" e "relativo" são, contudo, compreendidos em outro sentido quando se distingue entre deveres e direitos absolutos e relativos. Deveres relativos são os que se têm em relação a um indivíduo determinado, ao passo que deveres absolutos são os que se têm em relação a um número indeterminado de indivíduos ou em relação a todos os outros indivíduos. Não matar, não roubar, não interferir no controle da propriedade de outros indivíduos, são deveres absolutos. O dever de um devedor de restituir um empréstimo ao credor é um dever relativo. Um direito relativo, neste sentido mais restrito, é um direito ao qual corresponde um dever de apenas um determinado indivíduo, ao passo que um direito absoluto acarreta deveres para um número indeterminado de indivíduos. Um direito relativo típico é o direito do credor sobre o devedor; é apenas do devedor que o credor tem direito de exigir a restituição de um empréstimo. A propriedade é um direito absoluto típico: o proprietário tem um direito de exigir de todos a não interferência na posse da sua propriedade. A um direito absoluto corresponde um dever absoluto, a um direito relativo, um dever relativo. A distinção entre *jus in personam* e *jus in rem* remonta à distinção entre direitos relativos e absolutos. Mas o termo *jus in rem* induz a erro. O *jus in rem* é, estritamente falando, um *jus in personam*, um direito sobre pessoas, e não um direito sobre coisas, como o termo poderia sugerir. A conhecida definição de propriedade como o domínio exclusivo de um indivíduo sobre uma coisa ignora o fato essencial de que todos, menos o proprietário, estão excluídos do controle do objeto. O direito de propriedade é o direito de um indivíduo de que todos os outros indivíduos se conduzam de certa maneira em relação a ele, a saber, de que todos os outros indivíduos se abstenham de qualquer interferência no seu controle sobre certa coisa. Todos os indivíduos, exceto o proprietário, estão juridicamente excluídos de qualquer uso do objeto da propriedade; e eles estão obrigados a se abster de qualquer interferência no controle da coisa em relação a qualquer possível proprietário desta. Assim como o direito, o dever correspondente também é dirigido a um número indeterminado de indivíduos. O direito de A, na condição de dono da propriedade *a*, de usar uma estrada que passa pela propriedade *b* de B tem o caráter de uma servidão, um *jus in rem*, contanto que, não apenas B, mas todos e, em especial, qualquer dono possível da propriedade *b* estejam juridicamente obrigados a não impedir A ou qualquer dono da propriedade *a* de usar a estrada. Qualquer dono da propriedade *a* tem o direito, qualquer dono da propriedade *b* tem o dever correspondente. A propriedade *a* é chamada propriedade "dominante", e *b*, propriedade "serviente", como se o direito estivesse ligado ou enraizado como uma árvore em uma propriedade, e o dever na outra. Essa é uma descrição figurada e bastante ilustrativa da situação jurídica, mas também enganosa. O direito, ou dever, não é uma coisa que possa ser ligada a outra coisa. Direito e dever são relações específicas de um indivíduo com outros indivíduos. Um *jus in rem* não é um direito sobre uma coisa, mas um direito de que um número indeterminado de indivíduos se conduza de certa maneira em relação a certo objeto; é um direito absoluto que corresponde a um dever absoluto.

F. O DIREITO SUBJETIVO COMO PARTICIPAÇÃO NA CRIAÇÃO DO DIREITO OBJETIVO

A ordem jurídica – como foi assinalado – confere um "direito" a um indivíduo dando a ele, ou ao seu representante, a possibilidade de acionar o processo que, ao fim, leva à execução da sanção. A decisão do tribunal – o ato típico que determina a sanção num caso concreto – cria uma norma individual que, condicional ou incondicionalmente, estipula a sanção. A decisão judicial de um tribunal criminal, por exemplo, ordena que certo indivíduo, o qual – segundo a declaração da corte – cometeu roubo, será aprisionado por dois anos. Essa norma individual deve ser executada por outros órgãos públicos.

A decisão de um tribunal civil ordena que certo indivíduo, o réu, o qual – segundo a declaração da corte – não pagou em tempo devido o aluguel da sua casa, deverá pagar certa quantia de dinheiro ao seu senhorio, o queixoso, dentro de dez dias, e que – se a soma de dinheiro não for paga dentro desse prazo – uma execução civil será dirigida contra o réu. Essa é uma norma individual; mas, ao passo que a norma individual, a ordem de sanção, neste caso, tem um caráter condicional – se o réu não pagar dentro de dez dias, uma execução civil será dirigida contra ele –, no caso criminal, a ordem de sanção, a norma individual, é incondicional: o delinquente será aprisionado. A criação da norma individual pela decisão do tribunal civil é o propósito imediato do processo jurídico iniciado pela ação judicial do queixoso. A partir desta perspectiva dinâmica, o queixoso desempenha, assim, uma parte essencial na criação da norma individual que a sentença da corte representa. Ter um direito é ter a capacidade jurídica de participar da criação de uma norma individual, da norma individual pela qual uma sanção é ordenada contra o indivíduo que – segundo a declaração do tribunal – cometeu o delito, que violou o seu dever. Se um direito jurídico é um fenômeno do Direito, então essa norma individual também deve possuir o caráter de Direito. O Direito não pode consistir apenas em normas ou regras gerais.

G. DIREITOS CIVIS E POLÍTICOS

Se, a partir de uma perspectiva dinâmica, a natureza de um direito é a capacidade de participar da criação do Direito, então a diferença entre os direitos do "Direito privado" – os chamados "direitos privados" – e os direitos do Direito público – os chamados "direitos políticos" – não pode ser tão fundamental quanto geralmente se supõe. Por direitos políticos, entendemos as possibilidades abertas ao cidadão de participar do governo, da formação da "vontade" do Estado. Livre da metáfora, isso significa que o cidadão pode participar da criação da ordem jurídica. Com isso, tem-se em mente sobretudo a criação de normas gerais, ou "legislação", no sentido mais geral do termo. A participação na legislação dos indivíduos sujeitos à ordem jurídica é caraterística da democracia, distinguindo-a da autocracia, na qual os sujeitos são excluídos da legislação, não têm direitos políticos. Em uma democracia, o poder legislativo pode ser exercido diretamente pelo povo, em assembleia primária, ou por um parlamento eleito, sozinho ou em cooperação com um chefe de Estado eleito. A democracia pode ser uma democracia direta ou indireta (representativa). Em uma democracia direta, o direito político decisivo é o direito do cidadão de participar das deliberações e decisões da assembleia popular. Em uma democracia indireta, a formação da vontade do Estado, na medida em que é uma criação de normas gerais, ocorre em dois estágios: primeiro, a eleição do parlamento e do chefe de Estado, e, depois, a criação da norma geral, do estatuto, seja pelo parlamento sozinho ou em colaboração com o chefe de Estado. De modo correspondente, o direito político decisivo em uma democracia indireta (representativa) é o direito de voto, *i.e.*, o direito do cidadão de participar da eleição do parlamento, do chefe de Estado e de outros órgãos criadores de Direito (aplicadores de Direito).

Pode parecer que o conceito de direito jurídico, que alcançamos por meio de um exame do Direito civil, seja inteiramente diferente do conceito de direito político. O problema dos direitos políticos receberá um tratamento mais completo na teoria do Estado e do Direito público. Aqui, tentarei apenas demonstrar como é possível classificar o chamado direito "político" juntamente com o direito "privado" sob o mesmo termo geral de "direito", e o que o queixoso tem em comum com o votante, o que há de comum entre mover uma ação judicial e votar.

Se o direito político é um "direito" no mesmo sentido em que o direito privado, deve existir um dever correspondente ao direito político. Qual é o dever que corresponde ao direito de voto? É o dever dos órgãos públicos encarregados da eleição de aceitar o voto do votante e de tratá-lo de acordo com os preceitos da lei, e, em particular, o de proclamar como indivíduo eleito aquele que recebeu o número de votos prescrito. O direito de voto de um sujeito é o direito de ter seu voto recebido e contado, de acordo com as leis implicadas, pelos funcionários eleitorais apropriados. Ao direito de votar do cidadão corresponde o dever dos funcionários eleitorais. Este dever é garantido por certas sanções, e, no caso de ser violado, o votante pode exercer uma influência sobre a aplicação dessas sanções análogas à influência que pode ser exercida pelo sujeito de um direito privado sobre a aplicação da sanção dirigida contra o indivíduo responsável pela violação do dever correspondente. Em várias ordens jurídicas, existem órgãos especiais, por exemplo, tribunais eleitorais, cuja tarefa é proteger o interesse que o votante tem no cumprimento do dever correspondente da parte do órgão público. Quando o votante pode apelar a tal tribunal eleitoral, no caso de seu direito ter sido violado, o direito de votar é um direito jurídico exatamente no mesmo sentido técnico de um direito privado. Mesmo que a função do votante não seja garantida dessa maneira, isto é, pela concessão ao votante de tal "direito" no sentido técnico, a sua função tem um elemento essencial em comum com o exercício de um direito privado. É a participação no processo de criação de Direito. A diferença consiste no fato de que a função chamada "votação" é uma participação indireta no processo criador de Direito. O votante toma parte apenas na criação de um órgão – parlamento, chefe de Estado – cuja função é criar a vontade do Estado, as normas jurídicas; e as normas jurídicas que esse órgão tem de criar são normas gerais, estatutos. O sujeito de um direito privado participa diretamente da criação de uma norma jurídica, e essa norma jurídica – a decisão judicial – é uma norma individual. O exercício de um direito privado também significa participação do sujeito na criação da "vontade do Estado", pois a vontade do Estado se manifesta também na decisão judicial; o tribunal também é um órgão do Estado.

Órgãos eleitos, como um parlamento ou um chefe de Estado, são, de um modo geral, órgãos para a criação de normas gerais. Contudo, órgãos para a criação de normas individuais às vezes também podem ser eleitos – por exemplo, juízes eleitos por voto popular. Em tal caso, a diferença entre a função chamada direito político de votar e um direito privado fica reduzida ao fato de que o direito de votar significa apenas uma participação indireta na criação de normas jurídicas.

A partir da perspectiva da função dentro do todo do processo criador de Direito, não existe nenhuma diferença essencial entre um direito privado e um direito político. Ambos permitem que o seu detentor participe da criação da ordem jurídica, da "vontade do Estado". Um direito privado é também, em última análise, um direito político. O caráter político dos direitos privados torna-se ainda mais óbvio tão logo se perceba que a concessão de direitos privados aos indivíduos é a técnica específica do Direito civil, e que o Direito civil é a técnica jurídica específica do capitalismo privado, que é, ao mesmo tempo, um sistema político.

Se o direito jurídico for visto como uma função particular dentro do processo criador de Direito, então o dualismo entre Direito objetivo e direito subjetivo desaparece. Neste caso, também, a precedência jurídica do dever sobre o direito torna-se clara. Ao passo que a obrigação jurídica é a função essencial de toda a norma jurídica dentro da ordem jurídica, o direito jurídico é um mero elemento específico de sistemas jurídicos particulares – o direito privado, a instituição de uma ordem jurídica capitalista, e o direito político, a instituição de uma ordem jurídica democrática.

VII. Competência (capacidade jurídica)

Uma norma jurídica pode determinar a conduta humana não apenas como conteúdo de um dever ou de um direito, mas também de outras maneiras. Um exemplo é a sanção que, por meio de uma norma jurídica, é tornada a consequência de certas condições. Ordenar ou executar a sanção não é, obviamente, um "direito" do órgão aplicador de Direito; o órgão pode, contudo, ser obrigado a ordenar ou executar a sanção; mas isso não é necessariamente assim. Ele é obrigado apenas se outra norma jurídica estipular essa obrigação prevendo uma sanção contra o órgão que não ordenar ou executar a sanção estipulada pela primeira norma. A conduta humana que não é qualificada nem como um dever, nem como um direito surge também entre as condições de uma sanção. Consideremos como exemplo a norma jurídica que obriga um devedor a restituir o empréstimo em tempo devido. Esquematicamente, essa norma pode ser formulada da seguinte maneira: quando dois indivíduos fazem um contrato de empréstimo, se o devedor não restituir o empréstimo em tempo devido, e se o credor mover uma ação contra o devedor, então o tribunal tem de ordenar certa sanção contra o devedor. A elaboração de um contrato é um ato que não forma o conteúdo nem de um dever, nem de um direito das duas partes. Eles não estão juridicamente obrigados nem têm um direito jurídico de fazer o contrato; eles obtêm direitos e deveres jurídicos através do contrato, após o contrato ser feito. Mas eles são juridicamente capazes de fazer um contrato. Tampouco existe um dever ou um direito de cometer um delito. Mas existe uma capacidade jurídica de cometer delitos. O órgão não tem nenhum dever jurídico de ordenar a sanção e pode até mesmo não ser obrigado a fazê-lo. Mas ele é juridicamente capaz de ordenar a sanção. Quando uma norma qualifica o ato de certo indivíduo como uma condição jurídica ou uma consequência jurídica, isso significa que apenas esse indivíduo é "capaz" de executar ou de se abster de executar esse ato, apenas ele é "competente" (o termo sendo usado em seu sentido mais amplo). Apenas se esse indivíduo capaz ou competente executar ou se abstiver de executar o ato é que ocorre esse ato ou omissão que, segundo a norma, é uma condição jurídica ou uma consequência jurídica.

Já foi assinalado que a conduta humana, tal como regulada por uma norma jurídica, consiste em dois elementos: um material e um pessoal, a coisa que tem de ser feita ou evitada, e o indivíduo que tem de fazê-la ou deixar de fazê-la. Ao determinar a conduta humana como uma condição jurídica ou uma consequência jurídica, a norma jurídica determina ambos os elementos. A relação constituída pela norma jurídica entre o elemento pessoal e o material é o que na terminologia alemã e na francesa se denota por "competência", o termo sendo usado em seu sentido mais geral. Dizer que um indivíduo é "competente" para certa ação significa que à ação é conferida a qualidade de condição jurídica ou consequência jurídica apenas se ela for executada por esse indivíduo. Mesmo um delito pressupõe a "competência", nesse sentido mais amplo, do delinquente. Nem todo ser pode cometer um delito. Nas ordens jurídicas dos povos civilizados, apenas seres humanos são capazes de cometer delitos. Ocorre o contrário no Direito primitivo, onde animais, plantas e mesmo objetos inanimados são considerados capazes de cometer delitos. E nem todos os seres humanos são puníveis, segundo o Direito civilizado moderno; crianças e loucos não estão, via de regra, sujeitos a quaisquer sanções e são, desse modo, incapazes de cometer delitos.

O termo "competência" é comumente tomado em um sentido mais restrito, é verdade. Fala-se em geral apenas de uma competência para ações, não de uma competência para omissões. Além disso, o termo é usado para designar apenas a capacidade jurídica de empreender ações que não são delitos, ações pelas quais as normas jurídicas são criadas. Diz-se que o parlamento é "competente" para decretar um estatuto. Mas esse modo de expressão não implica realmente nada a não ser o fato de que a ordem jurídica determina como função legislativa certa conduta dos indivíduos que formam o parlamento, e que, portanto, esses indivíduos são capazes de fazer leis. Diz-se que o juiz é competente para emitir uma sentença. Isso significa que a ordem jurídica determina como função judicial certa conduta de certo indivíduo, e que, portanto, esse indivíduo é capaz de emitir sentenças. O conceito de jurisdição tal como usado na terminologia jurídica inglesa nada mais é que o conceito geral de competência aplicado a um caso especial. A jurisdição propriamente dita é a competência dos tribunais. Contudo, as autoridades administrativas também têm sua "jurisdição", mais ainda, qualquer órgão do Estado tem sua "jurisdição", a capacidade de executar um ato, o qual a ordem determina como um ato apenas desse e de nenhum outro órgão. E tão logo se perceba esse fato, tem-se de reconhecer certa "jurisdição" em qualquer indivíduo humano, isto é, sua capacidade de executar ou de se abster de um ato que a ordem jurídica determinou como um ato ou omissão desse indivíduo. Essa é a essência do conceito de "competência", e esse conceito é usado quando se diz que apenas certos indivíduos são "capazes" de cometer delitos.

VIII. Imputação (imputabilidade)

Essa capacidade de cometer delitos é, muitas vezes, expressada pelo conceito de imputação (alemão: *Zurechnung*). As sanções, especialmente as criminais, são, como já foi mencionado, vinculadas apenas à conduta de certos indivíduos que possuem certas qualidades, certa idade mínima e certa capacidade mental. Então, geralmente se diz que um delito não é "imputável" a uma criança ou a um louco. Em alemão, caracteriza-se uma criança ou um louco como *unzurechnungsfähig* (irresponsável). Contudo, a afirmação de que um delito não é imputável a uma criança ou a um louco é enganosa. Sua conduta não constitui um delito de modo algum. Ela seria um delito apenas se eles houvessem atingido a idade necessária ou se fossem mentalmente saudáveis. Se certo tipo de ação, por exemplo, o assassinato, é ou não um delito é algo que depende de ter ou não o indivíduo atuante certas qualidades determinadas pela ordem jurídica como condições gerais da sanção. Mas a ação é, naturalmente, sob todas as circunstâncias, "sua" ação, e isso significa que a ação lhe é imputada, mesmo que essa ação não seja – como neste caso – um delito. Um demente pode cometer assassinato, ou seja, ele pode, por meio de ação sua, causar intencionalmente a morte de outro homem. Não há questão alguma quanto ao fato de o assassinato ser ou não sua ação; essa não é, pelo menos, uma questão jurídica. A única questão é saber se o assassinato é ou não um delito. E o assassinato não é delito porque a ordem jurídica não vincula nenhuma sanção ao assassinato cometido por um demente. Não é, portanto, o assassinato que não é "imputável", *i.e.*, que não pode ser imputado ao demente, e sim a sanção. Dizer que um indivíduo é *unzurechnungsfähig*, irresponsável, significa que nenhuma sanção pode lhe ser dirigida porque ele não preenche certas exigências pessoais, condições para uma sanção. Quando a irresponsabilidade de um indivíduo é identificada com o fato de ele não ter alcançado a idade necessária ou não gozar de saúde mental, etc. – em resumo, de não preencher as condições pessoais sob as quais a ordem jurídica torna as pessoas sujeitas a sanções –, então está se permitindo que a palavra "responsabilidade" denote o que é apenas o pré-requisito para a sanção. A irresponsabilidade jurídica de um indivíduo é simplesmente sua não sujeição a sanções. O termo inglês *irresponsible* (irresponsável) equivale ao alemão *unzurechsnungsfähig*, que significa, literalmente, incapaz de ser um sujeito ao qual algo pode ser imputado. A palavra "imputação" carrega, é verdade, a ideia de que um evento ou outro é atribuído ou posto em conexão com certo indivíduo. Mas a imputação que está em questão aqui não é a relação entre um indivíduo e uma ação sua, mas a relação entre a sanção jurídica e a ação, e, assim, indiretamente, o próprio indivíduo atuante. O que não pode ser posto em conexão com um indivíduo juridicamente irresponsável é a sanção, e não o fato que seria um delito, caso cometido por outra pessoa. O conceito de imputação refere-se à relação específica entre delito e sanção.

IX. *A pessoa*

A. SUBSTÂNCIA E QUALIDADE

O conceito da pessoa (em sentido jurídico) é outro conceito geral usado na apresentação do Direito positivo e intimamente relacionado aos conceitos de dever jurídico e direito jurídico. O conceito de pessoa (em sentido jurídico) – quem, por definição, é sujeito de deveres jurídicos e direitos jurídicos – vai ao encontro da necessidade de se imaginar um portador de direitos e deveres. O pensamento jurídico não se satisfaz com o conhecimento de que certa ação ou omissão humana forma o conteúdo de um dever ou direito. Deve existir algo que "tem" o dever ou o direito. Nesta ideia, manifesta-se uma tendência do pensamento humano. Qualidades empiricamente observáveis também são interpretadas como qualidades de um objeto ou substância, e, gramaticalmente, elas são representadas como predicativos de um sujeito. Essa substância não é uma entidade adicional. O sujeito gramatical denotando-a é apenas um símbolo do fato de que as qualidades formam uma unidade. A folha não é uma nova entidade adicionada a todas as suas qualidades – verde, lisa, redonda e assim por diante –, mas apenas a sua unidade completa. No pensamento vulgar, determinado pelas formas da linguagem, a substância torna-se uma entidade separada supostamente possuidora de uma existência independente ao lado das "suas" qualidades. O sujeito gramatical, a substância, surge, por assim dizer, como um novo membro da série, formado pelos predicativos, pelas qualidades inerentes à substância.

Esta duplicação do objeto do conhecimento é característica do pensamento mitológico primitivo chamado animismo. Segundo a interpretação animista da natureza, acredita-se que todo objeto do mundo perceptual é a moradia de um espírito invisível que é o senhor do objeto, que "possui" o objeto do mesmo modo que a substância possui as suas qualidades, e o sujeito gramatical, os seus predicados. Assim, a pessoa (em sentido jurídico), tal como vulgarmente compreendida, também "possui" os seus deveres e direitos jurídicos nesse mesmo sentido. A pessoa é a substância jurídica à qual pertencem as qualidades jurídicas. A ideia de que "a pessoa tem" deveres e direitos envolve a relação de substância e qualidade.

Na verdade, porém, a pessoa (em sentido jurídico) não é uma entidade separada dos seus deveres e direitos, mas apenas a sua unidade personificada ou – já que deveres e direitos são normas jurídicas – a unidade personificada de um conjunto de normas jurídicas.

B. A PESSOA FÍSICA

a. Pessoa física e ser humano

O que constitui esse tipo de unidade? Quando um conjunto de deveres e direitos, um conjunto de normas jurídicas, possui esse tipo de unidade? Existem dois critérios diferentes que emergem de uma análise dos dois tipos de pessoas (no sentido jurídico) geralmente distintos: a pessoa física (natural) e a pessoa jurídica.

A maneira usual de se definir a pessoa física (natural) e, ao mesmo tempo, de distingui-la da pessoa jurídica é dizer: a pessoa física é um ser humano, ao passo que a pessoa jurídica não é. Austin, por exemplo, dá a definição: "Um ser humano considerado como sendo *investido de direitos* ou considerado como *sujeito a deveres*"[1]. Uma pessoa é, em outras palavras,

---

1.1, John Austin, *Lectures on Jurisprudence* (5ª ed., 1885), 350.

um ser humano, considerado como sujeito de deveres e direitos. Dizer que um ser humano A é o sujeito de certo dever, ou tem certo dever, significa apenas que certa conduta do indivíduo A é o conteúdo de um dever jurídico. Dizer que um ser humano A é o sujeito de certo direito, ou tem certo direito, significa apenas que certa conduta do indivíduo A é o objeto de um direito jurídico. O significado de ambos os enunciados é que certa conduta do indivíduo A é, de modo específico, o conteúdo de uma norma jurídica. Essa norma jurídica determina apenas uma ação ou abstenção particular do indivíduo A, não a sua existência inteira. Mesmo a ordem jurídica total nunca determina a existência inteira de um ser humano sujeito à ordem ou afeta todas as suas funções mentais e corporais. O homem está sujeito à ordem jurídica apenas no que diz respeito a certas ações e omissões especificadas; no que diz respeito a todas as outras, ele não está em relação alguma com a ordem jurídica. Em considerações jurídicas, estamos interessados no homem apenas na medida em que a sua conduta faça parte do conteúdo da ordem jurídica. Assim, apenas as ações e abstenções de um ser humano qualificadas como deveres ou direitos na ordem jurídica são relevantes para o conceito de pessoa jurídica. A pessoa existe apenas na medida em que "tem" deveres e direitos; separada deles, a pessoa não tem qualquer existência. Definir a pessoa física (natural) como um ser humano é incorreto, porque homem e pessoa não são apenas dois conceitos diversos, mas também os resultados de dois tipos inteiramente diversos de consideração. Homem é conceito da biologia e da fisiologia, em suma, das ciências naturais. Pessoa é um conceito da jurisprudência, da análise de normas jurídicas.

Que homem e pessoa sejam dois conceitos inteiramente diferentes pode ser considerado um resultado geralmente aceito da jurisprudência analítica. Só que nem sempre se infere disto a última consequência. Essa consequência é que a pessoa física (natural) como sujeito de deveres e direitos não é o ser humano cuja conduta é o conteúdo desses deveres ou o objeto desses direitos, mas que a pessoa física (natural) é apenas a personificação desses deveres e direitos. Formulado mais rigorosamente: a pessoa física (natural) é a personificação de um conjunto de normas jurídicas que, por constituir deveres e direitos contendo a conduta de um mesmo ser humano, regula a conduta desse ser. Um *jus in rem* é, como vimos, não um direito vinculado a certa coisa, mas um direito de exigir que outros indivíduos se conduzam de certa maneira no que diz respeito a certa coisa. A coisa não é o objeto de um *jus in rem*, mas – como Austin adequadamente diz – "o âmbito do direito"[2]. Assim, o ser humano não é a pessoa física (natural), mas, por assim dizer, apenas "o âmbito" de uma pessoa física (natural). A relação entre uma chamada pessoa física (natural) e o ser humano, como ela é muitas vezes erroneamente identificada, consiste no fato de que esses deveres e direitos abrangidos no conceito de pessoa se referem todos à conduta desse ser humano. Que um escravo não seja juridicamente uma pessoa, que não tenha personalidade jurídica alguma, significa que não existem quaisquer normas qualificando qualquer conduta desse indivíduo como um dever ou um direito. Que um homem A seja uma pessoa jurídica ou que tenha uma personalidade jurídica significa, ao contrário, que existem tais normas. A "pessoa A" é a abrangência de todas as normas jurídicas qualificando os atos de A como deveres ou direitos. Atingimos a "personalidade de A" quando concebemos essas normas como formando uma única unidade, a qual personificamos.

b. Pessoa física: uma pessoa jurídica

O conceito de pessoa física (natural) nada mais significa que a personificação de um complexo de normas jurídicas. O homem, um homem individualmente determinado, é apenas o elemento que constitui a unidade na pluralidade dessas normas.
Que a afirmação "a pessoa física (natural) é um ser humano" seja incorreta é óbvio também a partir do fato de que o que

---

2. 1, Austin, *Jurisprudence*, 369.

é válido para um ser humano que se diz ser uma "pessoa" não é, de modo algum, sempre válido para a pessoa. A afirmação de que um ser humano tem deveres e direitos significa que normas jurídicas regulam a conduta desse ser humano de uma maneira específica. Por outro lado, a afirmação de que uma pessoa tem deveres e direitos não tem sentido ou é uma tautologia vazia. Significa que um conjunto de deveres e direitos, cuja unidade é personificada, "tem" deveres e direitos. Para evitar este contrassenso, interpretamos esse "tem" como "é" deveres e direitos. Faz sentido dizer que o Direito impõe deveres e confere direitos aos seres humanos. Mas é tolice dizer que o Direito impõe deveres e confere direitos a pessoas. Tal afirmação significa que o Direito impõe deveres a deveres e confere direitos a direitos. Apenas a seres humanos – e não a pessoas – é que se pode impor deveres e conferir direitos, já que apenas a conduta de seres humanos pode ser o conteúdo de normas jurídicas. A identificação de homem e pessoa física (natural) tem o perigoso efeito de obscurecer este princípio, que é fundamental para uma jurisprudência livre de ficções.

Assim, a pessoa física (natural) não é uma realidade natural, mas uma elaboração do pensamento jurídico. É um conceito auxiliar que pode, mas que não tem necessariamente de ser usado, ao se exporem certos – mas não todos – fenômenos do Direito. Qualquer exposição de Direito sempre irá, em última análise, referir-se às ações e abstenções dos seres humanos cuja conduta é regulada pelas normas jurídicas.

C. A PESSOA JURÍDICA

Como o conceito da chamada "pessoa" física (natural) é apenas uma elaboração jurídica e, como tal, totalmente diferente do conceito de "homem", a chamada pessoa "física" (natural) é, na verdade, uma pessoa "jurídica". Se a chamada pessoa física (natural) é uma pessoa jurídica, não pode haver qualquer diferença essencial entre a pessoa física e o que é geralmente considerado de modo exclusivo como uma pessoa jurídica. A jurisprudência tradicional inclina-se, é verdade, a admitir que a chamada pessoa física é também, na verdade, uma pessoa "jurídica". Mas, ao definir a pessoa física (natural) como homem, a pessoa jurídica como não homem, a jurisprudência tradicional novamente obscurece a sua similaridade essencial. A relação entre homem e pessoa física não é mais íntima que a relação entre homem e pessoa jurídica no sentido técnico. Que toda pessoa (no sentido jurídico) seja, no fundo, uma pessoa jurídica, que existem apenas pessoas jurídicas dentro do domínio do Direito, é, afinal de contas, apenas uma tautologia.

a. A corporação

O caso típico de pessoa "jurídica" (no sentido técnico, mais restrito) é o da corporação. A definição usual de corporação é: um grupo de indivíduos tratados pelo Direito como uma unidade, ou seja, como uma pessoa que tem direitos e deveres distintos daqueles dos indivíduos que a compõem. Uma corporação é considerada como uma pessoa porque nela a ordem jurídica estipula certos direitos e deveres jurídicos que dizem respeito aos interesses dos membros da corporação, mas que não parecem ser direitos e deveres dos membros e são, portanto, interpretados como direitos e deveres da própria corporação. Tais direitos e deveres são, em particular, criados por atos dos órgãos da corporação. Um edifício, por exemplo, é alugado por um órgão em nome da corporação. O direito de usar o edifício é, então, segundo a interpretação usual, um direito da corporação, e não de um dos seus membros. A obrigação de pagar o aluguel é incumbência da corporação, e não dos seus membros. Ou – para mencionar outro exemplo – um órgão de uma corporação compra bens imobiliários. Esses bens imobiliários são, então, propriedade da corporação, e não dos seus membros. No caso de alguém infringir o direito da corporação, é, novamente, a própria corporação, e não algum dos seus membros, que tem de mover uma ação judicial. A indenização assegurada pela sanção civil é adicionada ao patrimônio da própria corporação. Se uma obrigação da corporação deixa de ser cumprida – se, por exemplo, o aluguel não é pago de acordo com o previsto –, uma ação é também movida contra a própria corporação, não contra os seus membros, e, finalmente, a sanção civil é dirigida contra a própria corporação, e não contra os seus membros; isso significa que a sanção civil é dirigida contra o patrimônio da própria corporação, e não contra o patrimônio dos seus membros. Os casos em que a sanção é dirigida também contra o patrimônio dos membros – isso pode, por exemplo, ocorrer se o patrimônio da corporação não for suficiente para reparar o dano – podem ser desconsiderados aqui. A razão decisiva para que uma corporação seja considerada uma pessoa jurídica parece ser o fato de que a responsabilidade por delitos civis da corporação está, em princípio, limitada ao patrimônio da própria corporação.

b. Deveres e direitos de uma pessoa jurídica como deveres e direitos de homens

Quando se descreve a situação dizendo que a corporação como pessoa jurídica toma parte em transações jurídicas, celebra contratos, move ações judiciais, e assim por diante, que a corporação como pessoa jurídica tem deveres e direitos, porque a ordem jurídica impõe deveres à corporação como pessoa jurídica e lhe confere direitos, todas essas afirmações são, obviamente, figuras de linguagem. Não se pode negar com seriedade que ações e abstenções possam ser apenas ações e abstenções de um ser humano. Quando se fala de ações e abstenções de uma pessoa jurídica, devem estar implícitas ações e abstenções de seres humanos. O único problema é estabelecer o caráter específico dessas ações e abstenções de seres humanos, explicar por que essas ações e abstenções de seres humanos são interpretadas como ações ou abstenções da corporação como pessoa jurídica. E, de fato, atos de pessoa jurídica são sempre atos de seres humanos designados como atos de uma pessoa jurídica. Eles são os atos dos indivíduos que atuam como órgãos da pessoa jurídica. A jurisprudência se vê, assim, diante da tarefa de determinar quando considerar que um indivíduo está agindo na condição de órgão de uma pessoa jurídica. Trata-se do problema da corporação como pessoa atuante. Inteiramente análogo é o problema da corporação como sujeito de deveres e direitos. Como a ordem jurídica só pode impor deveres e conferir direitos a seres humanos, porque apenas a conduta de seres humanos pode ser regulada pela ordem jurídica, os deveres e direitos de uma corporação como pessoa jurídica devem ser também deveres e direitos de seres humanos individuais. Mais uma vez surge o problema de determinar quando deveres e direitos de indivíduos são considerados deveres e direitos de pessoa jurídica. Está excluído, *a priori*, que os chamados deveres e direitos de uma pessoa jurídica não sejam – pelo menos ao mesmo tempo – deveres e direitos de seres humanos.

c. Os regulamentos da corporação (ordem e comunidade)

Um indivíduo atua como órgão de uma corporação se a sua conduta corresponde, de certo modo, à ordem especial que constitui a corporação. Vários indivíduos formam um grupo, uma associação, apenas quando estão organizados, se cada indivíduo possui uma função específica em relação aos outros. Eles estão organizados quando a sua conduta mútua é regulada por uma ordem, por um sistema de normas. É esta ordem – ou, o que redunda no mesmo, esta organização – que constitui a associação, que faz que os vários indivíduos formem uma associação. Dizer que esta associação possui órgãos é exatamente o mesmo que dizer que os indivíduos que formam a associação estão organizados por uma ordem normativa. A ordem ou organização que constitui a corporação é o seu estatuto, os chamados regulamentos da corporação, um complexo de normas que regulamenta a conduta dos seus membros. Deve-se notar aqui que a corporação existe juridicamente apenas através do seu estatuto. Caso se faça uma distinção entre a corporação e seu estatuto, considerando aquela como uma "associação" ou "comunidade", e este como uma ordem constituindo essa associação ou comunidade, se é culpado de uma duplicação do tipo que foi caracterizado no início deste capítulo. A corporação e o "seu" estatuto, a ordem normativa regulando a conduta de alguns indivíduos e a associação (comunidade) "constituída" pela ordem, não são duas entidades diferentes; elas são idênticas. Dizer que a corporação é uma associação ou uma comunidade é apenas outra maneira de expressar a unidade da ordem. Os indivíduos "pertencem" a uma associação ou formam uma associação apenas na medida em que a sua conduta é regulada pela ordem "da" associação. Na medida em que a sua conduta não é regulada pela ordem, os indivíduos não "pertencem" à associação. Os indivíduos são associados apenas através da ordem. Se usamos o termo "comunidade" em vez de "associação", expressamos a ideia de que os indivíduos que "formam" uma associação têm algo em comum. O que eles têm em comum é a ordem normativa que regula a sua conduta. Portanto, é enganoso dizer que uma associação ou comunidade é "formada" ou composta de indivíduos, como se a comunidade ou associação fosse apenas um amontoado de indivíduos. A associação ou comunidade é composta apenas pelos atos dos indivíduos que são determinados pela ordem; e esses atos "pertencem" à associação ou comunidade apenas na medida em que formam o conteúdo das normas da ordem. A associação ou comunidade nada mais é que a "sua" ordem.

d. O órgão da comunidade

A corporação como comunidade manifesta a sua existência apenas nos atos de seres humanos individuais, dos indivíduos que são os seus órgãos. Um indivíduo, como foi dito antes, está agindo como um órgão de uma comunidade apenas quando o seu ato é determinado pela ordem de um modo específico. Um ato executado por um indivíduo na sua capacidade de órgão da comunidade é distinguido de outros atos desse indivíduo que não são interpretados como atos da comunidade apenas pelo fato de que o primeiro ato corresponde, num sentido específico, à ordem. A qualidade de órgão de um indivíduo repousa inteiramente na sua relação com a ordem. Que a ação ou abstenção de um indivíduo seja interpretada como o ato de uma comunidade significa que a ação ou omissão do indivíduo é atribuída à ordem que determina a conduta do indivíduo de um modo específico. O ato de um indivíduo é atribuído à ordem representada como uma unidade, isto é, à comunidade como personificação da ordem. Atribuir o ato de um indivíduo à comunidade como ordem personificada é imputar o ato à comunidade.

e. A imputação à ordem

Contudo, este é outro tipo de imputação que não aquele de que falamos ao tratar do problema da imputabilidade como a capacidade jurídica de cometer um delito. Esta é uma conexão específica entre dois fatos determinados pela ordem jurídica. A imputação da ação ou abstenção de um indivíduo à comunidade diz respeito à relação de um fato com a ordem jurídica que determina esse fato de um modo específico, a ordem jurídica tomada como uma unidade.

Essa imputação permite que falemos da comunidade como se ela fosse uma pessoa atuante. A imputação à comunidade implica a personificação da ordem tomada como uma unidade.

f. A pessoa jurídica como ordem personificada

A pessoa jurídica, no sentido mais restrito do termo, nada mais é que a personificação de uma ordem que regula a conduta de vários indivíduos; por assim dizer, o ponto comum de imputação para todos os atos humanos que são determinados pela ordem. A chamada pessoa física é a personificação de um complexo de normas regulando a conduta de um mesmo indivíduo. Assim, o substrato da personificação é, em princípio, o mesmo em ambos os casos. Existe uma diferença apenas entre os elementos que dão unidade ao complexo personificado de normas.

g. Atribuição de obrigações e de poderes às pessoas jurídicas

Ao impor deveres e conferir direitos a uma pessoa jurídica, o "Direito do Estado", a ordem jurídica nacional, regula a conduta de indivíduos, torna ações e abstenções de seres humanos o conteúdo de normas jurídicas e o objeto de direitos jurídicos. Mas ela o faz apenas indiretamente. A ordem jurídica total que constitui o Estado determina apenas o elemento material da conduta, deixando a tarefa de determinar o elemento pessoal à ordem jurídica parcial que constitui a corporação, *i.e.*, ao seu estatuto. Esta ordem determina o indivíduo que, como um órgão, tem de executar os atos pelos quais os direitos da corporação são exercidos e os seus deveres cumpridos. Quando o "direito do Estado", a ordem jurídica total, impõe deveres e confere direitos à pessoa jurídica de uma corporação, os indivíduos humanos, em sua condição de órgãos da corporação, são, desse modo, obrigados e autorizados; mas a função de impor deveres e conferir direitos está dividida entre duas ordens, uma ordem total e uma parcial, uma das quais, a segunda, completa a primeira. Que o "Direito do Estado" dê a uma pessoa jurídica direitos e deveres não significa que um ser, que não o indivíduo humano, seja obrigado ou autorizado; significa apenas que deveres e direitos são indiretamente dados a indivíduos. Servir como intermediária nesse processo é a função caraterística da ordem jurídica parcial da qual a pessoa jurídica da corporação é uma personificação.

h. O conceito de pessoa jurídica como conceito auxiliar

Qualquer ordem que regula a conduta de vários indivíduos pode ser considerada como "pessoa" – ou seja, pode ser personificada. Porém, admite-se uma pessoa jurídica, no sentido restrito e técnico do termo, apenas quando os órgãos da comunidade considerada como pessoa são capazes de representar juridicamente a corporação, *i.e.*, os indivíduos pertencentes a ela; isso significa participar de transações jurídicas, comparecer nos tribunais e fazer declarações de caráter obrigatório, tudo em nome da comunidade, *i.e.*, dos indivíduos que a ela pertencem e quando a responsabilidade jurídica da comunidade (*i.e.*, dos indivíduos que a ela pertencem) é limitada de um modo específico. Ela é limitada ao âmbito do patrimônio da pessoa jurídica, que é propriedade coletiva dos seus membros, de modo que os membros da pessoa jurídica (corporação) são responsáveis apenas com o seu patrimônio coletivo, o patrimônio que possuem como membros da corporação, e não com o seu patrimônio individual. Isso é possível apenas se o "Direito do Estado" dá tal efeito ao fato de um estatuto que constitui uma corporação ter sido estabelecido. É isso o que se pretende com a expressão de que "o Direito do Estado" concede personalidade jurídica a uma corporação. O jurista pode fazer uso ou deixar de lado o conceito de pessoa jurídica. Mas este conceito auxiliar é especialmente útil quando o "Direito do Estado" dá ao estabelecimento de uma corporação o efeito recém-mencionado, a saber: o de que órgãos da corporação são capazes de participar de transações jurídicas e de comparecer perante tribunais em nome da corporação, *i.e.*, dos seus membros, e o de que a responsabilidade civil dos membros é limitada ao patrimônio da corporação, *i.e.*, o patrimônio coletivo dos membros. Em tal caso, podem surgir direitos e deveres que pertencem aos membros de uma corporação de uma maneira de todo diferente dos direitos e deveres que eles têm independentemente de sua condição de membros. E ao apresentar esses direitos e deveres como pertencendo à própria corporação trazemos à luz esta diferença. Tal diferença existe, mas ela não consiste no fato de os deveres e direitos apresentados como deveres e direitos da corporação não serem deveres e direitos dos indivíduos pertencentes a ela; isso é impossível, já que deveres e direitos podem ser apenas deveres e direitos de seres humanos. A diferença consiste em que os deveres e direitos da corporação são deveres e direitos que os indivíduos pertencentes à corporação possuem de uma maneira específica, de uma maneira diferente daquela em que possuem deveres e direitos sem serem membros de uma corporação.

i. Deveres e direitos de uma pessoa jurídica: deveres e direitos coletivos de homens

Que uma corporação concebida como pessoa jurídica tenha a obrigação de obedecer a uma certa conduta significa, em primeiro lugar, que o Direito do Estado faz de certa conduta o conteúdo de um dever. Por outro lado, que o indivíduo cuja conduta é o conteúdo do dever, o qual, na sua capacidade de órgão da corporação, tem de executar o dever, é algo determinado pelo estatuto da corporação, pela ordem jurídica parcial que constitui a corporação. O dever é incumbência de um indivíduo definido. Mas já que esse indivíduo é determinado pela ordem parcial que constitui a corporação, e já que esse indivíduo tem de executar o dever como um órgão da corporação, é possível imputar esse dever à corporação, é possível falar de um "dever da corporação".

Consideremos o exemplo da corporação que comprou um edifício e está obrigada pelo contrato a pagar o preço. O pagamento do preço é um dever estipulado pelo "Direito do Estado". Normalmente, o indivíduo que, como comprador, contratou a aquisição tem de pagar. Mas se um contrato de aquisição foi feito por uma corporação através de um órgão competente, *i.e.*, através do indivíduo determinado pelo estatuto da corporação, então, novamente, é um indivíduo da corporação que tem de pagar o preço fazendo uso do patrimônio da corporação.

Esse patrimônio é de importância também em outro aspecto. Porque o fato de a corporação ter a obrigação de obedecer a uma certa conduta também significa que, se a obrigação não for cumprida, uma sanção poderá ser dirigida contra o patrimônio que é considerado patrimônio da corporação. Isso pressupõe que a pessoa jurídica possui direitos, porque o patrimônio significa apenas a soma dos direitos que representam um valor monetário. Para se compreender o significado do fato de uma pessoa jurídica ter um dever jurídico, deve-se compreender primeiro o significado de ter ela um direito. Dizer que uma corporação, como pessoa jurídica, tem um direito relativo ou absoluto significa que um indivíduo definido ou um número indefinido de indivíduos estão obrigados pelo "Direito do Estado" a certa conduta para com a corporação e que, no caso de a obrigação não ser cumprida, uma sanção será executada com base numa ação judicial movida "pela corporação", *i.e.*, com base numa ação judicial movida por um indivíduo designado pelo estatuto da corporação. Ter uma obrigação para com a corporação significa ter uma obrigação para com os seus membros. Mas existe uma diferença entre ter uma obrigação simplesmente para com um indivíduo e ter uma obrigação para com vários indivíduos investidos da qualidade de membros de uma corporação. A diferença reside no modo como as obrigações correspondentes aos direitos são levadas a julgamento no caso de serem violadas. No caso de um direito da corporação, a sanção que constitui a obrigação correspondente não pode ser acionada por todos os indivíduos para com os quais, como membros da corporação, se tem a obrigação, mas apenas pelo indivíduo que é autorizado pelo estatuto da corporação a mover uma ação judicial em nome da corporação. A indenização executada pela sanção vai para o patrimônio da corporação.

Outra diferença que existe entre o direito de um indivíduo definido e o direito de uma corporação diz respeito à maneira pela qual o direito é "exercido", no sentido de o indivíduo "fazer uso" do seu direito, de "usufruir" do seu direito. Neste sentido, os direitos de uma corporação são sempre exercidos por indivíduos. Porque apenas seres humanos podem exercer um direito, consumir uma coisa, habitar uma casa, fazer uso de um telefone e assim por diante. Neste sentido, apenas os indivíduos pertencentes à corporação têm o direito que é interpretado como direito da corporação. Assim, se um clube possui um campo de golfe, apenas os sócios do clube, não o próprio clube, a pessoa jurídica, jogam no campo e, desse modo, fazem uso do direito de propriedade. O direito de uma corporação é exercido por indivíduos na sua capacidade de membros e isto significa na sua capacidade de órgãos (usando-se o termo com um sentido mais amplo) da corporação. No entanto, apesar de um direito normalmente poder ser exercido à vontade pelo indivíduo que o possui, é o estatuto da corporação que regulamenta como um direito considerado pertencente à corporação deve ser exercido pelos seus membros. Numa formulação mais geral, o direito de uma pessoa jurídica é o direito dos indivíduos cuja conduta é regulamentada pela ordem jurídica parcial que constitui a comunidade apresentada como pessoa. O direito, contudo, não é exercido à vontade por esses indivíduos. A ordem jurídica parcial que constitui a comunidade determina o modo como esses indivíduos podem exercer o direito. Eles têm o direito, não de um modo usual, *i.e.*, individual, mas de um modo coletivo. O direito de uma pessoa jurídica é um direito coletivo dos indivíduos cuja conduta é regulamentada pela ordem jurídica parcial que constitui a comunidade apresentada como pessoa jurídica.

j. O delito civil de uma pessoa jurídica

Dizer que uma pessoa jurídica tem um dever significa, como já disse, que, no caso de esse dever não ser cumprido, uma sanção tem de ser executada contra o patrimônio da pessoa com base numa ação judicial movida pela pessoa que detém o direito correspondente. Isso também implica que o delito que consiste no não cumprimento do dever pode ser imputado à corporação e pode ser considerado um delito de uma pessoa jurídica? Todo delito consiste no fato de um ser humano fazer ou deixar de fazer algo. O que um indivíduo faz ou deixa de fazer pode, porém, ser imputado a uma pessoa jurídica apenas se essa conduta do indivíduo for determinada pela ordem jurídica parcial que constitui a pessoa jurídica. Este é o único critério de imputabilidade no que diz respeito a pessoas jurídicas. Como a validade da ordem jurídica parcial que constitui a pessoa jurídica, sobretudo os regulamentos de uma corporação, depende, em última análise, do Direito do Estado, os regulamentos segundo os quais os órgãos da corporação têm de cometer delitos não podem – em geral – ser considerados válidos, em especial não quando os regulamentos são estabelecidos sob o controle de autoridades do Estado. Quando um órgão de uma pessoa jurídica comete um delito, ele geralmente não atua na sua capacidade de órgão. O delito não é imputado à pessoa jurídica. Contudo, uma corporação pode ser responsável por um delito cometido por um dos seus membros se o delito estiver relacionado de certa maneira com a função que o membro tem de desempenhar como órgão da corporação. Em tal caso, a sanção, condicionada pelo delito, pode ser dirigida contra o patrimônio da corporação. Isto significa que os membros da corporação são coletivamente responsáveis por um delito cometido por um deles. Se, por exemplo, uma corporação está obrigada a pagar o aluguel de um edifício, mas o órgão adequado deixa de fazê-lo, os membros da corporação são coletivamente responsáveis, com o patrimônio da corporação, pelo não pagamento.

É possível, no entanto, que um delito cometido por um órgão possa ser imputável à própria corporação. Suponha-se que, em nosso exemplo anterior, ao deixar de pagar o aluguel, o órgão tenha executado uma decisão de uma assembleia de acionistas, e que os regulamentos dão aos acionistas reunidos em assembleia competência para tomar decisões desse tipo. A assembleia poderia ter julgado, aconselhada erroneamente pelo advogado da corporação, que o aluguel não era juridicamente devido. Uma decisão dos acionistas cria uma norma pertencente à ordem jurídica parcial que constitui a corporação precisamente da mesma maneira em que uma decisão do parlamento cria uma norma pertencente à ordem jurídica total do Estado. Portanto, o não pagamento seria, em tal caso, imputável à corporação. E a corporação seria responsável por um delito seu.

k. O delito criminal de uma pessoa jurídica

Até agora consideramos apenas sanções civis e delitos civis. Um delito criminal pode ser imputado a uma pessoa jurídica? E uma pessoa jurídica pode estar sujeita a uma sanção criminal? Nenhuma das perguntas pode ser respondida com uma negativa incondicional.

Às vezes, a doutrina *societas non potest delinquere* (uma associação não pode cometer um crime) baseia-se no fato de que uma pessoa jurídica não pode ter uma mente culpada, significando isso o estado mental que constitui a culpabilidade, já que a pessoa jurídica, não sendo uma pessoa real, não pode sequer ter uma mente. Este argumento não é conclusivo. A regra de *mens rea* não é desprovida de exceções. A responsabilidade absoluta não está excluída, mesmo no Direito criminal moderno[3]. Além disso, se é possível imputar um ato físico executado por um ser humano à pessoa jurídica, apesar de esta não possuir um corpo, deve ser possível imputar atos psíquicos à pessoa jurídica, mesmo não tendo esta uma alma. Se o Direito estabelece uma sanção criminal contra uma pessoa jurídica apenas sob a condição de que o seu órgão tenha agido de modo intencional e maldoso, então é perfeitamente possível dizer que a pessoa jurídica deve ter uma mente culpada para ser punida. A imputação a uma pessoa jurídica é uma elaboração jurídica, não a descrição de uma realidade natural. Não é, portanto, necessário empreender a inútil tentativa de demonstrar que a pessoa jurídica é um ser real, e não uma ficção jurídica, a fim de provar que delitos, e especialmente crimes, podem ser imputados a uma pessoa jurídica. Mais delicada é a questão de saber se uma sanção criminal pode ser dirigida contra uma pessoa jurídica.

As pessoas jurídicas são muitas vezes multadas por causa de sonegação fiscal imputada à pessoa jurídica como tal. Mas, a partir do nosso ponto de vista, as multas não diferem essencialmente das sanções civis; ambas são dirigidas contra o patrimônio da pessoa jurídica. Infligir a uma corporação uma multa certamente não é mais problemático que dirigir uma sanção civil contra o seu patrimônio. Contudo, parece impossível infligir a uma corporação punições corporais como a pena de

---

3. Cf. *supra*, 69 ss.

morte ou a reclusão. Apenas seres humanos podem ser privados de vida ou liberdade. No entanto, mesmo sendo apenas os seres humanos que podem agir, ainda assim, nós concebemos a corporação como uma pessoa atuante, já que lhe atribuímos ações. Saber se a punição corporal pode ser infligida a uma corporação implica o mesmo problema de imputação de saber se uma corporação pode ou não agir. Trata-se da questão de saber se o padecimento de uma punição corporal por certos indivíduos pode ser imputado à corporação a que os indivíduos pertencem como membros. Não se pode negar que tal imputação seja possível. Questões diversas são saber sob quais circunstâncias tal imputação é possível e se ela é ou não prática.

Imputar o padecimento de morte ou reclusão, infligido a indivíduos como punição, à corporação a que esses indivíduos pertencem como membros, interpretar esses fatos como punição da corporação, entra em consideração apenas caso se impute à corporação um delito ao qual estão vinculados a pena capital ou a reclusão. Tal imputação pressupõe que os regulamentos juridicamente válidos da corporação contêm uma norma obrigando ou autorizando um órgão a cometer tal delito criminal. A questão é de menor importância na medida em que estamos interessados aqui apenas nas pessoas que existem dentro da ordem jurídica do Estado. Aqui, tal ordem jurídica parcial ou a sua norma especial que obriga ou autoriza o órgão a cometer o crime tem de ser considerada, via de regra, como nula. Mas a questão torna-se de grande importância – como perceberemos mais tarde – para as pessoas jurídicas que os próprios Estados constituem dentro da estrutura do Direito internacional. A ordem jurídica que constitui o Estado pode obrigar juridicamente um indivíduo, na sua capacidade de órgão do Estado, a uma conduta que – a partir da perspectiva do Direito internacional – é um delito, *i.e.*, a condição de uma sanção estabelecida pelo Direito internacional. O Estado como pessoa jurídica é o sujeito possível de delitos internacionais, de violações do Direito internacional. O delito internacional é imputado ao Estado como pessoa jurídica. Não é, portanto, supérfluo examinar a questão: sob que condições a privação forçosa de vida ou liberdade, a pena capital ou a reclusão dos indivíduos podem ser consideradas como sanções dirigidas a uma pessoa jurídica? A resposta é: quando a sanção for dirigida, em princípio, contra todos os membros da comunidade que é apresentada como pessoa jurídica, mesmo tendo o delito sido cometido por apenas um deles, mas na sua capacidade de órgão da comunidade. A sanção não é dirigida contra um ser humano definido, determinado individualmente, mas contra um grupo de indivíduos determinados coletivamente pela ordem jurídica. Esse é o significado da afirmação de que uma sanção é dirigida contra uma pessoa jurídica. A sanção é aplicada a indivíduos porque apenas seres humanos podem ser objetos de uma sanção, vítimas de privação forçosa de vida e liberdade. Mas a sanção lhes é aplicada não individual, mas coletivamente. Dizer que uma sanção é dirigida contra uma pessoa jurídica significa que é estabelecida a responsabilidade coletiva dos indivíduos que estão sujeitos à ordem jurídica total ou parcial personificada no conceito de pessoa jurídica.

As sanções específicas do Direito internacional, guerra e represálias, têm esse caráter. Na medida em que implicam privação forçosa de vida e liberdade de indivíduos, elas são dirigidas contra seres humanos, não porque esses indivíduos tenham cometido um delito internacional, mas porque são sujeitos do Estado cujo órgão violou o Direito internacional. No Direito criminal moderno, porém, prevalece o princípio da responsabilidade individual. Não é muito provável que o código criminal de um país viesse a estabelecer que a pena capital ou a reclusão devem ser executadas contra indivíduos que não cometeram o crime, mas são membros de uma corporação à qual foi imputado um crime porque um indivíduo, na sua capacidade de órgão da corporação, cometeu um crime punível com a morte ou a reclusão.

A responsabilidade de uma corporação pelos seus próprios delitos, *i.e.*, delitos imputados à corporação, não deve ser confundida com a responsabilidade de uma corporação por delitos cometidos por seus membros e não imputados à corporação. É perfeitamente possível tornar uma corporação responsável, infligindo-lhe uma multa ou executando uma sanção civil contra o seu patrimônio, por causa de um delito cometido por um dos seus membros, mesmo que ele não tenha agido na sua capacidade de órgão da corporação. Esse é um tipo de responsabilidade indireta ou substituta[4].

l. Pessoa jurídica e representação

A verdadeira natureza da pessoa jurídica não costuma ser entendida corretamente porque se tem uma ideia incorreta do que é uma pessoa física. Presume-se que, para ser uma pessoa, um indivíduo deve possuir uma vontade. O fato de, por definição, uma pessoa ter direitos e deveres é falsamente interpretado de modo a significar que uma pessoa tem uma vontade pela qual pode criar e requerer deveres e direitos. Consequentemente, descobre-se que, para ser uma pessoa jurídica, uma corporação deve ter uma vontade. A maioria dos juristas agora se dá conta de que uma pessoa jurídica não pode ter vontade alguma no sentido em que o ser humano tem uma vontade. Eles, portanto, explicam que seres humanos, os órgãos da pessoa jurídica, têm a vontade "em nome dela", que eles manifestam uma vontade "no lugar" da pessoa jurídica, e que a ordem jurídica vincula a essas declarações de vontade um efeito de criação de deveres e direitos da pessoa jurídica. Tal explicação é sustentada por meio de referência à relação, supostamente similar, entre uma criança, ou um demente, e o seu tutor. Da mesma forma como a pessoa jurídica não tem, ela própria, vontade alguma, mas, em contrapartida, graças à vontade do seu órgão, tem deveres e direitos, a criança e o demente não têm qualquer vontade (juridicamente reconhecida), mas, em contrapartida, graças à vontade do tutor, têm deveres e direitos. O órgão da corporação é encarado como um tipo de tutor da corporação, a qual, por sua vez, é tida como uma espécie de criança ou demente. A vontade de um órgão é "atribuída" à corporação da mesma maneira que a vontade do tutor é atribuída ao seu tutelado. Gray diz: "Então deve-se observar que, até aqui, não há nada exclusivo das

---

4. Cf. *infra*, 348 ss.

pessoas jurídicas. A atribuição da vontade de outrem é exatamente da mesma natureza que aquela que tem lugar quando a vontade de um tutor, por exemplo, é atribuída a uma criança"[5]. Existe, porém, a diferença essencial de que a relação entre tutor e tutelado é uma relação entre dois indivíduos, algo que a relação entre órgão e pessoa jurídica não é. O órgão, é verdade, é um representante. Mas ele representa os seres que são membros da corporação, e não a própria corporação. A relação entre o órgão e a corporação é a relação entre um indivíduo e uma ordem jurídica especial. A representação, porém, é sempre, como no caso de um tutor e seu guardião, ou de um agente e seu constituinte, uma relação entre seres humanos. O órgão cria, através das suas transações, direitos e deveres coletivos para os membros da corporação. A comparação com a relação entre tutor e tutelado é ainda mais infeliz, já que esse é um caso de representação não consensual. A relação de um órgão de uma corporação com os seus membros, pelo menos dentro de uma corporação democraticamente organizada, é uma representação consensual como a relação entre agente e constituinte. O órgão é tornado representante dos membros da corporação por escolha, sobretudo por meio de eleição em nome dos membros. Nenhuma analogia desse tipo, porém, pode elucidar a relação do órgão com a corporação, já que o órgão não é um representante da corporação, mas dos seus membros.

m. A pessoa jurídica como ser (organismo) real

O erro básico da teoria de que a pessoa jurídica é representada pelos seus órgãos da mesma maneira em que um tutelado é representado pelo seu tutor, ou um constituinte pelo seu agente, é o de que a pessoa jurídica é tomada como um tipo de ser humano. Se a pessoa física é um homem, então a pessoa jurídica deve ser, pensa-se, um supra-homem. A teoria de que a pessoa jurídica, apesar de ser uma ficção, tem uma vontade, a

---

5. John Chipman Gray, *The Nature and Sources of Law* (2ª ed., 1938), 51.

saber, a vontade do órgão que lhe é "atribuída", não é, portanto, muito diferente da teoria de que a pessoa jurídica, em especial a corporação, é uma entidade real, um organismo, um supra--homem que tem uma vontade própria que não é a vontade dos seus membros, de que a vontade da pessoa jurídica é uma vontade real que o Direito do Estado reconhece e – como sustentam alguns autores – tem de reconhecer. A teoria de que a pessoa jurídica é uma entidade real e com uma vontade real tem às vezes a tendência, consciente ou inconsciente, de induzir o legislador a uma regulamentação definida com referência às corporações, a justificar essa regulamentação como a única "possível" e, daí, como a única certa.

A ideia de que as corporações são seres reais com uma vontade real está no mesmo nível que as crenças animistas que levaram o homem primitivo a dotar de "alma" as coisas na natureza. Como o animismo, essa teoria jurídica duplica o seu objeto. Uma ordem que regula a conduta dos indivíduos é personificada e, então, a personificação é considerada como uma nova entidade, distinta dos indivíduos, mas, ainda assim, de alguma maneira misteriosa, "formada" por eles. Os deveres e direitos dos indivíduos estipulados por essa ordem são então atribuídos ao ser supra-humano, ao supra-homem que é composto por homens. E assim a ordem é hipostatizada, ou seja, a ordem é tornada uma substância, e essa substância é considerada como uma coisa separada, um ser distinto da ordem e dos seres humanos cuja conduta é regulada por essa ordem.

n. A corporação como "corpo de homens"

Mesmo a nossa linguagem comum, e especialmente a linguagem jurídica, tem a tendência a tal hipostatização. Chamamos uma corporação "corpo" e estamos naturalmente inclinados a pensar nela como um organismo. Se a corporação é um organismo, é de supor que ele deve ser composto dos organismos dos indivíduos cuja conduta é regulada pela corporação, *i.e.*, pelos seus regulamentos. Assim, perde-se de vista o fato de que a afirmação de que "indivíduos formam uma comunidade", ou "pertencem a uma comunidade", nada mais é que uma expressão bastante figurada do fato de que a sua conduta é regulada pela ordem jurídica que constitui a comunidade. Fora dessa ordem jurídica não existe nenhuma comunidade, nenhuma corporação, tanto quanto não existe um organismo da corporação ao lado dos organismos dos seus membros.

Uma definição típica de corporação é esta, dada por Gray[6]: "Uma corporação é um corpo organizado de homens ao qual o Estado deu poderes para proteger os seus interesses, e as vontades que acionam esses poderes são as vontades de certos homens determinados segundo a organização da corporação". A clara tentativa de evitar a hipostatização costumeira é um mérito de Gray. Mas ele se aproxima dela perigosamente ao definir a corporação como um "corpo de homens". A corporação não é um corpo organizado de homens, mas uma organização de homens, ou seja, uma ordem que regula a conduta dos homens. A afirmação de Gray de que o Estado dá poderes à corporação contém a mesma inexatidão duas vezes. Não é o Estado mas a ordem jurídica nacional chamada Estado que dá poderes, e ela os dá, não à corporação, mas aos homens cuja conduta é determinada pela organização corporativa. A expressão "a organização da corporação" na definição de Gray é um pleonasmo. Trata-se da mesma duplicação que se exprime ao dizer que "a comunidade tem uma organização" ou que "uma comunidade é estabelecida através de uma organização". A comunidade nada mais é que a sua organização.

---

6. Gray, *Nature and Sources of Law*, 51.

Dinâmica jurídica

X. A ordem jurídica

A. A UNIDADE DE UMA ORDEM NORMATIVA

a. O fundamento de validade: a norma fundamental

A ordem jurídica é um sistema de normas. Surge a questão: o que é que faz de uma profusão de normas um sistema? Quando é que uma norma pertence a certo sistema de normas, a uma ordem? Essa questão está intimamente ligada à questão da validade de uma norma.

Para responder a essa questão, devemos, em primeiro lugar, esclarecer em que nos fundamentamos para atribuir validade a uma norma. Quando admitimos a verdade de um enunciado sobre a realidade é porque o enunciado corresponde à realidade, é porque nossa experiência o confirma. O enunciado "um corpo físico dilata-se quando aquecido" é verdadeiro porque nós observamos, repetidamente e sem exceções, que os corpos físicos se dilatam quando aquecidos. A norma não é um enunciado sobre a realidade e, portanto, não tem como ser "verdadeira" ou "falsa" no sentido explicitado acima. Uma norma é válida ou não válida. Dos dois enunciados: "Assistirás o semelhante que estiver necessitado" e "mentirás sempre que o julgares proveitoso", considera-se que apenas o primeiro, e não o segundo, expressa uma norma válida. Qual é a razão?

O fundamento para a validade de uma norma não é, como o teste de veracidade de um enunciado de "ser", a sua conformidade à realidade. Como já dissemos, uma norma não é válida por ser eficaz. A questão de por que algo deve ocorrer nunca pode ser respondida com uma asserção no sentido de que algo ocorre, mas apenas por uma asserção no sentido de que algo deve ocorrer. Na linguagem quotidiana, é verdade, com frequência justificamos uma norma fazendo referência a um fato. Dizemos, por exemplo: "Não matarás porque Deus o proibiu nos Dez Mandamentos", ou então, uma mãe diz ao filho: "Você deve ir à escola porque seu pai mandou". Contudo, nesses enunciados, o fato de Deus ter proferido um mandamento, ou de o pai ter dado uma ordem ao filho, é apenas aparentemente o fundamento para a validade da norma em questão. O verdadeiro fundamento são normas pressupostas, pressupostas porque tidas como certas. O fundamento para a validade da norma "não matarás" é a norma geral "obedecerás aos mandamentos de Deus". O fundamento para a validade da norma "você deve ir à escola" é a norma geral "as crianças devem obedecer a seus pais". Se essas normas não forem pressupostas, as referências aos fatos em consideração não são respostas às perguntas de por que motivo não devemos matar ou de por que a criança deve ir à escola. O fato de alguém ordenar algo não é, em si mesmo, um fundamento para o enunciado de que alguém deve se conduzir em conformidade com o comando, não é um fundamento para que se considere o comando como uma norma válida, um fundamento para a validade da norma cujo conteúdo corresponde ao comando. O fundamento para a validade de uma norma é sempre uma norma, não um fato. A procura do fundamento de validade de uma norma reporta-se, não à realidade, mas a outra norma da qual a primeira é derivável, num sentido que será investigado posteriormente. Discutiremos, por ora, um exemplo concreto. Aceitamos como uma norma válida o enunciado "assistirás o semelhante que estiver necessitado" porque ele resulta do enunciado "amarás teu semelhante". Aceitamos esse enunciado como uma norma válida seja porque ele nos parece uma norma definitiva cuja validade é autoevidente, seja porque – por exemplo – Cristo ordenou que se amasse o semelhante, e nós postulamos como norma válida, definitiva, o enunciado "obedecerás aos mandamentos de Cristo". Não aceitamos como norma válida o enunciado "mentirás sempre que o julgares proveitoso" porque ele não é nem derivável de outra norma válida, nem é, em si mesmo, uma norma definitiva, válida de modo autoevidente. Chamamos de norma "fundamental" a norma cuja validade não pode ser derivada de uma norma superior. Todas as normas cuja validade podem ter sua origem remontada a uma mesma norma fundamental formam um sistema de normas, uma ordem. Esta norma básica, em sua condição de origem comum, constitui o vínculo entre todas as diferentes normas em que consiste uma ordem. Pode-se testar se uma norma pertence a certo sistema de normas, a certa ordem normativa, apenas verificando se ela deriva sua validade da norma fundamental que constitui a ordem. Enquanto um enunciado de "ser" é verdadeiro porque está de acordo com a realidade da experiência sensorial, um enunciado de "dever ser" é uma norma válida apenas se pertencer a tal sistema válido de normas, se puder ser derivado de uma norma fundamental pressuposta como válida. O fundamento de verdade de um enunciado de "ser" é a sua conformidade à realidade de nossa experiência; o fundamento de validade de uma norma é uma pressuposição, uma norma pressuposta como sendo definitivamente válida, ou seja, uma norma fundamental. A procura do fundamento de validade de uma norma não é – como a procura da causa de um efeito – um *regressus ad infinitum*; ela é limitada por uma norma mais alta que é o fundamento último de validade de uma norma dentro de um sistema normativo, ao passo que uma causa última ou primeira não tem lugar dentro de um sistema de realidade natural.

b. O sistema estático de normas

De acordo com a natureza da norma fundamental, podemos distinguir dois tipos diferentes de ordens ou sistemas normativos: sistemas estáticos e dinâmicos. Dentro de uma ordem do primeiro tipo as normas são "válidas", e isso significa que presumimos que os indivíduos cuja conduta é regulada pelas normas "devem" se conduzir do modo prescrito pelas normas em virtude do conteúdo destas: seu conteúdo tem uma qualidade imediatamente evidente que garante sua validade, ou, em outros termos, as normas são válidas por causa de um atrativo a elas inerente. As normas possuem esta qualidade porque são deriváveis de uma norma fundamental específica, do mesmo modo que o particular é derivável do geral. A força de obrigatoriedade da norma fundamental é, ela própria, autoevidente, ou, pelo menos, presume-se que o seja. Normas tais como "não deves mentir", "não deves enganar", "deves ser fiel à tua promessa", são dedutíveis de uma norma geral que prescreve a honestidade. Da norma "amarás teu semelhante", podem-se deduzir normas tais como "não deves ferir teu semelhante", "deves ajudá-lo quando ele estiver necessitado", e assim por diante. Caso se pergunte por que alguém deve amar seu semelhante, talvez a resposta seja encontrada em alguma norma mais geral ainda, digamos que no postulado de que é preciso viver "em harmonia com o universo". Se essa for a norma mais geral dentre aquelas de cuja validade estamos convencidos, considerá-la-emos como a norma última. Sua natureza obrigatória pode parecer tão óbvia a ponto de não ser sentida qualquer necessidade de se indagar pelo fundamento de sua validade. Talvez se possa também conseguir deduzir o princípio de honestidade e suas consequências a partir desse postulado de "harmonia". Ter-se-ia então alcançado uma norma sobre a qual poderia estar baseado todo um sistema de moralidade. Contudo, não estamos interessados aqui em saber que norma específica se encontra na base de tal e tal sistema de moralidade. É essencial apenas que as várias normas de qualquer sistema sejam deduzíveis da norma fundamental, assim como o particular é deduzível do geral, e que, portanto, todas as normas particulares de tal sistema sejam obteníveis por meio de uma operação intelectual, a saber, pela inferência do particular a partir do geral. Tal sistema é de natureza estática.

c. O sistema dinâmico de normas

Contudo, a derivação de uma norma particular também pode ser realizada de outra maneira. Uma criança, ao perguntar por que não deve mentir, poderia receber a resposta de que seu pai a proibiu de mentir. Se a criança perguntasse ainda por que tem de obedecer a seu pai, a resposta poderia ser, talvez, a de que Deus ordenou que se obedecesse aos pais. Caso a criança ainda perguntasse por que é que se tem de obedecer aos mandamentos de Deus, a única resposta seria a de que essa é uma norma além da qual não se pode procurar por uma norma mais definitiva. Essa é a norma fundamental que provê o fundamento para um sistema de caráter dinâmico. Suas várias normas não podem ser obtidas por meio de qualquer operação intelectual. A norma fundamental apenas estabelece certa autoridade, a qual, por sua vez, tende a conferir poder de criar normas a outras autoridades. As normas de um sistema dinâmico têm de ser criadas através de atos de vontade pelos indivíduos que foram autorizados a criar normas por alguma norma superior. Essa autorização é uma delegação. O poder de criar normas é delegado de uma autoridade para outra autoridade; a primeira é a autoridade superior, a segunda é a inferior. A norma fundamental de um sistema dinâmico é a regra básica de acordo com a qual devem ser criadas as normas do sistema. Uma norma faz parte de um sistema dinâmico se houver sido criada de uma maneira que é – em última análise – determinada pela norma fundamental. Desse modo, uma norma pertence ao sistema religioso, que acabamos de mencionar à guisa de exemplo, se for criada por Deus ou se tiver sua origem em uma autoridade que tem seu poder a partir de Deus, "delegado" por Deus.

B. O DIREITO COMO UM SISTEMA DINÂMICO DE NORMAS

a. A positividade do Direito

O sistema de normas que chamamos de ordem jurídica é um sistema do tipo dinâmico. As normas jurídicas não são válidas por terem, elas próprias, ou a norma básica, um conteúdo cuja força de obrigatoriedade seja autoevidente. Elas não são válidas por causa de um atrativo que lhes é inerente. As normas jurídicas podem ter qualquer tipo de conteúdo. Não existe nenhum tipo de conduta humana que não possa, por causa de sua natureza, ser transformado em um dever jurídico correspondendo a um direito jurídico. A validade de uma norma jurídica não pode ser questionada a pretexto de seu conteúdo ser incompatível com algum valor moral ou político. Uma norma é uma norma jurídica válida em virtude de ter sido criada segundo uma regra definida, e apenas em virtude disso. A norma fundamental de uma ordem jurídica é a regra postulada como definitiva, de acordo com a qual as normas dessa ordem são estabelecidas e anuladas, de acordo com a qual elas recebem e perdem sua validade. O enunciado "qualquer homem que fabrique ou venda bebidas alcoólicas será punido" é uma norma válida se pertencer a certa ordem jurídica. Tal é o caso se essa norma sido criada de um modo definido, determinado, em última análise, pela norma fundamental dessa ordem jurídica, e se não houver sido anulada, novamente de um modo definido, determinado, em última análise, pela mesma norma fundamental. A norma fundamental pode, por exemplo, ser tal que uma norma pertença ao sistema desde que tenha sido decretada pelo parlamento ou criada pelo costume ou estabelecida pelos tribunais, e não tenha sido abolida por uma decisão do parlamento ou pelo costume ou por prática contrária dos tribunais. O enunciado mencionado acima não é uma norma jurídica válida se não pertencer a uma ordem jurídica válida – pode ser que tal norma não tenha sido criada de um modo determinado, em última análise, pela norma fundamental, ou então pode ser que, apesar de ter sido criada dessa maneira, a norma tenha sido revogada de um modo determinado, em última análise, pela norma fundamental.

 O Direito é sempre Direito positivo, e sua positividade repousa no fato de ter sido criado e anulado por atos de seres humanos, sendo, desse modo, independente da moralidade e de sistemas similares de normas. Esse fato constitui a diferença entre Direito positivo e Direito natural, o qual, como a moralidade, é deduzido a partir de uma norma fundamental presumivelmente autoevidente, considerada como sendo a expressão da "vontade da natureza" ou da "razão pura". A norma fundamental de uma ordem jurídica positiva nada mais é que a regra básica de acordo com a qual as várias normas da ordem devem ser criadas. Ela qualifica certo evento como o evento inicial na criação das várias normas jurídicas. É o ponto de partida de um processo criador de normas e, desse modo, possui um caráter inteiramente dinâmico. As normas particulares da ordem jurídica não podem ser logicamente deduzidas a partir dessa norma fundamental, como pode a norma "ajude o próximo quando ele precisar de ajuda" ser deduzida da norma "ame o próximo". Elas têm de ser criadas por um ato especial de vontade, e não concluídas a partir de uma premissa por meio de uma operação intelectual.

b. Direito consuetudinário e Direito estatutário

As normas jurídicas são criadas de duas maneiras diferentes: as normas gerais através de costume ou legislação, as normas individuais através de atos judiciais e administrativos ou de transações jurídicas. O Direito é sempre criado por um ato que tem o fim deliberado de criar Direito, exceto no caso em que o Direito tem sua origem no costume, ou seja, em uma linha de conduta de observância generalizada, durante a qual os indivíduos atuantes não têm o propósito consciente de criar Direito; mas eles devem considerar seus atos como estando em conformidade com uma norma obrigatória, e não como uma questão de escolha arbitrária. Essa é a exigência do chamado *opinio juris sive necessitatis*. A interpretação costumeira dessa exigência é a de que os indivíduos que, por meio de sua conduta, constituem o costume criador de Direito devem considerar seus atos como sendo determinados por uma regra jurídica; eles devem acreditar que estão desempenhando um dever jurídico ou exercendo um direito jurídico. Essa doutrina não é correta. Ela implica que os indivíduos em questão devem atuar em erro, já que a regra jurídica criada por seu costume não pode ainda determinar essa conduta, pelo menos não como uma norma jurídica. Eles podem crer erroneamente que estão obrigados por uma regra de Direito, mas esse erro não é necessário para constituir um costume criador de Direito. É suficiente que os indivíduos atuantes se considerem obrigados por qualquer norma. Distinguiremos o Direito estatutário e o Direito consuetudinário como os dois tipos fundamentais de Direitos. Por Direito estatutário entenderemos o Direito criado de outra maneira que não o costume, a saber, por meio de atos legislativos, judiciais ou administrativos ou por meio de transações jurídicas, especialmente contratos e tratados (internacionais).

C. A NORMA FUNDAMENTAL DE UMA ORDEM JURÍDICA

a. A norma fundamental e a constituição

A derivação das normas de uma ordem jurídica a partir da norma fundamental dessa ordem é executada demonstrando-se que as normas particulares foram criadas em conformidade com a norma fundamental. Para a questão de por que certo ato de coerção – por exemplo, o fato de um indivíduo privar outro de liberdade colocando-o na cadeia – é um ato de coerção, a resposta é: porque ele foi prescrito por uma norma individual, por uma decisão judicial. Para a questão de por que essa norma individual é válida como parte de uma ordem jurídica definida, a resposta é: porque ela foi criada em conformidade com um estatuto criminal. Esse estatuto, finalmente, recebe sua validade da constituição, já que foi estabelecido pelo órgão competente da maneira que a constituição prescreve.

Se perguntarmos por que a constituição é válida, talvez cheguemos a uma constituição mais velha. Por fim, alcançaremos alguma constituição que é historicamente a primeira e que foi estabelecida por um usurpador individual ou por algum tipo de assembleia. A validade dessa primeira constituição é a pressuposição última, o postulado final, do qual depende a validade de todas as normas de nossa ordem jurídica. É postulado que devemos nos conduzir como o indivíduo ou os indivíduos que estabeleceram a primeira constituição prescreveram. Esta é a norma fundamental da ordem jurídica em consideração. O documento que corporifica a primeira constituição é uma constituição, uma norma de caráter obrigatório, apenas sob a condição de que a norma fundamental seja pressuposta como válida. É apenas sob tal pressuposição que as declarações daqueles a quem a constituição confere poder criador de leis são normas de caráter obrigatório. É esta pressuposição que nos possibilita distinguir entre indivíduos que são autoridades jurídicas e outros que não consideramos como tais, entre atos de seres humanos que criam normas jurídicas e atos que não têm tal efeito. Todos esses atos pertencem a uma mesma ordem jurídica porque a origem de sua validade pode ser remontada – direta ou indiretamente – à primeira constituição. Pressupõe-se que a primeira constituição seja uma norma jurídica de caráter obrigatório, e a formulação da pressuposição é a norma fundamental dessa ordem jurídica. A norma fundamental de um sistema religioso de normas diz que devemos nos conduzir como Deus e as autoridades por Ele instituídas ordenam. De modo semelhante, a norma fundamental de uma ordem jurídica prescreve que devemos nos conduzir como os "pais" da constituição e os indivíduos autorizados (delegados) – direta ou indiretamente – pela constituição ordenam. Expressado na forma de uma norma jurídica: atos coercitivos devem ser executados sob as condições e da maneira determinadas pelos "pais" da constituição ou pelos órgãos por ele delegados. Esta é, esquematicamente formulada, a norma fundamental de uma ordem jurídica de um Estado isolado, a norma fundamental de uma ordem jurídica nacional. É à ordem jurídica nacional que limitamos nossa atenção aqui. Mais tarde, consideraremos que significado tem a pressuposição de um Direito internacional sobre a questão da norma fundamental do Direito nacional.

b. A função específica da norma fundamental

Dizer que uma norma do tipo que acabamos de mencionar é a norma fundamental da ordem jurídica nacional não significa necessariamente que seja impossível ir além dessa norma. Certamente pode-se perguntar por que se tem de respeitar a primeira constituição como norma de caráter obrigatório. A resposta poderia ser a de que os pais da primeira constituição receberam seu poder de Deus. A característica do chamado positivismo jurídico, porém, é a de que ele dispensa tais justificativas religiosas da ordem jurídica. A hipótese última do positivismo é a norma que autoriza aquele que foi historicamente o primeiro legislador. A função integral dessa norma básica é conferir poder criador de Direito ao ato do primeiro legislador e a todos os outros atos baseados no primeiro ato. Interpretar esses atos de seres humanos como atos jurídicos e seus produtos como normas de caráter obrigatório, e isso quer dizer interpretar como Direito o material empírico que se apresenta como tal, é possível apenas sob a condição de que a norma fundamental seja pressuposta como sendo uma norma válida. A norma fundamental é apenas uma pressuposição necessária de qualquer interpretação positivista do material jurídico.

A norma fundamental não é criada em um procedimento jurídico por um órgão criador de Direito. Ela não é – como é a norma jurídica positiva – válida por ser criada de certa maneira por um ato jurídico, mas é válida por ser pressuposta como válida; e ela é pressuposta como válida porque sem essa pressuposição nenhum ato humano poderia ser interpretado como um ato jurídico e, especialmente, como um ato criador de Direito.

Ao formular a norma fundamental, não introduzimos nenhum método novo na ciência do Direito. Simplesmente tornamos explícito o que todos os juristas pressupõem, a maioria deles involuntariamente, quando consideram o Direito positivo como um sistema de normas válidas, e não como apenas um complexo de fatos, e quando, ao mesmo tempo, repudiam qualquer Direito natural do qual o Direito positivo receberia sua validade. A constatação de que a norma básica realmente existe na consciência jurídica é o resultado de uma simples análise de enunciados jurídicos concretos. A norma fundamental é a resposta à questão: Como – e isso quer dizer sob que condição – são possíveis todos esses enunciados jurídicos concernentes a normas jurídicas, deveres jurídicos, direitos jurídicos, e assim por diante?

c. O princípio de legitimidade

A validade das normas jurídicas pode ser limitada no tempo, e é importante notar que o fim, assim como o começo dessa validade, é determinado apenas pela ordem à qual elas pertencem. Elas permanecem válidas na medida em que não tenham sido invalidadas da maneira que a própria ordem jurídica determina. Este é o princípio da legitimidade.

Este princípio, contudo, é válido apenas sob certas condições. Ele deixa de ser válido no caso de uma revolução, sendo esta palavra compreendida em sua acepção mais geral, de modo a englobar também o chamado *coup d'État*. Uma revolução, nesse sentido lato, ocorre sempre que a ordem jurídica de uma comunidade é anulada e substituída, de maneira ilegítima, ou seja, de uma maneira não prescrita pela primeira ordem por uma nova ordem. Nesse contexto, é irrelevante saber se a substituição foi ou não efetuada através de uma insurreição violenta contra os indivíduos que até então eram os órgãos "legítimos" com competência para criar e emendar a ordem jurídica. É igualmente irrelevante saber se a substituição foi efetuada através de um movimento emanado da massa popular ou através da ação de pessoas em postos governamentais. De um ponto de vista jurídico, o critério decisivo de revolução é o de que a ordem em vigor foi derrubada e substituída por uma nova ordem de um modo que a primeira não havia previsto. Na maioria das vezes, os novos homens que a revolução leva ao poder anulam a constituição e certas leis de importância política proeminente, e estabelecem outras normas em seu lugar. Uma boa parte da velha ordem "permanece" válida dentro da estrutura da nova ordem. Mas a expressão "permanece válida" não dá uma descrição adequada do fenômeno. Apenas o conteúdo dessas normas permanece o mesmo, não o fundamento de sua validade. Elas não são mais válidas em virtude de terem sido criadas da maneira prescrita pela velha constituição. Essa constituição não está mais em vigor; ela foi substituída por uma nova constituição que não é o resultado de uma alteração constitucional da primeira. Se as leis introduzidas sob a velha constituição "continuam válidas" sob a nova constituição, isso é possível apenas porque a validade lhes foi conferida, expressa ou tacitamente, pela nova constituição. O fenômeno é um caso de recepção (semelhante à recepção do Direito romano). A nova ordem recebe, *i.e.*, adota normas da velha ordem; isso quer dizer que a nova ordem dá validade (coloca em vigor) a normas que possuem o mesmo conteúdo que normas da velha ordem. A "recepção" é um procedimento abreviado de criação de Direito. As leis que, na linguagem comum, inexata, continuam sendo válidas são, a partir de uma perspectiva jurídica, leis novas cuja significação coincide com a das velhas leis. Elas não são idênticas às velhas leis, porque seu fundamento de validade é diferente. O fundamento de sua validade é a nova constituição, não a velha, e a continuidade das duas não é válida nem do ponto de vista de uma, nem do da outra. Assim, nunca é apenas a constituição, mas sempre toda a ordem jurídica que é modificada por uma revolução.

Isso mostra que todas as normas da velha ordem foram privadas de sua validade, e não segundo o princípio de legitimidade. E elas foram privadas de validade não apenas *de facto* mas também *de jure.* Nenhum jurista sustentaria que, mesmo após uma revolução vitoriosa, a velha constituição e as leis nela baseadas permanecem em vigor, valendo-se do argumento de que elas não foram anuladas da maneira prevista pela velha ordem. Todo jurista presumirá que a velha ordem – à qual não corresponde mais nenhuma realidade política – deixou de ser válida, e que todas as normas válidas dentro da nova ordem recebem sua validade exclusivamente da nova constituição. Segue-se, então, que, a partir desse ponto de vista jurídico, as normas da velha ordem não podem mais ser reconhecidas como normas válidas.

O DIREITO

d. Mudança da norma fundamental

O fenômeno da revolução demonstra de forma clara a significação da norma fundamental. Suponha-se que um grupo de indivíduos tente conquistar o poder pela força, a fim de depor o governo legítimo de um Estado até então monárquico e introduzir uma forma republicana de governo. Se forem bem-sucedidos, se a velha ordem terminar e a nova ordem começar a ser eficaz, porque os indivíduos cuja conduta a nova ordem regula efetivamente se conduzem – de um modo geral – em conformidade com a nova ordem, então essa ordem é considerada como uma ordem válida. Agora, é de acordo com essa nova ordem que a conduta dos indivíduos é interpretada como sendo lícita ou ilícita. Mas isso significa que se pressupõe uma nova norma fundamental. Não é mais a norma segundo a qual a velha constituição monárquica era válida, mas uma norma segundo a qual a nova constituição republicana é válida, uma norma que investe o governo revolucionário de poder legal. Se os revolucionários fracassarem, se a ordem que tentam estabelecer permanecer ineficaz, então, por outro lado, seu empreendimento é interpretado não como um ato criador de Direito, como um ato lícito, como o estabelecimento de uma constituição, mas como um ato ilícito, como crime de traição, e isso segundo a velha constituição monárquica e sua norma fundamental específica.

e. O princípio de eficácia

Caso tentemos tornar explícita a pressuposição sobre a qual repousam essas considerações jurídicas, descobriremos que as normas da velha ordem são consideradas como destituídas de validade porque a velha constituição e, por conseguinte, as normas jurídicas baseadas nessa constituição, a velha ordem jurídica como um todo, perdeu sua eficácia; porque a conduta efetiva dos homens não mais se conforma a essa velha ordem jurídica. Cada norma individual perde sua validade quando a ordem jurídica total perde sua eficácia como um todo. A eficácia da ordem jurídica como um todo é uma condição necessária para a validade de cada norma individual da ordem. Uma *conditio sine qua non*, mas não uma *conditio per quam*. A eficácia da ordem jurídica total é uma condição, não um fundamento, para a validade de suas normas constituintes. Essas normas são válidas não porque a ordem total é eficaz, mas porque elas são criadas de uma maneira constitucional. Elas são válidas, porém, apenas sob a condição de que a ordem total seja eficaz; elas deixam de ser válidas não apenas quando anuladas de maneira constitucional, mas também quando a ordem total deixa de ser eficaz. Em termos jurídicos, não se pode sustentar que os homens devam se conduzir em conformidade com certa norma, se a ordem jurídica total, da qual essa norma é parte integrante, perdeu sua eficácia. O princípio de legitimidade é restrito pelo princípio de eficácia.

f. Dessuetude

Não se deve compreender isso como querendo dizer que uma norma individual perde sua validade se ela, e apenas ela, for tornada ineficaz. Dentro de uma norma jurídica que, como um todo, é eficaz, pode ocorrer que normas isoladas de validade indubitável não sejam eficazes, ou melhor, não sejam obedecidas e nem mesmo aplicadas quando forem cumpridas as condições que elas mesmas estabeleceram para sua aplicação. Mesmo nesse caso, entretanto, a eficácia tem alguma relevância para a validade. Se a norma continuar permanentemente ineficaz, ela é privada de sua validade por "dessuetude". "Dessuetude" é o efeito jurídico negativo do costume. Uma norma pode ser anulada pelo costume, ou seja, por um costume contrário à norma, assim como pode ser criada pelo costume. A dessuetude anula uma norma criando outra norma, idêntica em caráter ao estatuto cuja única função é revogar um estatuto previamente válido. A questão muito discutida de se saber se um estatuto também pode ou não ser invalidado por dessuetude é, em última análise, a questão de se saber se o costume como origem de Direito pode ser eliminado de uma ordem jurídica por meio de estatuto. Por motivos que serão fornecidos mais tarde, a questão deve ser respondida de modo negativo. Deve--se admitir que qualquer norma jurídica, mesmo uma norma estatutária, pode perder sua validade por dessuetude. Contudo, mesmo nesse caso, seria um erro identificar a validade e a eficácia da norma; elas ainda são dois fenômenos diversos. A norma anulada por dessuetude foi válida durante um espaço de tempo considerável sem ser eficaz. É apenas uma carência continuada de eficácia que põe fim à validade.

Assim, a relação entre validade e eficiência parece ser a seguinte: uma norma é uma norma jurídica válida se *a*) houver sido criada de maneira estabelecida pela ordem jurídica à qual pertence, e se *b*) não houver sido anulada, ou de maneira estabelecida por essa ordem jurídica, ou por dessuetude, ou pelo fato de ter a ordem jurídica, como um todo, perdido sua eficácia.

g. O "dever ser" e o "ser"

A norma fundamental de uma ordem jurídica nacional não é o produto arbitrário da imaginação jurídica. Seu conteúdo é determinado por fatos. A função da norma fundamental é tornar possível a interpretação normativa de certos fatos, e isso significa a interpretação de fatos como a criação e aplicação de normas válidas. Como já assinalamos, as normas jurídicas são consideradas válidas apenas se pertencerem a uma ordem jurídica que é, de um modo geral, eficaz. Portanto, o conteúdo de uma norma fundamental é determinado pelos fatos através dos quais se cria e aplica uma ordem, aos quais se conforma, de uma maneira geral, a conduta dos indivíduos regulada por essa ordem. A norma fundamental de qualquer ordem jurídica positiva confere autoridade jurídica apenas aos fatos pelos quais uma ordem eficiente como um todo é criada e aplicada. Não se exige que a conduta efetiva dos indivíduos esteja em conformidade absoluta com a ordem. Pelo contrário, deve ser possível certo antagonismo entre a ordem normativa e a conduta humana efetiva à qual se referem as regras. Sem tal possibilidade, uma ordem normativa seria completamente destituída de significado. O que necessariamente acontece sob as leis da natureza não tem de ser prescrito por normas: a norma fundamental de uma ordem social à qual se conforma, sempre e sem exceções, a conduta dos indivíduos seria a seguinte: "Os homens devem se conduzir como efetivamente se conduzem" ou "você deve fazer o que efetivamente faz". Tal ordem teria tanto sentido quanto uma ordem à qual a conduta humana não se conformasse de modo algum, mas que a contrariasse sempre e em todos os aspectos. Por conseguinte, uma ordem normativa perde sua validade quando a realidade não mais corresponde a ela, pelo menos em certo grau. A validade de uma ordem jurídica depende, desse modo, da sua concordância com a realidade, da sua "eficácia". A relação que existe entre a validade e a eficácia de uma ordem jurídica – por assim dizer, a tensão entre o "dever ser" e o "ser" – pode ser determinada apenas por um limite superior e inferior. A concordância não deve nem exceder certo limite máximo, nem cair abaixo de um limite mínimo.

h. Direito objetivo e poder (direito e força)

Percebendo que a validade de uma norma jurídica é, desse modo, dependente de sua eficácia, poder-se-ia incorrer em erro identificando os dois fenômenos, definindo a validade do Direito como sua eficácia, descrevendo o Direito por meio de enunciados de "ser", e não de "dever ser". Tentativas desse tipo foram feitas muitas vezes e sempre fracassaram. Porque, se a validade do Direito é identificada com algum fato natural, torna-se impossível compreender o sentido específico em que o Direito é dirigido à realidade e, assim, se sobrepõe à realidade. A realidade pode se conformar ao Direito ou contradizê-lo; a conduta humana pode ser caracterizada como lícita ou ilícita apenas se o Direito e a realidade natural, o sistema de normas jurídicas e a conduta efetiva dos homens, o "dever ser", forem dois domínios diferentes. A eficácia do Direito pertence ao domínio da realidade e é muitas vezes chamada de poder do Direito. Se substituirmos poder por eficácia, então o problema de validade e eficácia é transformado no problema mais comum de "direito e força". E, então, a solução aqui apresentada é meramente o enunciado preciso da velha verdade de que, apesar de o Direito não poder existir sem poder, ainda assim Direito objetivo e poder, direito e força, não são a mesma coisa. O Direito é, segundo a teoria aqui desenvolvida, uma ordem ou organização específica de poder.

i. O princípio de eficácia como norma jurídica positiva (Direito internacional e Direito nacional)

O princípio de que uma ordem jurídica deve ser eficaz para ser válida é, em si, uma norma positiva. É o princípio de eficácia pertencente ao Direito internacional. Segundo este princípio do Direito internacional, uma autoridade efetivamente estabelecida é o governo legítimo, a ordem coercitiva decretada por esse governo é a ordem jurídica, e a comunidade constituída por essa ordem é um Estado no sentido do Direito internacional, na medida em que essa ordem é, como um todo, eficaz. A partir da perspectiva do Direito internacional, a constituição de um Estado é válida apenas se a ordem jurídica estabelecida com base nessa constituição for, como um todo, eficaz. É este princípio geral de eficácia, uma norma positiva do Direito internacional, que, aplicado às circunstâncias concretas de uma ordem jurídica nacional individual, estabelece a norma fundamental individual. Desse modo, as normas fundamentais das diversas ordens jurídicas nacionais são, elas próprias, baseadas em uma norma geral da ordem jurídica internacional. Se concebemos o Direito internacional como uma ordem jurídica à qual estão subordinados todos os Estados (e isso quer dizer todas as ordens jurídicas nacionais), então a norma fundamental de uma ordem jurídica nacional não é uma mera pressuposição do pensamento jurídico, mas uma norma jurídica positiva, uma norma do Direito internacional aplicada à ordem jurídica de um Estado concreto. Admitindo a primazia do Direito internacional sobre o Direito nacional, o problema da norma fundamental desloca-se da ordem jurídica nacional para a ordem jurídica internacional. Então, a única norma fundamental verdadeira, uma norma que não é criada por um procedimento jurídico, mas pressuposta pelo pensamento jurídico, é a norma fundamental do Direito internacional.

j. Validade e eficácia

Que a validade de uma norma jurídica dependa de sua eficácia não implica que, como foi assinalado, a validade de uma norma isolada dependa de sua eficácia. A norma jurídica individual permanece válida na medida em que seja parte de uma ordem válida. A questão de se saber se uma norma individual é válida é respondida recorrendo-se à primeira constituição. Se esta for válida, então todas as normas que foram criadas de maneira constitucional são válidas também. O princípio de eficácia corporificado no Direito internacional refere-se imediatamente apenas à primeira constituição de uma ordem jurídica internacional e, portanto, a essa ordem apenas como um todo.

Contudo, o princípio de eficácia pode ser adotado, até certo ponto, também pelo Direito nacional, e, desse modo, dentro de uma ordem jurídica nacional, a validade de uma norma isolada pode se tornar dependente de sua eficácia. Tal é o caso quando a norma jurídica perde sua validade por dessuetude.

D. O CONCEITO ESTÁTICO E O CONCEITO DINÂMICO DE DIREITO

Caso se encare a ordem jurídica a partir de um ponto de vista dinâmico, tal como foi exposto aqui, parece possível definir o conceito de Direito de um modo inteiramente diferente daquele em que tentamos defini-lo nesta teoria. Parece possível, em especial, ignorar o elemento de coerção ao definir o conceito de Direito. É fato que o legislador pode decretar comandos sem considerar necessário vincular uma sanção criminal ou civil à sua violação. Se tais normas também são chamadas de normas jurídicas, é porque elas foram criadas por uma autoridade que, segundo a constituição, é competente para criar Direito. Elas são Direito porque emanam de uma autoridade criadora de Direito. De acordo com esse conceito, o Direito é qualquer coisa que se tenha efetuado da maneira que a constituição prescreve para a criação de Direito. Esse conceito dinâmico difere do conceito de Direito como ordem coercitiva. Segundo o conceito dinâmico, o Direito é algo criado por certo processo, e tudo o que é criado desse modo é Direito. Esse conceito dinâmico, contudo, é apenas aparentemente um conceito de Direito. Ele não contém nenhuma resposta à questão do que é a essência do Direito, de qual é o critério pelo qual o Direito pode ser distinguido de outras normas sociais. Esse conceito dinâmico fornece resposta apenas à questão de se saber se e por que certa norma pertence a um sistema de normas jurídicas válidas, se e por que ela faz parte de certa ordem jurídica. E a resposta é a de que certa norma pertence a certa ordem jurídica se for criada de acordo com um procedimento prescrito pela constituição fundamental dessa ordem jurídica.

Deve-se notar, porém, que não apenas uma norma, *i.e.*, um comando que regula a conduta humana, pode ser criada da maneira prescrita pela constituição para a criação de Direito. Um estágio importante no processo criador de Direito é o procedimento pelo qual normas gerais são criadas, ou seja, o procedimento legislativo. A constituição pode organizar esse procedimento da seguinte maneira: duas resoluções correspondentes de ambas as casas do parlamento, a aprovação do chefe de Estado e a publicação em um diário oficial. Isso significa que uma forma específica de criação de Direito é estabelecida. É, então, possível investir nessa forma qualquer matéria, como, por exemplo, o reconhecimento dos méritos de um estadista. A forma de uma lei – uma declaração votada pelo parlamento, aprovada pelo chefe de Estado, publicada no diário oficial – é escolhida a fim de dar a certa matéria, no caso a expressão de gratidão da nação, o caráter de um ato solene. O reconhecimento solene dos méritos de um estadista não é, de modo algum, uma norma, mesmo que surja como conteúdo de um ato legislativo, mesmo que tenha a forma de uma lei. A lei como produto do procedimento legislativo, um estatuto no sentido formal do termo, é um documento que contém palavras, sentenças; e aquilo que é expresso por essas sentenças não tem de ser necessariamente uma norma. Aliás, várias leis – nesse sentido formal do termo – contêm não apenas normas jurídicas, mas também certos elementos que não possuem qualquer caráter jurídico, *i.e.*, normativo, específico, tais como visões puramente teóricas a respeito de certos assuntos, as motivações do legislador, ideologias políticas contidas em referências tais como "justiça" ou "a vontade de Deus" etc. etc. Todos esses são conteúdos juridicamente irrelevantes do estatuto ou, de um modo mais geral, produtos juridicamente irrelevantes do processo criador de Direito. O procedimento criador de Direito inclui não apenas o processo de legislação, mas também o procedimento das autoridades jurídicas e administrativas. Mesmo os julgamentos dos tribunais contêm, muitas vezes, elementos juridicamente irrelevantes. Se pelo termo "Direito" quer se exprimir algo pertencente a certa ordem jurídica, então Direito é qualquer coisa que foi criada de acordo com o procedimento descrito pela constituição fundamental dessa ordem. Isso não quer dizer, porém, que tudo o que foi criado de acordo com esse procedimento seja Direito no sentido de norma jurídica. É uma norma jurídica apenas se pretende regular a conduta humana e se regula a conduta humana estabelecendo um ato de coerção como sanção.

XI. A hierarquia das normas

A. A NORMA SUPERIOR E A NORMA INFERIOR

A análise do Direito, que revela o caráter dinâmico desse sistema normativo e a função da norma fundamental, também expõe uma peculiaridade adicional do Direito: o Direito regula a sua própria criação, na medida em que uma norma jurídica determina o modo em que outra norma é criada e também, até certo ponto, o conteúdo dessa norma. Como uma norma jurídica é válida por ser criada de um modo determinado por outra norma jurídica, esta é o fundamento de validade daquela. A relação entre a norma que regula a criação de outra norma e essa outra norma pode ser apresentada como uma relação de supra e infraordenação, que é uma figura espacial de linguagem. A norma que determina a criação de outra norma é a norma superior, e a norma criada segundo essa regulamentação é a inferior. A ordem jurídica, especialmente a ordem jurídica cuja personificação é o Estado, é, portanto, não um sistema de normas coordenadas entre si, que se acham, por assim dizer, lado a lado, no mesmo nível, mas uma hierarquia de diferentes níveis de normas. A unidade dessas normas é constituída pelo fato de que a criação de uma norma – a inferior – é determinada por outra – a superior – cuja criação é determinada por outra norma ainda mais superior, e de que esse *regressus* é finalizado por uma norma fundamental, a mais superior, que, sendo o fundamento supremo de validade da ordem jurídica inteira, constitui a sua unidade.

B. OS DIFERENTES ESTÁGIOS DA ORDEM JURÍDICA

a. A constituição

1. A constituição num sentido material e num sentido formal; a determinação da criação das normas gerais

A estrutura hierárquica da ordem jurídica de um Estado é, *grosso modo*, a seguinte: pressupondo-se a norma fundamental, a constituição é o nível mais alto dentro do Direito nacional. A constituição é aqui compreendida não num sentido formal, mas material. A constituição no sentido formal é certo documento solene, um conjunto de normas jurídicas que pode ser modificado apenas com a observância de prescrições especiais cujo propósito é tornar mais difícil a modificação dessas normas. A constituição no sentido material consiste nas regras que regulam a criação das normas jurídicas gerais, em particular a criação de estatutos. A constituição, o documento solene chamado "constituição", geralmente contém também outras normas, normas que não são parte da constituição material. Mas é a fim de salvaguardar as normas que determinam os órgãos e os procedimentos de legislação que se projeta um documento solene especial e se torna especialmente difícil a modificação das suas regras. Por causa da constituição material existe uma forma especial para as leis constitucionais ou uma forma constitucional. Se existe uma forma constitucional, então as leis constitucionais devem ser distinguidas das leis ordinárias. A diferença consiste em que a criação, isto é, decretação, emenda, revogação, de leis constitucionais, é mais difícil que a de leis ordinárias. Existe um processo especial, uma forma especial para a criação de leis constitucionais, diferente do processo para a criação de leis ordinárias. Tal forma especial para leis constitucionais, uma forma constitucional, ou constituição no sentido formal do termo, não é indispensável, ao passo que a constituição material, ou seja, as normas que regulam a criação de normas gerais e – no Direito moderno – normas que determinam os órgãos e o processo de legislação, é um elemento essencial de todas as ordens jurídicas.

Uma constituição no sentido formal, em especial os dispositivos pelos quais a modificação da constituição se torna mais difícil que a modificação de leis ordinárias, só é possível se houver uma constituição escrita, se a constituição tiver o caráter de Direito estatutário. Existem Estados, como a Grã-Bretanha, por exemplo, que não possuem qualquer constituição "escrita" e, portanto, qualquer constituição formal, qualquer documento solene chamado "A Constituição". Nesse caso, a constituição (material) tem o caráter de Direito consuetudinário e, portanto, não existe nenhuma diferença entre leis constitucionais e ordinárias. A constituição no sentido material do termo pode ser uma lei escrita ou não escrita, pode ter o caráter de Direito estatutário ou consuetudinário. Contudo, se existe uma forma específica para a lei constitucional, qualquer conteúdo que seja pode surgir sob essa forma. Na verdade, matérias que, por um motivo ou outro, são consideradas especialmente importantes, são muitas vezes reguladas por leis constitucionais em vez de leis ordinárias. Um exemplo é a Décima Oitava Emenda da Constituição dos Estados Unidos, a emenda da lei seca, agora revogada.

2. Determinação do conteúdo de normas gerais pela constituição

A constituição material determina não apenas os órgãos e o processo de legislação, mas também, em certo grau, o conteúdo de leis futuras. A constituição pode determinar negativamente que as leis não devem ter certo conteúdo, por exemplo, que o parlamento não pode aprovar qualquer estatuto que restrinja a liberdade religiosa. Desse modo negativo, não apenas o conteúdo de estatutos, mas o de todas as outras normas da ordem jurídica, bem como o de decisões judiciais e administrativas, pode ser determinado pela constituição. A constituição, porém, também tem a atribuição de prescrever positivamente certo conteúdo dos futuros estatutos; ela pode estipular, como o faz, por exemplo, a Constituição dos Estados Unidos da América, que "em todos os processos criminais o acusado gozará o direito a um julgamento rápido e público, por um júri imparcial do Estado e do distrito onde o crime tenha sido cometido, distrito que terá sido previamente determinado por lei etc". Este dispositivo da constituição determina o conteúdo de leis futuras concernentes ao processo criminal. A importância de tais cláusulas a partir de um ponto de vista de técnica jurídica será discutida em outro contexto.

3. O costume como determinado pela constituição

Se, dentro de uma ordem jurídica, existe Direito consuetudinário ao lado de Direito estatutário, se os órgãos aplicadores de Direito, em especial os tribunais, têm de aplicar não apenas as normas gerais criadas pelo órgão legislativo, os estatutos, mas também as normas gerais criadas pelo costume, então o costume é considerado como um fato criador de Direito, exatamente como a legislação. Isso é possível apenas se a constituição – no sentido material da palavra – instituir o costume, assim como institui a legislação, como processo criador de Direito. O costume tem de ser, como a legislação, uma instituição constitucional. Isso pode ser expressamente estipulado pela constituição; e a relação entre Direito estatutário e consuetudinário pode ser expressamente regulamentada. Mas a própria constituição, como um todo ou em parte, pode ser Direito consuetudinário, não escrito. Assim, pode ser devido ao costume que o costume é um fato criador de Direito. Se uma ordem jurídica tem uma constituição escrita que não institui o costume como forma de criação de Direito, e se, contudo, a ordem jurídica contém Direito consuetudinário ao lado de Direito estatutário, então, além das normas escritas da constituição, devem existir normas não escritas da constituição, uma norma criada consuetudinariamente de acordo com a qual as normas gerais que obrigam os órgãos aplicadores de Direito podem ser criados por costume. O Direito regulamenta a sua própria criação, e assim o faz o Direito consuetudinário.

Às vezes, sustenta-se que o costume não é um fato constitutivo, ou seja, um fato criador de Direito, mas que possui tão somente um caráter declaratório: ele apenas indica a preexistência de uma regra de Direito. Essa regra de Direito é, segundo a doutrina do Direito natural, criada por Deus ou pela natureza; segundo a escola histórica alemã (no começo do século XIX), ela é criada pelo "espírito do povo" (*Volksgeist*). O representante mais importante dessa escola, F. C. von Savigny[1], advoga o parecer de que o Direito não pode ser "feito", mas que ele existe dentro do Povo e com ele nasce desde que gerado, de uma maneira misteriosa, pelo *Volksgeist*. Consequentemente, ele negava qualquer competência legislativa e caracterizava a observância consuetudinária não como uma causa do Direito, mas como uma evidência da sua existência. Na moderna teoria jurídica francesa, a doutrina do *Volksgeist* é substituída pela da "solidariedade social" (*solidarité sociale*). Segundo Léon Duguit[2] e sua escola, o verdadeiro Direito, *i.e.*, o Direito "objetivo" (*droit objectif*), é subentendido na solidariedade social. Consequentemente, qualquer ato ou fato cujo resultado seja Direito positivo – seja legislação ou costume – não é criação do Direito, mas um enunciado declaratório (*constatation*) ou mero indício da regra de Direito previamente criada pela solidariedade social. Essa doutrina influenciou a formulação do Artigo 38 do Estatuto da Corte Permanente de Justiça Internacional, pelo qual a Corte é autorizada a aplicar Direito consuetudinário internacional: "A Corte aplicará... o costume internacional na sua condição de evidência de uma prática generalizada aceita como Direito".

Tanto a doutrina alemã do *Volksgeist* quanto a doutrina francesa da *solidarité sociale* são variantes típicas da doutrina do Direito natural, com o seu dualismo característico de um Direito "verdadeiro" por trás do Direito positivo. O que foi dito para se refutar uma pode ser mantido para se refutar as

---

1. 1, Friedrich Carl von Savigny, *Sistem des heutigen Roemishen Rechts* (1840), 35: "*So ist also die Gewohnheit das Kennzeichen des positiven Rechts, nicht dessen Entstehungsgrund*". (O costume, portanto, é uma indicação da existência, e não um fundamento de origem do Direito positivo). Cf. também Savigny, *Vom Beruf unserer Zeit fuer Gesetzgebung und Rechtswissenchaft* (1815).
2. Léon Duguit, *L'État, le Droit objectif et la Loi positive* (1901, 80 s., 616).

outras. A partir da perspectiva de uma teoria positivista do Direito, o caráter gerador de Direito, e isso quer dizer o caráter constitutivo do costume, pode ser negado tão pouco quanto o da legislação. Não há diferença alguma entre uma regra de Direito consuetudinário e uma regra de Direito estatutário na sua relação com o órgão aplicador de Direito. A afirmação de que uma regra consuetudinária se torna Direito apenas por meio do seu reconhecimento por parte das cortes que aplicam a regra[3] não é mais nem menos correta que a mesma afirmação feita com referência a uma regra decretada pelo órgão legislativo. Cada uma

---

3. 1, Austin *Lectures on Jurisprudence* (5ª ed., 1885), 101 s.: "O costume é transformado em Direito positivo quando adotado como tal pelos tribunais de justiça e quando as decisões judiciais talhadas com base nele são impostas pelo poder do Estado. Mas antes de ser adotado pelos tribunais, e investido da sanção jurídica, ele é meramente uma regra de moralidade positiva: uma regra de observância generalizada por parte dos cidadãos ou sujeitos, mas que deriva a única força que se pode dizer que possua da reprovação geral de que são alvo aqueles que o transgridem". Austin não percebe o fato de que a regra criada pelo costume pode ser uma regra que estabelece sanções – e que deve sê-lo a fim de ser uma regra de Direito – de modo que o "costume" é "investido da sanção jurídica" antes de ser "adotado pelos tribunais". É verdade que o tribunal que tem de aplicar o Direito consuetudinário deve averiguar se a regra a ser aplicada a um caso concreto foi efetivamente criada pelo costume, exatamente como o tribunal que tem de aplicar o Direito Estatutário deve averiguar se o estatuto a ser aplicado no caso concreto foi realmente criado pelo órgão legislativo. Isso significa, porém, que a regra a ser aplicada é de fato uma regra de Direito; e esse ato de averiguação é certamente um ato constitutivo, seja a regra que deve ser aplicada pelo tribunal uma regra de Direito consuetudinário ou de Direito estatutário (cf. infra 146 ss.). Austin pressupõe que apenas o Estado (o "soberano") pode criar Direito. Os tribunais e os órgãos legislativos são órgãos do Estado. Já que o costume é constituído por atos de "cidadãos ou sujeitos", não por atos de Estado, a regra consuetudinária pode tornar-se uma regra de Direito apenas por meio da sua adoção por parte dos tribunais. Isso é uma falácia. A suposição de que as cortes têm de aplicar regras criadas pelo costume implica necessariamente a aceitação de que a constituição escrita ou não escrita institui o costume como processo gerador de Direito, e isso implica que os indivíduos que, por meio da sua conduta, constituem o costume, são órgãos da ordem jurídica ou, o que redunda no mesmo, da comunidade jurídica constituída por essa ordem: o Estado, exatamente como o são o parlamento e os tribunais. Como o Estado nada mais é que a personificação do "seu" Direito, o Direito do Estado, ou seja, o Direito nacional, é, necessariamente, o Direito feito "pelo Estado", isto é, Direito criado de acordo com a ordem jurídica que constitui o Estado.

delas era Direito "antes de receber a chancela da autenticação judicial"[4], já que o costume é um procedimento criador de Direito no mesmo sentido em que o é a legislação. A diferença real entre Direito consuetudinário e Direito estatutário consiste no fato de que o primeiro é uma criação de Direito descentralizada, ao passo que o segundo é uma criação de Direito centralizada[5]. O Direito consuetudinário é criado pelos indivíduos a ele sujeitos, enquanto o Direito estatutário é criado por órgãos especiais instituídos para esse fim. Nesse aspecto, o Direito consuetudinário é semelhante ao Direito criado por contrato ou tratado, caracterizado pelo fato de que a norma jurídica é criada pelos mesmos sujeitos a quem ela obriga. Porém, ao passo que o Direito convencional (contratual) é, via de regra, obrigatório apenas para os sujeitos contratantes, já que os indivíduos que criam a norma são idênticos aos sujeitos à norma, uma regra jurídica criada pelo costume é obrigatória não exclusivamente para os indivíduos que, por meio da sua conduta, constituíram o costume criador de Direito. Consequentemente, não é correto caracterizar o costume criador de Direito como um contrato ou acordo tácito, como às vezes se faz, especialmente na teoria do Direito internacional.

b. Normas gerais decretadas com base na constituição; estatutos, Direito consuetudinário

As normas gerais estabelecidas pela via da legislação ou pela via do costume formam um nível que vem a seguir ao da constituição na hierarquia do Direito. Essas normas gerais devem ser aplicadas pelos órgãos competentes, em especial pelos tribunais, mas também pelas autoridades administrativas. Os órgãos aplicadores de Direito devem ser instituídos de acordo com a ordem jurídica, a qual, igualmente, tem de determinar o processo que esses órgãos deverão seguir quando forem aplicar Direito. Desse modo, as normas gerais do Direito estatutário

---

4. Holland, *Elements of Jurisprudence* (13ª ed., 1924), 60.
5. Cf. *infra*, 302 ss.

ou do consuetudinário têm uma função dupla: 1) determinar os órgãos aplicadores de Direito e o processo a ser observado por eles, e 2) determinar os atos judiciais e administrativos desses órgãos. Esses, por meio dos seus atos, criam normas individuais aplicando assim as normas gerais a casos concretos.

c. Direito substantivo e Direito adjetivo

A essas duas funções correspondem os dois tipos de Direito comumente distinguidos: o Direito material ou substantivo e o Direito formal ou adjetivo. Ao lado do Direito criminal substantivo existe um Direito criminal adjetivo de processo criminal, e o mesmo é verdadeiro também para o Direito civil e o Direito administrativo. Também são parte do Direito processual, é claro, as normas que constituem os órgãos aplicadores de Direito. Assim, a aplicação de Direito por um órgão sempre envolve dois tipos de normas gerais: 1) as normas formais que determinam a criação desse órgão e o processo que ele tem de seguir, e 2) as normas materiais que determinam o conteúdo do seu ato judicial ou administrativo. Quando se fala da "aplicação" do Direito pelos tribunais e órgãos administrativos, geralmente se pensa apenas no segundo tipo de normas; tem-se em mente apenas o Direito substantivo civil, criminal e administrativo aplicado pelos órgãos. Mas não é possível nenhuma aplicação das normas do segundo tipo sem a aplicação das normas do primeiro tipo. O Direito substantivo civil, criminal ou administrativo não pode ser aplicado num caso concreto sem que, ao mesmo tempo, seja aplicado o Direito adjetivo que regula o processo civil, criminal ou administrativo. Os dois tipos de norma são realmente inseparáveis. Apenas na sua união orgânica é que eles formam o Direito. Toda regra de Direito completa ou primária, como a denominamos, contém o elemento formal e o material. A forma (bastante simplificada) de uma regra de Direito criminal é: se um sujeito cometeu certo delito, então certo órgão (o tribunal), designado de certa maneira, deverá, através de certo processo, especialmente pela moção de outro órgão (o promotor público), dirigir contra o delinquente determinada sanção. Como mostraremos mais tarde, um enunciado mais explícito de tal norma é: se o órgão competente, ou seja, o órgão designado do modo prescrito pelo Direito, estabeleceu, através de um determinado processo, prescrito pelo Direito, que um sujeito cometeu um delito, determinado pelo Direito, então uma sanção prescrita pelo Direito deverá ser dirigida contra o delinquente. Esta formulação exibe claramente a relação sistemática entre Direito substantivo e adjetivo, entre a determinação do delito e a sanção, por um lado, e a determinação dos órgãos e do seu processo, por outro.

d. Determinação dos órgãos aplicadores de Direito pelas normas gerais

As normas gerais criadas por legislação ou por costume têm, essencialmente, a mesma relação com a sua aplicação pelos tribunais e autoridades administrativas que tem a constituição com a criação das mesmas normas gerais pela legislação ou pelo costume. Ambas as funções – a aplicação judicial ou administrativa das normas gerais, e a criação estatutária ou consuetudinária das normas gerais – são determinadas por normas de um nível superior, formal e materialmente, no tocante ao processo e ao conteúdo da função. Porém, a proporção em que se encontram a determinação formal e a material de ambas as funções entre si é diferente. A constituição material determina sobretudo por meio de quais órgãos e através de quais processos as normas gerais devem ser criadas. Em geral, ela deixa indeterminado o conteúdo dessas normas ou, quando muito, determina o seu conteúdo apenas de modo negativo. As normas gerais criadas por legislação ou costume de acordo com a constituição, em especial os estatutos, determinam, porém, não apenas os órgãos judiciais e administrativos e o processo judicial e administrativo, mas também os conteúdos das normas individuais, as decisões judiciais e os atos administrativos que deverão ser emitidos pelos órgãos aplicadores de Direito. No

Direito criminal, por exemplo, uma norma geral comumente determina de modo bastante preciso o delito ao qual os tribunais, num caso concreto, terão de vincular uma sanção, e determinam essa sanção de modo bastante preciso também; de modo que o conteúdo da decisão judicial – que deve ser emitida num caso concreto – é predeterminado, em boa parte, por uma norma geral. É claro que o grau de determinação material pode variar. O livre-arbítrio dos órgãos aplicadores de Direito às vezes é maior, às vezes, menor. Os tribunais em geral são obrigados de modo muito mais estrito pelos Direitos substantivos civil e criminal que têm de aplicar do que o são as autoridades administrativas pelos estatutos administrativos. Isso, porém, é irrelevante. Importante é o fato de que a constituição determina materialmente a norma geral criada com base nela num âmbito bem menor que aquele com que essas normas determinam materialmente as normas individuais decretadas pelo judiciário e pela administração. No primeiro caso, a determinação formal é predominante; no segundo, a determinação formal e a material encontram-se em equilíbrio.

e. Regulamentos

Às vezes, a criação de normas gerais é dividida em dois ou mais estágios. Algumas constituições dão a certas autoridades administrativas – o chefe de Estado ou os ministros de gabinete, por exemplo – o poder de decretar normas gerais por meio das quais são elaboradas as cláusulas de um estatuto. Tais normas gerais, que não são emitidas pelo chamado órgão legislativo, mas por outro órgão com base nas normas gerais emitidas pelo legislador, são designadas como regulamentos. Segundo algumas constituições, certos órgãos administrativos – especialmente o chefe de Estado ou os ministros do gabinete na condição de chefes de certos ramos da administração – são autorizados, sob circunstâncias extraordinárias, a emitir normas gerais para regulamentar matéria que ordinariamente deve ser regulamentada pelos órgãos legislativos através de estatutos.

A distinção entre estatutos e regulamentos é, evidentemente, de importância jurídica apenas quando a criação de normas gerais está, em princípio, reservada a um órgão legislativo. A distinção é especialmente significativa quando existe um parlamento eleito popularmente e o poder legislativo está, em princípio, separado dos poderes judiciário e executivo. Deixando de lado o Direito consuetudinário, as normas jurídicas gerais devem, então, ter uma forma especial: elas devem ser o conteúdo de decisões parlamentares, essas decisões às vezes precisam da aprovação do chefe de Estado e às vezes exigem publicação num diário oficial a fim de obterem força jurídica. Tais exigências constituem a forma de uma lei. Já que qualquer conteúdo que seja, e não apenas uma norma geral regulando a conduta humana, pode surgir sob essa forma, tem-se então de distinguir leis num sentido material (normas jurídicas gerais na forma de uma lei) de leis num sentido formal (qualquer coisa que tem a forma de uma lei). Pode acontecer que uma declaração sem qualquer significação jurídica seja feita em forma de lei. Existe, então, um conteúdo juridicamente neutro do processo criador de Direito, um fenômeno do qual já falamos[6].

f. As "fontes" de Direito

A criação consuetudinária e a estatutária de Direito muitas vezes são consideradas como as duas "fontes" de Direito. Neste contexto, compreende-se comumente por "Direito" apenas as normas gerais, ignorando-se, porém, as normas individuais que fazem parte do Direito tanto quanto as gerais.

"Fonte" de Direito é uma expressão figurada e altamente ambígua. Ela é usada não apenas para designar os métodos de criação de Direito mencionados acima, o costume e a legislação (o último termo sendo compreendido no seu sentido mais amplo, abrangendo também a criação de Direito por meio de

---

6. Cf. *supra*, 127.

atos judiciais e administrativos, e transações jurídicas), mas também para caracterizar o fundamento da validade do Direito e, sobretudo, o fundamento final. A norma fundamental é, então, a "fonte" do Direito. Mas num sentido mais amplo, toda norma jurídica é "fonte" de outra norma cuja criação ela regula ao determinar o processo de criação e o conteúdo da norma a ser criada. Nesse sentido, qualquer norma jurídica "superior" é a "fonte" da norma jurídica "inferior". Desse modo, a constituição é a "fonte" dos estatutos criados com base na constituição; um estatuto é a "fonte" da decisão judicial nele baseado; a decisão judicial é a "fonte" do dever que ela impõe à parte, e assim por diante. A "fonte" de Direito não é, desse modo, como a expressão poderia sugerir, uma entidade diferente do Direito e, de algum modo, existindo independentemente dele; a "fonte" de Direito é sempre, ela própria, Direito: uma norma jurídica superior em relação a uma norma inferior, ou o método de criação de uma norma (inferior) determinado por uma norma (superior), isto é, um conteúdo específico de Direito.

A expressão "fonte de Direito" é, finalmente, usada também num sentido inteiramente não jurídico. Com ela denotam-se todas as ideias que efetivamente influenciam os órgãos criadores de Direito, por exemplo, normas morais, princípios políticos, doutrinas jurídicas, as opiniões de especialistas jurídicos etc. Em contraposição às "fontes" de Direito previamente mencionadas, estas "fontes" não possuem, como tais, qualquer força de obrigatoriedade. Elas não são – como as verdadeiras "fontes de Direito" – normas jurídicas ou um conteúdo específico de normas jurídicas. Porém, ao obrigar os órgãos criadores de Direito a respeitar ou aplicar certas normas morais, princípios políticos ou opiniões de especialistas, a ordem jurídica pode transformar estas normas, princípios ou opiniões em normas jurídicas e, desse modo, em verdadeiras fontes de Direito.

A ambiguidade do termo "fonte de Direito" parece torná-lo um tanto quanto inútil. Em vez de uma expressão figurada que induz a erro, deve-se introduzir uma expressão que, nítida e diretamente, descreva o fenômeno que se tem em mente.

g. Criação de Direito e aplicação de Direito

1. Diferença meramente relativa entre função criadora de Direito e função aplicadora de Direito

A ordem jurídica é um sistema de normas gerais e individuais relacionadas entre si de acordo com o princípio de que o Direito regula a sua própria criação. Cada norma dessa ordem é criada de acordo com as estipulações de outra norma e, em última análise – de acordo com as estipulações da norma fundamental que constitui a unidade desse sistema de normas –, da ordem jurídica. Uma norma pertence a essa ordem se foi criada em conformidade com as estipulações de outra norma da ordem. Este *regressus* finalmente conduz à primeira constituição, cuja criação é determinada pela norma fundamental pressuposta. Pode-se também dizer que uma norma pertence a certa ordem jurídica se ela foi criada por um órgão da comunidade constituído pela ordem. O indivíduo que cria a norma jurídica é um órgão da comunidade jurídica porque e na medida em que a sua função é determinada por uma norma jurídica da ordem que constitui a comunidade jurídica. A imputação dessa função à comunidade baseia-se na norma que determina a função. Esta explicação, contudo, não acrescenta nada à anterior. O enunciado "uma norma pertence a certa ordem jurídica porque é criada por um órgão da comunidade jurídica constituída por essa ordem" e o enunciado "uma norma pertence a uma comunidade jurídica porque é criada de acordo com a norma fundamental dessa ordem jurídica" afirmam uma mesma coisa.

Uma norma que regula a criação de outra norma é "aplicada" na criação de outra norma. A criação de Direito é sempre aplicação de Direito. Estes dois conceitos não são, de modo algum, como presume a teoria tradicional, opostos absolutos. Não é de todo correto classificar os atos jurídicos como atos criadores de Direito e atos aplicadores de Direito; pois, deixando de lado dois casos limítrofes dos quais falaremos mais tarde, todo ato é, normalmente, ao mesmo tempo, criador de Direito e aplicador de Direito. A criação de uma norma jurídica é – normalmente – uma aplicação da norma superior que regula a sua criação, e a aplicação de uma norma superior é – normalmente – a criação de uma norma inferior determinada pela norma superior. Uma decisão judicial, por exemplo, é um ato pelo qual uma norma geral, um estatuto, é aplicada, mas, ao mesmo tempo, uma norma individual é criada obrigando uma ou ambas as partes que estão em conflito. A legislação é criadora de Direito, mas, levando-se em consideração a constituição, descobrimos que é também aplicação de Direito. Em qualquer ato de legislação em que as estipulações da constituição são observadas, a constituição é aplicada. A elaboração da primeira constituição pode, igualmente, ser considerada uma aplicação da norma fundamental.

2. Determinação da função criadora de Direito

Como assinalamos, a criação de uma norma jurídica tende a ser determinada em duas direções diferentes. A norma superior pode determinar: 1) o órgão e o processo pelo qual uma norma superior deve ser criada, e 2) o conteúdo da norma inferior. A norma superior é "aplicada" na criação da norma inferior mesmo que a norma superior determine apenas o órgão, isto é, o indivíduo pelo qual a norma inferior tem de ser criada, e isso, novamente, quer dizer que ela autoriza esse órgão a determinar, de acordo com a sua própria vontade, o processo de criação da norma inferior e o conteúdo dessa norma. A norma superior deve, pelo menos, determinar o órgão pelo qual a norma inferior tem de ser criada. Porque uma norma cuja criação não é determinada, de modo algum, por outra norma não pode pertencer a ordem jurídica alguma. O indivíduo que cria uma norma pode ser considerado o órgão de uma comunidade jurídica, e a sua função criadora de norma não pode ser imputada à comunidade, a menos que, ao executar a função, ele aplique uma norma da ordem jurídica que constitui a comunidade. Para ser ato da ordem jurídica ou da comunidade por ela constituída, todo ato criador de Direito deve ser um ato aplicador de Direito, *i.e.*, ele deve aplicar uma norma que precede o ato. Portanto, a função criadora de norma tem de ser concebida como uma função aplicadora de norma, mesmo se o seu elemento pessoal, o indivíduo que tem de criar a norma inferior, for determinado pela norma superior. Esta norma superior determinando o órgão é aplicada por todos os atos desse órgão.

Que a criação de Direito seja, ao mesmo tempo, aplicação de Direito é uma consequência imediata do fato de que todo ato criador de Direito deve ser determinado pela ordem jurídica. Essa determinação pode ser de diferentes níveis. Não pode ser tão fraca a ponto de o ato deixar de ser uma aplicação de Direito. Nem pode ser tão forte a ponto de o ato deixar de ser uma criação de Direito. Na medida em que uma norma é estabelecida através do ato, ela é um ato criador de Direito, mesmo se a função do órgão criador de Direito for determinada em alto grau por uma norma superior. Tal é o caso, não apenas quando o órgão e o processo criador de Direito, mas também o conteúdo da norma a ser criada, são determinados por uma norma superior. Contudo, também nesse caso existe um ato criador de Direito. A questão de saber se um ato é criação ou aplicação de Direito é, na verdade, de todo independente da questão de saber em que grau o órgão atuante é obrigado pela ordem jurídica. Apenas os atos pelos quais não se estabelece norma alguma podem ser mera aplicação de Direito. De tal natureza é a execução de uma sanção num caso concreto. Esse é um dos casos limítrofes mencionados acima. O outro é o da norma fundamental. Ela determina a criação da primeira constituição; mas, sendo pressuposta pelo pensamento jurídico, a sua pressuposição não é, ela própria, determinada por nenhuma norma superior e, portanto, não é aplicação de Direito.

h. Normas individuais criadas com base em normas gerais

1. O ato judicial como criação de uma norma individual

A doutrina tradicional considera como aplicação de Direito, antes de mais nada, a decisão judicial, a função dos tribunais. Quando soluciona uma disputa entre duas partes, ou quando sentencia uma punição para um acusado, o tribunal aplica, é verdade, uma norma geral do Direito estatutário ou consuetudinário. Simultaneamente, no entanto, o tribunal cria uma norma individual que estipula que uma sanção definida seja executada contra um indivíduo definido. Essa norma individual está relacionada às normas gerais assim como um estatuto está relacionado à constituição. Desse modo, a função judicial é, como a legislação, tanto criação quanto aplicação de Direito. A função judicial é ordinariamente determinada pelas normas gerais tanto no que diz respeito ao procedimento quanto no que diz respeito ao conteúdo da norma a ser criada, ao passo que a legislação geralmente é determinada pela constituição apenas no que diz respeito ao primeiro aspecto. Mas essa é uma diferença apenas de grau.

2. O ato judicial como um estágio do processo criador de Direito

A partir de uma perspectiva dinâmica, a norma individual criada pela decisão judicial é um estágio de um processo que começa com o estabelecimento da primeira constituição, é continuado pela legislação e pelo costume, e conduz a decisões judiciais. O processo é completado pela execução da sanção individual. Os estatutos e as leis consuetudinárias são, por assim dizer, apenas produtos semimanufaturados, acabados apenas através da decisão judicial e da sua execução. O processo através do qual o Direito se recria constantemente vai do geral e abstrato ao individual e concreto. Trata-se de um processo de individualização e concretização constante e crescente.

A norma geral que, a certas condições determinadas de modo abstrato, vincula certas consequências determinadas de modo abstrato tem de ser individualizada e concretizada para entrar em contato com a vida social, para ser aplicada à realidade. Para esse fim, tem-se de, num caso concreto, averiguar se as condições, determinadas *in abstracto* na norma geral, estão presentes *in concreto*, para que a sanção, determinada *in abstracto* na norma geral, possa ser ordenada e executada *in concreto*. Esses são dois elementos essenciais da função judicial. Essa função não tem, de modo algum, como às vezes se supõe, um caráter puramente declaratório. Contrariamente ao que às vezes se afirma, o tribunal não formula apenas um Direito já existente. Ele não "busca" e "acha" apenas o Direito que existe antes da decisão, não pronuncia meramente o Direito que existe, pronto e acabado, antes do pronunciamento. Tanto ao estabelecer a presença das condições quanto ao estipular a sanção, a decisão judicial tem um caráter constitutivo. A decisão, é verdade, aplica uma norma geral preexistente na qual certa consequência é vinculada a certas condições. Mas a existência das condições concretas em conexão com as consequências concretas é, no caso concreto, estabelecida primeiro pela decisão do tribunal. As condições e consequências são relacionadas por decisões judiciais no domínio do concreto, assim como são relacionadas por estatutos e regras de Direito consuetudinário no domínio do abstrato. A norma individual da decisão judicial é a individualização e a concretização necessárias da norma geral e abstrata. Apenas o preconceito, característico da jurisprudência da Europa continental, de que o Direito é, por definição, apenas normas gerais, apenas a identificação errônea do Direito com as regras gerais do Direito estatutário e consuetudinário, poderiam obscurecer o fato de que a decisão judicial continua o processo criador de Direito, da esfera do geral e abstrato para a esfera do individual e concreto.

3. A averiguação dos fatos condicionantes

A decisão judicial é claramente constitutiva na medida em que ordena que uma sanção concreta seja executada contra um delinquente individual. Mas ela possui um caráter constitutivo também na medida em que averigua os fatos que condicionam a sanção. No mundo do Direito não existe nenhum fato "em si", nenhum fato "absoluto", existem apenas fatos averiguados por um órgão competente num processo prescrito pelo Direito. Ao vincular a certos fatos certas consequências, a ordem jurídica deve também designar um órgão que tem de averiguar os fatos de um caso concreto e prescrever o processo que o órgão tem de observar ao fazê-lo. A ordem jurídica pode autorizar esse órgão a regular o processo de acordo com o seu arbítrio;

mas o órgão e o processo pelos quais devem ser averiguados os fatos condicionantes têm de ser – direta ou indiretamente – determinados pela ordem jurídica, para fazer que esta seja aplicável à vida social. É opinião típica de um leigo a de que existem fatos absolutos, imediatamente evidentes. Apenas ao serem averiguados por meio de um processo jurídico é que os fatos são trazidos para a esfera do Direito ou, por assim dizer, passam a existir dentro dessa esfera. Formulando isso de um modo paradoxalmente preciso, poderíamos dizer que os fatos condicionantes "criam" juridicamente esses fatos. Portanto, a função de averiguar fatos através de um processo jurídico tem sempre um caráter especificamente constitutivo. Se, de acordo com uma norma jurídica, uma sanção tem de ser executada contra um assassino, isso não significa que o fato do assassinato é, "em si", a condição da sanção. Não existe o fato "em si" de que A matou B, existe apenas a minha crença ou o meu conhecimento ou de outra pessoa de que A matou B. O próprio A pode confirmar ou negar. A partir da perspectiva do Direito, porém, todas essas nada mais são que opiniões particulares sem relevância. Apenas a confirmação pelo órgão competente tem relevância jurídica. Se a decisão judicial já obteve força de Direito, se se tornou impossível substituir essa decisão por outra porque existe o *status* de *res judicata* – o que significa que o caso foi definitivamente decidido por uma corte de última instância – então a opinião de que o condenado era inocente não tem significação jurídica. Como já foi assinalado, a formulação correta da regra de Direito não é "se um sujeito cometeu um delito, um órgão dirigirá uma sanção contra o delinquente", mas "se o órgão competente determinou, na ordem devida, que um sujeito cometeu um delito, então um órgão dirigirá uma sanção contra esse sujeito".

C. A TRANSAÇÃO JURÍDICA (ATO JURÍDICO)

a. A transação jurídica como ato criador e aplicador de Direito

1. Autonomia privada

As condições da sanção, cuja presença o tribunal tem de averiguar, são diferentes conforme seja o Direito criminal ou o Direito civil que tenha de ser aplicado pelo tribunal. Já assinalamos que o tribunal tem de ordenar uma sanção concreta no processo de Direito criminal por moção de órgão da comunidade, o promotor público, e, no processo de Direito civil, pela ação de uma parte privada, o queixoso. É característico especialmente do Direito civil o fato de uma transação jurídica poder surgir entre as condições da sanção. O delito consiste no fato de uma das partes deixar de cumprir uma obrigação a ela imposta pela transação jurídica. A transação jurídica é um ato pelo qual os indivíduos autorizados pela ordem jurídica regulam juridicamente certas relações. É um fato criador de Direito, pois produz os deveres e direitos jurídicos das partes que participam da transação. Mas, ao mesmo tempo, é um ato de aplicação de Direito, e, desse modo, tanto cria quanto aplica Direito. As partes fazem uso das normas gerais que tornam as transações jurídicas possíveis. Ao firmarem uma transação jurídica, elas aplicam essas normas jurídicas gerais. Ao dar aos indivíduos a possibilidade de regular a sua conduta recíproca através de transações jurídicas, a ordem jurídica garante aos indivíduos certa autonomia jurídica. É na função criadora de Direito da transação jurídica que se manifesta a chamada "autonomia privada" das partes. Por meio de uma transação jurídica são criadas normas individuais e, às vezes, até mesmo gerais, que regulam a conduta recíproca das partes.

É importante distinguir claramente entre a transação jurídica como o ato pelo qual as partes criam uma norma para si mesmos e a norma criada desse modo. Ambos os fenômenos são habitualmente designados pela mesma palavra. O termo "contrato", em particular, possui tal uso duplo. "Contrato" designa tanto o procedimento específico pelo qual são criados os deveres e direitos contratuais das partes contratantes quanto a norma contratual criada por esse procedimento, um equívoco que é fonte de erros típicos na teoria do contrato.

2. A norma secundária como produto de uma transação jurídica

Caso se diga que normas jurídicas são criadas por transações jurídicas, são as normas secundárias que temos em mente. Porque elas dão origem a deveres e direitos jurídicos apenas em conexão com as normas gerais primárias que vinculam uma sanção à quebra de uma transação. Aqui, a norma secundária, estipulando diretamente a conduta lícita das partes, não é uma mera elaboração auxiliar da teoria jurídica, da qual falamos num capítulo anterior[7]. Ela é o conteúdo de um ato jurídico previsto pela norma primária geral como condição da sanção. Um exemplo pode servir como ilustração. Por meio de um arrendamento, uma parte, A, assume a obrigação de deixar que outra parte, B, more em certo edifício, e a outra parte, B, assume a obrigação de pagar certo aluguel à primeira parte, A. Ambas as obrigações são formuladas no texto do arrendamento como normas secundárias: A deve deixar que B more no edifício X; B deve pagar um aluguel a A. Mas os deveres jurídicos de A e B são constituídos apenas pelo fato de que, de acordo com uma norma primária geral que os tribunais têm de aplicar, A e B estão sujeitos a uma sanção caso não se conduzam como a norma secundária, criada pelo contrato, prescreve, e caso a outra parte mova uma ação contra a parte que violou essa norma secundária. Neste ponto existe uma diferença característica entre a técnica do Direito civil e a do criminal. O dever jurídico do indivíduo de se abster de roubar é diretamente estipulado pela norma primária geral que vincula uma punição ao roubo. A norma secundária, "todos e, portanto, eu também, devemos se abster de roubar", é, aqui, nada mais que uma elaboração auxiliar da teoria jurídica. Ela não é

---

7. Cf. *supra*, 65.

indispensável. A realidade jurídica pode ser descrita sem ela. Um enunciado reproduzindo o conteúdo da norma primária "se A roubar, deve ser punido" é suficiente para caracterizar o dever jurídico de A. O dever jurídico de A, o locador, de deixar que B, o locatário, more em certo edifício, e o dever jurídico do locatário, B, de pagar certo aluguel ao locador, A, não são diretamente estipulados pela norma primária que regula arrendamentos vinculando sanções ao rompimento de contratos de arrendamento. Aqui, um ato criador de Direito específico deve ser acrescentado à norma geral, uma transação jurídica pela qual uma norma secundária individual seja criada constituindo os deveres e direitos concretos do locatário A e do locador B. A norma primária geral confere às partes o poder de fazer tais transações jurídicas, ou seja, de criar, por meio de certo procedimento, uma norma individual. A norma individual estipulando que A deve deixar que B more em certo edifício e que B deve pagar certo aluguel a A é uma norma secundária, pois ela constitui os deveres jurídicos de A e B apenas em conexão com a norma primária geral.

Que, no domínio do Direito criminal, os deveres jurídicos sejam estipulados diretamente pela norma primária geral, ao passo que, no domínio do Direito civil, a norma primária geral estipule os deveres jurídicos apenas indiretamente, através das transações jurídicas, não é uma regra sem exceções. A exceção típica diz respeito ao dever de reparar o dano causado ilicitamente.

3. Reparação

Como explicamos em outro contexto, a sanção estabelecida por uma norma jurídica geral do Direito civil não é condicionada apenas pela conduta do indivíduo contrária à norma secundária criada pela transação jurídica, mas também pelo fato de que o dano causado por essa violação não foi reparado. Em outros termos, entre a violação da norma secundária criada pela transação jurídica e a sanção geralmente está inserido um dever de reparar o dano causado ilicitamente. A norma geral com base na qual, por exemplo, são combinados os arrendamentos diz o seguinte: "Se duas partes firmaram um arrendamento, se uma delas rompê-lo e não reparar o dano por isso causado, então uma sanção civil será executada contra ele com base numa ação judicial da outra parte". Existe, contudo, de acordo com o Direito civil de todas as ordens jurídicas, um dever jurídico de reparar um dano causado de modo ilícito não apenas no caso de a conduta ilícita constituir uma violação da norma secundária criada por uma transação jurídica. Uma norma jurídica vincula uma sanção civil diretamente ao fato de o indivíduo não reparar um dano causado pela sua conduta, mesmo sem qualquer transação jurídica prévia, exatamente como uma sanção criminal é vinculada a certa conduta de um indivíduo. Então, nesse aspecto, não há diferença alguma entre a técnica do Direito civil e a do Direito criminal. O dever individual de reparar um dano é estipulado diretamente pela norma primária geral que vincula uma sanção civil à não reparação de um dano causado por certa conduta. O dever jurídico de reparar um dano causado pela conduta que não é uma violação de uma norma secundária criada por uma transação jurídica é habitualmente caracterizado dizendo-se que não se trata de um dever *ex contrato*, mas de um dever *ex delicto*.

A conduta pode, mas não precisa, ter o caráter de um delito criminal. Ela pode constituir apenas um delito civil. A conduta que causou o dano constitui um delito criminal se for a condição de uma sanção criminal, e a não reparação do dano causado por essa conduta é a condição de uma sanção civil. Via de regra, não existe uma obrigação jurídica de reparar o dano causado por um delito criminal. O fato de uma norma jurídica geral vincular uma sanção à não reparação de um dano causado por certo ato de um indivíduo é geralmente descrito por um enunciado de dois deveres: o dever de um indivíduo de não causar dano por meio da sua conduta, e o dever de reparar o dano que a sua conduta causou. No caso de o dano ser causado por um ato que constitui a violação de uma norma secundária criada por uma transação jurídica, geralmente se faz distinção entre o dever jurídico de observar a norma secundária, por exemplo, o dever do locador de deixar que o locatário more no edifício, e o dever de reparar o dano causado por uma violação do primeiro dever, *i.e.*, a violação da norma secundária. A relação entre esses dois deveres caracteriza-se pelo fato de que o segundo dever suplanta o primeiro. Ao cumprir o segundo dever, *i.e.*, reparando o dano causado ilicitamente, evita-se a sanção vinculada à violação do primeiro dever, *i.e.*, o dever de não causar dano ou de observar a norma secundária criada pela transação jurídica, por exemplo, o dever do locador de deixar que o locatário more em determinado edifício. A obrigação jurídica de reparar uma perda causada por um delito civil substitui a obrigação jurídica original: é uma obrigação substituta. Se, contudo, a conduta pela qual o dano é causado tem o caráter de delito criminal, não é possível evitar a sanção criminal reparando o dano. Se alguém rompe um contrato, evita a sanção civil compensando o dano que causou. Mas se alguém causar ferimentos corporais graves a alguém e não reparar o dano, terá de suportar a sanção civil e a criminal. Neste caso, a obrigação de reparar o dano não substitui a obrigação de se abster de cometer o delito. A obrigação de reparar o dano por um delito criminal é acrescentada à obrigação original; não se trata de uma obrigação substituta, mas de uma obrigação adicional.

4. Transação jurídica e delito

Tanto a transação jurídica quanto o delito são condições de sanção. Elas diferem porquanto as consequências jurídicas da transação jurídica – a validade da norma secundária que constitui os deveres e direitos das partes – são pretendidas com a transação jurídica, ao passo que – via de regra – nenhuma consequência jurídica é pretendida com o delito. A transação jurídica é um fato criador de Direito, o delito não é[8]. De acordo com a intenção da transação jurídica, é criada certa norma secundária; se a norma for violada e o dano por ela causado não

---

8. Existem, porém, exceções a essa regra. Desse modo, por exemplo, o ato da revolução: o seu fim é o estabelecimento de uma nova constituição ou a modificação da velha por meio da sua violação. Trata-se de um delito no que diz respeito à velha constituição, e de um ato criador de Direito no que diz respeito à nova. Cf. também *infra*, 357 ss.

for reparado, uma sanção deverá ser executada. A transação jurídica é uma condição de um delito civil e, apenas como tal, uma condição (indireta) da sanção civil. O delito (civil ou criminal) é uma condição direta da sanção; e a sanção não é pretendida com o delito, ela é executada mesmo contra a vontade do delinquente.

b. O contrato

1. A vontade e a sua expressão

A transação jurídica típica do Direito civil é o contrato. Ele consiste nas declarações idênticas de vontade de dois ou mais indivíduos. As declarações das partes contratantes são dirigidas a certa conduta dessas partes. A ordem jurídica pode, mas não precisa, prescrever uma forma especial para essas declarações. Mas as partes devem sempre, de algum modo, expressar a sua vontade. Caso contrário, o fato de ter sido feito um contrato não poderia ser estabelecido num processo jurídico, especialmente pelos tribunais; e apenas os fatos que podem ser estabelecidos num processo jurídico têm importância jurídica.

É possível que exista uma discrepância entre a vontade efetiva de uma parte contratante e a sua expressão. A jurisprudência teórica não pode decidir que consequências tal discrepância deverá ter. Essa questão só será solucionada pelo legislador ou pelo órgão aplicador de Direito. Eles podem vincular mais importância à vontade efetiva da parte ou à sua declaração. O contrato pode ser considerado nulo se uma das partes for capaz de demonstrar que a sua vontade efetiva não correspondia ao que é interpretado como declaração da sua vontade. Ou a validade do contrato pode ser considerada independente disso, e o contrato, considerado válido se as declarações extremas forem idênticas. Qual das duas soluções é preferível é algo que depende dos diferentes julgamentos de valor político-jurídicos.

2. Oferta e aceitação

Na maioria das vezes, para a elaboração de um contrato não é suficiente que as partes façam declarações idênticas. A declaração de uma parte deve ser dirigida à outra parte e por ela aceita. Diz-se, portanto, que um contrato consiste numa oferta e numa aceitação. Essa distinção entre oferta e aceitação pressupõe que as duas declarações não são feitas simultaneamente. Surge então a questão de saber se o ofertante deve manter a sua vontade até o momento da aceitação. Ambas as partes devem ter a vontade efetiva de fazer o contrato nesse momento, de modo que não seja realizado nenhum contrato, isto é, não seja criada nenhuma norma obrigatória, se o ofertante demonstrar que não tinha mais qualquer vontade de realizar o contrato no momento em que a outra aceitou a oferta? O ofertante pode retirar a oferta a qualquer momento antes que ela seja aceita? Essa questão, mais uma vez, é do tipo que só a própria ordem jurídica, e não uma teoria de Direito, pode solucionar. Se a ordem jurídica responde à questão de modo afirmativo, ela torna bastante difícil a elaboração de um contrato por pessoas ausentes. Portanto, a fim de remover esta inconveniência, a ordem jurídica, às vezes, estipula que, sob certas circunstâncias, o ofertante está obrigado durante determinado período de tempo. Isso significa que o contrato é válido se a oferta for aceita dentro desse período, mesmo que o ofertante tenha mudado de ideia. Por meio da aceitação da oferta, uma norma obrigando as partes pode ser criada sem a vontade do ofertante ou até mesmo contra ela.

3. A norma criada pelo contrato

A vontade efetiva das partes e a sua expressão da mesma têm importância no ato que chamamos elaboração de um contrato. Cada uma das partes contratantes deve querer o mesmo; as partes devem, por assim dizer, ter vontades paralelas, senão no mesmo momento, pelo menos uma após a outra. A norma criada por esse ato, o contrato como norma, não é, porém, uma vontade. Essa norma permanece válida, mesmo que uma ou ambas as partes deixem de ter qualquer vontade correspondente. Para a sua existência contínua, para a sua validade, a norma depende da vontade efetiva das partes apenas na medida em que elas possam anulá-lo por meio de outro contrato, ou seja, através de uma norma contrária criada por outro contrato.

A norma criada pelo contrato pode ser individual ou geral. Os contratos gerais desempenham um papel proeminente no Direito trabalhista e no Direito internacional. Quanto ao aspecto do conteúdo da norma contratual, fazemos distinção entre contratos que impõem deveres a apenas uma parte e contratos que impõem deveres e conferem direitos a ambas as partes contratantes. Por meio de contratos do último tipo, as partes podem ser obrigadas ou a linhas de conduta paralelas, ou a linhas interseccionais de conduta. O primeiro tipo de contrato ocorre, por exemplo, quando dois comerciantes concordam em vender certo tipo de mercadoria por um preço idêntico fixo. A compra é um exemplo de contrato do segundo tipo; uma parte é obrigada a entregar certo produto e a outra parte é obrigada a pagar uma quantia de dinheiro. Em todos esses casos, e especialmente no caso em que as partes contratantes são obrigadas pela norma contratual a diferentes tipos de conduta, a vontade de todas as partes contratantes ao fazer o contrato deve ter o mesmo conteúdo, deve ser dirigida ao conteúdo inteiro da norma contratual.

4. Transações jurídicas unilaterais e bilaterais

Um contrato é um ato jurídico bilateral na medida em que a norma secundária obrigando e autorizando as partes contratantes seja criada pela colaboração de, pelo menos, dois indivíduos. Mas ocorrem também atos jurídicos unilaterais em que a norma é criada por apenas um indivíduo. É característico do Direito civil o fato de que, normalmente, um indivíduo pode obrigar apenas a si mesmo por tal ato jurídico unilateral. No Direito civil prevalece o princípio de autonomia, segundo o qual ninguém pode ser obrigado contra, ou mesmo sem, o seu próprio consentimento. Essa é, como veremos, a diferença decisiva entre o Direito privado e o Direito público. Um exemplo de ato jurídico unilateral é a oferta, obrigatória para o ofertante durante certo período de tempo antes da aceitação, isso no sentido de que ele não pode retirá-la durante esse período. Tal oferta cria uma norma pela qual o ofertante é obrigado à conduta determinada pela oferta sob a condição de que a outra parte aceite a oferta dentro de certo período de tempo.

D. NATUREZA DO DIREITO CONSTITUCIONAL

Como a função dos tribunais, na sua capacidade de órgãos aplicadores de Direito, é aplicar as normas gerais de Direito estatutário e Direito consuetudinário a casos concretos, o tribunal tem de decidir qual norma geral é aplicável ao caso. O tribunal deve descobrir se a ordem jurídica contém uma norma vinculando uma sanção à conduta que o promotor público afirma ser um delito, ou que o queixoso privado afirma ser um delito, e descobrir qual sanção é estabelecida. O tribunal tem de responder não apenas à *quaestio facti*, mas também à *quaestio juris*. Ele tem de examinar, em particular, se a norma geral que pretende aplicar é realmente válida, isto é, se ela foi criada do modo prescrito pela constituição. O tribunal deve pôr na cadeia um ladrão levado a julgamento apenas se a legislação ou o costume houver produzido uma norma geral no sentido de que o roubo deve ser punido com encarceramento. Essa função do tribunal é especialmente óbvia quando existe dúvida para se determinar se a conduta do réu ou acusado é realmente um delito civil ou criminal, segundo a ordem jurídica que a corte tem de aplicar. Um homem, por exemplo, fez uma promessa de casamento a uma jovem, e depois não a manteve. Algumas ordens jurídicas não consideram tal promessa obrigatória, mas algumas o fazem. Caso a garota venha a processar o homem por causa da promessa quebrada, o tribunal deverá averiguar se existe, dentro da ordem jurídica a ser por ele aplicada, um estatuto ou uma regra de Direito consuetudinário segundo a qual uma sanção civil tenha de ser dirigida contra o homem que quebrou a sua promessa de casamento e não reparou o dano desse modo causado. A corte tem de averiguar a existência dessa norma, exatamente como tem de averiguar a existência do delito. A função de averiguar a existência da norma geral a ser aplicada pelo tribunal implica a importante função de interpretar essa norma, de determinar o seu significado. O fato de uma norma a ser aplicada pelo tribunal ter sido criada do modo prescrito pela constituição é uma das condições de que depende a ordenação ou não pelo tribunal de uma sanção individual no caso concreto.

Caso suponhamos uma constituição segundo a qual as normas jurídicas gerais podem ser criadas apenas através de decisões de um parlamento eleito de um determinado modo, então a norma que torna o roubo punível teria de ser formulada do seguinte modo: "Se o parlamento decidiu que os ladrões devem ser punidos, e se o tribunal competente verificou que certo indivíduo roubou, então...". As normas da constituição que regulam a criação das normas gerais a serem aplicadas pelos tribunais e outros órgãos aplicadores de Direito não são, desse modo, normas completas independentes. Elas são partes intrínsecas de todas as normas jurídicas que os tribunais e outros órgãos têm de aplicar. Sobre este fundamento o Direito constitucional não pode ser citado como um exemplo de normas jurídicas que não estipulam qualquer sanção. As normas da constituição material são Direito apenas na sua conexão orgânica com as normas estipuladoras de sanção que são criadas com base nelas. Aquilo que, a partir de uma perspectiva dinâmica, é a criação de uma norma determinada por uma norma superior, a constituição, torna-se, numa exposição estática de Direito, uma das condições à qual está vinculada a sanção como consequência na norma geral (que, a partir da perspectiva dinâmica, é a norma inferior em relação à constituição). Numa exposição estática de Direito, as normas superiores da constituição são, por assim dizer, projetadas nas normas inferiores como partes.

E. RELAÇÃO ENTRE O ATO JUDICIAL E A NORMA PREEXISTENTE APLICADA PELO ATO JUDICIAL

a. Determinação do ato judicial apenas pelo Direito adjetivo

A partir da perspectiva dinâmica, a decisão do tribunal representa uma norma individual, a qual é criada com base numa norma geral do Direito estatutário ou consuetudinário do mesmo modo que essa norma geral é criada com base na constituição. A criação da norma individual pelo órgão aplicador de Direito, especialmente pelo tribunal, deve ser sempre determinada por uma ou mais normas gerais preexistentes. Essa determinação pode ter – como explicamos em capítulo anterior[9] – graus diferentes. Normalmente, as cortes são obrigadas por normas gerais que determinam o seu procedimento assim como o conteúdo das suas decisões. Contudo, é possível que o legislador se satisfaça com a instituição de tribunais, e que esses tribunais sejam autorizados pela ordem jurídica a decidir os casos concretos de acordo com seu próprio arbítrio. Esse é o princípio segundo o qual os "juízes reais", no Estado Ideal de Platão, exercem o seu poder quase ilimitado. Mesmo nesse caso, porém, os tribunais não são apenas órgãos criadores de Direito, mas também aplicadores de Direito. Em toda decisão judicial, aplica-se a norma geral de Direito adjetivo pela qual esse indivíduo, e apenas esse, é autorizado a atuar como juiz e a decidir o caso concreto de acordo com o seu próprio arbítrio ou segundo uma norma geral de Direito substantivo. É por essa norma geral de Direito adjetivo que o poder judiciário é delegado aos tribunais. Sem essa norma, seria impossível reconhecer o indivíduo que decide o caso concreto como um "juiz", como um órgão da comunidade jurídica, e a sua decisão como Direito, como norma obrigatória pertencente à ordem jurídica que constitui a comunidade jurídica.

---

9. Cf. *supra*, 134 s.

b. Determinação do ato judicial pelo Direito substantivo

Se a função do tribunal for regulada tanto pelo Direito substantivo quanto pelo Direito adjetivo – isto é, se tanto o seu procedimento quanto o conteúdo das suas decisões forem determinados por normas gerais preexistentes – nesse caso também a corte estará obrigada em graus diferentes. Aqui, acima de tudo, os fatos a seguir devem ser levados em consideração.

Quando uma decisão judicial tem de ser tomada, normalmente ocorre que o promotor público ou um queixoso privado sustenta perante o tribunal que certo indivíduo, o acusado ou o réu, violou, por meio de certa conduta, uma obrigação jurídica (e isso significa uma norma jurídica geral de Direito estatutário ou consuetudinário), que ele cometeu um delito criminal ou civil. O tribunal tem de averiguar se a ordem jurídica contém realmente ou não a norma geral afirmada e se o acusado ou réu se conduziu realmente ou não de modo contrário a essa norma geral. Se o tribunal julgar que a norma geral é válida, e que o acusado ou réu cometeu o delito, ele tem de ordenar a sanção que a ordem jurídica estabelece.

Se não existe nenhuma norma geral estipulando a obrigação, a competência do tribunal pode ser determinada de dois modos diferentes. O tribunal pode ter de absolver o acusado ou de rejeitar a demanda do queixoso. Mesmo nesse caso o tribunal aplica Direito substantivo, porquanto declara que a ordem jurídica positiva não obriga o acusado ou réu a se conduzir do modo que o promotor ou o queixoso afirma; ele declara que, de acordo com o Direito vigente, o acusado ou réu tinha permissão de agir como agiu.

c. Arbítrio do tribunal (o juiz como legislador)

A outra maneira pela qual a competência do tribunal pode ser determinada, no caso de não existir nenhuma norma geral estipulando a obrigação do acusado ou réu reclamada pelo promotor ou pelo queixoso, é a seguinte: o tribunal é autorizado pela ordem jurídica a decidir o caso de acordo com o seu próprio arbítrio, a condenar ou absolver o acusado, a julgar a favor ou contra o queixoso, a ordenar ou a se recusar a ordenar uma sanção contra o acusado ou réu. A corte é autorizada a ordenar uma sanção contra o acusado ou réu apesar da falta de uma norma geral estipulando a obrigação deste; isso, contanto que o tribunal julgue a inexistência de tal norma geral estipulando a obrigação do acusado ou réu reclamada pelo promotor ou queixoso como sendo insatisfatória, injusta ou iníqua. Isso significa que o tribunal é autorizado a criar para o caso concreto a norma de Direito substantivo que considera satisfatória, justa ou imparcial. O tribunal funciona, então, como um legislador.

Existe, porém, apenas uma diferença de grau entre esse caso e o caso em que o tribunal aplica Direito substantivo preexistente. Ao ordenar uma sanção, o tribunal é sempre um legislador, já que ele cria Direito, exatamente como o legislador é sempre um órgão aplicador de Direito, já que na legislação é aplicada a constituição. No entanto, o tribunal será mais legislador se não for obrigado por Direito substantivo, mas apenas por Direito adjetivo; se ele for autorizado a criar o Direito substantivo para o caso concreto sem que a sua decisão seja determinada por uma norma geral preexistente de Direito substantivo. Não se deve, porém, deixar de perceber que, se o tribunal ordena uma sanção contra o acusado ou réu, apesar de o mesmo não ter violado uma regra geral preexistente de Direito positivo, a norma individual criada pela decisão do tribunal tem o efeito de uma lei *ex post facto*. Porque essa norma que vincula pela primeira vez uma sanção a certo ato do acusado ou réu e, desse modo, torna o ato um delito, vem a existir após esse ato ter sido executado.

Deve-se observar ainda que a decisão do tribunal nunca pode ser determinada por uma norma geral preexistente de Direito substantivo num grau tal que essa norma geral que a corte aplica seja, por assim dizer, apenas reproduzida pela norma individual da decisão. Por mais detalhada que tente ser a norma geral, a norma individual criada pela decisão judicial irá sempre acrescentar algo novo. Suponha-se que uma lei criminal diga: "Se alguém roubar algo cujo valor exceda a $ 1.000, será aprisionado por dois anos". Um tribunal que aplicar essa lei a um caso concreto terá de decidir, por exemplo, quando o aprisionamento começará e onde ele terá lugar. A individualização de uma norma por uma decisão judicial é sempre uma determinação de elementos ainda não determinados pela norma geral e que não podem ser completamente determinados por ela. O juiz, portanto, é sempre um legislador também no sentido de que o conteúdo da sua decisão nunca pode ser completamente determinado pela norma preexistente de Direito substantivo.

F. LACUNAS DO DIREITO

a. A ideia de "lacunas": uma ficção

A autorização previamente mencionada para ordenar uma sanção que não foi estabelecida por uma norma geral preexistente é muitas vezes dada aos tribunais indiretamente, por meio de uma ficção. Trata-se da ficção de que a ordem jurídica tem uma lacuna – significando que o Direito vigente não pode ser aplicado a um caso concreto porque não existe nenhuma norma geral que se refira a esse caso. A idéia é a de que é logicamente impossível aplicar o Direito efetivamente válido a um caso concreto porque falta a premissa necessária.

Típico é o primeiro parágrafo do *Code Civil Suisse*: "*À défaut d'une dispositive légale applicable, le juge prononce selon le droit coutumier, et à défaut d'une coutume, selon les règles qu'il établirait s'il avait à faire acte de législateur*". Presumivelmente, esta cláusula não se refere a casos em que o Direito estatutário ou o consuetudinário estipula positivamente a obrigação que o queixoso afirma ter sido violada pelo réu no caso concreto. Em tais casos, segundo o 1º § do Código Civil Suíço, existe uma norma geral aplicável. O seu dispositivo presumivelmente se refere apenas a casos em que a obrigação que o queixoso afirma ter sido violada pelo réu não é estipulada por nenhuma norma geral. Nesses casos, o juiz não será obrigado a rejeitar a demanda do queixoso. Ele terá a possibilidade de estipular, na condição de legislador, a obrigação sustentada para o caso concreto. Mas ele também terá a outra possibilidade, a de recusar a ação a pretexto de que o Direito vigente não estipula a obrigação reclamada.

Se o juiz faz uso dessa última possibilidade, não se presume nenhuma "lacuna do Direito". O juiz indubitavelmente aplica Direito válido. Ele não aplica, é verdade, uma regra afirmativa obrigando indivíduos a certa conduta. Só porque não existe nenhuma norma que obrigue o réu à conduta reclamada pelo queixoso, o réu é livre, segundo o Direito positivo, e não cometeu nenhum delito com a sua conduta. Se o juiz rejeita a ação, ele aplica, por assim dizer, a regra negativa de que ninguém deve ser forçado a observar a conduta à qual não está obrigado pelo Direito.

A ordem jurídica não pode ter quaisquer lacunas. Se o juiz está autorizado a decidir uma disputa como legislador no caso de a ordem jurídica não conter nenhuma norma geral obrigando o réu à conduta reclamada pelo queixoso, ele não preenche uma lacuna do Direito efetivamente válido, mas acrescenta ao Direito efetivamente válido uma norma individual à qual não corresponde nenhuma norma geral. O Direito efetivamente válido poderia ser aplicado ao caso concreto pela rejeição da lacuna. O juiz, contudo, está autorizado a modificar o Direito para um caso concreto, ele tem o poder de obrigar juridicamente um indivíduo que antes estava juridicamente livre.

Mas quando o juiz deve rejeitar uma demanda e quando deve criar uma norma que vá ao encontro dela? O primeiro parágrafo do Código Civil Suíço e a teoria das lacunas que ele expressa não fornecem nenhuma resposta clara. A intenção obviamente é a de que o juiz tem de assumir o papel de legislador se não existir nenhuma norma jurídica geral estipulando a obrigação do réu reclamada pelo queixoso, e se o juiz considerar a inexistência de tal norma insatisfatória, injusta, iníqua. A condição sob a qual o juiz está autorizado a decidir uma dada disputa na condição de legislador não é – como a teoria das lacunas pretende – o fato de a aplicação do Direito efetivamente válido ser logicamente impossível, mas o fato de que a aplicação do Direito efetivamente válido é – segundo a opinião do juiz – inadequada jurídica e politicamente.

b. O propósito da ficção das lacunas

O legislador, ou seja, o órgão autorizado pela constituição a criar as normas jurídicas gerais, percebe a possibilidade de que as normas que decreta podem, em alguns casos, levar a resultados justos ou iníquos, uma vez que o legislador não tem condição de prever todos os casos concretos que podem vir a ocorrer. Ele, portanto, autoriza o órgão aplicador de Direito não a aplicar as normas gerais criadas pelo legislador, mas a criar uma nova norma, no caso de a aplicação das normas gerais criadas pelo legislador ter um resultado insatisfatório. A dificuldade é que é impossível determinar de antemão os casos em que será desejável que o juiz atue como legislador. Se o legislador pudesse conhecer esses casos, ele poderia formular tais normas de um modo que tornasse supérflua a autorização para que o juiz atuasse como legislador. A fórmula "o juiz está autorizado a atuar como legislador se a aplicação das normas gerais existentes lhe parecer injusta ou iníqua" dá muita liberdade ao arbítrio do juiz, já que este poderia julgar a aplicação da norma criada pelo legislador inadequada em muitos casos. Tal fórmula significa a abdicação do legislador em favor do juiz. Esse é o motivo (provavelmente inconsciente) pelo qual o legislador usa a ficção das "lacunas do Direito", ou seja, a ficção de que o Direito válido pode ser logicamente inaplicável a um caso concreto.

A ficção restringe a autorização do juiz em duas direções. Primeiro, ela limita a autorização aos casos em que a obrigação que o queixoso afirma que o réu violou não está estipulada em nenhuma norma geral. Ela exclui todos os casos em que a obrigação do réu reclamada pelo queixoso está positivamente estipulada por uma das normas gerais existentes. Essa restrição é inteiramente arbitrária. Estipular uma obrigação pode ser tão "injusto" ou "iníquo" quanto não fazê-lo. A incapacidade do legislador de prever todos os casos possíveis pode, é claro, fazer com que ele deixe de decretar uma norma ou levá--lo a formular uma norma geral e, desse modo, estipular obrigações que não teria estipulado caso houvesse previsto todos os casos.

A outra restrição implicada na fórmula que usa a ficção das "lacunas do Direito" tem antes um efeito psicológico que jurídico. Se o juiz está autorizado a atuar como legislador apenas sob a condição de existir uma "lacuna" no Direito, isto é, sob a condição de o Direito ser logicamente inaplicável ao caso concreto, fica oculta a verdadeira natureza da condição, que é de a aplicação do Direito – apesar de logicamente possível – parecer injusta ou iníqua ao juiz. O efeito disso pode ser o de que o juiz faça uso da autorização apenas naqueles casos razoavelmente raros em que lhe parece tão evidentemente injusto rejeitar a demanda do queixoso que ele se sinta compelido a crer que tal decisão é incompatível com as intenções do legislador. Então, ele chega à conclusão: se o legislador houvesse previsto esse caso, ele teria estipulado a obrigação do réu. Como a ordem jurídica ainda não contém essa norma, ela não é aplicável ao caso concreto, e como ele, o juiz, é obrigado a decidir o caso, é nesse caso que ele está autorizado a atuar como legislador. A teoria das lacunas no Direito, na verdade, é uma ficção, já que é sempre logicamente possível, apesar de ocasionalmente inadequado, aplicar a ordem jurídica existente no momento da decisão judicial. Mas o sancionamento dessa teoria fictícia pelo legislador tem o efeito desejado de restringir consideravelmente a autorização que o juiz tem de atuar como legislador, ou seja, de emitir uma norma individual com força retroativa nos casos em consideração.

G. NORMAS GERAIS CRIADAS POR ATOS JUDICIAIS

a. Precedentes

A decisão judicial também pode criar uma norma geral. A decisão pode ter força de obrigatoriedade não apenas para o caso em questão, mas também para outros casos similares que os tribunais tenham eventualmente de decidir. Uma decisão judicial pode ter o caráter de um precedente, *i.e.*, de uma decisão obrigatória para a decisão futura de todos os casos similares. Ela pode, contudo, ter o caráter de precedente apenas se não for a aplicação de uma norma geral preexistente de Direito substantivo, se o tribunal atuou como legislador. A decisão de um tribunal num caso concreto assume o caráter de precedente obrigatório para as decisões futuras de todos os casos similares por meio de uma generalização da norma individual criada pela primeira decisão. É a força de obrigatoriedade da norma geral assim obtida que é a essência de um chamado precedente. Apenas com base nessa norma geral é possível estabelecer que outros casos são "similares" ao primeiro, cuja decisão é considerada o "precedente", e que, consequentemente, esses outros casos devem ser decididos da mesma maneira. A norma geral pode ser formulada pelo próprio tribunal que criou o precedente. Ou pode ser deixada para outro tribunal, obrigado pelo precedente a derivar dele a norma geral, sempre que surja um caso pertinente.

A função criadora de Direito dos tribunais é especialmente manifesta quando a decisão judicial tem o caráter de um precedente, ou seja, quando a decisão judicial cria uma norma geral. Onde os tribunais estão autorizados não apenas a aplicar Direito substantivo preexistente nas suas decisões, mas também a criar Direito novo para casos concretos, existe uma compreensível tendência de se dar a essas decisões judiciais o caráter de precedentes. Dentro de tal sistema jurídico, os tribunais são órgãos legislativos exatamente no mesmo sentido em que o órgão é chamado legislativo no sentido mais restrito e comum do termo. Os tribunais são criadores de normas jurídicas gerais.

Falamos aqui de normas gerais que se originam numa decisão isolada de um tribunal. Esse tipo de criação de Direito deve ser claramente distinguido da criação de normas gerais através da prática permanente dos tribunais, *i.e.*, através do costume.

b. "Todo o Direito é Direito criado por juiz"

1. A doutrina de J. C. Gray

Nossa análise da função judicial demonstra que a visão segundo a qual tribunais apenas aplicam o Direito não conta com a sustentação dos fatos. A visão oposta, porém – a de que não existe Direito antes da decisão judicial e que todo o Direito é criado pelo tribunais –, é igualmente falsa. Tal visão é sustentada por um dos mais importantes teóricos jurídicos americanos, John Chipman Gray. "O Direito do Estado", escreve ele, "ou de qualquer corpo organizado de homens compõe-se de regras que os tribunais, ou seja, os órgãos judiciais desse corpo, estabelecem para a determinação de direitos e deveres"[10]. Ele diz ainda: "O corpo de regras que eles estabelecem não é a expressão de Direito preexistente, mas o próprio Direito"[11]; e ainda enfatiza: "Que o fato de os tribunais aplicarem regras é que faz delas Direito, que não existe nenhuma entidade misteriosa, 'o Direito', separado dessas regras, e que os juízes são antes os criadores que os descobridores do Direito"[12]. "Foi às vezes dito que o Direito é composto de duas partes, o Direito legislativo e o Direito feito por juiz, mas, na verdade, todo o Direito é Direito feito por juiz"[13]. Para provar a sua teoria, Gray cita este exemplo: "Henry Pitt construiu um reservatório na sua propriedade e o encheu de água; sem qualquer negligência da sua parte, seja na construção como na manutenção do reservatório,

---

10. Gray, *The Nature and Sources of the Law* (2ª ed., 1927), 84.
11. Gray, *The Nature and Sources of the Law*, 96.
12. Gray, *Nature and Sources of the Law*, 121.
13. Gray, *Nature and Sources of the Law*, 125.

este arrebenta, e a água, ao sair, inunda e causa danos à propriedade do vizinho de Pitt, Thomas Underhill. Underhill tem direito de obter em juízo uma indenização de Pitt?"[14]. Gray presume que "não há nenhum estatuto, decisão ou costume a respeito da matéria" no Estado por cujos tribunais o caso terá de ser solucionado (Nevada). Contudo, "o tribunal tem de decidir o caso de algum modo". E quando o tribunal decidir o caso, não poderá se guiar por qualquer norma preexistente. "Dizer que realmente existia Direito sobre essa matéria em Nevada parece apenas demonstrar o quão fortemente podem se enraizar ficções jurídicas em nossos processos mentais."[15]

2. Nenhuma decisão judicial sem Direito preexistente

Antes de mais nada, Gray subestima o fato de que o tribunal pode decidir o caso de dois modos diferentes. Ele pode rejeitar a ação de Underhill, a sua reivindicação de receber uma indenização de Pitt, fundamentando-se em que, de acordo com o Direito positivo, Pitt não é obrigado juridicamente a reparar o dano causado pelo rompimento do reservatório, uma vez que o Direito de Nevada não contém qualquer norma que justifique a reivindicação de Underhill. Nesse caso, o tribunal indubitavelmente aplica o Direito substantivo preexistente de Nevada. A situação é a mesma que ocorreria se Underhill houvesse feito uma reivindicação absolutamente absurda como, por exemplo, a de que Pitt deveria pagar $ 5.000 a Underhill porque Pitt se casou com a filha de Underhill. Sem dúvida, o tribunal aplicaria o Direito de Nevada caso rejeitasse a exigência como sendo infundada. O Direito é aplicado não apenas por meio de uma decisão judicial pela qual o acusado é condenado, ou seja, pela qual o tribunal julga a favor do queixoso de acordo com a ordem jurídica vigente, mas também por meio de uma decisão judicial pela qual o acusado é absolvido, ou seja, pela qual a

---

14. Gray, *Nature and Sources of the Law*, 96.
15. Gray, *Nature and Sources of the Law*, 98.

corte julga contra o queixoso de acordo com a ordem jurídica vigente. A aplicação do Direito pode ter lugar não apenas num sentido positivo, mas também num negativo, não apenas pela ordem e execução da sanção da parte do órgão aplicador de Direito, mas também pela recusa em ordenar ou executar a sanção da parte desse órgão.

Mas o tribunal de Nevada pode decidir o caso do reservatório de Pitt de um modo diferente: ele pode julgar a favor do queixoso. Isso pressupõe, contudo, que o tribunal esteja autorizado pelo Direito de Nevada não apenas a aplicar normas gerais preexistentes de Direito substantivo, mas também a modificar esse Direito sob certas circunstâncias, a saber, se a obrigação do réu reclamada pelo queixoso não for estipulada por uma norma geral preexistente, e o tribunal considerar a inexistência de tal norma insatisfatória. O Direito preexistente deve autorizar o tribunal a ir além do Direito substantivo dado. Portanto, também nesse caso, o tribunal aplicaria o Direito preexistente, Gray está errado quando pressupõe "que realmente não existia Direito sobre essa matéria [o caso em discussão] em Nevada". Deve existir Direito em Nevada sobre essa matéria para que o caso possa ser decidido por um tribunal de Nevada. Apenas aplicando o Direito de Nevada é que o tribunal atua como um tribunal de Nevada. O tribunal sempre aplica Direito preexistente, só que o Direito que ele aplica pode não ser substantivo, mas adjetivo. O tribunal pode aplicar apenas normas gerais que determinam a sua própria existência e o seu próprio procedimento, as normas gerais que conferem a certos indivíduos a capacidade jurídica de atuar como um tribunal de um determinado Estado. Apenas na medida em que apliquem tais normas preexistentes de Direito adjetivo é que os indivíduos a quem Underhill pede que solucionem a sua disputa com Pitt funcionam como um "tribunal" e que a sua decisão tem a força de Direito obrigatória.

O próprio Gray diz: "Então o poder dos juízes é absoluto?... Não é assim; os juízes nada são além de órgãos do Estado; eles têm apenas o poder que a organização do Estado lhes dá"[16]. "A organização do Estado" pode significar apenas a ordem jurídica, a constituição e as normas gerais criadas com base na constituição, o Direito existindo no momento em que o juiz tem de decidir um caso concreto. Gray acha que "o que a organização é, é determinado pelas vontades dos reais governantes do Estado". Mas, em outro contexto, ele diz: "Determinar quem são os reais governantes de uma sociedade política é quase que uma tarefa impossível – para a Jurisprudência, um problema quase insolúvel". "Não é possível descobrir quem são os reais governantes de uma sociedade política"[17]. Se a organização do Estado fosse efetivamente a vontade de indivíduos desconhecidos, que não podem ser descobertos, então a própria organização do Estado seria desconhecida e impossível de se descobrir. Mas a organização do Estado é efetivamente conhecida. Ela é a constituição "válida", ou seja, também eficaz, são as normas válidas criadas com base na constituição, ou seja, o sistema de normas que, como um todo, é eficaz. Os "reais" governantes são os órgãos cujos atos criam as normas que, de um modo geral, são eficazes. Como a eficácia da ordem jurídica é uma condição da validade das suas normas, não pode haver nenhuma diferença essencial entre o governante "real" e o governante jurídico do Estado. Os indivíduos que influenciam os que criam as normas válidas da ordem jurídica que constitui o Estado podem ser desconhecidos, e pode ser impossível descobri-los. Mas isso também não tem interesse jurídico.

3. Apenas o Direito pode ser "fonte" de Direito

O caso de Underhill *versus* Pitt apenas demonstra que, às vezes, os tribunais podem ter de aplicar meramente o Direito adjetivo. Mas, na maioria das vezes, existe também algum Direito substantivo preexistente. Quando Gray afirma incondicionalmente que não há "nenhum Direito anterior à decisão

---

16. Gray, *Nature and Sources of the Law*, 121.
17. Gray, *Nature and Sources of the Law*, 79.

judicial", pode ser que o faça apenas porque não considera as normas gerais de Direito substantivo ou adjetivo que determinam as decisões judiciais como "Direito", mas apenas como "fontes de Direito". Ele pergunta: "A partir de que *fontes* o Estado ou outra comunidade dirige os seus juízes para obter o Direito?"[18]. Essas fontes de Direito são, segundo Gray, os estatutos, precedentes judiciais, opiniões de especialistas, costumes e princípios de moralidade. Ele não consegue fazer a distinção entre fontes que possuem uma força juridicamente obrigatória e fontes que não a possuem. Dos estatutos, ele diz: "O Estado exige que os atos do seu órgão legislativo obriguem os tribunais, e no que diz respeito a esses atos, que sejam superiores a todas as outras fontes". Ele enfatiza que "os atos legislativos, os estatutos, devem ser tratados como fontes de Direito, e não como parte do próprio Direito". E ele aplica a mesma distinção a todos os outros fundamentos que designa como fontes de Direito. Ao ignorar a diferença entre legislação, precedentes judiciais e costumes jurídicos, por um lado, e opiniões de especialistas e princípios de moralidade, por outro, ao ignorar que os primeiros são juridicamente obrigatórios e os outros são obrigatórios juridicamente, Gray não percebe que essas "fontes de Direito" juridicamente obrigatórias são normas jurídicas, são realmente Direito. Ele negligencia o fato de que, se os órgãos aplicadores de Direito são obrigados juridicamente por essas chamadas "fontes", o que ele denota por meio da expressão figurada "fonte de Direito" é apenas um estágio no processo de criação de Direito, uma das manifestações do Direito. Gray está certo ao sustentar, contrariamente à doutrina tradicional, que os tribunais criam Direito. Mas ele incorre em erro na sua crença de que o Direito é criado apenas pelos tribunais. Caso se compreenda, em especial, a relação dinâmica entre decisão judicial e legislação, torna-se impossível explicar por que apenas uma, e não a outra, deva representar o Direito. A tese de Gray significa o primeiro passo rumo a uma compreensão mais profunda da estrutura do Direito. O próximo passo deve conduzir ao discernimento da estrutura hierárquica da ordem jurídica.

---

18. Gray, *Nature and Sources of the Law*, 123 ss.

H. CONFLITOS ENTRE NORMAS DE DIFERENTES ESTÁGIOS

a. Concordância ou discordância entre a decisão judicial e a norma geral a ser aplicada pela decisão

A alegação de Gray de que o Direito consiste apenas na decisão judicial baseia-se também na seguinte consideração: "As regras de conduta estabelecidas e aplicadas pelos tribunais de um país são contérminas ao Direito desse país, e como as primeiras mudam, assim muda o segundo com ela. Bishop Hoadly disse: 'Quem quer que tenha uma *autoridade absoluta* para *interpretar* quaisquer leis, escritas ou faladas, é aquele que é verdadeiramente, para todos os efeitos, o Legislador, e não a pessoa que primeiro as escreveu ou pronunciou'; *a fortiori*, quem quer que tenha uma autoridade absoluta não apenas para interpretar o Direito, mas também para dizer o que é o Direito, é verdadeiramente o Legislador"[19]. Em conformidade com a visão de Bishop Hoadly, Gray tenta demonstrar que mesmo o estatuto aplicado pelo tribunal é, na verdade, um Direito feito por juiz. "A forma como um estatuto é imposto à comunidade como guia de conduta é o estatuto tal como interpretado pelos tribunais. Os tribunais põem vida nas palavras mortas do estatuto"[20]. É difícil compreender por que as palavras de um estatuto, que, de acordo com o seu significado, é obrigatório para os tribunais, devam ser mortas, ao passo que as palavras de uma decisão judicial, que, de acordo com o seu significado, é obrigatória para as partes, devam ser vivas. O problema não é por que o estatuto é morto e a decisão judicial é viva; na verdade, estamos diante de um problema que, geralmente falando, vem a ser este: a norma superior, o estatuto ou uma norma de Direito consuetudinário determinam, em maior ou menor âmbito, a criação e o conteúdo da norma inferior da decisão judicial. A norma inferior pertence, junto com a norma superior, à mesma

---
19. Gray, *Nature and Sources of the Law*, 102.
20. Gray, *Nature and Sources of the Law*, 125.

ordem jurídica apenas na medida em que a segunda corresponde à primeira. Mas quem deverá decidir se a norma inferior corresponde à superior, se a norma individual da decisão judicial corresponde às normas gerais de Direito estatutário e consuetudinário? Apenas um órgão que tem de explicar a norma superior pode formular tal decisão. Exatamente como a existência de um fato só pode ser averiguada por um órgão por meio de certo processo (ambos determinados pela ordem jurídica), a questão de saber se uma norma inferior corresponde a uma norma superior só pode ser decidida por um órgão por meio de certo processo (ambos determinados pela ordem jurídica). A opinião de qualquer outro indivíduo é juridicamente irrelevante. Decidir se uma norma inferior corresponde a uma superior implica a aplicação da norma superior. Se o queixoso ou o réu acreditam que a decisão do tribunal não corresponde às normas gerais de Direito estatutário ou consuetudinário que os tribunais têm de aplicar no seu caso, eles podem apelar para outro tribunal superior. Esse tribunal tem o poder de anular a decisão do tribunal inferior ou de substituí-la por outra decisão que – segundo a opinião do tribunal superior – corresponde à norma que tem de ser aplicada no caso dado. Esse é o processo típico pelo qual a ordem jurídica se esforça para garantir a legalidade das decisões judiciais. Mas esse processo não pode continuar indefinidamente; deve haver um fim para ele, porque deve haver um fim para a disputa entre as partes. Deve existir um tribunal de última instância autorizado a dar uma decisão final à disputa, uma autoridade cuja decisão não possa ser mais anulada ou modificada. Com essa decisão o caso torna-se *res judicata*.

Portanto, nunca pode existir qualquer garantia absoluta de que a norma inferior corresponde à norma superior. A possibilidade de que a norma inferior não corresponda à norma superior, que determina a criação e o conteúdo da primeira, e especialmente a de que a norma inferior tenha outro conteúdo que não o prescrito pela norma superior, não está, de modo algum, excluída. Mas, tão logo o caso tenha se tornado *res judicata*, a opinião de que a norma individual da decisão não corresponde à norma geral que tem de ser por ela aplicada passa a não ter importância jurídica. O órgão aplicador de Direito ou criou, autorizado pela ordem jurídica, novo Direito substantivo, ou então, segundo asserção própria, aplicou Direito substantivo preexistente. No último caso, a asserção do tribunal de última instância é decisiva. Porque é o tribunal de última instância que, sozinho, tem competência para interpretar de maneira definitiva e autêntica as normas gerais a serem aplicadas ao caso concreto. A partir de um ponto de vista jurídico, não pode ocorrer qualquer contradição entre uma decisão judicial com força de Direito e o Direito estatutário ou consuetudinário a ser aplicado na decisão. A decisão de um tribunal de última instância não pode ser considerada como sendo antijurídica na medida em que tem de ser considerada como uma decisão de tribunal. É fato que decidir se existe uma norma geral que tem de ser aplicada pelo tribunal e qual é o conteúdo dessa norma são questões que só podem ser respondidas juridicamente por esse tribunal (se for um tribunal de última instância); mas esse fato não justifica a suposição de que não existem normas jurídicas gerais determinando as decisões dos tribunais, de que o Direito consiste apenas em decisões de tribunal.

b. Concordância ou discordância entre estatuto e constituição (O estatuto inconstitucional)

O problema de um possível conflito entre norma superior e inferior surge não apenas no que diz respeito à relação entre estatuto (ou regra de Direito consuetudinário) e decisão judicial, mas também no que diz respeito à relação entre constituição e estatuto. Trata-se do problema do estatuto inconstitucional. A expressão costumeira que diz que "um estatuto inconstitucional" é inválido (nulo) é um enunciado sem sentido, já que um estatuto inválido simplesmente não é um estatuto. Uma norma não válida é uma norma não existente, juridicamente uma não entidade. A expressão "estatuto inconstitucional" aplicada a um estatuto considerado válido é uma contradição de termos. Porque se o estatuto é válido, ele só pode ser válido por corresponder à constituição; ele não pode ser válido se contrariar a constituição. O único fundamento de validade de um estatuto é ter sido criado de modo previsto pela constituição. Porém, o que se quer dizer com a expressão é que um estatuto, segundo a constituição, pode, por algum motivo especial, ser anulado de outro modo que não o comum. Ordinariamente, um estatuto é anulado por outro estatuto, segundo o princípio *lex posterior derogat priori*, ou por uma regra contrária de Direito consuetudinário, pelo chamado *desuetudo*. Se a constituição prescreve certo procedimento a ser observado na decretação de estatutos e se também estabelece certos dispositivos a respeito do seu conteúdo, ela deve prever a possibilidade de que, às vezes, o legislador pode não seguir essas prescrições. A constituição pode então designar o órgão que tem de decidir se as prescrições que regulam a função legislativa foram ou não observadas. Se esse órgão for outro que não o legislativo, ele constitui uma autoridade acima da do legislador, algo que pode ser politicamente indesejável, especialmente se esse órgão tiver o poder de anular um estatuto que considera inconstitucional. Se não for invocado nenhum outro órgão diverso do legislativo para averiguar a constitucionalidade dos estatutos, a questão de saber se um estatuto é constitucional ou não tem de ser decidida única e exclusivamente pelo próprio órgão legislativo. Então, tudo o que for aprovado pelo órgão legislativo como estatuto tem de ser aceito como um estatuto no sentido da constituição. Nesse caso, nenhum estatuto decretado pelo órgão legislativo pode ser considerado "inconstitucional".

Essa situação também pode ser descrita nos seguintes termos: os dispositivos da constituição referentes ao procedimento de legislação e ao conteúdo de estatutos futuros não significam que as leis só possam ser criadas do modo decretado e apenas com o teor prescrito pela constituição. A constituição autoriza o legislador a criar estatutos também de outro modo e também com outro conteúdo. A constituição autoriza o legislador, em vez da constituição, a determinar o procedimento de legislação e o conteúdo das leis, contanto que o legislador julgue desejável não aplicar os dispositivos positivos da constituição. Assim como os tribunais podem ser autorizados, sob certas circunstâncias, a não aplicar o Direito estatutário ou consuetudinário existente e a atuar como legislador e criar novo Direito, o legislador comum pode ser autorizado, sob certas circunstâncias, a atuar como legislador constitucional. Se um estatuto decretado pelo órgão legislativo é considerado válido apesar de ter sido criado de outro modo e de ter outro conteúdo que não os prescritos pela constituição, devemos admitir que as prescrições da constituição referentes à legislação possuem um caráter alternativo. O legislador está autorizado ou a aplicar as normas estabelecidas diretamente pela constituição, ou a aplicar outras normas que ele próprio venha a determinar. Do contrário, um estatuto cuja criação ou conteúdo não se conformasse às prescrições estabelecidas diretamente pela constituição não poderia ser considerado válido.

c. Garantias da constituição

1. Revogação do estatuto "inconstitucional"

A aplicação das regras constitucionais referentes à legislação só pode ser garantida efetivamente se for confiada a outro órgão que não o corpo legislativo a tarefa de verificar se uma lei é ou não constitucional e de anulá-la se – segundo a opinião desse órgão – ela for "inconstitucional". Pode existir um órgão especial para esse fim, por exemplo, um tribunal especial, um chamado "tribunal constitucional"; ou o controle da constitucionalidade dos estatutos, a chamada "revisão judicial", pode ser conferido aos tribunais ordinários e, especialmente, à corte suprema. O órgão controlador pode ser capaz de abolir completamente o estatuto "inconstitucional" de modo que ele não possa ser aplicado por algum outro órgão. Se um tribunal ordinário tem competência para verificar a constitucionalidade de um estatuto, pode ser que ele esteja autorizado apenas a se recusar a aplicá-lo no caso concreto em que o considera inconstitucional, ao passo que outros órgãos permaneçam obrigados a aplicar o estatuto. Na medida em que um estatuto não foi anulado, ele é "constitucional", e não "inconstitucional", no sentido de contrário à constituição. É, então, a vontade da constituição que esse estatuto deva também ser válido. Mas a constituição pretende que o estatuto seja válido apenas se não houver sido anulado pelo órgão competente. A chamada lei "inconstitucional" não é nula *ab initio*, ela é anulável; ela pode ser anulada por motivos especiais. Esses motivos são os de que o órgão legislativo criou o estatuto de outro modo, ou deu-lhe outro conteúdo, que os diretamente prescritos pela constituição. O legislador, é verdade, está autorizado a fazê-lo; ele está autorizado a não aplicar as prescrições diretas da constituição a um caso concreto. A constituição, porém, dá preferência antes à primeira que à segunda das possibilidades. Essa preferência manifesta-se no fato de um estatuto que entrou em vigor do segundo modo poder ser anulado não apenas – como um chamado estatuto "constitucional" – por um ato do órgão legislativo, mas também por ato de um órgão diverso do legislador, encarregado da revisão judicial do estatuto[21].

2. *Responsabilidade pessoal do órgão*

A mesma preferência pode também encontrar outras expressões. Se um estatuto – no que diz respeito ao procedimento da sua criação ou ao seu conteúdo – diverge do que a constituição prescreve diretamente, a constituição pode não autorizar outro órgão que não o legislador a anular esse estatuto por esse motivo, e ela pode também estabelecer que certos órgãos que participaram da criação do chamado estatuto inconstitucional, o chefe de Estado que promulgou o estatuto ou o ministro de gabinete que ratificou a promulgação, por exemplo, sejam responsabilizados e punidos por isso. A responsabilidade pessoal do órgão criador de normas pela legalidade da norma criada é

---

21. Cf. meu artigo "Judicial Review of Legislation: A Comparative Study of the Austrian and the American Constitution" (1942), 4, *J. of Politics*, 183-200.

um meio bastante eficaz de garantir a legalidade do processo criador de normas. Mas faz-se uso desse meio com menos frequência na relação entre constituição e estatuto do que na relação entre os estatutos e os regulamentos que os órgãos administrativos têm de emitir com base nos estatutos. Se o órgão administrativo decretar um regulamento ilegal, ele pode ser punido por um órgão especial com competência para verificar a legalidade dos regulamentos. Mas o chamado regulamento "ilegal" pode ser abolido apenas do modo normal, não pelo ato de um órgão especial encarregado da revisão dessas normas. Se a ordem jurídica prescrever apenas uma responsabilidade pessoal do órgão criador de normas pela constitucionalidade ou legalidade da norma criada pelo órgão responsável, e não a possibilidade de anular a chamada norma inconstitucional ou ilegal, então o ato de criar um estatuto "inconstitucional" ou um regulamento ilegal é um delito, porque é a condição de uma sanção; mas esse delito dá origem a uma norma válida. Tal estado de coisas é politicamente indesejável, é verdade, e, ordinariamente, a ordem jurídica torna possível a anulação de uma norma criada por um ato ilegal. Na verdade, porém, às vezes ocorre que a ordem jurídica deixa de tomar tais medidas. Evidentemente, então, a ordem jurídica autoriza o órgão criador de normas a criar normas inferiores, não apenas do modo diretamente determinado pela norma superior, mas também de outro modo que o próprio órgão competente para criar normas pode escolher. A ordem jurídica, é verdade, tenta impedir a criação de normas desse segundo modo vinculando a ele uma sanção. Se, contudo, o órgão responsável escolhe esse modo, ele está sujeito a uma sanção, mas cria Direito. *Ex injuria jus oritur.* A tese contrária, *ex injuria non oritur*, é uma regra não desprovida de importantes exceções. O roubo pode dar origem à propriedade; a revolução pode criar uma nova constituição. Um ato criador de norma pode – excepcionalmente – ter o caráter de delito.

d. *Res judicata* (Força de Direito)

A relação entre o estatuto ou uma regra geral de Direito consuetudinário e uma decisão judicial pode ser interpretada do mesmo modo. A decisão judicial cria uma norma individual que deve ser considerada válida e, portanto, jurídica, contanto que não tenha sido anulada, da maneira prescrita pelo Direito, por ter sido a sua "ilegalidade" verificada pelo órgão competente. O Direito não apenas decreta que o tribunal deve observar um determinado procedimento para chegar à sua decisão e que a decisão deve ter um determinado conteúdo; o Direito também prescreve que uma decisão judicial que não se conforma a essas estipulações diretas deverá permanecer em vigor até que seja abolida pela decisão de outro tribunal por meio de certo procedimento, por ser "ilegal". Esse é o modo ordinário de se anular uma decisão judicial, ao passo que um estatuto, por causa da sua "inconstitucionalidade", não é anulado de modo ordinário, *i.e.*, por outro estatuto, mas de modo extraordinário, a saber, por via de revisão judicial. Caso se esgote esse procedimento, ou se tal procedimento não foi estabelecido, então existe *res judicata*. Em relação à norma superior, a norma inferior possui a força de Direito. Desse modo, a determinação da norma inferior pela superior tem, na relação entre a norma individual da decisão judicial e a norma geral de Direito estatutário ou consuetudinário determinando essa decisão, o caráter de uma prescrição alternativa. Se a decisão judicial, que é a norma inferior, corresponde à primeira das duas alternativas, que a norma superior apresenta, ou seja, se o órgão – a saber, um tribunal superior – competente para verificar a conformidade da norma inferior à superior não julga aquela ilegal, ou se nenhum teste de legalidade da norma inferior for estabelecido, esta (a decisão judicial) tem – por assim dizer – validade plena, ou seja, não pode ser anulada. Caso corresponda à segunda alternativa, ela tem – por assim dizer – apenas uma validade restrita, e isso significa que ela pode, por esse motivo, ser anulada pelo ato especial de um órgão normalmente diverso do órgão que criou a norma inferior e competente para verificar a conformidade da norma inferior à superior. Não existe uma terceira possibilidade: uma regra que não pode ser anulada desse modo deve ser ou uma norma plenamente válida, ou então não ser, em absoluto, uma norma.

e. **Nulidade e anulabilidade**

O princípio geral que está à base dessa visão pode ser formulado da seguinte maneira: uma norma jurídica é sempre válida, não pode ser nula, mas pode ser anulada. Existem, contudo, diferentes graus de anulabilidade. A ordem jurídica pode autorizar um órgão especial a declarar uma norma nula, ou seja, anular a norma com força retroativa, de modo que os efeitos jurídicos, previamente produzidos pela norma, possam ser abolidos. Isso é geralmente – mas não corretamente – caracterizado pela afirmação de que a norma era nula *ab initio* ou que foi declarada "írrita e nula". A "declaração" em questão tem, contudo, caráter não declaratório, mas constitutivo. Sem essa declaração do órgão competente, a norma não pode ser considerada nula. A ordem jurídica pode autorizar não apenas um órgão especial, mas todo sujeito a declarar uma norma jurídica, isto é, algo que se apresenta como norma jurídica, como não sendo norma jurídica alguma; e isso quer dizer: a ordem jurídica pode autorizar todo sujeito a anular uma norma jurídica mesmo com força retroativa. O que geralmente se chama nulidade é apenas o grau mais alto de anulabilidade, o fato de que todo sujeito, e não apenas um órgão especial, está autorizado a anular a norma[22].

No Direito nacional moderno, a nulidade, como o grau mais elevado da anulabilidade, está praticamente excluída. Um estado em que todos estão autorizados a declarar toda norma, ou seja, tudo o que se apresenta como norma, como sendo nula, é quase que um estado de anarquia. Ele é característico de uma ordem jurídica primitiva que não institui órgãos especiais com competência para criar e aplicar Direito. Tal ordem jurídica

---

22. A teoria de nulidade *ab initio* não é geralmente aceita. Cf., por exemplo, juiz Hughes em *Chicot County Drainage District v. Baxter State Bank*, 308 U.S., 371 (1940). A melhor formulação do problema encontra-se em *Wellington et al. Petitioners*, 16 Pick, 87 (Mass., 1834), em 96: "Talvez, porém, seja muito bem possível duvidar de que um ato formal de legislação possa, alguma vez, com propriedade jurídica estrita, ser considerado nulo; parece mais coerente com a natureza do assunto, e os princípios aplicáveis a casos análogos, tratá-lo como anulável".

primitiva, ou seja, completamente descentralizada, é o Direito internacional geral. Aqui todo sujeito ou, mais corretamente, todo Estado, tem competência para decidir se, num dado caso, uma norma, ou seja, algo que se apresenta como norma, é válida ou não. Esta é, naturalmente, uma situação bastante insatisfatória. O Direito nacional moderno, que tem o caráter de ordem relativamente centralizada ou, o que redunda no mesmo, é Direito estatal, reserva a órgãos especiais a competência para declarar uma norma como nula, isto é, para anular uma norma. O que é possível praticamente dentro de uma ordem jurídica é, quando muito, que todos estejam autorizados a considerar uma norma jurídica como nula, mas sob o risco de ter a sua conduta, caso ela seja contrária à norma, considerada pelo órgão competente como delito, desde que o órgão competente não confirme a opinião do sujeito quanto à invalidade da norma.

Isso não significa que tudo o que se apresenta como uma norma seja juridicamente uma norma, embora uma norma anulável. Existem, é verdade, casos em que algo que se apresenta como uma norma não é absolutamente norma alguma, é nula *ab initio*, casos de nulidade absoluta caracterizados pelo fato de não ser necessário nenhum procedimento jurídico para anulá-los. Esses casos, porém, encontram-se além do sistema jurídico.

Qual é a diferença entre uma norma anulável e algo que se apresenta como norma, mas que não é norma, que é nulo *ab initio*? Sob que condições algo que se apresenta como uma norma é nulo *ab initio*, e não uma norma que tem de ser anulada num procedimento jurídico? Apenas a própria ordem jurídica pode responder a essa questão. Uma ordem jurídica pode declarar, por exemplo, que algo que se apresenta como norma é nulo *ab initio*, se essa suposta norma não foi emitida pelo órgão competente, ou se foi emitida por um indivíduo que não tem qualquer competência para emitir normas jurídicas, que não tem sequer a qualidade de órgão. Caso a ordem jurídica viesse a determinar as condições sob as quais algo que se apresenta como norma é nulo *ab initio* de modo que ela não precisasse ser anulada por um procedimento jurídico, a ordem jurídica ainda teria de determinar um procedimento cujo propósito seria averiguar se essas condições são ou não concretizadas num dado caso, se a norma em questão foi ou não realmente emitida por um órgão incompetente ou por um indivíduo não competente para emitir normas jurídicas etc. A decisão tomada pela autoridade competente de que algo que se apresenta como norma é nulo *ab initio* porque preenche as condições de nulidade determinadas pela ordem jurídica é um ato constitutivo; ele tem um efeito jurídico definido, fora e antes desse ato, o fenômeno em questão não pode ser considerado "nulo". Portanto, a decisão não é "declaratória", ou seja, ela não é, da maneira como se apresenta, uma declaração de nulidade; ela é uma anulação verdadeira, uma anulação com força retroativa. Deve existir algo juridicamente existente ao qual essa decisão se refere. Daí o fenômeno em questão não poder ser algo nulo *ab initio*, ou seja, juridicamente nada. Ele tem de ser considerado uma norma anulada com força retroativa pela decisão que a declara nula *ab initio*. Do mesmo modo em que tudo o que era tocado pelo rei Midas tornava-se ouro, tudo a que se refere o Direito torna-se Direito, *i.e.*, algo juridicamente existente. O caso de nulidade absoluta está fora do Direito.

f. Nenhuma contradição entre uma norma inferior e uma superior

O caráter alternativo da norma superior que determina a norma inferior impede qualquer real contradição entre a norma superior e a inferior. Uma contradição com a primeira das duas prescrições alternativas da norma superior não é uma contradição com a própria norma superior. Além disso, a contradição entre a norma inferior e a primeira das duas alternativas apresentadas pela norma superior é relevante apenas conforme determinado pela autoridade competente. Qualquer outra opinião referente à existência de uma contradição que não a dessa autoridade é juridicamente irrelevante. A autoridade competente estabelece a existência jurídica de tal contradição anulando a norma inferior.

A "inconstitucionalidade" ou "ilegalidade" de uma norma que, por um motivo ou outro, tem de ser pressuposta como válida significa, assim, ou a possibilidade de esta ser anulada (do modo ordinário, se for uma decisão judicial, de outro modo, que não o ordinário, se for um estatuto), ou a possibilidade de ser nula. Sua nulidade significa a negação da sua existência pela cognição jurídica. Não pode ocorrer qualquer contradição entre duas normas de diferentes níveis da ordem jurídica. A unidade da ordem jurídica nunca pode ser ameaçada por qualquer contradição entre uma norma superior e uma inferior na hierarquia do Direito.

XII. Jurisprudência normativa e sociológica

A. A JURISPRUDÊNCIA SOCIOLÓGICA NÃO É A ÚNICA CIÊNCIA DO DIREITO

Fazendo-se o devido desconto à tautologia, a teoria do Direito aqui apresentada é uma teoria jurídica. Ela mostra o Direito como sendo um sistema de normas válidas. O seu objeto são as normas, gerais e individuais. Ela considera fatos apenas na medida em que eles sejam, de um modo ou de outro, determinados por normas. Os enunciados com os quais a nossa teoria descreve o seu objeto são, portanto, não enunciados sobre o que é, mas enunciados sobre o que deve ser. Nesse sentido, a teoria também pode ser denominada uma teoria normativa.

Desde, mais ou menos, o início do século, tem-se feito sentir a necessidade de outra teoria do Direito. Pede-se uma teoria que descreva o que as pessoas efetivamente fazem, e não o que devem fazer, assim como a física descreve os fenômenos naturais. Através da observação da vida social efetiva, pode-se e deve-se – como se afirma – obter um sistema de regras que descreva a conduta humana efetiva que constitui o fenômeno do Direito. Essas regras são do mesmo tipo que as leis da natureza por meio das quais a ciência natural descreve o seu objeto. Exige-se uma sociologia do Direito que descreva o Direito em termos de "regras gerais", não de regras de dever ser ou "regras de papel". Fala-se dessa teoria do Direito também como "jurisprudência realista"[1].

---

1. É assim que o exprime um dos mais ilustres expoentes dessa teoria: Karl N. Llewellyn, "A Realistic Jurisprudence — The Next Step" (1930), 30, *Col. L. Rev.*, 447 S.

Será investigado mais tarde se tal teoria sociológica ou realista do Direito é possível ou não. Mas se tal teoria é possível, ainda assim não seria a única "ciência" do Direito possível, como parecem crer muitos dos seus defensores. Tal crença só pode surgir caso se identifique ciência com ciência natural e caso se considere a sociologia em geral e o Direito em particular meramente como partes da natureza. Essa identificação é ainda mais fácil, já que a moderna ciência natural não mais interpreta a conexão entre causa e efeito, estabelecida nas leis pelas quais essa ciência descreve o seu objeto, como uma relação de necessidade absoluta, mas apenas como uma relação de probabilidade. Contudo, mesmo que seja possível descrever o fenômeno do Direito em termos de tais leis, uma jurisprudência normativa tendo como objeto uma análise estrutural do Direito como sistema de normas válidas também é possível, assim como indispensável. Durante dois mil anos, esta tem sido, de fato, a única abordagem intelectual do fenômeno do Direito, além da abordagem puramente histórica; e não há nenhum fundamento razoável pelo qual devamos negar o nome de "ciência" a essa tradição contínua de tratamento intelectual do Direito.

B. A JURISPRUDÊNCIA NORMATIVA COMO CIÊNCIA EMPÍRICA E DESCRITIVA DO DIREITO

Também é falso caracterizar a jurisprudência sociológica como uma disciplina "empírica" ou "descritiva" em contraposição à jurisprudência normativa como "não empírica" ou "prescritiva". A conotação do termo "empírico" é associada à oposição entre experiência e metafísica. Uma descrição analítica do Direito positivo como sistema de normas válidas não é, contudo, menos empírica que a ciência natural restrita a um material fornecido pela experiência. Uma teoria do Direito perde o seu caráter empírico e torna-se metafísica apenas se for além do Direito positivo e fizer enunciados sobre algum pretenso Direito natural. A teoria do Direito positivo é paralela à ciência natural empírica, e a doutrina do Direito natural é paralela à metafísica.

Como qualquer outra ciência empírica, a jurisprudência normativa descreve o seu objeto particular. Mas o seu objeto são normas, e não padrões de conduta efetiva. Os enunciados por meio dos quais ela descreve as normas em sua conexão específica dentro de uma ordem jurídica não são, eles próprios, normas. Apenas as autoridades criadoras de Direito podem emitir normas. Os enunciados de dever ser nos quais o teórico do Direito expõe as normas têm uma significação meramente descritiva; eles, por assim dizer, reproduzem descritivamente o "dever ser" das normas. É da maior importância distinguir as normas jurídicas, produtos do processo criador de Direito, que são o objeto da jurisprudência, dos enunciados de jurisprudência. A terminologia tradicional mostra uma perigosa inclinação para confundi-los e para identificar o Direito com a ciência do Direito. Muitas vezes fala-se de "Direito" quando aquilo a que se faz referência é apenas certa doutrina jurídica. Esse aspecto de nossa terminologia não é desprovido de um fundo político; ele se relaciona com a pretensão da jurisprudência de ser reconhecida como fonte do Direito – uma pretensão que é caraterística da doutrina do Direito natural, mas irreconciliável com os princípios do positivismo jurídico.

Os enunciados com os quais a jurisprudência normativa descreve o Direito são diferentes dos enunciados com que a sociologia do Direito descreve os seus objetos. Aqueles são enunciados de dever ser, e estes são enunciados de ser do mesmo tipo que as leis da natureza. Mas existe certa analogia entre os enunciados com que a jurisprudência normativa descreve o Direito e as leis da natureza. Os enunciados da jurisprudência são, como as leis da natureza, enunciados hipotéticos gerais. A diferença encontra-se no sentido em que a consequência é relacionada com a condição. Uma lei da natureza diz que se um evento A (a causa) ocorre, então um evento B (o efeito) também ocorre. Um enunciado jurídico, a regra jurídica usada num sentido descritivo, diz que se um indivíduo A se conduz de uma determinada maneira, então outro indivíduo B deve se conduzir de outra determinada maneira. A diferença entre ciência natural e jurisprudência normativa não consiste na estrutura lógica dos enunciados com os quais ambas as ciências descrevem os seus respectivos objetos, mas no sentido específico da descrição. Nos enunciados da ciência natural, nas leis da natureza, a condição se relaciona com a consequência por meio de um "é"; nos enunciados da jurisprudência normativa, nas regras de Direito, o termo sendo usado num sentido descritivo, a condição se relaciona com a consequência por meio de um "deve".

Num artigo que é uma das primeiras contribuições da jurisprudência sociológica americana[2], Joseph W. Bingham observou: "Se devemos encarar o Direito como um campo de estudo análogo ao de qualquer ciência, devemos observá-lo a partir da posição do professor de Direito, do estudante de Direito, do investigador jurídico ou do advogado empenhado em investigar as autoridades para determinar o que é o Direito. Esses homens não estão atuando diretamente como parte do mecanismo do governo. O seu estudo não é parte dos fenômenos externos que compõem o campo do Direito. Eles estão estudando esse campo de fora e, portanto, a partir de uma posição que lhes dará uma visão inteiramente objetiva e menos confusa". Este é exatamente o ponto de vista da jurisprudência normativa. A jurisprudência normativa também aborda o Direito "de fora" e tenta conseguir uma visão "inteiramente objetiva" do Direito. Mas a teoria jurídica esforça-se para compreender o significado específico das regras jurídicas, que são criadas e aplicadas pelos órgãos da comunidade jurídica, o sentido com o qual essas regras são dirigidas aos indivíduos cuja conduta elas regulam. Esse sentido é expressado por meio do "dever ser". Bingham e outros representantes da jurisprudência sociológica acreditam que o Direito pode ser descrito "a partir de um ponto de vista externo" apenas por meio de regras que têm o mesmo caráter que as leis da natureza. Isso é um erro. A jurisprudência normativa descreve o Direito a partir de um ponto de vista externo, embora os seus enunciados sejam enunciados de dever ser.

---

2. Joseph W. Bingham, "What is the Law?" (1912), 11, *Mich. L. Rev.*, 10.

C. A PREVISÃO DA FUNÇÃO JURÍDICA

a. A distinção de T. H. Huxley entre a "Lei dos homens" e a lei da natureza

Admitindo que é da essência das leis causais tornar previsões possíveis, os defensores de uma jurisprudência sociológica sustentam que é tarefa do jurista prever a conduta dos membros da sociedade de acordo com regras "reais", exatamente como o físico tem de prever os movimentos futuros de um corpo de acordo com leis da natureza. T. H. Huxley[3] acreditava que as regras jurídicas fossem similares às leis da natureza. "Uma lei dos homens", diz ele, "nos informa o que podemos esperar que a sociedade faça sob certas circunstâncias, e uma lei da natureza nos informa o que podemos esperar que os objetos naturais façam sob certas circunstâncias. Cada uma delas contém informações dirigidas à nossa inteligência." Parece questionável dizer que as leis da natureza pressupõem realmente previsões de eventos futuros, em vez de serem simplesmente explicações de eventos presentes por meio de eventos passados. Tais previsões são possíveis apenas sob o pressuposto cientificamente infundado de que o passado se repetirá no futuro. Por meio de uma lei da natureza, fazemos um enunciado sobre a nossa experiência, e a nossa experiência acha-se no passado, não no futuro. Isto, contudo, é irrelevante. Na verdade, fazemos uso das leis da natureza que acreditamos ter descoberto de modo a tentar prever o futuro, supondo que as coisas reagirão no futuro exatamente como reagiram no passado. Ao caracterizar as "leis dos homens" como enunciados sobre o que a sociedade fará no futuro, Huxley não pode ter em mente as leis criadas pelas autoridades jurídicas. Elas não constituem informações dirigidas à nossa inteligência, mas prescrições dirigidas à nossa vontade. Os enunciados pelos quais a jurisprudência normativa descreve o Direito constituem, é verdade, informações dirigidas à nossa inteligência. Mas eles nos infor-

---

3. T. H. Huxley, *Introductory* (Science Primers, 1882), 12 s.

mam não o que os membros da sociedade farão, mas o que devem fazer – segundo as normas jurídicas.

Huxley assinala "que as leis da natureza não são as causas da ordem da natureza, mas apenas o nosso modo de enunciar tanto quanto conseguimos compreender dessa ordem. As pedras não caem no chão em consequência da lei (de que qualquer coisa pesada cai no chão caso não tenha suporte), como às vezes as pessoas desanimadamente dizem; mas a lei é um modo de declarar que tal invariavelmente ocorre quando corpos pesados, na superfície da Terra, as pedras entre eles, têm liberdade para se mover". Isto é correto, mas Huxley está errado ao prosseguir: "Na verdade, as leis da natureza são, nesse aspecto, similares às leis que os homens fazem para a orientação da sua conduta recíproca. Existem leis sobre o pagamento de impostos, e existem leis contra o roubo e o assassinato. Mas a lei não é a causa do pagamento dos impostos pelo homem, nem é a causa da sua abstenção do roubo e do assassinato. A lei é simplesmente um enunciado do que acontecerá a um homem caso ele não pague os seus impostos ou cometa roubo ou assassinato". Huxley confunde a lei como norma jurídica e a regra de Direito usando o termo num sentido descritivo. Se a norma jurídica, decretada pelo legislador, estabelece sanções, e se tal "lei" se torna o conteúdo da consciência do homem, ela pode muito bem se tornar uma motivação para a sua conduta, e portanto, uma causa do pagamento dos seus impostos ou da sua abstenção do roubo. Um legislador decreta normas apenas porque acredita que essas normas, como motivações na mente dos homens, são capazes de induzi-lo à conduta desejada pelo legislador[4].

---

4. W. A. Robson, *Civilisation and the Growth of Law* (1935), 339: "As leis jurídicas... pressupõem um elemento voluntário nas atividades às quais se relacionam e são, até certo ponto, criadas com o propósito expresso de produzir no mundo real relações que, caso contrário, não existiriam".

b. O conceito de jurisprudência como profecia de O. W. Holmes e B. N. Cardozo

O juiz Oliver Wendel Holmes também considera a tarefa da jurisprudência prever o que os órgãos da sociedade, especialmente os tribunais, farão. No famoso artigo "The Path of the Law", ele explica: "As pessoas querem saber sob que circunstâncias e até que ponto correrão o risco de ir contra o que é tão mais forte que elas mesmas, e, portanto, torna-se um objetivo descobrir quando esse perigo deve ser temido. O objeto do nosso estudo, então, é previsão, a previsão da incidência da força pública através do instrumento dos tribunais"[5]. Assim, a sua definição de Direito, que é verdadeiramente uma definição da ciência do Direito, é: "As profecias do que os tribunais farão, de fato, e nada de mais pretensioso, são o que quero designar como Direito"[6]. Em conformidade com essa visão, ele define os conceitos de dever e direito do seguinte modo: "Os direitos e deveres primários com os quais se ocupa a jurisprudência, novamente, nada mais são que profecias"[7]. "Um dever jurídico propriamente dito nada mais é que uma previsão do que, se um homem fizer ou se abstiver de certas coisas, ele terá de sofrer, dessa ou daquela maneira, por meio do tribunal; e um direito jurídico pode ser definido de modo semelhante"[8]. "O dever de manter um contrato no Direito comum significa uma previsão de que você terá de pagar os danos caso não o mantenha, e nada mais"[9]. O juiz B. N. Cardozo defende a mesma visão. Ele diz: "O que nos permite dizer que os princípios são Direito é a força ou a persuasividade da previsão de que eles serão ou devem ser aplicados"[10]. "Concordaremos ao conside-

---

5. O. W. Holmes, *Collected Legal Papers* (1920), 167.
6. O. W. Holmes, *Collected Legal Papers*, 173.
7. O. W. Holmes, *Collected Legal Papers*, 168
8. O. W. Holmes, *Collected Legal Papers*, 169
9. O. W. Holmes, *Collected Legal Papers*, 175
10. Benjamin N. Cardozo, *The Growth of the Law* (1924), 43. Somente a afirmação de que um princípio "será" aplicado, não a afirmação de que "deve" ser aplicado, é uma previsão.

rar como Direito aquele corpo de princípio e dogma que, com um razoável grau ou probabilidade, pode ser previsto como base de julgamento em controvérsias pendentes e futuras. Quando a previsão alcança um alto grau de certeza ou segurança, falamos do Direito como determinado, apesar de que, não importa quão grande seja a aparente determinação, a possibilidade de erro na previsão está sempre presente. Quando a previsão não alcança um padrão tão alto, falamos do Direito como duvidoso ou incerto"[11]. Cardozo concorda com a afirmação de Wu: "Psicologicamente, o Direito é uma ciência de previsão *par excellence*"[12]. À questão: "Por que declaramos que certa regra é um regra de Direito?". Cardozo responde: "Nós o fazemos porque a observação dos casos registrados... induz a uma crença que tem a certeza da convicção de que a regra será levada a efeito como lei pelas agências do governo". E ele acrescenta: "Como no processo da natureza, damos o nome de lei à uniformidade de sucessão"[13]. Cardozo, como Huxley, considera a regra de Direito como um tipo de lei da natureza.

D. O SIGNIFICADO ESPECÍFICO DE UM ENUNCIADO JURÍDICO

Pode-se demonstrar facilmente que o significado que os juristas vinculam aos conceitos de dever jurídico e direito jurídico não é uma previsão da conduta futura dos tribunais. O fato de um tribunal ordenar certa sanção contra um indivíduo acusado de certo delito depende de várias circunstâncias, mais especialmente da capacidade do tribunal para estabelecer que o indivíduo cometeu o delito. A decisão do tribunal pode ser prevista, quando muito, apenas com certo grau de probabilidade.

---

11. Benjamin N. Cardozo, *The Growth of the Law*, 44.
12. John C. H. Wu, "The Juristic Philosophy of Mr. Justice Holmes" (1923), 21, *Mich. L. Rev.*, 523 a 530.
13. Benjamin N. Cardozo, *The Growth of the Law*, 40.

Ora, pode ocorrer, por exemplo, que alguém cometa um assassinato de um modo que torne altamente improvável o estabelecimento da culpa pelo tribunal. Segundo a definição de Direito do juiz Holmes, se o acusado consultar um advogado sobre "o que os tribunais, de fato, farão", o advogado teria de responder ao assassino: "É improvável que o tribunal o condene; é bastante provável que o tribunal o absolva." Mas esse enunciado seria equivalente ao enunciado: "Não existia nenhum dever jurídico de não matar"? Certamente não. A significação do enunciado: "A está juridicamente obrigado a certa conduta" não é "é provável que o tribunal decrete uma sanção contra A", mas: "Se um tribunal estabelece que A se conduziu de maneira contrária, então ele deve ordenar uma sanção contra A". O advogado só fornece informação jurídica se der ao assassino uma resposta desse tipo. A existência de um dever é a necessidade jurídica, não a probabilidade real de uma sanção. Da mesma maneira, Direito significa a possibilidade jurídica de causar uma sanção, não a probabilidade de que alguém vá causá-la.

E. NENHUMA PREVISÃO DA FUNÇÃO LEGISLATIVA

A definição de Holmes do Direito como "as profecias do que os tribunais farão, de fato" é certamente inadequada nos casos em que o tribunal atua como legislador e cria Direito substantivo para o caso em questão sem estar obrigado por nenhum Direito substantivo preexistente. Prever com um grau razoável de probabilidade o que fará um tribunal que atua como legislador é tão impossível quanto prever com um grau razoável de probabilidade que leis um corpo legislativo aprovará. Cardozo tenta interpretar esse caso como um em que a previsão alcança apenas um grau muito baixo de probabilidade. Ele diz: "Bem mais abaixo" – do ponto em que a previsão não alcança nem mesmo um padrão em que se possa falar de Direito duvidoso – "encontra-se o ponto de fuga onde o Direito não existe, e deve ser criado, se é que o deve, por um ato de livre criação"¹⁴. Contudo, o Direito que veio a existir por meio de um ato de livre "criação" também é Direito, apesar de ser evidentemente um Direito imprevisível. Esse Direito também é um objeto da ciência do Direito, e um muito importante, senão o mais importante, já que todas as regras gerais do Direito estatutário ou do consuetudinário, e uma parte considerável do Direito criado por juiz, são produto da "livre criação" e, portanto, imprevisíveis. Apenas caso se restrinja a visão de Direito à atividade ordinária dos tribunais, ou seja, à sua função aplicadora de Direito, é que se pode ser levado à definição da ciência do Direito – não do Direito – como uma "ciência de previsão".

F. O DIREITO NÃO É UM SISTEMA DE DOUTRINAS (TEOREMAS)

Evidentemente, as regras preexistentes que os tribunais aplicam nas suas decisões não são "profecias do que os tribunais farão de fato". A regra que um juiz aplica a um caso concreto não diz ao juiz como ele efetivamente irá decidir, mas como ele deve decidir. O juiz não recorre ao Direito em busca de uma resposta à questão do que ele efetivamente fará, mas em busca de uma resposta à questão do que ele deve fazer. O significado subjetivo de uma regra à qual um indivíduo deseja conformar a sua conduta, que ele se sente obrigado a aplicar ou obedecer, só pode ser um "deve", não um "é". Uma regra que estabelece que algo é, ou será, não tem nada a dizer a um indivíduo que deseja saber como ele deve se conduzir. Uma regra que expressa como os indivíduos sujeitos à ordem jurídica habitualmente se conduzem, ou como os tribunais predominantemente decidem disputas, não daria ao indivíduo ou ao juiz a informação que eles estão pedindo. O oposto parece ser o caso apenas porque, consciente ou inconscientemente, presumimos que devemos nos conduzir como as pessoas habitual-

---

14. Cardozo, *Growth of the Law*, 40.

mente se conduzem, ou que um tribunal deve decidir como os tribunais em geral decidem, porque pressupomos uma norma que institui o costume como um fato criador de Direito. É essa norma que o tribunal aplica ou obedece quando deseja saber como as pessoas habitualmente se conduzem ou como os tribunais geralmente tomam decisões. A lei da natureza: "Se um corpo é aquecido, ele se expande" não pode ser "aplicada" ou "obedecida". Só pode ser "aplicada" ou "obedecida" a prescrição de que, se você deseja expandir um corpo, tem de aquecê-lo. Uma prescrição técnica pode ser aplicada ou obedecida, não uma doutrina de ciência natural. O Direito que os tribunais aplicam não é um tratado científico descrevendo fatos reais. Não é um sistema de teoremas que são produto da cognição científica, mas um conjunto de prescrições que regulam a conduta dos sujeitos e órgãos da comunidade jurídica, um sistema de normas que são produtos de atos de vontade. Este é o sentido com que o Direito é dirigido aos tribunais. É este sentido que a jurisprudência normativa representa.

G. A DIFERENÇA ENTRE OS ENUNCIADOS DE UMA JURISPRUDÊNCIA NORMATIVA E DE UMA JURISPRUDÊNCIA SOCIOLÓGICA

Para prever o que os tribunais farão, uma jurisprudência sociológica teria de estudar a conduta efetiva dos tribunais a fim de obter as regras "reais" que de fato determinam a conduta dos tribunais. *A priori* parece perfeitamente possível que essas regras gerais, abstraídas pela sociologia da conduta efetiva dos tribunais, possam ser bem diferentes das normas gerais criadas por legislação e costume, descritas pela jurisprudência normativa em enunciados de dever ser; diferentes não apenas no que diz respeito ao sentido dos enunciados, mas também no que diz respeito ao seu conteúdo. Pode ser que, de acordo com as regras "reais" estabelecidas pela sociologia, os tribunais exibam uma conduta totalmente diferente daquela que deveriam exibir de acordo com as regras de "papel" descritas pela jurisprudência normativa.

Não podemos ter certeza, *a priori*, de que os padrões de conduta que a sociologia demonstra como sendo efetivamente vigentes entre os tribunais serão idênticos aos que as normas jurídicas prescrevem. Caso se fosse acreditar nos defensores da jurisprudência sociológica, ter-se-ia mesmo de esperar que, em certas circunstâncias, os tribunais se conduziriam de modo inteiramente diverso do prescrito pelas normas que, de acordo com a jurisprudência normativa, são obrigatórias para os tribunais. Tal não é, porém, o caso. O motivo é que a jurisprudência normativa afirma a validade de uma norma, e isso significa a sua "existência" apenas quando essa norma pertence à ordem jurídica que é eficaz como um todo, *i.e.*, quando as normas dessa ordem são, de um modo geral, obedecidas pelos sujeitos da ordem e, caso não obedecidas, são aplicadas, de um modo geral, pelos seus órgãos. As normas que a jurisprudência normativa considera válidas são normas ordinariamente obedecidas ou aplicadas. As normas com que a jurisprudência sociológica descreve o Direito, os enunciados de ser que preveem o que os tribunais efetivamente farão sob certas circunstâncias diferem, portanto, dos enunciados de dever ser, das regras jurídicas com que a jurisprudência normativa descreve o Direito, apenas quanto ao sentido em que condições e consequências são relacionadas. Nas mesmas condições em que, segundo a jurisprudência sociológica, os tribunais efetivamente se conduzem de certo modo e provavelmente o farão no futuro, segundo a jurisprudência normativa, os tribunais devem se conduzir da mesma maneira. Na interpretação da jurisprudência normativa, o enunciado "um sujeito A está juridicamente obrigado a se conduzir de certo modo" significa que, caso A não se comporte dessa maneira, um órgão X da comunidade deve executar uma sanção contra A. Tal como interpretado pela jurisprudência sociológica, o enunciado "A está obrigado a se conduzir de certo modo" significa que, caso A não se conduza dessa maneira, um órgão X da comunidade provavelmente executará uma sanção contra A. Contudo, a jurisprudência normativa supõe que um órgão da comunidade deve executar uma sanção apenas se a norma que prescreve a sanção pertence a uma ordem jurídica eficaz. O fato de uma norma pertencer a uma ordem eficaz, por sua vez, subentende a probabilidade de o órgão efetivamente aplicar a sanção.

O enunciado "um sujeito A tem direito de exigir certa conduta de outro sujeito B" é interpretado pela jurisprudência normativa como significando que, no caso de B deixar de observar a conduta em questão, e A mover uma ação contra B, um órgão X da comunidade deve executar uma sanção contra B (ou, que o sujeito A tem a possibilidade jurídica de acionar o procedimento jurídico que leva a uma sanção contra B). Na interpretação da jurisprudência sociológica, o enunciado jurídico "um sujeito A tem direito de exigir certa conduta de outro sujeito B" significa que existe certa possibilidade de que um órgão X da comunidade execute uma sanção contra B, baseado numa ação judicial de A, no caso de B não observar a conduta em questão (ou, que o sujeito tem uma possibilidade real de acionar a engrenagem coercitiva do Estado contra B). Novamente, contudo, a jurisprudência normativa sustenta que A tem a possibilidade jurídica de acionar uma sanção contra B apenas se A tem a possibilidade real de fazê-lo. Essa é a consequência inevitável do fato de que uma ordem jurídica é aceita como válida pela jurisprudência normativa apenas se a ordem for eficaz como um todo, *i.e.*, apenas se existir certo grau de probabilidade de que as sanções estipuladas pela ordem serão efetivamente levadas a cabo sob as circunstâncias antecipadas pela ordem.

H. ELEMENTOS SOCIOLÓGICOS NA JURISPRUDÊNCIA ANALÍTICA DE AUSTIN

Na verdade, a diferença entre as definições jurídicas e as sociológicas de dever e direito é tão sutil que ocasionalmente nos deparamos com Austin empregando as definições sociológicas sem se dar conta de ter abandonado o seu método jurídico específico. Ele define o dever jurídico como a "possibilidade" de incorrer no mal da sanção. O próprio Austin explica:

"Quanto maior o mal, e quanto maior a possibilidade de nele incorrer, maior é a eficácia do comando, e maior é a força da obrigação: ou (substituindo por expressões exatamente equivalentes), maior é a *possibilidade* de que o comando seja obedecido, e de que o dever não seja quebrado. Mas onde existe a menor possibilidade de incorrer no menor mal, a expressão de um desejo equivale a um comando e, portanto, impõe um dever. A sanção, se assim o deseja, é débil ou insuficiente, mas ainda assim, *existe* uma sanção e, portanto, um dever e um comando"[15]. Essa definição de dever jurídico está plenamente de acordo com as exigências da jurisprudência sociológica. Na que talvez seja a mais importante tentativa de fundação da sociologia do Direito, em Max Weber, encontramos, de fato, definições que concordam com a de Austin até mesmo na escolha de palavras. Max Weber[16] diz: "A significação sociológica do fato de alguém ter, de acordo com a ordem jurídica do Estado, um direito jurídico, é a de que ele tem uma possibilidade, efetivamente garantida por uma norma jurídica, de solicitar o auxílio da engrenagem coercitiva para a proteção de certos interesses (ideais ou materiais)". Max Weber não deu qualquer definição sociológica do dever jurídico. Mas não há dúvida sobre como seria a sua interpretação sociológica desse conceito. Adaptando ligeiramente a definição de direito jurídico dada acima, obtemos a seguinte definição do fato de um indivíduo estar juridicamente obrigado a certa conduta: "Existe uma possibilidade, efetivamente garantida pela ordem jurídica, de que a engrenagem coercitiva do Estado será acionada contra o indivíduo no caso de conduta contrária". Essencialmente, isso equivale à explicação de Austin de que existe uma "possibilidade" de incorrer na sanção com que o comando jurídico ameaça.

---

15. 1, Austin, *Lectures on Jurisprudence* (5ª ed., 1885), 90.
16. Max Weber, *Wirtschaft und Gesellschaft* (Grundriss der Sozialökonomik, III. Abt., 1922), 371.

I. PREVISIBILIDADE DA FUNÇÃO JURÍDICA E EFICÁCIA DA ORDEM JURÍDICA

A partir do ponto de vista de uma jurisprudência coerentemente analítica, essa formulação é incorreta e diverge da outra definição – correta – dada por Austin: "A obrigação é a sujeição a uma sanção". "Sujeito a uma sanção" significa uma possibilidade jurídica, ao passo que "possibilidade" significa uma possibilidade no domínio da realidade. Mas a diferença entre as duas definições acha-se inteiramente no sentido em que a sanção é vinculada ao delito pela norma jurídica da jurisprudência normativa e a regra "real" da jurisprudência sociológica. Os fatos que estão sendo relacionados pelos dois tipos de regras são exatamente os mesmos. O que a jurisprudência sociológica prevê que os tribunais irão decidir, a jurisprudência normativa sustenta que eles devem decidir. Se não existe nenhuma norma preexistente, no sentido da jurisprudência normativa, estando, pois, o tribunal autorizado a criar novo Direito, e se, portanto, a jurisprudência normativa não pode dizer como os tribunais devem decidir um caso concreto, então a jurisprudência sociológica pode prever a decisão do tribunal tanto quanto pode prever que leis serão aprovadas por legislador. Se existe uma norma geral de Direito consuetudinário que determina, no sentido da jurisprudência normativa, a decisão do tribunal, a previsão mais provável que pode fazer a jurisprudência sociológica parece ser a de que o tribunal decidirá em conformidade com essa norma geral de Direito consuetudinário. O conceito de Direito consuetudinário é apenas a interpretação normativa de uma regra que descreve como os sujeitos, sobretudo os tribunais, efetivamente se conduzem. Se a norma geral preexistente à qual a decisão do tribunal tem de se conformar, segundo a jurisprudência normativa, tem o caráter de Direito estatutário, dois casos devem ser considerados: a) Durante o período imediatamente seguinte à decretação do estatuto, o estatuto é sempre considerado válido, e isso quer dizer que, nesse momento, a jurisprudência normativa afirma que os tribunais devem aplicar o estatuto e decidir casos concretos como prescreve o estatuto. Nesse momento, a jurisprudência sociológica pouco pode fazer além de prever que os tribunais provavelmente aplicarão o estatuto e decidirão casos concretos como prescreve o estatuto. Dificilmente seria possível, no momento da sua decretação, prever que o estatuto não será aplicado pelos tribunais. Na medida em que a ordem jurídica como um todo mantenha a sua eficácia, na medida em que o governo tenha condições, de um modo geral, de obter obediência, de todas as possibilidades, a mais provável parece ser a de que a regulamentação emitida pelas autoridades competentes será de fato executada. As exceções estão, senão totalmente, quase que excluídas. Desse modo, logo após a decretação de um estatuto, não haverá quase que nenhuma discordância entre os resultados da jurisprudência normativa e da sociológica. b) Às vezes, os tribunais deixam de aplicar um estatuto ao qual a jurisprudência normativa confere validade. Tão logo uma consideração sociológica da conduta efetiva do judiciário tenha nos dado motivo para crer que, no futuro, os tribunais provavelmente também não aplicarão o estatuto, a jurisprudência normativa será forçada a reconhecer que a *desuetudo* privou de validade o estatuto e que, portanto, os tribunais não devem aplicar o estatuto. Mais uma vez, não existe nenhuma discrepância entre a jurisprudência sociológica e a normativa.

O que foi dito aqui a respeito da possibilidade das decisões judiciais é válido para a função de todos os órgãos aplicadores de Direito. Como já foi mencionado, a função do legislador, porém, é imprevisível. Imprevisível porque a constituição determina o conteúdo de leis futuras, quando muito, de modo negativo. As funções de uma comunidade jurídica são previsíveis apenas na medida em que são determinadas pela ordem jurídica, no sentido da jurisprudência normativa. O que a jurisprudência sociológica está apta a prever é, fundamentalmente, apenas a eficácia ou não eficácia da ordem jurídica; a sua eficácia, porém, é uma condição essencial para a sua validade, e a sua não eficácia para a sua não validade, no sentido da jurisprudência normativa. Esse é o motivo pelo qual é quase impossível qualquer discrepância entre os resultados da jurisprudência sociológica e da normativa, exceto no que diz respeito ao sentido dos seus enunciados. Não fosse a ordem jurídica, de um modo geral, eficaz, ela tampouco seria válida, no sentido da jurisprudência normativa; e então, nenhuma previsão quanto ao funcionamento dos órgãos aplicadores de Direito seria possível. O fato de a ordem jurídica ser eficaz constitui a única base para previsões possíveis. A jurisprudência sociológica não pode considerar provável qualquer outra decisão, que não aquela que a jurisprudência normativa declara como lícita.

J. IRRELEVÂNCIA DAS CIRCUNSTÂNCIAS INDIVIDUAIS

O que certo juiz decidirá num caso concreto depende, na verdade, de um grande número de circunstâncias. Investigá-las todas está fora de questão. Sem levar em consideração o fato de que, hoje, ainda estamos inteiramente desprovidos dos métodos científicos para realizar tal investigação, também por outros motivos seria impossível submeter o juiz a tal investigação antes que ele anunciasse a sua decisão. Nenhum jurista sociológico jamais pensou em empreender tamanha tolice. Todas as peculiaridades do caso concreto – o caráter do juiz, a sua disposição, a sua filosofia de vida e a sua condição física – são, é verdade, fatos essenciais para uma compreensão real dos encadeamentos causais. Mas eles não têm importância alguma para a estimativa das possibilidades quanto à decisão futura do juiz, na qual está interessada a jurisprudência sociológica. A única questão relevante é saber se o juiz aplicará o Direito – tal como descrito pela jurisprudência normativa, ou seja, como um sistema de normas válidas – num caso concreto. E a única previsão possível com base no nosso conhecimento dos fatos é a de que, na medida em que a ordem jurídica como um todo seja eficaz, existe certa possibilidade de que o juiz em questão vá efetivamente aplicar o Direito válido. Se, por um motivo ou outro, o juiz em questão deixar de fazê-lo, isso não é mais relevante para a jurisprudência sociológica do que é para a física o fato de o calor não ter expandido o mercúrio de um termômetro por este ter se quebrado acidentalmente.

K. A SOCIOLOGIA DO DIREITO E A SOCIOLOGIA DA JUSTIÇA

De um modo geral, investigar as causas da eficácia de certa ordem jurídica é, com certeza, um importante problema da sociologia. No entanto, dificilmente podemos afirmar que estamos hoje em posição de solucioná-lo. De qualquer maneira, a jurisprudência sociológica até agora não fez qualquer tentativa de responder a questões relativamente a qualquer uma das ordens jurídicas existentes. Mais ainda, nem ao menos possuímos uma descrição de uma única ordem que tenha sido efetuada de acordo com os princípios da jurisprudência sociológica. O que passa pelo nome de jurisprudência sociológica pouco mais são que postulados metodológicos.

É possível, contudo, lidar de modo bem-sucedido com problemas sociológicos específicos relacionados com o fenômeno do Direito. Se examinarmos, por exemplo, as motivações dos homens que criam, aplicam e obedecem ao Direito, encontraremos nas suas mentes certas ideologias, dentre as quais desempenha um papel especial a ideia de justiça. Trata-se de uma importante tarefa analisar criticamente essa ideologia, estabelecer uma sociologia da justiça. O problema da justiça, em virtude da sua própria natureza, encontra-se além das fronteiras de uma jurisprudência normativa confinada a uma teoria do Direito positivo; mas a crença na justiça é um objeto apropriado para a jurisprudência sociológica, talvez até mesmo o seu objeto específico. Porque, como já foi assinalado, os resultados de uma sociologia do Direito não podem diferir essencialmente daqueles da jurisprudência normativa.

L. A JURISPRUDÊNCIA SOCIOLÓGICA PRESSUPÕE O CONCEITO NORMATIVO DE DIREITO

a. Diferença entre o ato jurídico e o ato antijurídico

O valor de uma descrição de Direito positivo em termos sociológicos é ainda mais diminuído pelo fato de que a sociologia só pode definir o fenômeno do Direito, do Direito positivo de uma comunidade particular, recorrendo ao conceito de Direito tal como definido pela jurisprudência normativa. A jurisprudência sociológica pressupõe esse conceito. O objeto da jurisprudência sociológica não são normas válidas – as quais constituem o objeto da jurisprudência normativa –, mas a conduta humana. Que conduta humana? Apenas a conduta humana tal que, de um modo ou de outro, está relacionada ao "Direito". O que distingue sociologicamente tal conduta da conduta que está fora do campo da sociologia do Direito? Um exemplo pode servir para esclarecer o problema. Alguém recebe um aviso das autoridades fiscais, solicitando o pagamento de $ 10.000 de imposto de renda, ameaçando com uma sanção a omissão do pagamento. No mesmo dia, a mesma pessoa recebe um aviso do chefe de uma famigerada quadrilha exigindo que ela deposite $ 10.000 em determinado lugar, ameaçando matá-la caso ela não cumpra a exigência, e uma terceira carta, na qual um amigo pede uma grande contribuição para o seu sustento. Em que aspecto a notificação do imposto difere, sociologicamente, da carta de chantagem; em que aspecto ambas diferem da carta do amigo? É óbvio que existem três diferentes fenômenos, não apenas a partir de um ponto de vista jurídico, mas também a partir de um ponto de vista sociológico, e que a carta do amigo, pelo menos, com o seu efeito sobre a conduta do destinatário, não é um fenômeno que esteja dentro do campo da sociologia do Direito.

b. A definição de Max Weber de sociologia do Direito

Até agora, a tentativa mais bem-sucedida de definir o objeto de uma sociologia do Direito foi feita por Max Weber. Ele escreve: "Quando nos ocupamos com 'Direito', 'ordem jurídica', 'regra de Direito', devemos observar estritamente a distinção entre um ponto de vista jurídico e um sociológico. A jurisprudência pede as normas jurídicas idealmente válidas. Ou seja... qual significado normativo deverá ser vinculado a uma sentença que aparenta representar uma norma jurídica. A sociologia investiga o que efetivamente está acontecendo na sociedade porque existe certa possibilidade de que os seus membros acreditem na validade de uma ordem e adaptem [*orientieren*] a sua conduta a essa ordem"[17]. Daí, segundo essa definição, o objeto de uma sociologia do Direito é a conduta humana que o indivíduo adaptou (*orientiert*) a uma ordem porque considera essa ordem como sendo "válida"; e isso significa que o indivíduo cuja conduta constitui o objeto da sociologia do Direito considera a ordem da mesma maneira que a jurisprudência considera o Direito. Para ser o objeto de uma sociologia do Direito, a conduta humana deve ser determinada pela ideia de uma ordem válida.

c. Autoridade jurídica e *de facto*

A partir do ponto de vista da jurisprudência normativa, a ordem de pagar impostos difere da ameaça do bandido e do pedido do amigo pelo fato de apenas a ordem fiscal ter sido emitida por um indivíduo autorizado por uma ordem jurídica pressuposta como válida. A partir do ponto de vista da jurisprudência sociológica de Max Weber, a diferença é a de que o indivíduo que recebe a notificação para pagar o seu imposto interpreta esse aviso de tal modo. Ele paga o imposto considerando o comando de pagar como um ato emitido por um indivíduo autorizado por uma ordem que o contribuinte considera válida. Exteriormente, ele pode agir de modo idêntico quanto ao aviso das autoridades fiscais, a ameaça da quadrilha e a carta do amigo. Ele pode, por exemplo, pagar a quantia solicitada em todos os três casos. A partir de um ponto de vista jurídico,

---

17. Weber, *Wirtschaft und Gesellschaft*, 368.

porém, ainda existe uma diferença. Um dos pagamentos é o cumprimento de uma obrigação, e os outros não. A partir de um ponto de vista sociológico, pode-se afirmar uma diferença entre os três casos considerando o conceito jurídico de Direito tal como ele se encontra, de fato, presente nas mentes dos indivíduos envolvidos. Sociologicamente, a diferença decisiva entre os três atos é o fato de que a conduta do contribuinte é determinada – ou, pelo menos, acompanhada – pela ideia de uma ordem válida, de norma, dever, autoridade, ao passo que a sua conduta nos outros casos não é determinada ou acompanhada por tal ideia. Se a conduta, no caso da ameaça do bandido, é, de algum modo, objeto de uma sociologia do Direito, é porque ela representa um crime, juridicamente designado como chantagem. O terceiro caso, sem dúvida alguma, encontra-se fora do campo da sociologia do Direito, porque a conduta humana em questão não tem qualquer relação com a ordem jurídica como sistema de normas.

Llewellyn[18] explica que, a partir do ponto de vista de uma sociologia do Direito, "a autoridade não diz respeito a algum eflúvio de um 'sistema normativo', mas à situação básica que existe quando Jones diz 'vá', e Smith vai, distinta daquela em que Smith não vai; e o impulso da autoridade *de facto* desse tipo de atribuir-se sentida retidão ou legitimidade é considerado, novamente, como um impulso de conduta observável entre os homens em grupos". A "retidão ou legitimidade" nada mais podem ser que uma ideia que acompanha a conduta de Jones e Smith. Essa ideia também é observável. Pois observável não é apenas a conduta externa, mas também a conduta interna dos indivíduos e os sentimentos que acompanham a sua conduta externa. O psicólogo observa apenas a conduta interna, e a sociologia é, em grande parte, psicologia social. As ideias são atos psíquicos discerníveis por meio do seu conteúdo. Elas não podem ser descritas sem referência ao seu conteúdo. Os indivíduos que vivem dentro de um Estado têm uma ideia de Direito

---

18. K. N. Llewellyn, "The Normative, the Legal, and the Law-Jobs; The Problem of Juristic Method" (1940), 49, *Yale L. J.*, 1355 s.

nas suas mentes, e essa ideia é – na verdade – a ideia de um corpo de normas válidas, a ideia de um sistema normativo. Algumas das suas ações caracterizam-se pelo fato de serem causadas ou acompanhadas por ideias cujo conteúdo é o Direito como um sistema normativo. A jurisprudência sociológica não pode descrever a diferença existente entre a conduta de Smith, caso ele considere Jones um bandido, sem se referir ao conteúdo de certas ideias que acompanham a conduta de Smith. A diferença da sua conduta nos dois sentidos consiste essencialmente na diferença que existe entre o conteúdo das ideias que acompanham a conduta de Smith. Num caso, Smith interpreta o comando emitido por Jones como o ato de uma autoridade autorizada pelo sistema normativo do Direito positivo, e no outro caso interpreta o comando de Jones, de acordo com o sistema normativo do Direito positivo, como um crime. No terceiro caso ele não relaciona a solicitação de Jones a ordem jurídica alguma. É exatamente por essas diferentes interpretações – na mente de Smith – que a sua conduta é sociologicamente diferente nos três casos. Uma sociologia não pode descrever a diferença entre os dois primeiros casos sem recorrer ao Direito como um corpo de normas válidas, como um sistema normativo. Porque o Direito existe como tal corpo de normas válidas na mente dos indivíduos, e a ideia de Direito causa ou acompanha a sua conduta, que é o objeto de uma sociologia do Direito. A sociologia do Direito pode eliminar o terceiro caso do seu campo específico apenas porque não existe nenhuma relação entre a conduta de Smith e o Direito.

A sociologia do Direito, tal como definida por Max Weber, é possível apenas referindo a conduta humana que é o seu objeto ao Direito tal como ele existe nas mentes dos homens como conteúdo das suas ideias. Na verdade, o Direito existe nas mentes dos homens como um corpo de normas válidas, como um sistema normativo. Apenas referindo a conduta humana ao Direito como um sistema de normas válidas, ao Direito tal como definido pela jurisprudência normativa, é que a jurisprudência sociológica é capaz de delimitar o seu objeto específico daquela da sociologia geral; apenas por meio dessa referência é possível distinguir sociologicamente o fenômeno da conduta jurídica do fenômeno da conduta antijurídica, o Estado de uma quadrilha de chantagistas.

M. O OBJETO DA SOCIOLOGIA DO DIREITO: A CONDUTA DETERMINADA PELA ORDEM JURÍDICA

A partir do ponto de vista jurídico, a ameaça da quadrilha constitui um delito, o crime de chantagem; uma norma jurídica válida torna-a condição de certa sanção. A partir de um ponto de vista sociológico, ela pode ser considerada um delito apenas porque existe certa possibilidade de que a sanção prevista pela ordem jurídica seja executada.

A definição de Max Weber do objeto da jurisprudência sociológica: a conduta humana adaptada (*orientiert*) pelo indivíduo atuante a uma ordem que ele considera válida não é inteiramente satisfatória. De acordo com a sua definição, um delito que foi cometido sem que o delinquente tivesse qualquer consciência da ordem jurídica não seria considerado um fenômeno relevante. Neste aspecto, a sua definição do objeto da sociologia é obviamente muito restrito. Uma sociologia do Direito que investiga as causas da criminalidade também levará em consideração delitos que foram cometidos sem que o delinquente adaptasse (*orientieren*) a sua conduta à ordem jurídica. Todo ato que, de um ponto de vista jurídico, é um "delito" é também um fenômeno que pertence ao domínio da sociologia do Direito, na medida em que existe uma possibilidade de que os órgãos da sociedade reagirão contra ele executando a sanção estabelecida pela ordem jurídica. Ele é um objeto da sociologia do Direito mesmo se o delinquente cometeu o delito sem pensar no Direito. A conduta humana pertence ao domínio da sociologia do Direito não por ser "orientada" à ordem jurídica, mas por ser determinada por uma norma jurídica como condição ou consequência. Apenas por ser determinada pela ordem jurídica que pressupomos como válida é que a conduta humana constitui um fenômeno jurídico. A conduta humana assim qualificada é um objeto da jurisprudência normativa; mas é também um objeto da sociologia do Direito na medida em que efetivamente ocorre ou provavelmente ocorrerá. Esta parece ser a única maneira satisfatória de traçar um limite entre a sociologia do Direito e a sociologia geral. Essa definição, assim como a formulação de Max Weber, demonstram claramente que a jurisprudência sociológica pressupõe o conceito jurídico de Direito, o conceito de Direito definido pela jurisprudência normativa.

SEGUNDA PARTE
O Estado

I. O Direito e o Estado

A. O ESTADO COMO UMA ENTIDADE REAL (SOCIOLÓGICA) OU JURÍDICA

a. O Estado como personificação da ordem jurídica nacional

Devido à variedade de objetos que o termo comumente denota, definir "Estado" torna-se difícil. Às vezes, a palavra é usada em um sentido bem amplo, para indicar a "sociedade" como tal, ou alguma forma especial de sociedade. Mas a palavra também é com frequência usada com um sentido bem mais restrito, para indicar um órgão particular da sociedade – por exemplo, o governo, ou os sujeitos do governo, uma "nação", ou o território que eles habitam. A situação insatisfatória da teoria política – que, essencialmente, é uma teoria do Estado – deve-se, em boa parte, ao fato de diferentes autores tratarem de problemas bastante diferentes usando o mesmo termo e, até, de um mesmo autor usar inconscientemente a mesma palavra com vários significados.

A situação revela-se mais simples quando o Estado é discutido a partir de um ponto de vista puramente jurídico. O Estado, então, é tomado em consideração apenas como um fenômeno jurídico, como uma pessoa jurídica, ou seja, como uma corporação. Sua natureza, desse modo, está determinada, em princípio, pela nossa definição anterior de corporação. A única questão que resta é a de que modo o Estado difere de outras corporações. A diferença deve ser encontrada na ordem normativa que constitui a corporação do Estado. O Estado é a comunidade criada por uma ordem jurídica nacional (em contraposição a uma internacional). O Estado como pessoa jurídica é uma personificação dessa comunidade ou a ordem jurídica nacional que constitui essa comunidade. De um ponto de vista jurídico, o problema do Estado, portanto, surge como o problema da ordem jurídica nacional.

O Direito positivo surge empiricamente na forma de ordens jurídicas nacionais relacionadas entre si por uma ordem jurídica internacional. Não existe nenhum Direito absoluto; existem apenas vários sistemas de normas jurídicas – o Direito inglês, o francês, o americano, o mexicano, e assim por diante – cujas esferas de validade são limitadas de modos característicos; e, junto a isso, um complexo de normas às quais nos referimos como Direito internacional. Para definir o Direito, não é suficiente explicar a diferença entre as chamadas normas jurídicas e as outras normas que regulam a conduta humana. Devemos também apontar qual é a natureza específica desses sistemas de normas que são as manifestações empíricas do Direito positivo, como eles estão delimitados e como se inter-relacionam. Esse é o problema que o Estado como fenômeno jurídico apresenta e que a teoria do Estado, na condição de ramo da teoria do Direito, tem como tarefa resolver.

b. O Estado como ordem e como comunidade constituída pela ordem

Segundo a visão tradicional, não é possível compreender a essência de uma ordem jurídica nacional, o seu *principium individuationis*, a menos que o Estado seja pressuposto como uma realidade social subjacente. Um sistema de normas, segundo essa visão, possui a unidade e a individualidade, que o faz merecer o nome de ordem jurídica nacional, exatamente porque está, de um modo ou de outro, relacionado a um Estado como fato social concreto, porque é criado "por" um Estado ou válido "para" um Estado. Considera-se que o Direito francês se baseia na existência de um Estado francês como uma entidade social, não jurídica. Considera-se a relação entre o Direito e o Estado como sendo análoga à que existe entre o Direito e o indivíduo. Pressupõe-se que o Direito – apesar de criado pelo Estado – regula a conduta do Estado, concebido como um tipo de homem ou supra-homem, exatamente como o Direito regula a conduta dos homens. E, exatamente como existe o conceito jurídico de pessoa ao lado do conceito biofisiológico de homem, acredita-se que existe um conceito sociológico de Estado ao lado de seu conceito jurídico, e, até mesmo, que ele seja lógica e historicamente anterior a este. O Estado como realidade social está incluído na categoria de sociedade; ele é uma comunidade. O Direito está incluído na categoria de normas; ele é um sistema de normas, uma ordem normativa. O Estado e o Direito, segundo essa visão, são dois objetos diferentes. A dualidade de Estado e Direito é, na verdade, um dos fundamentos da ciência política e da jurisprudência modernas.

Contudo, esse dualismo é teoricamente indefensável. O Estado como comunidade jurídica não é algo separado de sua ordem jurídica, não mais do que a corporação é distinta de sua ordem constitutiva. Uma quantidade de indivíduos forma uma comunidade apenas porque uma ordem normativa regulamenta sua conduta recíproca. A comunidade – como assinalado em capítulo anterior – consiste tão somente numa ordem normativa que regulamenta a conduta recíproca dos indivíduos. O termo "comunidade" designa o fato de que a conduta recíproca de certos indivíduos é regulamentada por uma ordem normativa. A afirmação de que os indivíduos são membros de uma comunidade é uma expressão metafórica, uma descrição figurada de relações específicas entre os indivíduos, relações constituídas por uma ordem normativa.

Como não temos nenhum motivo para supor que existam duas ordens normativas diferentes, a ordem do Estado e a sua ordem jurídica, devemos admitir que a comunidade a que chamamos de "Estado" é a "sua" ordem jurídica. O Direito francês pode ser distinguido do Direito suíço ou do mexicano sem a necessidade de recorrer à hipótese de que um Estado francês, suíço ou mexicano existam como realidades sociais de modo independente. O Estado como comunidade em sua relação com o Direito não é uma realidade natural, ou uma realidade social análoga a uma natural, tal como o homem é em relação ao Direito. Se existe uma realidade social relacionada ao fenômeno que chamamos de "Estado" e, portanto, um conceito sociológico distinto do conceito jurídico de Estado, então a prioridade pertence a este, não àquele. O conceito sociológico – cujo direito ao termo "Estado" será ulteriormente examinado – pressupõe o conceito jurídico, não *vice-versa*.

c. O Estado como unidade sociológica

Comunidade social significa unidade de uma pluralidade de indivíduos ou de ações de indivíduos. A asserção de que o Estado não é apenas uma entidade jurídica, mas uma entidade sociológica, uma realidade social que existe independentemente de sua ordem jurídica, só pode ser comprovada demonstrando-se que os indivíduos que pertencem ao mesmo Estado formam uma unidade e que essa unidade não é constituída pela ordem jurídica, mas por um elemento que nada tem a ver com o Direito. Contudo, tal elemento que constitui o "uno entre os muitos" não pode ser encontrado.

1. A unidade (corpo) social constituída por interação

A interação que, presume-se, tem lugar entre indivíduos pertencentes ao mesmo Estado foi declarada como sendo tal elemento sociológico, independente do Direito, que constitui a unidade dos indivíduos pertencentes a um mesmo Estado e que, portanto, constitui o Estado como uma realidade social. Um número de pessoas forma uma unidade real – dizem – quando um influencia o outro e é, por sua vez, por ele influenciado. É óbvio que todos os seres humanos, mais ainda, todos e quaisquer fenômenos, interagem de tal modo. Em toda a natureza encontramos a interação, e o conceito de interação, sozinho, não pode ser usado para interpretar a unidade característica de qualquer fenômeno natural particular. Para aplicar a teoria da interação ao Estado, devemos admitir que a interação admite graus e que a interação entre indivíduos pertencentes ao mesmo Estado é mais intensa do que a interação entre indivíduos pertencentes a Estados diferentes. Mas tal pressuposição é infundada. Sejam relações econômicas, políticas ou culturais o que temos em mente ao falar de interação, não se pode questionar seriamente que as pessoas pertencentes a Estados diferentes muitas vezes têm contatos mais intensos que os cidadãos do mesmo Estado. Pensemos no caso em que indivíduos da mesma nacionalidade, raça ou religião se encontram divididos em dois Estados limítrofes cuja população carece de homogeneidade. Ser membro da mesma comunidade linguística, da mesma religião, classe ou profissão muitas vezes cria vínculos muito mais íntimos do que a cidadania comum. Sendo de natureza psicológica, a interação não se restringe a pessoas que vivem juntas no mesmo espaço. Graças aos meios atuais de comunicação, é possível o mais ativo intercâmbio de valores espirituais entre pessoas espalhadas por toda a Terra. Em tempos normais, as fronteiras dos Estados não são empecilho para relações estreitas entre pessoas. Se, *per impossibile*, fosse possível medir com exatidão a intensidade da interação social, provavelmente se descobriria que a humanidade está dividida em grupos que não coincidem, em absoluto, com os Estados existentes.

A afirmação de que a interação entre indivíduos pertencentes a um mesmo Estado é mais intensa do que a interação entre indivíduos pertencentes a Estados diferentes é uma ficção cuja tendência política é patente. Quando se considera o Estado uma unidade social, o critério de unicidade é, sem dúvida, completamente diferente da interação social. A natureza jurídica do critério torna-se evidente a partir da maneira em que o problema sociológico é formulado. Dizer que o Estado é uma unidade social concreta de interação é dizer que os indivíduos que, num sentido jurídico, pertencem ao mesmo Estado também têm uma relação de interação recíproca, *i.e.*, que o Estado é uma unidade social real, além de uma unidade jurídica. Pressupõe-se o Estado como unidade jurídica quando se formula o problema da sua unidade sociológica. Vimos que a teoria da interação não oferece nenhuma resposta sustentável para esse problema, e que parece que qualquer tipo de solução positiva deve acarretar o mesmo tipo de ficção política.

2. *A unidade (corpo) social constituída por vontade ou interesse comum*

Outra abordagem sociológica do problema do Estado parte da pressuposição de que os indivíduos pertencentes a um mesmo Estado estão unidos pelo fato de possuírem uma vontade comum ou – o que redunda no mesmo – um interesse comum. Fala-se de uma "vontade coletiva" ou de um "interesse coletivo" e pressupõe-se que essa "vontade coletiva" ou "interesse coletivo" constitui a unidade e, portanto, a realidade social do Estado. Fala-se também de um "sentimento coletivo", de uma "consciência coletiva", uma espécie de alma coletiva, como sendo o fato que constitui a comunidade do Estado. Se a teoria do Estado não deve transcender os dados da experiência e degenerar em especulação metafísica, essa "vontade coletiva" ou "consciência coletiva" não pode ser a vontade ou consciência de um ser diferente dos indivíduos humanos que pertencem ao Estado; o termo "vontade coletiva" ou "consciência coletiva" pode significar apenas que vários indivíduos querem, sentem ou pensam de uma certa maneira e estão unidos por sua consciência desse querer, sentir e pensar comuns. Uma unidade real existe, então, apenas entre os que efetivamente têm um estado mental idêntico e apenas nos momentos em que essa identificação de fato prevalece. É improvável que tal identificação possa existir, exceto em grupos relativamente pequenos cuja extensão e membros estariam também em constante mudança. Afirmar que todos os cidadãos de um Estado querem, sentem ou pensam sempre de uma mesma maneira é uma ficção política óbvia, muito semelhante àquela que vimos a teoria da interação corporificar.

Mais fictícia ainda é a visão de que o Estado é ou tem uma "vontade coletiva" acima e além das vontades de seus sujeitos. Tal afirmação pode, na verdade, ser considerada apenas como uma expressão figurada da força de obrigatoriedade que a ordem jurídica nacional tem sobre os indivíduos cuja conduta ela regulamenta. Declarar a vontade do Estado como uma realidade psicológica ou sociológica é hipostatizar uma abstração em força real, ou seja, atribuir caráter substancial ou pessoal a uma relação normativa entre indivíduos. Essa é, como assinalamos, uma tendência típica do pensamento primitivo, e o pensamento político tem, em grande parte, um caráter primitivo. A tendência a hipostatizar a vontade de um supra indivíduo, e isso significa um supra-ser humano, tem um propósito ideológico inconfundível.

Percebe-se com mais clareza esse propósito ideológico quando o Estado é descrito como um "interesse coletivo". Na verdade, a população de um Estado está dividida em vários grupos de interesses mais ou menos opostos entre si. A ideologia de um interesse coletivo de Estado é usada para ocultar esse inevitável conflito de interesses. Chamar o interesse expressado pela ordem jurídica de interesse de todos é uma ficção mesmo quando a ordem jurídica representa um compromisso entre os interesses dos grupos mais importantes. Fosse a ordem jurídica realmente a expressão dos interesses comuns a todos, ou seja, se a ordem jurídica estivesse em completa harmonia com os desejos de todos os indivíduos sujeitos à ordem, então essa ordem poderia contar com a obediência voluntária de todos os seus sujeitos; ela não mais precisaria ser coercitiva e, sendo completamente "justa", não precisaria nem mesmo ter o caráter de Direito.

3. O Estado como organismo

Outra teoria do mesmo tipo é a doutrina de que o Estado é um organismo natural. Sob essa teoria, a sociologia do Estado assume a forma de biologia social. Tal biologia poderia ser simplesmente rejeitada como absurda não fosse a importância política que possui. O objetivo real da teoria orgânica, um objetivo do qual muitos de seus expositores parecem não ter consciência, não é, de modo algum, explicar cientificamente o fenômeno do Estado, mas resguardar o valor do Estado como instituição, ou de algum Estado particular, confirmar a autoridade dos órgãos do Estado e aumentar a obediência dos cidadãos. Otto Gierke, um dos mais eminentes expoentes da teoria orgânica, revela seu verdadeiro propósito quando chama a atenção para sua significação ética. O discernimento do caráter orgânico do Estado é "a única fonte para a ideia de que a comunidade é algo valioso em si mesmo. E apenas do valor superior do todo em relação às suas partes é que se pode originar a obrigação do cidadão de viver e, se necessário, de morrer pelo todo. Fosse o povo apenas a soma de seus membros, e o Estado, apenas uma instituição para o bem-estar dos cidadãos nascidos e por nascer, então o indivíduo poderia, é verdade, ser forçado a dar sua energia e vida pelo Estado. Mas ele não teria como estar sob a obrigação moral de fazê-lo. A glória de um ideal ético elevado, que sempre transfigurou a morte pela pátria, desapareceria então. Por que o indivíduo deveria se sacrificar pelo bem-estar dos outros que são iguais a ele?"[1]. A obrigação moral e jurídica de um indivíduo, sob certas circunstâncias, dar sua própria vida é indubitável. Mas, no mesmo grau, não é, indubitavelmente, tarefa da ciência assegurar o cumprimento desta ou daquela obrigação – muito menos modelando uma teoria cuja única justificativa residiria no fato de que as pessoas cumprirão melhor seus deveres para com o Estado se forem induzidas a acreditar na teoria.

4. *O Estado como dominação*

A tentativa mais bem-sucedida de uma teoria sociológica do Estado talvez seja a interpretação da realidade social em termos de "dominação". O Estado é definido como um relacionamento em que alguns comandam e governam, e outros obedecem e são governados. Essa teoria tem em mente a relação constituída pelo fato de um indivíduo expressar sua vontade de que outro indivíduo se conduza de certo modo e essa expressão de sua vontade motivar o outro indivíduo a se conduzir do modo correspondente. Na vida social concreta, verifica-se uma

---

1. Otto Gierke. *Das Wesen der menschlichen Verbände* (1902), 34 s.

infinidade de tais relações de motivação. Dificilmente haverá qualquer relação que, às vezes e em algum grau, não assuma esse caráter. Mesmo o relacionamento que chamamos de amor não está de todo livre desse elemento, pois mesmo nesse caso sempre há alguém que domina e alguém que é dominado. Qual o critério para se distinguirem as relações de dominação que constituem o Estado e as que não o fazem? Consideremos o caso relativamente simples de um Estado em que um único indivíduo governa de modo autocrático ou tirânico. Mesmo em tal Estado, há vários "tiranos", muitas pessoas que impõem sua vontade aos outros. No entanto, apenas um é essencial para a existência do Estado. Quem? Aquele que comanda "em nome do Estado". Como distinguir então os comandos "em nome do Estado" dos outros comandos? De nenhum outro modo a não ser por meio da ordem jurídica que constitui o Estado. Comandos "em nome do Estado" são aqueles emitidos em conformidade com uma ordem cuja validade o sociólogo deve pressupor quando distingue comandos que são atos do Estado e comandos que não têm esse caráter[2]. O governante de um Estado é o indivíduo que exerce uma função determinada por essa ordem. É praticamente impossível definir o conceito de governante que funciona como "órgão do Estado" sem pressupor a ordem jurídica que constitui a comunidade por nós chamada de Estado. Assim, o conceito de "governante do Estado" implica a ideia de uma ordem jurídica válida.

Ainda assim, vamos admitir que existe um critério puramente sociológico para se discernir o governante do Estado. Um estudo da conduta social efetiva talvez pudesse revelar que esse governante é, ele próprio, governado por outras pessoas, por um conselheiro, sua amante ou seu camareiro, e que os comandos que ele emite são resultado da influência que esses outros indivíduos exercem sobre ele. Uma sociologia do Estado, porém, irá ignorar essas relações de dominação em que o próprio governante ocupa o lugar de governado. Por quê? Porque tais relações não são classificadas como pertencendo à

---

2. Cf. *supra*, 176 ss.

ordem jurídica que constitui o Estado, uma vez que são irrelevantes a partir do ponto de vista dessa ordem.

Não existe, na verdade, nenhum Estado em que todos os comandos "em nome do Estado" tenham sua origem em um único governante. Sempre há mais de uma autoridade comandante, e sempre um grande número de relações efetivas de dominação, numerosos atos de comando e obediência, a soma dos quais representa o "Estado sociológico". O que dá unidade a essa diversidade e nos justifica quando consideramos o Estado como uma relação de dominação? Apenas a unidade da ordem jurídica segundo a qual têm lugar os diferentes atos de comando e obediência.

Essa ordem jurídica, considerada como um sistema de normas válidas, é essencial também para o conceito sociológico de dominação aplicado ao Estado, pois, mesmo a partir de um ponto de vista sociológico, apenas uma dominação considerada "legítima" pode ser concebida como Estado. O simples fato de um indivíduo (ou um grupo de indivíduos) estar em posição de impor certo padrão de conduta não é um fundamento suficiente para que se fale de uma relação de dominação tal que constitua um Estado. Mesmo o sociólogo reconhece a diferença entre um Estado e uma quadrilha de ladrões[3].

A descrição sociológica do Estado como um fenômeno de dominação não é completa se for estabelecido apenas o fato de que homens forçam outros homens a certa conduta. A dominação que caracteriza o Estado tem a pretensão de ser legítima e deve ser efetivamente considerada como tal por governantes e governados. Considera-se a dominação legítima apenas se ocorrer em concordância com uma ordem jurídica cuja validade é pressuposta pelos indivíduos atuantes; e essa ordem é a ordem jurídica da comunidade cujo órgão é o "governante do Estado". A dominação que tem, sociologicamente, o caráter de "Estado" apresenta-se como criação e execução de uma ordem jurídica, ou seja, uma dominação inter-

---

3. Cf. *infra*, 192 ss.

pretada como tal pelos governantes e governados. A sociologia tem de registrar a existência dessa ordem jurídica como um fato nas mentes dos indivíduos envolvidos, e se a sociologia interpretar a dominação como uma organização do Estado, então a própria sociologia deve admitir a validade dessa ordem. Mesmo como objeto da sociologia, a "dominação do Estado" não é um simples fato, mas um fato juntamente com uma interpretação. Essa interpretação é feita tanto pelos governantes e governados quanto pelo próprio sociólogo que está estudando sua conduta.

d. O conceito jurídico de Estado e a sociologia do Estado

1. A conduta humana orientada para a ordem jurídica

Nas palavras de Max Weber, a tarefa da sociologia é "compreender a conduta social por interpretação"[4]. A conduta social é uma conduta que tem uma significação porque os indivíduos atuantes vinculam uma significação a ela, porque eles a interpretam. A sociologia é a interpretação de ações que já foram submetidas a uma interpretação por parte dos indivíduos atuantes. Enquanto o Estado é, para o jurista, um complexo de normas, uma ordem, para o sociólogo ele surge, no entender de Max Weber, como um complexo de ações, "um processo de conduta social efetiva". Essas ações possuem determinada significação porque são interpretadas pelos indivíduos atuantes de acordo com um determinado esquema. Essas ações são, na terminologia de Max Weber, "orientadas" para certa ideia, ou seja, adaptadas a certa ideia; tal ideia é uma ordem normativa, a ordem jurídica. A ordem jurídica fornece esse esquema de acordo com o qual os próprios indivíduos, atuando como sujeitos e órgãos do Estado, interpretam sua conduta e de acordo com o qual, portanto, a sociologia, que pretende compreender o "Estado", tem de interpretar seu objeto. É um tanto quanto engano-

---

4. Weber, *Wirtschaft und Gesellschaft*, 1.

so dizer que esse objeto é o Estado, o Estado "sociológico". O Estado não se identifica com nenhuma das ações que formam o objeto da sociologia, nem com a soma de todas elas. O Estado não é uma ação ou uma quantidade de ações, não mais do que é um ser humano ou uma quantidade de seres humanos. O Estado é aquela ordem da conduta humana que chamamos de ordem jurídica, a ordem à qual se ajustam as ações humanas, a ideia à qual os indivíduos adaptam sua conduta. Se a conduta humana adaptada a essa ordem forma o objeto da sociologia, então o seu objeto não é o Estado. Não existe nenhum conceito sociológico de Estado ao lado do conceito jurídico. Tal conceito duplo de Estado é impossível logicamente, senão por outro motivo, pelo menos pelo fato de não poder existir mais de um conceito do mesmo objeto. Existe apenas um conceito jurídico de Estado: o Estado como ordem jurídica, centralizada. O conceito sociológico de um padrão efetivo de conduta, orientado para a ordem jurídica, não é um conceito de Estado; ele pressupõe o conceito de Estado, que é um conceito jurídico.

A exigência de uma definição sociológica do Estado surge da impressão que se formula quando se diz: "Afinal de contas, o Estado é um fato altamente real". Contudo, se, por meio da análise científica, somos levados a concluir que não existe um conceito sociológico de Estado, que o conceito de Estado é jurídico, não negamos ou ignoramos, de modo algum, os fatos que a terminologia pré-científica designa pela palavra "Estado". Esses fatos não perdem nada de sua realidade caso se afirme que sua qualidade de "Estado" nada mais é que o resultado de uma interpretação. Esses fatos são ações de seres humanos, e essas ações são atos do Estado apenas na medida em que sejam interpretadas de acordo com uma ordem normativa cuja validade tem de ser pressuposta.

2. O caráter normativo do Estado

É o conceito jurídico de Estado que os sociólogos aplicam quando descrevem as relações de dominação dentro do Estado. As propriedades que atribuem ao Estado são concebíveis apenas como propriedades de uma ordem normativa ou de uma comunidade constituída por tal ordem. Os sociólogos também consideram uma qualidade essencial do Estado a de ser uma autoridade superior aos indivíduos, obrigando os indivíduos. Apenas como ordem normativa o Estado pode ser uma autoridade com poder de obrigar, especialmente se essa autoridade for soberana. A soberania é concebível – como veremos mais tarde – apenas dentro do domínio do normativo.

Que o Estado deve ser uma ordem normativa, torna-se óbvio também a partir do "conflito" entre Estado e indivíduo, um problema específico não apenas da filosofia social, mas também da sociologia. Se o Estado fosse um fato concreto, exatamente como o indivíduo o é, então não poderia existir tal "conflito", já que os fatos da natureza nunca estão em "conflito" entre si. Mas se o Estado é um sistema de normas, então a vontade e a conduta do indivíduo tendem a entrar em conflito com essas normas, e só pode surgir o antagonismo entre o "ser" e o "dever ser" que é um problema fundamental de toda a teoria e prática social.

e. O Estado como sociedade "politicamente" organizada (O Estado como poder)

A identificação de Estado e ordem jurídica é óbvia a partir do fato de que mesmo os sociólogos caracterizam o Estado como uma sociedade "politicamente" organizada. Já que a sociedade – como unidade – é constituída por organização, é mais correto definir o Estado como "organização política". Uma organização é uma ordem. Mas em que reside o caráter político dessa ordem? No fato de ser uma ordem coercitiva. O Estado é uma organização política por ser uma ordem que regula o uso da força, porque ela monopoliza o uso da força. Porém, como já vimos, esse é um dos caracteres essenciais do Direito. O Estado é uma sociedade politicamente organizada porque é uma comunidade constituída por uma ordem coercitiva, e essa ordem coercitiva é o Direito.

Diz-se, às vezes, que o Estado é uma organização política pelo fato de ter, ou de ser, "poder". O Estado é descrito como o poder que se encontra por trás do Direito, que impõe o Direito. Na medida em que tal poder existe, ele nada mais é que o fato de que o Direito em si é efetivo, de que a ideia de normas jurídicas prevendo sanções motiva a conduta dos indivíduos, exerce uma compulsão psíquica sobre os indivíduos. O fato de um indivíduo ter poder sobre outros indivíduos manifesta-se no fato de que aquele é capaz de induzir estes a uma conduta que ele deseja. Mas o poder num sentido social só é possível dentro da estrutura de uma ordem normativa regulando a conduta humana. Para a existência de tal poder não basta um indivíduo ser efetivamente mais forte que outro e poder forçá-lo a certa conduta – como se força um animal à submissão ou se põe uma árvore abaixo. O poder, num sentido social ou político, implica autoridade e uma relação de superior para inferior.

Tal relação torna-se possível apenas com base em uma ordem por meio da qual um seja investido de poder e outro seja obrigado a obedecer. O poder social é essencialmente correlato à obrigação social, e a obrigação social pressupõe a ordem social ou, o que redunda no mesmo, a organização social. O poder social é possível apenas dentro da organização social. Isso se torna particularmente evidente quando o poder não está apenas com um único indivíduo, mas – como, em geral, é o caso na vida social – com um grupo de indivíduos. O poder social é sempre um poder que, de um modo ou de outro, é organizado. O poder do Estado é o poder organizado pelo Direito positivo – é o poder do Direito, ou seja, a eficácia do Direito positivo.

Quando se fala de poder do Estado, em geral se pensa em prisões e cadeiras elétricas, metralhadoras e canhões. Não se deve esquecer, entretanto, que tudo isso são coisas mortas, que se tornam instrumentos de poder apenas quando usados por seres humanos, e que os seres humanos são movidos a usá-los com dado propósito apenas por meio de comando que eles consideram como normas. O fenômeno do poder político manifesta-se no fato de as normas que regulam o uso desses instrumentos se tornarem eficazes. O "poder" não é prisões e cadeiras elétricas, metralhadoras e canhões; o "poder" não é algum tipo de substância ou entidade por trás da ordem social. O poder político é a eficácia da ordem coercitiva reconhecida como Direito. Descrever o Estado como "o poder por trás do Direito" é incorreto, já que sugere a existência de duas entidades distintas onde existe apenas uma: a ordem jurídica. O dualismo de Direito e Estado é uma duplicação supérflua do objeto de nossa cognição, um resultado de nossa tendência a personificar e então hipostatizar nossas personificações. Encontramos um exemplo típico dessa tendência na interpretação animista da natureza, ou seja, na ideia do homem primitivo de que a natureza é animada, de que por trás de todas as coisas existe uma alma, um espírito, uma divindade dessa coisa: por trás de uma árvore, uma dríade; por trás de um rio, uma ninfa; por trás da lua, uma divindade lunar; por trás do sol, um deus sol. Desse modo, imaginamos por trás do Direito a sua personificação hipostatizada, o Estado, a divindade do Direito. O dualismo de Direito e Estado é uma superstição animista. O único dualismo legítimo aqui é o de validade e eficácia da ordem jurídica. Mas essa distinção – apresentada na primeira parte deste livro – não nos autoriza a falar do Estado como um poder separado da ordem jurídica ou por trás dela.

f. O problema do Estado como um problema de imputação

A unidade necessária de Estado e Direito também pode ser percebida através das seguintes considerações. Até mesmo expoentes da teoria orgânica reconhecem que o Estado não é um objeto que possa ser apreendido pelos sentidos. Mesmo que, em qualquer sentido, o Estado fosse composto de seres humanos, ele não poderia ser um corpo composto de corpos humanos individuais como um organismo é composto de células. O Estado não é um corpo visível ou tangível. Mas, então, como se manifesta o Estado invisível e intangível na vida social? Certas ações de seres humanos são consideradas ações do Estado. Sob que condições atribuímos uma ação humana ao Estado? Nem todo indivíduo é capaz de executar ações que têm o caráter de atos do Estado, e nem toda ação de um indivíduo capaz de executar atos do Estado tem esse caráter. Como podemos distinguir as ações humanas que são atos do Estado, das ações humanas que não o são? O julgamento por meio do qual atribuímos uma ação humana ao Estado, com a pessoa invisível, significa uma imputação de uma ação humana ao Estado. O problema do Estado é um problema de imputação. O Estado é, por assim dizer, um ponto comum no qual se projetam ações humanas, um ponto comum de imputação de diferentes ações humanas. Os indivíduos cujas ações são consideradas atos do Estado, cujas ações são imputadas ao Estado, são designados "órgãos" do Estado. Nem todo indivíduo, porém, é capaz de executar um ato do Estado, e apenas alguns atos dos que são capazes são atos do Estado.

Qual é o critério dessa imputação? Eis a questão decisiva que conduz à essência do Estado. Uma análise demonstra que imputamos uma ação humana ao Estado apenas quando a ação humana em questão corresponde, de uma maneira específica, à ordem jurídica pressuposta. A imputação de uma ação humana ao Estado é possível apenas sob a condição de que essa ação seja determinada de um modo específico por uma ordem normativa; e essa ordem é a ordem jurídica. Apesar de, na realidade, quem executa a punição contra um criminoso ser sempre um indivíduo definido, dizemos que o criminoso é punido "pelo Estado" porque a punição está estipulada na ordem jurídica. Do próprio Estado diz-se que ele exige uma multa de um contribuinte negligente, já que é a própria ordem jurídica que estipula a sanção. Uma ação é um ato do Estado na medida em que seja uma execução da ordem jurídica. Os atos por meio dos quais a ordem jurídica é mais diretamente executada são os atos coercitivos estabelecidos como sanções pela ordem jurídica. Mas, num sentido mais amplo, a ordem jurídica é executada por todas as ações que servem como preparação para uma sanção, em particular as ações por meio das quais se criam as normas estipuladoras de sanção. São atos do Estado não apenas as ações humanas por meio das quais se executa a ordem jurídica, mas também as ações humanas por meio das quais se cria a ordem jurídica, são não apenas os atos executivos, mas também os legislativos. Imputar uma ação humana ao Estado, como a uma pessoa invisível, é relacionar uma ação humana como ação de um órgão do Estado à unidade da ordem que estipula essa ação. O Estado como pessoa nada mais é que a personificação dessa unidade. Um "órgão do Estado" equivale a um "órgão do Direito".

O resultado de nossa análise é o de que não existe um conceito sociológico de Estado diferente do conceito de ordem jurídica; e isso significa que podemos descrever a realidade social sem usar o termo "Estado".

B. OS ÓRGÃOS DO ESTADO

a. O conceito de órgão do Estado

Quem quer que cumpra uma função determinada pela ordem jurídica é um órgão. Essas funções, tenham elas um caráter criador de norma ou aplicador de norma, são todas, em última análise, dirigidas à execução de uma sanção jurídica. O parlamento que decreta um código penal e os cidadãos que elegem o parlamento são órgãos do Estado, assim como o juiz que sentencia o criminoso e o indivíduo que efetivamente executa a punição.

Nesse sentido, um órgão é um indivíduo que cumpre uma função específica. A qualidade de órgão de um indivíduo é constituída por sua função. Ele é um porque e na medida em que executa uma função criadora de Direito ou aplicadora de Direito. No entanto, além desse conceito, existe outro, mais restrito, "material", de acordo com o qual um indivíduo é um "órgão" do Estado apenas se tiver, pessoalmente, uma posição jurídica específica. Uma transação jurídica, por exemplo, um contrato, é um ato criador de Direito exatamente como uma decisão judicial o é. As partes contratantes, assim como o juiz, executam uma função criadora de Direito; mas o juiz é um órgão do Estado no sentido mais restrito do termo, ao passo que as partes contratantes não são consideradas como sendo órgãos do Estado. O juiz é um "órgão" do Estado nesse sentido restrito porque é eleito ou nomeado para sua função, porque exerce sua função profissionalmente e, portanto, recebe um pagamento regular, um salário, do tesouro do Estado. O Estado como sujeito de patrimônio é o Fisco (*Fiscus*). O patrimônio do Estado é criado pela renda do Estado, e a renda do Estado consiste nos impostos e taxas pagas pelos cidadãos. Estas são as características essenciais de um órgão do Estado no sentido mais restrito do termo: o órgão é designado ou eleito para uma função específica; a execução dessa função tem de ser sua profissão principal ou, até mesmo, juridicamente exclusiva; ele tem o direito de receber um salário do tesouro do Estado.

Os órgãos do Estado, nesse sentido mais restrito, são chamados funcionários públicos. Nem todo indivíduo que funciona efetivamente como órgão do Estado, no sentido mais amplo, ocupa a posição de funcionário público. O cidadão que toma parte na eleição do parlamento através do voto executa uma importante função ao participar da criação do órgão legislativo; mas ele não é um órgão do Estado, no sentido mais restrito, um funcionário público. Existem muitos casos intermediários entre um órgão que tem, nitidamente, o caráter de um funcionário público e o órgão que, nitidamente, está desprovido desse caráter. Considerem-se, por exemplo, os membros do parlamento cuja função não tem o caráter de profissão exclusiva; eles são, além de legisladores, médicos, advogados, negociantes etc., e estão autorizados a exercer essas profissões; às vezes não recebem nenhum salário ou nenhum salário regular. Outro exemplo são os membros de um júri.

b. O conceito formal e o material de Estado

Esse conceito material, mais restrito, de órgão tem sua contraparte em um conceito material, mais restrito, de imputação ao Estado. Nesse sentido material e mais restrito, uma ação humana é imputada ao Estado, é considerada como sendo um ato do Estado não porque se apresenta como uma criação ou execução da ordem jurídica, mas apenas por ser executada por um indivíduo que tem o caráter de órgão do Estado no sentido material e mais restrito do termo. Enquanto um indivíduo é um órgão, no sentido formal e mais amplo do termo, porque executa uma função que é imputada ao Estado, certa função é imputada ao Estado por ser executada por um indivíduo em sua capacidade de órgão do Estado, no sentido material, mais restrito, do termo, em sua capacidade de funcionário público. No primeiro caso, a qualidade de órgão do indivíduo é constituída por sua função; no segundo caso, a qualidade de ato do Estado da função é constituída pela qualidade do indivíduo que executa esse ato em sua capacidade de órgão. Quando falamos não apenas de "tribunais do Estado", mas também de escolas, hospitais e ferrovias "do Estado", isso significa que imputamos ao Estado a atividade dos indivíduos que criam e dirigem tais instituições. E a atividade desses indivíduos é imputada ao Estado, considerada como sendo uma função do Estado, porque os indivíduos atuantes são considerados órgãos do Estado no sentido material, mais restrito e, em particular, porque, de acordo com o Direito, as despesas necessárias a sua atividade são custeadas pelo Fisco, para o qual também são encaminhados os recibos resultantes. Por sua natureza formal, essas funções também são funções jurídicas; elas representam o cumprimento de deveres jurídicos e o exercício de direitos jurídicos. Por meio dessas funções também é executada a ordem jurídica; no entanto, elas não concretizam quaisquer das normas da ordem jurídica, indiferentemente, mas apenas normas de certo tipo, materialmente caracterizadas.

O conceito de Estado que corresponde a este conceito de imputação é diferente daquele que identifica o Estado com a ordem jurídica total ou a sua unidade personificada. Se o primeiro é um conceito formal de Estado, o segundo é um conceito material. Ele designa o aparato burocrático formado pelos funcionários do Estado. A expressão "aparato burocrático" é uma figura de linguagem que significa o sistema de normas que constitui o "Fisco" e determina as atividades dos funcionários por ele financiados. Nesse sentido, o Estado não é a ordem jurídica total, mas certa parte dela, uma ordem jurídica parcial distinguida por meio de um critério material.

Esse conceito material de Estado é um conceito secundário, que pressupõe o conceito formal. Ao passo que o primeiro é restrito à comunidade mais limitada, abrangendo apenas os funcionários públicos, a engrenagem do Estado, por assim dizer, o segundo representa a comunidade mais ampla, abrangendo também os indivíduos que, sem serem "órgãos" do Estado, estão sujeitos à ordem jurídica.

O Estado como sujeito de imputação, o Estado como pessoa atuante, é apenas a personificação da ordem jurídica total ou parcial, cujo critério especificamos. A validade da ordem jurídica tem de ser pressuposta a fim de se interpretar uma ação humana como um ato do Estado, a fim de se imputar tal ação ao Estado. O critério dessa imputação – seja ela formal, ou seja, uma imputação ao Estado no sentido mais amplo, ou material, ou seja, uma imputação ao Estado no sentido mais restrito – é sempre jurídico. A imputação de uma ação humana ao Estado é possível apenas com base em uma ordem jurídica total ou parcial que pressupomos como válida.

c. A criação do órgão do Estado

O Estado atua apenas através de seus órgãos. Esta verdade, muitas vezes expressa e aceita, significa que a ordem jurídica pode ser criada e aplicada apenas por indivíduos designados pela própria ordem. Não basta que a ordem jurídica declare em termos gerais quais são os indivíduos qualificados para executar essas funções. A ordem também deve estabelecer um procedimento por meio do qual o indivíduo particular se torne um órgão. As qualificações estipuladas pela norma geral podem ser especificadas de maneira tal que sejam preenchidas apenas por um único indivíduo definido. Um exemplo é fornecido pela ordem de sucessão de uma monarquia hereditária em que sempre é o filho mais velho quem sucede ao pai no trono, ou pela constituição republicana de um novo Estado, prescrevendo que uma pessoa individualmente mencionada será o primeiro chefe de Estado. Tais órgãos são instituídos pelo Direito; não é necessário nenhum ato especial pelo qual o indivíduo que preenche os requisitos jurídicos seja instituído como órgão. Não é necessário nenhum ato especial pelo qual um órgão seja "criado" por outro órgão.

Um órgão pode ser "criado" por nomeação, eleição ou por sorte. A diferença entre nomeação e eleição reside no caráter e na posição jurídica do órgão criador. Um órgão é "nomeado" por um órgão individual superior. Ele é "eleito" por um órgão colegiado, composto de indivíduos juridicamente subordinados ao órgão eleito. Um órgão é superior a outro se for capaz de criar normas obrigando o segundo. A nomeação e a eleição, tal como as definimos, são tipos ideais, entre os quais existem tipos mistos para os quais não existe nenhuma terminologia especial. Um órgão colegiado pode nomear o seu escrivão; tal ato pode ser caracterizado igualmente bem como eleição ou como nomeação.

d. O órgão simples e o composto

Conforme a função seja executada por um ato de um único indivíduo ou pelos atos convergentes de vários indivíduos, os órgãos podem ser divididos em simples e compostos. O indivíduo cujo ato, em conjunto com os atos de outros indivíduos, constitui a função total é um órgão parcial. A função total é composta de funções parciais. As funções parciais podem fazer parte da função total de dois modos diferentes. Os atos dos órgãos parciais podem ter o mesmo ou diferentes conteúdos. A chamada diarquia é um exemplo de função composta de dois atos com o mesmo conteúdo. Em uma diarquia, atos do Estado politicamente decisivos têm de ser executados em comum pelos dois órgãos – em Esparta, por exemplo, pelos dois reis, em Roma, pelos dois cônsules. Uma função legislativa composta de dois atos que possuem o mesmo conteúdo é a função de um parlamento composto de duas casas. As duas funções parciais de que se compõe a função total podem ter o mesmo conteúdo, ainda que tenham nomes diferentes. Tal é o caso, por exemplo, quando a constituição estipula que uma "decisão" parlamentar só se torna lei quando "aprovada" pelo chefe de Estado. A "aprovação" do chefe de Estado tem o mesmo conteúdo que a "decisão" do parlamento. O conteúdo da lei é o objeto das "vontades" de ambos os órgãos. Um caso especial de função composta de dois atos de conteúdos idênticos é o caso em que o ato de um órgão possui efeito jurídico apenas se não for neutralizado por outro órgão, *i.e.*, se o outro não vetar o ato do primeiro.

Uma função pode consistir em mais de dois atos parciais. O protótipo é o chamado órgão colegiado, caracterizado pelo fato de que os órgãos parciais funcionam simultaneamente, em contato mútuo, e sob a liderança de um dirigente, de acordo com uma ordem definida. São exemplos: um parlamento, um tribunal. O ato de um órgão colegiado pode ser uma eleição ou uma decisão – conforme crie um órgão ou uma norma. O chamado eleitorado, o corpo de indivíduos autorizados a votar na eleição do parlamento, é um exemplo de órgão colegiado cuja função é criar outros órgãos. O parlamento é um órgão colegiado cuja função é criar normas. O princípio segundo o qual o ato do órgão colegiado tem lugar é ou de unanimidade ou de maioria.

Um exemplo característico de função composta de atos com conteúdos diferentes é o processo de legislação em uma monarquia constitucional. Seus estágios típicos são os seguintes: 1) Moção inicial apresentada pelo governo ou pelos membros do parlamento; 2) duas decisões coincidentes das duas casas; 3) aprovação pelo monarca; 4) promulgação, o que significa que o chefe de Estado ou o governo determinam que a decisão do parlamento foi tomada de acordo com a constituição; e, finalmente, 5) publicação da decisão, tal como aprovada pelo monarca, do modo prescrito pela constituição.

O ESTADO

e. Procedimento

Quando uma função é composta de vários atos parciais, torna-se necessário regular a fusão desses atos na sua resultante. Fala-se, por exemplo, do "processo" ou "procedimento" legislativo. O processo num sentido mais restrito – o processo civil ou criminal – é apenas um caso especial desse conceito geral de "processo", pois a função judicial tem de ser considerada também como uma sequência de atos parciais. Uma cadeia de atos jurídicos leva da ação trazida pelo queixoso ao julgamento pronunciado pelo primeiro tribunal, desse julgamento para o tribunal de última instância, e daí para a execução da sanção. A partir do ponto de vista da função judiciária como um todo, cada um desses atos é apenas um ato parcial incompleto.

O caráter altamente relativo da distinção entre ato parcial e total e entre órgão parcial e total está exposto de forma clara aqui. Qualquer ato de qualquer órgão pode ser considerado como meramente parcial, já que é apenas em virtude de sua conexão sistemática com outros atos que ele contribui para com aquela função que, sozinha, merece o nome de função total, a saber: a função total do Estado como ordem jurídica. Desse modo, percebemos que todos os órgãos são apenas partes de um único órgão que, nesse sentido, é um "organismo": o Estado.

C. O ESTADO COMO SUJEITO DE DEVERES E DIREITOS

a. A auto-obrigação do Estado

O Estado, como sujeito que atua através de seus órgãos, o Estado como sujeito de imputação, o Estado como pessoa jurídica, é a personificação de uma ordem jurídica. Por meio de quais propriedades essas ordens jurídicas que têm o caráter de Estados são distinguidas das que não o têm é algo que será explicado posteriormente. Tentaremos aqui apenas responder à muito discutida questão de como o Estado – sendo tão somente a personificação da ordem jurídica por meio da qual obrigações e direitos são estipulados – pode, ele próprio, ter obrigações e direitos.

Admitindo a dualidade de Estado e Direito, a doutrina tradicional coloca essa questão de modo ligeiramente diferente: se o Estado é a autoridade de onde emana a ordem jurídica, como pode ele estar sujeito a essa ordem e, como é possível o indivíduo receber dela obrigações e direitos? Nessa forma, trata-se do problema da auto-obrigação do Estado, que desempenha um papel importante, sobretudo na jurisprudência alemã. O problema é considerado como de suprema dificuldade. No entanto, não existe dificuldade alguma, a menos que a pessoa do Estado, essa personificação da ordem jurídica nacional, seja hipostatizada em um ser supra individual, e se fala, então, de obrigações e direitos do Estado no mesmo sentido com que se fala de obrigações e direitos dos indivíduos. Nesse sentido, de fato, não existem obrigações ou direitos do Estado. Obrigações e direitos são sempre obrigações e direitos de indivíduos. Que um indivíduo tenha obrigações e direitos significa que certos efeitos jurídicos estão vinculados à sua conduta. Apenas indivíduos podem se "conduzir" nesse sentido. A ordem jurídica não pode, nesse sentido, impor obrigações e conferir direitos ao Estado, já que falar da conduta de uma ordem não quer dizer nada. O enunciado: a ordem jurídica obriga e autoriza a ordem jurídica, é desprovido de significado. Mas o enunciado de que o Estado não pode ser um sujeito de obrigações e direitos jurídicos no mesmo sentido em que indivíduos são sujeitos de obrigações e direitos não tem o significado que lhe atribuem alguns autores quando defendem a tese de que o Estado, por sua própria natureza, não pode ser sujeitado ao Direito. Ele não significa que o governo, os homens que representam o Estado, não sejam obrigados por normas jurídicas em sua relação com os cidadãos. Negar a possibilidade de uma auto-obrigação do Estado não subentende um argumento em favor do absolutismo. O enunciado em questão não tem uma significação política, mas apenas teórica.

A dificuldade de conceber obrigações e direitos do Estado não consiste – como a teoria tradicional presume – no fato de o Estado, sendo o poder criador de Direito, não poder ser sujeitado ao Direito. O Direito, na realidade, é criado por indivíduos humanos, e indivíduos que criam Direito podem, indubitavelmente, estar sujeitos ao Direito. Mais ainda, eles são órgãos do Estado apenas na medida em que ajam em conformidade com as normas que regulam sua função criadora de Direito; e o Direito é criado pelo Estado apenas na medida em que seja criado por um órgão do Estado, ou seja, na medida em que o Direito seja criado de acordo com o Direito. A afirmação de que o Direito é criado pelo Estado significa apenas que o Direito regulamenta sua própria criação. A dificuldade que a teoria tradicional encontra para reconhecer a existência de obrigações e direitos do Estado é o resultado de se considerar o Estado um ser supra-humano, de considerá-lo como sendo um tipo de homem e, simultaneamente, uma autoridade. De acordo com essa visão, a ideia de uma auto-obrigação do Estado torna-se um contrassenso, já que a autoridade de onde procede uma obrigação pode ser apenas uma ordem normativa, e é impossível impor deveres e conferir direitos a uma ordem. Estar juridicamente obrigado ou juridicamente autorizado (ter recebido o direito) significa ser o objeto de uma regulamentação jurídica. Apenas seres humanos ou – mais corretamente – apenas a conduta humana pode ser o objeto de regulamentação jurídica; mas não há o menor motivo para se duvidar de que seres humanos, mesmo em sua capacidade de órgãos do Estado, podem e devem ser sujeitados ao Direito.

O problema da chamada auto-obrigação do Estado é um dos pseudoproblemas que resultam do errôneo dualismo de Estado e Direito. Esse dualismo se deve, por sua vez, a uma falácia da qual encontramos numerosos exemplos na história de todos os campos do pensamento humano. Nosso desejo pela representação intuitiva de abstrações nos leva a personificar a unidade de um sistema e a hipostatizar a personificação. O que era, no início, apenas uma maneira de representar a unidade de um sistema de objetos torna-se um novo objeto, existindo por si mesmo. O que é, na verdade, tão somente uma ferramenta para a compreensão do objeto torna-se um objeto de conhecimento separado, existindo ao lado do objeto original. Então, surge o pseudoproblema da relação entre esses dois objetos. Na tentativa de determinar tal relação, contudo, prevalece a tendência de reduzir a dualidade criada artificialmente à unidade original. A busca da unidade é uma parte inseparável de todos os esforços verdadeiramente científicos.

b. Os deveres do Estado (O delito do Estado)

Falar de obrigações e direitos do Estado não quer dizer que algum ser, que existe separadamente dos indivíduos humanos, "tem" essas obrigações e deveres. Falamos de tais obrigações e deveres quando imputamos ao Estado, à unidade personificada da ordem jurídica, os atos que constituem o conteúdo dessas obrigações e deveres. Estes são obrigações e direitos de indivíduos que, ao cumprirem esses deveres, ao exercerem esses direitos, têm a capacidade de órgãos do Estado. As obrigações e direitos do Estado são obrigações e direitos dos órgãos do Estado. A existência de obrigações e direitos do Estado não implica o problema da auto-obrigação, mas o da imputação. As obrigações e os direitos do Estado são obrigações e direitos dos indivíduos que, segundo nosso critério, devem ser considerados órgãos do Estado, ou seja, que executam uma função específica determinada pela ordem jurídica. Essa função pode ser o conteúdo de uma obrigação ou de um direito.

A função é o conteúdo de uma obrigação quando um indivíduo estiver sujeito a uma sanção caso a função não seja executada. Essa sanção não é dirigida contra o indivíduo em sua capacidade de órgão do Estado. A violação do dever de um órgão do Estado, o delito constituído pelo fato de um órgão do Estado não ter executado sua função do modo prescrito pela ordem jurídica, não pode ser imputada ao Estado, já que um indivíduo é órgão (em particular, um funcionário público) do Estado apenas na medida em que sua conduta se conforme às normas jurídicas que determinam sua função. Na medida em que um indivíduo viola uma norma jurídica, ele não é um órgão do Estado. A imputação ao Estado não diz respeito a ações ou omissões que têm o caráter de delitos. Um delito que é violação da ordem jurídica nacional não pode ser interpretado como um delito do Estado, não pode ser imputado ao Estado, já que a sanção – a reação jurídica ao delito – é interpretada como um ato do Estado. O Estado não pode – falando-se de modo figurado – "querer" ambos, o delito e a sanção. O parecer oposto é culpado, pelo menos, de uma inconsistência teleológica.

Contudo, um delito que é violação do Direito internacional pode ser imputado ao Estado, exatamente como um delito que é violação do Direito nacional pode ser imputado a qualquer pessoa jurídica dentro da ordem jurídica nacional. Em ambos os casos, pensa-se na função como emanando de uma pessoa, que não aquela a quem é atribuído o delito. A sanção do Direito internacional é imputada à comunidade jurídica internacional, exatamente como a sanção, no Direito nacional, é imputada ao Estado. Portanto, o Estado não pode cometer um mal no sentido do Direito nacional, mas pode cometer um mal no sentido do Direito internacional.

Apesar de nenhum delito, no sentido do Direito nacional, poder ser imputado ao Estado, o Estado pode, contudo, ser obrigado a reparar o dano que consiste no não cumprimento de sua obrigação. Isso significa que um órgão do Estado é obrigado a anular o ato antijurídico cometido por um indivíduo que, como órgão do Estado, era obrigado a cumprir a obrigação do Estado mas não o fez, a punir esse indivíduo e a reparar com o patrimônio do Estado o dano antijuridicamente causado. Mais uma vez, uma violação dessa obrigação acarreta uma sanção dirigida contra o indivíduo que, na condição de órgão do Estado, tem de cumprir essa obrigação do Estado; a sanção não é dirigida contra o Estado. A ideia de que o Estado executa sanções contra si mesmo não pode ser posta em prática. É comum caracterizar a obrigação do Estado de reparar o dano causado por indivíduos que, na condição de órgãos seus, são obrigados a cumprir suas obrigações como sendo a responsabilidade do

Estado pelo dano feito por seus órgãos, ou por indivíduos em sua capacidade de órgãos do Estado, ou por indivíduos no exercício de suas funções de funcionário público. Essas fórmulas, porém, não são corretas. Em primeiro lugar, porque a responsabilidade – como já foi assinalado – não é uma obrigação, mas uma condição pela qual um indivíduo se torna sujeito a uma sanção. Se a sanção não é dirigida contra o Estado, o Estado não pode ser considerado responsável. Em segundo lugar, o indivíduo que executa um ato antijurídico ao não cumprir a obrigação do Estado (no sentido do Direito nacional) não está atuando como órgão do Estado, nem está no exercício de sua função de funcionário público. Ele está apenas atuando em conexão com sua função oficial de órgão do Estado. Somente se o ato antijurídico por ele cometido estiver em conexão com sua função de órgão do Estado é que o Estado é obrigado a reparar o dano.

c. Os direitos do Estado

Um direito do Estado existe quando a execução de uma sanção depende de uma ação judicial apresentada por um indivíduo em sua capacidade de órgão do Estado, no sentido mais restrito do termo, no sentido de "funcionário público". Sobretudo no campo do Direito civil, o Estado pode possuir direitos, nesse sentido, na mesma medida em que pessoas privadas. Aqui, o direito do Estado tem como contraparte o dever de uma pessoa privada. A relação entre o Estado e os sujeitos das obrigações criadas pelo Direito criminal permite a mesma interpretação, na medida em que a sanção criminal é aplicada apenas com base em uma ação do promotor público. O ato por meio do qual é acionado o procedimento jurídico que leva à sanção deve então ser considerado um ato do Estado, e é possível falar de um direito jurídico do Estado de punir criminosos e dizer que o criminoso violou um direito do Estado.

d. Direitos contra o Estado

A uma obrigação do Estado corresponde um direito de uma pessoa privada apenas se a pessoa privada cujo interesse juridicamente protegido foi violado puder ser uma parte no processo resultante no caso de a obrigação permanecer não concretizada. O processo não precisa necessariamente levar a uma sanção contra o órgão responsável pelo cumprimento da obrigação. Se o direito for violado por um ato antijurídico do órgão, o objetivo do processo pode ser a anulação do ato antijurídico; se o direito for violado pela omissão antijurídica de um ato do Estado prescrito pelo Direito, o objetivo do processo pode ser o de obter reparação pelo dano causado antijuridicamente. Tais direitos de pessoas privadas contra o Estado existem, não apenas no Direito civil, mas também no Direito constitucional e administrativo, no chamado Direito "público".

D. DIREITO PRIVADO E PÚBLICO

a. A teoria tradicional: o Estado e as pessoas privadas

Na jurisprudência tradicional, faz-se da distinção entre Direito privado e público a base da sistematização do Direito. Ainda assim, procuramos em vão por uma definição dos dois conceitos que não seja ambígua. Dentre as várias teorias sobre o assunto, talvez a mais comum seja a que deriva a distinção a partir da diferença entre os sujeitos nas relações jurídicas. Uma expressão típica desse parecer é encontrada em Holland[5], o qual é seguido por Willoughby[6]. A teoria baseia-se no fato de que, dentro de sua própria esfera jurídica, ou seja, dentro do Direito nacional, o Estado como sujeito de deveres e direitos está sempre confrontado com pessoas privadas. Se existe uma obrigação cujo cumprimento é imputado ao Estado, então a

---

5. Holland, *Elements of Jurisprudence*, 128 s.
6. W. W. Willoughby, *The Fundamental Concepts of Public Law* (1924), 37.

conduta do indivíduo que constitui o conteúdo do direito correspondente não é imputada ao Estado. Se uma das duas partes de uma relação de direito-dever for um órgão do Estado, então a outra parte não é um órgão do Estado. Isso é consequência do fato de existir – dentro de uma ordem jurídica nacional – apenas uma pessoa que tem de ser considerada como o Estado. Portanto, se um sujeito for Estado em uma relação jurídica, o outro sujeito não pode ser Estado; o outro sujeito deve ser uma pessoa "privada".

O conceito de pessoa "privada" tem a conotação negativa de indivíduo cuja conduta não é imputada ao Estado. A teoria tradicional designa como "Direito privado" as normas que estipulam deveres e direitos entre pessoas privadas, e como Direito "público" as normas que estipulam deveres e direitos entre o Estado, por um lado, e pessoas privadas, pelo outro. As noções de "Estado" e do que é "público" são identificadas. Holland define o Direito público como "... o Direito que regulamenta direitos em que uma das pessoas envolvidas é 'pública', em que o Estado é, direta ou indiretamente, uma das partes. Neste caso, o próprio poder que define e protege o direito é, ele mesmo, uma parte interessada pelo direito ou por ele afetada"[7]. Se nenhum dos dois sujeitos envolvidos é o Estado, então existe Direito privado.

Essa definição, porém, não pretende excluir o Estado das relações jurídicas entre pessoas privadas. "No Direito privado, o Estado está realmente presente, mas está presente apenas como árbitro dos direitos e deveres que existem entre um de seus sujeitos e o outro. No Direito público, o Estado não é apenas árbitro, mas também uma das partes interessadas. Os direitos e deveres com que ele lida dizem respeito ao próprio, por um lado, e aos seus sujeitos, por outro"[8]. O traço característico do Direito público é "essa união em uma personalidade dos atributos de juiz e de parte".

---

7. Holland, *Elements of Jurisprudence*, 128.
8. Holland, *Elements of Jurisprudence*, 366.

b. O Estado como sujeito do Direito privado

Essa teoria obviamente não é satisfatória. Em todas as ordens jurídicas modernas, o Estado, assim como qualquer outra pessoa jurídica, pode ter direitos *in rem* e direitos *in personam*, mais ainda, qualquer um dos direitos e deveres estipulados pelo "Direito privado". Quando existe um código civil, suas normas se aplicam igualmente às pessoas privadas e ao Estado. As disputas referentes a tais direitos e obrigações do Estado são em geral resolvidas do mesmo modo que as disputas similares entre partes privadas. O fato de uma relação jurídica ter o Estado como uma de suas partes não a retira necessariamente do domínio do Direito privado. A dificuldade para se distinguir entre Direito público e Direito privado reside precisamente no fato de que a relação entre o Estado e seus sujeitos pode ter não apenas um caráter "público", mas também um "privado".

Quando o Estado compra ou aluga uma casa de uma pessoa privada de acordo com vários sistemas jurídicos, a relação entre comprador e vendedor (ou locatário e locador) é exatamente a mesma que existiria se o comprador ou locatário fosse uma pessoa privada. Como uma "pessoa" existe apenas em "seus" deveres e direitos, a personalidade jurídica do Estado não difere em nada da personalidade jurídica de um indivíduo privado, na medida em que os deveres e direitos do Estado possuam o mesmo conteúdo que os deveres e direitos da pessoa privada. Não existe nenhuma diferença jurídica entre o Estado como proprietário ou locatário de uma casa e um proprietário ou locatário privado, se os direitos de ambos forem os mesmos, o que não só é possível, como muitas vezes é efetivamente o caso.

O fato de que, em um caso, o Estado é parte além de juiz, ao passo que, no outro, é apenas juiz, não fornece nenhum critério eficiente para a distinção entre Direito público e privado. Esse critério se refere apenas ao procedimento pelo qual se soluciona uma disputa, que diz respeito aos deveres e direitos em questão; e a diferença pode consistir apenas no fato de, em um caso, a função de queixoso ou réu ser imputada ao Estado, e de, no outro caso, não o ser. Essa imputação evoca a ideia de que os dois casos são diferentes porque apenas no segundo, e não no primeiro, é mantido o princípio segundo o qual ninguém deve ser juiz em seu próprio caso. Na verdade, porém, o princípio é mantido em ambos os casos. Os chamados deveres e direitos do Estado são deveres e direitos de órgãos do Estado, ou seja, deveres e direitos de indivíduos cujas ações são imputadas ao Estado. O órgão que representa o Estado como sujeito de um dever ou direito não é o mesmo órgão que representa o Estado como juiz. Esses dois órgãos são dois indivíduos totalmente diferentes; eles são, na verdade, tão diferentes quanto, por um lado, o juiz, e, por outro, o queixoso ou o réu, num caso em que ambas as partes são pessoas privadas. A imparcialidade na condução do processo não é, portanto, prejudicada pelo fato de serem os atos do queixoso ou do réu imputáveis ao Estado, e apenas a falta da imparcialidade necessária poderia constituir uma diferença real entre os dois casos. Se olharmos os indivíduos atuantes através do véu com que a imputação e a personificação dissimulam a realidade jurídica, veremos que não existe nenhuma "união dos atributos de juiz e de parte", mesmo quando as funções de indivíduos diversos que atuam como juiz e como parte são interpretadas como atos de "uma personalidade".

c. Superioridade e inferioridade

A diferença entre Direito público e privado, segundo outra teoria, é uma diferença entre relações jurídicas em que ambas as partes são iguais e relações jurídicas em que uma das partes é inferior à outra. Qualquer pessoa privada é igual a qualquer outra e é inferior apenas ao Estado. Diz-se, porém, que existem situações em que o Estado atua como um igual das pessoas privadas, e outras em que o Estado é superior às pessoas privadas. Na condição de proprietário, credor e devedor, o Estado é um sujeito do Direito privado, já que, nesse caso, ele está em nível de igualdade com os sujeitos com quem se encontra em relação jurídica. Como tribunal e como autoridade administrativa, o Estado é sujeito do Direito público, já que, nesse caso, ele é superior aos sujeitos com os quais se encontra em relação jurídica.

Em que, porém, consiste essa relação de superioridade e inferioridade jurídica? Como sujeito de direitos e deveres, o Estado, assim como outras pessoas, está sujeito à ordem jurídica. Como sujeito de direitos e deveres o Estado e o indivíduo estão em nível de igualdade. A relação de superioridade e inferioridade jurídica não pode, portanto, consistir na natureza dos sujeitos e de seus direitos e deveres recíprocos. A distinção que a teoria em discussão tem em mente – mas que geralmente não consegue formular com clareza – refere-se à maneira como se realiza a relação jurídica, ao método por meio do qual se cria o dever individual ao qual corresponde o direito do sujeito que é considerado igual ou superior ao sujeito do dever. A distinção entre Direito privado e público que a teoria em discussão tem em mente diz respeito à criação da norma secundária que determina, para um caso concreto, a conduta cujo oposto é o delito. Um exemplo pode servir para ilustrar isso.

O dever de pagar um empréstimo origina-se do contrato entre devedor e credor. A ordem jurídica delega aos indivíduos a regulamentação de suas relações econômicas por meio de contratos. Ou seja, a ordem jurídica estipula: "Se dois indivíduos fazem um contrato, se um deles o rompe, e se o outro move uma ação contra o primeiro, então o tribunal deve executar uma sanção contra o primeiro". Com base nesta norma geral, a obrigação do indivíduo é determinada pela norma individual que o contrato cria. Essa norma individual é de natureza secundária e pressupõe a norma geral acima mencionada.

Outro exemplo é o seguinte: um projeto de lei financeira obriga os indivíduos a pagar impostos de acordo com sua renda prevendo sanções no caso de o imposto não ser pago. Mas, de acordo com algumas ordens jurídicas, um indivíduo concreto só é submetido à obrigação efetiva de pagar tal e tal imposto se um órgão competente, um funcionário do fisco, após avaliar seu rendimento, ordenar que ele o faça. A ordem emitida pelo órgão fiscal, uma norma secundária individual, constitui a obrigação concreta do indivíduo.

d. Autonomia e heteronomia
(Direito privado e administrativo)

Esses dois exemplos ilustram dois diferentes métodos de criação de normas secundárias por meio das quais podem ser impostas obrigações concretas a um indivíduo. Em nosso primeiro exemplo, o contrato de empréstimo, a obrigação do devedor é determinada por uma norma secundária de cuja criação o indivíduo a ser obrigado participa. Esse é um elemento essencial de todas as obrigações contratuais. Tais obrigações não passam a existir contra ou sem a vontade do indivíduo a ser obrigado. O contrato – a criação contratual de obrigações – corresponde ao princípio de autonomia. Em nosso segundo exemplo, a ordem de tributação, a obrigação do contribuinte é determinada por uma norma secundária de cuja criação o sujeito a ser obrigado não participa. A ordem de tributação é um típico ato administrativo. Ele cria uma norma secundária pela qual um indivíduo é obrigado sem a sua vontade ou até mesmo contra ela. Esse modo de criar normas corresponde ao princípio da heteronomia.

É este antagonismo entre autonomia e heteronomia que constitui o fundamento para a distinção entre Direito privado e público, na medida em que essa oposição seja interpretada de modo a significar que o Direito privado regulamenta as relações entre sujeitos em nível de igualdade, enquanto o Direito público regulamenta aquelas entre um sujeito inferior e um superior. No campo do Direito privado, o sujeito de uma obrigação é confrontado com o sujeito do Direito correspondente. Nesse caso, as duas partes de uma relação de direito-dever podem, de fato, ser consideradas como em nível de igualdade, na medida em que a norma secundária, que constitui a relação, seja criada por suas declarações idênticas de vontade, por uma transação jurídica. O Direito privado caracteriza-se pelo fato de que a norma secundária, cuja violação é uma condição da sanção, é criada por uma transação jurídica, e de que a transação jurídica, cuja representação típica é o contrato, corresponde ao princípio de autonomia[9]. No campo do Direito administrativo, a norma secundária que constitui a obrigação concreta do indivíduo é criada por um ato administrativo análogo à transação jurídica. Aqui, o sujeito de uma obrigação é confrontado com um órgão do Estado que surge antes como sujeito de uma competência do que de um direito. O órgão do Estado pode ser considerado superior à pessoa privada não porque o órgão representa o Estado, mas porque lhe é conferido o poder de obrigar a pessoa privada por meio de declarações unilaterais de vontade. No entanto, essa interpretação é imprecisa. Estritamente falando, o sujeito de uma obrigação é sujeitado apenas à autoridade da norma obrigante, não ao indivíduo criador de norma, ao órgão. A diferença entre Direito administrativo como Direito público e o Direito privado não reside no fato de a relação entre Estado e pessoa privada ser diferente da relação entre pessoas privadas, mas na diferença entre uma criação heteronômica e uma criação autônoma de normas secundárias.

O antagonismo de heteronomia e autonomia que, com referência à criação de normas secundárias, constitui a diferença entre Direito público e privado, é decisivo também na criação das normas jurídicas primárias. Nesse caso, ele constitui a diferença entre autocracia e democracia e, assim, fornece o critério para a classificação dos governos.

e. Direito de família. Direito internacional

A maioria das normas, apesar de não todas, designadas como Direito público e privado podem ser distinguidas pelo critério dado aqui. Existem, porém, normas consideradas como parte do Direito privado que criam obrigações contra a vontade das pessoas obrigadas. No Direito de família, por exemplo,

---

9. Cf. *supra*, 140 s.

uma esposa pode ser juridicamente obrigada a obedecer ao marido, e os filhos, a obedecer aos pais. Da mesma maneira, existem normas tradicionalmente tidas como Direito público, mas que permitem que relações jurídicas concretas sejam criadas por contratos, exatamente como no Direito privado. Fala-se de um contrato de Direito público sem que, contudo, se possa distingui-lo com clareza de um contrato de Direito privado. Isso é válido, em particular, para o trato de Direito internacional, o qual é comumente colocado no domínio do Direito público, apesar de, quase sem exceções, se conformar ao princípio de autonomia.

f. Interesse público ou privado (Direito privado e criminal)

Por outro lado, há normas consideradas como Direito público que não criam, de modo algum, relações jurídicas cujas partes possam ser consideradas como estando em pé de igualdade ou como sendo uma superior e outra inferior. As normas do Direito criminal, em particular, encontram-se nessa categoria. Aqui, a obrigação concreta de um indivíduo não é determinada por uma norma secundária criada por uma transação jurídica ou por um ato administrativo[10]. O motivo pelo qual o Direito criminal é classificado como Direito público não pode, desse modo, ser o mesmo motivo pelo qual o Direito administrativo é assim classificado. Essa diferença entre o Direito criminal como Direito público e o Direito privado não surge nas normas de Direito substantivo, mas nas do Direito adjetivo. Na verdade, o Direito criminal difere do Direito privado na questão das normas de procedimento. Como foi assinalado[11], no campo do Direito privado, depende da parte cujo interesse foi violado acionar o procedimento que conduz à sanção, ao passo que, no Direito criminal, um órgão especial do Estado tem essa função. Essa diferença na técnica do Direito

---

10. Cf. *supra*, 141 s.
11. Cf. *supra*, 87 ss.

privado (civil) e do Direito criminal é explicada pelo fato de que a ordem que estabelece a punição como sanção não reconhece como decisivo o interesse do indivíduo privado diretamente violado pelo delito, mas sim o interesse da comunidade jurídica, cujo órgão é o promotor público. Em vista desse fato, pensou-se muitas vezes ser possível definir as normas do Direito privado como sendo as que protegem interesses privados, e as normas do Direito público como sendo as que salvaguardam os interesses do Estado. Tal definição, contudo, é invalidada pelo fato de que o Estado pode ser uma parte em uma relação jurídica dentro do domínio do Direito privado. Nesse caso, as normas do Direito privado indubitavelmente desempenham a função de proteger os interesses do Estado, o chamado interesse "público". Ignorando-se esse caso especial, não se pode negar que a manutenção do Direito privado também faz parte do interesse público. Se não o fosse, a aplicação do Direito privado não seria confiada aos órgãos do Estado. A única distinção válida, a partir do ponto de vista da jurisprudência analítica, é a que se baseia na diferença de técnica entre o procedimento civil e o criminal. Mas essa distinção não pode ser usada para separar o Direito administrativo do Direito privado.

Desse modo, a distinção entre Direito privado e público varia em significado, conforme seja o Direito criminal ou o Direito administrativo aquilo que se deseja separar do Direito privado. A distinção, como princípio para uma sistematização geral do Direito, é inútil.

II. Os elementos do Estado

A. O TERRITÓRIO DO ESTADO

a. O território do Estado como a esfera territorial de validade da ordem jurídica nacional

Se o Estado é uma ordem jurídica, então deve ser possível transformar os problemas que surgem dentro de uma teoria geral do Estado em problemas que façam sentido dentro da teoria geral do Direito. Deve ser possível apresentar todas as propriedades do Estado como propriedades de uma ordem jurídica. Quais são, então, as propriedades características de um Estado? A doutrina tradicional distingue três "elementos" do Estado: seu território, seu povo e seu poder. Admite-se que seja da essência do Estado ele ocupar certo território delimitado. A existência do Estado, diz Willoughby[1], "depende do direito por parte do Estado sobre um território próprio". O Estado, concebido como uma unidade social concreta, parece subentender igualmente uma unidade geográfica: um Estado – um território. Um exame mais rigoroso, porém, demonstra que a unidade do território de Estado não é, de modo algum, uma unidade geográfica natural. O território de um Estado não tem de consistir necessariamente em uma porção de terra. Tal território é designado como território "integrado". O território de Estado pode ser "desmembrado". Às vezes, pertencem ao mesmo

---

1. W. W. Willoughby, *Fundamental Concepts of Public Law*, 64.

território de Estado partes do espaço que não são fisicamente contíguas, mas separadas entre si por territórios pertencentes a outro Estado ou, simplesmente, a nenhum Estado. Pertencem ao território de um Estado as suas colônias, das quais ele pode estar separado pelo oceano, e também os chamados "enclaves" que são completamente circundados pelo território de outro Estado. Essas áreas geograficamente separadas formam uma unidade apenas na medida em que uma mesma ordem jurídica seja válida para todas elas. A unidade do território de Estado e, portanto, a unidade territorial do Estado, é uma unidade jurídica, não geográfica ou natural. Porque o território do Estado, na verdade, nada mais é que a esfera territorial de validade[2] da ordem jurídica chamada Estado.

Essas ordens normativas designadas como Estados caracterizam-se precisamente pelo fato de suas esferas territoriais de validade serem limitadas. Isso as distingue das outras ordens sociais, tais como a moralidade e o Direito internacional, que se pretendem válidas onde quer que vivam seres humanos. Suas esferas territoriais de validade são – em princípio – ilimitadas.

b. A limitação da esfera territorial de validade da ordem jurídica nacional pela ordem jurídica internacional

A limitação da esfera de validade da ordem coercitiva chamada Estado a um território definido significa que as medidas coercitivas, as sanções, estabelecidas pela ordem, têm de ser instituídas apenas para esse território e executadas apenas dentro dele. Na verdade, não é impossível que uma norma geral ou individual da ordem jurídica de um determinado país prescreva que um ato coercitivo deva ser efetuado dentro do território de outro Estado, e que um órgão desse primeiro Estado deva executar essa norma. Mas, se tal norma fosse decretada ou executada, a decretação da norma e a sua execução, ou seja, o cumprimento do ato coercitivo dentro do território de outro Estado,

---

2. Cf. *supra*, 46 ss.

seriam antijurídicas. A ordem jurídica violada por esses atos é o Direito internacional. Porque é o Direito internacional que determina e, desse modo, delimita as esferas territoriais de validade das várias ordens jurídicas nacionais. Se as suas esferas territoriais de validade não fossem juridicamente delimitadas, se os Estados não possuíssem quaisquer fronteiras fixas, as várias ordens jurídicas nacionais, e isso quer dizer os Estados, não poderiam coexistir sem conflitos. Essa delimitação das esferas territoriais de validade das ordens jurídicas nacionais, das fronteiras dos Estados, tem um caráter puramente normativo. O território do Estado não é a área onde os atos do Estado e, em especial, os atos coercitivos são levados a cabo. O fato de um ato do Estado ter sido efetuado em determinado território não faz deste parte do território cujo órgão efetuou o ato. Um ato do Estado pode ser executado antijuridicamente no território de outro Estado. "Antijuridicamente" significa, como foi assinalado, contrário ao Direito internacional. O território do Estado é o espaço dentro do qual é permitido que os atos do Estado e, em especial, os seus atos coercitivos, sejam efetuados, é o espaço dentro do qual o Estado, e isso significa os seus órgãos, estão autorizados pelo Direito internacional a executar a ordem jurídica nacional. A ordem jurídica internacional determina como a validade das ordens jurídicas nacionais está restrita a certo espaço e quais são as fronteiras desse espaço.

Que a validade da ordem jurídica nacional seja restringida pela ordem jurídica internacional a um determinado espaço ao chamado território do Estado não quer dizer que a ordem jurídica nacional seja autorizada a regulamentar apenas a conduta dos indivíduos que vivem dentro desse espaço. A restrição refere-se, em princípio, apenas aos atos coercitivos estabelecidos pela ordem jurídica nacional e ao procedimento que conduz a esses atos. A restrição não se refere a todos os fatos condicionantes aos quais a ordem jurídica vincula atos coercitivos como sanções e, especialmente, não se refere ao delito. Um Estado pode, sem violar o Direito internacional, vincular sanções a delitos cometidos dentro do território de outro Estado. O Direito internacional só é violado quando se decreta uma norma que prescreve que um ato coercitivo seja efetuado no território de outro Estado, ou então quando um ato coercitivo, ou um ato preparatório de tal ato coercitivo, é efetivamente posto em prática no território de outro Estado. O código penal de um Estado pode estipular, sem com isso violar o Direito internacional, que os tribunais têm de sentenciar delinquentes sem levar em conta onde os delitos foram cometidos. Mas o Direito internacional é infringido se um Estado detém e pune um criminoso no território de outro Estado. Com certas exceções, este princípio é válido também para os atos coercitivos estabelecidos pelo Direito civil e pelo criminal.

O princípio de que o Direito internacional delimita a esfera territorial de validade da ordem jurídica nacional apenas no aspecto do ato coercitivo, da sanção, e da preparação, é contestado no que diz respeito ao Direito criminal. Quanto ao Direito criminal, a competência de um Estado para punir crimes cometidos em um país estrangeiro – segundo alguns autores – é restrita à punição de seus próprios cidadãos. No que diz respeito a estrangeiros, eles argumentam "que, no momento em que tais atos criminosos são cometidos, os perpetradores não estão nem sob a supremacia territorial, nem sob a pessoal dos Estados em questão; e que um Estado só pode exigir o respeito às suas leis por parte de estrangeiros que se encontrem dentro de seu território, em caráter permanente ou transitório". Mas, diz Oppenheim[3], este "não é um parecer que, de modo compatível com a prática dos Estados e com o senso comum, possa ser rigidamente adotado em todos os casos". Segundo Oppenheim, um Estado tem o direito de jurisdição sobre os atos cometidos por estrangeiros em países estrangeiros, se os atos forem executados "como preparação ou participação em crimes comuns, cometidos ou tentados, a serem levados a termo no país que reivindica a jurisdição"; ou se, por meio desses atos, os sujeitos do Estado que reivindica a jurisdição forem prejudicados, ou se esses atos forem dirigidos contra a segurança desse Estado. Mas um Estado viola o Direito internacional ao

---

3. 1, Oppenheim, *International Law* (5ª ed., 1937), 268 s.

exercer jurisdição sobre os outros atos de estrangeiros cometidos em países estrangeiros?

Em 1927, no caso *Lotus*, a Corte Permanente de Justiça Internacional[4] expressou a opinião de que não existe nenhuma regra de Direito internacional que proíba um Estado de exercer jurisdição sobre um estrangeiro no que diz respeito a uma infração cometida fora de seu território. "A territorialidade do Direito criminal... não é um princípio absoluto do Direito internacional e, de modo algum, coincide com a soberania territorial."

Que o poder do Estado seja limitado ao seu próprio território não significa que nenhum ato do Estado não possa ser juridicamente realizado fora do território desse Estado. A limitação refere-se, em princípio, apenas aos atos coercitivos no sentido mais amplo do termo, incluindo também a preparação dos atos coercitivos. Apenas esses atos não podem ser executados no território de outro Estado sem que haja violação do Direito internacional. Durante sua estada em um país estrangeiro, o chefe de um Estado pode concluir tratados internacionais, promulgar leis, ou nomear funcionários colocando sua assinatura nos documentos em questão, e tudo isso sem infringir os direitos internacionais do Estado que está visitando. No entanto, ele violaria o Direito internacional se fizesse que a sua polícia prendesse um de seus sujeitos no território do país onde é hóspede. O fato de a limitação da validade territorial da ordem

---

4. Oppenheim formula esse princípio da seguinte maneira (1, *International Law*, 468): "O termo 'Liberdade do Mar Aberto' indica a regra do Direito das Nações de que o mar aberto não está, e nunca pode estar, sob a soberania de qualquer Estado que seja. Já que, portanto, o mar aberto não é território de qualquer Estado, nenhum Estado tem, como regra, um direito de exercer sua legislação, administração, jurisdição ou policiamento sobre partes do mar aberto". Esta formulação não é de todo correta. Porque todo Estado tem o direito de exercer sua soberania no mar aberto; só que nenhum Estado tem o direito de exercer sua soberania exclusivamente, *i.e.*, excluindo pela força outro Estado de exercer o mesmo direito no mar aberto. Oppenheim continua: "Como, além do mais, o mar aberto nunca pode estar sob a soberania de qualquer Estado, nenhum Estado tem o direito de obter partes do mar aberto através de ocupação...". É mais correto dizer que nenhuma parte do mar aberto pode estar exclusivamente sob a soberania de um Estado; esse é o motivo pelo qual nenhum Estado tem o direito de obter partes do mar aberto através de ocupação.

jurídica nacional pela ordem jurídica internacional referir-se apenas aos atos coercitivos estabelecidos por essa ordem e o fato de, com a restrição desses atos coercitivos a um determinado território, a existência jurídica do Estado ficar restrita a esse território demonstram claramente que a ordenação de atos coercitivos, um elemento essencial do Direito, é, ao mesmo tempo, a função essencial do Estado.

c. O território do Estado em um sentido mais restrito e em um sentido mais amplo

Dentro da esfera territorial de validade da ordem jurídica nacional, ou seja, dentro do espaço onde certo Estado está autorizado a executar atos coercitivos, temos de distinguir o território do Estado em um sentido mais restrito e em um sentido mais amplo. Em um sentido mais restrito, o território do Estado é o espaço dentro do qual um Estado, o Estado a que pertence o território, está autorizado a colocar em prática atos coercitivos, um espaço do qual estão excluídos todos os outros Estados. É o espaço para o qual, segundo o Direito internacional geral, apenas uma determinada ordem jurídica está autorizada a prescrever atos coercitivos, é o espaço dentro do qual apenas os atos coercitivos estipulados por essa ordem podem ser executados. É o espaço dentro das chamadas fronteiras do Estado.

Mas existem também áreas onde todos os Estados têm permissão para executar atos coercitivos, com certas restrições. Tais áreas são o mar aberto (ou alto-mar) e os territórios que têm o caráter de terra de Estado algum por não pertencerem juridicamente a nenhum Estado particular. O mar aberto é a parte do mar que se estende além das águas territoriais. As águas territoriais (a faixa costeira) pertencem juridicamente ao território dos Estados litorâneos, mas estes estão, de acordo com o Direito internacional, sujeitos a certas restrições. A restrição mais importante é esta: o Estado litorâneo é obrigado, em tempo de paz, a permitir que os navios mercantes de todos os outros Estados passem por suas águas territoriais de modo inofensivo. No tocante aos navios de guerra estrangeiros, admite-se que o direito de passagem por trechos tais da faixa costeira que façam parte das rotas de trânsito internacional não pode ser negado. O mar aberto é uma área onde qualquer Estado está autorizado a empreender qualquer ação e, em especial, a exercer seu poder coercitivo, a bordo de suas próprias embarcações, ou seja, a bordo das embarcações que navegam legitimamente sob a bandeira desse Estado. O exercício do poder coercitivo de um Estado em alto-mar só é restringido porque ele não está autorizado a exercer seu poder coercitivo contra os navios de outros Estados, exceto sob certas circunstâncias. Assim, ele tem o direito de punir todas as embarcações estrangeiras que naveguem sob sua bandeira sem estarem autorizadas a fazê-lo e de punir a pirataria, mesmo que cometida por estrangeiros.

Os territórios que não são terra de Estado algum possuem um *status* similar ao do mar aberto. Aqui, cada Estado pode exercer seu poder coercitivo sem violar o Direito internacional. Mas existe uma diferença. O território que não é terra de nenhum Estado pode ser anexado por qualquer Estado por meio de ocupação efetiva sem que ocorra violação do Direito internacional. O Direito internacional não permite que nenhuma parte do mar aberto seja submetida à dominação exclusiva de um Estado, que se torne a esfera de validade exclusiva de uma ordem jurídica nacional, que se torne território de um Estado no sentido mais restrito do termo. Esse é o princípio jurídico da "liberdade do mar aberto", um dos princípios fundamentais do Direito internacional[5]. O mar aberto e os territórios que não são terra de Estado algum são território de todos os Estados, mas não são o território exclusivo de um Estado, não são a esfera territorial de validade exclusiva de uma ordem jurídica nacional. Eles são um espaço onde, por assim dizer, as esferas territoriais de validade das diversas ordens jurídicas intencionais se interpenetram.

---

5. Cf. *infra*, 321 ss.

d. A "impenetrabilidade" do Estado

O princípio de que a ordem jurídica nacional tem validade exclusiva para um determinado território, o território do Estado no sentido mais restrito, e de que, dentro desse território, todos os indivíduos estão sujeitos única e exclusivamente a essa ordem jurídica nacional ou ao poder coercitivo do Estado, é geralmente expresso dizendo-se que só pode existir um Estado no mesmo território ou – tomando emprestada uma expressão da física – que o Estado é "impenetrável". Existem, contudo, certas exceções a esse princípio. Pode ser concedido a um Estado, por meio de tratado internacional, o direito de empreender certas ações, especialmente o de empreender atos coercitivos, no território de outro Estado, atos que não seriam permitidos pelo Direito internacional geral. Em tempo de guerra, um Estado tem permissão, até mesmo de acordo com o Direito internacional geral, de empreender ações coercitivas em território estrangeiro que ele ocupe militarmente. Outra exceção é o chamado *condominium* ou *coimperium* exercido por dois (ou mais) Estados sobre o mesmo território. A ordem jurídica válida para esse território é uma parte comum das ordens jurídicas dos Estados que exercem o *condominium*. As normas dessa ordem jurídica são estabelecidas por meio de um acordo entre os Estados que exercem o *condominium* e executadas por órgãos comuns aos dois Estados. O território do *condominium* é um território comum a esses Estados, uma esfera territorial de validade comum às suas ordens jurídicas nacionais.

O Estado federal às vezes é citado como mais uma exceção; argumenta-se que o território de cada Estado-membro é, simultaneamente, parte do Estado federal. Porém, estaremos diante de uma exceção concreta apenas se os chamados Estados-membros de um Estado federal forem Estados genuínos. Retornaremos a esta questão mais tarde.

e. As fronteiras do território de Estado
(Mudanças no *status* territorial)

O princípio de que a ordem jurídica nacional é válida exclusivamente para um determinado território significa que está excluída desse território a validade de qualquer outra ordem jurídica nacional. Mas a validade da ordem jurídica internacional não está excluída da esfera territorial de validade da ordem jurídica nacional. A esfera territorial de validade da ordem jurídica internacional abrange as esferas de validade de todas as ordens jurídicas nacionais. Porque as esferas destas são determinadas pelo Direito internacional; elas são determinadas de acordo com o princípio de eficácia.

A validade exclusiva de uma ordem jurídica nacional, segundo o Direito internacional, estende-se apenas até onde essa ordem é, como um todo, eficaz, ou seja, até onde os atos coercitivos previstos por essa ordem são efetivamente postos em prática. Este é o princípio jurídico de acordo com o qual as fronteiras dos Estados dispostas sobre a superfície da Terra são determinadas.

A teoria tradicional faz distinção entre fronteiras "naturais" e "artificiais", *i.e.*, jurídicas; mas as fronteiras de um Estado sempre têm um caráter jurídico, coincidam elas ou não com fronteiras "naturais", como, por exemplo, um rio ou uma cordilheira.

As fronteiras de um Estado podem ser determinadas por um tratado internacional. Um Estado pode, por exemplo, ceder uma parte de seu território a outro Estado por meio de tratado. Tal tratado dá ao cessionário um direito jurídico contra o Estado cedente. Por meio do tratado de cessão, aquele adquire o direito de ocupar o território cedido, ou seja, de estender a validade e a eficácia de sua ordem jurídica a essa área. O território cedido, porém, não deixa de ser parte do território do Estado cedente e não se torna parte do território do cessionário até que a ordem jurídica deste se torne realmente eficaz dentro do território cedido, até que o cessionário tenha efetivamente tomado posse do território cedido. A mudança do *status* territorial verifica-se de acordo com o princípio de eficácia. Se existir um tratado de cessão, então a mudança de território na relação entre dois Estados não implica qualquer violação do Direito internacional. Se não existir nenhum acordo entre os Estados em questão, então a ocupação, ou seja, a tomada de posse do território de um Estado por outro Estado, constitui uma violação do Direito internacional, o qual obriga os Estados a respeitarem mutuamente a integridade territorial de cada um. A violação do Direito internacional acarreta as consequências previstas por essa ordem jurídica: o Estado cujo direito é violado pela ocupação antijurídica está autorizado a recorrer à guerra ou a represálias contra o Estado responsável pela violação[6].

Contudo, de acordo com o Direito internacional, ocorre uma mudança territorial se a ocupação, feita com a intenção de incorporar o território ocupado ao território do Estado ocupante, assume um caráter permanente, ou seja, se a ordem jurídica do Estado ocupante se torna eficaz para o território em questão. Geralmente fala-se de "ocupação" como um direito de aquisição apenas quando o território não pertencia previamente a outro Estado. Quando, ao contrário, o território pertencia a outro Estado, fala-se de "anexação", tendo-se em mente o caso da conquista, ou seja, o caso da tomada de posse do território inimigo através da força militar em tempo de guerra. A teoria tradicional admite que a anexação de território inimigo ocupado, seja da sua totalidade (subjugação) ou de uma parte dele, constitui aquisição do território por parte do Estado conquistador se a conquista for firmemente estabelecida[7]. Por outro lado, é possível tomar posse, pelo uso da força militar, do território de outro Estado contra sua vontade e sem qualquer resistência militar por parte da vítima. Uma vez que um ato unilateral de força executado por um Estado contra outro não é considerado guerra em si (a guerra sendo, segundo a opinião tradicional, "uma contenda entre dois ou mais Estados através de suas forças armadas" e, portanto, uma ação pelo menos bilateral[8]), a

---

6. Cf. 1, Oppenheim, *International Law*, 427 s., 450.
7. Cf. 2, Oppenheim, *International Law* (6ª ed., 1940), 166 s.
8. 1, Oppenheim, *International Law* (5ª ed.), 445.

anexação não é possível apenas em tempo de guerra, mas também em tempo de paz. O ponto decisivo é o de que a anexação, ou seja, a tomada de posse do território de outro Estado com a intenção de adquiri-lo, constitui aquisição desse território mesmo sem o consentimento do Estado ao qual o território pertencia previamente, se a posse for "firmemente estabelecida". Não faz diferença alguma se a anexação tem lugar após uma *occupatio bellica* ou não. (*Occupatio bellica*, a ocupação beligerante do território inimigo, é um objetivo específico da guerra; ela não implica, em si, uma mudança territorial.)

Se a expansão da eficácia de uma ordem jurídica nacional à esfera territorial de validade de outra ordem jurídica nacional, a anexação eficaz do território de um Estado por outro Estado, implica uma violação do Direito internacional, o Estado culpado, como assinalado, expõe-se às sanções estabelecidas pelo Direito internacional geral ou particular. O fato de o ato de anexação ser antijurídico não impede, porém, que o território anexado se transforme em parte do território do Estado ocupante, desde que a anexação seja firmemente estabelecida. *Ex injuria jus oritur.* Isso resulta do princípio jurídico de eficácia, vigente no Direito internacional. É o mesmo princípio de acordo com o qual o território de um Estado pode ser estendido a um território que previamente não era terra de Estado algum. A diferença entre a aquisição de território que tem o caráter de terra de nenhum Estado e a anexação de território pertencente a outro Estado consiste simplesmente no fato de que, no primeiro caso, a ocupação do território que constitui a mudança no *status* territorial segundo o princípio de eficácia é sempre jurídica, ao passo que, no segundo caso, ela é jurídica apenas se for a execução de um tratado de cessão.

É possível que um tratado de cessão suceda à ocupação do território pelo Estado aquisidor, como, por exemplo, no caso em que a cessão é o resultado da guerra, e o território cedido tem estado sob a ocupação militar do Estado ao qual está sendo cedido. Se a ocupação que precedeu o tratado de cessão tinha o caráter de uma violação do Direito internacional, o tratado posterior tem a função de legitimar a ocupação.

A teoria tradicional também considera a acresção, isto é, o aumento da terra através de novas formações, tais como o surgimento de uma ilha dentro de um rio ou junto à faixa costeira, como uma modalidade de aquisição de território. Segundo o Direito internacional, admite-se que "a ampliação de território, caso ocorra alguma, criado através de novas formações, tem lugar *ipso facto* pela acresção, sem que o Estado em questão tome qualquer medida especial com o propósito de expandir sua soberania"[9]. Essa regra, porém, pressupõe que o novo território se encontre dentro da esfera de controle efetivo do Estado aquisidor.

No Direito internacional, para o caso da "prescrição", também considerado um modo de obter território para o Estado, a regra compreendida é a de que uma posse contínua, sem perturbações, gera "um direito do possuidor, se a posse se estendeu por algum espaço de tempo"[10]. Como não existe nenhuma regra no tocante a esse espaço de tempo, é quase que impossível distinguir a "prescrição" do princípio geral de eficácia, segundo o qual a posse firmemente estabelecida por parte do Estado possuidor, exercida com a intenção de conservar como seu o território, constitui a aquisição desse território. Segundo o princípio de eficácia, a posse também tem de se estender por algum espaço de tempo para ser considerada "firmemente estabelecida". Oppenheim afirma: "A base da prescrição no Direito internacional nada mais é que o reconhecimento de um fato, por mais ilícito que ele seja em sua origem, por parte dos membros da Família das Nações."[11] Ele ainda diz "que na prática dos membros da Família das Nações, um Estado é considerado como sendo o possuidor legítimo até mesmo das partes de seu território das quais, originariamente, tomou posse de modo errado e ilícito, desde que o possuidor tenha exercido a posse, sem perturbações, pelo espaço de tempo necessário para gerar a convicção geral de que a ordem presente de coisas está em conformi-

---

9. 1, Oppenheim, *International Law*, 455.
10. 1, Oppenheim, *International Law*, 455.
11. 1, Oppenheim, *International Law*, 456.

dade com a ordem internacional". Mas, ao mesmo tempo, ele admite "que nenhuma regra geral pode ser estabelecida no que diz respeito ao espaço de tempo"[12]; e que a anexação do território conquistado "confere um direito apenas depois de uma conquista *firmemente estabelecida*"[13], sem que se leve em consideração o caráter jurídico ou antijurídico da conquista e o espaço de tempo transcorrido após ela.

A teoria tradicional faz distinção entre modos derivativos e originais de aquisição, conforme "o direito que eles concedem seja derivado ou não do direito de um Estado possuidor anterior". Como o "domínio", ou seja, o fato de um determinado território pertencer juridicamente a certo Estado, baseia-se única e exclusivamente na eficácia permanente da ordem coercitiva do Estado para o território em questão, e não no "domínio" do Estado anterior, não existe, em absoluto, nenhuma aquisição derivativa. A caraterística da cessão não é – como geralmente se presume – a de que esse modo de aquisição seja derivativo, mas a de que ele torna possível a aquisição do território de outro Estado sem violação do Direito internacional.

Os diferentes modos de perder território correspondem aos modos de adquirir território e são, como estes, determinados pelo princípio de eficácia. Isso é especialmente verdadeiro para a chamada "derrelição", que corresponde à ocupação. Falamos de derrelição quando um Estado abandona uma parte de seu território sem pretender ou sem ter condições de retomá-lo.

Um modo de perda de território que não corresponde a um modo de aquisição é o estabelecimento de um novo Estado em uma porção do território de um Estado antigo por uma parte de sua população. O nascimento de um novo Estado tem lugar, como veremos mais tarde, de acordo com o princípio de eficácia, quer seja o estabelecimento de um novo Estado resultado de uma secessão revolucionária de uma parte da população como, por exemplo, no caso dos Estados Unidos, quer seja resultado de um tratado internacional como, por exemplo, no

---

12. 1, Oppenheim, *International Law*, 450.
13. Oppenheim, *International Law*, 429.

caso de Danzig ou do Estado do Vaticano. O fato constitutivo é o de que uma nova ordem jurídica se torna eficaz para um território que, anteriormente, integrava o território de um Estado existente; e que, em consequência, a ordem jurídica nacional anteriormente válida deixa de ser eficaz para esse território.

f. O território do Estado como espaço tridimensional

O território de um Estado costuma ser considerado como uma porção definida da superfície da Terra. Essa ideia é incorreta. O território de um Estado, como esfera territorial de validade da ordem jurídica nacional, não é um plano, mas um espaço de três dimensões. A validade, assim como a eficácia, da ordem jurídica nacional estende-se não apenas em largura e comprimento, mas também em profundidade e altura. Como a Terra é um globo, a forma geométrica desse espaço – o espaço do Estado – é, aproximadamente, a de um cone invertido. O vértice desse cone está no centro da Terra, onde os espaços cônicos, os chamados territórios de todos os Estados, se encontram. O que a teoria tradicional define como "território do Estado", aquela porção da superfície terrestre delimitada pelas fronteiras do Estado, é apenas um plano visível formado pelo corte transversal do espaço cônico do Estado. O espaço acima e abaixo desse plano pertence juridicamente ao Estado até onde se estende o seu poder coercitivo, e isso significa juridicamente a eficácia da ordem jurídica nacional.

Muitos autores presumem que todo o espaço acima e abaixo do território de Estado (como parte da superfície terrestre) pertence ao Estado territorial sem levar em consideração o âmbito de seu controle efetivo. Esse parecer, porém, não é compatível com o princípio geral de eficácia. No que diz respeito ao espaço aéreo, o Artigo 1 da Convenção Internacional do Ar, concluída em 1919, declara que todo Estado tem "soberania completa e exclusiva" no ar acima de seu território e de suas águas territoriais. Segundo o Artigo 2 da Convenção, as partes contratantes concordam, "em tempo de paz, em conceder a liberdade de passagem inofensiva" por sobre o seu território e suas águas territoriais às aeronaves dos outros Estados contratantes que observem as condições prescritas na Convenção. Segundo o Artigo 3, qualquer Estado tem o direito, "por motivos militares ou no interesse da segurança pública", de demarcar as "áreas proibidas", desde que isso se torne público e seja notificado aos outros Estados contratantes. É lógico que um Estado pode impor o cumprimento dos dispositivos dessa convenção ou da sua própria ordem jurídica nacional às aeronaves de outros Estados apenas dentro da parte do espaço aéreo sobre a qual exerce controle efetivo. A validade de qualquer ordem jurídica não pode se estender além dessa esfera. Por outro lado, não existe nenhuma regra do Direito internacional geral constituindo um espaço aéreo livre ou um subsolo livre, análoga ao princípio da "liberdade do mar aberto". Da inexistência de tal norma não se segue necessariamente a consequência de que todo o espaço acima e abaixo da superfície pertença ao Estado em questão. É perfeitamente possível que o espaço aéreo, assim como o subsolo, que está além do controle efetivo do Estado territorial, tenha o caráter de terra de nenhum Estado. Parece, contudo, que, segundo o Direito internacional geral, os outros Estados não têm nenhum direito de ocupar esse espaço, mesmo dispondo da capacidade técnica de fazê-lo. A única maneira de caracterizar essas partes do Estado em conformidade com o princípio de eficácia é admitir um direito exclusivo do Estado territorial de ocupar, ou seja, de estender, de acordo com o progresso de seus meios técnicos, a eficácia de sua ordem jurídica às partes do espaço aéreo e do subsolo que anteriormente estavam além de seu controle efetivo.

g. A relação entre o Estado e o seu território

Na doutrina tradicional, a questão da relação entre o Estado como pessoa jurídica e o "seu" território ganha certo destaque. O problema origina-se da ideia antropomórfica de que o Estado é um tipo de homem ou supra-homem, e o seu território, um tipo de propriedade que ele possui. Existem, é verdade, certas similaridades entre as leis que regulamentam a transferência de bens imobiliários e as regras do Direito internacional referentes às mudanças territoriais. Ainda assim, o problema deve ser rejeitado como sendo um pseudoproblema. Não existe absolutamente relação alguma entre o Estado, considerado como pessoa, e o seu território, já que este é apenas a esfera territorial de validade da ordem jurídica nacional. Portanto, é fora de propósito perguntar se a relação do Estado com o seu território tem o caráter de um *jus in rem* ou de um *jus in personam*. A determinação da esfera de validade da ordem jurídica nacional pelo Direito internacional é algo completamente diferente das estipulações da ordem jurídica nacional pelas quais se constitui um *jus in rem* ou um *jus in personam*.

B. O TEMPO COMO UM ELEMENTO DO ESTADO

a. A esfera temporal de validade da ordem jurídica nacional

É característico da teoria tradicional considerar o espaço – o território –, mas não o tempo, como um "elemento" do Estado. No entanto, um Estado existe não apenas no espaço, mas também no tempo, e, se consideramos o território um elemento do Estado, então temos de considerar também o período de sua existência como um elemento do Estado. Quando se diz que não pode existir mais de um Estado dentro do mesmo espaço, obviamente, pretende-se dizer que não pode existir mais de um Estado dentro do mesmo espaço ao mesmo tempo. Toma-se como autoevidente o fato de que, como demonstra a história, dois diferentes Estados podem existir, um após o outro, pelo menos até certo ponto, dentro do mesmo espaço. Exatamente como o território é um elemento do Estado não no sentido de um espaço natural que o Estado preenche como um corpo físico, mas apenas no sentido da esfera territorial de validade da ordem jurídica nacional, assim o tempo, o período de existência, é um elemento apenas no sentido de que corresponde à esfera temporal de validade. Ambas as esferas são limitadas. Assim como o Estado não é espacialmente infinito, ele não é temporalmente eterno. A ordem que regula a coexistência espacial dos vários Estados é a mesma que regula a sua sequência temporal. O Direito internacional delimita tanto a esfera territorial quanto a esfera temporal de validade da ordem jurídica nacional. O ponto no tempo em que um Estado começa a existir, ou seja, o momento em que uma ordem jurídica nacional começa a ser válida, assim como o momento em que uma ordem jurídica deixa de ser válida, é determinado pelo Direito internacional de acordo com o princípio de eficácia. É o mesmo princípio de acordo com o qual se determina a esfera territorial de validade da ordem jurídica nacional.

b. Nascimento e morte do Estado

1. A limitação da esfera temporal de validade da ordem jurídica nacional pela ordem jurídica internacional

O problema da esfera temporal de validade da ordem jurídica nacional costuma ser apresentado como o problema do nascimento e da morte do Estado. É de reconhecimento geral que a questão de saber se um novo Estado começou a existir ou se um antigo Estado deixou de existir deve ser respondida com base no Direito internacional. Os princípios relevantes do Direito internacional são comumente formulados da seguinte maneira: um novo Estado, no sentido do Direito internacional, passa a existir caso um governo independente tenha se estabelecido proclamando uma ordem coercitiva para um determinado território, e se o governo for eficaz, *i.e.*, se for capaz de obter a obediência permanente a essa ordem por parte dos indivíduos que vivem nesse território. Pressupõe-se que o território no qual foi posta em vigor a ordem coercitiva não formou previamente, junto com os indivíduos que nele vivem, o território e a população de um Estado. Ele deve ser um território que, junto com os indivíduos que nele vivem, não pertenceu, até então, a Estado algum, ou então a dois ou mais Estados, ou apenas fez parte do território e da população de um Estado. Caso se haja estabelecido um governo capaz de obter obediência permanente à sua ordem, em um território e por parte de uma população que já eram o território e a população de um único Estado, se o território e a população forem idênticos, então nenhum novo Estado, no sentido do Direito internacional, começou a existir; apenas foi estabelecido um novo governo. Admite-se um novo governo apenas se ele for estabelecido através de revolução ou *coup d'état*.

2. A identidade do Estado

Um Estado permanece o mesmo por tanto tempo quanto seja mantida a continuidade da ordem jurídica nacional, ou seja, por tanto tempo quanto as mudanças dessa ordem, mesmo as mudanças fundamentais no conteúdo das normas jurídicas da esfera territorial de validade, sejam o resultado de atos executados em conformidade com a constituição e desde que a mudança não implique o término da validade da ordem jurídica nacional como um todo. Tal é o caso, por exemplo, quando um Estado, por meio de um ato de sua própria legislação, se funde com outro Estado. Assim, a República austríaca foi declarada parte do Reich alemão, após a promulgação de uma lei votada por sua Assembleia Nacional em 12 de novembro de 1918 (mas não executada) e, mais tarde, de uma lei decretada por seu governo em 13 de março de 1938.

Apenas do ponto de vista da própria ordem jurídica nacional é que a continuidade desta coincide com a identidade do Estado constituído por essa ordem. Contudo, se a mudança for o resultado de uma revolução ou de um *coup d'état*, a questão da identidade do Estado pode ser respondida apenas com base na ordem jurídica internacional. Segundo o Direito internacional, o Estado permanece o mesmo na medida em que o território continue essencialmente o mesmo. A identidade do Estado no tempo está baseada diretamente na identidade do território e apenas indiretamente na identidade da população que vive no território. Segundo a teoria tradicional, o Estado deixa de existir quando o governo não é mais capaz de obter obediência à ordem coercitiva que, até então, era eficaz para esse território. Para se ter como certo que um Estado deixa de existir é necessário que nenhum outro governo seja capaz de obter obediência permanente à ordem coercitiva válida para o território em discussão. Este pode tornar-se terra de nenhum Estado, parte do território de outro Estado ou parte dos territórios de dois ou mais Estados. Se o território em questão continua a ser, em sua totalidade, território de um Estado, não é possível ter como certo que um Estado deixou de existir e outro começou a existir no mesmo território. Trata-se do mesmo território, que continua a existir, mas sob um novo governo que assumiu o poder por meio de revolução ou *coup d'état*.

3. O nascimento e a morte do Estado como problemas jurídicos

O problema do começo e do fim da existência de um Estado é um problema jurídico apenas se admitirmos que o Direito internacional de fato corporifica alguns princípios tais como os indicados no capítulo anterior. Apesar de alguns autores advogarem o parecer oposto, o problema todo, tal como habitualmente formulado, tem um caráter especificamente jurídico. Ele diz respeito à questão: sob quais circunstâncias uma ordem jurídica nacional começa a ser ou deixa de ser válida? A resposta dada pelo Direito internacional é a de que uma ordem jurídica nacional começa a ser válida tão logo se torne – como um todo – eficaz, e deixa de ser válida tão logo perca essa eficácia. A ordem jurídica permanece a mesma na medida em que sua esfera territorial de validade permaneça essencialmente a mesma, ainda que a ordem seja modificada de outra maneira que não a prescrita pela constituição, por meio de revolução ou *coup d'état*. Uma revolução vitoriosa ou um *coup d'état* bem-sucedido não destroem a identidade da ordem jurídica que modificam. A ordem estabelecida por revolução ou *coup d'état*, se for válida para o mesmo território, deve ser considerada como uma modificação da antiga ordem, não como uma nova ordem. O governo levado ao poder por uma revolução ou um *coup d'état* é, de acordo com o Direito internacional, o governo legítimo do Estado, cuja identidade não chega a ser afetada por esses eventos. Portanto, segundo o Direito internacional, revoluções vitoriosas ou *coups d'état* bem-sucedidos devem ser interpretados como procedimentos por meio dos quais uma ordem jurídica nacional pode ser modificada. Ambos os eventos são, à luz do Direito internacional, fatos criadores de Direito. Novamente, *ex injuria jus oritur*, e, mais uma vez, o princípio de eficácia é aplicado.

c. O reconhecimento

1. O reconhecimento de uma comunidade como Estado

O Direito internacional geral determina as condições em que uma ordem social é uma ordem jurídica nacional ou, o que redunda no mesmo, as condições em que uma comunidade é um Estado e, como tal, um sujeito do Direito Internacional. Se Estados são sujeitos do Direito internacional, este deve determinar o que é um Estado, exatamente como o Direito nacional tem de determinar quem são os sujeitos dos deveres por ele estipulados, como, por exemplo, apenas seres humanos, e não animais ou apenas homens livres, e não escravos. Se o Direito internacional não determinasse o que é um Estado, então suas normas não seriam aplicáveis.

De acordo com o Direito internacional, uma ordem social é uma ordem jurídica nacional se for uma ordem coercitiva relativamente centralizada regulamentando a conduta humana, se essa ordem for inferior apenas à ordem jurídica internacional e se ela for eficaz para um determinado território. A mesma regra, caso expressa na habitual linguagem da personificação, diz o seguinte: uma comunidade é um Estado se os indivíduos pertencentes a essa comunidade vivem em um determinado território sob um governo independente e eficaz. Esse é o fato do "Estado no sentido do Direito internacional". Trata-se de um fato ao qual o Direito internacional vincula várias consequências importantes.

Se uma ordem jurídica, em uma regra abstrata, vincula certas consequências a certo fato, ela deve, tal como indicado em capítulo anterior, determinar um procedimento por meio do qual seja verificada a existência do fato, em um caso concreto e por uma autoridade competente. No domínio do Direito, não existe nenhum fato "em si", nenhum fato imediatamente evidente; existem apenas fatos verificados pelas autoridades competentes em um procedimento determinado pelo Direito.

Uma vez que o Direito internacional geral consiste em normas gerais, ele pode determinar o fato jurídico do "Estado" apenas em termos abstratos. Mas como, de acordo com o Direito internacional, deve ser solucionada a questão de que o fato jurídico do "Estado no sentido do Direito internacional" existe em um dado caso? Uma dada comunidade de homens possui as qualidades exigidas de um sujeito do Direito internacional? Em outras palavras, o Direito internacional é aplicável a essa comunidade em suas relações com outros Estados? Qual é o procedimento por meio do qual deve ser determinado o fato do "Estado no sentido do Direito internacional"? Quem é competente para verificar o fato em questão? O procedimento estabelecido pelo Direito internacional para verificar o fato do "Estado no sentido do Direito internacional" em um caso concreto é chamado reconhecimento; competentes para determinar a existência desse fato são os governos dos outros Estados interessados na existência do Estado em questão.

Na teoria tradicional predomina alguma confusão quanto ao problema do reconhecimento. O motivo dessa confusão é o fato de não se fazer uma distinção clara entre dois atos totalmente diferentes, ambos chamados reconhecimento: um é um ato político, o outro é um ato jurídico[14]. O ato político de reconhecer um Estado significa que o Estado reconhecedor está disposto a travar relações políticas e outras com o Estado reconhecido, relações do tipo que normalmente existem entre os membros da Família das Nações. Como um Estado no sentido do Direito internacional não é obrigado a manter tais relações com outros Estados, a saber, enviar e receber emissários diplomáti-

---

14. Cf. meu artigo "Recognition in International Law: Theoretical Observations" (1941), 35 *Am. J. International Law*, 605 s.

cos, concluir tratados etc., o reconhecimento político de um Estado é um ato que repousa na decisão arbitrária do Estado reconhecedor. Esse reconhecimento pode ser efetuado por meio de uma declaração unilateral do Estado reconhecedor ou por meio de uma transação bilateral, a saber, por meio de uma troca de notas diplomáticas entre o governo do Estado reconhecedor, por um lado, e o governo do Estado reconhecido, pelo outro. O reconhecimento político pode ser condicional ou incondicional. Contudo, essas questões não têm importância a partir de um ponto de vista jurídico, na medida em que a declaração de disposição de travar relações políticas e de outro tipo com um Estado não constitui nenhuma obrigação jurídica concreta.

Tal obrigação pode surgir apenas por meio de um tratado entre dois Estados, e tal tratado contém mais do que um mero reconhecimento. Essa declaração não tem em si quaisquer consequências jurídicas, apesar de poder ser de grande importância política, especialmente para o prestígio do Estado a ser reconhecido. O ato político do reconhecimento, como não tem absolutamente nenhum efetivo jurídico, não é constitutivo da existência jurídica do Estado reconhecido. O reconhecimento político pressupõe a existência jurídica do Estado a ser reconhecido. Caso se deseje indicar o fato negativo de que um ato não tem nenhuma consequência jurídica dizendo que ele é apenas "declaratório", então o ato político de reconhecimento pode ser caracterizado como "declaratório".

Muito diferente do ato político é o ato jurídico de reconhecimento. Este é o procedimento mencionado acima, estabelecido pelo Direito internacional para verificar o fato do "Estado" em um caso concreto. Um Estado reconhecer uma comunidade como Estado significa juridicamente que ele declara a comunidade como sendo um Estado no sentido do Direito internacional.

Segundo o Direito internacional, tal reconhecimento é de fato necessário. O Direito internacional geral determina sob que condições uma comunidade tem de ser considerada um Estado e, consequentemente, fornece um procedimento para decidir se uma comunidade, num caso concreto, preenche ou não essas condições e se, portanto, é ou não um Estado no sentido do Direito internacional. Para decidir essa questão, o Direito internacional autoriza o governo dos Estados que – segundo o Direito internacional – têm deveres e direitos em relação à comunidade em discussão, desde que essa comunidade seja um Estado. É verdade que o governo de um Estado interessado na existência ou não existência de outro Estado não é uma autoridade objetiva e imparcial para decidir a questão. Mas como o Direito internacional geral não institui nenhum órgão especial para criar e aplicar o Direito, não existe nenhuma outra maneira de verificar a existência de fatos que não a própria verificação desses fatos, e isso significa o seu "reconhecimento" pelos governos interessados. O reconhecimento de uma comunidade como Estado no sentido do Direito internacional é apenas um caso particular do princípio geral do reconhecimento, ou seja, o princípio segundo o qual, em um caso concreto, a existência de fatos aos quais o Direito internacional vincula consequências jurídicas tem de ser averiguada pelos governos interessados nesses fatos. Isso é uma consequência da extensa descentralização do Direito internacional.

Ao decidir se uma comunidade que pretende ser um Estado é efetivamente um Estado no sentido do Direito internacional, os governos dos outros Estados não estão, de modo algum, livres. Eles não são, é verdade, obrigados a reconhecer uma comunidade como Estado; mas se um Estado reconhece outra comunidade como Estado, ele está obrigado pelo Direito internacional que determina de uma maneira geral os elementos essenciais de um Estado. Um Estado nunca pode violar o Direito internacional pelo mero ato de não reconhecer uma comunidade como Estado.

Mas um Estado viola o Direito internacional e, desse modo, infringe os direitos dos outros Estados, se reconhecer como Estado uma comunidade que não preenche as exigências do Direito internacional. Assim que um Estado, através de seu governo, atesta que uma comunidade é um Estado no sentido do Direito internacional – isto é, que um Estado reconheceu a comunidade como Estado –, o Estado reconhecedor tem para com a comunidade reconhecida todas as obrigações e todos os direitos estipulados pelo Direito internacional geral; e, vice-

-versa, o Direito internacional torna-se aplicável ao relacionamento do Estado reconhecedor para com o reconhecido. Mas o reconhecimento precisa ser recíproco para que o Direito internacional possa ser aplicável também ao relacionamento do Estado reconhecido para com o Estado reconhecedor. O reconhecimento, ou o *actus contrarius*, o não reconhecimento, como verificação de que o fato do "Estado" no sentido do Direito internacional existe ou não em um caso concreto, é importante não apenas para o nascimento de um novo Estado, mas também para a extinção de um antigo Estado. Quando um Estado, através de seu governo, atesta que uma comunidade até então reconhecida como Estado não mais corresponde às exigências do Direito internacional, ou seja, quando um Estado retira o reconhecimento de uma comunidade, esta deixa de existir juridicamente como Estado em relação àquele. A existência de Estados tem um caráter inteiramente relativo. Os Estados existem juridicamente como sujeitos do Direito internacional apenas em relação a outros Estados, com base no reconhecimento mútuo.

Assim como o Direito internacional não é violado se a competência para reconhecer uma comunidade como Estado não for exercida, ele tampouco pode ser violado se a competência para retirar o reconhecimento não for exercida. Não existe nenhum dever de executar esse ato. Mas, assim como o Direito internacional pode ser violado por um ato de reconhecimento, ele também pode ser violado pelo ato de retirada de reconhecimento. O reconhecimento, assim como o *actus contrarius*, pode ser executado em contradição com o Direito internacional. Um Estado pode declarar que uma comunidade, que até então tem sido um Estado, deixou de ser um Estado, apesar de, na verdade, ela ainda preencher todas as condições estabelecidas pelo Direito internacional. Desse modo, o Direito da comunidade em questão é violado. A questão de sua existência jurídica é disputada entre a comunidade e o Estado que nega sua existência. Nesse caso, tornam-se aplicáveis as mesmas regras que, de acordo com o Direito internacional geral, devem ser aplicadas no caso de a questão em disputa ser a de um Estado ter ou não violado o Direito de outro Estado.

Um Estado pode declarar como "não devendo ser reconhecida" a anexação de outro Estado por um terceiro porque a anexação implica uma violação do Direito internacional. Porém, se a anexação for eficaz, isto é, firmemente estabelecida, o governo do Estado não reconhecedor não pode sustentar que a comunidade incorporada ainda exibe todos os elementos essenciais a um Estado no sentido do Direito internacional. Então, o "não reconhecimento" não pode subentender a opinião do governo não reconhecedor de que a comunidade antijuridicamente incorporada continua a existir como um Estado independente. O "não reconhecimento" pode ter uma significação política. Ele pode expressar certa desaprovação por parte do governo não reconhecedor e o seu desejo de ver a comunidade antijuridicamente anexada restaurada como Estado independente. Imputar a tal não reconhecimento o significado de que a comunidade em questão não deixou de existir como Estado implica uma ficção, em contradição com a realidade jurídica determinada pelo princípio de eficácia.

Uma vez que o reconhecimento de um Estado é, como ato jurídico, o estabelecimento de um fato determinado pelo Direito internacional, ele não pode ser condicional. A questão de saber se dada comunidade é um Estado no sentido do Direito internacional pode ser respondida apenas com "sim" ou "não". O conteúdo da declaração exclui qualquer possibilidade de condições. O reconhecimento de um Estado só pode ser incondicional. No caso de um reconhecimento condicional, por exemplo, a dedicação de que o Estado A reconhece o novo Estado B com a condição de que o novo Estado conceda direitos específicos a certa minoria de sua população, a condição não pode se referir ao estabelecimento do fato, contido implicitamente no ato de reconhecimento, de que a comunidade B é um Estado no sentido do Direito internacional. A condição pode se referir apenas ao ato político de reconhecimento que, neste caso, está ligado ao ato jurídico. Se a comunidade B, reconhecida como Estado, aceitou a declaração do Estado A, *i.e.*, se B está sob a obrigação, para com A, de conceder direitos específicos a certa minoria de sua população, e não cumprir essa obrigação, então

B estará violando um direito de A, com todas as consequências de uma violação do Direito segundo o Direito internacional geral. Para a existência jurídica do Estado B em relação ao Estado A, baseada no ato do reconhecimento, essa violação do Direito não tem nenhuma importância.

2. *Reconhecimento* de jure *e* de facto

Na teoria e na prática, costuma-se distinguir entre reconhecimento *de jure* e *de facto*. A significação dessa distinção não é inteiramente clara. Em geral, acredita-se que o reconhecimento *de jure* é definitivo, ao passo que o reconhecimento *de facto* é apenas provisório, podendo, desse modo, ser cancelado. Se tal distinção foi feita no que diz respeito ao ato político de reconhecimento, deve-se observar que a declaração de disposição para travar relações políticas e econômicas com o novo Estado não constitui qualquer obrigação jurídica. Mesmo que esse reconhecimento político não tenha caráter provisório, ele não é um ato jurídico e, desse modo, não é *de jure*. Para que o reconhecimento político não possa ser retirado unilateralmente, ele precisa ter a forma de um tratado entre o Estado reconhecedor e o reconhecido, um tratado constituindo obrigações jurídicas. Então, o conteúdo da declaração de ambos os Estados deve incluir mais que um mero reconhecimento.

A distinção em questão pode ser aplicada ao ato jurídico de reconhecimento apenas com a restrição de que o chamado reconhecimento *de facto* é também um reconhecimento *de jure* porque representa um ato jurídico. No entanto, esse ato jurídico de reconhecimento *de facto* talvez difira, de certa forma, do ato de reconhecimento *de jure*, usando-se o termo em um sentido mais restrito. Com relação a isso, deve-se observar que às vezes é difícil responder se uma dada comunidade preenche todas as condições prescritas pelo Direito internacional para ser um Estado. Imediatamente após o surgimento de uma nova comunidade que pretende ser um Estado, há dúvidas quanto a saber se o fato dado corresponde inteiramente às exigências do Direito internacional e, sobretudo, se a nova ordem é permanentemente eficaz e independente. Se o ato jurídico de reconhecimento for feito nesse estágio, o Estado reconhecido pode desejar referir-se à situação, em seu ato, declarando o reconhecimento como sendo meramente *de facto*. A expressão não é, como foi indicado, de todo precisa, pois mesmo tal reconhecimento é um ato jurídico e tem, nas relações entre o Estado reconhecedor e o reconhecido, os mesmos efeitos que um reconhecimento *de jure*. Caso ocorra, mais tarde, que a comunidade reconhecida não preencha, de fato, todas as condições prescritas pelo Direito internacional, o Estado reconhecedor pode, em qualquer momento, estabelecer isso; mas tal estabelecimento é possível também caso o reconhecimento tenha sido anunciado não como um reconhecimento *de facto*, mas *de jure*. Precisamos apenas nos recordar que qualquer Estado está autorizado, segundo o Direito internacional, a estabelecer, em qualquer momento, o fato de que uma comunidade que até então era um Estado deixou de sê-lo por não mais preencher as condições prescritas pelo Direito internacional geral.

A partir de um ponto de vista jurídico, a distinção entre reconhecimento *de jure* e *de facto* não tem nenhuma importância.

3. Reconhecimento com força retroativa

Já que, segundo o Direito internacional geral, os Estados não têm a obrigação, mas apenas o poder, de determinar se uma comunidade é ou deixou de ser um Estado, isso pode ser estabelecido em qualquer momento, independentemente da data em que, na opinião do Estado determinador, a comunidade em questão começou a preencher as condições prescritas. O Estado competente para estabelecer isso pode fixar a data em sua declaração. O Estado reconhecedor pode efetuar o reconhecimento ou o *actus contrarius* com força retroativa, declarando que a comunidade em questão começou a preencher ou deixou de preencher as condições prescritas pelo Direito internacional antes da data do reconhecimento ou do *actus contrarius*. Os atos jurídicos com força retroativa são possíveis de acordo com o Direito internacional. Não há motivo algum para supor que o ato de reconhecimento ou o seu *actus contrarius* constituem exceção a essa regra. Se esses atos têm ou não força retroativa é algo a ser decidido de acordo com a intenção do Estado atuante. Essa intenção deve ser expressa de algum modo. Nenhuma forma especial é prescrita pelo Direito internacional; na verdade, tampouco existe uma para o ato de reconhecimento ou para o seu *actus contrarius*. Quanto ao órgão do Estado competente para efetuar o ato de reconhecimento ou o seu oposto, o Direito internacional geral não tem nenhuma regulamentação especial. Aplica-se aqui a regra geral segundo a qual o Direito internacional delega à ordem jurídica nacional a determinação dos órgãos que representam o Estado em suas relações com outros Estados. Nesse contexto, deve-se observar que, de acordo com o princípio de eficácia vigente no Direito internacional, apenas a constituição eficaz de um Estado deve ser considerada como delegada pelo Direito internacional. A constituição realmente eficaz de um Estado não corresponde necessariamente à sua constituição escrita.

4. Reconhecimento por meio de ingresso na Liga das Nações

Por meio de um tratado internacional, um Estado pode transferir para outro Estado, para uma união de Estados ou para os seus órgãos a competência para reconhecer a existência de outro Estado. É nesse sentido que devemos interpretar o Artigo I, seção 2, do Pacto da Liga das Nações, que diz o seguinte: "Qualquer Estado, Domínio ou Colônia, inteiramente autogovernado, não mencionado no Anexo, pode tornar-se um Membro da Liga das Nações se seu ingresso for aprovado por dois terços da Assembleia...". Esse dispositivo não subentende que apenas os Estados reconhecidos por todos os membros da Liga podem, por meio do voto majoritário da Assembleia, ser admitidos na Liga. Assim, é possível que uma comunidade se torne um membro da Liga, mesmo que essa comunidade ainda não tenha sido reconhecida por um ou outro membro que vota contra o seu ingresso. Por meio do ingresso na Liga, a comunidade em questão torna-se um sujeito dos direitos e deveres estipulados pelo Pacto em relação a todos os outros membros, mesmo aqueles que votaram contra o ingresso do novo membro; e os outros membros da Liga, mesmo os que votaram contra o seu ingresso, segundo as regras estabelecidas pelo Pacto, obtêm certos direitos e incorrem em certas obrigações em relação ao novo membro. Isso só é possível com a suposição de que o novo Estado, por meio do ingresso na Liga, é reconhecido como Estado em relação aos membros que ainda não o reconheceram. A resolução da Assembleia pela qual é admitido o novo membro implica o ato de reconhecimento pelos membros que ainda não reconheceram o novo membro. Um Estado, ao se sujeitar ao Pacto da Liga das Nações, transfere para a Assembleia a competência de reconhecer como Estado uma comunidade que ainda não foi reconhecida. Contudo, essa transferência de competência é limitada ao caso em que a comunidade é admitida na Liga. Existe uma situação análoga quando Estados firmam um tratado por meio do qual se institui um tribunal, ou seja, quando o tratado tem uma cláusula de acessão ilimitada. Se uma comunidade que não foi reconhecida como Estado por um ou outro membro do tratado se tornar uma parte no tratado e pleitear no tribunal contra um Estado que ainda não o reconheceu, então o tribunal, por causa da objeção do réu, de que o queixoso não é "Estado no sentido do Direito internacional", tem de decidir *status* do queixoso de uma maneira que obrigue o réu. Em tal caso, existe um direito de ser reconhecido.

5. Reconhecimento de governos

O reconhecimento de um indivíduo ou de um corpo de indivíduos como governo de um Estado oferece essencialmente o mesmo problema que o reconhecimento de uma comunidade como Estado. O ato jurídico de reconhecimento de um governo deve, em princípio, ser distinguido do ato político de reconhecimento. O primeiro ato, como foi assinalado, é o estabelecimento do fato de que um indivíduo ou um corpo de indivíduos é efetivamente o governo de um Estado. O segundo ato é a declaração de disposição para travar relações mútuas com esse governo. Um governo, segundo as normas do Direito internacional, é o indivíduo ou o corpo de indivíduos que, em virtude da constituição eficaz de um Estado, representa o Estado em suas relações com outros Estados, *i.e.*, é competente para atuar em nome do Estado em suas relações com a comunidade dos Estados. Como, porém, um Estado nesse sentido deve ter um governo, e uma comunidade que não tem um governo no sentido do Direito internacional não é um Estado, o reconhecimento de uma comunidade como Estado subentende que a comunidade reconhecida tem um governo. O ato jurídico de reconhecimento de um governo não pode ser separado do ato jurídico de reconhecimento de um Estado. Na medida em que um Estado admite que outra comunidade é um Estado no sentido do Direito internacional, e na medida em que não declara que essa comunidade deixou de ser um Estado, ele não pode declarar que esse Estado não tem governo. Um Estado, porém, é livre para travar ou se recusar a travar relações políticas e de outro tipo com um governo, ou seja, ele pode conceder ou recusar ao governo o reconhecimento político, mas nunca o reconhecimento jurídico.

A recusa de reconhecimento político, porém, é possível apenas em grau limitado. Sustenta-se habitualmente que um Estado cujo governo não é politicamente reconhecido por outro Estado pode, ainda assim, continuar a ser um sujeito do Direito internacional em relação a esse outro Estado, e que todos os direitos e deveres estipulados pelo Direito internacional geral e particular permanecem em vigor nas relações mútuas de ambos os Estados. É, porém, o governo que cumpre as obrigações internacionais e aciona os direitos internacionais. Suponhamos que o Estado A se recusa a reconhecer o governo do Estado B, não o Estado B como tal, e exija do Estado B o cumprimento de seus deveres em relação ao Estado A. Então o Estado A deve aceitar o fato de que as obrigações do Estado B são cumpridas pelo seu governo, não reconhecido pelo Estado A; tampouco pode o Estado A recusar-se a cumprir um dever para com B simplesmente porque o cumprimento foi exigido por um governo não reconhecido por A. Que o reconhecimento ou não reconhecimento de um indivíduo ou de um corpo de indivíduos como governo de um Estado possa ter apenas uma significação política, e não jurídica, infere-se a partir da regra do Direito internacional segundo a qual um Estado é livre para constituir para si qualquer governo que desejar, contanto que, ao fazê-lo, não sejam violados direitos de outro Estado e o governo seja eficaz. A liberdade de um Estado para reconhecer ou não reconhecer o governo de outro Estado repousa sobre o fato de que não se exige que nenhum Estado tenha relações políticas ou de outro tipo com outro Estado, que firme tratados com ele etc., e que qualquer Estado pode interromper essas relações normais com outro Estado se o governo desse outro Estado for politicamente inaceitável. Essa ruptura de relações não deve, porém, afetar as obrigações jurídicas existentes.

6. Reconhecimento de insurgentes como poder beligerante

Além do reconhecimento de Estado e governo, o reconhecimento de insurgentes como poder beligerante também é de importância no Direito internacional. Ele pressupõe uma guerra civil. Sob certas condições determinadas pelo Direito internacional, essa guerra civil pode assumir o caráter de uma guerra internacional.

As condições são estas:
1) Os insurgentes devem possuir um governo e uma organização militar próprios.

2) A insurreição deve ser conduzida nas formas técnicas usuais de guerra, *i.e.*, o conflito deve ser mais do que uma revolta insignificante e deve assumir as verdadeiras características de uma guerra, tal como o termo é geralmente compreendido.

3) O governo dos insurgentes deve controlar de fato certa parte do território do Estado em que tem lugar a guerra civil, *i.e.*, a ordem estabelecida pelos insurgentes deve ser eficaz para certa parte do território desse Estado.

O ato jurídico de reconhecimento de insurgentes como poder beligerante determinado pelo Direito internacional de modo geral implica que os fatos acima mencionados existem em um dado caso. Esse reconhecimento pode ser feito pelo governo legítimo contra o qual é dirigida a insurreição, assim como pelos governos de outros Estados. Quanto ao aspecto do reconhecimento de insurgentes como poder beligerante, as opiniões divergem. O único ponto comumente aceito é o de que, por meio do reconhecimento, as normas internacionais referentes a guerra e neutralidade tornam-se aplicáveis às relações entre o Estado reconhecedor e a comunidade reconhecida como poder beligerante. Para o governo legítimo contra o qual é dirigida a insurreição, o reconhecimento dos insurgentes como poder beligerante implica a desobrigação de qualquer responsabilidade por eventos que possam ocorrer no território ocupado pelos insurgentes.

As duas funções mais significativas desse ato de reconhecimento são as transformações da guerra civil em guerra internacional, com todas as suas consequências jurídicas, e a regulamentação da responsabilidade correspondente à mudança de poder político dentro do Estado envolvido em guerra civil, não apenas no que diz respeito ao governo legítimo, mas também ao governo rebelde. Determinar de forma clara a responsabilidade de ambos seria uma tarefa altamente importante para uma codificação que, neste ponto, poderia trazer à luz regras de Direito internacional que ora estão apenas em *statu nascendi*.

O reconhecimento de insurgentes como poder beligerante assemelha-se mais ao reconhecimento de uma comunidade como Estado que ao reconhecimento de um indivíduo ou corpo de indivíduos como governo. Por meio do controle efetivo do governo insurgente sobre parte do território e do povo do Estado envolvido em guerra civil, é formada uma entidade que de fato se assemelha a um Estado no sentido do Direito internacional. Isso é de grande importância na medida em que esteja em questão o âmbito de responsabilidade do governo insurgente.

d. A sucessão de Estados

O território de um Estado pode se tornar parte do território de outro ou de vários outros Estados quando ele se funde voluntariamente a outro ou outros Estados por meio de tratado internacional, ou quando todo o território de um Estado – contra a sua própria vontade – é anexado por outro ou vários outros Estados, ou ainda quando vários Estados estabelecem um Estado federal por meio de um tratado internacional, contanto que os Estados-membros não tenham absolutamente personalidade internacional. Parte do território de um Estado pode tornar-se o território de outro Estado por meio de tratado internacional como, por exemplo, Danzig ou o Estado da Cidade do Vaticano, ou por meio de revolução, quando uma parte da população de um Estado liberta-se e estabelece um novo Estado no território em que vive. Parte do território de um Estado pode tornar-se parte do território de outro Estado por meio de um tratado de cessão ou, contra a vontade do governo interessado, por meio de anexação por parte de outro Estado.

Quando o território de um Estado se torna, total ou parcialmente, parte do território de outro ou de vários outros Estados, ou quando parte do território de um Estado se torna o território de um outro Estado, surge a questão de saber se e em que medida os deveres e direitos do predecessor são transmitidos ao sucessor. Esse é o problema da sucessão de Estados. É impossível que todo o território de um Estado se torne o território de um outro Estado, já que, se o território é idêntico, a identidade do Estado é mantida. Portanto, nenhuma sucessão de Estados pode ocorrer.

A sucessão não se refere aos deveres impostos e aos direitos conferidos ao Estado pelo Direito internacional geral. Esses deveres e direitos são deveres e direitos do sucessor em relação ao território em questão em virtude diretamente do Direito internacional, não em virtude de sucessão. A sucessão refere-se apenas aos deveres e direitos estabelecidos pelo Direito internacional particular, especialmente pelos tratados internacionais, e pelo Direito nacional como, por exemplo, as dívidas públicas dos Estados. Pressupõe-se que, segundo o Direito internacional geral, a sucessão ocorre com referência aos deveres e direitos internacionais do predecessor localmente vinculados ao território que se tornou território do sucessor. Este é considerado como sendo obrigado por tratados firmados pelo seu predecessor com outros Estados se esses tratados estabelecerem deveres do predecessor inerentes ao seu território, como, por exemplo, deveres referentes a fronteiras, navegação em rios, e assim por diante. Mas também os direitos originados em tais contratos são transmitidos ao sucessor do Estado que concluiu o tratado. A sucessão também ocorre com referência ao patrimônio fiscal do predecessor encontrado no território que se torna território do sucessor. No que diz respeito às dívidas do predecessor, a sucessão ocorre apenas quando todo o território de um Estado se torna território de outro ou de vários outros Estados, e apenas com referência às dívidas cujos credores são cidadãos de outro Estado que não o sucessor. Então o Estado natal destes tem o direito de reclamar que o sucessor assuma essas dívidas. Quando o território se torna território de mais de um Estado e quando, portanto, existem vários sucessores ao patrimônio fiscal do predecessor, a regra é a de que partes proporcionais das dívidas devem ser assumidas pelos diferentes sucessores.

e. Servidões de Estado

Fala-se de servidões de Estado quando, por meio de um tratado internacional, são criados deveres de um Estado que, no interesse de outro Estado, estão perpetuamente vinculados ao território do Estado obrigado, de modo que, se o território de um outro Estado contratante se tornar território de outro Estado, ocorre a transmissão desses deveres e dos direitos correspondentes. Tais deveres perpetuamente ligados ao território de um Estado ou a uma parte dele em favor de outro Estado incluem, além dos deveres mencionados no parágrafo anterior, o dever de permitir a passagem de forças militares, de permitir a pesca ou a colocação de cabos submarinos em águas territoriais e assim por diante. O termo "servidão" é tomado do Direito civil. Segundo a definição usual, uma servidão é um encargo estabelecido sobre um imóvel para o uso deste por outro imóvel pertencente a outro proprietário, por exemplo, o direito de passagem por um imóvel para o melhor aproveitamento do outro imóvel. Daí falar-se de um imóvel "serviente" e de um "dominante". De modo análogo, define-se a servidão de Estado como as "restrições feitas por tratado à supremacia territorial de um Estado por meio das quais se faz que uma parte ou a totalidade de seu território sirva, de um modo limitado, perpetuamente a um determinado propósito ou interesse de outro Estado"[15]. Fala-se de um "território serviente" e de um "território dominante" (*territorium serviens* e *territorium dominans*), de direitos internacionais inerentes ao objeto ao qual estão ligados como sendo direitos *in rem*, em contraposição aos direitos pessoais internacionais como sendo direitos *in personam*, e assim por diante. Contudo, a analogia entre as servidões do Direito civil e as chamadas servidões de Estado, as servidões internacionais, é problemática já que a relação do Estado com o seu território não é de propriedade. O elemento decisivo do fenômeno em questão é o de que a sucessão aos deveres e direitos ocorre em virtude da ligação destes com um determinado território. Isso não é expresso corretamente ao se dizer que as servidões de Estado são "direitos" que "permanecem válidos e podem ser exercidos embora a propriedade do território ao qual se aplicam possa mudar"[16]. As servidões de Estado são deveres primeiro por serem restrições de um Estado, e, segundo, por serem apenas direitos do outro Estado em favor do qual os deveres são estabelecidos. As servidões de Estado no verdadeiro sentido do termo pressupõem a propriedade, e não existe propriedade alguma no que diz respeito ao território em questão.

 As servidões de Estado podem ser estabelecidas não apenas por tratado, mas também por um costume particular, ou seja, pela conduta mútua de dois Estados que cumprem todas as condições nas quais é criado o Direito consuetudinário. Se uma servidão de Estado é criada por um tratado internacional firmado por dois Estados, esse tratado evidentemente apresenta uma exceção ao princípio geral de que os tratados impõem

---

15. 1, Oppenheim, *International Law*, 419.
16. 1, Oppenheim, *International Law*, 424.

deveres e conferem direitos apenas às partes contratantes. Um tratado que estabelece uma servidão de Estado impõe deveres a todo Estado ao qual pertence o território a que o dever está ligado. Tal tratado confere um direito a todo Estado que se tornar sucessor do Estado contratante em favor do qual foi estabelecido o direito. Um tratado que estabelece uma servidão de Estado é um tratado internacional *à la charge* e *en faveur* de um terceiro Estado. O Direito internacional reconhece a intenção dos Estados contratantes de estabelecer deveres e direitos "perpétuos" e, assim, autoriza as partes a obrigar e a conferir poder aos Estados terceiros por meio da conclusão do tratado.

C. O POVO DO ESTADO

a. O povo do Estado como a esfera pessoal de validade da ordem jurídica nacional

Um segundo "elemento" do Estado, segundo a teoria tradicional, é o povo, isto é, os seres humanos que residem dentro do território do Estado. Eles são considerados uma unidade. Assim como o Estado tem apenas um território, ele tem apenas um povo, e, como a unidade do território é jurídica e não natural, assim o é a unidade do povo. Ele é constituído pela unidade da ordem jurídica válida para os indivíduos cuja conduta é regulamentada pela ordem jurídica nacional, ou seja, é a esfera pessoal de validade dessa ordem. Exatamente como a esfera territorial de validade da ordem jurídica nacional é limitada, assim também o é a esfera pessoal. Um indivíduo pertence ao povo de um dado Estado se estiver incluído na esfera pessoal de validade de sua ordem jurídica. Assim como todo Estado contemporâneo abrange apenas uma parte do espaço, ele também compreende apenas uma parte da humanidade. E, assim como a esfera territorial de validade da ordem jurídica nacional é determinada pelo Direito internacional, assim o é a sua esfera pessoal.

b. A limitação da esfera pessoal de validade da ordem jurídica nacional pelo Direito internacional

Como o Direito internacional determina a esfera pessoal de validade da ordem jurídica nacional? A ordem jurídica nacional está autorizada pelo Direito internacional a regular a conduta de quem? Ou, em outros termos, que indivíduos o Estado pode sujeitar ao seu poder sem violar o Direito internacional e, consequentemente, os direitos de outros Estados?

A ordem jurídica regulamenta a conduta de um indivíduo vinculando uma sanção coercitiva à conduta contrária, sendo esta condição da sanção. Mas, segundo o Direito internacional, o ato coercitivo estipulado pela ordem jurídica nacional só pode ser dirigido a indivíduos que estejam dentro do território do Estado, ou seja, dentro do espaço que o Direito internacional determina como sendo a esfera territorial de validade da ordem jurídica nacional. Isso não significa que a ordem jurídica só possa vincular atos coercitivos aos atos realizados dentro do território do Estado. Como foi assinalado em um capítulo anterior, a conduta que constitui a condição da sanção tende a ser – pelo menos em princípio – a conduta de indivíduos fora do território do Estado. No entanto, essas sanções só podem ser executadas contra indivíduos que estão dentro do território. Desse modo, a esfera pessoal de validade da ordem jurídica nacional é determinada pelo Direito internacional. Trata-se de uma determinação indireta. Ela resulta da determinação da esfera territorial de validade.

c. Extraterritorialidade; proteção de estrangeiros

Um Estado pode, em princípio, dirigir atos coercitivos contra qualquer pessoa dentro de seu território. Essa regra de Direito internacional, entretanto, está sujeita a exceções. Com a instituição internacional da chamada extraterritorialidade, a regra acima mencionada acabou sendo restrita. Segundo o Direito internacional, certos indivíduos, tais como chefes de Estado, emissários diplomáticos ou as forças armadas de outros Estados, por exemplo, gozam de imunidade contra a operação das leis ordinárias do Estado. Nenhum ato coercitivo, nem mesmo um procedimento jurídico tendo como fim um ato coercitivo, pode ser dirigido contra esses indivíduos. Tal privilégio constitui uma restrição direta da esfera pessoal de validade da ordem jurídica nacional.

Outra restrição resulta do fato de que o Direito internacional obriga o Estado a tratar de certo modo os indivíduos que permanecem dentro de seu território mas que são órgãos ou cidadãos de outro Estado. Ao chefe de um Estado estrangeiro ou aos emissários diplomáticos deve ser garantida proteção especial no que concerne à sua segurança pessoal e à comunicação livre com seu governo. No que diz respeito a cidadãos de outro Estado, a ordem jurídica do Estado em cujo território eles se encontram tem de garantir a esses indivíduos um mínimo de direitos, e não lhes deve impor certos deveres, sendo o procedimento contrário considerado uma violação de um direito do Estado ao qual eles juridicamente pertencem.

Esse direito conferido ao Estado pelo Direito internacional pressupõe a instituição jurídica da cidadania. Qual é a essência dessa instituição? Juridicamente, qual é a diferença entre um cidadão e um estrangeiro, ou seja, um indivíduo que está vivendo no território, mas que é um cidadão de outro Estado – de um Estado estrangeiro – ou de nenhum Estado?

d. Cidadania (Nacionalidade)

1. Serviço militar

A cidadania ou nacionalidade é um *status* pessoal, a aquisição e a perda do qual são reguladas pelo Direito nacional e pelo internacional. A ordem jurídica nacional faz desse *status* a condição de certos deveres e direitos. O mais proeminente dentre esses deveres geralmente impostos apenas a cidadãos é o dever de prestar serviço militar. De acordo com o Direito internacional, um Estado não tem permissão para obrigar cidadãos de outro Estado a prestar serviço militar contra sua vontade. Caso o faça, ele violará o direito do Estado ao qual o indivíduo pertence, a menos que este seja, ao mesmo tempo, cidadão do Estado que o obriga. Um Estado não viola o direito de outro ao aceitar cidadãos deste como voluntários em seu exército. A criação de legiões estrangeiras não é proibida pelo Direito internacional. Mas um Estado é proibido de compelir cidadãos de outro Estado a tomar parte em operações de guerra dirigidas contra seu próprio país, mesmo que eles tenham estado a serviço desse primeiro Estado antes do início da guerra.

2. Fidelidade

O compromisso de fidelidade é habitualmente citado como um dos deveres específicos dos cidadãos. Quando se concede cidadania a uma pessoa, ela às vezes tem de jurar fidelidade ao seu novo Estado. O compromisso de fidelidade é definido como "o dever que o sujeito deve ao soberano, correlacionado à proteção recebida"[17]. Esse conceito não possui qualquer significação jurídica definida, sendo antes de natureza moral e política. Não existe nenhuma obrigação específica designada pelo termo fidelidade. Juridicamente, a fidelidade nada mais significa que a obrigação geral de obedecer à ordem jurídica, uma obrigação que os estrangeiros também têm e que não é criada pelo juramento de fidelidade.

3. Direitos políticos

Os chamados direitos políticos encontram-se entre os direitos que a ordem jurídica costuma reservar a cidadãos. Eles são comumente definidos como os direitos que dão ao seu possuidor um poder de influência na formação da vontade do Estado. O principal direito político é o direito de votar, isto é, o direito de participar na eleição dos membros do corpo legislativo e de outros funcionários de Estado, tais como o chefe de Estado e os juízes. Em uma democracia direta, o direito políti-

---

17. *Bouvier's Law Dictionary* (3ª revisão, 1914), 179.

co supremo é o de participar da assembleia popular. Como a vontade do Estado se expressa apenas na criação e execução de normas jurídicas, a característica essencial de um direito político é a de que ele proporciona ao indivíduo a possibilidade jurídica de participar da criação ou da execução das normas jurídicas. Como já mencionado, os direitos políticos, assim definidos, não diferem essencialmente dos direitos do Direito civil. Apenas, esses direitos classificados como políticos têm maior importância na formação da ordem jurídica que os do Direito civil. Esse é o motivo pelo qual a cidadania normalmente é a condição de direitos políticos, não civis. Apenas nas democracias todos os cidadãos têm direitos políticos; em Estados mais ou menos autocráticos, os direitos políticos são reservados a classes mais ou menos extensas de cidadãos. Segundo a lei alemã de 15 de setembro de 1935, apenas pessoas de "sangue alemão ou cognato" gozam plenamente de direitos políticos. Apenas essas pessoas são chamadas "cidadãos" (*Staatsbuerger*), sendo as outras designadas de "nacionais" (*Staatsangehoerige*). Do ponto de vista do Direito internacional, tal distinção não tem importância alguma.

Os direitos políticos não precisam necessariamente ser reservados apenas a cidadãos. A ordem jurídica nacional pode conceder direitos políticos a não cidadãos, especialmente a cidadãos de outro Estado, sem violar o direito desse Estado.

Também são consideradas direitos políticos certas liberdades garantidas pela constituição, tais como liberdade religiosa, liberdade de expressão e de imprensa, o direito de manter e portar armas, o direito do povo à segurança de suas pessoas, casas, documentos e bens, o direito contra buscas e apreensões desarrazoadas, o direito de não ser privado de vida, liberdade ou propriedade sem o devido procedimento de Direito, de não ser desapropriado sem justa compensação etc. A natureza jurídica dessa chamada Carta de Direitos, que é uma parte típica das constituições modernas, será discutida mais tarde. As liberdades que ela formula são direitos num sentido jurídico apenas se os sujeitos têm oportunidade de apelar, com o fim de anular, contra atos de Estado pelos quais essas cláusulas sejam violadas. Todos esses direitos não são necessariamente limitados aos cidadãos; eles podem ser concedidos também a não cidadãos. Habitualmente, considera-se também um direito político a capacidade – em geral reservada a cidadãos – de ser eleito ou nomeado para um cargo público. Um indivíduo tem um direito, no sentido técnico, de ser eleito ou nomeado para certo cargo público apenas se lhe estiver aberta a possibilidade de impor sua eleição ou nomeação.

4. Expulsão

Via de regra, apenas os cidadãos têm o direito de residir dentro do território do Estado, isto é, o direito de não serem dele expulsos. Existe um direito de residência num sentido técnico apenas se o cidadão dispuser de um recurso jurídico contra um ato ilícito de expulsão, se lhe estiver franqueada a possibilidade de conseguir a anulação desse ato através de um procedimento jurídico. O governo habitualmente reserva-se o poder de expulsar estrangeiros a qualquer momento e por qualquer motivo. Esse poder tende a ser limitado por tratados internacionais especiais. Antigamente, algumas ordens jurídicas previam a expulsão de seus próprios cidadãos como uma punição, chamada "degredo". Mesmo em nossos dias, o Direito internacional não o proíbe como tal, mas a sua aplicabilidade prática é limitada. Porque o indivíduo degredado é um estrangeiro em qualquer outro Estado, e todo Estado tem o direito de expulsar qualquer estrangeiro, a qualquer momento. O país do estrangeiro expulso violaria esse direito ao lhe recusar permissão para voltar.

5. Extradição

A extradição deve ser distinguida da expulsão. Um Estado pode pedir a outro Estado a extradição de um indivíduo, em especial para poder submetê-lo a um processo jurídico por causa de um delito que ele cometeu no território do Estado que pede a extradição. Um Estado é obrigado a deferir a solicitação com base em tratado especial. Na verdade, existem numerosos tratados de extradição. Alguns governos não extraditam indivíduos que são seus cidadãos. Em geral, os indivíduos que são o objeto de extradição não têm nenhum direito pessoal de ser ou de não ser extraditados. Os tratados de extradição estabelecem deveres e direitos apenas dos Estados contratantes.

6. Proteção de cidadãos

Às vezes, fala-se do direito de um cidadão ser "protegido" por seu Estado como a contraparte de sua fidelidade a este. O cidadão, tal como se argumenta, deve fidelidade ao seu Estado e tem direito à sua proteção. Fidelidade e proteção são consideradas obrigações recíprocas. Mas, exatamente como a fidelidade não significa nada além dos deveres que a ordem jurídica impõe aos cidadãos a ela sujeitos, assim o direito do cidadão à proteção não possui nenhum conteúdo a não ser os deveres que a ordem jurídica impõe aos órgãos do Estado para com os cidadãos. Juridicamente, fidelidade e proteção não significam nada mais além do fato de que os órgãos e os sujeitos do Estado têm de cumprir as obrigações jurídicas a eles impostas pela ordem jurídica. É errado, em particular, afirmar que o indivíduo tem um direito natural à proteção de certos interesses tais como vida, liberdade, propriedade. Mesmo que seja função típica da ordem jurídica proteger, de certa maneira, certos interesses de indivíduos, tanto o círculo de interesses quanto o de indivíduos que gozam dessa proteção variam grandemente de uma ordem jurídica nacional para outra. Há casos de Estados que tratam um grande número de seus sujeitos como escravos. Isso significa que esses indivíduos não são, em absoluto, protegidos pela ordem jurídica, ou, então, não no mesmo âmbito em que o são os chamados homens livres. E existem Estados cujas ordens jurídicas não reconhecem qualquer liberdade pessoal ou qualquer propriedade privada.

Um direito mais concreto é o direito do cidadão à proteção diplomática dos órgãos de seu Estado contra Estados estrangeiros. Segundo o Direito internacional, todo Estado está autorizado a salvaguardar os interesses de seus cidadãos contra violações da parte dos órgãos de outros Estados, e, se as leis do Estado proverem expressamente tal proteção, o direito torna-se uma obrigação do governo para com os cidadãos.

7. *Jurisdição sobre cidadãos no exterior*

Afirma-se com frequência que a diferença entre cidadão e estrangeiro consiste no fato de que o primeiro, mas não o segundo, está sujeito ao poder do Estado, mesmo que ele não se encontre dentro do seu território. Estar sujeito ao poder do Estado significa estar juridicamente sujeito à ordem jurídica nacional. Um indivíduo está sujeito a uma ordem jurídica quando sua conduta é, efetivamente, ou pode ser, virtualmente, regulamentada pela ordem jurídica. Em termos jurídicos, o problema é formulado da seguinte maneira: a ordem jurídica de um Estado pode regular a conduta de um cidadão de seu Estado, que está dentro do território de outro Estado, numa amplitude maior que aquela com que pode regular a conduta de um estrangeiro sob as mesmas condições? Pelo menos no tocante a medidas coercitivas, não existe diferença alguma. Tal como foi assinalado em outro contexto, tais medidas coercitivas podem ser ordenadas e executadas contra estrangeiros, assim como contra cidadãos, apenas na medida em que eles se encontrem dentro da esfera territorial de validade da ordem jurídica nacional que prevê tais medidas coercitivas. Se existe alguma diferença, ela reside apenas no fato de que a ordem jurídica de um Estado poderia estar autorizada a vincular sanções à conduta de seus cidadãos residentes dentro do território de outro Estado, mas não estaria autorizada a vincular sanções à mesma conduta de um estrangeiro sob as mesmas circunstâncias. Um exemplo ilustrará isso: a ordem jurídica de um Estado obriga os cidadãos desse Estado que vivem no exterior a pagar certa taxa, prevendo sanções para o caso de essa taxa não ser paga. A sanção, é claro, só pode ser executada se o cidadão possuir patrimônio dentro do território do Estado ou se ele retornar ao seu país. Tal lei é admissível do ponto de vista do Direito internacional e inadmissível se for aplicada a indivíduos que não são cidadãos do Estado que decreta a lei? O princípio acima mencionado, de que a ordem jurídica de um Estado pode vincular sanções a qualquer ação ou omissão independentemente de onde elas tenham ocorrido, limita-se às ações e omissões dos cidadãos desse Estado? Tal limitação só poderia ser derivada do Direito internacional. Na verdade, existem certas tendências rumo a tal limitação, mas, por ora, elas não produziram resultados na forma de quaisquer normas definidas.

8. Aquisição e perda de cidadania

A aquisição e a perda de cidadania são – em princípio, e sem levar em conta uma exceção da qual falaremos mais tarde – regulamentadas pelas ordens jurídicas nacionais. As várias ordens jurídicas contêm estipulações consideravelmente diferentes no que diz respeito à aquisição e à perda de cidadania. Em geral, a esposa compartilha a cidadania de seu marido, os filhos legítimos, a de seu pai, e os filhos ilegítimos, a de sua mãe. A cidadania é com frequência adquirida pelo nascimento dentro do território do Estado, ou por fixar residência neste por um determinado espaço de tempo. Outros fundamentos de aquisição são a legitimação (de filhos nascidos fora do casamento), a adoção, o ato legislativo ou administrativo. A "naturalização" é um ato do Estado que concede a cidadania a um estrangeiro que a solicitou. Quando um território é transferido de um Estado para outro, os habitantes que são nacionais do Estado que perdeu o território e que nele permaneceram tornam-se *ipso facto* nacionais do Estado que adquire o território. Ao mesmo tempo, eles perdem sua antiga nacionalidade. Nesse caso, a aquisição e a perda de nacionalidade são reguladas diretamente pelo Direito internacional geral. Os tratados de cessão muitas vezes conferem aos habitantes do território cedido o direito de decidir, por meio de uma declaração chamada "opção", se eles se tornarão nacionais do Estado aquisidor ou se conservarão sua antiga nacionalidade. No segundo caso, eles podem ser compelidos a abandonar o território.

A perda de cidadania ocorre de maneiras correspondentes às maneiras em que ela é adquirida. Ela pode ser perdida também através de emigração ou residência prolongada no exterior, por meio da prestação de serviço militar ou civil para um país estrangeiro sem permissão do Estado natal, e também pela chamada desnaturalização ou dispensa, análoga à naturalização. A dispensa é concedida por solicitação do indivíduo interessado. A expatriação imposta, ou seja, a privação de cidadania sem ou contra a vontade dos indivíduos interessados, pode ser levada a efeito por meio de atos legislativos ou administrativos do Estado natal. Desse modo, a lei alemã de 14 de julho de 1933 autoriza o governo a expatriar cidadãos por motivos políticos.

Como a aquisição de uma nova cidadania normalmente não depende da perda da cidadania previamente existente nem é a sua causa, não são incomuns os casos de indivíduos que não possuem cidadania alguma. Se um indivíduo é cidadão de dois ou mais Estados, nenhum deles tem como lhe dar proteção diplomática contra o outro, e se ele não tem nenhuma cidadania, nenhum Estado irá protegê-lo contra qualquer outro. Foram concluídos tratados internacionais com o propósito de prevenir a cidadania múltipla e a ausência absoluta de cidadania (ausência de nacionalidade). A Convenção sobre Certas Questões referentes ao Conflito de Leis de Nacionalidade, adotada pela Conferência de Codificação de Haia, de 1930, estabelece o princípio da chamada nacionalidade efetiva. O Artigo 5 estipula: "Dentro de um terceiro Estado, uma pessoa que possuir mais de uma nacionalidade será tratada como se possuísse apenas uma. Sem prejuízo para a aplicação de suas leis em matérias de *status* pessoal ou de quaisquer convenções em vigor, um terceiro Estado deverá, das nacionalidades que tal pessoa possuir, reconhecer exclusivamente, em seu território, aquela do país em que a pessoa reside usual e principalmente, ou a nacionalidade do país ao qual, nas circunstâncias, ela demonstra estar, de fato, mais intimamente ligada".

9. Nacionalidade de pessoas jurídicas

Se certas leis de um Estado são aplicáveis apenas aos seus cidadãos, não a estrangeiros, e se, ao mesmo tempo, elas se pretendem válidas para pessoas jurídicas, surge a questão de saber que pessoas jurídicas estão a elas sujeitas. Pressupõe-se em geral que, para responder a essa pergunta, é preciso decidir se pessoas jurídicas podem ter cidadania e qual é o critério de acordo com o qual se determina sua cidadania. Mas isso é interpretar erroneamente a questão. Apenas seres humanos podem ter deveres e direitos. Os deveres e direitos de uma pessoa jurídica são os deveres e direitos de seres humanos na condição de membros ou órgãos da comunidade apresentada como pessoa jurídica. Quando todos os indivíduos que – como se diz – formam uma pessoa jurídica, por exemplo, uma corporação, são cidadãos do mesmo Estado cuja lei, aplicável apenas aos seus cidadãos, está em questão, o problema é facilmente solucionado. A pessoa jurídica, porém, pode estar sujeita a essa lei, não porque ela seja um cidadão desse Estado, mas sim porque todos os indivíduos apresentados como uma pessoa jurídica e cuja conduta é regulada pelos estatutos são cidadãos desse Estado. Análogo é o caso em que todos os indivíduos que formam a pessoa jurídica são cidadãos de um mesmo Estado estrangeiro; então, a pessoa jurídica não pode estar sujeita às leis aplicáveis apenas aos cidadãos. O problema torna-se mais intrincado quando os indivíduos em questão são, em parte, cidadãos do Estado em discussão e, em parte, cidadãos de Estados estrangeiros. Nesse caso há diversas soluções possíveis. A pessoa jurídica pode estar sujeita às leis aplicáveis apenas a cidadãos, caso a maioria dos indivíduos que formam a pessoa jurídica seja cidadã desse Estado, ou – no caso de uma sociedade anônima – se a maioria das ações estiver nas mãos de cidadãos desse Estado, ou então se o comitê administrativo tiver sua sede no território desse Estado, assim por diante. As diferentes soluções possíveis não nos interessam aqui. Trata-se de um problema legislativo, não teórico. Cada legislador precisa solucionar a questão para sua própria ordem jurídica por meio de normas positivas. Apenas a formulação correta do problema tem interesse teórico. A questão não é saber se e quando certa pessoa jurídica é o cidadão de um determinado Estado, mas sim se e quando é apropriado sujeitar pessoas jurídicas às leis de um Estado que, de acordo com suas estipulações, são aplicáveis apenas aos cidadãos desse Estado.

10. A cidadania é uma instituição necessária?

A cidadania é uma instituição comum a todas as ordens jurídicas nacionais modernas. Mas ela é também essencial e, portanto, necessária ao Estado? É um requisito indispensável da ordem jurídica nacional distinguir, dentre os indivíduos a ela sujeitos, os que são cidadãos daqueles que não o são? A existência de um Estado depende da existência de indivíduos sujeitos à ordem jurídica, mas não da existência de "cidadãos". Se a natureza da cidadania consiste no fato de ser ela a condição de certas obrigações e direitos, então deve-se enfatizar que nenhum deles é essencial a uma ordem jurídica do tipo que designamos como Estado. Há exemplos históricos de Estados nos quais nenhum desses direitos e obrigações existem. É apenas na democracia, por exemplo, que os cidadãos possuem direitos políticos. Em uma autocracia, os indivíduos sujeitos à ordem jurídica não participam de sua criação; a grande massa do povo não tem politicamente quaisquer direitos. Eles são, para usar a distinção de Rousseau, *sujets*, mas não *citoyens*[18]. Como, aqui, os indivíduos são apenas "sujeitos", a diferença entre os que são cidadãos e, portanto, possuem direitos políticos, e os que não são cidadãos e, portanto, não possuem direitos políticos, é quase sem importância. Por outro lado, em uma democracia radical, a tendência a ampliar, tanto quanto possível, o círculo dos que possuem direitos políticos pode ter como resultado a concessão desses direitos – sob certas circunstâncias – também a estrangeiros, caso eles mantenham residência permanente dentro do território do Estado. Então, também nesse caso, a diferença entre cidadãos e não-cidadãos e, portanto, a importância da cidadania, é diminuída.

Um Estado cuja ordem não estabelecesse uma cidadania especial e que, portanto, não contivesse quaisquer normas referentes à aquisição e à perda desse *status*, não teria como proporcionar sua proteção diplomática a qualquer de seus sujeitos contra a violação de seus direitos por parte de outros Estados.

---

18. Rousseau, *O contrato social*, Livro I, cap. VI.

A instituição jurídica da cidadania é de importância bem maior nas relações entre os Estados do que dentro de um Estado. A mais importante das obrigações que pressupõem a cidadania é a obrigação de prestar serviço militar. Mas essa obrigação não é essencial a uma ordem jurídica nacional. Em muitos Estados, o serviço militar compulsório não existe – ou pelo menos não existia – mesmo em tempo de guerra. Quando uma ordem jurídica não contém quaisquer normas que, de acordo com o Direito internacional, sejam aplicáveis apenas a cidadãos – e as normas referentes ao serviço militar são praticamente as únicas –, a cidadania é uma instituição jurídica que carece de importância.

D. A COMPETÊNCIA DO ESTADO COMO A ESFERA MATERIAL DE VALIDADE DA ORDEM JURÍDICA NACIONAL

Além das questões quanto ao espaço, ao tempo e aos indivíduos para os quais a ordem jurídica nacional é válida, surge a questão relativa às matérias que essa ordem pode regulamentar. Trata-se da questão da esfera material de validade da ordem jurídica nacional, em geral apresentada como o problema da amplitude que a competência do Estado alcança na relação com os seus sujeitos.

A ordem jurídica nacional pode regular a conduta humana em muitos aspectos diferentes e em graus bem diferentes. Ela pode regulamentar diferentes matérias e – ao fazê-lo – tende a limitar mais ou menos a liberdade pessoal dos indivíduos. Quanto mais matérias são reguladas pela ordem jurídica, mais ampla é a sua esfera material de validade; quanto mais expandida é a competência do Estado, mais limitada é a liberdade pessoal de seus sujeitos. A questão quanto à amplitude apropriada dessa limitação (e trata-se da questão relativa às matérias que a ordem jurídica pode ou não regulamentar) é respondida de modos diferentes pelos diferentes sistemas políticos. O liberalismo é a favor da restrição máxima da esfera material de validade da ordem jurídica, sobretudo em matéria de economia e religião. Outros sistemas políticos, tais como o socialismo, sustentam a visão oposta. Muitas vezes faz-se a tentativa de derivar da própria natureza do Estado e do indivíduo humano um limite além do qual a competência do Estado não pode ser expandida, além do qual a liberdade do indivíduo não deve ser limitada. Essa tentativa é típica da teoria do Direito natural. Uma teoria científica do Estado não se encontra em posição de estabelecer um limite natural à competência do Estado em relação aos seus sujeitos. Nada na natureza do Estado ou dos indivíduos impede a ordem jurídica nacional de regulamentar qualquer matéria em qualquer campo da vida social ou de restringir em qualquer grau a liberdade do indivíduo. A competência do Estado não é limitada por sua natureza, e na realidade histórica a competência efetiva dos diferentes Estados é bastante diferente. Entre o Estado liberal do século XIX e o Estado totalitário de nossos dias existem vários estágios intermediários.

O fato de a competência do Estado não ser limitada "pela natureza" não impede que a esfera material de validade da ordem jurídica nacional seja limitada juridicamente. Surge a questão de saber se o Direito internacional, que limita as esferas territorial, temporal e pessoal de validade da ordem jurídica nacional, também não limita a sua esfera material. A discussão dessa questão, porém, deve ser adiada até que a investigação sistemática da relação entre Direito nacional e Direito internacional tenha sido apresentada.

E. CONFLITO DE LEIS

Intimamente ligado à esfera de validade das diferentes ordens jurídicas nacionais está o problema do chamado "conflito de leis" ou "Direito internacional privado" (em contraposição ao "Direito internacional público"). Este conceito costuma ser definido como o corpo de regras jurídicas que devem ser aplicadas a um conflito entre dois sistemas de Direito na decisão de casos que têm ligação com mais de um território[19]. Considera-se como tópico principal dessas regras decidir qual o Direito que deve ter superioridade em tais casos ou escolher o Direito a ser aplicado nesses casos. Esta, porém, não é uma caracterização correta das normas jurídicas em questão.

Via de regra, os órgãos aplicadores de Direito de um Estado, em especial os tribunais (mas não apenas os tribunais), estão juridicamente obrigados a aplicar normas apenas da ordem jurídica nacional, isto é, do Direito do Estado de que são órgãos. Constituem esse Direito as normas criadas de acordo com a constituição do Estado, escrita ou não escrita, pelos órgãos desse mesmo Estado, pelos seus tribunais (incluindo o chamado Direito consuetudinário), ou por outros agentes competentes para criar Direito. Como exceção à regra, os órgãos aplicadores de Direito de um Estado, sobretudo os seus tribunais, são obrigados a aplicar normas de outra ordem jurídica, ou seja, o Direito de outro Estado, a certos casos determinados pelo seu próprio Direito. Tais casos caracterizam-se pelo fato de se encontrarem em uma determinada relação com a esfera territorial ou pessoal de validade de uma ordem jurídica estrangeira. Casos típicos dos chamados conflitos de leis, ou Direito internacional privado, são os da validade de um casamento contraído no território de um Estado estrangeiro, os direitos e deveres referentes a bens imobiliários localizados no território de um Estado estrangeiro, um crime cometido em território estrangeiro, a aquisição ou perda de cidadania estrangeira de uma pessoa que tem sua residência no Estado que reivindica a jurisdição. O último caso não tem ligação com mais de um território, mas sim com a esfera territorial de validade de uma ordem jurídica nacional e a esfera pessoal de validade de outra.

As normas do Direito internacional que devem ser aplicadas pelo órgão de um Estado podem ser normas do Direito privado ou do Direito público do outro Estado, e, neste último ca-

---

19. Cf. por exemplo, A. S. Hershey, *The Essentials of International Public Law and Organization* (1939), 5; 1, *Bouvier's Law Dictionary*, 596; Arthur Nussbaum, *Principles of Private International Law* (1943), 13.

so, normas do Direito criminal ou administrativo. Se as regras que prescrevem a aplicação do Direito estrangeiro forem chamadas Direito internacional privado, então existem também um Direito internacional criminal e um Direito internacional administrativo. O problema jurídico é exatamente o mesmo em todos esses casos.

O ponto essencial do problema parece ser a aplicação do Direito de um Estado pelos órgãos de outro Estado. Mas, se órgãos de um Estado são obrigados pelo Direito desse Estado a aplicar a norma de um Direito estrangeiro a certo caso, a norma aplicada pelo órgão torna-se uma norma da ordem jurídica do Estado cujo órgão a aplica. Conforme assinalado na primeira parte deste livro[20], uma norma pertence a certo sistema jurídico, por exemplo no Direito dos Estados Unidos ou da Suíça, ela é uma norma do Direito de certo Estado, se for válida para a esfera de validade do Direito desse Estado, segundo a sua constituição. O órgão de um Estado, especialmente o tribunal, está em posição de aplicar a norma do Direito de outro Estado apenas se for obrigado a fazê-lo pelo Direito de seu próprio Estado – em última instância, se for obrigado pela sua constituição, escrita ou não escrita. A norma aplicada pelo órgão do Estado é válida para a esfera de validade do Direito do Estado apenas se a sua aplicação for prescrita por esse Direito. No que diz respeito ao seu funcionamento de validade, ela é norma do sistema jurídico desse Estado. A regra que obriga os tribunais de um Estado a aplicar normas de um Direito estrangeiro a certos casos tem como efeito a incorporação das normas do Direito estrangeiro ao Direito desse Estado. Tal regra tem o mesmo caráter que o dispositivo de uma nova constituição, estabelecida por via revolucionária, que especifica que alguns dos estatutos válidos sob a antiga constituição, abolida por via revolucionária, devem permanecer em vigor sob a nova constituição. O conteúdo desses estatutos permanece o mesmo, mas o fundamento da sua validade muda. Em vez de reproduzir o conteúdo dos antigos estatutos (a fim de colocá-los em vigor sob a nova

---

20. Cf., *supra*, 115 ss., 121 s.

constituição), a segunda simplesmente faz referência ao conteúdo dos antigos estatutos como normas de outro sistema jurídico, baseado na antiga constituição, abolida por via revolucionária. O recurso a tal "referência" nada mais é que uma legislação abreviada.

De modo análogo, as normas do chamado Direito internacional privado que prescrevem a aplicação de normas de um Direito estrangeiro a certos casos "fazem referência" a normas de outro sistema jurídico em vez de reproduzir o conteúdo dessas normas. A norma de um Direito estrangeiro aplicada pelo órgão de um Estado é "estrangeira" apenas no que diz respeito ao seu conteúdo. No tocante ao fundamento da sua validade, ela é uma norma do Estado cujo órgão é obrigado a aplicá-la. Estritamente falando, o órgão de um Estado pode aplicar apenas normas da ordem jurídica do seu próprio Estado. Consequentemente, a afirmação de que uma regra da ordem jurídica de certo Estado obriga um órgão desse Estado a aplicar – em certos casos – uma norma de ordem jurídica de outro Estado não é uma descrição correta dos fatos jurídicos envolvidos. O verdadeiro significado das regras do chamado Direito internacional privado é: o Direito de um Estado manda que os seus órgãos apliquem a certos casos normas que são normas do Direito do próprio Estado, mas que possuem o mesmo conteúdo que normas correspondentes do Direito de outro Estado. Apenas se tivermos sempre em mente o verdadeiro significado de tal expressão é que poderemos dizer que um Estado aplica o Direito de outro Estado.

No que diz respeito à aplicação do Direito de um Estado pelos órgãos de outro Estado, podem-se distinguir duas possibilidades diferentes: *a*) o Estado é juridicamente livre para aplicar ou não aplicar o Direito de outro Estado a certos casos; *b*) o Estado é juridicamente obrigado, pelo Direito internacional geral ou particular, a aplicar o Direito de outro Estado a certos casos. Alguns autores negam a existência de regras do Direito internacional geral que obriguem o Estado a aplicar o Direito de outro Estado a certos casos. Mas, se um tribunal ou outro órgão aplicador de Direito tiver de decidir se um estrangeiro adquiriu juridicamente algum direito privado no seu país, ele sempre aplicará o Direito desse país; contudo, se o tribunal decidir que o direito em questão não foi juridicamente adquirido por não ter sido adquirido de acordo com o Direito do tribunal que decida, o governo do Estado a que pertence o estrangeiro possivelmente considerará a decisão como uma violação do Direito internacional[21]. Ainda assim, é verdade que o Direito internacional geral impõe a obrigação de aplicar o Direito estrangeiro apenas num âmbito bastante limitado. Se não existe nenhum tratado internacional obrigando o Estado a aplicar Direito estrangeiro a certos casos, o Estado é – via de regra – juridicamente livre nesse aspecto. Por meio do seu próprio Direito, ele pode regulamentar a aplicação do Direito estrangeiro a certos casos de acordo com os princípios que considerar adequados, justos e assim por diante. Consequentemente, na medida em que não exista nenhuma regra do Direito internacional, geral ou particular, obrigando o Estado a aplicar o Direito estrangeiro a certos casos, o Direito internacional privado (criminal, administrativo) não é Direito internacional, mas Direito nacional. Via de regra, apenas o chamado Direito internacional "público" é Direito internacional. Se uma norma do Direito internacional geral ou particular obriga um Estado a aplicar o Direito de outro Estado a certos casos, essa norma não é nem Direito "privado", nem "público", já que a distinção entre Direito privado e público não é aplicável ao Direito internacional. Trata-se de uma distinção entre dois tipos de normas da mesma ordem jurídica nacional. Os termos Direito internacional "privado" e "público" são enganosos, já que parecem sugerir uma oposição dentro da ordem jurídica internacional, embora o Direito internacional público seja simplesmente Direito internacional, o adjetivo "público" sendo de todo supérfluo, ao passo que o Direito internacional privado é, pelo menos normalmente, um conjunto de normas do Direito nacional caracterizadas pela matéria de regulamentação jurídica.

---

21. É essa, por exemplo, a opinião de A. von Verdross, *Völkerrecht* (1937), 143.

As normas das diferentes ordens jurídicas nacionais que regulamentam a aplicação de Direito estrangeiro tendem a diferir muito entre si. Pode-se dizer o mesmo da teoria que justifica a decretação de normas prescrevendo a aplicação de Direito estrangeiro a certos casos. Estados diversos, por motivos diversos e com fins diversos, podem aplicar Direito estrangeiro. Na medida em que a "teoria" do Direito internacional privado tenha como objetivo uma justificativa das regras em questão, não existe nenhuma "teoria" que seja correta para todos os diversos sistemas jurídicos. Assim, por exemplo, a teoria dos "direitos adquiridos" (*vested rights*), vigente nos Estados Unidos, é o princípio de que os direitos, onde quer que tenham sido adquiridos, devem ser protegidos. Trata-se de um princípio político que pode ou não influenciar o legislador. É uma regra jurídica, uma norma de Direito positivo, apenas se for incorporada ao sistema jurídico por meio de um ato criador de Direito. Apresentada como uma "teoria", ela é correta apenas para esse sistema jurídico.

Embora o Estado como tal, ou seja, os seus órgãos criadores de Direito, sejam livres para decretar normas que prescrevem a aplicação de Direito estrangeiro a certos casos, uma vez decretadas tais normas, os órgãos aplicadores de Direito, em especial os tribunais, não são livres, mas sim juridicamente obrigados a aplicar as normas de Direito estrangeiro, determinadas pelas normas do chamado Direito internacional privado (criminal, administrativo), a certos casos, estes igualmente determinados por essas normas. Isto é sempre verdadeiro, não importando se as normas gerais que recebem o nome de Direito internacional privado têm o caráter de Direito estatutário, Direito consuetudinário ou Direito produzido por juiz. O órgão do Estado, especialmente o tribunal, que, determinado pelas normas gerais do chamado Direito internacional privado, aplicar Direito estrangeiro a certos casos, não tem nenhuma "escolha" entre o Direito do seu Estado e um Direito estrangeiro. O órgão é obrigado a aplicar o Direito de um Estado estrangeiro definido; as normas a serem aplicadas são predeterminadas pela própria ordem jurídica do órgão. São normas que, em nome dessa predeterminação, se tornaram normas do próprio Direito do órgão. As normas do chamado Direito internacional privado não colocam o órgão aplicador de Direito na posição de escolher entre sistemas jurídicos diferentes. É dentro de um mesmo sistema jurídico, a ordem jurídica do órgão aplicador de Direito, que ocorre o procedimento regulamentado pelo Direito internacional privado. Por meio desse procedimento, incorporam-se, isto é, criam-se normas que são normas do Direito do órgão aplicador, exatamente como o são as normas criadas de modo ordinário pelo corpo legislativo do Estado. O fato de essas normas possuírem o mesmo conteúdo que as normas correspondentes de um Direito estrangeiro não pode alterar o seu caráter de normas do Direito do órgão aplicador. O termo regras de "escolha de Direito" é enganoso, já que produz a "aparência" de uma escolha onde não existe nenhuma.

O termo "escolha de Direito" provavelmente resulta da ideia de um "conflito" entre o Direito do próprio Estado e um Direito estrangeiro. Mas não existe nenhum conflito, já que o Direito estrangeiro não reivindica a sua aplicação pelos órgãos do Estado cujo Direito internacional privado está em questão; e o segundo não recusa a aplicação do primeiro. Usando a terminologia usual, o Direito de um Estado prescreve a aplicação do Direito de outro Estado, e o segundo não faz objeção a isso nem o exige. Ele não tem direito algum de fazê-lo, já que não é realmente o seu próprio Direito que está sendo aplicado pelo outro Estado. O segundo aplica normas do seu próprio Direito. O fato de estas normas possuírem o mesmo conteúdo que as normas correspondentes de outro Estado não interessa ao segundo. A única justificativa para os termos "conflito de leis" ou regras de "escolha de Direito" é o fato de serem menores e de manuseio mais fácil do que uma expressão que caracterize mais corretamente o chamado Direito internacional privado (criminal, administrativo). Como a técnica específica dessas normas consiste em "fazer referência" às normas de outro sistema e, por fazê-lo, em incorporar normas de conteúdo idêntico ao do seu próprio sistema jurídico, seria mais justificável chamá-las "regras de referência" ou "regras de incorporação".

A regra de referência, isto é – usando a terminologia usual –, a norma que regula a aplicação de Direito estrangeiro, pode ser distinguida da norma a ser aplicada, ou seja, da norma a que se faz referência. Apenas a primeira, a regra de referência, é uma norma do Direito internacional. Mas, a partir de um ponto de vista funcional, uma está essencialmente ligada à outra. Apenas se tomadas em conjunto elas formam uma regra de Direito completa. Seria perfeitamente possível descrever a relação entre a regra de referência, ou regra de escolha de Direito, e a norma à qual se faz referência, a norma de Direito estrangeiro aplicada, dizendo que a segunda está virtualmente contida na primeira. A regra de referência, tal como mencionado acima, é apenas uma fórmula abreviada que visa substituir normas reproduzindo o conteúdo de normas do Direito estrangeiro a que se fez referência. É aplicando a regra de referência, ou regra de escolha de Direito, que o tribunal chega à aplicação da norma de Direito estrangeiro (a qual, na verdade, é uma norma do seu próprio Direito). Portanto, é correto chamar a primeira regra de "preliminar" e a segunda de "final"[22].

A conexão íntima entre a regra de referência ou de escolha de Direito e a regra de Direito estrangeiro a que se faz referência manifesta-se no fato de que a primeira, se for uma regra de Direito nacional, é do mesmo tipo que a segunda. Se a norma à qual se faz referência for uma norma de Direito privado, a regra de referência também é de Direito privado; se a norma a que se faz referência for uma norma de Direito criminal ou administrativo, o Direito criminal ou o administrativo está envolvido. Contudo, se a norma que obriga o Estado a aplicar a norma de outro Estado a certos casos for uma norma de Direito internacional, a obrigação internacional do Estado, como tal, não é uma obrigação nem do Direito privado, nem do Direito criminal, nem do Direito administrativo, mas, simplesmente, do Direito internacional. No entanto, se a norma de Direito internacional que prescreve a aplicação de Direito privado estrangeiro,

---

22. Como Nussbaum, *Principles o Private International Law*, 69, sugere.

criminal ou administrativo, for considerada juntamente com a norma a ser aplicada, então, e apenas então, justifica-se, até certo ponto, falar de Direito privado internacional (criminal, administrativo). Este termo parece ser mais preciso que o termo "Direito internacional privado" (criminal, administrativo).

F. OS CHAMADOS DIREITOS E DEVERES FUNDAMENTAIS DOS ESTADOS

a. A doutrina do Direito natural aplicada às relações entre Estados

Segundo um parecer vigente nos séculos XVIII e XIX, e sustentado ainda hoje por alguns autores, todo Estado tem – em sua capacidade de membro da Família das Nações – alguns direitos e deveres fundamentais. Esses direitos e deveres não são, segundo essa doutrina, estipulados pelo Direito internacional consuetudinário geral ou por tratados internacionais, como são os outros direitos e deveres dos Estados, mas originam-se da natureza do Estado ou da comunidade internacional. Esses direitos e deveres fundamentais – diz-se – possuem "uma significação mais ampla e profunda que as regras positivas ordinárias do Direito das Nações, do qual são, em boa parte, a base ou fonte última, e possuem uma força de obrigatoriedade maior... eles têm a natureza de princípios controladores ou fundamentais baseados em condições essenciais para a existência do Estado e da vida internacional em nosso tempo"[23].

A ideia de que os Estados têm direitos e deveres fundamentais é a aplicação da doutrina do Direito natural à relação entre Estados. Sustentar a teoria dos direitos fundamentais argumentando que, em qualquer ordem jurídica, é preciso distinguir os direitos estipulados por essa ordem dos princípios pressupostos por essa ordem é apenas dar uma outra versão à doutrina do Direito natural. Os chamados direitos fundamen-

---

23. Hershey, *Essentials of International Public Law and Organization*, 230 s.

tais do Estado, segundo Verdross, são os princípios jurídicos que constituem as condições para que o Direito internacional seja possível, os princípios jurídicos sobre os quais é construído o Direito internacional. Podemos descobrir esses princípios por meio de uma análise da natureza do Direito internacional[24]. Em outros termos: os direitos fundamentais dos Estados podem ser deduzidos a partir da natureza do Direito internacional. Essa doutrina é a mesma que diz que os direitos fundamentais dos Estados são "a base ou fonte última" do Direito internacional positivo e que possuem, portanto, "uma força de obrigatoriedade maior" que as outras regras do Direito internacional.

Esta versão da doutrina do Direito natural é logicamente impossível, assim como é impossível a versão clássica dessa doutrina. Princípios jurídicos nunca podem ser pressupostos por uma ordem jurídica; eles apenas podem ser criados por essa ordem. Pois eles são "jurídicos" única e exclusivamente porque, e na medida em que, são estabelecidos por uma ordem jurídica positiva. Certamente, a criação de Direito positivo não é uma criação a partir do nada. O legislador, assim como o costume, é dirigido por alguns princípios gerais. Mas esses princípios são morais ou políticos, e não jurídicos; consequentemente, não podem impor deveres jurídicos ou conferir direitos jurídicos a homens ou Estados, na medida em que esses princípios não são estipulados por legislação ou costume. Como princípios jurídicos, eles não são a fonte ou base da ordem jurídica pela qual são estipulados; pelo contrário, a ordem jurídica positiva é a sua fonte ou base. Portanto, eles não possuem força de obrigatoriedade maior que a das outras regras estipuladas pela ordem jurídica positiva, a menos que a própria ordem jurídica positiva lhes confira uma força de obrigatoriedade maior tornando a sua anulação mais difícil. Isso é impossível se a ordem jurídica, como o Direito internacional geral, possui o caráter de Direito consuetudinário, e se, consequentemente, as regras dessa ordem adquirem e perdem a sua validade por meio do costume.

---

24. Verdross, *Völkerrecht*, 199.

Os chamados direitos e deveres fundamentais do Estado são direitos e deveres do Estado apenas na medida em que são estipulados pelo Direito internacional geral, que tem o caráter de Direito consuetudinário. Tais direitos têm sido enumerados como sendo, principalmente, o direito de existência, o direito de autopreservação, de igualdade, de independência, de supremacia territorial e pessoal, de relações, o direito a bom nome e reputação, o direito de jurisdição. L. Oppenheim afirma, corretamente, que os chamados direitos e deveres fundamentais do Estado são deveres e direitos "de que os Estados gozam consuetudinariamente"[25]. Contudo, ele tenta deduzir esses direitos e deveres a partir da natureza do Estado como personalidade internacional. Ele escreve: "Personalidade Internacional é o termo que caracteriza apropriadamente a posição dos Estados dentro da Família das Nações, já que um Estado adquire personalidade internacional através do seu reconhecimento como membro. O que isso de fato significa pode ser averiguado retornando-se à base do Direito das Nações. Tal base é a aquiescência comum dos Estados de que um corpo de regras jurídicas deve regular o seu relacionamento mútuo"[26]. Porém, "personalidade internacional do Estado" significa apenas que o Direito internacional geral impõe deveres e confere direitos aos Estados (e isso significa a indivíduos na condição de órgãos dos Estados). O Estado é uma personalidade internacional porque é um sujeito de deveres e direitos internacionais. Esse enunciado nada diz a respeito do conteúdo desses direitos e deveres. O conceito de personalidade jurídica é um conceito inteiramente formal. Portanto, é impossível deduzir, a partir do fato de que o Estado é uma personalidade internacional, quaisquer direitos e deveres definidos do Estado, tais como o direito de independência ou o de autopreservação, o dever de não intervenção, e assim por diante.

O enunciado de que a base do Direito internacional é "a aquiescência comum dos Estados de que um corpo de regras

---

25. 1, Oppenheim, *International Law*, 217 s.
26. 1, Oppenheim, *International Law*, 219.

jurídicas deve regular o seu relacionamento mútuo" tem um caráter fictício, já que é impossível provar a existência de tal "aquiescência comum". A teoria segundo a qual a base do Direito internacional é uma aquiescência comum dos Estados, uma espécie de tratado concluído tacitamente pelos Estados, tem exatamente o mesmo caráter que a doutrina do Direito natural referente à base do Estado ou ordem jurídica nacional, ou seja, a doutrina do contrato social. Segundo essa teoria, os homens em seu estado natural são livres e iguais. O Estado, a ordem jurídica nacional, passa a existir porque indivíduos livres e em pé de igualdade concordam em ter uma ordem social que regule a sua conduta mútua. Cada indivíduo restringe voluntariamente a sua liberdade no interesse de todos os outros indivíduos, sob a condição de que todos os outros restrinjam a sua da mesma maneira. Como tal evento nunca ocorreu, a doutrina do contrato social é uma ficção, cuja função não é explicar a origem do Estado, mas justificar a existência do fato de que os indivíduos estão obrigados por uma ordem jurídica que lhes impõe deveres e confere direitos. A teoria de um consentimento comum dos Estados como base do Direito internacional repousa sobre a mesma ficção. É um fato indubitável o de que os Estados são considerados obrigados pelo Direito internacional sem, e até mesmo contra, a sua vontade[27]. Oppenheim diz ainda: "Então uma relação juridicamente regulamentada entre Estados soberanos é possível apenas sob a condição de que certa liberdade de ação seja concedida a todo Estado, e que, por outro lado, todo Estado concorde em ter a sua liberdade de ação restringida no interesse da liberdade de ação concedida a todos os outros Estados. Um Estado que entra para a Família das Nações conserva a liberdade natural de ação que lhe é devida em consequência da sua soberania, mas, ao mesmo tempo, assume a obrigação de exercer autocontrole e de restringir a sua liberdade de ação no interesse da dos outros Estados"[28].

---

27. Cf. *supra*, 369 ss.
28. 1, Oppenheim, *International Law*, 219.

O Estado, porém, não entra voluntariamente para a comunidade jurídica internacional. Quando passa a ter existência jurídica, o Estado é sujeitado ao Direito internacional preexistente. Não é o Estado que, por meio de seu livre-arbítrio, concorda com certa restrição da sua liberdade, é o Direito internacional geral que restringe a sua liberdade, concorde ele ou não com isso. Finalmente, o Estado como personalidade internacional não deve ser considerado soberano, no sentido de ter liberdade absoluta; Oppenheim, porém, quando fala do Estado como uma personalidade que entra voluntariamente para a comunidade internacional, usa o termo soberania com esse sentido. Em sua capacidade de personalidade internacional, o Estado está sujeito ao Direito internacional e, portanto, não é "soberano", assim como o indivíduo humano, em sua capacidade de personalidade jurídica, isto é, de sujeito de deveres e direitos, está sujeito à ordem jurídica nacional e, consequentemente, não é e não pode ser "soberano". Portanto, é inadmissível deduzir, a partir da soberania do Estado, quaisquer direitos e deveres.

Oppenheim continua: "Ao entrar para a Família das Nações, um Estado torna-se um igual para iguais; ele exige certa consideração para com a sua dignidade, a preservação da sua independência, da sua supremacia territorial e pessoal"[29]. A igualdade em relação a outros Estados não é uma propriedade com a qual o Estado é contemplado quando entra para a comunidade internacional. Os Estados são iguais porque e na medida em que o Direito internacional os trata assim. Se os Estados são juridicamente iguais ou não é algo que só pode ser verificado por meio de uma análise do Direito internacional positivo e não deduzido a partir da natureza ou da soberania do Estado. Apenas por meio de uma análise do Direito internacional positivo – e não pela suposição de que o Estado, ao entrar para a Família das Nações, exige respeito para com a sua dignidade, independência e supremacia – é que podemos saber se se deve ter consideração para com a dignidade do Estado,

---

29. 1, Oppenheim, *International Law*, 219.

se a sua independência tem de ser respeitada, se a sua supremacia territorial e pessoal tem de ser mantida, e assim por diante. Oppenheim diz: "O reconhecimento de um Estado como membro da Família das Nações implica o reconhecimento da igualdade, da dignidade, da independência, da supremacia territorial e pessoal de tal Estado. Mas o Estado reconhecido reconhece, por sua vez, as mesmas qualidades nos outros membros da sua família e, desse modo, assume responsabilidade por violações cometidas por ele"[30]. O reconhecimento de uma comunidade como Estado por outro Estado significa apenas que o segundo verifica que a comunidade em questão preenche todos os requisitos de um Estado no sentido do Direito internacional, o que é uma condição para a aplicação do Direito internacional à relação entre o Estado que reconhece e o que é reconhecido[31]. O reconhecimento de uma comunidade como Estado não é e não pode ser um reconhecimento do Direito internacional, já que o reconhecimento de uma comunidade como Estado é um ato previsto pelo Direito internacional, um ato que está baseado no Direito internacional e que, consequentemente, pressupõe a existência e a validade do Direito internacional[32]. Portanto, não é o Estado que – ao reconhecer outro Estado – assume responsabilidade por violações por ele cometidas. É o Direito internacional geral, válido independentemente do reconhecimento da parte dos Estados, que impõe aos Estados a responsabilidade pelas suas violações do Direito internacional. "Pode-se dizer que a personalidade internacional", afirma Oppenheim, "é o fato... de que a igualdade, dignidade, independência, supremacia territorial e pessoal, e a responsabilidade de cada Estado são reconhecidas por todos os outros Estados." A personalidade internacional não é o fato de serem reconhecidos por outros Estados os chamados direitos fundamentais do Estado. A personalidade internacional é simplesmente o fato de que o Direito interna-

---

30. 1, Oppenheim, *International Law*, 219.
31. Cf. *supra*, 219 ss.
32. Cf. *supra*, 369 ss.

cional impõe deveres e confere direitos – e não apenas os chamados deveres e direitos fundamentais – aos Estados.

b. A igualdade dos Estados

Dentre os direitos fundamentais dos Estados, o direito à igualdade desempenha um papel importante. A igualdade perante o Direito internacional é considerada uma característica essencial dos Estados.

O termo "igualdade" parece, à primeira vista, significar que todos os Estados têm os mesmos deveres e os mesmos direitos. Porém, esta afirmação é obviamente incorreta, pois os deveres e direitos estabelecidos por tratados internacionais constituem uma grande diversidade entre os Estados. Consequentemente, a afirmação deve se restringir ao Direito internacional consuetudinário geral. Mas, mesmo segundo o Direito consuetudinário geral, nem todos os Estados têm os mesmos deveres e direitos. Um Estado litorâneo, por exemplo, tem deveres e direitos diversos dos de um Estado interior. O enunciado deve ser modificado do seguinte modo: de acordo com o Direito internacional geral, todos os Estados têm a mesma capacidade de serem encarregados de obrigações e de adquirirem direitos; igualdade não significa igualdade de deveres e direitos, mas antes igualdade de capacidade para deveres e direitos. A igualdade é o princípio segundo o qual, sob as mesmas condições, os Estados têm os mesmos deveres e os mesmos direitos. Esta é, porém, uma fórmula vazia e insignificante porque aplicável mesmo a casos de desigualdades radicais. Assim, uma regra de Direito internacional geral que confere privilégios às Grandes Potências poderia ser interpretada como estando em conformidade com o princípio de igualdade, se fosse formulada do seguinte modo: qualquer Estado, desde que seja uma Grande Potência, goza dos privilégios em questão. O princípio de igualdade assim formulado nada mais é que uma expressão tautológica do princípio de legalidade, ou seja, o princípio de que as regras de Direito devem ser aplicadas em todos os casos em que, segundo o seu conteúdo, devem ser aplicadas.

Assim, o princípio de igualdade jurídica, se nada mais for que o princípio de legalidade, é compatível com qualquer desigualdade concreta. Os Estados são "iguais" perante o Direito internacional, já que estão igualmente sujeitos ao Direito internacional, e o Direito internacional é aplicável igualmente aos Estados. Este enunciado tem exatamente o mesmo sentido que o enunciado segundo o qual os Estados são sujeitos do Direito internacional, ou têm deveres e direitos sob o Direito internacional, mas isso não quer dizer que esses deveres e direitos são iguais.

É compreensível, portanto, que os autores que escrevem sobre o Direito internacional tentem atribuir um teor mais substancial ao conceito de igualdade. Quando caracterizam os Estados como iguais, eles querem dizer que, de acordo com o Direito internacional geral, nenhum Estado pode ser obrigado juridicamente sem ou contra a sua vontade. Consequentemente, eles concluem que os tratados internacionais apenas obrigam as partes contratantes, e que a decisão de uma agência internacional não é obrigatória para um Estado que não tem representante na agência ou cujo representante votou contra a agência, excluindo-se, assim, o princípio do voto majoritário do domínio do Direito internacional. Outras aplicações do princípio de igualdade são as regras segundo as quais nenhum Estado tem jurisdição sobre outro Estado (e isso quer dizer sobre os atos de outro Estado) sem o consentimento do segundo, e as regras segundo as quais os tribunais de um Estado não são competentes para questionar a validade dos atos de outro Estado, na medida em que esses atos sejam destinados a vigorar dentro da esfera de validade da ordem jurídica nacional desse segundo Estado. Compreendido deste modo, o princípio de igualdade é o princípio de autonomia dos Estados na condição de sujeitos do Direito internacional.

Existem, porém, restrições importantes às regras do Direito internacional que estabelecem a autonomia dos Estados. Como veremos mais adiante, há tratados internacionais que, de acordo com o Direito internacional, impõem deveres e conferem direitos a terceiros Estados. Há casos em que um Estado tem jurisdição sobre os atos de outro Estado sem o consentimento deste. Por meio de tratado, pode ser estabelecida uma agência internacional na qual apenas uma parte dos Estados contratantes tem representantes e que é autorizada pelo tratado a adotar, pelo voto majoritário, normas obrigatórias para todos os Estados contratantes. Tal tratado não é incompatível com o conceito de Direito internacional ou com o conceito do Estado como sujeito do Direito internacional; e tal tratado é uma exceção verdadeira à regra de que nenhum Estado pode ser juridicamente obrigado sem ou contra a sua vontade. O fato de que a competência da agência internacional está baseada no consentimento de todos os Estados interessados, por ser o resultado de um tratado concluído por todos os Estados que podem ser obrigados pelas decisões da maioria, não nos permite concluir que todas as decisões da agência são adotadas com o consentimento de todos os Estados contratantes, e que, consequentemente, nenhuma decisão é adotada sem ou contra a vontade de algum dos Estados obrigados pela decisão. Isto é uma ficção, em franca contradição com o fato de um Estado não representado na agência não ter expressado, de modo algum, a sua vontade em relação à decisão, ou de um Estado cujo representante votou contra a decisão ter declarado expressamente uma vontade contrária.

O fato de um Estado, ao concluir o contrato, ter dado o seu consentimento à competência da agência estabelecida pelo tratado é perfeitamente compatível com o fato de que o Estado pode mudar a sua vontade, expressa na conclusão do tratado. Essa mudança de vontade, porém, é irrelevante em termos jurídicos, já que o Estado contratante permanece juridicamente obrigado pelo tratado, mesmo que deixe de querer o que declarou querer no momento da iniciativa do tratado. Apenas naquele momento é que a concordância das vontades dos Estados contratantes é necessária para a criação dos deveres e direitos estabelecidos pelo tratado. O fato de o Estado contratante permanecer juridicamente obrigado, sem levar em conta uma mudança unilateral de vontade, prova claramente que um Estado pode ser obrigado mesmo contra a sua vontade. A vontade, cuja expressão é um elemento essencial da conclusão do tratado, não é, em absoluto, a vontade que o Estado tem ou não tem no que diz respeito à decisão adotada pela agência que foi estabelecida por esse mesmo tratado.

Como é indubitavelmente possível que tal tipo de tratado seja firmado por Estados "iguais", com base no Direito internacional geral, emprega-se incorretamente o conceito de igualdade quando se sustenta que é incompatível com a igualdade dos Estados o estabelecimento de uma agência dotada de competência para obrigar, por meio de voto majoritário, os Estados representados ou não representados no corpo produtor de lei. A igualdade dos Estados não exclui o princípio do voto majoritário do domínio do Direito internacional.

Se a igualdade dos Estados significa a autonomia destes, a autonomia que o Direito internacional confere aos Estados não é absoluta e ilimitável, mas relativa e limitável.

G. O PODER DO ESTADO

a. O poder do Estado como a validade e a eficácia da ordem jurídica nacional

Costuma-se classificar o poder do Estado como sendo o seu assim chamado terceiro elemento. Pensa-se no Estado como um agregado de indivíduos, um povo, que vive dentro de certa parte delimitada da superfície da Terra e que está sujeito a certo poder: um Estado, um território, um povo, um poder. Diz-se que a soberania é a característica definidora desse poder. Embora se sustente que a unidade do poder é tão essencial quanto a unidade do território e do povo, pensa-se, não obstante, que é possível distinguir três diferentes poderes componentes do Estado: o poder legislativo, o executivo e o judiciário.

A palavra "poder" tem significados diferentes nesses diferentes usos. O poder do Estado ao qual o povo está sujeito nada mais é que a validade e a eficácia da ordem jurídica, de cuja unidade resultam a unidade do território e a do povo. O "poder" do Estado deve ser a validade e a eficácia da ordem jurídica nacional, caso a soberania deva ser considerada uma qualidade desse poder. Porque a soberania só pode ser a qualidade de uma ordem normativa na condição de autoridade que é a fonte de obrigações e direitos. Quando, por outro lado, se fala dos três poderes do Estado, o poder é compreendido como uma função do Estado, sendo distinguidas três funções do Estado. Voltaremos nossa atenção primeiramente para essas três funções.

b. Os poderes ou funções do Estado: legislação e execução

Na verdade, uma dicotomia é a base da costumeira tricotomia. A função legislativa opõe-se tanto à função executiva quanto à judiciária, sendo que estas duas últimas estão, obviamente, relacionadas de modo mais íntimo entre si do que com a primeira. A legislação (*legis latio* do Direito romano) é a criação de leis (*leges*). Se falarmos de "execução", devemos perguntar o que é executado. Não há nenhuma outra resposta que não a afirmação de que são executadas as normas gerais, a constituição e as leis criadas pelo poder legislativo. A execução de leis, porém, também é a função do chamado poder judiciário. Esse poder não é distinguível do poder "executivo" pelo fato de que apenas os órgãos deste "executam" normas. Neste aspecto, a função de ambos é realmente a mesma. As normas jurídicas gerais são executadas tanto pelo poder executivo quanto pelo judiciário; a diferença é, simplesmente, que, num caso, a execução das normas gerais é confiada aos tribunais e, no outro, aos chamados órgãos "executivos" ou administrativos. Assim, a tricotomia usual é, no fundo, uma dicotomia, a distinção fundamental entre *legis latio* e *legis executio*. A segunda função, no sentido mais restrito, está subdividida em função jurídica e função executiva.

O poder executivo, por sua vez, diferencia-se com frequência em duas funções separadas, as chamadas função política e função administrativa. (A primeira, na terminologia francesa e na alemã, é catalogada como "o governo" num sentido mais restrito.) À primeira são geralmente atribuídos certos atos voltados para a administração e que são, portanto, politicamente importantes. Eles são efetuados pelos órgãos administrativos mais altos, tais como o chefe de Estado e os chefes dos vários departamentos administrativos. Esses atos também são atos de execução; por meio desses atos executam-se inclusive normas jurídicas gerais. Muitos desses atos são deixados ao arbítrio dos órgãos executivos. Mas nenhum montante de arbítrio pode privar um ato do poder executivo de seu caráter de ato executor de Direito. Consequentemente, os atos dos órgãos executivos mais altos também são atos que executam normas jurídicas gerais. A diferenciação do poder executivo em uma função governamental (política) e uma administrativa tem antes um caráter político do que jurídico. A partir de um ponto de vista jurídico, pode-se designar todo o domínio do poder executivo como administração.

Assim, as funções do Estado provam ser idênticas às funções essenciais do Direito. É a diferença entre criação e aplicação do Direito que se expressa na distinção entre os três poderes do Estado.

c. O poder legislativo

Não se compreende por poder legislativo ou legislação a função inteira de criar lei, mas um aspecto especial dessa função, a criação de normas gerais. "Uma lei" – um produto do processo legislativo – é, essencialmente, uma norma geral, ou um complexo de tais normas. ("A lei" é usada como uma designação para a totalidade das normas jurídicas apenas porque estamos propensos a identificar "a lei" com a forma geral do Direito e ignorar erroneamente a existência de normas jurídicas individuais.)

Além disso, não se compreende por legislação a criação de todas as normas, mas apenas a criação de normas gerais por órgãos especiais, ou seja, pelos chamados corpos legislativos. Essa terminologia tem origens históricas e políticas. Onde todas as funções do Estado estão centralizadas na pessoa de um monarca absoluto, existe pouco fundamento para a formação de um conceito de legislação com função distinta de outras funções do Estado, especialmente se as normas forem criadas por via consuetudinária. O conceito moderno de legislação não poderia surgir até que a criação deliberada de normas gerais por órgãos centrais começasse a se colocar ao lado, ou no lugar, da criação consuetudinária e que essa função fosse confiada a um órgão caracterizado como representante do povo ou de uma classe do povo. A distinção teórica entre os três poderes deve ser vista contra o fundo da doutrina política da separação dos poderes, incorporada às constituições da maioria das democracias e monarquias constitucionais modernas. Segundo esse princípio, a criação de normas gerais – em princípio, de todas as normas gerais, de todas as "leis" – pertence ao corpo legislativo, sozinho ou com o chefe de Estado. Esse princípio, porém, está sujeito a certas execuções.

A criação de normas gerais por outro órgão que não o corpo legislativo, ou seja, pelos órgãos do poder executivo ou do judiciário, é em geral concebida como uma função executiva ou judiciária.

A partir de um ponto de vista funcional, não existe nenhuma diferença entre essas normas e "leis" ou estatutos (normas gerais) criadas pelo corpo legislativo. As normas gerais criadas pelo corpo legislativo são chamadas "estatutos" em contraposição às normas gerais que, excepcionalmente, um órgão que não o corpo legislativo – o chefe de Estado ou outros órgãos executivos ou judiciários – possa criar. As normas gerais emitidas por órgãos do poder executivo não são, geralmente, chamadas "estatutos", mas "decretos-lei". Decretos-lei não emitidos com base num estatuto que eles levam a efeito, mas em lugar dos estatutos, são chamados "*décrets-lois*" na terminologia francesa e *Verordnungen mit Gesetzkraft* na alemã.

A partir de um ponto de vista sistemático, é particularmente infundado atribuir à função executiva a criação de normas gerais nos casos em que, sob circunstâncias excepcionais, tais normas são criadas pelo chefe de Estado em vez de pelo corpo legislativo. A função, nesses casos, é a mesma que a ordinariamente efetuada pelo corpo legislativo. Classificar normas gerais criadas por um tribunal como decisões e atribuí-las à função judiciária implica uma inexatidão semelhante. Uma função criadora de lei que absolutamente não é levada em consideração pela habitual tricotomia é a criação de normas gerais pela via do costume. As normas gerais do Direito consuetudinário, apesar de não serem criadas pelo poder legislativo, são executadas pelos órgãos do chamado poder "executivo", assim como pelos órgãos do poder judiciário. O costume é um processo criador de lei completamente equivalente ao processo legislativo. A criação consuetudinária de normas jurídicas gerais é uma *legis latio* tanto quanto aquilo que costuma ser designado como legislação. As normas gerais do Direito consuetudinário são aplicadas pelo poder executivo exatamente como os estatutos.

d. O poder executivo e o judiciário

É apenas como exceção que os órgãos do poder executivo e do judiciário podem criar normas gerais. Sua tarefa típica é criar normas individuais, com base nas normas gerais criadas por legislação e costume, e levar a efeito as sanções estipuladas por essas normas gerais e individuais. Levar a efeito a sanção é "execução" no sentido mais restrito do termo. A administração também tem – como veremos mais tarde – outras funções a desempenhar além da de decretar normas individuais e efetuar sanções (administrativas).

Na medida em que as chamadas funções executiva e judiciária consistem na criação de normas individuais com base em normas gerais e na execução das normas individuais, o poder legislativo, por um lado, e o poder executivo e o judiciário, por outro, representam apenas diferentes estágios no processo por meio do qual a ordem jurídica nacional – de acordo com os seus próprios dispositivos – é criada e aplicada. Esse é o processo por meio do qual o Direito ou, o que redunda no mesmo, o Estado, se regenera continuamente.

A doutrina dos três poderes do Estado é – em termos jurídicos – a doutrina dos diferentes estágios da criação e da aplicação da ordem jurídica nacional. Como o Direito regula a sua própria criação, a criação de normas também deve ocorrer em conformidade com outras normas gerais. O processo legislativo, isto é, a criação de normas jurídicas gerais, está dividido em, pelo menos, dois estágios: a criação de normas gerais, em geral chamada legislação (mas que abarca também a criação de Direito consuetudinário), e a criação das normas gerais que regulamentam esse processo de legislação. Estas últimas formam o conteúdo essencial do sistema normativo designado como "constituição".

e. Constituição

1. O conceito político de constituição

Uma vez que o Estado é aqui compreendido como uma ordem jurídica, o problema da constituição – tradicionalmente tratado a partir do ponto de vista da teoria política – encontra o seu lugar natural na teoria geral do Direito. Ele já foi visto na primeira parte deste livro do ponto de vista da hierarquia da ordem jurídica.

A constituição do Estado, geralmente caracterizada como a sua "lei fundamental", é a base da ordem jurídica nacional. É bem verdade que o conceito de constituição, tal como compreendido na teoria do Direito, não é exatamente igual ao conceito correspondente na teoria política. O primeiro é o que chamamos antes de constituição no sentido material do termo, abrangendo as normas que regulamentam o processo de legislação. Tal como usado na teoria política, faz-se que o conceito também compreenda as normas que regulamentam a criação e a competência dos órgãos executivos e judiciários mais altos.

2. Constituições rígidas e flexíveis

Como a constituição é a base da ordem jurídica nacional, às vezes mostra-se desejável dar-lhe um caráter mais estável que o das leis ordinárias. Portanto, uma mudança na constituição torna-se mais difícil do que a decretação ou a emenda de leis ordinárias. Tal constituição é chamada constituição rígida, estacionária ou inelástica, em contraposição a uma constituição flexível, móvel ou elástica, que pode ser alterada do mesmo modo que as leis ordinárias. A constituição original de um Estado é o trabalho dos fundadores do Estado. Se o Estado for criado de um modo democrático, a primeira constituição origina-se de uma assembleia constituinte, do que os franceses chamam *une constituante*. Às vezes, qualquer modificação na constituição está fora da competência do órgão legislativo instituído pela constituição, e é reservada a tal *constituante*, um órgão especial competente apenas para emendas constitucionais. Nesse caso, é costume fazer uma distinção entre um poder constituinte e um poder legislativo, cada qual sendo exercido de acordo com procedimentos diferentes. O recurso de que se lança mão com mais frequência para dificultar as emendas constitucionais é o de exigir uma maioria qualificada (dois terços ou três quartos) e um *quorum* (o número dos membros do corpo legislativo com competência para negociar) maior que o usual. Às vezes, a modificação tem de ser decidida por diversas vezes antes de adquirir força de lei. Em um Estado federal, qualquer mudança da constituição federal pode ter de ser aprovada pelas legislaturas de um determinado número de Estados-membros. E ainda existem outros métodos. É até mesmo possível que qualquer emenda à constituição seja proibida; e, na verdade, algumas constituições históricas declaram certos dispositivos da constituição, ou a sua totalidade dentro de um determinado espaço de tempo, como não passíveis de emendas. Assim, por exemplo, o Art. 8, Par. 4, da Constituição Francesa de 25 de fevereiro de 1875 (Artigo 2 da Emenda de 14 de agosto de 1884) declara: "A Forma republicana de Governo não será tema de proposta de revisão". Nesse caso, não é juridicamente possível emendar a totalidade da constituição período de tempo fixado ou emendar o dispositivo em questão. Se a norma da constituição que dificulta uma emenda é considerada obrigatória para o órgão legislativo, a norma que exclui qualquer emenda também tem de ser considerada válida. Não existe nenhum fundamento jurídico para interpretar essas duas normas de modos diferentes e declarar – como fazem alguns autores – que um dispositivo proibindo qualquer emenda é inválido por sua própria natureza. Porém, todo dispositivo cujo propósito é dificultar ou mesmo impossibilitar uma emenda da constituição é eficaz apenas contra emendas realizadas por um ato do órgão legislativo. Mesmo a constituição mais rígida é rígida apenas no tocante ao Direito estatutário, não ao Direito consuetudinário. Não existe nenhuma possibilidade jurídica de impedir que uma constituição seja modificada pela via do costume[33], mesmo que a constituição tenha o caráter de Direito estatutário, mesmo que seja uma, assim chamada, constituição "escrita".

A distinção feita pela teoria tradicional entre constituições "escritas" e "não escritas" é, de um ponto de vista jurídico, a diferença entre constituições cujas normas são criadas por atos legislativos e constituições cujas normas são criadas por costume. Muitas vezes, a constituição é composta de normas que têm caráter, em parte, de Direito estatutário e, em parte, de Direito consuetudinário.

Se existir um procedimento específico para emendas constitucionais diferentes do procedimento da legislação ordinária, então as normas gerais cujos conteúdos não têm nada em comum com as constituições (num sentido material) podem ser criadas através desse procedimento. Tais leis só podem ser abolidas dessa maneira. Elas gozam da mesma estabilidade que a constituição rígida. Se essas leis forem consideradas como sendo parte da "constituição", esse conceito de constituição será compreendido num sentido puramente formal. "Constituição" nesse sentido não significa normas que regulamentam certas matérias; significa nada mais que um procedimento

---

33. Cf. *supra*, 123 s.

específico de legislação, uma determinada forma jurídica que pode ser preenchida com qualquer conteúdo jurídico[34].

3. O conteúdo da constituição

Na verdade, a constituição, no sentido formal da palavra, além das normas que são constitucionais num sentido material, contém os mais diversos elementos. Ao mesmo tempo, existem normas constitucionais (num sentido material) que não aparecem na forma específica da constituição, mesmo quando existe uma.

α. *O preâmbulo.* Uma parte tradicional dos instrumentos chamados "constituições" é uma introdução solene, um assim chamado "preâmbulo", que expressa as ideias políticas, morais e religiosas que a constituição pretende promover. Esse preâmbulo em geral não estipula quaisquer normas definidas para a conduta humana e, assim, carece de conteúdo juridicamente relevante. Ele tem antes um caráter ideológico do que jurídico. Normalmente, se ele fosse suprimido, o teor real da constituição não seria modificado nem um pouco. O preâmbulo serve para dar maior dignidade à constituição e, desse modo, maior eficácia. A invocação de Deus e declarações de que a justiça, a liberdade, a igualdade e o bem-estar público serão salvaguardados são típicos do preâmbulo. Conforme possua um teor mais democrático ou mais autocrático, a constituição apresenta-se no preâmbulo, seja como a vontade do povo, seja como a vontade de um governante instalado pela graça de Deus. Assim, a constituição dos Estados Unidos da América diz: "Nós, o povo dos Estados Unidos, a fim de formar [etc.], ordenamos e estabelecemos esta Constituição para os Estados Unidos da América". Contudo, o povo – do qual a constituição afirma ter se originado – passa a ter existência jurídica primeiramente através da constituição. O povo pode ser a fonte da constituição, portanto, apenas num sentido político, e não jurídico. Além disso, é óbvio que os indivíduos que efetivamente criaram a constituição representavam apenas uma parcela

---

34. Cf. *supra*, 129 s.

mínima de todo o povo – isto, mesmo que se leve em consideração aqueles que os elegeram.

β. *A determinação do conteúdo de estatutos futuros.* A constituição contém certas estipulações referentes não apenas aos órgãos e ao procedimento pelo qual serão decretadas as futuras leis, mas também as referentes ao conteúdo dessas leis. Tais estipulações podem ser positivas ou negativas. Um exemplo de estipulação negativa é a Primeira Emenda à Constituição dos Estados Unidos: "O congresso não fará nenhuma lei no que diz respeito ao estabelecimento de uma religião, ou proibindo o livre exercício da mesma, ou restringindo a liberdade de expressão ou de imprensa, ou o direito do povo de se reunir em paz para peticionar do governo uma compensação por injustiças". Outros exemplos são as determinações do Artigo I, Seção 9: "Nenhum decreto de perda de direitos civis ou lei *ex post facto* serão aprovados" e "Nenhuma taxa ou imposto será lançado sobre artigos exportados de qualquer Estado." A constituição também pode determinar que as leis devem ter certos conteúdos positivos: assim, ela pode exigir que, se certas matérias forem regulamentadas por lei, elas devem ser regulamentadas do modo prescrito pela constituição (que deixa ao arbítrio do órgão legislativo decidir se essas matérias devem ser regulamentadas) ou, então, a constituição, sem deixar ao órgão legislativo qualquer arbítrio, pode prescrever que certas matérias devem ser regulamentadas do modo determinado pela constituição.

A constituição do Reich alemão (Constituição de Weimar), de 1919, contém vários dispositivos referentes ao conteúdo de leis futuras. Assim, por exemplo, o Artigo 121 diz o seguinte: "Por meio de legislação, será proporcionada a oportunidade de apoio físico, mental e social a filhos ilegítimos, igual à usufruída pelos filhos legítimos". Ou o Artigo 151: "A organização da vida econômica deve corresponder aos princípios da justiça, e deve ser destinada a assegurar a todos uma vida digna de um ser humano...".

Existe uma diferença técnica digna de nota entre os dispositivos da constituição que proíbem e os que prescrevem certo conteúdo para leis futuras. As primeiras têm, via de regra, efeitos jurídicos, as segundas não. Se um órgão legislativo emite uma lei cujos conteúdos são proibidos pela constituição, ocorrem todas as consequências que, segundo a constituição, uma lei inconstitucional acarreta. Se o órgão legislativo, porém, deixar de emitir a lei prescrita pela constituição, dificilmente será possível vincular consequências jurídicas a tal omissão.

γ. *Determinação da função administrativa e da judiciária.* As normas da constituição não têm de ser necessariamente estipulações apenas para o órgão legislativo. Elas podem ser imediatamente aplicáveis, sendo prescrições diretas para os órgãos administrativos e judiciários, especialmente os tribunais. É o caso da Sexta Emenda à Constituição dos Estados Unidos, já mencionada, e também da Sétima Emenda: "Em ações da lei comum, onde o valor em controvérsia venha a exceder vinte dólares, o direito a julgamento por júri será preservado, e nenhum fato julgado por um júri será de outra maneira reexaminado, em qualquer tribunal dos Estados Unidos, que não segundo as regras da lei comum". Prescrições deste tipo podem ser aplicadas pelos órgãos judiciários e administrativos sem que qualquer ato legislativo seja inserido entre a constituição e o ato administrativo ou judiciário que executa diretamente a constituição. Eles não são parte da constituição num sentido material, mas do Direito civil, criminal, administrativo ou processual, são normas gerais que, na forma de um dispositivo constitucional, determinam diretamente os atos dos órgãos administrativos e judiciários. Eles pertencem à constituição no sentido material apenas na medida em que também determinem a legislação, prescrevendo um determinado caráter para futuros estatutos.

Estipulações negativas e positivas referentes à legislação futura podem ser combinadas, como na Quinta Emenda à Constituição Americana: "Nenhuma pessoa será... privada de vida, liberdade ou propriedade sem o devido processo de Direito; nem será uma propriedade privada tomada para uso público sem justa compensação."

δ. *A lei "inconstitucional".* Regulamentar o conteúdo de legislação futura por meio da constituição é uma técnica jurídica significativa apenas se as modificações na constituição tiverem de ocorrer em conformidade com um processo especial, diferente da rotina ordinária de legislação. Apenas então um estatuto que não se conforma à constituição é "inconstitucional", apenas então a sua "inconstitucionalidade" pode ter quaisquer consequências jurídicas[35]. Se a constituição puder ser modificada do mesmo modo que um estatuto ordinário, então qualquer estatuto "inconstitucional" significa, na realidade, uma modificação na constituição, pelo menos para a esfera de validade desse estatuto. Então, um conflito entre um estatuto e a constituição tem o caráter de um conflito entre um novo e um velho estatuto. Trata-se de um conflito que precisa ser resolvido segundo o princípio de *lex posterior derogat priori*.

Se não existir nenhum procedimento especial para a legislação constitucional, não pode existir nenhuma lei "inconstitucional", assim como não pode existir nenhuma lei "ilícita". Suponhamos que uma constituição que pode ser modificada com um estatuto ordinário prescreva que "nenhum soldado poderá, em tempo de paz, alojar-se em qualquer casa sem o consentimento do seu dono" (uma cláusula na Terceira Emenda à Constituição dos Estados Unidos). Então, se fosse decretado um estatuto que ignorasse essa prescrição, o estatuto não seria, de modo algum, "contrário à constituição", porque o próprio estatuto modificaria a constituição. Uma prescrição como a que acaba de ser mencionada obrigaria apenas os órgãos executivos e judiciários, não o órgão legislativo.

ε. *Proibições constitucionais.* Para se perceber claramente a significação de proibições dirigidas pela constituição contra os órgãos dos poderes legislativo, executivo e judiciário, de dispositivos da constituição que proíbem esses órgãos de transgredir certos interesses dos sujeitos (como a Quinta Emenda à Constituição dos Estados Unidos: "Nenhuma propriedade será tomada para uso público sem justa compensação"; ou a oitava Emenda: "Não será exigida fiança excessiva, nem serão impostas multas excessivas, nem serão infligidas punições cruéis

---

35. Cf. *supra*, 157 ss.

ou incomuns"), deve-se notar o seguinte fato: os órgãos dos poderes legislativo, executivo e judiciário são incapazes de funcionar sem estarem autorizados por uma norma jurídica geral, seja ela uma lei consuetudinária ou estatutária. Pode ser uma norma que, em termos bem gerais, meramente autorize o órgão a atuar de acordo com o seu arbítrio. Mas, de qualquer modo, toda ação da parte do órgão deve estar baseada em alguma norma geral que estipule, pelo menos, que o órgão tem de atuar, ainda que não diga como ele tem de fazê-lo, deixando ao arbítrio do órgão a determinação das suas próprias ações. Assim, a constituição, via de regra, determina a função do órgão legislativo. Ela autoriza certo órgão a legislar, sem determinar o conteúdo da sua função; mas, excepcionalmente, o conteúdo a ser decretado também pode ser prescrito pela constituição. Desse modo, o órgão legislativo também é, na realidade, um órgão executivo. Todo ato legislativo é um ato de executar a constituição. Do contrário, a legislação não poderia ser reconhecida como uma função e o legislador, como um órgão do Estado.

É, portanto, autoevidente que pode existir um poder "executivo" no sentido usual apenas se houver alguma norma geral – algum estatuto ou regra de Direito consuetudinário – a ser executada. O poder judiciário também é executivo nesse sentido, já que o próprio tribunal é um órgão do Estado e funciona como órgão do Estado apenas se executar uma norma da ordem jurídica. Um indivíduo atua como órgão do Estado apenas na medida em que atua baseado na autorização conferida por alguma norma válida. Esta é a diferença entre o indivíduo e o Estado como pessoas atuantes, ou seja, entre o indivíduo que não atua como órgão do Estado e o indivíduo que atua como órgão do Estado. Um indivíduo que não funciona como órgão do Estado tem permissão para fazer qualquer coisa que a ordem jurídica não o tenha proibido de fazer, ao passo que o Estado, isto é, um indivíduo que funciona como órgão do Estado, só pode fazer o que a ordem jurídica o autoriza a fazer. É, portanto, supérfluo, do ponto de vista da técnica jurídica, proibir alguma coisa a um órgão de Estado. Basta não autorizá-lo. Se um indivíduo atua sem autorização da ordem jurídica, ele não mais o faz na condição de órgão do Estado. Apenas por esse motivo, por não estar apoiado por nenhuma autorização jurídica, é que o seu ato é antijurídico. Não é necessário que o ato seja proibido por uma norma jurídica. É preciso proibir um órgão de efetuar certos atos apenas quando se deseja restringir uma autorização prévia. Desse modo, a constituição normalmente dá ao órgão legislativo um poder ilimitado para criar normas gerais. A fim de impedir que certas normas sejam criadas pelo órgão legislativo, a constituição tem, portanto, de proibir explicitamente a sua criação. Por outro lado, os órgãos dos poderes executivo e judiciário não possuem normalmente poder ilimitado para criar normas individuais. Eles são apenas autorizados a executar estatutos e normas de Direito consuetudinário. Mesmo que a constituição não proibisse os órgãos executivo e judiciário de exigir fiança excessiva, de impor multas desarrazoadas ou de infligir punições cruéis e incomuns, esses órgãos não poderiam juridicamente fazer qualquer dessas coisas, a menos que fossem explicitamente autorizados a fazê-lo por algum estatuto ou regra de Direito consuetudinário.

A cláusula da Quinta Emenda, transcrita acima, não é, porém, uma proibição pura. Ela dá a entender que a propriedade privada pode ser tomada para uso público mediante justa compensação. Como autorização positiva, a cláusula não é, em absoluto, supérflua, e tem significação também relativa aos órgãos executivo e judiciário.

O fato de que nenhum órgão de Estado pode atuar sem autorização positiva da ordem jurídica não é válido, como se poderia pensar, apenas para Estados democráticos. Ele é válido também para um Estado autocrático, uma monarquia absoluta, por exemplo. A constituição – a monarquia absoluta também tem uma constituição, pois todo Estado tem uma –, nesse caso, dá ao monarca uma autoridade quase ilimitada para emitir não apenas normas gerais, mas também normas individuais, e para executar atos coercitivos de modo que todo ato do monarca ou de um órgão autorizado por ele surja como um ato do Estado caso seja apresentado como tal. A constituição da monarquia absoluta caracteriza-se principalmente por essa competência ampla do poder executivo, investida na pessoa do monarca. Se existir tal competência ampla do poder executivo, os sujeitos podem ser protegidos contra certos abusos por parte dos órgãos desse poder por meio de proibições dirigidas a esses órgãos. No processo histórico no qual democracias se desenvolveram a partir de monarquias absolutas, as proibições constitucionais dirigidas aos órgãos do poder executivo desempenharam um importante papel. Isso explica por que esta técnica jurídica foi preservada mesmo sob circunstância que tornaram supérfluo o ato de dirigir proibições constitucionais a órgãos do poder executivo, já que esses órgãos não mais possuem uma competência ilimitada.

Em uma democracia moderna, onde os órgãos do poder executivo e judiciário podem atuar apenas com base em uma autorização jurídica positiva, as proibições constitucionais dirigidas a esses órgãos são justificadas não apenas se tiverem o efeito de restringir uma competência anteriormente conferida a eles, mas também se forem destinadas a dificultar a ampliação da sua competência no que diz respeito a certos atos. As proibições constitucionais só têm o efeito desejado se forem dirigidas também ao órgão legislativo, e se a constituição for rígida, não flexível.

As proibições são às vezes enunciadas dizendo-se que a interferência em certos interesses dos indivíduos é proibida, exceto quando prevista "por lei". Assim, a Terceira Emenda à Constituição dos Estados Unidos diz: "Nenhum soldado poderá, em tempo de paz, ser alojado em qualquer casa sem o consentimento do seu dono, nem em tempo de guerra, a não ser de maneira a ser prescrita por lei". Tal cláusula é supérflua, já que os órgãos do poder executivo nunca podem atuar sem autorização da "lei", o termo abrangendo o Direito estatutário e o consuetudinário. As constituições frequentemente instituem a liberdade de expressão dizendo que ela é garantida "dentro dos limites da lei" ou que essa liberdade pode "ser restringida apenas por lei". Mesmo que a constituição não formule expressamente tal restrição, muitos juristas estão inclinados a interpretar a constituição desse modo. Contudo, se a "liberdade" ou o "direito" concedido pela constituição pode ser restringido ou até mesmo abolido por uma simples lei, a norma constitucional que concede a "liberdade" ou o "direito" não tem, na realidade, qualquer valor. O propósito de uma norma constitucional que concede uma liberdade ou direito particular é precisamente o de impedir que os órgãos do poder executivo sejam autorizados por uma lei simples a ultrapassar os limites da esfera de interesse determinada pela "liberdade" ou "direito". Sem autorização por lei, eles simplesmente não podem atuar. Quando a constituição delega à legislação ordinária o poder de restringir ou abolir uma proibição estabelecida pela constituição, ela toma com uma das mãos o que fingiu dar com a outra. Um exemplo típico de tal dispositivo é o Artigo 112 da Constituição de Weimar, que diz o seguinte: "Cada alemão tem o direito de emigrar para países fora do Reich. A emigração pode ser restringida apenas por lei do Reich". A expressão "apenas" por lei do Reich é ilusória, porque sem tal lei a emigração não pode ser juridicamente restringida[36]. Por meio de tais dispositivos cria-se a ilusão de uma garantia constitucional onde na verdade não existe nenhuma.

ζ. *Carta de direitos.* Uma lista de liberdades ou direitos dos cidadãos é uma parte típica das constituições modernas. A chamada "Carta de Direitos" contida nas primeiras dez Emendas à Constituição dos Estados Unidos é um exemplo. A maioria dessas emendas tem o caráter de proibições e comandos dirigidos aos órgãos dos poderes legislativo, executivo e judiciário. Eles dão ao indivíduo um direito, no sentido técnico da palavra, apenas se ele tiver a possibilidade de recorrer à lei contra um ato inconstitucional do órgão, especialmente se puder acionar um processo que leve à anulação do ato inconstitucional. Essa possibilidade pode lhe ser dada apenas pelo Direito

---

36. O Artigo 112 não pode ser considerado como necessário por excluir a restrição à emigração por parte de leis dos Estados-membros. Segundo o Artigo 6, o Reich tem legislação exclusiva no que diz respeito à emigração, de modo que a legislação dos Estados-membros sobre essa matéria já foi excluída por esse Artigo e não precisa ser excluída pelo Artigo 112.

positivo, e, consequentemente, os direitos em si podem ser apenas os que estiverem fundamentados em Direito positivo. Este não era, porém, o parecer dos Pais da Constituição americana. Eles acreditavam em certos direitos naturais inatos, que existem, independentes da ordem jurídica positiva, e que essa ordem tem apenas de proteger direitos dos indivíduos que o Estado tem de respeitar sob quaisquer circunstâncias, já que esses direitos correspondem à natureza do homem, e a sua proteção, à natureza de qualquer comunidade verdadeira. Essa teoria – a teoria do Direito natural – era corrente no século XVIII. Ela é claramente expressa na Nona Emenda: "A enumeração de certos direitos na Constituição não será interpretada de modo a negar ou desacreditar outros assegurados ao povo". Com isso, os autores da Constituição queriam dizer que existem certos direitos que não podem ser expressados nem na Constituição, nem na ordem jurídica positiva por ela fundada. Não obstante, do ponto de vista do Direito positivo, o efeito dessa cláusula é autorizar os órgãos de Estado que têm de executar a constituição, especialmente os tribunais, a estipular outros direitos que não os estabelecidos pelo texto da Constituição. Um direito assim estipulado também é garantido pela Constituição, não diretamente, mas indiretamente, já que é estipulado por um ato criador de Direito de um órgão autorizado pela Constituição. Desse modo, tal direito não é mais "natural" do que qualquer outro direito aprovado pela ordem jurídica positiva. Todo Direito natural é transformado em Direito positivo tão logo seja reconhecido e aplicado pelos órgãos do Estado com base na autorização constitucional. Apenas como Direito positivo ele é relevante para considerações jurídicas.

η. *Garantias da constituição.* A função essencial da Constituição no sentido material do termo é determinar a criação de normas jurídicas gerais, isto é, determinar os órgãos e o procedimento de legislação e também – até certo ponto – o conteúdo de futuras leis. Assim, surge o problema de como assegurar a observância desses dispositivos da constituição, de como garantir a constitucionalidade das leis. Trata-se de um caso especial do problema mais geral de garantir que uma norma inferior esteja em conformidade com a norma superior que lhe determina a criação e o conteúdo. Já discutimos esse problema no capítulo sobre a hierarquia da ordem jurídica. Como resultado do nosso exame, estabelecemos que o Direito positivo conhece dois métodos para assegurar a concordância entre a norma inferior e a superior. A ordem jurídica é capaz de prever um procedimento por meio do qual se pode pôr à prova a norma inferior no que diz respeito à sua conformidade com a norma superior, e aboli-la, caso se verifique que ela carece de tal conformidade. A ordem jurídica também pode tornar o órgão que cria uma norma antijurídica sujeito a uma sanção pessoal. Qualquer um dos métodos pode ser empregado isoladamente, ou ambos podem ser aplicados simultaneamente. No caso de leis inconstitucionais, o primeiro é empregado de modo quase que exclusivo, os membros do corpo legislativo raramente sendo responsabilizados pela violação da Constituição, por terem adotado uma lei inconstitucional.

O exame e a abolição de uma lei por causa da sua inconstitucionalidade ocorre de acordo com vários métodos[37]. Existem dois tipos importantes de procedimento por meio dos quais uma lei é julgada e abatida. O órgão que tem de aplicar a lei a um caso concreto pode estar autorizado a examiná-la no que diz respeito à sua constitucionalidade e recusar-se a aplicá-la ao caso concreto caso a julgue inconstitucional. Se o poder de examinar a constitucionalidade das leis for conferido aos tribunais, falamos de revisão judiciária de legislação. O exame da lei pode ser efetuado pelo órgão competente, sobretudo pelo tribunal, seja *ex officio*, seja por meio de petição de uma das partes do processo judiciário ao qual a lei deva ser aplicada. No momento em que se recusa a aplicar a lei ao caso concreto, o órgão não a invalida de modo generalizado, isto é, não a torna inválida para todos os possíveis casos em que, segundo o próprio conteúdo da lei, ela deve ser aplicada, mas apenas individualmente, isto é, para o caso em questão. A lei como tal per-

---

37. Cf. meu artigo "Judicial Review of Legislation: A Comparative Study of the Austrian and the American Constitution" (1942), 4, *J. of Politics*, 183 s.

manece válida e aplicável a outros casos, se não for novamente declarada inconstitucional e abolida para o caso concreto. Caso a ordem jurídica não contenha qualquer regra explícita contrária, pressupõe-se que todo órgão aplicador de Direito tem esse poder de se recusar a aplicar leis inconstitucionais. Como os órgãos estão incumbidos da tarefa de aplicar "leis", eles naturalmente precisam investigar se uma regra proposta para aplicação tem realmente a natureza de uma lei. Apenas uma restrição desse poder necessita de um dispositivo explícito. Embora o poder de um órgão aplicador de Direito que examine a constitucionalidade das leis a serem aplicadas e que recuse a aplicação de uma lei julgada por ele como inconstitucional não possa ser eliminado completamente, ele pode ser restringido em diferentes graus. O órgão aplicador de Direito pode, por exemplo, estar autorizado apenas a investigar se a norma que tem de ser aplicada a um caso concreto foi efetivamente aprovada por um órgão legislativo, ou então se a norma foi criada por um órgão legislativo ou executivo competente para emitir normas jurídicas gerais. Caso se verifique que esse é o caso, é possível que o órgão aplicador de Direito não tenha nenhum direito adicional de questionar a constitucionalidade da norma.

Caso o poder ilimitado de testar a constitucionalidade de leis seja reservado apenas a um órgão, por exemplo, a suprema corte, esse órgão pode estar autorizado a abolir uma lei inconstitucional não apenas individualmente, isto é, para o caso concreto, mas de modo generalizado, para todos os casos possíveis. A lei inconstitucional pode ser de todo abolida por meio de uma decisão expressa que proclame a sua anulação, ou por meio da recusa da corte em aplicar a lei ao caso concreto sob alegação manifesta da sua inconstitucionalidade, sendo então dada a essa decisão o *status* de um precedente, de modo que todos os outros órgãos aplicadores de Direito, em especial todos os tribunais, sejam obrigados a recusar a aplicação da lei. A anulação de uma lei é uma função legislativa, um ato – por assim dizer – de legislação negativa. Um tribunal que é competente para abolir leis – de modo individual ou geral – funciona como um legislador negativo.

O poder de examinar a constitucionalidade das leis e de invalidar leis inconstitucionais pode ser conferido, como uma função mais ou menos exclusiva, a um tribunal constitucional especial, enquanto os outros tribunais têm apenas o direito de solicitar ao tribunal constitucional o exame e a anulação das leis que eles têm de aplicar, mas que consideram inconstitucionais. Essa solução do problema significa uma centralização da revisão judiciária da legislação. A possibilidade de uma lei emitida por um órgão legislativo ser anulada por outro órgão constitui uma restrição digna de nota, do poder deste primeiro órgão. Tal possibilidade significa que existe, além do legislador positivo, um legislador negativo, um órgão que pode ser composto segundo um princípio totalmente diferente daquele do parlamento eleito pelo povo. Então, um antagonismo entre os dois legisladores, o positivo e o negativo, é quase que inevitável. Esse antagonismo pode ser diminuído estabelecendo-se que os membros do tribunal constitucional serão eleitos pelo parlamento.

III. A separação de poderes

A. O CONCEITO DE "SEPARAÇÃO DE PODERES"

A revisão judicial de legislação é uma transgressão evidente do princípio de separação de poderes. Este princípio encontra-se na base da Constituição americana e é considerado um elemento específico da democracia. Ele foi formulado da seguinte maneira pela Suprema Corte dos Estados Unidos: "Que todos os poderes confiados ao governo, estadual ou nacional, estão divididos em três grandes departamentos, o executivo, o legislativo e o judiciário. Que das funções apropriadas a cada um desses ramos do governo será investido um corpo separado de funcionários públicos, e que a perfeição do sistema exige que as linhas que separam e dividem esses departamentos devam ser ampla e claramente definidas. Também é essencial para o funcionamento bem-sucedido desse sistema que às pessoas às quais foi confiado o poder em cada um desses ramos não seja permitida a intromissão nos poderes confiados aos outros, mas que cada uma deva, por meio da lei de sua criação, limitar-se ao exercício dos poderes apropriados ao seu próprio departamento e a nenhum outro."[1]

O conceito de "separação de poderes" designa um princípio de organização política. Ele pressupõe que os chamados três poderes podem ser determinados como três funções distintas e coordenadas do Estado, e que é possível definir fronteiras separando cada uma dessas três funções. No entanto, essa pressu-

---

1. Kilbourn v. Thompson, 103 U.S. 168, 190 s. (1880).

posição não é sustentada pelos fatos. Como vimos, não há três, mas duas funções básicas do Estado: a criação e a aplicação do Direito, e essas funções são infra e supraordenadas. Além disso, não é possível definir fronteiras separando essas funções entre si, já que a distinção entre criação e aplicação de Direito – subjacente ao dualismo de poder legislativo e executivo (no sentido mais amplo) – tem apenas um caráter relativo, a maioria dos atos do Estado sendo, ao mesmo tempo, atos criadores e aplicadores de Direito. É impossível atribuir a criação de Direito a um órgão e a sua aplicação (execução) a outro, de modo tão exclusivo que nenhum órgão venha a cumprir simultaneamente ambas as funções. É dificilmente possível e, de qualquer modo, indesejável, até mesmo que se reserve a legislação – que é apenas um determinado tipo de criação de Direito – a um "corpo separado de funcionários públicos" e se excluam todos os outros órgãos dessa função.

B. A SEPARAÇÃO DO PODER LEGISLATIVO DO EXECUTIVO

a. Prioridade do chamado órgão legislativo

Por "legislação" como função dificilmente compreenderemos outra coisa que não a canção de normas gerais. Um órgão é um órgão legislativo apenas na medida em que esteja autorizado a criar normas jurídicas gerais. Nunca ocorre na realidade política que todas as normas gerais da ordem jurídica nacional tenham de ser criadas exclusivamente por um órgão designado legislador. Não existe nenhuma ordem jurídica, de nenhum Estado moderno, segundo a qual os tribunais e autoridades administrativas sejam excluídas da criação de normas jurídicas gerais, isto é, da legislação, e da legislação não apenas com base em estatutos e regras de costume, mas também diretamente baseada na constituição. Na prática, o que importa é apenas uma organização da função legislativa segundo a qual todas as normas gerais têm de ser criadas ou pelo órgão chamado legislativo ou por outros órgãos, classificados como órgãos do poder executivo ou judiciário, com base em uma autorização da parte daquele órgão. As normas gerais criadas por esses órgãos são chamadas decretos-lei ou então possuem designação específica; mas, funcionalmente, eles possuem o mesmo caráter que os estatutos decretados por um órgão chamado legislador. O hábito de caracterizar apenas um órgão como órgão "legislativo", de chamar as normas criadas por "leis" ou "estatutos", é, porém, até certo ponto justificado se esse órgão possuir uma determinada prerrogativa na canção de normas gerais. É esse o caso quando todos os outros órgãos só podem decretar normas gerais com base em uma autorização emanada do chamado órgão legislativo. Então, o chamado órgão legislativo é a fonte de todas as normas gerais, em parte diretamente e em parte indiretamente, através dos órgãos aos quais delega competência legislativa.

b. Função legislativa do chefe do departamento executivo

A maioria das constituições que supostamente incorporam o princípio de separação de poderes autoriza o chefe do departamento executivo a decretar normas gerais no lugar do órgão legislativo, sem que desse órgão emane qualquer autorização especial na forma de um "estatuto autorizante" (*Ermächtigungsgesetz*), caso se estejam vivendo circunstâncias especiais, tais como guerra, rebelião ou crise econômica. Desse modo, além do órgão legislativo ordinário, essas constituições aprovam um órgão legislativo extraordinário, ao qual apenas é negada a designação de "legislativo".

A competência legislativa de que é investido o chefe do departamento executivo às vezes é bastante ampla. Ele pode ser capaz de regulamentar matérias que, como se diz, não foram regulamentadas por estatutos nem por regras de costume. Essa fórmula que determina a competência legislativa do chefe de Estado não é, porém, de todo correta. Se, afinal, existe alguma ordem jurídica composta de Direito estatutário ou consuetudinário, não existem matérias não regulamentadas juridicamente. Um *vacuum* jurídico não é possível. Se a ordem jurídica não obriga os indivíduos a certa conduta, os indivíduos são juridicamente livres; eles não podem ser juridicamente forçados a se conduzir dessa maneira. Quem quer que tente forçá-los a tal comete um delito, e isso significa que viola o Direito existente. Na medida em que silencia, a ordem jurídica constitui uma esfera de liberdade individual. Essa esfera é protegida e, portanto, regulamentada pela ordem jurídica que obriga o Estado a não interferir nela. Apenas baseados na autoridade de uma norma os órgãos de Estado têm permissão para interferir na liberdade do indivíduo; mas cada uma dessas normas significa que o indivíduo é obrigado a observar certa conduta, que a sua esfera de liberdade é restringida. Caso o chefe de Estado seja autorizado pela constituição a regulamentar, por meio de decreto-lei, matérias anteriormente não regulamentadas pela ordem jurídica, as matérias em vista são as que nunca foram regulamentadas de modo positivo, ou seja, que nunca foram regulamentadas por normas impondo deveres jurídicos aos sujeitos, mas que foram regulamentadas de modo negativo porque estão incluídas em uma esfera de liberdade dos indivíduos juridicamente protegida. O que a descrição inadequada tem em vista é o fato de que o chefe do departamento executivo pode ser competente para regulamentar matérias que, anteriormente, não foram sujeitas, de modo algum, à regulamentação positiva.

Investir de tal competência o chefe do departamento executivo não significa que o corpo legislativo ordinário seja privado da possibilidade de regulamentar de modo positivo as mesmas matérias. Em geral, o chefe do departamento executivo é competente para regulamentá-las apenas na medida em que o órgão legislativo deixe de fazê-lo. Ele perde a sua competência tão logo o órgão legislativo submeta a matéria à sua própria regulamentação.

O chefe do departamento executivo exerce uma função legislativa quando tem direito de impedir, por meio de veto, que normas pronunciadas pelo órgão legislativo se tornem leis, ou quando tais normas não podem se tornar leis sem antes receber a sua aprovação. O seu veto pode ser absoluto ou suspensivo. No segundo caso, é necessário um novo pronunciamento do órgão legislativo para que o projeto de lei adquira força de lei. Na verdade, o chefe do departamento executivo cumpre uma função legislativa até mesmo pelo simples fato de poder ter um direito de tomar a iniciativa no processo legislativo, de poder submeter um projeto de lei ao órgão legislativo. Esse direito pertence às vezes ao gabinete e a cada ministro de gabinete dentro da sua esfera própria de competência. Tal participação na legislação da parte do chefe do departamento executivo ou do gabinete é estabelecida mesmo pelas constituições baseadas no princípio da separação de poderes.

c. Função legislativa do judiciário

Já vimos que os tribunais cumprem uma função legislativa quando são autorizados a anular leis inconstitucionais. Eles também o fazem quando são competentes para anular um decreto-lei usando como fundamento o fato de este se revelar contrário a uma lei, ou – como às vezes é o caso – parecer "desarrazoado". No segundo caso, a função legislativa do tribunal é especialmente óbvia.

Além disso, os tribunais exercem uma função legislativa quando a sua decisão, em um caso concreto, se torna um precedente para a decisão de outros casos similares. Um tribunal com essa competência cria, por meio da sua decisão, uma norma geral que se encontra no mesmo nível dos estatutos criados pelo chamado órgão legislativo.

Onde é válido o Direito consuetudinário, a criação de normas gerais não é reservada ao chamado órgão legislativo, mesmo no sentido de que outros órgãos possam criar tais normas apenas com a sua autorização. O costume, como método de criação de normas gerais, é uma alternativa genuína da legislação. No tocante ao efeito da sua função jurídica, não há diferença alguma entre costume e legislação. O Direito consuetudinário e o estatutário são igualmente obrigatórios para o indivíduo.

C. NÃO SEPARAÇÃO, MAS DISTRIBUIÇÃO DE PODERES

Assim, não se pode falar de uma separação entre a legislação e as outras funções do Estado no sentido de que o chamado órgão "legislativo" – excluindo os chamados órgãos "executivo" e "judiciário" – seria, sozinho, competente para exercer essa função. A aparência de tal separação existe porque apenas as normas gerais criadas pelo "órgão" legislativo são designadas como "leis" (*leges*). Mesmo quando a constituição sustenta expressamente o princípio da separação de poderes, a função legislativa – uma mesma função, e não duas funções diferentes – é distribuída entre vários órgãos, mas apenas a um deles é dado o nome de órgão "legislativo". Esse órgão nunca tem um monopólio da criação de normas gerais, mas, quando muito, uma determinada posição favorecida, tal como a previamente caracterizada. A sua designação como órgão legislativo é tão mais justificada quanto maior for a parte que ele possui na criação de normas gerais.

D. SEPARAÇÃO DO PODER JUDICIÁRIO DO PODER EXECUTIVO (ADMINISTRATIVO)

a. Natureza da função judiciária

Uma separação entre o poder judiciário e o chamado poder executivo também é possível apenas num grau comparativamente limitado. Uma separação estrita dos dois poderes é impossível, já que os dois tipos de atividade habitualmente designados por esses termos não são funções essencialmente distintas. Na verdade, a função judiciária é executiva no mesmo sentido em que a função comumente descrita por esse termo; a função judiciária também consiste na execução de normas gerais. Que tipo particular de execução de normas gerais é chamada "judiciária"? A questão só pode ser respondida por meio de uma descrição das atividades típicas dos tribunais civis e criminais.

A função judiciária consiste, essencialmente, em dois atos. Em cada caso concreto, 1) o tribunal estabelece a presença do fato qualificado como delito civil ou criminal por uma norma geral a ser aplicada ao caso dado; e 2) o tribunal ordena uma sanção civil ou criminal concreta estipulada de modo geral na norma a ser aplicada. O processo judiciário geralmente tem a forma de uma controvérsia entre duas partes. Uma parte afirma que a lei foi violada pela outra parte, ou que a outra parte é responsável por uma violação da lei cometida por outro indivíduo, e a outra parte nega que seja esse o caso. A decisão judiciária é a decisão de uma controvérsia. Do ponto de vista da norma geral que tem de ser executada pela função judiciária, o caráter de controvérsia do processo judicial é de importância secundária. Especialmente no processo dos tribunais criminais, o caráter de controvérsia é, obviamente, uma mera formalidade. Também seria um erro caracterizar a função judiciária como um processo pelo qual são determinadas as obrigações e os direitos das partes disputantes. O ponto decisivo é o de que as obrigações e os direitos das partes são determinados estabelecendo-se que um delito foi cometido e ordenando-se uma sanção. A corte estabelece primariamente que um delito (civil ou criminal) foi cometido e pronuncia uma sanção. Apenas secundariamente as obrigações e os direitos das partes são determinados desse modo.

b. Função judiciária dos órgãos do poder executivo (administração)

Os órgãos do poder "executivo" frequentemente exercem a mesma função que os tribunais. A administração pública está baseada no Direito administrativo, assim como a jurisdição dos tribunais está baseada no Direito civil e no criminal. Aliás, o Direito administrativo, que se desenvolveu posteriormente ao Direito civil e ao criminal, tem mais o caráter de Direito estatutário que o de Direito consuetudinário. A base jurídica da administração pública é fornecida por estatutos administrativos.

Como o direito civil e o criminal, o Direito administrativo tenta obter uma determinada conduta vinculando um ato coercitivo, a sanção administrativa, à conduta contrária, o delito administrativo. Como no Direito civil e no criminal, a sanção instituída pelo Direito administrativo é a privação forçosa de patrimônio ou liberdade. As leis fiscais, por exemplo, estipulam que um indivíduo com uma dada renda deve pagar certo imposto, e que, no caso de não fazê-lo, uma medida coercitiva deve ser tomada contra o seu patrimônio. Da mesma forma, as leis sanitárias determinam que, no caso de certas doenças contagiosas, certos indivíduos devem notificar certas autoridades sanitárias, devendo ser punidos caso não o façam. A produção e a venda de bebidas alcoólicas é, de acordo com alguns regulamentos de comércio, permitida apenas sob licença especial, concedida por autoridades administrativas, e quem quer que produza tais bebidas sem a licença necessária deve ser punido. A execução dessas leis administrativas, de acordo com várias ordens jurídicas, é conferida às chamadas autoridades administrativas, isto é, órgãos não são designados como tribunais por não pertencerem ao corpo de funcionários convencionalmente chamado judiciário. Só as autoridades administrativas são competentes para impor essas leis, só elas têm de estabelecer se um delito administrativo foi cometido, e só elas têm de infligir a sanção administrativa. Essa função dos órgãos administrativos é a mesma função dos tribunais, embora a segunda seja chamada "judiciária", e a primeira, "executiva" ou "administrativa". Os casos resolvidos pelos órgãos administrativos têm o mesmo caráter que os solucionados pelos tribunais civis ou criminais. Eles podem mesmo ser concebidos como controvérsias. Nesse aspecto é possível demonstrar que não existe nenhuma diferença essencial entre as funções chamadas judiciárias e as funções chamadas administrativas; isso porque, nos Estados Unidos, o uso excessivo dos tribunais para a resolução de controvérsias resultou em um programa de remoção de categorias inteiras de casos dos tribunais e na transferência de autoridade para a sua execução para autoridades administrativas[2]. Tal transferência de competência dos tribunais para órgãos administrativos é possível apenas na medida em que as funções de ambos sejam idênticas.

c. Independência de juízes

Mesmo quando a função administrativa possui o mesmo caráter que a função judiciária, a posição judiciária e o processo dos tribunais podem diferir daqueles dos órgãos administrativos. Os juízes, por exemplo, são, em geral "independentes", isto é, estão sujeitos apenas às leis, e não às ordens (instruções) de órgãos judiciários ou administrativos superiores. Por outro lado, a maior parte das autoridades administrativas não é independente. Se a administração for organizada hierarquicamente, os órgãos administrativos são obrigados por comando de órgãos superiores. No entanto, nem sempre essa diferenciação existe. Quando a administração não é hierárquica, os seus órgãos também são independentes. E mesmo quando a administração é hierárquica, não apenas os órgãos administrativos mais altos, mas também os outros, são, muitas vezes, completamente independentes. Ainda assim, eles não são considerados "tribunais".

Quando a função do órgão administrativo é a mesma que a função dos tribunais, o processo administrativo, na verdade, é mais ou menos semelhante ao processo judiciário. De qualquer modo, existe uma nítida tendência para se tornar o processo administrativo semelhante ao judiciário.

Assim, não existe qualquer separação precisa entre os poderes judiciário e executivo como separação orgânica de duas funções diferentes. Uma função idêntica é distribuída entre diferentes máquinas burocráticas, a existência e as diferentes denominações das quais podendo ser explicadas apenas com base em fundamentos históricos. Da mesma forma, as diferenças na posição respectiva dos órgãos e nos seus processos não podem

---

2. Cf. W. F. Willoughby, *Principles of Judicial Administration* (1929), 18.

ser atribuídas a qualquer diferença de função, admitindo apenas uma explicação histórica.

d. A função administrativa específica: o ato administrativo

Os órgãos administrativos, porém, têm de empreender certas ações geralmente não desempenhadas pelos tribunais. A autoridade fiscal, por exemplo, precisa estabelecer que um indivíduo tem uma determinada renda e, então, ordenar-lhe que pague o imposto correspondente. Apenas caso o indivíduo não aja de acordo com essa ordem administrativa é que se inicia o processo no qual a autoridade fiscal exerce a mesma função que um tribunal. Para executar a lei administrativa referente à produção e à venda de bebidas alcoólicas, a autoridade administrativa competente tem de conceder ou recusar a licença instituída pela lei. Se um indivíduo tentar produzir ou vender tais bebidas sem a licença necessária, a autoridade administrativa pode lhe ordenar que interrompa o seu empreendimento ilícito antes que a autoridade inicie o processo de Direito administrativo penal, no qual ela exerce a mesma função que o tribunal criminal.

Tais ordens decretadas pelos órgãos administrativos, tais licenças por eles conferidas ou recusadas, são atos inteiramente distintos dos atos que constituem a função judiciária específica. Eles correspondem às transações jurídicas do Direito civil. Os atos administrativos específicos, tais como a ordem administrativa ou a licença, diferem das transações jurídicas porque os primeiros podem ser apenas atos de órgãos de Estado, ao passo que os segundos podem ser, e normalmente são, atos de indivíduos privados, e porque o protótipo daqueles é uma dedicação unilateral de vontade, ao passo que o protótipo destes é o contrato. Mas também existem contratos no Direito administrativo, os chamados contratos administrativos, concluídos entre uma autoridade administrativa e um indivíduo privado e cujo não cumprimento é levado a julgamento em processo administrativo perante uma autoridade administrativa. Os con-

O ESTADO

tratos de nomeação classificam-se nessa categoria. (Como a nomeação de um funcionário público em geral requer a sua aceitação explícita, as nomeações, via de regra, assumem a forma de contratos.) As diferenças que poderiam existir entre os contratos do Direito administrativo e os do Direito civil não são importantes neste contexto. Digno de nota é apenas o fato de que as controvérsias resultantes de um contrato administrativo podem ser resolvidas por autoridades administrativas em vez de tribunais.

e. Administração sob controle do judiciário

O princípio da separação de poderes seria satisfeito se os órgãos administrativos se limitassem aos atos administrativos específicos descritos no capítulo anterior, e se a função judiciária específica – estabelecer o delito e ordenar a sanção – fosse reservada aos tribunais. (Por "tribunais", entendemos aqui os órgãos pertencentes à engrenagem burocrática desenvolvida historicamente que tem de aplicar Direito "civil" e "criminal" e que é geralmente designada como o "judiciário".) Dentro de tal organização, a relação entre os órgãos administrativos e os tribunais teria o seguinte caráter: uma autoridade fiscal, por exemplo, emitiria ordens de tributação de acordo com a lei. Mas caso o indivíduo deixasse de atuar de acordo com a ordem, a autoridade administrativa – como um credor privado – teria de levá--lo a julgamento perante um tribunal. Caberia ao tribunal estabelecer que a lei fiscal foi violada pelo réu e estabelecer a sanção instituída pela lei. Mais uma vez, um órgão administrativo teria de conceder licenças para a produção e a venda de bebidas alcoólicas; e caso um indivíduo viesse a empreender tal produção e venda sem a licença necessária, a mesma autoridade administrativa poderia exigir que ele interrompesse a sua atividade ilícita. Mas, para que a ocorrência do delito fosse averiguada e uma punição, infligida, o órgão administrativo teria de recorrer à assistência de um tribunal. Da mesma maneira, apenas um tribunal seria competente para resolver litígios resultantes de um contrato entre um órgão administrativo e uma parte privada. A administração pública seria apenas uma agência bastante subordinada dentro de todo o processo de governo[3]. O Estado, representado através dos seus órgãos administrativos, estaria na mesma posição que um indivíduo privado perante os tribunais.

Esse ideal, que é parte da concepção liberal do Estado, prevalece no Direito inglês e no americano por mais tempo que no Direito do continente europeu (em especial no Direito francês e no alemão). Mas o ideal nunca foi completamente concretizado. Em todas as ordens jurídicas existem casos em que outros órgãos, que não os tribunais, têm de exercer funções judiciárias, estabelecer a ocorrência de um delito e ordenar a sanção estipulada pela lei. As autoridades fiscais e policiais, sobretudo, costumam ser convocadas a cumprir funções judiciárias ou quase judiciárias. Tão logo a ordem jurídica autoriza a administração pública a interferir mais amplamente, por meio dos seus atos específicos, na vida econômica e cultural, surge a tendência de atribuir aos órgãos administrativos também a função judiciária que está ligada à sua função administrativa específica.

f. Ligação íntima entre a função administrativa e a judiciária

Os atos específicos de administração são, é verdade, distintos daqueles do judiciário. Mas, como transações jurídicas privadas, os atos administrativos são parte das condições às quais as normas jurídicas gerais vinculam sanções. Simplificadamente, a norma geral de Direito civil diz: se duas partes concluem um contrato e se uma das partes o rompe, e se a outra parte move uma ação contra ela, então o tribunal deve averiguar o rompimento do contrato da parte do réu, e, se o rompimento for verificado, deve lhe infligir uma sanção civil. A norma geral de Direito administrativo, igualmente simplificada,

---

3. Cf. Roscoe Pound, "Organization of Courts" (1927) 11, *J. of the Am. Judicature Society*, 69-70

diz o seguinte: se um órgão administrativo emite uma ordem para um indivíduo, e o indivíduo deixa de agir em conformidade com a mesma, então um órgão administrativo (o mesmo ou outro) deverá estabelecer o delito administrativo e infligir a sanção administrativa ao delinquente. Ou: se um indivíduo exerce certo comércio sem ter recebido uma licença do órgão administrativo competente, esse (ou outro) órgão administrativo deverá infligir uma punição administrativa ao delinquente. Ou: se um órgão administrativo conclui um contrato administrativo com uma parte privada, e se uma das partes contratantes rompe o contrato, e se a outra parte registra uma ação contra a primeira, um órgão administrativo diverso daquele que é a parte no contrato deve verificar o rompimento do contrato e ordenar a sanção instituída.

A função administrativa específica só pode cumprir o seu propósito em cooperação com a função judiciária específica. Portanto, é absolutamente normal confiar a função judiciária, na medida em que esta se encontre em ligação orgânica com uma função administrativa específica, a órgãos administrativos. Quando, por exemplo, a ordem jurídica autoriza os órgãos administrativos a emitir comandos e obriga os indivíduos a obedecer a esses comandos administrativos, ou quando a ordem jurídica obriga os indivíduos a não exercer certas atividades comerciais sem licença, então nada mais coerente que não diminuir a autoridade dos órgãos administrativos conferindo a imposição das obrigações administrativas dos indivíduos afetados a outros órgãos que não os administrativos, ou seja, a tribunais.

g. Processo administrativo

A organização e o processo efetivo dos tribunais dão uma garantia de legalidade mais forte do que os dos órgãos administrativos. Sem dúvida, esse é o motivo pelo qual se considera necessário atribuir aos tribunais a função judiciária ligada à função administrativa. Mas nada nos impede de dar à administração pública, na medida em que ela exerça uma função judiciária, a mesma organização e o mesmo processo que têm os tribunais. Sanções são atos coercitivos, e sanções infligidas a indivíduos por órgãos administrativos certamente são interferências no patrimônio, na liberdade e mesmo na vida dos cidadãos. Se a constituição prescreve que nenhuma interferência no patrimônio, na liberdade e na vida do indivíduo pode ocorrer sem o "devido processo de Direito", isso não acarreta necessariamente um monopólio da função judiciária pelos tribunais. O processo administrativo no qual é exercida uma função judiciária pode ser formado de tal modo que corresponda ao ideal de "devido processo de Direito".

E. ATOS COERCITIVOS DOS ÓRGÃOS ADMINISTRATIVOS

De acordo com a maioria das ordens jurídicas e, sobretudo, de acordo com as ordens jurídicas que reconhecem o princípio da separação de poderes, os órgãos administrativos estão autorizados a interferir no patrimônio e na vida do indivíduo em um processo sumário, quando tal interferência é o único modo de prevenir com rapidez danos à segurança pública. Assim, em todos os Estados civilizados, os órgãos administrativos são autorizados a evacuar à força os moradores de casas que ameaçam desabar, a demolir casas para interromper o avanço de incêndios, a sacrificar gado infectado por certas doenças, a internar indivíduos cuja condição física ou mental constitua um perigo para a saúde ou a vida dos seus concidadãos. É especialmente à polícia que se confere o poder para levar a cabo tais atos coercitivos. Com frequência, esses atos são não menos importantes para os indivíduos interessados do que as sanções executadas num processo judiciário ou os atos coercitivos preparatórios de tais sanções como, por exemplo, a prisão de indivíduos acusados ou suspeitos de um crime.

Esses atos coercitivos – para os quais têm autorização órgãos administrativos, em especial os órgãos da polícia – diferem das sanções e dos atos coercitivos preparatórios de sanções pelo fato de não serem condicionados por certa conduta humana contra a qual é dirigido, como sanção, um ato coercitivo. Eles são condicionados por outras circunstâncias. O fato de uma edificação estar prestes a desabar, e não a conduta do seu dono ou dos seus moradores, é a condição para a remoção forçada destes; o fato de um indivíduo ter uma doença contagiosa ou ser insano, e não uma ação ou omissão particular de sua parte, é a condição para o seu internamento forçado em um hospital ou hospício. Como as sanções são condicionadas por uma determinada conduta humana, elas podem ser evitadas por meio da conduta contrária. Como os atos coercitivos em questão não são condicionados por conduta humana, eles não podem ser evitados pelos indivíduos envolvidos nem se espera que estes o façam. Tais interferências no patrimônio ou na liberdade dos indivíduos não são sanções, mas seriam delitos caso não fossem estipuladas por lei. Ao autorizar órgãos administrativos a executar esses atos coercitivos que não são sanções, a ordem jurídica abre uma exceção à regra segundo a qual as medidas coercitivas são permitidas apenas como sanções.

F. ADMINISTRAÇÃO DIRETA E INDIRETA

Esses atos coercitivos de administração que não possuem o caráter de sanção representam, na verdade, uma função executiva nitidamente distinta da judiciária. Sua peculiaridade consiste no fato de que a conduta desejada é ocasionada obrigando-se órgãos do Estado (no sentido material da palavra), e não indivíduos privados. Esse tipo de administração pode ser chamada direta, em contraposição à administração indireta. Atos de administração direta não têm de ser necessariamente coercitivos. Qualquer atividade pode ocorrer como administração direta da parte do Estado. O exemplo a seguir pode servir para ilustrar a distinção geral entre administração direta e indireta: quando cidadãos de um distrito são obrigados por um estatuto administrativo a construir uma estrada pública, e agências administrativas são autorizadas a punir cidadãos que não cumprem essa obrigação, ocorre administração indireta. Mas quando a estrada tem de ser construída e mantida por órgãos do Estado, isto é, quando as ações desejáveis do ponto de vista da administração pública são deveres de funcionários de Estado, a administração é direta. Enquanto a função da administração indireta tem o mesmo caráter que a função judiciária, a administração direta é de uma natureza essencialmente diferente. Mesmo esta, porém, permanece dentro dos limites da técnica específica do Direito, na medida em que atinge o seu fim obrigando indivíduos. A diferença entre os dois tipos de administração repousa apenas na qualidade jurídica dos indivíduos obrigados.

Vale a pena mencionar que as medidas coercitivas decididas pelos tribunais são efetivamente levadas a cabo por órgãos administrativos, tais como os inspetores de uma prisão, carrascos e outros. Estes não são considerados "juízes" apesar do fato de a sua função ser certamente uma parte orgânica da função judiciária.

G. CONTROLE JURÍDICO DA ADMINISTRAÇÃO PELOS TRIBUNAIS ORDINÁRIOS OU ADMINISTRATIVOS

Quando órgãos administrativos têm de recorrer a um tribunal ordinário para a imposição da lei administrativa, pode estar dentro da competência do tribunal examinar não apenas a constitucionalidade da lei, mas também a legalidade ou mesmo a utilidade do ato administrativo. O tribunal tem essa competência mesmo quando o próprio órgão administrativo se reveste de uma função judiciária, já que, embora o órgão administrativo precise estabelecer a ocorrência do delito e decidir a sanção, o indivíduo contra o qual é dirigida a sanção pode apelar para um tribunal. O controle jurídico da administração não precisa estar nas mãos dos tribunais ordinários; ele pode ser exercido por tribunais administrativos especiais.

O fato de o controle da administração pelos tribunais ser considerado necessário lança uma luz esclarecedora sobre as deficiências da teoria da separação de poderes. Este princípio parece exigir que nenhum dos três poderes seja controlado por qualquer um dos outros dois. Não obstante, invoca-se o princípio da separação de poderes para justificar o mais estrito controle da administração pelos tribunais, um estado que é alcançado quando os órgãos administrativos têm de recorrer aos tribunais para a imposição de leis administrativas.

H. CONTROLE DA LEGISLAÇÃO POR TRIBUNAIS

Quando tribunais têm competência para examinar não apenas medidas administrativas individuais, mas também decretos-lei e leis administrativas, então essas funções legislativas estão efetivamente sob o controle dos tribunais. Como foi assinalado, tal controle não é comparável com o princípio da separação de poderes. No entanto, a revisão judiciária de legislação como prerrogativa dos tribunais é instituída pelas próprias constituições que mais enfatizam esse princípio. Por meio desse tipo de organização, expressa-se certa desconfiança em relação aos órgãos legislativo e executivo. Ela é característica da monarquia constitucional, que surgiu da restrição do poder do monarca absoluto. No campo do judiciário, essa tendência foi mais triunfante. Como resultado, os tribunais ganharam a independência, a qual, de início, era a independência em relação ao monarca. Dentro do domínio legislativo, este conservou uma influência mais forte. Continuou a ser o legislador, embora não mais pudesse funcionar sem a cooperação do parlamento. Mesmo nesse campo, porém, a influência do parlamento aumentou constantemente e, afinal, superou a do outrora todo-poderoso monarca. No campo do chamado poder executivo, o monarca manteve mais da sua posição original do que nos outros campos. Esse desenvolvimento histórico explica a posição privilegiada dos tribunais dentro do sistema político, a sua prerrogativa de controlar a legislação e a administração, a crença profundamente enraizada de que os direitos dos indivíduos podem ser protegidos apenas pelo ramo judiciário do governo, o parecer – característico sobretudo do Direito inglês – de que o concurso de um tribunal, como autoridade independente do legislador, deve ser obtido antes que a expressão da vontade do segundo se torne uma regra de conduta[4].

O controle da legislação e da administração por tribunais tem um nítido significado político dentro de uma monarquia constitucional. Aqui, ele leva a efeito a tendência de manter dois ramos do governo, onde a influência do monarca ainda prevalece, controlados por órgãos independentes dele. O chamado poder judiciário funciona como uma espécie de contrapeso do poder legislativo e do executivo. O desejo de estabelecer tal equilíbrio foi uma das forças motrizes na evolução da monarquia constitucional a partir da monarquia absoluta.

I. O PAPEL HISTÓRICO DA "SEPARAÇÃO DE PODERES"

Portanto, foi um erro descrever o princípio fundamental da monarquia constitucional como a "separação de poderes". As funções originalmente combinadas na pessoa do monarca não foram "separadas", mas antes divididas entre o monarca, o parlamento e os tribunais. Os "poderes" legislativo, executivo e judiciário, que os que formularam o princípio de separação tinham em mente, não são três funções do Estado distintas logicamente, mas as competências que o parlamento, o monarca e os tribunais adquiriram ao longo da história na chamada monarquia constitucional. A significação histórica do princípio chamado "separação de poderes" encontra-se precisamente no fato de que ele opera antes contra uma concentração que a favor de uma separação de poderes. O controle das funções legislativa e executiva pelos tribunais significa que as funções legislativa, executiva e judiciária são combinadas na competência dos tribunais. Assim, o controle subentende que os poderes legislativo e executivo estão divididos entre os chama-

---

[4]. F. J. Goodnow, "The Principles of the Administrative Law of the United States" (1905), pp. 11-2.

dos órgãos legislativo e executivo, por um lado, e os tribunais, por outro. Da mesma maneira, a participação do monarca na legislação significa que a sua competência inclui tanto a função legislativa quanto a executiva, e, assim, que o poder legislativo está dividido entre o monarca e o parlamento. O fato de que, em uma monarquia constitucional, o chefe do departamento não é responsável para com o parlamento é um resíduo da monarquia absoluta, e não – como poderíamos estar inclinados a supor – uma aplicação do princípio de separação, o qual, na realidade, é um princípio de divisão de poderes. Uma concessão a esse princípio é o dispositivo segundo o qual os atos do monarca têm de ser referendados pelos ministros de gabinete que são responsáveis para com o parlamento. Assim, o parlamento, embora um órgão de legislação, tem controle sobre a administração.

J. SEPARAÇÃO DE PODERES E DEMOCRACIA

O princípio de uma separação de poderes, compreendido literalmente ou interpretado como um princípio de divisão de poderes, não é essencialmente democrático. Ao contrário, correspondente à ideia de democracia é a noção de que todo o poder deve estar concentrado no povo, e, onde não é possível a democracia direta, mas apenas a indireta, que todo o poder deve ser exercido por um órgão colegiado cujos membros sejam eleitos pelo povo e juridicamente responsáveis para com o povo. Caso esse órgão tenha apenas funções legislativas, os outros órgãos que têm de executar as normas emitidas pelo órgão legislativo devem ser responsáveis para com ele, mesmo que também tenham sido eleitos pelo povo. É o órgão legislativo que tem o maior interesse numa execução rigorosa das normas por ele emitidas. O controle dos órgãos das funções executiva e judiciária pelos órgãos da função legislativa corresponde à relação natural existente entre essas funções. Portanto, a democracia exige que ao órgão legislativo seja dado controle sobre os órgãos administrativo e judiciário. Se a separação da função legislativa das funções aplicadoras de Direito, ou um controle do órgão legislativo pelos órgãos aplicadores de Direito, e, sobretudo, se o controle das funções legislativa e administrativa pelos tribunais está previsto pela constituição de uma democracia, isso só pode ser explicado por motivos históricos, não justificados como elementos especificamente democráticos.

IV. Formas de governo: democracia e autocracia

A. CLASSIFICAÇÃO DAS CONSTITUIÇÕES

O problema central da teoria política é a classificação de governos. A partir de um ponto de vista jurídico, é a distinção entre diferentes arquétipos de constituições. Portanto, o problema também pode ser apresentado como a distinção entre diferentes formas de Estado.

a. Monarquia e república

A teoria política da Antiguidade distinguia três formas de Estado: monarquia, aristocracia e democracia. A teoria moderna não foi além dessa tricotomia. A organização do poder soberano é apresentada como o critério dessa classificação. Quando o poder soberano de uma comunidade pertence a um indivíduo, diz-se que o governo, ou a constituição, é monárquico. Quando o poder pertence a vários indivíduos, a constituição é chamada republicana. Uma república é uma aristocracia ou uma democracia, conforme o poder soberano pertença a uma minoria ou à maioria do povo.

O número de pessoas em cujas mãos se encontra o poder soberano é, porém, um critério bastante superficial de classificação. Como vimos, o poder do Estado é a validade e a eficácia da ordem jurídica. Aristóteles já havia descrito o Estado como ταξις, isto é, como ordem[1]. O critério pelo qual uma consti-

---

1. Aristóteles, *Política*, Livro III, 1274b, 1278b.

tuição monárquica se distingue de uma republicana, e uma constituição aristocrática de uma democrática, é o modo como a constituição regulamenta a criação da ordem jurídica. Essencialmente, uma constituição (no sentido material) regulamenta apenas a criação de normas jurídicas gerais determinando os órgãos e o procedimento de legislação. Se a constituição (no sentido formal) também contém cláusulas referentes aos órgãos mais altos da administração e do judiciário, é porque estes também criam normas jurídicas. A classificação de governos é, na realidade, uma classificação de constituições, o termo sendo usado no seu sentido material. Porque a distinção entre monarquia, aristocracia e democracia diz respeito essencialmente à organização da legislação. Um Estado é considerado uma democracia ou uma aristocracia se a sua legislação tiver natureza democrática ou aristocrática, embora a sua administração ou o seu judiciário possam ter um caráter diferente. Da mesma maneira, um Estado é classificado como uma monarquia porque o monarca surge juridicamente como o legislador, mesmo que o seu poder no campo do executivo seja rigorosamente restrito e, no campo do judiciário, praticamente inexistente.

b. Democracia e autocracia

Não é apenas o critério da classificação tradicional, é também a tricotomia tradicional que se mostra insuficiente. Se o critério da classificação é o modo como, segundo a constituição, a ordem jurídica é criada, então é mais correto distinguir, em vez de três, dois tipos de constituição: a democracia e a autocracia. Esta distinção baseia-se na ideia de liberdade política.

Politicamente livre é quem está sujeito a uma ordem jurídica de cuja criação participa. Um indivíduo é livre se o que ele "deve" fazer, segundo a ordem social, coincide com o que ele "quer" fazer. Democracia significa que a "vontade" representada na ordem jurídica do Estado é idêntica às vontades dos sujeitos. O seu oposto é a escravidão da aristocracia. Nela, os sujeitos são excluídos da criação da ordem jurídica, e a harmonia entre a ordem e as suas vontades não é garantida de modo algum. A democracia e a autocracia assim definidas não são efetivamente descrições de constituições historicamente conhecidas, representando antes tipos ideais. Na realidade política, não existe nenhum Estado que se conforme completamente a um ou ao outro tipo ideal. Cada Estado representa uma mistura de elementos de ambos os tipos, de modo que algumas comunidades estão mais próximas de um polo e algumas mais próximas do outro. Entre os dois extremos existe uma profusão de estágios intermediários, a maioria dos quais sem nenhuma designação específica. Segundo a terminologia usual, um Estado é chamado democracia se o princípio democrático prevalece na sua organização, e um Estado é chamado autocracia se o princípio autocrático prevalece.

B. DEMOCRACIA

a. A ideia de liberdade

1. A metamorfose da ideia de liberdade

A ideia de liberdade tem originalmente uma significação puramente negativa. Ela significa a ausência de qualquer compromisso, de qualquer autoridade obrigatória. Sociedade, no entanto, significa ordem, e ordem significa compromissos. O Estado é uma ordem social por meio da qual indivíduos são obrigados a certa conduta. No sentido original de liberdade, só é livre quem vive fora da sociedade e do Estado. A liberdade, no sentido original, só pode ser encontrada naquele "estado natural" que a teoria do Direito natural do século XVIII contrastava com o "estado social". Tal liberdade é a anarquia. Portanto, para fornecer o critério de acordo com o qual são distinguidos diferentes tipos de Estado, a ideia de liberdade deve assumir outra conotação que a original negativa. A liberdade natural transforma-se em liberdade política. Essa metamorfose da ideia de liberdade é da maior importância para todo o nosso pensamento político.

2. O princípio de autodeterminação

A liberdade possível dentro da sociedade, e especialmente dentro do Estado, não pode ser a liberdade de qualquer compromisso, pode ser apenas a de um tipo particular de compromisso. O problema da liberdade política é: como é possível estar sujeito a uma ordem social e permanecer livre? Assim, Rousseau[2] formulou a questão cuja resposta é a democracia. Um sujeito é politicamente livre na medida em que a sua vontade individual esteja em harmonia com a vontade "coletiva" (ou "geral") expressa na ordem social. Tal harmonia da vontade "coletiva" com a individual é garantida apenas se a ordem social for criada pelos indivíduos cuja conduta ela regula. Ordem social significa determinação da vontade do indivíduo. A liberdade política, isto é, a liberdade sob a ordem social, é a autodeterminação do indivíduo por meio da participação na criação da ordem social. A liberdade política é liberdade, e liberdade é autonomia.

b. O princípio de maioria

1. Autodeterminação e anarquia

O ideal de autodeterminação exige que a ordem social seja criada pela decisão unânime de todos os seus sujeitos e que permaneça em vigor apenas enquanto goza da aprovação de todos. A vontade coletiva (a *volonté générale*) deve estar constantemente de acordo com a vontade dos sujeitos (a *volonté de tous*). A ordem social pode ser modificada apenas com a aprovação de todos os sujeitos; e cada sujeito é obrigado pela or-

---

2. Rousseau, *O contrato social*, Livro I, cap. VI: "Encontrar uma forma de associação que possa defender e proteger, com toda a força da comunidade, a pessoa e a propriedade de cada associado, e por meio da qual cada um, aglutinando-se a todos, possa, não obstante, obedecer apenas a si e permanecer livre como antes. Tal é o problema fundamental para o qual o contrato social fornece a solução". Através do contrato social, o "estado natural" é substituído por um estado de ordem social.

dem social na medida em que o consinta. Ao retirar o seu consentimento, cada indivíduo pode, a qualquer momento, colocar-se fora da ordem social. Onde prevalece a autodeterminação na sua forma pura e irrestrita, não pode haver nenhuma contradição entre a ordem social e a vontade de qualquer sujeito. Tal ordem não poderia ser "violada" por qualquer um dos seus sujeitos. A diferença entre um estado de anarquia, onde nenhuma ordem social é válida, e uma ordem social cuja validade se baseia no consentimento permanente de todos os sujeitos existe apenas na esfera das ideias. Na realidade social, o grau mais alto de autodeterminação política, isto é, um estado onde não é possível nenhum conflito entre a ordem social e o indivíduo, é praticamente indistinguível de um estado de anarquia. Uma ordem normativa que regula a conduta recíproca de indivíduos é completamente supérflua se todo o conflito entre a ordem e os seus sujeitos estiver excluído *a priori*. Apenas se tal conflito for possível, apenas se a ordem permanecer válida mesmo em relação a um indivíduo que, por meio da sua conduta, "viola" a ordem, é que o indivíduo pode ser considerado como estando "sujeito" à ordem. Uma ordem social genuína é incompatível com o grau máximo de autodeterminação.

Caso se faça do princípio de autodeterminação a base de uma organização social, ele deve ser restringido de algum modo. Surge, então, o problema de como limitar a autodeterminação do indivíduo apenas na medida necessária para que a sociedade em geral, e o Estado em particular, se tornem possíveis.

2. *A restrição necessária da liberdade pelo princípio de maioria*

A criação original da ordem social é um problema que está além de considerações práticas. Em geral, um indivíduo nasce em uma comunidade constituída por uma ordem social preexistente. Assim, o problema tende a ser restringido à questão de como uma ordem existente pode ser modificada. O grau máximo possível de liberdade individual, e isso quer dizer a aproximação máxima possível do ideal de autodeterminação compatível com a existência de uma ordem social, é garantido pelo princípio de que uma modificação da ordem social requer o consentimento da maioria simples dos sujeitos desta. Segundo esse princípio, dentre os sujeitos da ordem social, o número dos que a aprovam será sempre maior que o número dos que a desaprovam – inteiramente ou em parte –, mas que permanecem obrigados pela ordem. No momento em que o número dos que desaprovam a ordem, ou dos que desaprovam uma das suas normas, se torna maior que o número dos que a aprovam, é possível uma mudança por meio da qual seja restabelecida uma situação na qual a ordem esteja em concordância com um número de sujeitos maior que o número de sujeitos com quem está em discordância. A ideia subjacente ao princípio de maioria é a de que a ordem social deve estar em concordância com o maior número possível de sujeitos e em discordância com o menor número possível de sujeitos. Como liberdade política significa acordo entre a vontade individual e a coletiva expressada na ordem social, é o princípio de maioria que assegura o grau mais alto de liberdade política possível dentro da sociedade. Se uma ordem não pudesse ser modificada pela vontade de uma maioria simples dos sujeitos, mas apenas pela vontade de todos (ou seja, de modo unânime), ou pela vontade de uma maioria qualificada (por exemplo, por um voto majoritário de dois terços ou de três quartos), então um único indivíduo, ou uma minoria de indivíduos, poderia impedir uma modificação na ordem. E então a ordem poderia estar em discordância com um número de sujeitos que seria maior que o número daqueles com cuja vontade está em concordância.

A transformação do princípio de autodeterminação no da regra de maioria é um importante estágio adicional na metamorfose da ideia de liberdade.

3. A ideia de igualdade

O parecer de que o grau de liberdade na sociedade é proporcional ao número de indivíduos livres subentende que todos os indivíduos têm igual valor político e que todos têm o mesmo direito à liberdade, ou seja, o mesmo direito de que a vontade coletiva esteja em concordância com a sua vontade individual. Apenas caso seja irrelevante saber se um ou outro é livre nesse sentido (porque um é politicamente igual ao outro) é que se justifica o postulado de que tantos quanto possível deverão ser livres, de que o mero número de indivíduos livres é decisivo. Assim, o princípio de maioria, e, portanto, a ideia de democracia, é uma síntese das ideias de liberdade e igualdade.

c. O direito da minoria

O princípio de maioria não é, de modo algum, idêntico ao domínio absoluto da maioria, à ditadura da maioria sobre a minoria. A maioria pressupõe, pela sua própria definição, a existência de uma minoria; e, desse modo, o direito da maioria implica o direito de existência da minoria. O princípio de maioria em uma democracia é observado apenas se todos os cidadãos tiverem permissão para participar da criação da ordem jurídica, embora o seu conteúdo seja determinado pela vontade da maioria. Não é democrático, por ser contrário ao princípio de maioria, excluir qualquer minoria da criação da ordem jurídica, mesmo se a exclusão for decidida pela maioria.

Se a minoria não for eliminada do procedimento no qual é criada a ordem social, sempre existe uma possibilidade de que a minoria influencie a vontade da maioria. Assim, é possível impedir, até certo ponto, que o conteúdo da ordem social venha a estar em oposição absoluta aos interesses da minoria. Esse é um elemento característico da democracia.

d. Democracia e liberalismo

A vontade da comunidade, numa democracia, é sempre criada através da discussão contínua entre maioria e minoria, através da livre consideração de argumentos a favor e contra certa regulamentação de uma matéria. Essa discussão tem lugar não apenas no parlamento, mas também, e em primeiro lugar, em encontros políticos, jornais, livros e outros veículos de opinião. Uma democracia sem opinião pública é uma contradição em termos. Na medida em que a opinião pública só pode surgir onde são garantidas a liberdade intelectual, a liberdade de expressão, imprensa e religião, a democracia coincide com o liberalismo político – embora não necessariamente com o econômico.

e. Democracia e compromisso

A discussão livre entre maioria e minoria é essencial à democracia porque esse é o modo de criar uma atmosfera favorável a um compromisso entre maioria e minoria, e o compromisso é parte da própria natureza da democracia. O compromisso significa a solução de um conflito por meio de uma norma que não se conforma inteiramente aos interesses de uma parte, nem contradiz inteiramente os interesses da outra. Na medida em que, numa democracia, os conteúdos da ordem jurídica também não são determinados exclusivamente pelo interesse da maioria, mas são o resultado de um compromisso entre os dois grupos, a sujeição voluntária de todos os indivíduos à ordem jurídica é mais facilmente possível que em qualquer outra organização política. Precisamente por causa dessa tendência rumo ao compromisso, a democracia é uma aproximação do ideal de autodeterminação completa.

f. Democracia direta e indireta (representativa)

O tipo ideal de democracia é concretizado pelas diferentes constituições em diferentes graus. A chamada democracia direta representa comparativamente o mais alto grau. Uma democracia direta caracteriza-se pelo fato de que a legislação, assim como as principais funções executivas e judiciárias, é exercida pelos cidadãos em assembleia popular ou assembleia primária. Tal organização é possível apenas em comunidades pequenas e sob condições sociais simples. Mesmo nas democracias diretas que encontramos entre as tribos germânicas e a Grécia antiga, o princípio democrático é consideravelmente restringido. Nem todos os membros da comunidade têm, em absoluto, direito de tomar parte nas deliberações e decisões da assembleia popular. Crianças, mulheres e escravos – onde a escravidão existe – estão excluídos. Em tempo de guerra, o princípio democrático tem de ceder lugar a um princípio estritamente autocrático: todos devem obediência incondicional ao líder. Quando o líder é escolhido pela assembleia, ele pelo menos assume a função de um modo democrático. Mas, sobretudo entre as tribos mais belicosas, o cargo de líder é com frequência hereditário.

Hoje, apenas as constituições de alguns pequenos cantões suíços têm o caráter de democracias diretas. A assembleia popular chama-se *Landsgemeinde*. Como esses cantões são comunidades muito pequenas e apenas Estados-membros de um Estado federal, a forma de democracia direta não desempenha nenhum papel importante na vida política moderna.

g. A ficção da representação

A diferenciação das condições sociais conduz a uma divisão de trabalho não apenas na produção econômica, mas também no domínio da criação de lei. A função do governo é transferida dos cidadãos organizados em assembleia popular para órgãos especiais. O princípio democrático de autodeterminação limita-se ao procedimento pelo qual esses órgãos são nomeados. A forma democrática de escolha é a eleição. O órgão autorizado a criar ou executar normas jurídicas é eleito pelos sujeitos cuja conduta é regulamentada por essas normas.

Trata-se de um enfraquecimento considerável do princípio de autodeterminação política. É característico da chamada democracia indireta ou representativa. Essa é uma democracia na qual a função legislativa é exercida por um parlamento eleito pelo povo, e as funções administrativa e judiciária, por funcionários igualmente escolhidos por um eleitorado. Segundo a definição tradicional, um governo é "representativo" porque e na medida em que os seus funcionários, durante a sua ocupação do poder, refletem a vontade do eleitorado e são responsáveis para com este. Segundo essa definição, "um governo de funcionários, sejam legislativos, executivos ou judiciários, nomeados ou selecionados por outros processos que não a eleição popular, ou então que, caso escolhidos por um eleitorado democraticamente constituído, não refletem, na verdade, a vontade da maioria dos eleitores, ou cuja responsabilidade para com os eleitores não pode ser imposta, não é verdadeiramente representativo"[3].

Não pode haver qualquer dúvida de que, julgadas por este teste, nenhuma das democracias existentes ditas "representativas" são de fato representativas. Na maioria delas, os órgãos administrativo e judiciário são selecionados por outros métodos que não a eleição popular, e, em quase todas as democracias ditas "representativas", os membros eleitos do parlamento e outros funcionários popularmente eleitos, em especial o chefe de Estado, não são responsáveis juridicamente perante o eleitorado.

Para se estabelecer uma verdadeira relação de representação, não basta que o representante seja nomeado ou eleito pelos representados. É necessário que o representante seja juridicamente obrigado a executar a vontade dos representados, e que o cumprimento dessa obrigação seja juridicamente garantido. A garantia típica é o poder dos representados de cassar o mandato do representante caso a atividade deste não se conforme aos seus desejos. As constituições das democracias modernas, porém, apenas excepcionalmente conferem ao eleitorado o poder de cassar o mandato de funcionários eleitos. Tais exceções são as constituições de alguns Estados--membros dos Estados Unidos da América, por exemplo, a constituição da Califórnia que, no Artigo XXIII, seção 1, estipula: "Todo funcionário público de cargo eletivo do Estado da Califórnia pode ser retirado do cargo em qualquer tempo pelos eleitores, habilitados a votar em um sucessor de tal funcionário, através do procedimento e da maneira aqui provida, procedimento o qual será conhecido como cassação de man-

---

3. J. W. Garner, *Political Science and Government* (1928), 317

dato...". Outra exceção é a constituição de Weimar do Reich alemão, que estipula em seu Artigo 43: "O Presidente do Reich pode, por moção do Reichstag, ser retirado do cargo antes da expiração do seu mandato por meio do voto do povo. A resolução do Reichstag deve ser sustentada por uma maioria de dois terços. Com a adoção de tal resolução, o Presidente do Reich é impedido de prosseguir no exercício do seu cargo. A recusa em retirá-lo do cargo, expressa pelo voto do povo, é equivalente a uma reeleição e acarreta necessariamente a dissolução do Reichstag".

Normalmente, o chefe de Estado eleito ou outros órgãos eleitos podem ser retirados do cargo antes de expirar o seu mandato apenas por meio de decisão dos tribunais, e apenas por causa de uma violação da constituição ou de outras leis. Os membros do parlamento, em especial nas democracias modernas, não são, via de regra, juridicamente responsáveis para com o seu eleitorado; eles não podem ser destituídos pelo seu eleitorado. Os membros eleitos de um parlamento moderno não estão juridicamente obrigados por quaisquer instruções dos seus eleitores. O seu mandato legislativo não possui o caráter de um *mandat impératif*, como os franceses denominam a função de um deputado eleito, caso ele seja juridicamente obrigado a executar a vontade dos seus eleitores. Muitas constituições democráticas estipulam expressamente a independência dos deputados perante seus eleitores. Essa independência do parlamento em relação ao eleitorado é um traço característico do parlamentarismo moderno. É exatamente por essa independência perante o eleitorado que um parlamento moderno se distingue dos corpos legislativos eleitos no período anterior à Revolução Francesa. Os membros desses corpos eram representantes verdadeiros – agentes reais da classe ou do grupo profissional que os escolhia, porque estavam sujeitos a instruções e podiam ter o mandato cassado em qualquer tempo. Foi a constituição francesa de 1791 que proclamou solenemente o princípio de que nenhuma instrução deveria ser dada aos deputados, porque o deputado não devia ser o representante de nenhum distrito particular, mas da nação inteira.

A fórmula segundo a qual o membro do parlamento não é o representante dos seus eleitores, mas do povo inteiro, ou, como dizem alguns autores, do Estado inteiro, e que, portanto, ele não está obrigado por quaisquer instruções dos seus eleitores e não pode ser por eles destituído, é uma ficção política. A independência jurídica dos eleitos perante os eleitores é incompatível com a representação jurídica. A afirmação de que o povo é representado pelo parlamento significa que, embora o povo não possa exercer o poder legislativo direta e imediatamente, ele o exerce por procuração[4]. Mas se não houver nenhuma garantia jurídica de que a vontade dos eleitores será executada pelos eleitos, se os eleitos são juridicamente independentes dos eleitores, não existe nenhuma relação jurídica de procuração ou representação. O fato de que um corpo eleito não tem chance, ou tem apenas uma chance reduzida, de ser reeleito caso a sua atividade não seja considerada satisfatória pelos seus eleitores, constitui, é verdade, uma espécie de responsabilidade política; mas essa responsabilidade política é inteiramente diferente de uma responsabilidade jurídica e não justifica a suposição de que o órgão eleito seja um representante jurídico do seu eleitorado, e muito menos a suposição de que um órgão eleito apenas por uma parte do povo seja o representante jurídico do Estado inteiro. Tal órgão "representa" o Estado tanto quanto um monarca hereditário ou um funcionário por ele nomeado.

Se os autores políticos insistem em caracterizar o parlamento da democracia moderna, a despeito da sua independência do eleitorado, como um órgão "representativo", se alguns autores chegam mesmo a declarar que o *mandat impératif* é contrário ao princípio do governo representativo[5], eles não apresentam uma teoria científica, mas advogam uma ideologia política. A função dessa ideologia é dissimular a situação real, é sustentar a ilusão

---

4. H. J. Ford, *Representative Government* (1924), 3, diz que a democracia representativa baseia-se na ideia de que, embora o povo não possa estar presente em pessoa efetivamente no lugar do governo, ele é considerado presente por procuração.

5. Por exemplo, A. Esmein, *Eléments de Droit Constitutionnel* (5ª ed., 1909), 83, 263, 386.

de que o legislador é o povo, apesar do fato de que, na realidade, a função do povo – ou, formulando mais corretamente, do eleitorado – limita-se à criação do órgão legislativo[6].

A resposta à questão de saber se, *de lege ferenda*, o membro eleito de um corpo legislativo deveria estar juridicamente obrigado a executar a vontade dos seus eleitores e, portanto, a ser responsável para com o eleitorado depende da opinião sobre a amplitude em que é desejável que se concretize a ideia de democracia. Se é democrático a legislação ser exercida pelo povo, e se, por motivos técnicos, é impossível estabelecer uma democracia direta e se torna necessário conferir a função legislativa a um parlamento eleito pelo povo, então é democrático garantir, tanto quanto possível, que a atividade de cada membro do parlamento reflita a vontade dos seus eleitores. O chamado *mandat impératif* e a cassação de mandato de funcionários eleitos são instituições democráticas, desde que o eleitorado seja democraticamente organizado. A independência jurídica do parlamento diante do eleitorado pode ser justificada apenas pela opinião de que o poder legislativo é melhor organizado se o princípio democrático, segundo o qual o povo deve ser o legislador, não for levado a extremos. A independência jurídica do parlamento em relação ao povo significa que o princípio

---

6. Lord Brougham, "The British Constitution", in 11 *Works* (1861), 94, diz: "O representante escolhido representa o povo da comunidade inteira, exerce o seu próprio julgamento em todas as medidas, recebe livremente as comunicações dos seus eleitores, não é obrigado pelas suas instruções, apesar de sujeito a não manter o cargo, não sendo reeleito no caso de ser irreconciliável e importante a diferença de opinião entre ele e eles. Sendo o poder do povo transferido para o corpo representativo por um período de tempo limitado, o povo está obrigado a não exercer a sua influência de modo a controlar a conduta dos seus representantes, como um corpo, nas diversas medidas que lhes são apresentadas". Este enunciado é bem característico. O parlamento "representa" o povo, mas "o povo está obrigado a não exercer a sua influência de modo a controlar a conduta dos seus representantes, como um corpo". Pois: "O poder do povo foi transferido para o corpo representativo". As últimas palavras, sozinhas, descrevem a realidade política, e mesmo essa descrição não está completamente livre de elementos ideológicos. Ela pressupõe que o poder legislativo pertence – historicamente ou por sua própria natureza – ao povo e foi transferido do povo para o parlamento, o que, obviamente, não é verdade.

de democracia é, até certo ponto, substituído pelo de divisão de trabalho. A fim de dissimular essa mudança de um princípio para outro, usa-se a ficção de que o parlamento "representa" o povo. Uma ficção similar é usada para ocultar a perda de poder que o monarca sofreu através da obtenção da independência pelos tribunais. A ideologia da monarquia constitucional incorpora a doutrina de que um juiz, embora qualquer influência sobre a sua função pelo monarca esteja eliminada constitucionalmente, "representa" o monarca: as suas decisões são dadas "em nome do rei". No Direito inglês, chega-se ao ponto de supor que o rei está presente em espírito no momento em que se pronuncia a decisão do tribunal.

h. Os sistemas eleitorais

1. O corpo eleitoral

Na chamada democracia representativa, onde o princípio democrático se reduz à eleição dos órgãos criadores de Direito, o sistema eleitoral é decisivo para o grau em que se concretiza a ideia de democracia. Votar é um processo de criação de órgãos. Certos indivíduos, os votantes ou eleitores, escolhem um ou mais indivíduos para alguma função. O número de votantes sempre é consideravelmente maior que o número de indivíduos a serem eleitos. O ato por meio do qual um indivíduo é eleito, a eleição, compõe-se de atos parciais dos votantes, os atos de votar.

O instrumento por meio do qual se exerce a função de votar é o voto. Os votantes, autorizados a eleger um ou vários indivíduos, formam o corpo eleitoral ou eleitorado. A eleição é a função desse eleitorado, o votante isolado é um órgão parcial desse corpo, e este é um órgão de toda a comunidade jurídica, um órgão que tem a função de criar outros órgãos, os chamados órgãos representativos. O corpo eleitoral deve ser organizado; ele próprio deve ter certos órgãos para coletar, contar os votos e estabelecer o resultado.

Caso deva ser eleito um órgão central, composto, do Estado inteiro, por exemplo, um parlamento, a área eleitoral total pode ser dividida em tantos distritos quantos delegados houver para serem eleitos, e cada distrito pode eleger apenas um delegado. Os votantes pertencentes a cada um desses distritos formam um corpo eleitoral com base territorial.

2. O direito de sufrágio

O direito de sufrágio é o direito do indivíduo de participar do processo eleitoral dando o seu voto. Examinamos em outro contexto a questão sobre as circunstâncias em que o direito de votar é um direito no sentido técnico do termo[7]. O fato de o sufrágio ser uma função Pública por meio da qual se criam órgãos essenciais do Estado não é incompatível com a sua organização como direito no sentido técnico do termo; no entanto, pode surgir a questão de saber se é apropriado deixar o exercício dessa função vital ao livre-arbítrio do cidadão, que é a questão de saber se o sufrágio é um direito. Se a função eleitoral for considerada como sendo uma condição essencial na vida do Estado, é apenas coerente que se faça do sufrágio um dever do cidadão, um dever jurídico, e não simplesmente moral, e isso significa instituir uma sanção a ser executada contra o cidadão que não exerce a função de votar tal como prescrita pela lei. Este princípio raramente tem sido adotado pelos Estados, embora muitos autores e estadistas advoguem o voto compulsório, argumentando que todos os que foram investidos do privilégio de votar devem participar da escolha dos funcionários públicos ou da referendação de projetos legislativos ou de questões de política pública a eles submetidos, já que, do contrário, os resultados da eleição poderiam não representar de modo acurado a vontade real do eleitorado[8].

Está na natureza da democracia que o direito de sufrágio deva ser universal. Ao mínimo possível de indivíduos deveria

---
7. Cf. *supra*, 90 ss.
8. Cf. Garner, *Political Science and Government*, 548.

ser excluído esse direito, e a idade mínima para que o direito seja obtido deveria ser a mais baixa possível. É especialmente incompatível com a ideia democrática de sufrágio universal excluir mulheres ou indivíduos pertencentes a certa profissão, como, por exemplo, soldados ou sacerdotes. A democracia exige que o direito de sufrágio seja não apenas tão universal quanto possível, mas também que seja tão igualitário quanto possível. Isso significa que a influência que cada votante exerce sobre o resultado da eleição deve ser o mesmo ou, em outros termos, que o peso do voto de cada eleitor deve ser igual ao de cada um dos outros votantes. Formulando matematicamente, o peso do voto é uma fração cujo denominador é o número de votantes de um corpo eleitoral e cujo numerador é o número de delegados a serem eleitos por esse corpo.

A igualdade do direito de sufrágio é diretamente infringida se indivíduos que satisfazem certos requisitos – alfabetizados ou que pagam certa quantia de imposto – têm mais votos que outros. Isso é chamado "votação plural". Indiretamente, a igualdade é prejudicada se a proporção entre o número de votantes e o número de delegados a serem eleitos mudar de um corpo eleitoral para outro. Se, por exemplo, dois corpos eleitorais – um com 10.000 votantes e o outro com 20.000 votantes – elegem o mesmo número de delegados, o peso do voto de um votante pertencente ao primeiro corpo é duas vezes maior que o de um votante pertencente ao segundo.

3. Representação majoritária e proporcional

Quem deve ser considerado eleito? Se um corpo eleitoral elege apenas um delegado, o princípio de maioria, é claro, decidirá. A partir de um ponto de vista democrático, nesse caso deve-se exigir maioria absoluta. Se um candidato que houvesse obtido apenas o número relativamente maior de votos fosse eleito, isso seria equivalente a um domínio de uma maioria por uma minoria. A formação de uma maioria absoluta, porém, é posta em risco se aos votantes for permitida uma liberdade ilimitada na escolha dos seus candidatos. Uma maioria é o resultado de certa integração. A integração de indivíduos é a função dos partidos políticos.

α. *O partido político*. Em uma democracia parlamentar, o indivíduo isolado tem pouca influência sobre a criação dos órgãos legislativos e executivos. Para obter influência, ele tem de se associar a outros que compartilhem as suas opiniões políticas. Desse modo, surgem os partidos políticos. Em uma democracia parlamentar, o partido político é um veículo essencial para a formação da vontade pública. O princípio de maioria, essencial à democracia, pode funcionar apenas se a integração política resultar em um grupo que compreenda mais da metade dos votantes. Se nenhum partido político alcança a maioria absoluta, dois ou vários deles têm de cooperar.

A constituição pode sujeitar a formação e a atividade dos partidos políticos ao controle do governo. A ideia de democracia implica uma liberdade ampla na formação de partidos políticos; mas o caráter democrático de uma constituição não seria prejudicado de forma alguma se esta contivesse cláusulas destinadas a garantir uma organização democrática dos partidos políticos[9]. Em vista do papel decisivo que os partidos políticos

---

9. Cf. a decisão da Suprema Corte dos Estados Unidos de 3 de abril de 1944, referente aos direitos jurídicos dos negros de votar em eleições primárias (assembleias de votantes pertencentes ao mesmo partido político). Smith v. Allwright, 321 U.S.; 88 *L. ed. Adv. Op.* 701, 64 S. Ct. 751. A sentença diz: "Achamos que este sistema estatutário [do Texas] para a seleção de candidatos de partido a serem incluídos na eleição geral faz do partido, do qual se exige o cumprimento destas instruções legislativas, uma agência do Estado, na medida em que determina os participantes de uma eleição primária. O partido toma o seu caráter de agência do Estado dos deveres a ele impostos pelos estatutos estaduais; os deveres não se tornam matéria de Direito privado por serem executados por um partido político". "Quando as eleições primárias se tornam uma parte do mecanismo de escolha de funcionários públicos, estaduais ou nacionais, como acontece neste caso, devem ser aplicados à eleição primária os mesmos testes que são aplicados à eleição geral para se determinar o caráter de discriminação ou cerceamento. Se o Estado exige certo procedimento eleitoral, se prescreve uma eleição geral composta de candidatos de partidos assim escolhidos e restringe, praticamente falando, a escolha do eleitorado nas eleições gerais para cargos de Estado aos candidatos cujos nomes surgirem em tal eleição, ele endossa, adota e impõe a discriminação contra negros praticada por um partido ao qual a lei do Texas confiou a tarefa de determinar as

desempenham na eleição dos órgãos legislativo e executivo, seria até mesmo justificável transformá-los em órgãos do Estado por meio da regulamentação das suas constituições. É essencial para uma democracia apenas que não seja excluída a formação de novos partidos e que a nenhum partido seja dada uma posição privilegiada ou um monopólio.

β. *Eleitorado e corpo representativo.* Se os votantes estiverem divididos em certo número de distritos eleitorais, o resultado da eleição pode não refletir a estrutura política do eleitorado total. Suponhamos, por exemplo, que mil votantes estão divididos em dez distritos de cem votantes, e que cada distrito deve eleger um delegado. Suponhamos ainda que existem dois partidos políticos antagônicos, A e B. Em quatro distritos, A tem noventa membros e B apenas dez. Mas nos seis distritos restantes, B tem sessenta membros, ao passo que A tem quarenta. Assim, no eleitorado total, A conquista a maioria com seiscentos votantes, enquanto B reúne apenas uma minoria de quatrocentos votantes. Contudo, o partido A consegue eleger apenas quatro candidatos, enquanto B consegue seis. O partido que é a maioria entre os votantes torna-se a minoria entre os delegados, e *vice-versa*. Desse modo, a divisão em distritos eleitorais pode ameaçar seriamente, e até mesmo eliminar por completo, o princípio de voto majoritário e levar ao seu oposto, a um domínio da maioria.

γ. *A ideia de representação proporcional.* A possibilidade de tal resultado é eliminada por um sistema de representação

---

qualificações dos participantes da eleição primária. Isto é ação do Estado dentro do significado da Quinta Emenda." "Os Estados Unidos são uma democracia constitucional. A sua lei orgânica concede a todos os cidadãos um direito de participar da escolha dos funcionários eleitos sem restrição da parte de qualquer Estado por motivo racial. Essa concessão ao povo da oportunidade de escolha não deve ser anulada por um estado através da adoção de uma forma de processo eleitoral que permita a uma organização privada a prática de discriminação racial na eleição. Os direitos constitucionais teriam pouco valor se pudessem assim ser indiretamente negados." "O privilégio de ser membro de um partido não pode ser... do interesse de um Estado. Mas quando, como aqui, esse privilégio é também a qualificação essencial para se votar em uma eleição primária destinada a selecionar candidatos para uma eleição geral, o Estado faz da ação do partido a ação do Estado."

proporcional. Esse sistema pode ser aplicado apenas quando um corpo eleitoral deve eleger mais de um delegado. No exemplo acima, esse sistema teria dado como resultado seis delegados do partido A e quatro do partido B. A eleição proporcional assegura que a força relativa dos partidos no corpo representativo seja a mesma que no corpo eleitoral. A estrutura política do primeiro reflete a estrutura política do segundo.

O sistema de representação proporcional é aplicável apenas à eleição de um corpo representativo, mas não às decisões do corpo em si. Estas decisões devem ser tomadas de acordo com o princípio de maioria. O sistema de representação proporcional, porém, caracteriza-se pelo fato de que, no processo da eleição, a relação maioria-minoria não tem importância alguma. Para ser representado, um grupo político não tem de abranger a maioria dos votantes, pois cada grupo está representado, mesmo não sendo um grupo majoritário, de acordo com a sua força numérica. Para ser representado, um grupo político deve ter apenas um número mínimo de votantes. Quanto maior for esse número mínimo, maior será o número de membros do corpo representativo. No caso matemático limite, em que o mínimo é um – o número de delegados é igual ao número de votantes –, o corpo representativo coincide com o eleitorado. É o caso da democracia direta. O sistema de representação proporcional mostra uma tendência nessa direção.

A representação proporcional deve ser distinguida da chamada representação minoritária, um sistema eleitoral cujo propósito é garantir representação adequada para apenas um grupo, a saber, o grupo minoritário comparativamente mais forte e, desse modo, impedir que só a maioria seja representada. Este último seria o resultado da eleição se o princípio de maioria fosse levado a efeito sem qualquer restrição. Tal não é o caso, como foi demonstrado no exemplo acima, se o eleitorado inteiro for dividido em corpos eleitorais com base territorial. A divisão do eleitorado em corpos eleitorais territoriais oferece a uma minoria a possibilidade de ser representada, desde que a estrutura política dos distritos eleitorais não seja a mesma que a estrutura política do eleitorado inteiro, de modo que um grupo que tem a minoria no eleitorado total tenha uma maioria em um ou vários distritos. Mas a divisão em corpos eleitorais territoriais pode ter como resultado a obtenção por um grupo minoritário de uma representação mais forte que a correspondente à sua força numérica, e até mesmo uma representação mais forte que a do grupo majoritário. De acordo com o sistema de representação majoritária combinado com uma divisão territorial do eleitorado, a possibilidade de ser representada e o âmbito da representação de uma minoria é mais ou menos acidental.

Isso demonstra claramente por que a divisão territorial do eleitorado é incompatível com a ideia de representação proporcional. Se todos os grupos políticos, e não apenas a maioria e uma minoria, devem ser representados em proporção à sua força, o eleitorado precisa formar um único corpo eleitoral. Os grupos em que os votantes são divididos não devem ser constituídos pelos votantes que vivem em um dos distritos nos quais o território eleitoral está dividido. Esses grupos devem coincidir com os próprios partidos políticos, cujos números podem estar espalhados por todo o território eleitoral. Se o sistema de representação proporcional for levado a efeito de modo coerente, a parte do território eleitoral em que o votante vive não tem relevância. Porque ele forma, junto com os seus companheiros de partido, um grupo eleitoral. Na medida em que esse grupo passa a existir apenas pelo fato de que os indivíduos concordam na escolha de certos candidatos, cada grupo escolhe os seus candidatos de modo unânime. É possível, porém, separar o ato pelo qual o grupo é integrado do ato pelo qual ele elege os seus delegados. O primeiro ato consiste na declaração do votante de que ele pertence a certo grupo político. Depois que a força numérica dos diferentes grupos é estabelecida e o número de delegados devido a cada grupo é determinado, ocorre o segundo ato: a escolha de delegados por diferentes grupos. Nesse caso, os candidatos são eleitos na base de uma competição dentro do grupo.

Uma das vantagens do sistema de representação proporcional é a de que não é necessária a competição de candidatos de diferentes partidos políticos. De acordo com o sistema de representação majoritária, cada delegado é eleito com os votos de um grupo – a maioria – contra os votos de outro grupo – a minoria. De acordo com o sistema de representação proporcional, cada delegado é eleito apenas com os votos do seu próprio grupo sem ser eleito contra os votos de outro grupo. Em uma democracia representativa, o sistema de representação proporcional é a aproximação máxima possível do ideal de autodeterminação, sendo, portanto, o sistema eleitoral mais democrático.

i. Representação funcional

De acordo com a ideia democrática de igualdade de todos os cidadãos, o votante isolado é levado em conta apenas como um membro de todo o povo ou, onde existe representação proporcional, como um membro de um partido político. Portanto, sistemas eleitorais puramente democráticos não vinculam significação alguma à classe social ou à profissão do votante. Assim, as formas democráticas de representação têm sido chamadas meramente mecânicas e contrastadas com a representação orgânica ou funcional, onde grupos econômicos ou ocupacionais formam os corpos eleitorais. Tal sistema eleitoral nega implicitamente a igualdade de todos os cidadãos, e, em consequência, os mandatos são distribuídos entre os vários grupos, não de acordo com a sua força numérica, mas de acordo com a sua alegada importância social. Como é impossível encontrar um critério objetivo para determinar a importância social dos diferentes grupos, muitas vezes este sistema nada mais é que uma ideologia, cuja função é dissimular o domínio de um grupo sobre outro.

j. Democracia da legislação

A vontade do Estado, ou seja, a ordem jurídica, é criada em um processo que passa, como assinalamos, por vários estágios. A questão quanto ao método de criação, ou seja, a questão de saber se a criação de Direito é democrática ou autocrática, deve, portanto, ser formulada para cada estágio, separadamente. Que a criação de normas seja democrática em um estágio não implica, de modo algum, que ela também o seja em todos os outros estágios. Muitas vezes a ordem jurídica é criada nos diferentes estágios segundo diferentes métodos, de modo que, a partir do ponto de vista do antagonismo entre democracia e autocracia, o processo total não é uniforme.

1. Sistema unicameral e bicameral

Democracia no estado de legislação significa – ignorando as democracias diretas – que, em princípio, todas as normas gerais são criadas por um parlamento eleito pelo povo. O sistema unicameral parece corresponder mais intimamente à ideia de democracia. O sistema bicameral, típico da monarquia constitucional e do Estado federal, é sempre uma atenuação do princípio democrático. As duas câmaras devem ser formadas de acordo com princípios diferentes, para que uma não seja uma duplicata inútil da outra. Se uma é perfeitamente democrática, a outra deve ser um tanto deficiente em caráter democrático.

2. Iniciativa popular e plebiscito

No estágio de legislação é possível combinar, até certo ponto, o princípio de democracia indireta e o de democracia direta. Tal combinação é a instituição da "iniciativa popular", que significa que o parlamento deve decidir propostas de legislação subscritas por um determinado número de cidadãos. Outra maneira de combinar a democracia direta e a indireta é o "plebiscito", que significa que certos projetos de lei decididos pelo parlamento devem ser submetidos ao voto popular antes de obter força de lei. A constituição pode estabelecer que um projeto de lei decidido pelo parlamento tem de ser submetido a um plebiscito quando certo número de cidadãos assim o exigir; ou então que a iniciativa popular pode, ao mesmo tempo, propor um projeto de lei e requerer que ele seja submetido a plebiscito. Quanto mais se faz uso dessas duas instituições, mais próximo se chega ao ideal da democracia direta.

k. Democracia de execução

A criação de normas gerais por outros órgãos que não o parlamento é democrática ou autocrática conforme esses órgãos sejam ou não eleitos pelo povo. A própria nomeação por um órgão eleito pelo povo é um enfraquecimento do princípio democrático, já que a nomeação é um método autocrático. Quando o órgão eleito é colegiado, o ideal de democracia pode ser concretizado em um nível mais alto do que quando ele consiste em um único indivíduo. Um órgão individual pode ser eleito apenas por voto majoritário, ao passo que as minorias podem ser representadas em um órgão colegiado e influenciar as suas decisões. Um parlamento eleito pelo povo é mais democrático que um presidente eleito do mesmo modo.

1. Democracia e legalidade de execução

Pode parecer que o ideal de democracia se concretize com maior perfeição quando não apenas a legislação, mas também a execução (a administração e o jurídico) são completamente democratizadas. Um exame mais rigoroso, porém, demonstra que esse não é, necessariamente, o caso. Como a execução, por sua própria definição, é a execução de leis, a organização do poder executivo tem de garantir a legalidade da execução. A função administrativa e a judiciária têm de se conformar tanto quanto possível às leis decretadas pelo órgão legislativo. Se a legislação é democrática, ou seja, se ela expressa a vontade do povo, então, quanto mais a execução corresponder ao postulado de legalidade, mais democrática ela será. A legalidade ou fidelidade de execução, porém, não está necessariamente melhor garantida por uma organização democrática.

O exemplo seguinte pode servir para ilustrar essa afirmação. Suponhamos que o território de um Estado está dividido em distritos, e que a administração de cada distrito está a cargo de um corpo local eleito pelos cidadãos do distrito. Se a administração for deixada inteiramente ao arbítrio desses corpos, tal organização é perfeitamente democrática. Mas se os corpos administrativos estão obrigados por leis decretadas por um parlamento central, a legalidade da administração está um tanto ameaçada sob tal organização. O partido que tem uma maioria no parlamento pode muito bem ser uma minoria em um dos corpos locais, e *vice-versa*. Um corpo local onde a minoria parlamentar fosse maioria estaria inclinado a desconsiderar, ou a aplicar menos escrupulosamente, leis decretadas pelo parlamento contra os votos da minoria. Uma das garantias mais eficientes para a legalidade de uma função é a responsabilidade pessoal do órgão. A experiência demonstra que tal responsabilidade é muito mais facilmente imposta no caso de órgãos individuais do que no caso de órgãos colegiados. Para salvaguardar a legalidade de administração, pode ser apropriado, portanto, colocá-la nas mãos de órgãos individuais, nomeados pelo chefe de Estado eleito e responsáveis pessoalmente para com ele. A legalidade, às vezes, é melhor protegida sob uma organização de administração comparativamente autocrática do que sob uma radicalmente democrática. E quando a legislação é democrática, o melhor método de garantir a legalidade da execução também é democrático.

C. AUTOCRACIA

a. A monarquia absoluta

A forma mais pronunciada de autocracia é a monarquia absoluta, tal como existiu na Europa do século XVIII e no Oriente, durante os mais diversos períodos e entre os mais diversos povos. Sob essa forma de governo, também conhecida como despotismo, a ordem jurídica, em todos os seus estágios, é criada e aplicada diretamente pelo monarca ou por órgãos que ele nomeou. O monarca não pode ser responsabilizado pessoalmente; não está sob a lei, já que não está sujeito a quaisquer sanções jurídicas. A posição de monarca é hereditária, ou então, cada monarca escolhe o seu sucessor.

b. A monarquia constitucional

Na monarquia constitucional, o poder do monarca é registrado, no campo da legislação, pela participação de um parlamento normalmente composto de duas câmaras, no campo do judiciário, pela independência dos tribunais, e, no campo da administração, pela cooperação dos ministros de gabinete. Estes últimos são, em geral, os chefes de diferentes ramos da administração. Eles são nomeados pelo monarca, mas responsáveis perante o parlamento. A sua responsabilidade é jurídica e política. A responsabilidade jurídica consiste no fato de estarem sujeitos a *impeachment* por violação da constituição e de outras leis cometida por meio de atos executados em ligação com os seus cargos de ministros de gabinete. Uma das duas casas do parlamento funciona como acusador, a outra, como tribunal; ou ambas as casas têm o direito de mover uma ação contra o ministro de gabinete perante um tribunal especial. A responsabilidade política dos ministros de gabinete consiste no fato de serem obrigados a renunciar quando perdem a confiança de uma das casas do parlamento. O monarca não pode ser, em absoluto, responsabilizado. No entanto, nenhum ato do monarca é válido sem a ratificação de um ministro responsável. Os juízes e os funcionários administrativos costumam ser nomeados pelo monarca. Ele é o comandante em chefe das forças armadas e representa o Estado perante outros Estados; ele está, em particular, autorizado a concluir tratados internacionais, embora certos tratados requeiram aprovação do parlamento.

c. A república presidencial e a república com governo de gabinete

A república presidencial, na qual o chefe do executivo é eleito pelo povo, é modelada como a monarquia constitucional. O poder do presidente é igual ou maior que o de um monarca constitucional. Apenas no domínio da legislação o presidente é menos poderoso que o monarca. O presidente tem poder de veto, enquanto a aprovação do monarca se faz necessária antes que um projeto de lei decidido pelo parlamento adquira força de lei. Existem, porém, monarquias constitucionais em que o monarca tem apenas poder de veto ou em que perdeu a possibilidade de recusar a sua aprovação a uma decisão parlamentar. Um elemento característico do sistema presidencial é que nem o presidente, nem os membros do gabinete por ele nomeado são responsáveis perante o parlamento; os membros do gabinete são subordinados ao presidente e mantêm seus cargos de acordo com a vontade deste.

Um tipo diferente é a república democrática com governo de gabinete. O chefe do executivo é eleito pela legislatura para com a qual os membros do gabinete, nomeados pelo presidente, são responsáveis. Outro tipo caracteriza-se pelo fato de que o governo é um órgão colegiado, uma espécie de conselho executivo, eleito pela legislatura. O chefe de Estado não é um chefe de executivo, mas o dirigente do conselho executivo.

A monarquia constitucional e a república presidencial são democracias em que o elemento autocrático é relativamente forte. Na república com governo de gabinete e na república com governo colegiado, o elemento democrático é comparativamente mais forte.

d. A ditadura de partido

1. O Estado unipartidário (bolchevismo e fascismo)

Em tempos recentes, surgiu uma nova forma de autocracia na ditadura de partido do bolchevismo e do fascismo. Na Rússia, a nova forma é um produto da revolução socialista que se seguiu à Primeira Guerra Mundial. A sua base intelectual é a teoria marxista da luta de classes e da ditadura do proletariado. Na realidade, essa ditadura tornou-se a de um partido, representando os interesses dos proletários e contrário a todos os outros partidos, mesmo que proletários. A palavra "bolchevismo" era originalmente aplicada ao partido que exercia a ditadura na Rússia, mas acabou por designar um tipo de governo.

Na Itália, o partido fascista era um partido de classe média que ascendeu à ditadura na luta contra partidos proletários. A palavra "fascismo" – como "bolchevismo" – veio a ser usada como nome de um tipo de governo, a saber, a ditadura de um partido de classe média. O Estado nacional-socialista da Alemanha pertence a esse tipo.

O partido dirigente numa ditadura de partido tem, ele próprio, um caráter autocrático. Os seus membros estão sob o domínio absoluto do líder do partido que é, ao mesmo tempo, o chefe de Estado. Como o bolchevismo, de início, sustentava a ficção de uma separação entre partido e Estado e, além disso, não tinha uma ideologia de "liderança", o líder foi, durante um bom tempo, oficialmente, apenas o secretário-geral do partido. Mas, na realidade, não existe, nesse ponto, nenhuma diferença entre as duas formas de ditadura de partido.

Do exterior, é difícil julgar em que âmbito o princípio autocrático foi efetivamente posto em prática dentro do partido. Em todas as três ditaduras, porém, existe ou existiu um culto muito bem desenvolvido ao líder – mesmo na Rússia, onde é difícil conciliar tal coisa com a ideologia de coloração marxista.

2. Supressão completa de liberdade individual

Na ditadura de partido, a liberdade de expressão e imprensa e todas as outras liberdades políticas são completamente suprimidas. Não apenas os órgãos de Estado oficiais, mas também os órgãos do partido podem interferir arbitrariamente na liberdade do cidadão. Na medida em que estejam em questão interesses do partido dominante, até mesmo a independência dos tribunais é abolida.

3. Irrelevância de instituições constitucionais

Como tanto a criação quanto a aplicação da lei estão inteiramente nas mãos do partido dominante, é fato sem importância que a constituição italiana aprove a monarquia, ou que, segundo as constituições de todas as três ditaduras de partido, existam parlamentos centrais eleitos pelo povo e até mesmo outras instituições democráticas, tais como plebiscitos. Supostas expressões da vontade popular são inteiramente inúteis, já que ninguém pode exprimir outra opinião que não a aceita pelo partido, sem pôr em risco patrimônio, liberdade e vida. Dentro das ditaduras de partido, as eleições e plebiscitos têm como único propósito dissimular o fato da ditadura. Mesmo os "sovietes" (conselhos de camponeses e soldados) bolchevistas e as "corporações" (autorizadas a representar vários grupos de trabalhadores e empregadores) fascistas – organizações que têm como objetivo uma espécie de representação funcional – possuem uma importância antes ideológica que política. Descrever o Estado fascista como "corporativo" é ignorar a sua natureza íntima em favor do seu aspecto externo.

4. O Estado totalitário

Na ditadura do proletariado, assim como nas duas ditaduras de classe média, a economia é regulamentada, em grande parte, de modo autoritário. O bolchevismo é comunismo de Estado, e o fascismo e o nacional-socialismo exibem uma tendência para o capitalismo de Estado. Em todos os três Estados ditatoriais, a ordem jurídica penetra não apenas na esfera econômica, mas também em outros interesses do indivíduo privado num grau muito mais alto que em qualquer outro Estado atual. Em vista desse fato, as ditaduras de partido também têm sido chamadas Estados "totalitários". Um Estado totalitário, que anula todas as liberdades individuais, não é possível sem uma ideologia sistematicamente propagada pelo governo. A ideologia de Estado da ditadura proletária é o socialismo, e a ideologia de Estado das ditaduras burguesas é o nacionalismo.

V. Formas de organização: centralização e descentralização

A. CENTRALIZAÇÃO E DESCENTRALIZAÇÃO COMO CONCEITOS JURÍDICOS

Como verificamos, o Estado é uma ordem jurídica. Os seus "elementos", o território e o povo, são as esferas territorial e pessoal de validade dessa ordem jurídica. O "poder" do Estado é a validade e a eficácia dessa ordem jurídica, enquanto os três "poderes" ou funções são diferentes estágios na criação da mesma. As duas formas básicas de governo, democracia e autocracia, são modos diferentes de criar a ordem jurídica. Em vista destes resultados, a que nos conduziram nossas considerações prévias, é evidente que a centralização e a descentralização, geralmente consideradas como formas de organização do Estado referentes à divisão territorial, devem ser compreendidas como dois tipos de ordens jurídicas. A diferença entre um Estado centralizado e um descentralizado deve ser uma diferença nas suas ordens jurídicas. Na verdade, todos os problemas de centralização e descentralização, como veremos, são problemas referentes às esferas de validade das normas jurídicas e dos órgãos que as criam e aplicam. Apenas uma teoria jurídica pode fornecer a resposta para a questão da natureza da centralização e da descentralização[1].

---

1. Cf. meu ensaio "Centralization and Decentralization", trabalho proferido na Harvard Tercentenary Conference of Arts and Sciences, em *Authority and the Individual* (Harvard Tercentenary Publications, 1937), 210-39.

B. O CONCEITO ESTÁTICO DE CENTRALIZAÇÃO E DESCENTRALIZAÇÃO

a. O conceito jurídico de divisão territorial

A concepção de uma ordem jurídica centralizada subentende que todas as suas normas são válidas para todo o território pelo qual ela se estende; isso significa que todas as suas normas possuem a mesma esfera territorial de validade. Por outro lado, uma norma jurídica descentralizada consiste em normas que têm esferas territoriais de validades diferentes. Algumas das normas serão válidas para o território inteiro – do contrário, este não seria o território de uma única ordem –, enquanto outras serão válidas apenas para diferentes partes dele. Sugerimos que as normas válidas para o território inteiro sejam chamadas normas centrais e as normas válidas só para uma parte do território, normas não centrais ou normas locais.

As normas locais válidas para uma mesma parte do território formam uma ordem jurídica parcial ou local. Elas constituem uma comunidade jurídica parcial ou local. O enunciado de que o Estado é descentralizado ou de que o território do Estado é dividido em subdivisões territoriais significa que a ordem jurídica nacional contém não apenas normas centrais, mas também normas locais. As diferentes esferas territoriais de validade das ordens locais são as subdivisões territoriais.

As normas centrais da ordem jurídica total, ou nacional, também formam uma ordem parcial, ou seja, a ordem jurídica central. Elas também constituem uma comunidade jurídica parcial, ou seja, a comunidade jurídica central. A ordem jurídica central que constitui a comunidade jurídica central forma, juntamente com as ordens jurídicas locais que constituem as comunidades jurídicas locais, a ordem jurídica total ou nacional que constitui a comunidade jurídica total, o Estado. Tanto a comunidade central quanto as comunidades locais são membros da comunidade total.

Duas normas que são válidas para diferentes regiões, mas que se referem à mesma matéria, isto é, normas que têm uma esfera territorial de validade diferente, mas a mesma esfera material de validade, podem regulamentar a mesma matéria (comércio, por exemplo) de modos diferentes para as suas respectivas regiões. Um dos principais motivos para a descentralização é precisamente o fato de que ela fornece esta possibilidade de se regulamentar a mesma matéria de modo diferente para diferentes regiões. As considerações que tornam apropriada tal diferenciação da ordem jurídica podem ser geográficas, nacionais ou religiosas. Quanto maior for o território do Estado, e quanto mais variadas forem as suas condições sociais, mais imperativa será a descentralização por divisão territorial.

b. Princípios de organização baseados em *status* territorial ou pessoal

A comunidade jurídica territorial pode ser dividida sobre outra base que não a territorial. As comunidades parciais em que consiste a comunidade total não precisam ser estabelecidas sobre uma base territorial. As normas de uma ordem jurídica, embora tenham todas a mesma esfera territorial de validade, tendem a diferir quanto às suas esferas pessoais de validade. A mesma matéria, o casamento, por exemplo, pode ser regulamentada para o território inteiro, mas de maneiras diversas para diferentes grupos, distinguidos com base na sua religião, de modo que a lei matrimonial de uma mesma ordem jurídica nacional possa ser diferente para católicos, protestantes e maometanos. Ou as normas que regulam os deveres e direitos dos cidadãos no campo da educação pública podem ser diferentes para uma parte da população que fala inglês e outra que fala francês. Além disso, é possível que a ordem jurídica contenha leis válidas apenas para indivíduos de uma determinada raça, conferindo-lhes certos privilégios ou submetendo-os a várias inabilidades jurídicas.

Um conjunto de normas cuja validade tem a mesma esfera pessoal constitui uma comunidade parcial dentro da comunidade total, exatamente como as normas locais ou centrais de uma ordem jurídica constituem comunidades parciais. Mas essas comunidades parciais são organizadas, num caso, sobre uma base pessoal, e, no outro caso, sobre uma base territorial. O critério desta última é o território dentro do qual um indivíduo vive, e o critério da primeira, a sua religião, língua, raça ou outras qualidades pessoais.

A diferenciação da esfera pessoal de validade da ordem jurídica, ou a organização baseada no *status* pessoal, pode ser necessária se os indivíduos pertencentes a diferentes religiões, línguas, raças etc. não estiverem estabelecidos em partes distintas do território, mas espalhados por todo o território do Estado. Neste caso, a descentralização por subdivisão territorial não permitiria a diferenciação desejada da ordem jurídica. O sistema de representação proporcional em que o eleitorado total não está dividido em corpos eleitorais territoriais baseados numa divisão do território em distritos eleitorais, mas em partidos políticos, é um exemplo já mencionado de organização baseada no princípio de *status* pessoal.

Contudo, falamos de descentralização apenas se a organização for levada a efeito de acordo com o princípio territorial, se as normas de uma ordem jurídica forem diferenciadas no que diz respeito à sua esfera territorial de validade, embora a diferenciação no que diz respeito à sua esfera pessoal de validade tenha um efeito similar. Essas esferas territoriais de validade das normas locais são, muitas vezes, chamadas províncias, e a descentralização, desse modo, implica a existência de províncias.

c. Centralização e descentralização totais e parciais

A centralização ou a descentralização de uma ordem jurídica podem ser de graus quantitativamente variáveis. O grau de centralização ou descentralização é determinado pela proporção relativa do número e da imponência das normas centrais e locais da ordem. Consequentemente, pode-se fazer distinção entre descentralização e centralização totais e parciais. A centralização é total se todas as normas forem válidas para o território inteiro. A descentralização é total se todas as normas forem válidas apenas para partes diferentes do território, para subdivisões territoriais. No primeiro caso, a descentralização é de grau zero, o mesmo sendo válido para a centralização no segundo caso. Quando nem a centralização, nem a descentralização são totais, falamos de descentralização parcial e de centralização parcial, que, desse modo, são iguais. A centralização e a descentralização totais são apenas polos ideais. Existe certo grau determinado abaixo do qual a centralização não pode descer, e certo grau máximo que a descentralização não pode ultrapassar sem a dissolução da comunidade jurídica; pelo menos uma norma, a saber, a norma fundamental, deve ser válida para o território inteiro, já que, do contrário, este não seria o território de uma ordem jurídica única, e não poderíamos falar de descentralização como a divisão territorial de uma mesma comunidade jurídica. O Direito positivo conhece apenas a centralização e a descentralização parciais.

d. Critérios dos graus de centralização e descentralização

O grau quantitativo de centralização e descentralização depende, em primeiro lugar, do número de estágios da hierarquia da ordem jurídica aos quais se estende a centralização ou a descentralização; em segundo lugar, do número e da importância das matérias regulamentadas por normas centrais ou locais. Podem estar centralizados apenas um ou vários estágios da hierarquia da ordem jurídica, e a centralização ou descentralização pode se referir a uma apenas, a várias ou a todas as matérias de regulamentação jurídica. Por exemplo, pode ser central apenas a constituição, isto é, podem ser normas centrais, válidas para o território inteiro, apenas as normas que regulamentarão a legislação, enquanto todos os outros estágios (legislação, administração e prática judiciária) são descentralizados relativamente a todas as matérias. Nesse caso, todas as normas gerais, os estatutos criados pelos órgãos legislativos em conformidade com a constituição central e todas as normas individuais emitidas por autoridades administrativas e tribunais com base em estatutos (ou Direito consuetudinário), independentemente de sua matéria, são normas locais; elas têm validade apenas para territórios parciais (subdivisões territoriais). É possível ainda que a legislação e a execução sejam apenas parcialmente centralizadas ou descentralizadas; tal é o caso quando têm um caráter local apenas as normas gerais (estatutos ou regras de Direito consuetudinário) que regulam matérias específicas e as normas individuais emitidas com base nessas normas gerais. A descentralização pode, por exemplo, ser aplicada apenas à agricultura e à indústria, enquanto outras matérias de regulamentação jurídica são centralizadas; ou apenas o Direito criminal e a sua aplicação por tribunais podem ser descentralizados, enquanto o Direito civil e a sua aplicação por tribunais civis são centralizados.

Se a legislação e a execução forem parcialmente centralizadas ou parcialmente descentralizadas, a esfera material de validade da ordem jurídica, a competência da comunidade total, é dividida entre a ordem central (ou a comunidade jurídica central constituída por essa ordem) e as ordens locais (ou as comunidades jurídicas locais constituídas por essas ordens locais). Como alternativa, não apenas o estágio da constituição, mas também o da legislação, pode ser centralizado no que diz respeito a todas as matérias de regulamentação jurídica, ao passo que apenas o estágio da execução (administração e prática judiciária) pode ser descentralizado. Em outras palavras, todas as normas gerais, a constituição, assim como os estatutos (e regras de Direito consuetudinário), são normas centrais; apenas as normas individuais (criadas por atos administrativos e decisões judiciárias) são normas locais. Por fim, a própria execução pode ser centralizada ou descentralizada, total ou parcialmente, conforme tenham caráter central ou local todas as normas individuais emitidas por autoridades administrativas ou tribunais, ou apenas as que se referem a matérias específicas.

e. Método de restrição da esfera territorial de validade

Para compreendermos inteiramente a restrição da esfera territorial de validade e, com isso, a natureza das normas locais em contraposição à das normas centrais, devemos ter em mente a estrutura da norma jurídica tal como foi delineada num capítulo anterior[2]. A norma jurídica vincula um ato coercitivo, uma sanção, como uma consequência, a certos fatos, condições dessa sanção. Dentre os fatos condicionantes, o delito é um elemento comum a todas as normas jurídicas. Nas normas do Direito civil, a transação jurídica surge entre os fatos condicionantes; nas normas do Direito administrativo, o ato administrativo. A esfera territorial de validade de uma norma jurídica pode ser restringida a certo território-parte no aspecto dos fatos condicionantes, no aspecto da consequência prevista pelas normas jurídicas, ou em ambos os aspectos. Em outras palavras, a norma pode atribuir consequências jurídicas apenas a fatos (condicionantes), delitos, transações jurídicas, atos administrativos, que ocorram dentro do território-parte e, simultaneamente, estipular que a consequência jurídica – a sanção e a sua preparação processual – deverão ocorrer dentro do mesmo território-parte. Mas pode ser que a restrição da esfera territorial de validade diga respeito apenas a uma das duas partes da norma jurídica. Se a ordem jurídica internacional delimita os territórios dos Estados, ou seja, a esfera de validade das ordens jurídicas nacionais, essa delimitação é realizada – como vimos –, em princípio, restringindo ao próprio território apenas os atos coercitivos instituídos nas normas da ordem jurídica desse Estado específico. Em outras palavras, a ordem jurídica de cada Estado individual, de acordo com o Direito internacional, deve dirigir os atos coercitivos cuja execução prescreve apenas ao seu próprio território, o qual, portanto, é um território parcial da ordem jurídica internacional universal. Contudo, a ordem jurídica do Estado individual pode vincular o ato coercitivo, como consequência, a fatos condicionantes que ocorreram mesmo fora do seu território.

No caso acima mencionado de descentralização parcial da ordem jurídica nacional, a descentralização refere-se apenas ao estágio das normas individuais; a constituição e a legislação

---

2. Cf. *supra*, 48 ss.

permanecem centralizadas, e apenas a administração e o judiciário são parcialmente descentralizados: a esfera territorial de validade de certas normas individuais emitidas por autoridades administrativas ou tribunais é restringida. Essas normas são normas locais. Isso significa que a competência territorial das autoridades administrativas e tribunais é restringida. Estes são autoridades locais, tribunais locais. O território do Estado divide-se em vários distritos administrativos ou judiciários. Isso pode significar: 1) que a autoridade administrativa local ou o tribunal civil ou criminal local estão autorizados a ordenar uma sanção concreta apenas caso o ato administrativo ou a transação jurídica que condiciona o delito (administrativo ou civil) tenha ocorrido dentro do distrito, ou caso o delito (administrativo, civil ou criminal) tenha sido cometido dentro do distrito; 2) que a autoridade administrativa local ou o tribunal local estão autorizados a ordenar uma sanção concreta que pode ser executada apenas dentro do seu distrito. A restrição da esfera territorial de validade de uma norma individual emitida por um órgão administrativo ou judiciário é a restrição da jurisdição (competência) territorial desses órgãos.

C. O CONCEITO DINÂMICO DE CENTRALIZAÇÃO E DESCENTRALIZAÇÃO

a. Criação de normas centralizada e descentralizada

O problema da centralização e da descentralização tem, além de um aspecto estático, um aspecto dinâmico. Ele diz respeito não apenas à esfera territorial de validade das normas, mas também aos métodos de criação e execução de tais normas. Saber se as normas centrais ou locais são criadas e executadas por um mesmo órgão ou por vários órgãos, e como estes órgãos são criados, tornam-se importantes questões.

A descentralização, no sentido estático, é independente do fato de existir ou não um único órgão criando todas as normas centrais, e, igualmente, a descentralização, no sentido estático, independe do fato de serem as normas locais criadas ou não por órgãos locais correspondentes. A ideia de centralização, porém, encontra a sua expressão mais significativa quando todas as normas centrais são criadas e executadas por um único indivíduo, que reside no centro geográfico do Estado, e que, por assim dizer, constitui o seu centro jurídico. A ideia de descentralização costuma estar ligada à ideia de um número de órgãos, cada qual localizado no distrito sobre o qual se estende a sua competência. Observa-se uma certa inclinação em se falar de descentralização sempre que há uma pluralidade de órgãos criadores de normas, sem levar em conta as esferas territoriais de validade das normas criadas por esses órgãos. Quando assim o fazemos, o termo "descentralização" adquire um significado dinâmico, totalmente distinto do seu significado estático.

Se, por exemplo, as normas centrais que regulam as diferentes matérias são criadas por diferentes órgãos – como no caso em que um governo de gabinete é estabelecido, a administração pública é dividida em diferentes ramos, e cada ramo da administração é colocado sob a direção de um ministro de gabinete –, existe descentralização apenas nesse sentido dinâmico. Na teoria, é possível que todas as normas, tanto as locais quanto as centrais, sejam criadas por um órgão individual. Isso equivaleria à coincidência de uma descentralização estática parcial com uma centralização dinâmica total. O fato de que o mesmo indivíduo funcionou, aqui, como o órgão que cria as normas centrais e locais significa que existe uma união pessoal entre os órgãos das diferentes ordens constituídas pelas normas centrais e locais. O indivíduo, na sua capacidade de criador de normas centrais, não é o mesmo que na sua capacidade de criador de normas locais; e não é o mesmo órgão na sua capacidade de criador de normas locais de diferentes esferas territoriais de validade. Apesar da união pessoal que então existiria entre os órgãos de diferentes ordens jurídicas parciais, deve-se ter em mente que, ainda assim, existiriam uma ordem jurídica central e várias ordens jurídicas locais. Recorre-se em geral à descentralização justamente porque ela permite que a mesma matéria seja regulamentada de modo diferente para diferentes regiões.

Portanto, será preferível não permitir que o mesmo indivíduo crie as normas da ordem central e as normas das diferentes ordens locais. Será preferível ter diferentes indivíduos atuando como órgãos criadores de Direito das diferentes ordens parciais e, desse modo, evitar a união pessoal dos órgãos das diferentes ordens.

Para o conceito dinâmico de centralização e descentralização, é importante não apenas o número de órgãos criadores de normas, mas também o modo como eles são instituídos. O contraste entre uma criação de órgãos centralizada e uma descentralizada é nitidamente realizado colocando-se, por um lado, um monarca hereditário e, por outro, um presidente eleito pela nação inteira. Tal presidente, eleito pela nação inteira, é, por sua vez, instituído de uma maneira muito mais centralizada do que, por exemplo, o senado de um Estado federal, composto de representantes dos Estados-membros, eleitos pelas legislaturas ou pelo povo dos Estados-membros. No que diz respeito à criação de órgão, independentemente das respectivas esferas territoriais de validade das normas criadas por esses dois órgãos, o senado tem um caráter muito mais descentralizado do que o presidente.

A descentralização é tanto estática quanto dinâmica, se a ordem jurídica válida apenas para uma comunidade for criada por órgãos eleitos simplesmente pelos membros dessa comunidade parcial. Um exemplo é o Estado federal em que os estatutos válidos para o território de apenas um Estado-membro devem ter sido aprovados pela legislatura local eleita pelos cidadãos desse Estado-membro. A descentralização estática combina-se com a centralização dinâmica, por exemplo, quando um monarca hereditário decreta diferentes estatutos sobre religião para as diferentes províncias do seu reino.

Mais uma vez, deve-se enfatizar que os conceitos dinâmico e estático de centralização e descentralização são inteiramente diferentes. Se os termos devem ou não ser reservados ao conceito estático é uma questão terminológica. Mas é essencial observar a distinção que a teoria tradicional obscureceu.

b. Forma de governo e forma de organização

Como a centralização e a descentralização são formas de organização, surge a questão de saber se existe alguma ligação interna entre essas duas formas de organização e as formas de governo: autocracia e democracia. Adotando o conceito dinâmico de centralização e descentralização, a democracia pode ser descrita como um método descentralizado de criação de normas, já que, numa democracia, as normas jurídicas são criadas pela pluralidade dos indivíduos cujo comportamento elas regulamentam, e estes órgãos criadores de Direito estão distribuídos pelo território inteiro para o qual é válida a ordem jurídica. Numa autocracia, a ordem jurídica é criada por um único indivíduo, diverso e independente da pluralidade dos indivíduos sujeitos à ordem. Como a função criadora de Direito está concentrada, neste caso, na pessoa do autocrata, a autocracia pode ser caracterizada como um método centralizado de criação de normas.

A distinção dinâmica entre centralização e descentralização também coloca a diferença entre Direito estatutário e consuetudinário sob uma nova luz. A criação de Direito consuetudinário pela conduta uniforme e contínua dos mesmos indivíduos sujeitos ao Direito tem um caráter descentralizado pelo mesmo motivo que o processo democrático; na verdade, trata-se de uma forma democrática de produção de Direito, já que está baseada numa autonomia real, se bem que inconsciente. O Direito estatutário, por outro lado, caracteriza-se pelo fato de ser criado por um órgão instituído intencionalmente para esse propósito. Na democracia direta, a diferença entre o Direito consuetudinário e o estatutário ainda não é evidente. A diferença torna-se importante apenas se a legislação for decretada por um órgão especial, de acordo com o princípio de divisão de trabalho, como numa democracia indireta. O fato de que, na monarquia absoluta do século XVIII, uma parte da ordem jurídica – em especial o Direito civil – tinha o caráter de Direito consuetudinário e, desse modo, era praticamente subtraída do poder legislativo do monarca, implicava uma compensação política.

O desenvolvimento técnico do Direito consuetudinário para um Direito estatutário, criado por órgãos especiais, segundo o princípio de divisão de trabalho, significa uma centralização dinâmica e, ao mesmo tempo, uma atenuação do método democrático de criação de Direito. Como a criação de Direito pela via do costume, a criação de Direito por meio de contrato e de tratado tem um caráter descentralizado, e, na medida em que, também neste caso, a norma jurídica é criada pelos mesmos indivíduos a ela sujeitos, a criação contratual de Direito é um procedimento democrático.

Se adotarmos o conceito estático de centralização e descentralização, não existe nenhuma ligação direta entre essas formas de organização e as duas formas de governo. As autocracias e democracias podem ser tanto centralizadas quanto descentralizadas num sentido estático. Tanto uma ordem jurídica criada de modo autocrático quanto uma ordem jurídica criada de modo democrático podem ser compostas apenas de normas centrais, normas válidas para o território inteiro, ou, então, podem ser compostas de normas centrais e locais, normas válidas para o território inteiro e normas válidas apenas para territórios parciais. A autocracia e a democracia são possíveis com ou sem a subdivisão do Estado.

Existe, porém, uma ligação indireta entre a autocracia e a democracia, por um lado, e a centralização e a descentralização num sentido estático, por outro. A autocracia não é apenas um método de criação de Direito cujo caráter é centralizante num sentido dinâmico; ela também tem uma tendência imanente para a centralização num sentido estático. E a democracia não é apenas um método de criação de Direito cujo caráter é descentralizante num sentido dinâmico; ela também tem uma tendência imanente rumo à descentralização num sentido dinâmico.

c. Democracia e descentralização

A autocracia – como assinalamos – é possível com uma organização (num sentido estático) centralizada, assim como com uma organização (num sentido estático) descentralizada, ou seja, com ou sem a subdivisão em províncias. Caso, porém, o Estado deva ser dividido territorialmente em províncias, é praticamente inevitável que o autocrata nomeie para cada província um governador que, na condição de seu representante, seja competente para criar as normas válidas para aquele território. A descentralização estática acarreta a descentralização dinâmica, e a descentralização dinâmica implica uma transferência de poder do autocrata para o seu representante e, portanto, um enfraquecimento do princípio autocrático. O autocrata é sempre contrário a tal transferência de poder para outros órgãos e inclina-se a concentrar o maior número possível de funções na sua própria pessoa. Para evitar a descentralização dinâmica, ele tem de evitar, tanto quanto possível, a descentralização estática e tentar regulamentar o maior número possível de matérias por meio de normas centrais. Na verdade, as autocracias exibem uma preferência natural pela centralização estática.

A democracia também pode ser centralizada ou descentralizada num sentido estático; mas a descentralização permite uma aproximação maior da ideia de democracia do que a centralização. Essa ideia é o princípio de autodeterminação. A democracia exige a conformidade máxima entre a vontade geral expressa na ordem jurídica e a vontade dos indivíduos sujeitos à ordem; por essa razão, a ordem jurídica é criada pelos próprios indivíduos por ela obrigados, de acordo com o princípio de maioria. A conformidade da ordem à vontade da maioria é o objetivo da organização democrática. Mas as normas centrais da ordem, válidas para o território inteiro, podem facilmente entrar em contradição com a vontade majoritária de um grupo que vive num território parcial. O fato de que a maioria da comunidade total pertença a certo partido político, nacionalidade, raça, língua ou religião não exclui a possibilidade de que, dentro de certos territórios parciais, a maioria dos indivíduos pertença a outro partido, nacionalidade, raça, língua ou religião. A maioria da nação inteira pode ser socialista ou católica, e a maioria de uma ou mais províncias pode ser liberal ou protestante. Para diminuir a possível contradição entre o conteúdo da ordem jurídica e a vontade dos indivíduos a ela sujeitos, para que se chegue o mais próximo possível do ideal de democracia, pode ser necessário que, sob certas circunstâncias, certas normas da ordem jurídica sejam válidas apenas para certos territórios parciais e sejam criadas apenas pelo voto majoritário dos indivíduos que vivem nesses territórios. Com a condição de que a população do Estado não possua uma estrutura social uniforme, a divisão territorial do Estado em províncias mais ou menos autônomas (e isto significa descentralização num sentido estático) pode ser um postulado democrático. Circunstâncias de povoamento tendem a impossibilitar o ajuste da organização do Estado por divisão territorial à estrutura social da população. Em tal caso, pode ser tentada a divisão com base no *status* pessoal, tanto quanto isso seja tecnicamente possível.

d. Centralização e descentralização perfeitas e imperfeitas

Além da distinção quantitativa entre descentralização total e parcial, é necessário fazer uma distinção qualitativa entre descentralização perfeita e imperfeita. Falamos de descentralização perfeita quando a criação de normas locais é definitiva e independente. Ela é definitiva quando não existe a possibilidade de a norma local poder ser abolida e substituída por uma norma central. A divisão do poder legislativo de um Estado federal entre um órgão central e vários órgãos locais fornece um exemplo de descentralização não-definitiva. Neste caso, certas matérias são reservadas à legislação local, isto é, à legislação dos Estados-membros; no entanto, em alguns casos, um estatuto local (de Estado-membro) pode ser abolido ou substituído por um estatuto central (federal) contrário, com base no princípio de que a lei federal se sobrepõe à lei do Estado-membro. A criação de normas locais é independente se os seus conteúdos não forem determinados, de modo algum, por normas centrais. Do mesmo modo, a descentralização é imperfeita quando uma lei contém os princípios gerais, aos quais a legislação local tem apenas de dar uma aplicação mais detalhada.

e. Descentralização administrativa

A descentralização administrativa é a descentralização imperfeita no domínio do poder executivo. Ela se aplica não apenas à administração pública no sentido mais restrito, mas também à administração de justiça (administração jurídica). Sob este sistema, o Estado geralmente é dividido em províncias administrativas e judiciárias, e as províncias, em comarcas. Para cada região são instituídos uma autoridade administrativa e um tribunal, autorizados a criar normas individuais (por meio de atos administrativos e decisões judiciárias) para essa região particular. Esses órgãos encontram-se em ordem hierárquica. No campo da administração pública: o chefe do executivo, ou um ministro de gabinete, competente para o território inteiro do Estado; um governador para cada província, e um administrador para cada comarca. No campo do judiciário: a corte suprema para o território inteiro; sob a corte suprema, os tribunais das províncias; sob o tribunal provincial, os tribunais de comarca. A execução de uma norma geral (estatuto ou regra de Direito consuetudinário) é efetuada pelos órgãos administrativos ou judiciários em três estágios sucessivos que começam com um ato da autoridade administrativa ou judiciária mais baixa, com um ato administrativo do administrador de uma comarca ou com a decisão de um tribunal de comarca. Mas a norma criada por estes atos não é definitiva. A parte interessada pode apelar da autoridade inferior para a autoridade superior, do administrador da comarca para o governador da província, do tribunal da comarca para o tribunal da província. A autoridade superior tem o poder de abolir a norma criada pela autoridade inferior, tendo esta última de decretar uma nova norma; ou, então, a autoridade superior tem o poder de substituir a norma criada pela autoridade inferior por outra norma individual. No entanto, essa norma também não é definitiva, se houver uma possibilidade de apelação para a autoridade mais alta, o chefe do executivo ou o ministro de gabinete, ou para a corte suprema.

Sob o sistema de descentralização administrativa as normas criadas pelas autoridades administrativas não são independentes, ao passo que as normas criadas pelos tribunais são independentes. A autoridade administrativa tem o poder de determinar o conteúdo da norma a ser criada pela autoridade inferior. Esta é obrigada a obedecer as instruções daquela primeira. Tal não é o caso na relação entre os tribunais superiores e inferiores. Os tribunais são independentes; isso significa que, via de regra, as suas decisões não podem ser determinadas por autoridade judiciária ou administrativa superior, mas apenas pelo órgão legislativo, por um estatuto ou regra de Direito consuetudinário. Se as decisões de um tribunal superior possuírem o caráter de precedentes, os tribunais inferiores são menos independentes, e a administração de justiça é menos descentralizada (mais centralizada). Com um todo, a "independência dos tribunais" implica um grau maior de descentralização dentro do sistema da chamada descentralização administrativa. A descentralização do procedimento judiciário é mais perfeita que a do procedimento administrativo. Como os órgãos administrativos mais altos são órgãos centrais, e como, nesse estágio, não há descentralização alguma, não existe nenhuma diferença entre os órgãos administrativos e os judiciários mais altos, no que diz respeito à independência. As autoridades administrativas mais altas são, pela sua própria natureza, independentes como os tribunais.

f. Descentralização por autonomia local

A chamada autonomia local é uma combinação direta e deliberada das ideias de descentralização e democracia. Os órgãos que criam normas locais são, nesse caso, eleitos por aqueles para quem essas normas são válidas. Um exemplo de unidade local autônoma é a municipalidade e o prefeito. Trata-se de um autogoverno, local e descentralizado. A descentralização refere-se apenas a certas matérias de especial interesse local; e o alcance da autoridade municipal é restrito ao estágio das normas individuais. Às vezes, no entanto, o corpo administrativo eleito, a câmara municipal, é competente para emitir normas gerais, os chamados estatutos autônomos; mas esses estatutos têm de permanecer dentro do enquadramento dos estatutos centrais, emitidos pelo órgão legislativo do Estado. A autonomia local representa em geral um tipo de descentralização comparativamente perfeita. As normas emitidas pelos órgãos autônomos são definitivas e independentes, pelo menos em relação aos órgãos administrativos centrais do Estado, sobretudo se esses órgãos possuem um caráter mais ou menos autocrático, ou seja, se não são órgãos colegiados eleitos pelo povo, mas órgãos individuais nomeados pelo chefe do executivo, em especial por um monarca. Na monarquia, a autonomia local é da maior importância. Às vezes, as autoridades administrativas centrais são competentes para supervisionar a atividade dos corpos autônomos; elas podem anular normas emitidas por órgãos autônomos que violem estatutos centrais emitidos pelo órgão legislativo do Estado, mas não podem substituir tais normas por outras criadas por eles.

Várias unidades autônomas tendem a ser combinadas numa unidade autônoma superior, de modo que a administração seja democrática não apenas no estágio mais baixo, mas também no estágio superior. Nesse caso, a comunidade autônoma territorialmente maior sob um conselho eleito e um prefeito (ou governador) é subdividida em comunidades autônomas menores. Uma vez que o órgão administrativo superior, assim como o inferior, possui um caráter democrático, o grau de descentralização na relação entre os dois pode ser diminuído. A descentralização pode ser menos perfeita no caso em que a autoridade administrativa superior possui um caráter mais ou menos autocrático. As partes podem ter o direito de apelar de uma decisão dos órgãos da comunidade menor para os órgãos da comunidade maior, e estes podem ter o poder de anular as normas emitidas pelos primeiros ou de substituí-las por uma norma de sua criação.

O grau comparativamente alto de descentralização de que gozam os corpos autônomos, em especial as municipalidades, dentro do Estado moderno, pode ter a sua origem atribuída fundamentalmente ao fato histórico de terem estes surgido num tempo em que os Estados, e sobretudo os seus órgãos centrais, tinham um caráter mais ou menos autocrático, ao passo que o governo local, em especial a administração das cidades, era mais ou menos democrática. A descentralização por governos locais democraticamente organizados significava a eliminação da influência de órgãos autocráticos centrais. A luta por autonomia local era, de início, a luta por democracia dentro de um Estado autocrático. Mas, quando o Estado já possui uma organização essencialmente democrática, a concessão de autonomia local a um grupo territorialmente definido significa apenas descentralização.

A autonomia local de corpos autogovernados não é – como frequentemente se afirma – um direito desses corpos contra o Estado; trata-se apenas de um postulado político apresentado por uma doutrina jusnaturalista como um direito natural. Não existe nenhum antagonismo entre a administração do Estado e a administração por autonomia local. Esta última é tão somente um determinado estágio da administração de Estado. Se esse estágio possuir um caráter democrático, e os outros estágios, um caráter autocrático, então pode surgir o antagonismo. Mas, se o Estado inteiro for democraticamente organizado, não existe mais qualquer motivo para opor a administração de Estado à administração por autonomia local.

g. Descentralização por províncias autônomas

No caso da autonomia local, a descentralização está, em princípio, restrita à administração, isto é, às normas individuais criadas por órgãos administrativos. Mas a descentralização pode ser estendida à legislação, à criação de normas gerais. Esta normalmente está associada a uma esfera territorial de validade comparativamente maior das normas em questão. É o tipo de descentralização por províncias autônomas. Os órgãos das províncias autônomas são um corpo legislativo local, eleito pelos cidadãos da província, e, possivelmente, também um corpo administrativo local, eleito pela legislatura local ou diretamente pelo povo da província. Com frequência ocorre que o chefe da administração autônoma da província é um governador eleito pelos cidadãos ou pelo corpo legislativo da província. Se o governador for nomeado pelo chefe de Estado, o grau de descentralização e, portanto, de autonomia, é menor. O governador pode funcionar junto com o corpo administrativo eleito ou ser independente dele. Em geral, não existem órgãos judiciários da província autônoma. Os tribunais são considerados tribunais do Estado, não tribunais das províncias autônomas. Isso significa que o judiciário não é mais descentralizado de um modo correspondente ao tipo de descentralização administrativa. Apenas a legislação e a administração, e não o judiciário, possuem um caráter autônomo; apenas a legislação e a administração são divididos entre uma comunidade jurídica central e uma local.

D. ESTADO FEDERAL E CONFEDERAÇÃO DE ESTADOS

a. Centralização de legislação

1. Estado federal

Apenas o grau de descentralização diferencia um Estado unitário dividido em províncias autônomas de um Estado federal. E, do mesmo modo que um Estado federal se distingue de um Estado unitário, uma confederação internacional de Estados se distingue do Estado federal apenas por meio de um grau de descentralização maior. Na escala de descentralização, o Estado federal encontra-se entre o Estado unitário e uma união internacional de Estados. Ele apresenta um grau de descentralização ainda compatível com uma comunidade jurídica constituída por Direito nacional, isto é, com um Estado, e um grau de centralização não mais compatível com uma comunidade jurídica internacional, uma comunidade constituída por Direito internacional.

A ordem jurídica de um Estado federal compõe-se de normas centrais válidas para o seu território inteiro e de normas locais válidas apenas para porções desse território, para os territórios dos "Estados componentes (ou membros)". As normas gerais centrais, as "leis federais", são criadas por um órgão legislativo central, a legislatura da "federação", enquanto as normas gerais locais são criadas por órgãos legislativos locais, as legislaturas dos Estados componentes. Isso pressupõe que, no Estado federal, a esfera material de validade da ordem jurídica, ou, em outras palavras, a competência legislativa do Estado, está dividida entre uma autoridade central e várias autoridades locais. Nesse ponto, existe uma grande similaridade entre a estrutura de um Estado federal e a de um Estado unitário subdividido em províncias autônomas. Quanto mais ampla for a competência dos órgãos centrais, a competência da federação, mais restrita será a competência dos órgãos locais, a competência dos Estados componentes, e maior o grau de centralização. Nesse ponto, um Estado federal difere de um Estado unitário com províncias autônomas apenas pelo fato de que as matérias sujeitas à legislação dos Estados componentes são mais numerosas e importantes do que as sujeitas à legislação das províncias autônomas.

As normas centrais formam uma ordem jurídica central por meio da qual é constituída uma comunidade jurídica central parcial que abarca todos os indivíduos residentes dentro do Estado federal. Essa comunidade parcial constituída pela ordem jurídica central é a "federação". Ela é parte do Estado federal total, assim como a ordem jurídica central é parte da ordem jurídica total do Estado federal. As normas locais, válidas apenas para partes definidas do território inteiro, formam ordens jurídicas locais por meio das quais são constituídas comunidades jurídicas parciais. Cada comunidade jurídica parcial abrange os indivíduos residentes dentro de um desses territórios parciais. Essas unidades jurídicas parciais são os "Estados componentes". Desse modo, cada indivíduo pertence, simultaneamente, a um Estado componente e à federação. O Estado federal, a comunidade jurídica total, consiste, assim, na federação, uma comunidade jurídica central, e nos Estados componentes, várias comunidades jurídicas locais. A teoria tradicional identifica, erroneamente, a federação com o Estado federal total.

Cada uma das comunidades parciais, a federação e os Estados componentes, baseia-se na sua própria constituição, a constituição da federação, e a constituição do Estado componente. Porém, a constituição da federação, a "constituição federal", é, simultaneamente, a constituição do Estado federal inteiro.

O Estado federal caracteriza-se pelo fato de que o Estado componente possui certa medida de autonomia constitucional, ou seja, de que o órgão legislativo de cada Estado componente tem competência em matérias referentes à constituição dessa comunidade, de modo que modificações nas constituições dos Estados componentes podem ser efetuadas por estatutos dos próprios Estados componentes. Essa autonomia constitucional dos Estados componentes é limitada. Os Estados componentes são obrigados por certos princípios constitucionais da constituição federal; por exemplo, segundo a constituição federal, os Estados componentes podem ser obrigados a ter constituições democrático-republicanas. Por essa autonomia constitucional dos Estados componentes – mesmo que limitada –, o Estado federal diferencia-se de um Estado unitário relativamente descentralizado, organizado em províncias autônomas. Se estas são consideradas como simples províncias autônomas, e não como Estados componentes, não é apenas pelo fato de que a sua competência, em especial a competência da legislação provincial, é relativamente restrita, mas também porque as províncias não possuem autonomia constitucional, porque as suas constituições lhes são prescritas pela constituição do Estado como um todo e podem ser modificadas apenas por meio de uma modificação nessa constituição. A legislação em matérias da constituição é, aqui, totalmente centralizada, ao passo que, no Estado federal, ela é centralizada apenas de modo incompleto; ou seja, até certo ponto, ela é descentralizada.

A centralização no Estado federal, ou seja, o fato de que uma porção considerável das normas da ordem jurídica total é válida para a extensão inteira da federação, é limitada pelo fato de que o órgão criador de Direito central compõe-se de uma maneira especialmente típica do Estado federal. Ele tem duas casas: os membros de uma são eleitos diretamente por todo o povo do Estado federal; trata-se da chamada Casa dos Representantes, ou Câmara dos Deputados, e também Casa Popular. A segunda câmara é composta de indivíduos escolhidos pelo povo ou pelo órgão legislativo de cada Estado. Eles são considerados representantes desses Estados componentes. Esta segunda câmara tem o nome de Casa dos Estados ou Senado. Corresponde ao tipo ideal do Estado federal que os Estados componentes sejam igualmente representados na Casa dos Estados, ou Senado, que cada Estado componente, independentemente do seu tamanho, isto é, sem se levar em conta a extensão do seu território ou o número dos seus habitantes, envie o mesmo número de representantes à Casa dos Estados, ao Senado.

Normalmente, um Estado federal passa a existir graças a um tratado internacional firmado por Estados independentes. O fato de que cada Estado componente é representado no Senado pelo mesmo número de delegados demonstra que os Estados componentes eram, de início, Estados independentes, e que ainda devem ser tratados de acordo com o princípio do Direito internacional conhecido como igualdade dos Estados. Essa composição da Casa dos Estados, ou Senado, garante que os Estados componentes, as comunidades locais, "como tais", tomem parte no processo central de legislação, o que equivale a um elemento de descentralização. Mas esse elemento de descentralização, baseado na ideia de igualdade dos Estados componentes, é quase completamente neutralizada pelo fato de que a Casa dos Estados aprova as suas resoluções de acordo com o princípio de maioria. Em virtude disso o seu órgão legislativo é destituído do seu caráter internacional.

2. Confederação de Estados

Uma união de Estados puramente internacional, equivalente a uma comunidade organizada, uma chamada confederação de Estados, como, por exemplo, a Liga das Nações, pode lembrar um Estado federal em muitos aspectos. A constituição dessa comunidade é o conteúdo de um tratado internacional, como é, normalmente, também o caso com um Estado federal. A constituição de uma confederação de Estados é uma ordem jurídica válida para o território de todos os Estados dessa comunidade internacional. Ela tem o caráter de uma ordem central e constitui uma comunidade parcial, a "confederação". Os Estados separados, os chamados "Estados-membros", são também, como os Estados componentes do Estado federal, comunidades parciais, constituídas por ordens jurídicas locais, a saber, pelas suas ordens jurídicas nacionais. A confederação junto com os Estados-membros forma a comunidade total, a confederação. A constituição da comunidade central, que é, ao mesmo tempo, a constituição da comunidade total, a confederação, pode estabelecer um órgão central competente para decretar normas válidas para todos os Estados da comunidade, isto é, para a extensão inteira da união. Esse órgão pode ser comparado ao órgão legislativo central de um Estado federal. Trata-se, em geral, de um conselho composto de representantes dos Estados membros; esses representantes são nomeados pelos seus governos. O órgão central vota as suas resoluções, obrigatórias para os membros da união, por unanimidade, cada Estado membro representado no órgão central tendo o mesmo número de votos. Resoluções obrigatórias por maioria não estão excluídas, mas constituem exceção. A Assembleia da Liga das Nações, por exemplo, é um órgão de tal espécie.

A constituição da federação ordinariamente não contém qualquer cláusula referente às constituições dos Estados-membros. No entanto, é possível que a autonomia constitucional dos membros, mesmo de uma união puramente internacional, seja restrita até certo ponto. Por exemplo, o Pacto da Liga das Nações exige que cada membro da Liga seja um Estado "inteiramente autogovernado". Nada pode impedir o acordo que contém a constituição de uma confederação de obrigar os Estados membros a ter constituições democrático-republicanas.

b. Centralização de execução

1. Estado federal

No Estado federal não apenas a competência legislativa é dividida entre a federação e os Estados componentes, mas também a competência judiciária e administrativa. Além dos tribunais federais, existem também os tribunais dos Estados componentes; além dos órgãos administrativos da federação, existem os dos Estados componentes. O tribunal federal supremo é competente não apenas para resolver certos conflitos e para punir certos crimes de indivíduos privados, mas também para a decisão de conflitos entre os Estados componentes. À frente da administração federal, existe um governo federal investido de poder executivo que pode ser empregado não apenas na forma de execução de sanções contra indivíduos, mas também – como a chamada execução federal – contra os Estados componentes como tais, sempre que eles, ou seja, os seus órgãos, violarem a constituição da federação, que é – como foi assinalado –, ao mesmo tempo, a constituição do Estado federal inteiro.

À frente da administração de cada Estado componente, existe um governo desse Estado. A forma do governo – da federação ou dos Estados componentes – pode ser monárquica ou republicana, e, no último caso, corresponder mais ou menos aos princípios democráticos. O governo pode ser um órgão individual ou colegiado, isto é, pode ser composto de um indivíduo ou de vários, e estes podem – mas não precisam – constituir um conselho, que aprova as suas resoluções por voto majoritário. O governo, em especial o chefe de um Estado federal republicano, é escolhido pelo povo ou pelo órgão legislativo.

2. Confederação de Estados

A constituição de uma confederação internacional, de uma união ou liga de Estados, também pode estabelecer um tribunal central e um governo central. No entanto, o tribunal costuma ter competência apenas para resolver conflitos entre os Estados-

-membros; apenas excepcionalmente pessoas privadas podem ser admitidas como queixosos ou réus. O órgão governante central tem o caráter de um conselho. Caso deva ser um órgão diferente do órgão legislativo central já mencionado, então não podem estar nele representados todos os Estados, ou, pelo menos, não todos do mesmo modo. Um exemplo é o Conselho da Liga das Nações, no qual apenas as grandes potências são representadas de modo permanente, e, por determinados períodos de tempo, uma parte dos outros Estados-membros. Para as decisões desse órgão também prevalece a regra de unanimidade.

c. Distribuição de competência num Estado federal e numa confederação de Estados

Dentre as matérias que, num Estado federal, costumam fazer parte da competência da federação, estão todas as relações exteriores e, portanto, especificamente, a conclusão de tratados internacionais, declarações de guerra e de paz, e o controle das forças amadas. Isso quer dizer que o exército, a marinha e a força aérea são órgãos da federação, não órgãos dos Estados componentes que, como tais, nada têm a ver com as relações exteriores. As forças armadas em geral estão sob o comando do chefe do Estado federal. Pode ocorrer que os Estados componentes mantenham certa jurisdição no que diz respeito às forças armadas. Mas esta terá bem pouca importância, já que as forças armadas estão mais intimamente ligadas à política externa, e esta cabe exclusivamente à federação. Apenas nos campos em que o chamado poder do Estado é mais evidente é que uma constituição federal leva a uma restrição bem considerável da competência dos Estados componentes, ou da soberania, como costuma ser chamada a sua competência nesse contexto.

A competência de uma confederação internacional limita--se, em geral, à resolução de disputas entre os Estados membros e a defesa contra a agressão extrema. A competência dos Estados membros no campo da política externa e de assuntos militares permanece praticamente irrestrita. A confederação não possui polícia, exército, marinha ou força aérea próprios. Os Estados membros mantêm a posse irrestrita de todos os seus instrumentos de poder, especialmente das suas forças armadas. Caso se torne necessário empreender guerra contra Estados fora da confederação, os Estados membros devem colocar à disposição do órgão central da confederação as forças armadas necessárias. Caso uma sanção militar deva ser executada contra um Estado membro culpado de violar a constituição da confederação, isso também só é possível com a contribuição para esse fim das forças armadas dos outros Estados membros. Como o Estado contra a qual a sanção é dirigida possui exército, marinha e força aérea próprios, a execução da sanção significa guerra dentro da comunidade. E a violação da constituição da federação pode consistir no fato de um Estado recorrer à guerra contra outro. Tudo isso está excluído num Estado federal, caso o poder executivo seja tão centralizado que os Estados componentes não possuam forças armadas à sua disposição, o que, geralmente, é o caso.

d. Cidadania

Elemento característico de um Estado federal é a cidadania federal, mesmo que cada Estado componente também tenha a sua cidadania de Estado. Se este é o caso, então cada indivíduo é cidadão de um determinado Estado, além de cidadão da federação; e devem ser estabelecidas cláusulas que regulamentem as relações entre as duas instituições. Na confederação internacional não existe qualquer cidadania da confederação. Os indivíduos são cidadãos apenas dos Estados-membros. Eles pertencem juridicamente à comunidade internacional apenas de modo indireto, através dos seus Estados.

e. Obrigação e autorização diretas e indiretas

A jurisdição do órgão central do Estado federal em outras matérias não é tão importante quanto no campo das relações exteriores, assuntos militares e cidadania de Estado. Ordinariamente, a federação tem direitos consideráveis também no campo econômico, sobretudo em relação a assuntos monetários e no campo da alfândega (em ligação com as relações externas). O Estado federal costuma constituir uma alfândega e uma unidade monetária únicas. É importante, porém, que a federação tenha o direito de lançar e coletar impostos para custear as despesas da sua atividade no campo da legislação, do judiciário e da administração. Por meio das leis fiscais e militares da federação, os indivíduos são diretamente obrigados à execução de certos deveres. Na confederação de Estados, os Estados-membros devem contribuir com contingentes de tropas e somas fixas de dinheiro para a confederação; portanto, antes de mais nada precisam decretar, de sua própria parte, as leis necessárias por meio das quais os indivíduos são obrigados ao serviço militar e ao pagamento de impostos. No Estado federal, porém, as exigências requeridas dos indivíduos são a matéria dos deveres jurídicos estipulados diretamente pelos estatutos federais. E o fato de que as normas centrais, as leis federais, obrigam e autorizam indivíduos diretamente, sem qualquer mediação de normas locais, de leis dos Estados componentes, é uma característica do Estado federal.

Nesse aspecto, ele se diferencia de modo especialmente notável da confederação internacional de Estados. As normas centrais da ordem jurídica que constitui a confederação obrigam e autorizam diretamente apenas Estados; os indivíduos são afetados apenas indiretamente pela mediação das ordens jurídicas dos Estados aos quais pertencem. O simples fato de obrigar e autorizar indiretamente os indivíduos é, como será demonstrado mais tarde[3], um elemento típico da técnica do Direito internacional. O próprio fato de as normas centrais da ordem jurídica de um Estado estabelecerem a obrigação e a autorização diretas dos indivíduos prova que essa ordem é uma ordem jurídica nacional, e não internacional. Neste contexto, na consideração da relação das normas centrais com as normas

---

3. Cf. *infra*, 333 ss.

locais da ordem jurídica de um Estado federal, torna-se óbvio que a diferença entre a obrigação e a autorização diretas dos indivíduos também pode ser concebida do ponto de vista da centralização e da descentralização. É óbvio que, se normas centrais podem obrigar e autorizar indivíduos apenas através da mediação de normas locais, isso implica uma determinada descentralização, ou um grau menor de centralização; e, *vice-versa*, se as normas centrais não têm qualquer necessidade dessa mediação das normas locais para obrigar e autorizar indivíduos, isso implica uma determinada centralização. Também nesse aspecto, o Estado federal, em comparação com uma confederação de Estados puramente internacional, apresenta um grau superior de centralização, e ele é, justamente por isso, um Estado, e não, simplesmente, uma união de Estados.

Essa diferença também é óbvia em vista do fato de que os Estados-membros de uma comunidade internacional, em especial de uma confederação de Estados, podem, normalmente, abandonar a comunidade, retirando-se da união, ao passo que, para os Estados componentes de um Estado federal, tal possibilidade não existe juridicamente. Os Estados componentes de um Estado federal não costumam estar sujeitos ao Direito internacional. Apenas o Estado federal tem direitos e deveres internacionais. Caso ser um sujeito do Direito internacional seja considerado um elemento essencial do Estado, os chamados Estados componentes de um Estado federal não são Estados no verdadeiro sentido do termo, pelo menos não Estados no sentido do Direito internacional.

f. Internacionalização e centralização

Se toda a política externa for confiada aos órgãos centrais de um Estado federal, especialmente se todos os tratados internacionais forem concluídos pelo órgão competente da federação, então deve ser possível para a federação executar esses tratados. Como os tratados internacionais podem se referir a qualquer matéria concebível, até mesmo a matérias reservadas à legislação e à execução dos Estados componentes, então deve ser possível a federação interferir nessa competência dos Estados componentes. Por conseguinte, com a extensiva internacionalização da vida cultural ou econômica, a competência dos Estados componentes deve ser limitada de modo correspondente. Essa tendência rumo à centralização, à gradual transição do Estado federal rumo a um Estado unitário, é favorecida também por outras circunstâncias que mostram uma tendência rumo ao controle da vida econômica pelo Estado, rumo ao desenvolvimento do capitalismo de Estado. É quase inevitável que tal centralização no campo econômico conduza a uma centralização política e, daí, também a certo nivelamento no campo cultural, caso os Estados componentes unidos num Estado federal representem culturas originalmente diferentes.

g. Transformação de um Estado unitário num Estado federal ou numa confederação de Estados

Apenas no caso de a essência do Estado federal ser concebida como um grau particular e uma forma específica de descentralização, é possível, apenas pelo seu conteúdo, reconhecer uma constituição positiva concreta, como um Estado federal. A partir desse ponto de vista, o seu modo de criação é irrelevante: quer tenha ele passado a existir por meio de um tratado internacional (estabelecendo a constituição federal) entre Estados até então soberanos, *i.e.*, Estados subordinados apenas à ordem jurídica internacional, ou pelo ato legislativo de um Estado unitário transformando-se em Estado federal através do aumento do seu grau de descentralização. Desse modo, a República austríaca, um Estado unitário com províncias autônomas, foi transformada, em 1920, em Estado federal por meio de uma emenda à constituição.

O mesmo é verdadeiro para a confederação de Estados. Em geral, uma confederação de Estados é estabelecida por um tratado internacional; mas não se exclui a possibilidade de um

Estado, especialmente um Estado federal, ser transformado, por um ato do órgão legislativo modificando a sua constituição, em confederação de Estados. Citamos como exemplo o Império Britânico, que se tornou uma simples união de Estados através do chamado Estatuto de Westminster, em 1931 (um Ato do Parlamento britânico). Trata-se de um modo de descentralização. Se a nova constituição apresenta um grau de descentralização característico de uma confederação de Estados, os Estados componentes do Estado federal tornam-se Estados plenos no sentido do Direito internacional. O Estado federal desaparece. Um desenvolvimento na direção oposta também é possível. Vários Estados independentes podem, por meio de um tratado internacional, se unir não apenas num Estado federal, mas também num Estado unitário, caso a constituição estabelecida pelo tratado apresente o grau apropriado de centralização.

Se a constituição de um Estado federal ou unitário for o conteúdo de um tratado internacional, ela tem o caráter de Direito internacional e, ao mesmo tempo, na condição de constituição de um Estado, ou seja, na condição de base de uma ordem jurídica nacional, o caráter de Direito nacional. Se a constituição de um Estado federal for transformada por um ato legislativo desse Estado em constituição de uma confederação de Estados, ela assume o caráter de Direito internacional, embora seja, ao mesmo tempo, na condição de um estatuto decretado pelo órgão de um Estado, Direito nacional.

E. A COMUNIDADE JURÍDICA INTERNACIONAL

a. Nenhuma fronteira absoluta entre o Direito nacional e o Direito internacional

O fato indubitável de que os Estados (sobretudo os Estados federais) foram estabelecidos por meio de tratado internacional, e uma confederação de Estados por meio de um ato legislativo, demonstra claramente que o parecer tradicional, segundo o qual o Direito nacional (municipal) não pode ser criado por Direito internacional, e o Direito internacional não pode dever sua origem ao Direito nacional[4], é incorreto. Não existe nenhuma fronteira absoluta entre o Direito nacional e o Direito internacional. Normas que possuem, quanto ao aspecto da sua criação, o caráter de Direito internacional, por terem sido estabelecidas por um tratado internacional, podem ter, no que diz respeito ao seu conteúdo, o caráter de Direito nacional por estabelecerem uma organização relativamente centralizada. E, *vice-versa*, normas que possuem, no que se refere à sua criação, o caráter de Direito nacional, por terem sido decretadas pelo ato de um Estado, podem, no que se refere ao seu conteúdo, possuir o caráter de Direito internacional uma vez que constituem uma organização relativamente descentralizada.

**b. O Direito nacional como ordem
jurídica relativamente centralizada**

A diferença entre Direito nacional e Direito internacional é apenas relativa; ela consiste, em primeiro lugar, no grau de centralização ou descentralização. O Direito nacional é uma ordem jurídica relativamente centralizada. Especialmente característica de uma ordem jurídica que constitui um Estado é a centralização da aplicação do Direito, a instituição de órgãos judiciários centrais competentes para estabelecer o delito e ordenar e executar a sanção. Por meio da centralização do judiciário, o Estado pode ser distinguido da comunidade jurídica pré estatal. É igualmente por meio do grau de centralização que o Estado se distingue da comunidade jurídica inter ou supra estatal constituída pela ordem jurídica internacional. O Direito internacional, comparado com o Direito nacional, é uma ordem jurídica mais descentralizada. Ele apresenta o mais elevado grau de descentralização encontrado no Direito positivo.

---

4. Cf. W. W. Willoughby, *Fundamental Concepts of Public Law*, 284.

c. A descentralização do Direito internacional

Para se compreender isso, é preciso considerar todo o Direito positivo, a ordem jurídica internacional, assim como todas as ordens jurídicas nacionais, como um sistema jurídico internacional. Dentro desse sistema, as normas do chamado Direito internacional geral são as normas centrais, válidas para um território que compreende os territórios de todos os Estados efetivamente existentes, e o território em que os Estados podem potencialmente existir. As ordens jurídicas dos Estados são normas locais desse sistema. Enquanto o território do Estado, a esfera territorial de validade de uma ordem jurídica nacional, é limitada por dispositivos do Direito internacional, a esfera territorial de validade da ordem jurídica internacional não é juridicamente limitada. O Direito internacional é válido onde quer que as suas normas devam ser aplicadas.

Isto, porém, não é uma diferença absoluta entre o Direito internacional e o Direito nacional. Apenas as ordens jurídicas efetivamente válidas possuem tal esfera territorial de validade limitada. Não está excluído *a priori* que a evolução do Direito internacional venha a conduzir ao estabelecimento de um Estado mundial. Ou seja, que a ordem jurídica efetivamente válida venha a ser transformada, por meio da centralização, numa ordem jurídica nacional cuja esfera territorial de validade coincida com a do Direito internacional efetivamente válido.

1. Descentralização estática

O alto grau de descentralização do Direito internacional, ou da comunidade jurídica internacional chamada "Família dos Estados", manifesta-se, em primeiro lugar, por meio do fato de que as normas centrais dessa ordem jurídica, as normas do chamado Direito internacional geral, são decididamente sobrepujadas, em número e importância, pelas normas locais, as normas das ordens jurídicas nacionais. Elas são ordens jurídicas parciais dentro da ordem jurídica universal; e as comunidades jurídicas constituídas por essas ordens jurídicas parciais, os Estados, são comunidades jurídicas parciais dentro da comunidade jurídica universal. Dentro dessa ordem jurídica universal, também o Direito internacional geral forma apenas uma ordem jurídica parcial que, juntamente com as ordens jurídicas nacionais, forma a ordem jurídica universal. As ordens jurídicas nacionais, porém, não são as únicas normas locais da ordem universal. Também são normas locais as normas do chamado Direito internacional particular, que, via de regra, é criado por tratados internacionais. As esferas territoriais dessas normas abrangem os territórios dos Estados que firmaram o tratado ao qual as normas devem a sua existência. As normas do Direito internacional geral são inferiores em número e importância também a essas normas do Direito internacional particular. Assim, dentro da ordem jurídica universal, as normas locais são claramente mais importantes que as centrais. A ordem jurídica universal demonstra, de modo notável, o alto grau da sua descentralização, se comparada com o tipo de ordens jurídicas com as quais está mais intimamente relacionada: um Estado federal ou uma confederação de Estados.

Outro aspecto da descentralização do Direito internacional é que as suas normas, via de regra, obrigam e autorizam apenas pessoas jurídicas, a saber, Estados, o que significa que o Direito internacional, como veremos mais tarde, regulamenta a conduta de indivíduos apenas de modo indireto, através da mediação das ordens jurídicas nacionais. O fato de que obrigar e autorizar indiretamente tem um efeito descentralizador já foi assinalado no item que trata da diferença entre Estados federais e confederações de Estados[5].

2. Descentralização dinâmica

A descentralização dinâmica da ordem jurídica universal é ainda maior que a estática. O Direito internacional geral não estabelece quaisquer órgãos especiais segundo o princípio de divisão de trabalho. No que diz respeito ao Direito internacio-

---

5. Cf. *supra*, 315 s.

nal geral, tanto a criação quanto a aplicação de Direito estão inteiramente a cargo dos sujeitos do Direito internacional, os Estados. O costume e os tratados – ambos métodos descentralizados de criar Direito – são as únicas fontes de Direito conhecidas pelo Direito internacional geral. Especialmente digno de nota é o fato de a própria aplicação de Direito ser completamente descentralizada. O Direito internacional geral deixa às partes de uma controvérsia a tarefa de averiguar se uma delas é responsável por um delito, como afirma a outra, e de decidir e executar a sanção. Nesse aspecto, o Direito internacional geral também é um Direito primitivo. Ele possui a técnica da iniciativa individual. O Estado, violado no seu direito, está autorizado a reagir contra o violador, lançando mão da guerra ou de represálias. Estas são as sanções específicas providas pelo Direito internacional geral.

3. Centralização relativa pelo Direito internacional particular

Um grau superior de centralização pode ser alcançado pelo Direito internacional particular. Tribunais, órgãos administrativos e mesmo órgãos legislativos podem ser estabelecidos por tratados internacionais. Tais tratados originam comunidades internacionais cuja centralização supera em muito a da comunidade internacional constituída pelo Direito internacional geral. Tal comunidade internacional relativamente centralizada é a confederação de Estados. Se a centralização for ainda mais longe, a comunidade torna-se um Estado federal ou mesmo um Estado unitário, e a ordem jurídica criada pelo tratado internacional assume o caráter de Direito nacional.

Tal é, então, a estrutura da suposta comunidade jurídica universal. Mas existe realmente tal comunidade jurídica universal? É admissível interpretar a ordem internacional efetivamente existente de tal modo? É possível conceber o Direito internacional positivo junto com o Direito positivo de diferentes Estados como uma única ordem jurídica universal? Essa é a questão com a qual tem de lidar a última parte deste tratado.

VI. Direito nacional e internacional

A. O CARÁTER JURÍDICO DO DIREITO INTERNACIONAL

a. Delito e sanção do Direito internacional

Antes de julgarmos se a ordem jurídica internacional e as várias ordens jurídicas nacionais são todas parte de um único sistema jurídico, devemos primeiro resolver se as normas designadas como "Direito internacional" são realmente "Direito" no mesmo sentido em que o Direito nacional, ou seja, Direito no sentido da definição estabelecida na primeira parte deste tratado. Formulando cientificamente, trata-se de saber se o Direito internacional pode ser descrito em termos de "regras de Direito".

Uma regra de Direito, tal como foi estabelecido na primeira parte deste livro[1], é um julgamento hipotético que faz de um ato coercitivo, da interferência imposta na esfera de interesses de um sujeito, a consequência de certo ato desse mesmo ou de outro sujeito. O ato coercitivo que a regra de Direito estabelece como consequência é a sanção; a conduta do sujeito apresentada como condição e caracterizada como "antijurídica" é o delito. A sanção é interpretada como uma reação da comunidade jurídica contra o delito. O delito é uma conduta indesejável, especialmente a interferência imposta na esfera de interesses de outro sujeito; trata-se de um ato coercitivo. Por conseguinte, o ato coercitivo é um delito, uma condição da san-

---

1. Cf. *supra*, 49 ss.

ção e, portanto, proibido, ou uma sanção, a consequência de um delito, e, portanto, permitido. Esta alternativa é uma característica essencial da ordem coercitiva chamada Direito. Nesse sentido, o Direito internacional é Direito se o ato coercitivo de um Estado, a interferência imposta de um Estado na esfera de interesses de outro, for permitido apenas como uma reação contra um delito, se o emprego da força com outro fim proibido, se o ato coercitivo empreendido como uma reação contra um delito puder ser interpretado como uma reação da comunidade jurídica internacional. Se for possível descrever o material que se apresenta como Direito internacional de tal modo que o emprego da força por um Estado contra outro só possa ser interpretado como delito ou sanção, então o Direito internacional é Direito no mesmo sentido que o Direito nacional.

Ao falar de Direito internacional, faz-se referência apenas ao Direito internacional geral, não ao Direito internacional particular. O problema, portanto, deve ser formulado do seguinte modo. Primeiro: existe, segundo o Direito internacional geral, algo como um delito, uma conduta de um Estado comumente interpretada como antijurídica? Segundo: existe, segundo o Direito internacional geral, algo como uma sanção, um ato coercitivo instituído como consequência de um delito e dirigido contra um Estado que se conduz de modo antijurídico, uma privação de posses por meio do emprego da força, caso necessário, uma interferência imposta na esfera, normalmente protegida, de interesses do Estado responsável pelo delito? A partir do que foi dito na primeira parte, conclui-se, então, que, juridicamente, a conduta específica de um Estado só pode ser considerada um delito se o Direito internacional vincular uma sanção a essa conduta.

É um parecer comumente aceito o de que existe, no Direito internacional, algo como um delito, ou seja, uma conduta de um Estado considerada antijurídica, contrária ao Direito internacional e, portanto, uma violação do Direito internacional. Isso resulta do fato de que o Direito internacional é considerado como um sistema de normas que prescreve uma determinada conduta para os Estados, *i.e.*, que estabelece essa conduta como um padrão a ser seguido. Se um Estado, sem um motivo específico reconhecido pelo Direito internacional, invade um território que, segundo o Direito internacional, pertence a outro Estado, ou se um Estado deixa de observar um tratado firmado com outro Estado, de acordo com o Direito internacional, a sua conduta é considerada contrária à ordem no mesmo sentido em que o é, do ponto de vista da moralidade, a conduta de um indivíduo que conta uma mentira. Neste sentido, segundo o Direito internacional há, sem dúvida, um delito. Mas existe no Direito internacional algo como um delito no sentido especificamente jurídico, isto é, existe também uma sanção prescrita pelo Direito internacional, uma sanção dirigida contra o Estado responsável pelo delito?

No Direito internacional, muitos teóricos pretendem designar com o termo "sanção" a obrigação de reparar um mal, especialmente o dano causado antijuridicamente. Trata-se, por assim dizer, de uma obrigação substituta, um dever que surge quando um Estado deixa de cumprir a sua obrigação principal ou original. O dever de reparação substitui a obrigação violada[2]. Há dúvidas, porém, em saber se a obrigação de reparação é instituída pelo Direito internacional geral como uma consequência automática do delito, ou se é apenas o resultado de um tratado entre o Estado afetado pelo delito e o Estado responsável por ele. O autor inclina-se para este último parecer[3]. No entanto, mesmo se a obrigação de reparação for instituída pelo Direito internacional geral como uma consequência automática do delito, essa obrigação substituta não pode ser considerada uma sanção. Apenas a consequência do não cumprimento dessa obrigação substituta, a última consequência formulada pela regra de Direito, constitui uma sanção verdadeira. A sanção específica de uma ordem jurídica pode ser apenas um ato coercitivo, um ato coercitivo instituído pela ordem jurídica para o caso de uma obrigação ser violada e, se for instituída uma obrigação substituta, também para o caso de essa obriga-

---

2. Cf. *supra*, 142 ss.
3. Cf. *supra*, 347 ss.

ção substituta ser violada. Existem atos coercitivos instituídos pelo Direito internacional geral como consequências de delitos internacionais? Existem interferências impostas nas normalmente protegidas esferas de interesses dos Estados responsáveis pelo delito? Estas são as questões.

b. Represálias e guerra

Caso seja investigado todo o material conhecido pelo nome de Direito internacional, surgem dois tipos diferentes de interferência imposta na esfera de interesses de um Estado normalmente protegido pelo Direito internacional. A distinção repousa sobre o grau da interferência; se essa interferência é, em princípio, limitada ou ilimitada; se a ação empreendida contra um Estado tem como objetivo unicamente a violação de certos interesses desse Estado ou se tem como propósito a sua submissão completa ou total aniquilação.

Quanto à caracterização da interferência limitada na esfera de interesses de um Estado por outro, prevalece uma opinião geralmente aceita: tal interferência é considerada um delito, no sentido do Direito internacional, ou uma espécie de represália. Porém, ela é permitida como represália apenas na medida em que ocorra como reação contra um delito. A ideia de que uma represália, uma interferência limitada na esfera de interesses normalmente protegida de outro Estado, é admissível apenas como reação contra um mal cometido por esse Estado tem sido universalmente aceita e constitui parte inconteste do Direito internacional positivo. Não é essencial que a interferência na esfera de interesse de um Estado, empreendida como represália, seja acompanhada pelo uso de força, mas o uso de força numa represália é permissível sobretudo caso a resistência a torne necessária. De modo semelhante, as sanções do Direito nacional, o castigo e a sanção civil, são executados por meio da força apenas no caso de resistência[4].

---

4. Cf. *supra*, 25 s.

Nada nos impede de dizer que uma represália é uma sanção do Direito internacional. Resta ver se isso é verdadeiro também no que diz respeito à interferência ilimitada na esfera de interesses de outro Estado. Tal interferência é usualmente chamada guerra, por ser uma ação executada por forças armadas, exército, marinha e força aérea. Nosso problema conduz, portanto, à questão: qual é o significado da guerra segundo o Direito internacional? É possível interpretar a guerra, assim como a interferência limitada na esfera de interesses de outro Estado, como um delito ou como uma reação contra um delito, como uma sanção? Em outras palavras, é possível dizer que, segundo o Direito internacional, a guerra é permitida apenas como sanção, e que qualquer guerra que não tenha o caráter de sanção é proibida pelo Direito internacional, é um delito?

c. As duas interpretações da guerra

Existem dois pareceres diametralmente opostos quanto à interpretação da guerra. Segundo uma das opiniões, a guerra não é nem um delito, nem uma sanção. Qualquer Estado que não esteja expressamente obrigado por um tratado especial a se abster de guerrear contra outro Estado, ou que esteja obrigado a recorrer à guerra apenas sob certas condições definidas, pode promover guerra contra qualquer Estado, sob qualquer pretexto, sem violar o Direito internacional. Segundo essa opinião, portanto, a guerra nunca pode constituir um delito. Porque a conduta de um Estado chamada guerra não é proibida pelo Direito internacional geral; portanto, neste âmbito, ela é permitida. Mas a guerra tampouco pode constituir uma sanção. Porque, segundo essa opinião, não existe, no Direito internacional, nenhuma disposição especial que autorize o Estado a recorrer à guerra. A guerra não é apresentada pelo Direito internacional como uma sanção contra a conduta antijurídica de um Estado.

A opinião oposta, porém, sustenta que, segundo o Direito internacional geral, a guerra é proibida em princípio. Ela é permitida apenas como uma reação contra um ato antijurídico, contra um delito, e apenas quando dirigida contra o Estado responsável por esse delito. Como ocorre com as represálias, a guerra deve ser uma sanção para não ser caracterizada como delito. Trata-se da teoria de *bellum justum*.

Seria ingênuo perguntar qual dessas opiniões é a correta. Porque cada uma é patrocinada por autoridades destacadas e defendida com argumentos de peso. Este fato, em si, torna qualquer decisão segura, qualquer escolha definida entre as duas teorias, extremamente difícil.

Por meio de quais argumentos pode ser atacada ou defendida a tese de que, segundo o Direito internacional geral, a guerra não é permissível, salvo como reação contra um mal sofrido, contra um delito? A simples exposição do problema nesta forma sugere que a posição dos que representam a teoria de *bellum justum* é mais difícil de ser sustentada; porque o ônus da prova é deles, ao passo que o parecer oposto limita-se à negação dessa tese, e, como bem se sabe, *negantis major potestas*.

d. A doutrina de *bellum justum*

1. Opinião pública internacional

A questão de como é possível provar a tese da teoria de *bellum justum*, segundo a qual o Direito internacional geral proíbe a guerra em princípio, traz a primeira dificuldade. De acordo com o pensamento jurídico rigoroso, um ato é proibido dentro de certo sistema jurídico quando se vincula uma sanção específica a esse ato. A única reação possível que pode ser instituída pelo Direito internacional geral contra uma guerra não permitida é a própria guerra, um tipo de "contra guerra" contra o Estado que recorreu à guerra desconsiderando o Direito internacional. De acordo com a presente condição técnica do Direito internacional geral, nenhuma outra sanção é possível. Isso, porém, implica que guerra ou, para ser mais preciso, a contraguerra, deve ser interpretada como uma sanção, para que se possa interpretar a guerra como um delito. Contudo, tal parecer obviamente incorre em petição de princípio, sendo, portanto, inadmissível como prova da tese da teoria de *bellum justum*. Existe, porém, outro modo de prosseguir: através do exame de manifestações históricas da vontade dos Estados e de documentos diplomáticos, em especial declarações de guerra e tratados entre Estados; todos eles demonstram de modo bem claro que os diferentes Estados, *i.e.*, os estadistas que os representam, consideram a guerra um ato antijurídico, proibido em princípio pelo Direito internacional geral, permitido apenas como reação contra um mal sofrido. Isso prova a existência de uma convicção jurídica que corresponde à tese da teoria de *bellum justum*. Essa convicção manifesta-se no fato de que os governos dos Estados que recorrem à guerra sempre tentam justificar esse fato diante do seu povo, assim como diante do mundo em geral. Não existe praticamente nenhum caso em que um Estado não tenha tentado proclamar a sua própria causa como justa e reta. Se tais proclamações não aparecem na declaração oficial de guerra, elas podem ser encontradas em outros documentos, ou talvez na imprensa sob controle do Estado. Até hoje, nunca um governo declarou estar recorrendo à guerra apenas por se sentir livre para fazê-lo, ou porque tal medida lhe parecesse vantajosa. Um exame das várias justificativas do recurso à guerra revela em geral a afirmação de que o outro Estado cometeu um mal, ou está prestes a fazê-lo por meio de um ato injustificado de agressão, ou, pelo menos, que está se preparando para tal ato, ou ainda que tem a intenção de cometê-lo. Pouca dúvida pode existir de que, como um todo, a opinião pública nacional, assim como a internacional, reprova a guerra e a permite apenas excepcionalmente, como um meio de concretizar uma causa boa e justa. Os defensores mais radicais da guerra, os filósofos mais extremistas do imperialismo, nas suas tentativas de glorificar a guerra e difamar o pacifismo, justificam a guerra apenas como um meio para um fim bom.

2. *A ideia de* bellum justum *no Direito internacional positivo*

Admite-se em geral que, via de regra, a intervenção é proibida pelo Direito internacional. A intervenção é a interferência ditatorial nos assuntos de um Estado por parte de outro Estado. Interferência ditatorial significa interferência que implica o uso ou a ameaça de uso da força. O dever de não intervenção nos assuntos externos e internos de outro Estado é considerado como sendo a consequência do fato de que o Direito internacional protege a independência interna e externa dos Estados. Esse princípio é incompatível com a doutrina de que o Estado, em virtude da sua soberania, pode recorrer à guerra, por qualquer motivo, contra qualquer outro Estado, sem violar o Direito internacional geral. A guerra é uma interferência ilimitada nos assuntos de outro Estado que implica o emprego da força; é uma intervenção que possivelmente conduz à destruição completa da independência externa e interna de outro Estado. O princípio geralmente aceito de não intervenção pressupõe a doutrina de *bellum justum*. Uma análise das circunstâncias sob as quais – segundo a opinião tradicional[5] – um Estado, excepcionalmente, tem o direito de intervenção demonstra que a interferência ditatorial nos assuntos de outro Estado é permitida apenas como reação contra uma violação do Direito internacional da parte do Estado contra o qual ocorre a intervenção. A violação pode consistir no fato de que esse Estado não cumpre um tratado que restringe a sua independência externa ou interna, tal como a intervenção com base num tratado de protetorado, ou com base num tratado que garante a forma de governo de outro Estado, ou a intervenção num assunto extremo de um Estado que, por meio de um tratado internacional, é, ao mesmo tempo, um assunto do Estado interventor. A violação pode consistir no não cumprimento de uma regra de Direito internacional, tal como o princípio da liberdade do mar aberto, ou a regra que obriga o Estado a tratar os estrangeiros de certo modo. Alguns autores sustentam que a intervenção não é antijurí-

---

5. Cf. 1, Oppenheim, *International Law*, 251 s.

dica se for executada no interesse da autopreservação; mas a autopreservação é apenas uma desculpa moral-política para uma violação do Direito internacional, não um direito do Estado. Alguns autores sustentam ainda que a intervenção no interesse do equilíbrio de poder é admissível. Mas esse também é antes um princípio político que jurídico. A intervenção é juridicamente permitida apenas se for exercida como reação contra uma violação do Direito internacional, uma regra que confirma a doutrina de *bellum justum*.

É fácil provar que a teoria de *bellum justum* constitui a base de vários documentos altamente importantes no Direito internacional positivo, a saber, o Tratado de Paz de Versalhes, o Pacto da Liga das Nações e o Pacto Kellogg.

O Artigo 231 do Tratado de Versalhes, que estabelece a culpa de guerra da Alemanha, justifica a reparação imposta à Alemanha sustentando que ela e os seus aliados são responsáveis por um ato de agressão. Isso significa que o Artigo 231 caracteriza essa agressão como um ato antijurídico, o que seria impossível caso os autores do Tratado de Paz compartilhassem a opinião de que cada Estado tem direito de recorrer à guerra, por qualquer motivo, contra qualquer outro Estado. Se a agressão que a Alemanha foi forçada a admitir não houvesse sido considerada "antijurídica", então ela não poderia ter sido usada para justificar a obrigação da Alemanha de prover reparação pelas perdas e danos causados pela agressão. O Tratado de Versalhes não impôs à Alemanha uma "indenização de guerra", mas o dever de prover "reparação" por danos causados "antijuridicamente". A agressão da Alemanha e dos seus aliados foi considerada antijurídica porque considerou-se a guerra à qual recorreu em 1914 como tendo sido uma guerra "imposta" aos governos Aliados e associados. Isso pode significar apenas que a Alemanha e os seus aliados recorreram à guerra sem motivo suficiente, ou seja, sem terem sido prejudicados pelos governos Aliados e associados, ou por qualquer um deles. Apenas com base na doutrina de *bellum justum* é possível a ideia de "culpa de guerra".

O Artigo 15, parágrafo 16, do Pacto da Liga das Nações permite que os membros da Liga, sob certas condições, promovam guerra contra outros membros da Liga, mas só "para a manutenção de direito e justiça". Apenas uma guerra justa é permitida. O Pacto Kellogg proíbe a guerra, mas apenas como um instrumento de política nacional. Esta é uma qualificação bastante importante da proibição. Uma interpretação sensata do Pacto Kellogg, uma que não tente fazer dele um instrumento inútil e fútil, é a de que a guerra não é proibida como um meio de política internacional, especialmente que não é proibida como reação contra uma violação do Direito internacional, como um instrumento para a manutenção e concretização do Direito internacional. Essa é, exatamente, a ideia da teoria de *bellum justum*. Como, porém, o Tratado de Paz de Versalhes, o Pacto da Liga das Nações e o Pacto Kellogg são casos de Direito internacional particular, válidos apenas para as partes contratantes, esses enunciados que se ocupam da "ilegalidade" da guerra podem ser considerados como simples indicações da existência concreta de uma convicção jurídica internacional comumente aceita.

3. A ideia de bellum justum *na sociedade primitiva*

A convicção jurídica recém-mencionada não é, de modo algum, uma conquista da civilização moderna. Trata-se de algo a ser encontrado sob as mais primitivas condições. Ela é inequivocamente expressa no relacionamento das tribos selvagens. Em geral, a guerra entre tribos ou grupos primitivos é essencialmente uma *vendetta*, um ato de vingança; como tal, trata-se de uma reação contra o que é considerado um dano. A *vendetta* é, ao que tudo indica, a forma original de reação socialmente organizada contra um mal sofrido, primeira sanção socialmente organizada. Se o Direito é a organização social da sanção, a forma original do Direito deve ter sido o Direito intertribal, e, como tal, uma espécie de Direito internacional.

O Direito intertribal original é, na sua própria essência, o princípio da "guerra justa". O conhecido etnologista A. R. Radcliffe-Brown descreve as guerras entre os australianos primitivos do seguinte modo: "Empreender guerra, em algumas comunidades, como entre as hordas australianas, é normalmente um ato de retaliação, executado por um grupo contra outro, considerado responsável por um dano sofrido, e o procedimento é regulamentado por um corpo reconhecido de costumes, equivalente ao Direito internacional das nações modernas"[6]. Em geral, isso é típico de todas as guerras entre povos primitivos. Se o Direito internacional é um Direito primitivo, então é bastante natural que o princípio de *bellum justum* seja observado nessa ordem jurídica.

4. A teoria de bellum justum na Antiguidade, na Idade Média e nos tempos modernos

Não é, portanto, surpreendente encontrar a ideia de guerra justa no Direito interestadual dos antigos gregos e romanos. No seu livro sobre o Direito internacional dos antigos gregos e romanos, Coleman Phillipson tem isso a dizer: "Nenhuma guerra era empreendida sem que os beligerantes alegassem uma causa definida por eles considerada como uma justificativa válida e suficiente para a mesma"[7]. O próprio imperialismo romano acreditava não poder ser bem-sucedido sem uma ideologia por meio da qual as suas guerras pudessem ser justificadas como ações jurídicas. O Direito de guerra estava intimamente ligado ao chamado *jus fetiale*. Só eram consideradas "guerras justas" as guerras empreendidas com a observância das regras do *jus fetiale*. Essas regras, é verdade, tinham, essencialmente, apenas um caráter formal; mas Cícero, que pode ser considerado o filósofo jurídico típico da antiga Roma, e que, neste ponto, provavelmente também expressa a opinião pública que prevalecia de modo geral, afirma que só podiam ser consideradas ações legais as guerras empreendidas por motivo de defesa ou por motivo de vingança: *Illa injusta bella sunt quae sunt sine causa suscepta,*

---

6. A. R. Radcliffe-Brown, "Primitive Law" (1933), 9 *Encyc. of the Social Sciences*, 203.
7. 2, Coleman Phillipson, *The International Law and Custom of Ancient Greece and Rome* (1911), 179.

nam extra ulciscendi aut propulsandorum hostium causam bellum geri justum nullum potest. ("Guerras empreendidas sem motivo são guerras injustas. Porque, exceto com o propósito de vingar-se de um inimigo ou de repeli-lo, nenhuma guerra justa pode ser empreendida.")[8]. Santo Agostinho e Isidoro de Sevilha são influenciados na sua teoria de "guerra justa" por Cícero[9]. Dos escritos desses autores cristãos, a teoria de "guerra justa" é evocada pelo *Decretum Gratiani*, para ser finalmente incorporada à *Summa Theologica* de Santo Tomás de Aquino. Ela se tornou a doutrina dominante da Idade Média, para ser absorvida pelas teorias de Direito natural dos séculos XVI, XVII e XVIII. Grotius, em particular, expõe o parecer de que, segundo o Direito natural, toda a guerra deve ter uma causa justa, e que, em última análise, essa "causa justa" só pode ser um mal sofrido. Essa ideia, que predomina até o final do século XVIII, desapareceu quase inteiramente das teorias de Direito internacional positivo durante o século XIX, apesar de ainda constituir a base da opinião pública e das ideologias políticas de diferentes governos. Somente depois da Primeira Guerra Mundial, essa doutrina de "guerra justa" foi retomada por certos autores[10].

e. Argumentos contra a teoria de *bellum justum*

Os diferentes argumentos contra a teoria de que, segundo o Direito internacional geral, a guerra é proibida em princípio, sendo permissível apenas como reação contra uma violação do Direito internacional, têm importância variável. Com certeza, o mais fraco deles, corrente durante o século XIX, é aquele do qual se fez uso com frequência e sucesso durante esse período, ou seja, o de que seria incongruente com a soberania de um Estado limitar o seu direito de recorrer à guerra. Segundo esse parecer, é especialmente na guerra que se manifesta a soberania de um Estado, e a soberania é a verdadeira essência do Estado.

---

8. Cícero, *De Republica*, III, XXIII.
9. Cf. William Ballis, *The Legal Position of War* (1937), 27 s.
10. Cf. Leo Strisower, *Der Krieg und das Völkerrecht* (1919).

Sem dúvida, qualquer norma que proíbe um Estado de recorrer à guerra contra outro Estado, salvo como reação contra um dano por ele sofrido, é contrária à ideia de soberania do Estado. Esse argumento, porém, é dirigido não tanto contra a teoria de *bellum justum*, mas contra o Direito internacional em geral, contra todo ordenamento jurídico normativo da conduta dos Estados. Porque qualquer ordem que obriga Estados a se conduzirem de certa maneira pode ser concebida apenas como uma autoridade acima do Estado, sendo, portanto, incompatível com a ideia da sua soberania. Porque atribuir soberania a um Estado significa que ele próprio é a autoridade mais alta, acima e além da qual não pode existir nenhuma autoridade superior regulamentando e determinando a sua conduta. Esse argumento particular não constitui de fato uma concepção de Direito internacional contrária à teoria de "guerra justa". Ela não oferece uma resposta diferente à questão do conteúdo do Direito internacional positivo. Ela antes nega *in toto* o Direito internacional como uma ordem jurídica que obriga e autoriza os Estados. Qualquer discussão da importância jurídica da guerra, porém, pressupõe a existência de uma ordem jurídica que obriga e autoriza Estados.

Um argumento mais sério é o de que tudo o que pode ser dito a favor da teoria de *bellum justum* prova apenas que a guerra é moralmente proibida. Ela não prova que o Direito internacional proíbe a guerra em princípio e que a permite apenas como uma reação contra um dano sofrido. A isso poder-se-ia replicar dizendo que, se fosse possível provar que os Estados, ou os indivíduos que os representam, baseiam efetivamente a sua conduta recíproca na ideia de que qualquer guerra que não seja uma reação contra um dano constitui, ela própria, um dano, que apenas uma guerra empreendida para retificar um mal é uma guerra justificável, pareceria não haver nenhum bom motivo pelo qual esse tipo de guerra não devesse ser considerado como uma sanção. E se é esse o caso, o julgamento quanto à natureza da guerra é, definitivamente, um "julgamento jurídico". Sob essas circunstâncias, é possível descrever o fenômeno "guerra" na sua relação com outros fenômenos na forma de uma regra jurídica, usando o termo num sentido puramente descritivo. Assim, qualquer guerra que não seja uma simples sanção pode ser caracterizada em termos jurídicos como um "delito".

Particularmente séria é a objeção de que a guerra de um Estado contra outro nunca poderia ser estabelecida como uma sanção porque, por motivos técnicos, nenhuma guerra pode funcionar como uma sanção. A guerra nunca garante que apenas o malfeitor será atingido pelo mal que se espera que uma sanção imponha. Na guerra, não é vitorioso quem está certo, mas quem é mais forte. Por esse motivo, a guerra não pode ser uma reação contra um mal, se a parte que sofreu esse mal for a mais fraca das duas. Uma sanção está fora de cogitação, a menos que exista uma organização para executar o ato de coerção com poderes tão superiores ao poder do malfeitor que nenhuma resistência séria seja possível.

Porém, a objeção mais importante à teoria de guerra justa é a que sustenta que, segundo o Direito internacional geral, a guerra não pode ser interpretada nem como uma sanção, nem como um delito. Quem deve decidir a controvérsia de saber se um Estado efetivamente violou um direito de outro Estado? O Direito internacional geral não possui nenhum tribunal para decidir essa questão. Ela só pode ser decidida, portanto, através do acordo mútuo entre as partes. Mas isso seria a exceção, na medida em que um Estado dificilmente admitiria ter violado os direitos de outro Estado. Se não pode ser obtido nenhum acordo entre as partes em conflito, saber se o Direito internacional foi efetivamente violado e quem é o responsável pela violação são questões que não podem ser decididas de modo uniforme e, com certeza – como de vez em quando se acredita –, não pela ciência do Direito. Nem a ciência do Direito, nem os juristas, mas única e exclusivamente os governos dos Estados em conflito estão autorizados a decidir essa questão: e eles podem decidi-la de modos diferentes. Se não existe nenhuma resposta uniforme à questão de saber se, em dado caso, existe ou não um delito, então não existe nenhuma resposta uniforme à questão de saber se a guerra empreendida como uma reação é ou não uma "guerra justa", se o caráter dessa guerra é o de uma sanção ou de um delito. Desse modo, a distinção entre a guerra como sanção e a guerra como delito tornar-se-ia altamente problemática. Além disso, pareceria não haver diferença alguma entre a teoria que sustenta que o Estado tem direito de recorrer à guerra sempre e contra quem quiser e a teoria segundo a qual a guerra só é permitida como reação contra um delito, sendo qualquer outra guerra um delito; no entanto, deve-se admitir que dentro do Direito internacional geral, é quase impossível aplicar esses princípios satisfatoriamente em qualquer caso concreto.

f. A ordem jurídica primitiva

A tentativa de fazer frente a todas essas objeções não tem, de modo algum, a intenção de obscurecer as dificuldades teóricas do empreendimento. As objeções levantadas contra a teoria de "guerra justa" (e, portanto, contra o caráter jurídico do Direito internacional geral) fundamentam-se sobretudo na insuficiência técnica do Direito internacional geral.

Em seus aspectos técnicos, o Direito internacional geral é um Direito primitivo, como se evidencia, dentre outros modos, pela sua carência absoluta de um órgão particular encarregado de aplicar normas jurídicas a um caso concreto. No Direito primitivo[11], o indivíduo cujos interesses juridicamente protegidos foram violados está autorizado pela ordem jurídica a agir contra o malfeitor com todos os meios coercitivos proporcionados pela ordem jurídica. Isso se chama iniciativa individual. Todo indivíduo toma a lei em suas próprias mãos. A vingança de sangue é a forma mais característica dessa técnica jurídica primitiva. Nem o estabelecimento do delito, nem a execução da sanção são conferidos a uma autoridade distinta das partes envolvidas ou interessadas. Em ambos esses aspectos, a ordem jurídica é inteiramente descentralizada. Não existe nem um tribunal, nem um poder executivo centralizado. Os parentes da

---

11. Cf. *supra*, 24 s., 321.

pessoa assassinada, os destituídos, devem decidir, eles próprios, se uma ação de vingança deve ou não ser empreendida, e, se tal for o caso, contra quem devem agir.

Contudo, numa comunidade primitiva, o homem que vinga o assassinato do seu pai agindo contra quem ele considera o assassino não é, ele próprio, considerado um assassino, mas um órgão da comunidade. Porque, precisamente por meio desse ato, ele executa um dever jurídico, uma norma da ordem social que constitui a comunidade. É essa norma que lhe dá o poder e apenas a ele, sob certas circunstâncias, e apenas sob essas circunstâncias, de matar o suspeito do assassinato. Esse mesmo homem não estaria atuando como órgão ou instrumento da sua comunidade, mas somente como um assassino, se essa mesma ação da sua parte fosse movida por outras circunstâncias que não as estabelecidas pela ordem jurídica da sua comunidade, se ele não agisse meramente como um vingador. A distinção entre o assassinato, como um delito, e o homicídio, como o cumprimento de um dever de vingança é da maior importância para a sociedade primitiva. Significa que matar só é permitido se o matador atuar como um órgão da sua comunidade, se a sua ação for empreendida na execução da ordem jurídica. O ato coercitivo é reservado à comunidade e, consequentemente, é um monopólio dessa comunidade. A descentralização da aplicação do Direito não impede que o ato coercitivo como tal seja estritamente monopolizado. É dessa maneira que tais eventos são interpretados na sociedade primitiva, e, embora se possa muito bem ter dúvidas quanto a decidir, num caso concreto, se matar constitui meramente uma vingança, uma sanção, ou se deveria ser considerado um delito, e a despeito do fato de a vingança de sangue não ser, em absoluto, um meio apropriado de proteger os fracos contra os fortes, essa interpretação é um dos fundamentos ideológicos mais importantes da sociedade primitiva.

Uma ordem social que não progrediu além do princípio de iniciativa individual pode produzir um estado de coisas que deixa muito a desejar. Não obstante, é possível considerar esse estado um estado jurídico, e essa ordem descentralizada, uma ordem jurídica. Porque essa ordem pode ser interpretada como uma ordem segundo a qual o ato coercitivo é um monopólio da comunidade, sendo permissível interpretar a ordem social primitiva desse modo porque os próprios indivíduos sujeitos a ela a interpretam desse modo. A história ensina que, em todos os lugares, a evolução procede da vingança de sangue rumo à instituição de tribunais e ao desenvolvimento de um poder executivo centralizado, ou seja, rumo a uma centralização progressiva e constante da ordem social coercitiva. Estamos inteiramente justificados ao chamar "Direito" a ordem social coercitiva ainda descentralizada da sociedade primitiva, apesar das suas técnicas um tanto quanto toscas, como, por exemplo, a da iniciativa individual; porque essa ordem constitui o primeiro passo na evolução que conduz, por fim, ao Direito do Estado, a uma ordem coercitiva centralizada. Como o embrião, no ventre da mãe, é, desde o início, um ser humano, assim a ordem coercitiva descentralizada da iniciativa individual primitiva já é Direito. Direito *in statu nascendi*.

g. O Direito internacional como Direito primitivo

A partir do que foi dito até agora, infere-se que o Direito internacional geral, caracterizado pela técnica jurídica da iniciativa individual, pode ser interpretado da mesma maneira que uma ordem jurídica primitiva caracterizada pela instituição da vingança de sangue (*vendetta*). Esse Direito primitivo só pode ser compreendido se distinguirmos – como faz o homem primitivo – o ato de matar como delito e o ato de matar como sanção. Para se compreender o Direito internacional, deve-se também fazer uma diferenciação entre a guerra como delito e a guerra como sanção, apesar do fato de a aplicação prática dessa distinção a um caso concreto poder ser difícil, até mesmo impossível em certos casos, e embora a guerra – assim como a *vendetta* – seja tecnicamente insuficiente como sanção.

Tudo o que foi dito contra a interpretação da guerra como sanção também pode ser dito contra as represálias. Ainda assim, os oponentes da teoria da "guerra justa", que reconhece apenas a guerra como sanção, não julgam necessário usar os seus argumentos contra a interpretação das represálias como sanções.

Contudo, se nós, contrários à teoria de "guerra justa", nos recusássemos a considerar a guerra como proibida em princípio e permitida apenas como reação contra um delito, não estaríamos mais em posição de conceber o Direito internacional geral como uma ordem que torna o emprego da força um monopólio da comunidade internacional. Sob essas circunstâncias, o Direito internacional geral não mais poderia ser considerado como uma ordem jurídica. Se a interferência ilimitada na esfera de interesses de outrem chamada "guerra" não está proibida em princípio pelo Direito internacional, e se cada Estado é livre para recorrer à guerra contra qualquer outro Estado, então o Direito internacional deixa de proteger a esfera de interesses do Estado sujeito à sua ordem. Os Estados não possuem absolutamente qualquer esfera de interesses protegida, e o estado de coisas criado pelo chamado Direito internacional não pode ser um estado jurídico.

Se o Direito internacional pode ou não ser considerado como Direito verdadeiro é algo que depende de saber se é possível interpretar o Direito internacional no sentido da teoria de *bellum justum*, se, em outras palavras, é possível supor que, segundo o Direito internacional geral, a guerra é proibida em princípio, sendo permitida apenas como sanção, *i.e.*, como reação contra um delito.

Os oponentes da teoria da guerra justa, ou, pelo menos, a maioria deles, não têm a intenção de questionar o caráter jurídico do Direito internacional. Pelo contrário, insistem em chamar o Direito internacional Direito verdadeiro. Exatamente por esse motivo, eles não negam que uma represália, ou seja, uma interferência limitada na esfera de interesses de um Estado, seja permitida apenas como reação contra um dano, como uma sanção. Na verdade, essa é uma interpretação do Direito internacional que acarreta resultados mais que paradoxais. Nenhum Estado estaria autorizado a uma interferência limitada na esfera de interesses de outro Estado, mas todos os Estados estariam plenamente justificados ao cometer uma interferência ilimitada em tal esfera. De acordo com essa interpretação, um Estado viola o Direito internacional se causa dano limitado a outro Estado, e, nesse caso, o seu inimigo está autorizado a reagir contra ele por meio de represálias. No entanto, o Estado não viola o Direito internacional e não se torna sujeito a uma sanção se a sua interferência na esfera de interesses do outro Estado for suficiente para atormentar a população inteira e o país inteiro do inimigo com morte e destruição. Isso é semelhante a uma ordem social segundo a qual um furto insignificante é punido e o roubo armado permanece incólume.

Tal ordem não é logicamente impossível, apesar de ser bastante improvável em termos políticos que uma ordem social positiva, sobretudo o Direito internacional, tenha tal conteúdo, mesmo que a intenção da ordem de reservar o emprego da força para a comunidade, de estabelecer um monopólio da força na comunidade, seja concretizado de modo imperfeito.

As impropriedades técnicas do Direito internacional geral de fato justificam, até certo ponto, a interpretação dos oponentes da teoria de *bellum justum*. Mas quem quer que tente essa interpretação deve ser coerente, não deve considerar o Direito internacional como um Direito verdadeiro. Contudo, como foi demonstrado, a interpretação oposta – a que se baseia na teoria de *bellum justum* – também é possível. A situação caracteriza-se pela possibilidade de uma dupla interpretação. Estar, às vezes, sujeito a uma dupla interpretação é uma das peculiaridades do material que constitui o objeto das ciências sociais. Portanto, a ciência objetiva não tem como se decidir a favor ou contra uma ou outra. A decisão que dá preferência à teoria de *bellum justum* não é uma decisão científica, mas política. Tal preferência justifica-se pelo fato de que apenas essa interpretação concebe o Direito internacional como Direito, se bem que Direito confessadamente primitivo, o primeiro passo na evolução que, dentro da comunidade nacional, do Estado, tem levado a um sistema de normas geralmente aceito como Direito. Pouca dúvida pode haver de que o Direito internacional do presente contém todas as potencialidades de tal evolução; ele tem até mesmo demonstrado uma tendência definida nessa direção. Apenas se tal evolução pudesse ser reconhecida como inevitável, seria cientificamente justificado declarar a teoria de *bellum justum* como sendo a única interpretação correta do Direito internacional. Tal suposição, porém, reflete antes desejos políticos do que pensamento científico. A partir de um ponto de vista estritamente científico, não se pode em absoluto excluir uma evolução diametralmente oposta das relações internacionais. Que a guerra seja, em princípio, um delito, sendo permitida apenas como sanção, é uma interpretação possível das relações internacionais, mas não a única.

Tendo demonstrado que o chamado Direito internacional pode ser caracterizado como sendo "Direito" no mesmo sentido que o Direito nacional, voltaremos agora a nossa atenção para um exame da relação entre a ordem jurídica internacional e as várias ordens jurídicas nacionais.

B. DIREITO INTERNACIONAL E ESTADO

a. Os sujeitos do Direito internacional: obrigação e autorização indireta de indivíduos pelo Direito internacional

A relação entre o Direito internacional e o nacional é considerada pela doutrina tradicional sob o aspecto da relação entre Direito internacional e Estado. Já vimos que o Estado comporta uma relação intrínseca com o Direito internacional: todos os elementos do Estado são determinados pelo Direito internacional. A mesma relação é agora abordada pelo lado do Direito internacional. Veremos que o Direito internacional pressupõe as ordens jurídicas nacionais exatamente como estas pressupõem o Direito internacional. O Direito internacional regulamenta a conduta mútua de Estados; mas isso não significa que o Direito internacional imponha deveres e confira direitos apenas a Estados, e não a indivíduos. É errônea a opinião tradicional de que os sujeitos do Direito internacional são apenas Estados, não indivíduos, de que o Direito internacional, pela sua própria natureza, é incapaz de obrigar e autorizar indivíduos.

Todo o Direito é regulamentação da conduta humana. A única realidade social a que as normas jurídicas podem se referir são as relações entre seres humanos. Portanto, uma obrigação jurídica, assim como um direito jurídico, não pode ter como conteúdo outra coisa que não a conduta de indivíduos humanos. Se, então, o Direito internacional não obrigasse e autorizasse indivíduos, as obrigações e direitos estipulados pelo Direito internacional não teriam absolutamente conteúdo algum, e o Direito internacional não obrigaria nem autorizaria ninguém a fazer coisa alguma.

O presente problema é semelhante a um problema discutido na primeira parte deste tratado[12]: a questão de saber como a ordem jurídica nacional pode impor deveres e conferir direitos a pessoas jurídicas. O Estado, na condição de sujeito do Direito internacional, é, na verdade, simplesmente uma pessoa jurídica. O Estado, como pessoa atuante, manifesta-se apenas em ações de seres humanos considerados como sendo seus órgãos. Dizer que uma pessoa atua como um órgão do Estado significa que a sua ação é imputada à unidade personificada da ordem jurídica nacional. Desse modo, quando o Direito internacional obriga e autoriza Estados, isso não significa que não obriga e autoriza indivíduos humanos; significa que o Direito internacional obriga e autoriza os indivíduos humanos que são órgãos do Estado. Mas o Direito internacional regulamenta a conduta desses indivíduos indiretamente, através da mediação da ordem jurídica nacional. Trata-se, de fato, de uma particularidade técnica do Direito internacional. É evidentemente esta particularidade que a teoria tradicional tem em mente, mas que interpreta de maneira incorreta, quando afirma que apenas Estados, e não indivíduos, são sujeitos do Direito internacional. Quando o Direito internacional impõe a um Estado a obrigação de se conduzir de certo modo *vis-à-vis* com outro Estado, e, desse modo, confere a este último um direito de reclamar o cumprimento da obrigação do primeiro, determina-se apenas o que deve ser feito em nome de um Estado e o que pode ser feito em nome do outro;

---

12. Cf. *supra*, 100 ss.

mas não se determina quem, isto é, que indivíduo, na condição de órgão do Estado, tem de cumprir a obrigação estipulada pelo Direito internacional, e quem, isto é, que indivíduo, na condição de órgão do Estado, tem de exercer o direito estipulado pelo Direito internacional. Determinar os indivíduos cuja conduta forma o conteúdo das obrigações e direitos internacionais é algo deixado à ordem jurídica dos Estados obrigados e autorizados pelo Direito internacional. É desse modo que o Direito internacional obriga e autoriza indivíduos indiretamente.

b. As normas do Direito internacional são normas incompletas

Na primeira parte deste tratado, foi demonstrado que a conduta humana regulamentada por uma norma jurídica consiste em dois elementos: o elemento material, *i.e.*, o que tem de ser feito ou evitado, e o elemento pessoal, *i.e.*, a pessoa por quem isso tem de ser feito ou evitado. Uma norma só é completa se determinar ambos os elementos. As normas do Direito internacional costumam determinar apenas o elemento material e são, neste sentido, incompletas. Elas aguardam suplementação pelas normas do Direito nacional.

O exemplo seguinte ilustra o enunciado acima. Existe uma regra consagrada do Direito internacional comum no sentido de que a guerra não deve ser iniciada sem uma declaração formal prévia. A Terceira Convenção de Haia, de 1907, codificou essa regra na estipulação (Artigo I) de que as hostilidades "não devem ter início sem um aviso prévio e inequívoco, que deverá assumir a forma de uma declaração de guerra fornecendo os motivos, ou a de um ultimato com uma declaração condicional de guerra".

Essa norma estabelece apenas que uma declaração de guerra deve ser emitida, mas não por quem – ou seja, por qual indivíduo na condição de órgão do Estado – isso deve ser feito. A maioria das constituições confere o poder de declarar guerra ao chefe de Estado. A Constituição dos Estados Unidos

(Artigo I, seção 8) diz que "o Congresso terá poder de declarar guerra". Assim, ao determinar o elemento pessoal, a constituição americana completa a norma do Direito internacional recém-mencionada. A característica do Direito internacional de "obrigar apenas Estados" consiste no fato de as suas normas geralmente determinarem apenas o elemento material, deixando a determinação do elemento pessoal ao Direito nacional.

c. Obrigação e autorização direta de indivíduos pelo Direito internacional

1. Indivíduos como sujeitos diretos de deveres internacionais

Existem, porém, normas importantes do Direito internacional que impõem obrigações e conferem direitos aos indivíduos de forma direta. A norma que proíbe a pirataria é desse tipo. Pirataria é todo ato de violência ilegal cometido em mar aberto pela tripulação de uma embarcação privada contra outra embarcação. Todos os Estados litorâneos têm autorização por parte do Direito internacional geral para capturar em mar aberto indivíduos culpados de atos de pirataria e puni-los. Essa norma do Direito internacional vincula ao fato da "pirataria", que a própria norma define, uma sanção contra indivíduos que praticam pirataria. Ela proíbe a pirataria obrigando indivíduos, não Estados, a se abster desse delito. Os indivíduos são obrigados pelo Direito internacional a se abster da pirataria da mesma maneira direta em que são obrigados pelo Direito nacional. Que capturar e punir um pirata seja a execução de uma sanção instituída por uma norma do Direito internacional pode ser percebido a partir do fato de que, na ausência dessa norma, seria contrário ao Direito internacional executar atos de coerção contra piratas em mar aberto. É o princípio da liberdade do mar aberto, um princípio muito importante do Direito internacional que proíbe todos os atos de coerção contra navios estrangeiros em mar aberto. A regra que autoriza os Estados a capturar e punir piratas é uma restrição da regra referente à liberdade no mar, e, como esta última é uma regra do Direito internacional geral, a outra deve, igualmente, ser uma regra do Direito internacional geral.

O Direito internacional autoriza o Estado a lançar mão de sanções contra piratas, mas não determina diretamente essas sanções; ele deixa a determinação ao arbítrio dos Estados, ou seja, às ordens jurídicas nacionais. Não obstante, essa sanção, como a guerra e as represálias, deve ser considerada uma reação do Direito internacional. A sanção instituída – indiretamente – pelo Direito internacional contra a pirataria tem, porém, um caráter muito diferente do caráter das sanções ordinárias instituídas diretamente pelo Direito internacional. A guerra e as represálias são dirigidas contra o Estado como tal, ou seja, são executadas de acordo com o princípio de responsabilidade coletiva. Por esse motivo, elas constituem obrigações do Estado como pessoa jurídica[13]. A sanção instituída contra a pirataria não é dirigida contra um Estado e, em particular, não contra o Estado do qual o pirata é cidadão. A sanção é dirigida contra o pirata na condição de indivíduo que violou a sua obrigação para com o Direito internacional. Essa sanção do Direito internacional é executada de acordo com o princípio de responsabilidade individual. Por esse motivo, ela constitui a obrigação jurídica internacional de um indivíduo sem constituir a obrigação jurídica de um Estado. Nesses casos em que o Direito internacional geral obriga diretamente indivíduos, surgem sanções excepcionais dirigidas contra indivíduos diretamente determinados pelo Direito internacional. A sanção em si, porém, não precisa ser determinada diretamente pela ordem jurídica internacional; ela pode ser especificada pela ordem jurídica nacional delegada pelo Direito internacional para esse fim.

Qualquer que possa ser o ato de coerção prescrito pela ordem jurídica do Estado no tocante à pirataria, o Estado que o aplica atua como um órgão da comunidade jurídica internacional. Porque é o Direito internacional que o Estado aplica contra o pirata. Que ele possa, ao mesmo tempo, aplicar normas

---

13. Cf. *supra*, 106 ss.

do seu próprio Direito nacional, dispositivos do seu próprio código penal referentes ao crime de pirataria, é algo incidental. Poder-se-ia até mesmo perguntar se tais dispositivos são realmente necessários para a aplicação dessas normas de Direito internacional. O princípio de *nulla poena sine lege* é, de fato, respeitado mesmo na ausência de qualquer Direito nacional, já que existe uma norma de Direito internacional autorizando o Estado a punir o pirata.

Outras obrigações de indivíduos estipuladas diretamente pelo Direito internacional resultam das regras concernentes ao bloqueio e ao contrabando de guerra. O rompimento de bloqueio, isto é, o ingresso ou egressão não autorizados de uma embarcação, apesar de um bloqueio declarado e efetivo, é um delito, ou, como declaram alguns autores, um "ato criminoso", diretamente determinado pelo Direito internacional geral. A sanção prevista pelo Direito internacional geral é o confisco da embarcação e da carga. A sanção não é dirigida contra o Estado e, em particular, não contra o Estado ao qual pertencem a embarcação ou o seu proprietário e a sua carga. A sanção é dirigida contra o patrimônio de indivíduos privados. Ela não tem o caráter de uma punição no sentido específico do termo. Os sujeitos da obrigação de se abster do rompimento de bloqueio são os comandantes de embarcações de todas as nações. Juridicamente responsáveis pelo delito são os proprietários das embarcações e da carga. Antigamente, quando a prisão e até mesmo a punição capital da tripulação eram sanções jurídicas autorizadas pelo Direito internacional geral, os membros da tripulação também eram sujeitos da obrigação jurídica de se abster do delito, ou juridicamente responsáveis pelo delito. Portanto, indivíduos são, como sujeitos de obrigações e responsabilidades jurídicas, sujeitos diretos do Direito internacional. Uma análise das normas relativas ao contrabando de guerra tem resultados análogos. O transporte de contrabando é um delito determinado diretamente pelo Direito internacional geral, e a sua sanção, igualmente determinada de modo direto pelo Direito internacional geral, é o confisco, não apenas da própria carga contrabandeada, mas também de todas as partes da carga juntamente com a embarcação. Também nesse caso, a sanção é dirigida não contra o Estado, mas contra indivíduos privados.

Segundo as regras do Direito internacional geral referentes à conduta de guerra, atos hostis da parte de indivíduos que não pertencem às forças armadas do inimigo são atos de guerra ilegítimos. As autoridades do Estado vítimas da infração estão autorizadas a tratar os infratores como criminosos de guerra e, conseqüentemente, a puni-los. Ao conferir aos Estados o direito de tratar como criminosos de guerra indivíduos privados que, durante a guerra, lutam contra as suas forças armadas, o Direito internacional geral determina diretamente esse delito particular de guerra ilegítima e, indiretamente, a sanção, deixando a especificação e a execução desta ao Estado vítima da infração. Assim, o Direito internacional impõe diretamente a indivíduos uma obrigação de se abster do delito[14].

A diferença entre as normas do Direito internacional referentes, por um lado, à pirataria e ao ato de guerra ilegítimo, acima mencionados, e, por outro lado, as normas referentes ao bloqueio e ao contrabando de guerra consiste em que estas últimas determinam a sanção diretamente, ao passo que as primeiras o fazem indiretamente. Em todos esses casos, porém, o delito é determinado diretamente pelo Direito internacional

---

14. 2 Oppenheim em *International Law*, 170, sustenta que, segundo uma regra consuetudinária do Direito internacional geralmente reconhecida, atos hostis da parte de indivíduos privados não são atos de guerra legítimos, e os infratores podem ser tratados e punidos como criminosos de guerra. Mas Oppenheim também diz: "Embora o Direito Internacional não proíba, de modo algum, e, na condição de Direito entre Estados, não seja competente para proibir, que indivíduos privados peguem em armas contra um inimigo, ele realmente dá ao inimigo o direito de tratar as hostilidades por eles cometidas como atos de guerra ilegítimos." Ao dar ao Estado um direito de punir um indivíduo que executou um ato determinado pelo Direito internacional, este proíbe esse ato como delito e prova ser competente para impor deveres a indivíduos privados. O Direito internacional é um "Direito entre Estados" por ser um Direito entre indivíduos pertencentes a diferentes Estados. A opinião errônea de que o Direito internacional, pela sua própria natureza (de Direito entre "Estado"), não é competente para impor deveres a indivíduos, deve-se ao fato de Oppenheim não dissolver a personificação "Estado" e tomar o Estado como um ser diverso dos indivíduos que "formam" o Estado.

geral tanto no que diz respeito ao elemento pessoal quanto no que diz respeito ao elemento material do ato antijurídico.

Os indivíduos podem ser sujeitos de obrigações internacionais não apenas segundo o Direito internacional geral, mas também segundo o Direito internacional particular. O Artigo 2 da Convenção Internacional para a proteção de Cabos Telegráficos Submarinos assinada em Paris, em 14 de março de 1884, estipula: "A quebra ou dano de um cabo submarino, feita de modo proposital ou por negligência culposa, e que resulte na interrupção total ou parcial ou em estorvo da comunicação telegráfica, será uma infração punível, mas a punição infligida não constituirá impedimento para uma ação civil por danos". Uma norma de Direito internacional convencional define diretamente e vincula sanções civis e criminais a um ato cometido por um indivíduo determinado por essa norma. A Convenção obriga os Estados a especificar, por meio dos seus Direitos nacionais, as sanções (punição e execução civil) instituídas pelo Artigo 2, e obriga o Estado ao qual pertence o navio a bordo do qual foi cometido o delito definido no Artigo 2 a executar a sanção. Os tribunais nacionais, ao punirem um indivíduo pela quebra ou dano de um cabo submarino, ou ao ordenarem a reparação do dano causado pelo delito, executam o Direito internacional mesmo que estejam aplicando, ao mesmo tempo, o seu próprio Direito nacional. Os indivíduos em questão são obrigados pelo Direito internacional a se absterem de um delito determinado pelo Direito internacional mesmo que o Direito nacional destes também exija a mesma conduta.

Outro exemplo de obrigação direta de indivíduos é o tratado malogrado sobre o uso de submarinos, assinado em Washington, em 6 de fevereiro de 1922. O Artigo 3 desse tratado estabelece que qualquer pessoa, a serviço de qualquer Estado, que violar qualquer regra desse tratado referente a ataque, captura ou destruição de navios comerciais, esteja ela ou não sob as ordens de um superior governamental, "será julgada como tendo violado as leis de guerra e estará sujeita a julgamento e punição por ato similar ao de pirataria, podendo ser levada a julgamento perante as autoridades civis ou militares de qualquer potência dentro de cuja jurisdição ela possa ser encontrada". Também nesse caso, uma norma particular do Direito internacional determina diretamente o elemento pessoal e o elemento material do delito e vincula a este uma sanção autorizando os Estados a punir o delinquente individual.

2. Indivíduos como sujeitos diretos de direitos internacionais

Os indivíduos podem ter direitos internacionais apenas se existir um tribunal internacional perante o qual possam recorrer como queixosos. Tratados internacionais podem estabelecer tais tribunais. Segundo o Artigo 2 da fracassada Convenção relativa à criação de um Tribunal Internacional de Presas Marítimas, assinada em Haia, em 18 de outubro de 1907, a jurisdição em matéria de presas marítimas é exercida na primeira instância pelos tribunais de presas marítimas do captor beligerante. Segundo o Artigo 3, os julgamentos dos tribunais nacionais de presas marítimas podem ser levados ao Tribunal Internacional de Presas Marítimas; segundo o Artigo 4, um recurso pode ser feito, não apenas por uma Potência neutra, mas também, sob certas circunstâncias, "por um indivíduo neutro" e "por um sujeito ou cidadão individual de uma Potência inimiga". Desse modo, o tratado confere direitos internacionais a indivíduos. Outros exemplos são oferecidos pelo Tratado de Versalhes e os outros tratados que puseram fim à Primeira Guerra Mundial. Esses tratados autorizam nacionais das Potências aliadas e associadas a exigir compensação pelos danos causados por medidas de guerra extraordinárias da parte da Alemanha (Artigo 297, e); e preveem a instituição de tribunais e arbitragem mistos perante os quais esses nacionais podem mover ações contra a Alemanha.

Também é dada a esses tribunais de arbitragem (pelo Artigo 304, b) jurisdição para solucionar todas as disputas resultantes de contratos concluídos entre nacionais da Alemanha e cidadãos das Potências aliadas e associadas antes do Tratado de Versalhes. A competência dos tribunais alemães é, nesse caso, posta de lado em favor de um tribunal internacional. Tanto o queixoso quanto o réu são, nesses casos, indivíduos privados, e, como o tribunal funciona de acordo com o Direito internacional, esses indivíduos privados são sujeitos de direitos e deveres do Direito internacional. O texto do Tratado não estipula nada quanto ao Direito que os tribunais deverão aplicar na resolução de disputas desse tipo. Caso aplicassem o Direito nacional de uma das partes, esse Direito tornar-se-ia, por recepção, Direito internacional. Mas, à parte isso, o Direito processual, de qualquer modo, é internacional; e o Direito processual constitui um direito no sentido técnico, e, portanto, qualidade de sujeito de um direito. (A decisão do tribunal – conforme o Artigo 304, g – tem de ser executada pelo Estado ao qual o condenado pertence.)

A convenção germano-polonesa, de 15 de maio de 1922, referente à Alta Silésia fornece outro exemplo de direitos de indivíduos sob o Direito internacional. Esse acordo, no seu Artigo 5, autoriza indivíduos privados a mover uma ação, perante um tribunal internacional, contra o Estado que violou certos interesses desses indivíduos, protegidos pela convenção.

Contudo, apenas em casos excepcionais o Direito internacional obriga ou autoriza indivíduos. Caso esse procedimento fosse a regra, a fronteira entre o Direito internacional e o nacional desapareceria.

d. O Direito nacional "delegado" pelo Direito internacional

De um modo geral, o Direito internacional atual obriga e autoriza indivíduos indiretamente, por intermédio das várias ordens jurídicas nacionais. As normas do Direito internacional são, na sua maioria, incompletas; elas requerem complementação por meio de normas do Direito nacional. A ordem jurídica internacional pressupõe a existência de ordens jurídicas nacionais. Sem estas, ela seria um fragmento inaplicável e uma ordem jurídica. Portanto, uma referência ao Direito nacional é inerente ao significado das normas do Direito internacional. Neste sentido, a ordem jurídica internacional "delega" a complementação das suas próprias normas às ordens jurídicas nacionais.

A relação entre o Direito internacional e o Direito nacional é, aqui, semelhante à relação entre o Direito nacional e a moralidade, quando, por exemplo, o Direito civil de um Estado obriga as pessoas a se conduzirem, em certas situações, de acordo com as normas morais vigentes. O Direito civil, então, pressupõe a existência dessas normas; ele não regulamenta uma determinada relação entre indivíduos por meio das suas próprias normas; ele "delega" a regulamentação dessas matérias às normas de moralidade. Desse modo, o Direito internacional também "delega" a determinação do elemento pessoal de suas normas ao Direito nacional. A relação entre a ordem jurídica internacional e as ordens jurídicas nacionais é mais semelhante ainda àquela existente entre a ordem jurídica nacional e uma corporação. Na primeira parte deste tratado[15], foi demonstrado que uma ordem jurídica nacional impõe deveres e confere direitos a uma corporação, impondo deveres e conferindo direitos a indivíduos determinados pelos estatutos que constituem a corporação. Os estatutos de uma corporação são uma ordem jurídica parcial dentro da ordem jurídica nacional que torna possível a organização da corporação determinando sob que condição podem ser estabelecidos estatutos.

e. A função essencial do Direito internacional

Se examinarmos as normas do Direito internacional atual quanto ao aspecto das matérias que regulamentam, distinguimos dois grupos diferentes. O primeiro compõe-se de normas referentes a matérias que só podem ser regulamentadas pelo Direito internacional e não admitem regulamentação por Direito nacional. Nessas normas, a função essencial do Direito internacional é manifesta. O segundo inclui normas referentes a matérias que também podem ser regulamentadas por Direito nacional e que são efetivamente regulamentadas por Direito nacional, na medida em que o Direito internacional consuetudi-

---

15. Cf. *supra*, 100 ss.

nário ou contratual não as regulamente, como, por exemplo, as normas concernentes a aquisição e perda de cidadania. Estas últimas, possivelmente, são normas do Direito internacional; as primeiras são normas que necessariamente pertencem ao Direito internacional. Quando se classificam normas como sendo necessariamente normas de Direito internacional, por se referirem a matérias que, por sua própria natureza, não podem ser regulamentadas por Direito nacional, pressupõe-se uma determinada concepção da relação dos Estados. Trata-se de um conceito reconhecido por quase todos os internacionalistas, qualquer que possa ser a sua opinião quanto à natureza do Direito internacional. Segundo esse conceito, todos os Estados são iguais, cada um deles existindo dentro da sua própria esfera, delimitada da esfera de outros por uma ordem normativa. Ao examinarmos os chamados elementos do Estado, já estabelecemos que essa esfera de existência é delimitada, pelo menos num aspecto territorial e num pessoal. Cada Estado pode reivindicar como "seu território" apenas uma parte do espaço e como "seu povo" apenas uma parte da humanidade. A interferência de um Estado na esfera de outro Estado é considerada proibida, uma "violação" do "direito" de outro Estado. Tal delimitação normativa das esferas de existência dos Estados é reconhecida até mesmo pelos que negam o caráter jurídico da ordem internacional. A questão adicional quanto a saber se essa delimitação normativa também possui um caráter jurídico não tem importância neste contexto. Porém, é necessário ter em mente que apenas essa delimitação normativa torna possível aos Estados coexistir pacificamente, lado a lado, como sujeitos em pé de igualdade.

A delimitação não poderia ser alcançada através de normas pertencentes à ordem jurídica de um Estado, já que cada ordem de tal tipo tem a sua validade limitada ao território e ao povo de cada Estado. A delimitação deve ter a sua origem numa ordem normativa que compreenda as esferas de validade pessoal e territorial de todas as ordens jurídicas nacionais. A única ordem normativa, dentre as que conhecemos, que preenche esse requisito é o Direito internacional. Na verdade, é pelo Direito internacional que são determinadas as esferas de validade territorial e pessoal, assim como a temporal, das ordens jurídicas nacionais. Essa determinação é a função essencial do Direito internacional. As normas que regulamentam essa matéria são, essencial e necessariamente, normas do Direito internacional.

f. A determinação da esfera de validade da ordem jurídica nacional pela ordem jurídica internacional

O resultado de nossa análise dos chamados elementos do Estado[16] é o de que as esferas de validade territorial e pessoal da ordem jurídica nacional, a existência territorial e pessoal do Estado, são determinadas e delimitadas em relação a outros Estados pelo Direito internacional segundo o princípio de eficácia. Uma ordem coercitiva da conduta humana é Direito válido e a comunidade por ele constituída é um Estado, no sentido do Direito internacional, para o território e a população para os quais a ordem coercitiva é permanentemente eficaz. Por meio desse princípio, o Direito internacional determina também a esfera de validade temporal da ordem jurídica nacional, o nascimento e a morte do Estado; pois uma ordem coercitiva permanece válida, e a comunidade por ele constituída continua a ser um Estado, por tanto tempo quanto seja eficaz a ordem coercitiva.

O Direito internacional é relevante também para a esfera de validade material da ordem jurídica nacional. Como as suas normas, especialmente as criadas por tratados internacionais, podem regulamentar qualquer matéria e, portanto, também as matérias regulamentadas pelo Direito nacional, ele limita a esfera de validade material deste último. Os Estados, é verdade, permanecem competentes, mesmo sob o Direito interna-

---

16. Cf. *supra*, 207 ss.

cional, para regulamentar em princípio todas as matérias que podem ser regulamentadas por uma ordem limitada na sua esfera territorial; mas eles conservam essa competência apenas na medida em que o Direito internacional não regulamente uma matéria específica. O fato de uma matéria ser regulamentada pelo Direito internacional tem o efeito de que esta não pode ser regulamentada arbitrariamente pelo Direito nacional. Um tratado internacional referente a determinadas matérias obriga juridicamente os Estados contratantes no que diz respeito à regulamentação dessas matérias pelas suas legislações próprias. Se, por exemplo, dois Estados concluíram um tratado, segundo o qual cada um deles é obrigado a naturalizar cidadãos do outro apenas sob certas condições, a decretação de um estatuto regulamentando a naturalização de outro modo é uma violação do Direito internacional. Isto significa que a competência material de um Estado, o seu poder de regulamentar qualquer matéria que deseje, é limitada pelo Direito internacional; mas ela é limitada juridicamente apenas pelo Direito internacional.

A ordem jurídica nacional, isto é, uma ordem que constitui um Estado, pode, desse modo, ser definida como uma ordem coercitiva relativamente centralizada cujas esferas de validade territorial, pessoal e temporal são determinadas pelo Direito internacional e cuja esfera de validade material é limitada apenas pelo Direito internacional. Trata-se de uma definição jurídica do Estado. Obviamente, ela é possível apenas com a pressuposição de que o Direito internacional é uma ordem válida.

g. O Estado como órgão da ordem jurídica internacional (A criação do Direito internacional)

Como a ordem jurídica internacional requer não apenas as ordens jurídicas nacionais como complementação necessária, mas também determina as suas esferas de validade em todos os aspectos, o Direito internacional e o Direito nacional formam um todo inseparável.

Um aspecto dessa unidade é o fato de que os Estados, na condição de pessoas atuantes, são órgãos do Direito internacional, ou da comunidade por ele constituída. A criação e a execução de uma ordem são as funções de seus órgãos, e a ordem jurídica internacional é criada e executada por Estados. A criação de Direito internacional por meio de tratados revela claramente os Estados na condição de órgãos da comunidade internacional. Os tratados internacionais são, na opinião de muitos autores, o único método pelo qual pode ser criado o Direito internacional. A criação de Direito internacional por meio do costume, a outra fonte do Direito internacional, é interpretada por esses autores como um tratado "tácito". Trata-se de uma ficção óbvia, motivada pelo desejo de atribuir a origem de todo o Direito internacional ao "livre-arbítrio" do Estado e, desse modo, sustentar a ideia de que o Estado é "soberano", ou seja, não está sujeito a uma ordem superior que restringe a sua liberdade.

A teoria segundo a qual o costume internacional é um tratado "tácito", e que, portanto, os tratados são a única fonte do Direito internacional, não serve ao propósito para o qual foi projetada. O costume internacional caracteriza-se como um tratado porque se supõe que a norma criada por um tratado internacional obriga apenas as partes contratantes. Se os tratados fossem a única fonte do Direito internacional, nenhum Estado poderia ser juridicamente obrigado sem ou contra a sua vontade. O costume, porém, não pode ser interpretado como um tratado, porque uma regra internacional criada por costume internacional também obriga os Estados que obviamente não participaram da criação da regra consuetudinária. O Direito internacional geral, que obriga todos os membros da comunidade internacional, é Direito consuetudinário: mas é comum aceitar o fato de que um Estado não pode se esquivar da validade de uma norma do Direito internacional geral provando não ter participado da criação dessa norma. Do contrário, seria impossível considerar um novo Estado como sujeito ao Direito internacional, ou um Estado, até então interior, que adquiriu acesso ao mar, como sujeito ao Direito marítimo geral.

O ESTADO

A ficção de que o costume internacional é um tratado "tácito" também é inútil porque o princípio segundo o qual um tratado internacional obriga apenas as partes contratantes não se acha desprovido de importantes exceções. O Direito internacional positivo reconhece tratados que têm efeito sobre terceiros Estados, e mesmo tratados que conferem deveres a Estados que não são partes contratantes. Terceiros Estados são obrigados, por exemplo, por tratados que estabelecem servidões de Estado, tal como foi assinalado num capítulo anterior[17].

Outra categoria de tratados internacionais que possivelmente estipulam obrigações de terceiros Estados são os tratados por meio dos quais se cria um novo Estado. Desse modo, por exemplo, o Tratado de Paz de Versalhes criou o Estado de Danzig e impôs a este Estado certas obrigações em relação à Polônia. Como o Estado de Danzig não era, e não podia ser, uma parte contratante do Tratado de Versalhes, esse tratado foi, no que diz respeito a Danzig, um tratado internacional obrigando um terceiro Estado[18]. Outro exemplo é o chamado Tratado de Latrão, de 11 de fevereiro de 1929, concluído entre o Papa, na condição de chefe da Igreja Católica Romana, e o governo italiano. Por meio desse tratado estabeleceu-se o Estado da Cidade do Vaticano. O tratado impôs ao Estado recém-criado o dever de não tomar parte em rivalidades entre outros Estados e em conferências internacionais referentes a tais assuntos, salvo e exceto no evento de tais partes externarem um apelo mútuo à missão pacífica da Santa Sé, reservando-se esta, de qualquer modo, o direito de exercer o seu poder moral e espiritual.

Os tratados internacionais que conferem direitos a terceiros Estados também são possíveis. Tal tipo de tratado é, por exemplo, a convenção entre a Polônia e as Potências aliadas principais e associadas, assinado em 28 de junho de 1919, referente à proteção de minorias. Nesse tratado, a Polônia comprometeu-se a assumir certas obrigações em relação a pessoas

---

17. Cf. *supra*, 207 ss.
18. Cf. meu artigo "Contribution à la théorie du traité internationale" (1936), 10, *Revue Internationale de la Théorie du Droit*, 253-92.

pertencentes a minorias raciais, religiosas ou linguísticas. O Artigo 12, parágrafo 2, diz o seguinte: "A Polônia concorda que qualquer Membro do Conselho da Liga das Nações" – e havia Estados que eram membros do Conselho sem serem partes contratantes desse tratado – "terá o direito de apresentar à consideração do Conselho qualquer infração, de qualquer uma destas obrigações, e que o Conselho poderá, em razão disso, tomar medidas tais e dará instruções tais que julgar apropriadas e eficazes nas circunstâncias". Mais importante ainda é o parágrafo 3: "A Polônia concorda ainda que qualquer diferença de opinião quando a questão de Direito ou de fato resultantes destes Artigos entre o governo polonês e qualquer uma das Potências aliadas principais e associadas ou qualquer outra Potência, Membro do Conselho da Liga das Nações, será considerada como sendo uma disputa de caráter internacional sob o Artigo 14 do Pacto da Liga das Nações. O Governo polonês, pelo presente, consente que qualquer disputa de tal espécie, se a outra parte assim o exigir, será submetida ao Tribunal Permanente de Justiça Internacional. A decisão do Tribunal Permanente será definitiva e terá o mesmo vigor e efeito que uma sentença sob o Artigo 13 do Pacto". Isso significa que esse tratado confere direitos a Estados que são membros do Conselho, embora não sejam partes contratantes do tratado. Esses Estados têm, segundo o tratado, direitos reais, pois estão autorizados a invocar não apenas o Conselho da Liga das Nações, mas também o Tribunal Permanente de Justiça Internacional, contra uma violação das obrigações da Polônia estipuladas por esse tratado.

Mesmo que todo o Direito internacional tivesse o caráter de Direito contratual, não seria possível sustentar a ideia de que os Estados são soberanos porque não estão sujeitos a uma ordem jurídica superior que restringe o seu livre-arbítrio. Porque a regra *pacta sunt servanda*, a base jurídica de todos os tratados internacionais, como regra do Direito internacional positivo, corresponde apenas de um modo limitado ao princípio de autonomia.

Além do mais, essa regra pode ter validade apenas como parte de uma ordem jurídica à qual os Estados estão sujeitos, porque essa ordem obriga os Estados e, assim, restringe a sua liberdade. Um tratado concluído por dois Estados pode ter um efeito jurídico, ou seja, pode dar origem a obrigações e direitos das partes contratantes ou de terceiros Estados – em outros termos, um tratado internacional pode criar uma norma individual que obriga e autoriza as partes contratantes (ou terceiros Estados) – apenas se existir uma norma geral pela qual o tratado seja qualificado como um fato criador de norma. Essa norma geral não pode pertencer à ordem jurídica de nenhum Estado individual. Uma norma da ordem jurídica de um Estado não pode impor deveres ou conferir direitos a outro Estado, já que a competência de cada Estado, o âmbito de validade de uma ordem jurídica nacional, está limitada à sua própria esfera. Tampouco podem dois Estados, juntos, por meio apenas das suas próprias ordens jurídicas, estabelecer uma norma válida para as esferas de ambos, como uma norma criada por um tratado internacional. A competência de dois Estados não pode ser somada como quantidades matemáticas. Para serem capazes de criar uma norma válida para mais de um Estado, os Estados devem receber poder de uma ordem jurídica superior às suas, uma ordem jurídica cuja esfera de validade territorial e pessoal abarque as esferas dos Estados para os quais a norma deve ser válida. A norma exigida deve, portanto, ser parte da ordem jurídica que delimita as esferas dos Estados individuais.

O Direito internacional, na condição de ordem jurídica superior aos Estados, torna possível a criação de normas válidas para a esfera de dois ou mais Estados, isto é, de normas internacionais. O Direito internacional, sobretudo por meio da sua regra *pacta sunt servanda*, estabelece a norma que obriga os Estados a respeitar tratados, a se conduzir da forma que os tratados por eles firmados prescrevem.

O Direito regula a sua própria criação. Assim o faz o Direito internacional. A sua criação é a sua própria função. Quando dois Estados firmam um tratado, eles funcionam como órgãos do Direito internacional. Os representantes das duas partes contratantes, juntos, formam o órgão composto que cria a norma contratual. Trata-se de um órgão da comunidade internacional constituído pelo Direito internacional geral. Desse órgão composto, os representantes dos Estados contratantes são órgãos parciais. A ordem jurídica internacional deixa a cargo de cada ordem jurídica nacional determinar o indivíduo que, como representante do Estado, é competente para firmar tratados com o representante de outro Estado. Por conseguinte, o representante de um Estado contratante é antes de mais nada um órgão (parcial) da comunidade internacional, e apenas secundariamente um órgão do seu próprio Estado. Sob a influência do dogma da soberania, diz-se que os Estados individuais criam Direito internacional por meio de tratado. Na realidade, é a comunidade internacional que, usando os Estados individuais como seus órgãos, cria o Direito internacional, exatamente da mesma forma que a comunidade nacional, o Estado, cria Direito nacional por meio dos seus órgãos.

"O Estado como órgão do Direito internacional" – esta é a única expressão metafórica do fato de que a ordem jurídica de cada Estado, de que cada ordem jurídica nacional, está organicamente ligada à ordem jurídica internacional e, através dessa ordem, a todas as outras ordens jurídicas nacionais, de modo que todas as ordens jurídicas se fundem num sistema jurídico integrado.

h. A responsabilidade internacional do Estado

1. Responsabilidade coletiva do Estado e responsabilidade individual dos indivíduos na condição de sujeitos do Direito internacional

O fato de o Direito internacional impor obrigações a Estados está essencialmente ligado ao fato de o Estado ser juridicamente responsável pela violação dessas obrigações. Se o dever jurídico do Estado não é cumprido porque o órgão competente não se conduz do modo prescrito pelo Direito internacional, ou, o que redunda no mesmo, se o Direito internacional é violado pelo Estado, a sanção prevista pelo Direito internacional não é dirigida contra o indivíduo que na sua capacidade de órgão do Estado era obrigado a se conduzir de certa maneira, mas não o fez. De acordo com uma regra do Direito internacional geral, nenhum Estado pode reivindicar jurisdição sobre outro Estado, ou seja, sobre os atos de outro Estado. Se uma violação do Direito internacional tem o caráter de um ato do Estado, o indivíduo que, na sua capacidade de órgão do Estado, executou o ato não deve ser considerado responsável pelos tribunais do Estado prejudicado. Este pode lançar mão de represálias ou de guerra contra o Estado responsável pela violação do Direito; mas os tribunais do Estado prejudicado não possuem jurisdição criminal ou civil sobre os atos do Estado culpado, não são competentes para processar um indivíduo por causa de um ato por ele executado na sua capacidade de órgão do Estado em questão. O Estado, e não o seu órgão, é juridicamente responsável por violações do Direito internacional cometidas por atos de Estado[19]. Isso significa que as sanções do Direito internacional – represálias ou guerra – são dirigidas contra o Estado como tal, o que costuma ser expresso pelo enunciado de que o Estado cujo direito foi violado por outro Estado está autorizado pelo Direito internacional a lançar mão de represálias ou guerra contra o violador do seu direito.

Tem-se a impressão de que, depois que o Pacto de Paris – o chamado Pacto Kellogg – entrou em vigor, os Estados que ratificaram esse tratado perderam a possibilidade de recorrer à guerra, exceto contra um Estado que tenha violado o Pacto. Essa é, pelo menos, a interpretação habitual do Pacto. Mas o Pacto proíbe a guerra apenas como instrumento de política nacional, e a guerra como reação contra um violador do Direito internacional é um instrumento de política internacional, não nacional. Segundo tal interpretação restritiva, a guerra pode ser considerada – mesmo pelas partes contratantes do Pacto

---

19. Cf. meu artigo "Collective and Individual Responsability in International Law with Particular Regard to the Punishment of War Criminals" (1943), 31 *California Law Review*, 538 ss.

de Paris –, junto com as represálias, uma sanção do Direito internacional. As represálias são uma violação limitada, e a guerra, uma violação ilimitada, dos interesses do Estado contra o qual são dirigidas. Mas as represálias, assim como a guerra, consistem na privação imposta de vida, liberdade ou propriedade de seres humanos pertencentes ao Estado contra o qual essas sanções são dirigidas. Esses indivíduos não cometeram o delito, nem estavam em posição de impedi-lo. Portanto, os indivíduos que formam a população do Estado são responsáveis pelo delito por ele cometido. A chamada responsabilidade do Estado pela sua violação do Direito internacional é a responsabilidade coletiva dos seus sujeitos pelo não cumprimento dos deveres internacionais do Estado por parte dos seus órgãos. Que a responsabilidade do Estado é coletiva e não individual torna-se manifesto se dissolvermos a personificação implícita no conceito de Estado, se tentarmos olhar a realidade jurídica por trás dessa personificação, ou seja, as relações jurídicas entre indivíduos. Se, porém, o Estado for considerado um ser real, uma espécie de supra-homem, cria-se a ilusão de que as sanções instituídas pelo Direito internacional são dirigidas contra o mesmo indivíduo que violou o Direito, em outras palavras, temos a ilusão da responsabilidade individual do Estado como uma pessoa internacional.

Como assinalamos, o Direito internacional impõe obrigações não apenas a Estados, mas, como exceção, também a indivíduos. Nesses casos, as sanções instituídas pelo Direito internacional não são – por sua própria natureza – dirigidas contra os Estados como tais, como as represálias e a guerra. Estas constituem responsabilidade coletiva. Nos casos em que o Direito internacional impõe deveres diretamente a indivíduos, prevalece o princípio de responsabilidade individual, já que as sanções são dirigidas contra uma pessoa determinada individualmente pelo Direito internacional, e não contra o Estado ao qual esse indivíduo pertence como sujeito. As sanções são determinadas diretamente pelo Direito internacional, como no caso do rompimento de bloqueio ou do transporte de contrabando de guerra: neste caso, a sanção consiste na captura e no confisco da embarcação e da carga. Ou então a sanção é determinada indiretamente pelo Direito internacional, como no caso da pirataria e dos atos de guerra ilegítimos: neste caso, o Direito internacional autoriza os Estados a punirem os indivíduos que violaram as normas pertinentes do Direito internacional e deixa aos Estados a determinação da punição, assim como o processo por meio do qual a punição será infligida aos criminosos. As violações do Direito impostas diretamente aos indivíduos pelo Direito internacional são chamadas "crimes internacionais", em contraposição às violações dos deveres internacionais impostos aos Estados, chamadas "faltas internacionais". Os "crimes contra o Direito das Nações" são violações de Direito nacional, ou seja, do Direito criminal de um Estado pelo qual atos contra Estados estrangeiros são considerados criminosos.

2. Dever de reparação

Segundo uma opinião geralmente aceita, qualquer delito internacional cometido por um Estado acarreta necessariamente a obrigação deste de reparar o dano, isto é, de reconduzir a situação ao seu estado anterior, ou, se isso for impossível, de reparar o dano moral, assim como o material, causado pelo delito. A reparação pode ser feita por meio de atos expiatórios tais como um pedido formal de desculpas, uma saudação à bandeira ou ao brasão do Estado prejudicado e atos similares, por meio da anulação do ato violador do Direito internacional, pela punição do indivíduo culpado, pela compensação pecuniária em caso de dano material. O Direito internacional geral não determina o conteúdo das reparações dos diferentes delitos. Para estabelecer um dever concreto de reparação, um tratado firmado entre o Estado faltoso e o Estado prejudicado pelo delito é necessário a fim de se determinar o conteúdo da reparação. Se tal tratado for impossibilitado pela recusa do Estado faltoso em prover a reparação exigida pelo Estado prejudicado, este está autorizado a lançar mão de represálias ou de guerra contra o outro.

Pode-se ter dúvidas se o Direito internacional realmente estipula um dever de reparação, já que tal dever existe apenas caso o seu conteúdo seja determinado, e o Direito internacional geral não provê um processo por meio do qual o conteúdo desse dever possa ser determinado sob quaisquer circunstâncias. Nesse aspecto, o Direito internacional geral difere do Direito nacional. O segundo, em contraposição ao primeiro, institui tribunais com jurisdição compulsória, de modo que, em qualquer caso de dano causado antijuridicamente, uma reparação definida possa ser determinada por uma autoridade imparcial. Para estabelecer um tribunal internacional, é necessário um tratado internacional concluído voluntariamente pelos Estados envolvidos, mas falta, com frequência, a vontade de firmar um tratado de arbitragem autorizando o tribunal a determinar a reparação.

Pode-se até mesmo ter dúvidas quanto a saber se o Estado prejudicado é ou não obrigado pelo Direito internacional geral a tentar realizar um acordo com o Estado faltoso no tocante à reparação antes de recorrer a represálias ou guerra contra ele. Por outro lado, o Estado faltoso não é obrigado a aceitar qualquer exigência do Estado prejudicado como reparação. Se a exigência for exagerada, o Estado faltoso está justificado ao rejeitá-la, e, então, não entra em vigor nenhuma obrigação concreta de reparar o dano.

Seja como for, a obrigação de reparar o dano infligido a outro Estado, seja ela diretamente estipulada pelo Direito internacional geral ou estabelecida por meio de acordo entre os dois Estados envolvidos, não é uma sanção – tal como caracterizado às vezes –, mas uma obrigação substituta que ocupa o lugar da obrigação original violada pelo delito internacional. O não cumprimento da obrigação de reparar o dano moral e material causado por um delito é a condição à qual o Direito internacional vincula as suas sanções específicas, as represálias e a guerra.

Ser juridicamente responsável por um delito significa – conforme a nossa definição – estar sujeito às sanções vinculadas a esse delito. Como foi assinalado, o indivíduo juridicamente obrigado a se abster do delito não tem de ser necessariamente responsável pelo delito. O conceito de responsabilidade jurídica não é idêntico ao conceito de obrigação jurídica. Por conseguinte, não é correto identificar a responsabilidade jurídica com qualquer obrigação jurídica, em particular com a obrigação de reparar o dano material ou moral causado pelo delito. O Estado é juridicamente responsável por um delito internacional não porque seja juridicamente obrigado a reparar o dano causado pelo delito, mas porque e na medida em que a sanção vinculada ao delito, as represálias ou a guerra é dirigida ao Estado, ou seja, porque e na medida em que ocorre a responsabilidade coletiva constituída por esse tipo de sanção. Como essas sanções são vinculadas única e exclusivamente a delitos cometidos pelo Estado, o Estado sempre é responsável pelos seus próprios delitos. O Estado, porém, pode ser juridicamente obrigado a reparar o dano moral e material causado por uma violação do Direito internacional que não foi cometida pelo próprio Estado. Apenas pelo não cumprimento dessa obrigação de reparar o dano o Estado é juridicamente responsável, e isso, mais uma vez, é responsabilidade em relação a seu próprio delito, e não responsabilidade por um delito cometido por outra pessoa.

3. A chamada responsabilidade "indireta" ou "substituta"

Alguns autores fazem distinção entre responsabilidade "direta" e "indireta" do Estado. Segundo essa distinção, o Estado é responsável diretamente pelos seus próprios atos, e responsável indiretamente pelos atos de indivíduos que violam o Direito internacional[20]. Oppenheim[21] faz uma distinção entre responsabilidade "original" e "substituta". "A responsabilidade 'original' é atribuída ao Estado por causa das suas ações – ou seja, do Governo –, ações tais de agentes inferiores ou indi-

---
20. Hershey, *Essentials of International Public Law*, 253.
21. 1, Oppenheim, *International Law* (5ª ed.), 274.

víduos privados executadas por ordem do Governo ou com a sua autorização. Mas os Estados têm de suportar outras responsabilidades além da recém-mencionada. Porque os Estados, em certo sentido, segundo o Direito das Nações, são responsáveis por certos atos que não os seus – a saber, certos atos danosos não autorizados cometidos por seus agentes, seus sujeitos e mesmo por estrangeiros que estejam vivendo dentro do seu território. A responsabilidade por outros atos que não os seus é responsabilidade 'substituta'."

A responsabilidade "indireta" ou "substituta" do Estado, porém, em nada mais consiste do que na obrigação do Estado de reparar o dano moral e material causado por ações internacionalmente antijurídicas que, por um motivo ou outro, não são consideradas atos de Estado, e, em alguns casos, a obrigação de impedir tais ações e de punir os delinquentes.

O problema inteiro concentra-se no conceito de "ato de Estado". Quem executa um ato de Estado? A resposta para esta pergunta é diferente, conforme seja dada com base no Direito nacional ou no Direito internacional. De acordo com o Direito nacional, um ato de Estado é um ato executado por um órgão de Estado. Trata-se de um ato executado por um indivíduo, mas imputado ao Estado, isto é, à unidade personificada da ordem jurídica nacional. Tal imputação é possível apenas se o ato for executado em conformidade com a ordem jurídica. A conformidade à ordem jurídica é uma condição essencial para a imputação de um ato ao Estado como personificação da ordem jurídica nacional. Dentro do Direito nacional, apenas atos jurídicos podem ser imputados ao Estado, mas isso não exclui o fato de que indivíduos que, por executarem atos jurídicos, têm o caráter de órgãos de Estado às vezes executem atos antijurídicos, e que o Estado seja juridicamente obrigado a anular esses atos, a punir os indivíduos culpados, a reparar o dano causado por tais atos antijurídicos.

É comum falar de atos antijurídicos executados por um indivíduo "no exercício da sua função oficial de órgão de Estado". Conforme assinalamos, essa fórmula não é correta, já que o indivíduo, ao executar um ato antijurídico, não pode ser considerado um órgão do Estado. É mais correto falar de atos antijurídicos executados por um indivíduo em conexão com a sua função oficial de órgão de Estado[22].

Na medida em que, de acordo com o Direito nacional, o ato de qualquer órgão de Estado é um ato de Estado, de acordo com o Direito internacional, atos de Estado são apenas os atos executados por um órgão competente para representar o Estado na relação com outros Estados. Esse órgão é o Governo, o termo sendo tomado numa acepção que inclui também o Chefe de Estado. O Governo pode atuar através de órgãos inferiores comandados ou autorizados por ele. Segundo a constituição dos Estados modernos, nem todos os órgãos do Estado estão sujeitos ao Governo, e isso significa: nem todos os órgãos podem ser juridicamente comandados ou autorizados pelo Governo. O parlamento e os tribunais independem do Governo. Apenas os órgãos administrativos (incluindo os agentes diplomáticos e as forças armadas do Estado) estão à disposição do Governo. Portanto, atos do parlamento ou dos tribunais não são considerados atos de Estado no sentido do Direito internacional. Mas isso não exclui a possibilidade de o Direito internacional ser violado por tais atos, exatamente como o Direito internacional pode ser violado por atos de órgãos administrativos não autorizados ou comandados pelo Governo e que, consequentemente, não são atos de Estado no sentido do Direito internacional, ou por atos de indivíduos privados.

A distinção, previamente mencionada, entre atos de órgãos de Estado executados em conformidade com a ordem jurídica nacional e atos antijurídicos executados por indivíduos em conexão com a sua função oficial como órgãos de Estado é irrelevante do ponto de vista do Direito internacional. Qualquer ato executado por um membro do Governo, diretamente ou através de um órgão inferior por ele comandado ou autorizado, em conformidade ou não com a ordem jurídica nacional, mas executado em conexão com a função oficial do indivíduo atuando como órgão de Estado, tem de ser considerado, do ponto de vista do Direito internacional, um ato de Estado. E, se

---

22. Cf. *supra*, 200 s.

esse ato constitui uma violação do Direito internacional, ele tem de ser considerado um delito de Estado, ou, na fraseologia usual, uma falta internacional do Estado; o Estado é responsável por esses atos.

As violações do Direito internacional que não constituem delitos do Estado ou faltas internacionais são: atos cometidos por órgãos administrativos do Estado não comandados ou autorizados pelo Governo, atos cometidos por parlamentos ou tribunais, atos cometidos por indivíduos privados.

O Estado é juridicamente obrigado a prover reparação plena pelo dano moral e material causado por atos cometidos por órgãos administrativos não comandados ou autorizados pelo Governo; o Estado é obrigado a anular, repudiar e reprovar tais atos expressando o seu pesar, ou mesmo pedindo desculpas ao Governo do Estado prejudicado; ele é obrigado a punir os indivíduos culpados e a pagar compensação pecuniária. Também atos do parlamento ou de tribunais podem dar origem ao dever de reparação do Estado. Nesses casos, porém, com muita frequência, é bem difícil, quando não impossível, cumprir a obrigação de reparar o dano. Atos de parlamentos ou decisões judiciais normalmente não podem ser anulados, repudiados ou reprovados pelo Governo, já que o Governo não tem em geral qualquer autoridade jurídica sobre esses órgãos. Se uma obrigação internacional só pode ser cumprida, segundo a sua constituição, por um ato do parlamento, por um estatuto, e se o parlamento não decreta esse estatuto, o Governo não tem qualquer poder jurídico para cumprir a obrigação internacional do Estado ou prover uma reparação adequada. Ocorre uma situação análoga se o Direito internacional for violado por um ato de legislação positivo e se o Governo não possuir o poder jurídico de impedir a execução do estatuto. O mesmo é verdadeiro no que diz respeito a decisões de tribunais independentes. Em tais casos, a reparação é possível praticamente apenas na forma de compensação pecuniária. No entanto, em muitos casos, esse tipo de reparação pode ser considerado inadequado.

No que diz respeito às violações do Direito internacional cometidas por indivíduos privados, devemos distinguir dois grupos diferentes de casos: primeiro, delitos tais como pirataria, hostilidades cometidas por indivíduos privados contra o inimigo, rompimento de bloqueio, transporte de contrabando, e atos similares; nesses casos, o Estado do delinquente não tem absolutamente qualquer obrigação de reparar o mal. Qualquer Estado, como ocorre no caso da pirataria, ou então o Estado prejudicado pelo ato antijurídico, como ocorre nos casos de hostilidades cometidas por indivíduos privados contra o inimigo, de rompimento de bloqueio, de transporte de contrabando, está autorizado a dirigir uma sanção definida contra o delinquente.

O segundo grupo abrange alguns atos de indivíduos privados que prejudiquem um Estado estrangeiro, seus órgãos ou cidadãos, como, por exemplo, atos que violem a dignidade de um Estado estrangeiro, ataques à vida ou à propriedade dos seus cidadãos, a preparação, no território de um Estado, de uma expedição contra outro Estado e atos similares. Segundo o Direito internacional, todo Estado é obrigado a tomar as medidas necessárias para impedir que os indivíduos que vivem no seu território – cidadãos e estrangeiros – cometam tais atos. Se o Estado não cumpre essa obrigação, ele tem de pagar reparação plena ao Estado prejudicado (incluindo a punição dos infratores e o pagamento dos danos). Se o Estado tomou todas as medidas necessárias, e se ainda assim o delito foi cometido, o Estado é obrigado a punir os infratores e compeli-los a pagar os danos. Nesse caso, o Estado em si não é obrigado a pagar os danos. Esse princípio também é aplicável a atos de rebeldes e amotinados[23].

4. Responsabilidade absoluta do Estado

A questão quanto a saber se a responsabilidade internacional do Estado tem o caráter de responsabilidade absoluta ou responsabilidade baseada em culpa (culpabilidade) é muito discutida. A resposta a essa questão depende de saber se ela se refere aos indivíduos coletivamente responsáveis pela violação

---

23. Cf. 1, Oppenheim, *International Law*, 294 ss.

do Direito internacional cometida pela conduta de um órgão de Estado, ou ao indivíduo que, na sua capacidade de órgão de Estado, violou, por meio da sua conduta, o Direito internacional. Como assinalamos[24], a responsabilidade coletiva é sempre responsabilidade absoluta, já que não pode ser baseada na culpa dos indivíduos responsáveis, isto é, dos indivíduos contra os quais são dirigidas as sanções. Mas pode-se fazer esses indivíduos responsáveis apenas se o delito foi cometido intencionalmente pelo delinquente imediato. Então, a responsabilidade deles baseia-se não em sua própria culpa, mas na culpa do delinquente. Um delito de Estado é sempre a conduta de um indivíduo que atua como um órgão do Estado. Por conseguinte, a questão de saber se a responsabilidade internacional do Estado é responsabilidade absoluta ou culpabilidade também pode ser formulada como a questão de saber se a culpa do indivíduo cuja conduta é imputada ao Estado é uma condição essencial da sanção estabelecida pelo Direito internacional contra o Estado. Alguns autores sustentam que um ato de Estado danoso a outro Estado, que constitui objetivamente uma violação do Direito internacional, não é, porém, uma falta internacional (ou seja, não é a condição de uma sanção) se não for cometida de modo intencional, maldoso ou por negligência. Outros autores sustentam, pelo contrário, que, dentro do Direito internacional geral, a responsabilidade absoluta – pelo menos em princípio – prevalece no que diz respeito aos indivíduos cuja conduta constitui o delito. É praticamente impossível responder à questão de um modo geral. Não há dúvida de que o Estado é responsável pela negligência dos seus órgãos. Via de regra, nenhuma sanção contra o Estado se justifica quando se pode provar que os órgãos competentes do Estado tomaram as medidas necessárias para evitar a violação contra o outro Estado. No entanto, o Estado não pode se esquivar à responsabilidade provando que os seus órgãos não violaram o Direito internacional de modo intencional e maldoso. Caso se entenda por "responsabilidade baseada em culpa (culpabilidade)" não apenas o

---

24. Cf. *supra*, 73 s.

caso em que a violação foi cometida de modo intencional e maldoso, mas também o caso em que a violação foi cometida por negligência, a responsabilidade internacional do Estado tem, no que diz respeito aos indivíduos coletivamente responsáveis, caráter de responsabilidade absoluta; mas tem, no que diz respeito aos indivíduos cuja conduta constitui o delito internacional, em princípio, caráter de culpabilidade. Se, porém, a negligência não for concebida como um tipo de culpa (*culpa*) – e esta é, como assinalado[25], a opinião correta – a responsabilidade internacional do Estado tem o caráter de responsabilidade absoluta, em todos os aspectos. Há casos em que o Estado é responsável mesmo que nenhuma negligência da parte dos seus órgãos tenha ocorrido. Assim, por exemplo, segundo o Artigo 3 da Convenção de Haia de 1907, referente às Leis e Costumes da Guerra sobre Terra, o Estado é responsável por todos os atos que violem as regras da guerra se estes forem cometidos por membros das suas forças armadas, sem levar em consideração se os atos foram cometidos de modo intencional, maldoso ou por negligência. Que o Estado seja responsável apenas se a violação for cometida de modo intencional ou maldoso e que possa se esquivar à responsabilidade provando que ocorreu apenas negligência é algo fora de cogitação. Mesmo no Direito nacional a negligência, normalmente, não deixa de implicar uma sanção; só que, nesse caso, institui-se uma sanção menos severa. No entanto, tal diferenciação da sanção é desconhecida do Direito internacional geral.

C. A UNIDADE DO DIREITO NACIONAL E DO DIREITO INTERNACIONAL (MONISMO E PLURALISMO)

a. A teoria monista e a teoria pluralista

A análise do Direito internacional demonstrou que a maioria das suas normas são normas incompletas que recebem a

---

25. Cf. *supra*, 70 s.

complementação das normas de Direito nacional. Assim, a ordem jurídica internacional é significante apenas como parte de uma ordem jurídica universal que também abrange todas as ordens jurídicas nacionais. Além disso, a análise ainda levou à conclusão de que a ordem jurídica internacional determina as esferas de validade territorial, pessoal e temporal das ordens jurídicas nacionais, tornando possível, desse modo, a coexistência de numerosos Estados. Por fim, vimos que a ordem jurídica internacional restringe a esfera material de validade das ordens jurídicas nacionais sujeitando-as a certa regulamentação das suas próprias matérias que, do contrário, poderiam ter sido arbitrariamente regulamentadas pelo Estado.

Esta visão monista é o resultado de uma análise das normas do Direito internacional positivo referente aos Estados, ou seja, às ordens jurídicas nacionais. A partir do ponto de vista do Direito internacional vê-se a sua conexão com o Direito nacional e, por conseguinte, com uma ordem jurídica universal. Mas – por mais estranho que isso possa parecer – a maioria dos teóricos do Direito internacional não compartilha essa visão monista. O Direito internacional e o Direito nacional são, na sua opinião, duas ordens jurídicas separadas, mutuamente independentes, que regulamentam matérias muito diferentes e que possuem fontes bem diferentes.

Esse dualismo, ou – levando-se em conta a existência de numerosas ordens jurídicas – esse pluralismo, contradiz, como vimos, o conteúdo do Direito internacional, já que o próprio Direito internacional estabelece uma relação entre as suas normas e as normas das diferentes ordens jurídicas nacionais. Se o Direito internacional for considerado uma ordem jurídica válida, a teoria pluralista está em contradição com o Direito positivo. No entanto, os representantes dessa teoria aceitam o Direito internacional como Direito positivo.

Mas a visão pluralista também é insustentável por fundamentos lógicos. O Direito internacional e o Direito nacional não podem ser sistemas de normas diferentes e mutuamente independentes se as normas de ambos os sistemas forem consideradas válidas para o mesmo espaço e ao mesmo tempo. É impossível logicamente supor que normas simultaneamente válidas pertencem a sistemas diferentes, mutuamente independentes.

Os pluralistas não negam que as normas do Direito internacional e do Direito nacional sejam simultaneamente válidas. Pelo contrário, pressupondo que ambas são válidas simultaneamente, eles afirmam que prevalece uma determinada relação entre as duas, a saber, a relação de independência mútua, o que significa que não existe relação alguma entre os dois sistemas de normas válidas. Isto é, como veremos, uma contradição verdadeira.

b. A matéria do Direito nacional e do Direito internacional

A independência mútua do Direito internacional e do Direito nacional fundamenta-se com frequência no suposto fato de que os dois sistemas regulamentam matérias diferentes. O Direito nacional – diz-se – regulamenta a conduta de indivíduos; o Direito internacional, a conduta de Estados. Já demonstramos que a conduta de um Estado é redutível à conduta de indivíduos que representam o Estado. Assim, a pretensa diferença de matéria entre o Direito internacional e o Direito nacional não pode ser uma diferença entre os tipos de sujeitos cuja conduta eles regulamentam.

A interpretação pluralista também se sustenta pela asserção de que, enquanto o Direito nacional regulamenta relações que têm lugar dentro de um Estado, o Direito internacional regulamenta relações que transcendem a esfera de um Estado. Ou – como também se formula – enquanto o Direito nacional se ocupa de relações "internas", dos chamados "negócios nacionais" do Estado, o Direito internacional ocupa-se das relações "externas" do Estado, dos seus "negócios estrangeiros". Visualiza-se o Estado como um sólido, ocupando o espaço, com uma estrutura interior e relações exteriores com outros objetos. Quando tentamos descobrir o pensamento por trás da metáfora, e formulá-lo sem empregar uma metáfora, chegamos à conclusão de que o pensamento está errado.

Porque é impossível distinguir os chamados "negócios nacionais" dos "negócios estrangeiros" do Estado como duas matérias diversas de regulamentação jurídica. Cada um dos chamados negócios nacionais pode ser tema de um tratado internacional e, portanto, ser transformado num negócio estrangeiro. A relação entre empregadores e empregados, por exemplo, é, com certeza, uma relação "interna" dentro do Estado, e a sua regulamentação jurídica é um típico assunto "nacional". Mas, tão logo um Estado conclui um tratado com outros Estados referente à regulamentação dessa relação, ela se torna um assunto estrangeiro. Se descartarmos a metáfora espacial, descobrimos, desse modo, que a distinção tentada entre as matérias do Direito nacional e do Direito internacional é uma mera tautologia. Os chamados "negócios nacionais" de um Estado são, por definição, os regulamentados pelo Direito nacional; os "assuntos estrangeiros" são, por definição, os regulamentados pelo Direito internacional. A asserção de que o Direito nacional regulamenta assuntos nacionais, e o Direito internacional, assuntos estrangeiros, reduz-se ao truísmo de que o Direito nacional regulamenta o que é regulamentado pelo Direito nacional, e o Direito internacional, o que é regulamentado pelo Direito internacional.

Ainda assim, persiste certa verdade no enunciado de que o Direito internacional é Direito "interestatal", ao passo que o Direito nacional é, por assim dizer, Direito uniestatal. Essa diferenciação, entretanto, não diz respeito à matéria, mas à criação do Direito internacional e do Direito nacional. Enquanto o Direito nacional é criado por um Estado apenas, o Direito internacional costuma ser criado pela cooperação de dois ou vários Estados. Isso se aplica tanto ao Direito internacional consuetudinário quanto ao Direito internacional contratual. Existem, é verdade, certas matérias específicas do Direito internacional, matérias que podem ser regulamentadas apenas por normas criadas pela colaboração de dois ou vários Estados. Essas matérias são – como sabemos – a determinação das esferas de validade das ordens jurídicas nacionais, e – como podemos acrescentar agora – os processos de criação do próprio Direito internacional. Mas não existe nenhuma matéria que possa ser regulamentada apenas pelo Direito nacional, e não pelo Direito internacional. Todas as matérias que são, ou podem ser, regulamentadas pelo Direito nacional também estão abertas à regulamentação pelo Direito internacional. Portanto, é impossível fundamentar a visão pluralista numa diferença de matéria entre o Direito internacional e o Direito nacional.

c. A "fonte" do Direito nacional e do Direito internacional

Em apoio à teoria pluralista, tem-se argumentado que os diferentes sistemas de normas originam-se de fontes diferentes. A expressão "fonte de Direito" é outra expressão metafórica que – como vimos – carrega pelo menos duas conotações diferentes. Uma "fonte de Direito" é, por um lado, um processo em que se criam normas, e, por outro lado, o fundamento pelo qual as normas são válidas. Vejamos, para começar, o que acontece com o argumento se a expressão for compreendida no primeiro sentido.

Nesse sentido, faz-se distinção entre duas "fontes de Direito": o costume e a legislação (no sentido mais amplo de qualquer criação estatutária de Direito)[26]. Quando se considera o costume como uma fonte de Direito, pressupõe-se que as pessoas devem se conduzir como se conduzem costumeiramente. Quando se considera a legislação como uma fonte de Direito, pressupõe-se que as pessoas devem se conduzir como ordenam os órgãos especiais autorizados a criar Direito por meio dos seus atos (o "legislador" na acepção mais ampla). A legislação, no sentido usual, mais restrito, é apenas um caso especial de criação estatutária, a saber, a criação de uma norma geral por um órgão especial. Mas uma norma individual também pode ter caráter de Direito estatutário – em contraposição ao consuetudinário – como, por exemplo, uma decisão judicial ou uma norma criada por contrato ou tratado.

---

26. Cf. *supra*, 119.

Ambos os métodos de criar Direito, o consuetudinário e o estatutário, ocorrem no Direito internacional, assim como no Direito nacional. O Direito internacional geral, é verdade, não reconhece a legislação e a legiferação do judiciário, os dois métodos de criação de normas mais importantes no Estado moderno. Mas os tribunais e os órgãos legislativos podem ser criados por meio de tratado internacional, o qual é, ele próprio, um método de criar Direito estatutário. As decisões de um tribunal internacional são normas de Direito internacional, e também o são certas decisões da Assembleia da Liga das Nações que obrigam todos os membros da Liga e que, desse modo, são análogas a estatutos de Direito nacional. Nada impede a criação, por meio de tratado, de um órgão colegiado que seja competente para aprovar resoluções majoritárias obrigatórias para os signatários do tratado. Se a centralização efetuada pelo tratado não vai muito longe, tais decisões, ainda assim, seriam normas do Direito internacional (sem ter, ao mesmo tempo, o caráter de Direito nacional).

Como a legislação e a legiferação judiciária internacionais são possíveis apenas com base num tratado, e a força de obrigatoriedade dos tratados está baseada numa regra de Direito internacional consuetudinário, pode-se dizer que a fonte primária (no sentido de método de legiferação) do Direito internacional é o tratado e o costume, ao passo que a fonte primária do Direito nacional pode ser o costume ou a legislação. Além disso, é verdade que o costume e o tratado, criando o Direito internacional, envolvem a cooperação de dois ou vários Estados, enquanto o costume e a legislação que criam o Direito nacional são funções dos órgãos de apenas um Estado. Assim, os métodos de legiferação são, nesse aspecto, diferentes no Direito nacional e no Direito internacional; mas essa não é uma diferença em princípio. E mesmo que o Direito nacional fosse criado de um modo totalmente diverso daquele pelo qual é criado o Direito internacional – o que não é o caso –, tal diferença nas fontes não significaria que as normas criadas de modos diferentes pertencem a sistemas jurídicos diferentes e mutuamente independentes. A diferença entre o costume e a legislação é muito maior que a diferença entre um tratado de Direito internacional e um contrato de Direito nacional. Não obstante, uma mesma ordem jurídica nacional contém tanto Direito consuetudinário quanto estatutário.

d. O fundamento de validade do Direito nacional e do Direito internacional

1. O fundamento de validade da ordem jurídica nacional determinado pelo Direito internacional

Para responder se o Direito internacional e o Direito nacional são ordens jurídicas diferentes e mutuamente independentes, ou se formam um sistema normativo universal, para se alcançar uma decisão entre pluralismo e monismo, temos de considerar o problema geral do que é que faz que uma norma pertença a uma ordem jurídica definida, de qual é o fundamento para que várias normas formem um único sistema normativo. Na primeira parte deste tratado[27], demonstra-se que várias normas pertencem à mesma ordem jurídica se todas derivam a sua validade da mesma norma fundamental. A questão de saber por que uma norma é válida nos reconduz necessariamente a uma norma última, cuja validade não questionamos. Se várias normas recebem, todas, a sua validade da mesma norma fundamental, então – por definição –, elas fazem parte do mesmo sistema. A questão de saber por que uma norma é uma norma do Direito americano ou do Direito internacional é, assim, uma questão quanto à norma fundamental do Direito americano e à do Direito internacional. Para determinar a relação entre Direito nacional e Direito internacional, precisamos verificar se as normas de ambos derivam a sua validade de normas diferentes ou da mesma norma fundamental.

A expressão "fonte de Direito" é, como vimos, compreendida às vezes como significando simplesmente o fundamento para que uma norma seja válida. Caso nos apeguemos a esse

---

27. Cf. *supra*, 115 ss.

significado do termo, o argumento de que o Direito internacional e o Direito nacional são sistemas separados porque têm "fontes" separadas não é incorreto. Desse modo, precisamos inquirir qual é o fundamento último de validade do Direito nacional, e qual é o do Direito internacional.

O problema quanto à relação entre Direito nacional e Direito internacional já foi formulado desse modo especialmente na literatura alemã[28]. Mas a resposta em geral oferecida – a de que a validade do Direito nacional tem o seu fundamento na "vontade" de um Estado, enquanto a validade do Direito internacional baseia-se nas "vontades combinadas" de vários Estados – é apenas uma metáfora antropomórfica. Uma análise lógica revelaria que a metáfora esconde apenas uma tautologia vazia.

A resposta à questão quanto à norma fundamental da ordem jurídica nacional foi dada na primeira parte deste tratado[29]. Se a ordem jurídica nacional for considerada sem referência ao Direito internacional, então o seu fundamento último de validade é a norma hipotética que qualifica os "Pais da Constituição" como uma autoridade criadora de Direito. Se, porém, levarmos em consideração o Direito internacional, descobriremos que essa norma hipotética pode ser derivada de uma norma positiva dessa ordem jurídica: o princípio de eficácia. É segundo esse princípio que o Direito internacional confere aos "Pais da Constituição" o poder de funcionar como os primeiros legisladores de um Estado. A primeira constituição histórica é válida porque a ordem coercitiva erigida com base nela é eficaz como um todo. Desse modo, a ordem jurídica internacional, por meio do princípio de eficácia, determina não apenas a esfera de validade, mas também o fundamento de validade das ordens jurídicas nacionais. Como as normas fundamentais das ordens jurídicas nacionais são determinadas por uma norma de Direito internacional, elas são normas fundamentais

---

28. Cf. meu tratado, *Das Problem der Souveränität und die Theorie des Völkerrechts* (2ª ed., 1923).
29. Cf. *supra*, 119 ss.

apenas num sentido relativo. A norma fundamental da ordem jurídica internacional também é fundamento último de validade das ordens jurídicas nacionais.

Uma norma superior pode determinar em detalhe o processo segundo o qual as normas inferiores deverão ser criadas, ou então conferir a uma autoridade o poder de criar normas inferiores de acordo com o seu arbítrio. Desta última maneira, o Direito internacional forma a base da ordem jurídica nacional. Ao estipular que um indivíduo ou grupo de indivíduos capazes de obter obediência permanente à ordem coercitiva por eles estabelecida devem ser considerados autoridades jurídicas e legítimas, o Direito internacional "delega" as ordens jurídicas nacionais cujas esferas de validade ele, desse modo, determina.

2. *Revolução e* coup d'état *como fatos criadores de Direito segundo o Direito internacional*

Ao determinar o fundamento de validade das ordens jurídicas nacionais, o Direito internacional regulamenta a criação do Direito nacional. Isso é claramente ilustrado pelo caso, repetidamente mencionado aqui, em que a constituição de um Estado é modificada, não da maneira prescrita pela própria constituição, mas de modo violento, ou seja, por meio de uma violação da constituição. Se uma monarquia for transformada em república por uma revolução popular, ou uma república em monarquia por meio de um *coup d'état* contra o presidente, e se o novo governo for capaz de manter a nova constituição de modo eficaz, então, esse governo e a sua constituição são, segundo o Direito internacional, o governo legítimo e a constituição válida do Estado. Esse é o motivo pelo qual afirmamos, em outro contexto[30], que a revolução vitoriosa e o *coup d'état* bem-sucedido são, de acordo com o Direito internacional, fatos criadores de Direito. Supor que a continuidade do Direito nacional ou – o que redunda no mesmo – a identidade do Estado não é afetada pela revolução ou pelo *coup d'état* desde que o território e a população continuem, de um modo geral,

---

30. Cf. *supra*, 218 ss.

os mesmos, é possível apenas caso se pressuponha uma norma de Direito internacional que reconheça a revolução vitoriosa e o *coup d'état* bem-sucedido como métodos de modificar a constituição. Nenhum jurista duvida, por exemplo, que o Estado russo existente sob a constituição czarista é o mesmo que agora existe sob a constituição bolchevista com o novo nome de URSS. Mas essa interpretação não é possível se, ignorando o Direito internacional, não formos além da constituição russa tal como ela existe num dado momento. Então a continuidade da ordem jurídica e a identidade do Estado russo se tornam incompreensíveis. Se a situação for julgada a partir desse ponto de vista, o Estado e a sua ordem jurídica permanecem os mesmos apenas na medida em que a constituição esteja intacta ou seja modificada em conformidade com os seus próprios dispositivos. Esse é o motivo pelo qual Aristóteles ensinava "que quando a constituição (πολιτεία) muda o seu caráter e se torna diferente, o Estado também não mais continua o mesmo"[31].

Esse parecer é inevitável caso se tente, como fez Aristóteles, compreender a natureza do Estado sem levar em consideração o Direito internacional. Apenas porque os juristas modernos – consciente ou inconscientemente – pressupõem o Direito internacional como uma ordem jurídica que determina a existência do Estado em todos os aspectos, segundo princípio de eficácia, é que eles acreditam na continuidade do Direito nacional e da identidade jurídica do Estado a despeito da mudança violenta de constituição.

Ao determinar, por meio do seu princípio de eficácia, a criação da constituição do Estado, o Direito internacional também determina o fundamento de validade de todas as ordens jurídicas nacionais.

3. A norma fundamental do Direito internacional

Como o Direito nacional tem o fundamento da sua validade e, por conseguinte, a sua "fonte", nesse sentido, no Direito internacional, a fonte do primeiro deve ser a mesma que a do

---

31. Aristóteles, *Política*, Livro III, 1276b.

segundo. Então, a visão pluralista não pode ser defendida pela suposição de que o Direito nacional e o Direito internacional têm "fontes" diversas e mutuamente independentes. É por meio da "fonte" do Direito nacional que esse Direito está unido ao Direito internacional, qualquer que possa ser a "fonte" dessa ordem jurídica. Qual é, então, a fonte, ou seja, a norma fundamental do Direito internacional?

Para encontrar a fonte da ordem jurídica internacional, temos de seguir um curso semelhante ao que nos conduziu à norma fundamental da ordem jurídica nacional. Precisamos começar a partir da norma mais baixa dentro do Direito internacional, isto é, da decisão de um tribunal internacional. Se perguntamos por que a norma criada por tal decisão tem validade, a resposta nos é fornecida pelo tratado internacional em conformidade com o qual o tribunal foi instituído. Se, novamente, perguntamos por que esse tratado tem validade, somos levados de volta à norma geral que obriga os Estados a se conduzir de acordo com os tratados por eles firmados, uma norma comumente manifestada pela expressão *pacta sunt servanda*. Essa é uma norma do Direito internacional geral, e o Direito internacional geral é criado pelo costume constituído pelos atos dos Estados. A norma fundamental do Direito internacional, portanto, deve ser uma norma que aprova o costume como fato criador de normas e que poderia ser formulada da seguinte maneira: "Os Estados devem se conduzir como têm se conduzido de costume". O Direito internacional consuetudinário, desenvolvido com base nessa norma, é o primeiro estágio dentro da ordem jurídica internacional. O estágio seguinte é formado pelas normas criadas por tratados internacionais. A validade dessas normas depende da norma *pacta sunt servanda*, a qual é, ela própria, uma norma pertencente ao primeiro estágio do Direito internacional geral, o Direito criado por costume constituído por atos de Estados. O terceiro estágio é formado por normas criadas por órgãos, por sua vez criados por tratados internacionais, como, por exemplo, as decisões do Conselho da Liga das Nações ou da Corte Permanente de Justiça Internacional.

4. A visão histórica e a lógica jurídica

O costume pelo qual se cria o Direito internacional consiste em atos de Estados. Desse modo, poder-se-ia objetar que devem ter existido Estados antes que pudesse haver Direito internacional. Mas como pode o Direito nacional derivar a sua validade do Direito internacional, se o início deste último pressupõe a existência do primeiro? O fato de que o Direito internacional consuetudinário existe não implica necessariamente que a existência de Estados preceda a existência do Direito internacional. Seria perfeitamente possível que grupos sociais primitivos se transformassem em Estados simultaneamente ao desenvolvimento do Direito internacional. O fato de que o Direito tribal é, pelo menos, um produto não ulterior ao Direito intertribal[32] permite tal conjectura. Mas, mesmo que a existência de Estados tenha realmente precedido a existência do Direito internacional, a relação histórica entre as ordens jurídicas nacionais e a ordem jurídica internacional não exclui a relação lógica que, sustenta-se, existe entre os seus fundamentos de validade.

Enquanto não existia Direito internacional, o fundamento de validade do Direito nacional não era determinado pelo Direito internacional. Se o Direito internacional não existe, ou se não se pressupõe que exista como ordem jurídica que obriga e autoriza os Estados, o princípio de eficácia não é uma norma de Direito positivo, mas apenas uma hipótese do pensamento jurídico.

Quando, porém, surgiu um Direito internacional e o princípio de eficácia tornou-se parte dele, as ordens jurídicas nacionais foram trazidas à relação com o Direito internacional afirmada pela teoria monista. Os Estados são soberanos na medida em que não exista Direito internacional ou que não se suponha a sua existência. Mas se o Direito internacional existe ou é pressuposto como existente, uma ordem jurídica superior à dos Estados é válida. Desse modo, sob o

---

32. Cf. *supra*, 327.

Direito internacional, os Estados não são soberanos, ou, o que redunda no mesmo, a ordem jurídica internacional, ao determinar a esfera e o fundamento de validade das ordens jurídicas nacionais, forma juntamente com elas uma ordem jurídica universal.

e. Conflitos entre Direito nacional e Direito internacional

O Direito internacional e o Direito nacional são, como se diz, partes de um único sistema normativo porque podem se contradizer, e de fato o fazem, mutuamente. Quando um Estado decreta um estatuto contrário a alguma norma do Direito internacional, esse estatuto, não obstante, adquire força de lei. Ao mesmo tempo, a norma de Direito internacional permanece válida. Segundo os críticos da teoria monista, esta situação implica uma contradição lógica. Se fosse uma contradição lógica, eles estariam indubitavelmente certos na sua conclusão de que o Direito nacional e o Direito internacional não constituem um único sistema normativo. Mas a contradição é apenas aparente.

Em caso de conflito entre uma norma estabelecida de Direito internacional e um estatuto mais recente de Direito nacional, os órgãos do Estado não têm, necessariamente, de considerar o estatuto como uma norma válida. É bem possível que os tribunais tenham poder para se recusar a aplicar tal estatuto, exatamente como são competentes às vezes para se recusar a aplicar um estatuto inconstitucional. No entanto, no Direito positivo existente essa é uma exceção. Portanto, vamos supor, aqui, que os órgãos de Estado devem considerar os estatutos válidos, mesmo que sejam contrários ao Direito internacional.

O conflito entre uma norma estabelecida de Direito internacional e uma de Direito nacional é um conflito entre uma norma superior e uma inferior. Tais conflitos ocorrem dentro da ordem jurídica nacional sem que a unidade dessa ordem seja por isso posta em risco. Quando estudamos esse problema[33], chegamos à conclusão de que uma norma "violadora de norma" – um estatuto "inconstitucional" ou uma decisão de tribunal "ilícita" ou "antijurídica" – é uma expressão altamente enganosa. Que uma norma inferior, como se costuma dizer, "não corresponda" a uma norma superior significa, na realidade, que a norma inferior é criada de tal modo ou tem um conteúdo tal que, de acordo com a norma superior, ela pode ser revogada de outro modo que não o normal; mas, enquanto a norma inferior não for revogada, ela permanece uma norma válida, e isso de acordo com a norma superior. O significado desta última é tornar possível essa revogação.

O fato de uma norma superior determinar a criação ou o conteúdo de uma norma inferior, porém, pode significar apenas que o órgão que criou a norma inferior "não correspondente" à norma superior está sujeito a uma sanção pessoal. Então, a norma criada pelo órgão responsável não será revogada. Em ambos os casos, não existe contradição lógica entre a norma superior e a norma inferior que não corresponde à primeira. A ilegalidade de uma norma significa a possibilidade de revogar a norma ou de punir o órgão criador de norma.

O enquadramento de uma norma "violadora de norma" pode ser um delito ao qual a ordem jurídica vincula uma sanção. A partir de nossas primeiras considerações, é evidente que a ocorrência de um fato não contradiz logicamente a norma que faz dele um delito. O delito não está em contradição com o Direito, não é uma negação do Direito, é uma condição determinada pelo Direito. Assim, não existe nenhuma dificuldade lógica em admitir que normas jurídicas válidas podem ter a sua origem num delito. O princípio *Ex injuria jus non oritur* pode pertencer a uma dada ordem jurídica positiva, mas o faz necessariamente. Na sua forma geral, ele não é um postulado lógico, mas político. A criação de uma constituição por meio de revolução ou *coup d'état* é uma prova clara disso.

---

33. Cf. *supra*, 155 ss.

A elaboração de uma determinada norma pode – segundo uma norma superior – ser um delito e expor o seu autor a uma sanção, mas a própria norma tende – novamente segundo a norma superior – a ser válida, válida não apenas no sentido de poder permanecer válida enquanto não for anulada, mas também no sentido de não poder ser anulável simplesmente por ter a sua origem num delito.
É exatamente esse o caso na relação entre o Direito internacional e o Direito nacional. O Direito internacional geralmente obriga um Estado a dar às suas normas certos conteúdos, no sentido de que, se o Estado decretar normas com outros conteúdos, estará sujeito a uma sanção internacional. Uma norma que, como se costuma dizer, é decretada em "violação" do Direito internacional geral permanece válida mesmo segundo o Direito internacional geral. O Direito internacional geral não estabelece nenhum processo pelo qual normas de Direito nacional que são "ilegais" (do ponto de vista do Direito internacional) possam ser abolidas. Tal processo existe apenas no Direito internacional particular e no Direito nacional.

Se os conteúdos das normas de uma ordem jurídica nacional são determinados pelo Direito internacional, é apenas num sentido alternativo. Não está excluída a possibilidade de normas com outros conteúdos que não os prescritos. Faz-se discriminação contra tais normas apenas na medida em que o ato da sua elaboração constitua um delito internacional. Mas nem o delito internacional, que consiste na elaboração da norma, nem a própria norma estão em contradição lógica com o Direito internacional, não mais do que a chamada lei inconstitucional está em contradição lógica com a constituição. E, exatamente como a possibilidade de "leis inconstitucionais" não afeta a unidade da ordem jurídica nacional, da mesma forma a possibilidade de um Direito nacional "violar" o Direito internacional não afeta a unidade do sistema jurídico que compreende ambos. Assim, os representantes da teoria pluralista estão errados ao pensar que é possível refutar a unidade do Direito nacional e do Direito internacional chamando a atenção para possíveis contradições entre os dois.

f. A unidade do Direito nacional e do Direito internacional como um postulado da teoria jurídica

1. A relação possível entre dois sistemas de normas

A unidade de Direito nacional e Direito internacional é um postulado epistemológico. Um jurista que aceita ambos como conjuntos de normas válidas deve tentar compreendê-los como partes de um único sistema harmonioso. Isto é possível *a priori* de duas maneiras diferentes. Dois conjuntos de normas podem ser partes de um sistema normativo porque uma, sendo uma ordem inferior, deriva a sua validade da outra, uma ordem superior. A ordem inferior tem a sua norma fundamental relativa, ou seja, a determinação fundamental da sua criação, na ordem superior. Ou, então, dois conjuntos de normas formam um sistema normativo porque ambos, sendo duas ordens coordenadas, derivam a sua validade de uma mesma terceira ordem, a qual, na sua condição de ordem superior, determina não apenas as esferas, mas também o fundamento de sua validade, ou seja, a criação das duas ordens inferiores.

O processo de criação e, portanto, o fundamento de validade de uma ordem inferior, pode ser determinado por uma ordem superior, como foi assinalada, de modo direto ou indireto. A ordem superior pode ela mesma estabelecer o processo em que as normas da ordem inferior devem ser criadas, ou simplesmente conferir a uma autoridade poderes para criar normas para determinada esfera de acordo com o seu próprio arbítrio. Diz-se que a ordem superior "delega" a ordem inferior. Como a norma fundamental relativa das ordens inferiores é parte da ordem superior, as próprias ordens inferiores podem ser concebidas como ordens parciais dentro da ordem superior como ordem total. A norma fundamental da ordem superior é o fundamento de validade último de todas as normas, inclusive das ordens inferiores.

A relação do Direito internacional e do Direito nacional deve corresponder a um desses dois tipos. O Direito internacional pode ser superior ao Direito nacional ou *vice-versa*; ou então o Direito internacional pode ser coordenado ao Direito nacional. A coordenação pressupõe uma terceira ordem superior a ambas. Como não existe nenhuma terceira ordem superior a ambas, elas devem estar numa relação de superioridade e inferioridade. De todo excluída é a possibilidade de existirem lado a lado, mutuamente independentes sem estarem coordenadas por uma ordem superior. A teoria pluralista, que afirma ser esse o caso, invoca a relação entre o Direito e a moralidade para sustentar a sua asserção. Esses dois sistemas normativos, é bem verdade, são independentes um do outro, na medida em que cada um possui a sua norma fundamental. Mas a própria relação entre Direito e moralidade demonstra que dois sistemas normativos não podem ser considerados válidos simultaneamente, a menos que se pense neles como partes de um único sistema.

2. A relação entre Direito positivo e moralidade

Consideremos o caso de um conflito entre uma norma do Direito positivo e uma norma da moralidade. O Direito positivo pode, por exemplo, estipular a obrigação de prestar serviço militar, que implica matar na guerra, enquanto a moralidade, ou uma determinada ordem moral, proíbe incondicionalmente que se mate. Sob tais circunstâncias, o jurista diria que, "moralmente, matar pode ser proibido, mas isso é juridicamente irrelevante". Do ponto de vista do Direito positivo como sistema de normas válidas, a moralidade não existe como tal: em outras palavras, a moralidade não é, em absoluto, levada em conta como sistema de normas válidas se o Direito positivo for considerado como sendo tal sistema. A partir desse ponto de vista, existe um dever de prestação de serviço militar, nenhum dever contrário. Da mesma maneira o moralista diria que, "juridicamente, pode-se estar sob a obrigação de prestar serviço militar e matar na guerra, mas isso é moralmente irrelevante". Ou seja, o Direito não surge, em absoluto, como um sistema de normas válidas se basearmos nossas considerações normativas na moralidade. A partir desse ponto de vista, existe um dever de recusar a prestação de serviço militar, e nenhum dever contrário. Nem o jurista, nem o moralista afirmam que ambos os sistemas normativos são válidos. O jurista ignora a moralidade como sistema de normas válidas, assim como o moralista ignora o Direito positivo como sendo tal sistema. Nem a partir de um, nem a partir do outro ponto de vista, existem ao mesmo tempo dois deveres que se contradizem mutuamente. E não existe nenhum terceiro ponto de vista. Considerar o Direito e a moralidade, a partir de um único ponto de vista, como sendo ordens simultaneamente válidas só é possível caso se considere uma ordem como "delegando" a outra. O Direito positivo com frequência se refere a determinado sistema de moralidade, pelo menos para regular certas relações humanas particulares; e muitos sistemas de moralidade reconhecem – com mais ou menos ressalvas – o Direito positivo existente. A parte delegada da moralidade é parte do Direito positivo, e a parte delegada do Direito tem a mesma relação com a moralidade. Considerar o Direito e a moralidade, a partir de um mesmo ponto de vista, como ordens válidas ou, o que redunda no mesmo, aceitar o Direito e a moralidade como sistemas simultaneamente válidos significa admitir a existência de um único sistema que abrange a ambos.

Toda a busca por conhecimento científico é motivada por um esforço para encontrar a unidade na aparente multiplicidade dos fenômenos. Assim torna-se tarefa da ciência descrever o seu objeto num sistema de enunciados coerentes, isto é, enunciados que não se contradigam mutuamente. Isso também é válido para as ciências do Direito e da moralidade, ciências cujo objeto são normas. As contradições também estão banidas dentro da esfera dessas ciências. Assim como é logicamente impossível afirmar simultaneamente que "A é" e "A não é", é logicamente impossível afirmar simultaneamente que "A deve ser" e "A não deve ser". O que é válido só pode ser descrito em expressões como "Você deve...". Em tais termos o jurista descreve o sistema de normas jurídicas supostamente válidas e o moralista descreve o sistema de normas morais supostamente válidas. Duas normas que, por seu significado, se contradigam mutuamente e, portanto, se excluam mutuamente não podem ser admitidas como simultaneamente válidas. É uma das principais tarefas do jurista fornecer uma apresentação coerente do material com o qual trabalha. Como o material é apresentado em expressões linguísticas, é possível que *a priori* ele contenha contradições demonstrando que elas são apenas pretensas contradições. Por meio da interpretação jurídica, o material jurídico é transformado num sistema jurídico.

3. *Choque de deveres*

Contra a nossa tese de que duas normas contraditórias não podem ser simultaneamente válidas seria possível objetar que, afinal, existem coisas como choques de deveres. Nossa resposta é a de que termos como "norma" e "dever" são ambíguos. Por um lado, eles possuem uma significação que só pode ser expressa por meio de um enunciado de dever ser (o sentido primário). Por outro lado, eles também são usados para designar um fato que pode ser descrito por um enunciado de ser (o sentido secundário), o fato psicológico de que um indivíduo tem a ideia de uma norma, de que ele se vê obrigado por um dever (no sentido primário) e de que essa ideia ou essa crença (norma ou dever no sentido secundário) o predispõe a seguir certa linha de conduta. É bem possível que o mesmo indivíduo tenha, ao mesmo tempo, a ideia de duas normas, que ele acredite estar obrigado por dois deveres que se contradizem e, portanto, se excluem mutuamente; por exemplo, a ideia de uma norma de Direito positivo que o obriga a prestar serviço militar e a ideia de uma norma de moralidade que o obriga a recusar o serviço militar. O enunciado que descreve esse fato psicológico não é, porém, mais contraditório do que, por exemplo, o enunciado de que duas forças opostas atuam no mesmo ponto. Uma contradição lógica é sempre uma relação entre o significado de julgamentos ou enunciados, nunca uma relação entre fatos. O conceito de um chamado conflito de normas ou deveres significa o fato psicológico de um indivíduo estar sob a influência de duas ideias que o impelem em direções opostas; ele não significa a validade simultânea de duas normas que se contradizem mutuamente.

4. Normatividade e efetividade

Deixar de distinguir os dois sentidos de palavras como "norma" e "dever" é o principal motivo pelo qual não se percebe que dois conjuntos de normas válidas devem ser sempre partes de um único sistema. Quando se usa a palavra "norma" (na sua acepção secundária) para expressar o fato de que os indivíduos têm a ideia de normas, de que os indivíduos acreditam estar obrigados por normas e são motivados por tais ideias, se o termo "norma" significar um "ser", e não um "dever ser", então é possível afirmar que existem normas que se contradizem mutuamente, então é possível afirmar que "existem", lado a lado, complexos de normas que não são partes de um mesmo sistema de normas. Mas as normas de que falam estes enunciados são objeto da psicologia e da sociologia, não da teoria jurídica. Esta última não está preocupada com as ideias e crenças que as pessoas efetivamente têm, por exemplo, no que diz respeito ao serviço militar, mas sim com a questão de saber se as pessoas juridicamente devem ou não, se são ou não obrigadas a prestar serviço militar, ou seja, está preocupada com normas ou deveres no sentido primário. Um sociólogo ou psicólogo poderia observar que algumas pessoas se acreditam obrigadas, que outras pessoas acreditam o contrário, e que outras ainda oscilam entre as duas opiniões. Um sociólogo ou psicólogo vê apenas o aspecto efetivo do Direito e da moralidade, não o aspecto normativo. Ele concebe o Direito e a moralidade como um complexo de fatos, não como um sistema de normas válidas. Ele não pode, portanto, fornecer qualquer resposta à questão de saber se alguém deve ou não prestar serviço militar. Essa questão só pode ser respondida pelo jurista ou pelo moralista que considera o Direito ou a moralidade como um sistema de normas válidas, ou seja, como um sistema de proposições sobre o que os homens devem fazer, e não de enunciados sobre o que os homens efetivamente fazem ou efetivamente acreditam que devem fazer. É o ponto de vista da normatividade, não da efetividade.

g. Primazia do Direito nacional ou primazia do Direito internacional

1. Personalidade nacional e internacional do Estado

É ao Direito como um sistema de normas válidas, não ao Direito como um complexo de fatos, que se deve referir tudo o que foi dito aqui sobre a necessidade de compreender o Direito nacional e o Direito internacional como elementos de um sistema universal. Essa tendência rumo ao estabelecimento de unidade na pluralidade das normas jurídicas é imanente a todo o pensamento jurídico. E essa tendência prevalece mesmo na teoria dos que advogam a interpretação pluralista. Habitualmente, não se nega que o Estado seja um sujeito do Direito internacional, além de suporte de uma ordem jurídica nacional. Então, se não existisse nenhuma relação unificadora entre o Direito internacional e o Direito nacional, o Estado, nessa sua primeira capacidade, teria de ser uma entidade totalmente separada do Estado na sua segunda capacidade. Do ponto de vista jurídico, existiriam, então, sob o mesmo nome, dois diferentes Estados, duas Franças, dois Estados Unidos, e assim por diante, uma França do Direito nacional, e uma França do Direito internacional etc. Esta consequência absurda não é aceita pelos pluralistas.

Às vezes, é verdade, os pluralistas afirmam que a personalidade internacional e a personalidade nacional do Estado são distintas[34]. Mas o que eles querem dizer é apenas que o mesmo Estado tem uma personalidade internacional e uma personalidade nacional, exatamente como um ser humano tem uma personalidade moral e uma jurídica. Nunca se contesta que é o mesmo México que firma um tratado com outro Estado na esfera do Direito internacional e que executa esse tratado na esfera do Direito nacional. Tome-se, por exemplo, um tratado

---

34. Dionisio Anzilotti, *Cours de Droit International* (1929), 54, 405. Este autor é considerado um defensor coerente da teoria pluralista. Logo, ele diz, falando do termo "Estado": "O termo 'Estado' significando ... o sujeito de uma ordem jurídica nacional, determina um sujeito inteiramente diferente do Estado como o sujeito do Direito internacional".

pelo qual um Estado é obrigado a naturalizar cidadãos de outros Estados sob a condição de que eles sejam liberados da sua nacionalidade pelo outro Estado. Então, obviamente, é o mesmo Estado que, como um sujeito do Direito nacional, decreta um estatuto pelo qual a aquisição e a perda da nacionalidade são regulamentadas em conformidade com o tratado. É possível dizer que um ser humano tem uma personalidade jurídica e uma personalidade moral, e que essas personalidades, como duas qualidades diferentes do mesmo ser humano, não são idênticas. Porque o ser humano é uma unidade biofisiológica e, como tal, o *substratum* dessas duas personalidades diferentes. Dizer que o ser humano "tem uma personalidade jurídica e uma moral" é uma maneira metafórica de expressar o fato de que a conduta do mesmo ser humano – como determinada unidade biofisiológica – está sujeita a normas jurídicas e a normas morais.

Mas o Estado não é uma unidade biofisiológica, e nem mesmo uma unidade sociológica[35]. A relação entre Estado e Direito é radicalmente diversa da relação entre indivíduo e Direito. A afirmação de que o Direito regulamenta a conduta do Estado significa que o Direito regulamenta a conduta de indivíduos humanos à maneira de "Estado". O Estado não é, como os indivíduos humanos, um objeto de regulamentação jurídica, mas é a própria regulamentação jurídica, uma ordem jurídica específica. Acredita-se que o Estado seja um objeto de regulamentação apenas porque a personificação antropomórfica dessa ordem nos leva, primeiro, a equipará-lo a um indivíduo humano e, então, a tomá-lo erroneamente por um indivíduo supra-humano.

Essa hipostatização inadmissível é a fonte da crença de que o Estado, assim como um indivíduo, pode ter duas personalidades. Se o Estado não é – como um ser humano – o objeto de regulamentação jurídica, mas a própria regulamentação, uma ordem jurídica, então, a identidade do Estado é a identidade

---

35. Cf. *supra*, 183 ss.

de uma ordem jurídica. Os pluralistas não negam a identidade do Estado como o *substratum* comum da sua personalidade de Direito nacional. Eles não podem negar, por exemplo, que é o próprio Estado que, em conformidade com o Direito internacional, declara guerra antes do início das hostilidades contra outro Estado, e que, em conformidade com a sua própria constituição, efetivamente emite uma declaração de guerra. No entanto, caso tenham de descrever a realidade jurídica sem o auxílio de uma personificação antropomórfica, eles têm de admitir que a identidade do Estado não é a identidade de um *substratum* diferente da ordem que o regulamenta, mas é, ao contrário, a identidade da ordem que regulamenta a conduta dos indivíduos na sua capacidade de órgãos dessa ordem. A identidade do Estado como sujeito do Direito internacional e como sujeito do Direito nacional significa, finalmente, que a ordem jurídica internacional, que obriga e autoriza o Estado, e a ordem jurídica nacional, que determina os indivíduos que, na condição de órgãos do Estado, executam os seus deveres internacionais e exercem os seus Direitos internacionais, formam uma mesma ordem jurídica universal.

2. Transformação do Direito internacional em Direito nacional

Caso se admita que o Direito nacional e o Direito internacional são sistemas distintos de normas, então, deve-se admitir também que as normas do Direito internacional não podem ser aplicadas diretamente pelos órgãos de um Estado, e que esses órgãos, especialmente os tribunais, só podem aplicar diretamente normas do Direito nacional. Se uma norma do Direito internacional, um tratado internacional, por exemplo, deve ser aplicado pelos tribunais de um Estado, a norma, de acordo com esse parecer, tem de ser, primeiro, transformada em Direito nacional por meio de um ato legislativo que crie um estatuto ou um decreto-lei com o mesmo conteúdo do tratado. Essa consequência da teoria pluralista não corresponde ao conteúdo do Direito positivo. O Direito internacional necessita de transformação em Direito nacional apenas quando essa necessidade é formulada na constituição do Estado. Se a constituição se cala a esse respeito – como, às vezes, é o caso – os tribunais do Estado são competentes para aplicar o Direito internacional diretamente, sobretudo tratados concluídos pelo seu próprio governo com os governos de outros Estados de acordo com a constituição. Isso é possível apenas caso a norma criada pelo tratado, de acordo com o seu próprio significado, deva ser aplicada diretamente pelos tribunais do Estado, o que não é o caso, por exemplo, se o tratado internacional obriga o Estado apenas a emitir um estatuto cujo conteúdo é determinado pelo tratado.

Certamente existem normas de Direito internacional que não têm como objetivo a sua aplicação direta pelos órgãos administrativos e judiciários do Estado. Um tratado internacional estipulando que o Estado deve tratar uma minoria de certo modo pode, por exemplo, ter como significado apenas que o Estado tem de decretar, através do seu órgão legislativo, um estatuto adequado a ser aplicado pelos seus tribunais e órgão administrativos. Mas o tratado pode ser formulado de tal maneira que possa ser aplicado diretamente pelos tribunais e órgãos legislativos. Então, a transformação do Direito internacional em Direito nacional – por meio de um ato legislativo – é supérflua, a menos que seja necessária, por exemplo, pelo fato de a constituição do Estado estipular que os tribunais e autoridades administrativas devem aplicar única e exclusivamente estatutos (ou normas de Direito nacional consuetudinário) e decretos-lei.

Caso os órgãos de Estado sejam autorizados a aplicar diretamente o Direito internacional (como o serão caso o Direito nacional não os impeça de aplicá-lo), surge a questão de qual norma aplicar quando o Direito nacional e o Direito internacional se "contradizem" mutuamente. A questão só pode ser respondida pelo Direito positivo. A constituição pode estabelecer que o Direito nacional será sempre aplicado, mesmo que esteja em conflito com o Direito internacional, ou então que o conflito será solucionado em conformidade com o princípio de *lex posterior derogat priori*. Neste último caso, os tribunais têm de aplicar um estatuto que "contradiz" um tratado precedente, embora este não tenha sido, de acordo com o Direito internacional, abolido pelo estatuto. A aplicação do estatuto constitui um delito internacional. Finalmente, a constituição pode estabelecer que o Direito internacional sempre terá precedência sobre o Direito nacional. Os tribunais podem estar autorizados a recusar a aplicação de estatutos ou até mesmo a anulá-los por estarem em conflito com um tratado internacional ou norma do Direito internacional comum. Então, segundo algumas constituições, estatutos que violem o Direito internacional recebem um tratamento idêntico ao de estatutos que estejam violando a constituição.

Qual dessas três possibilidades prevalece num dado caso só pode ser decidido por meio de uma interpretação da ordem jurídica positiva em questão. Da mesma maneira, a questão de saber se é necessária uma transformação do Direito internacional em Direito nacional só pode ser respondida pelo Direito positivo, não por uma doutrina da natureza do Direito internacional ou do Direito nacional ou da sua relação mútua. Ao deduzir a necessidade geral da transformação a partir da pretensa independência do Direito nacional em relação ao Direito internacional, a teoria pluralista entra em conflito com o Direito positivo e, desse modo, prova a sua impropriedade. A impropriedade da teoria pluralista é patente o bastante já a partir do fato de que ela supõe que tal transformação seja geralmente necessária.

*3. Apenas uma ordem jurídica nacional
como sistema de normas válidas*

Se os pluralistas fossem coerentes, se de fato considerassem o Direito nacional e o Direito internacional como o Direito e a moralidade, como sendo duas ordens diferentes e mutuamente independentes, eles teriam de desistir de considerar o Direito internacional e o Direito nacional como sistemas de normas simultaneamente válidas. Da mesma forma como o jurista ignora a moralidade, e o moralista, o Direito, assim o jurista internacional teria de ignorar o Direito nacional, e o jurista nacional, o Direito internacional. Um teórico do Direito internacional teria de aceitar o Direito nacional, e um teórico do Direito nacional, o Direito internacional, apenas como um fato, não como um sistema de normas válidas. Os expoentes da teoria pluralista, porém, consideram o Direito nacional e o Direito internacional como dois sistemas de normas válidas simultaneamente, e eles têm de fazê-lo, já que a ordem jurídica internacional é destituída de sentido sem a ordem jurídica nacional, e a existência jurídica do Estado não pode ser compreendida sem que se leve em consideração o Direito internacional, que determina a sua existência.

Caso se decidisse considerar como válido apenas o Direito nacional, ter-se-ia de escolher uma única ordem nacional como o único sistema de normas válidas. O que foi dito da relação entre Direito internacional e Direito nacional é válido também para a relação entre as várias ordens jurídicas nacionais. A validade pode ser atributo simultâneo de duas ordens jurídicas nacionais apenas caso se pense nelas como formando um único sistema. O Direito internacional é a única ordem jurídica que poderia estabelecer tal conexão entre elas. Portanto, se o Direito nacional e o Direito internacional não estivessem relacionados, as várias ordens jurídicas nacionais também não estariam. Um teórico que insistisse na visão pluralista teria de proclamar uma ordem jurídica nacional – a do seu próprio Estado, por exemplo – como a única ordem jurídica válida.

Reconhecer a ordem social do seu próprio grupo como sendo o único "Direito" verdadeiro é uma visão tipicamente primitiva, comparável à visão de que apenas os membros do seu próprio grupo são verdadeiros seres humanos. Na linguagem de algumas tribos primitivas, o termo que designa "ser humano" é o mesmo com que os membros da tribo designam a si mesmos em contraposição aos membros de outras tribos. Originalmente, os antigos gregos consideravam apenas a sua própria "pólis" como uma comunidade jurídica, desprezando todos os estrangeiros como bárbaros fora da lei. Mesmo hoje, inclinamo-nos a não aceitar a ordem social de outra comunidade como "Direito" no sentido pleno da palavra, especialmente quando a ordem incorpora princípios políticos diferentes dos nossos.

4. O reconhecimento do Direito internacional

Como, por um lado, a validade do Direito nacional é considerada óbvia, e, por outro lado, é praticamente impossível negar totalmente a validade do Direito internacional, os pluralistas recorrem a uma hipótese por meio da qual – sem essa intenção – eles invalidam a independência mútua entre Direito nacional e Direito internacional que desejam defender. Por meio dessa hipótese, também estabelecem uma relação normativa entre as várias ordens jurídicas nacionais e, assim, reabrem a possibilidade de considerar as ordens jurídicas internacional e nacionais como sistemas de normas válidas. Estamos nos referindo à conhecida afirmação de que o Direito internacional é válido para um Estado apenas se for por ele "reconhecido".

Esta não é, de modo algum, uma regra do Direito internacional positivo. O Direito internacional positivo não faz que a sua validade para um Estado dependa do reconhecimento por esse Estado. Quando um novo Estado passa a existir, esse Estado, de acordo com o Direito internacional, recebe todas as obrigações e direitos conferidos a um Estado por essa ordem jurídica, independentemente do reconhecimento ou não do Direito internacional da parte do Estado. De acordo com o próprio Direito internacional, não é necessário provar que um Estado concordou com uma norma do Direito internacional geral para poder afirmar que, num caso concreto, esse Estado violou uma obrigação ou que outro Estado infringiu um direito do primeiro estipulado pela norma em questão. Uma norma do Direito internacional que faz que a sua validade para um Estado dependa do seu reconhecimento pelo Estado é logicamente impossível, porque a validade de tal norma pressupõe uma validade do Direito internacional independente do seu reconhecimento.

Uma questão diferente é saber se a existência jurídica de um Estado depende do reconhecimento da parte de outros Estados. Essa questão foi respondida de modo afirmativo num capítulo anterior[36]. Alguns autores supõem que o reconheci-

---

36. Cf. *supra*, 219 ss.

mento do Direito internacional por parte do Estado a ser reconhecido é uma condição essencial para o seu reconhecimento como Estado. Contudo, tal como foi assinalado, o próprio Direito internacional não prescreve, e não pode prescrever, o seu reconhecimento por parte de outro Estado como condição da sua validade para os Estados. O Direito internacional apenas torna a sua aplicação à relação entre duas comunidades dependente do reconhecimento mútuo destas como Estados. O próprio Direito positivo dá ao reconhecimento de um Estado por outro os seus efeitos jurídicos característicos. Desse modo, o reconhecimento mútuo de comunidades como Estados pressupõe a validade do Direito internacional.

O reconhecimento de uma comunidade como Estado é um ato instituído pelo Direito internacional positivo. O reconhecimento do Direito internacional por um Estado – como condição de um reconhecimento da sua validade para esse Estado – não pode ser um ato antecipado pelo Direito internacional, pois tal ato pressuporia – como assinalado – a validade do Direito internacional. A tese de que o Direito internacional torna-se válido para um Estado apenas se for por ele reconhecido é uma hipótese feita pelo jurista teórico na sua tentativa de compreender o mundo do Direito. Ela não diz respeito, de modo algum, ao conteúdo do Direito positivo, mas diz respeito realmente ao fundamento de validade hipotético do Direito internacional. A tese oposta, de que o Direito internacional é válido para os Estados sem qualquer reconhecimento da sua parte, é, também, apenas uma hipótese jurídica, não uma norma positiva de Direito internacional. A esse respeito, ele não se pronuncia e não pode fazê-lo.

5. A primazia do Direito nacional

A tese de que o Direito internacional torna-se válido para um Estado apenas se for reconhecido por esse Estado equivale a dizer que o motivo pelo qual o Direito internacional é válido para um Estado é a "vontade" desse Estado. Isso significa que, segundo esse parecer, o Direito internacional é válido para um Estado apenas se a ordem jurídica do Estado contiver uma norma estipulando que as relações desse Estado com outros Estados estão sujeitas ao Direito internacional. A relação entre Direito nacional e Direito internacional é, desse modo, considerada análoga à relação entre o Direito nacional e um dado sistema de moralidade, quando o primeiro se refere ao segundo para regular certas relações humanas ou – para usar o termo aqui sugerido – quando a ordem jurídica "delega" a ordem moral até certo ponto. O Direito internacional é considerado parte do Direito nacional.

A ordem jurídica nacional não costuma "delegar" explicitamente o Direito internacional ou, em outros termos: em geral, o Estado não reconhece o Direito internacional por meio de um ato legislativo ou executivo. Fala-se, portanto, de um reconhecimento tácito do Direito internacional pelo Estado, evidenciado por ações conclusivas, tais como o envio de agentes diplomáticos a outros Estados e a aceitação de tais agentes de outros Estados, ou a elaboração de tratados internacionais. Às vezes acontece, é verdade, que uma norma da ordem jurídica nacional se refira explicitamente ao Direito internacional. Assim, a constituição alemã de Weimar (Artigo 4) estabelece: "As regras universalmente reconhecidas como Direito internacional são partes constituintes obrigatórias da lei federal alemã". A interpretação de tal norma depende da nossa teoria da relação entre Direito nacional e Direito internacional. Caso se suponha que o Direito internacional é válido para um Estado sem qualquer reconhecimento da parte desse Estado, então a norma em questão nada mais é que uma transformação geral de Direito internacional em Direito nacional prescrita por essa constituição particular. Caso se suponha, porém, que o Direito internacional é válido para um Estado apenas se "reconhecido" por esse Estado, a norma em questão é considerada como sendo um "reconhecimento" do Direito internacional pelo Direito nacional.

De acordo com a primeira teoria, o Direito internacional é uma ordem jurídica superior a todas as ordens jurídicas nacionais que, na condição de ordens jurídicas inferiores, são "delegadas" pela ordem jurídica internacional e formam, juntamente com ela, uma ordem jurídica universal. De acordo com a segunda teoria, a ordem jurídica nacional é superior à ordem jurídica internacional, que recebe a sua validade da primeira. Por conseguinte, o Direito internacional é uma parte do Direito nacional, e a unidade de ambos é também estabelecida por essa teoria. Garantir esta unidade é, de fato, o verdadeiro propósito da teoria do "reconhecimento", a qual se pressupõe a primazia do Direito nacional sobre o Direito internacional, ao passo que a outra teoria pressupõe a primazia do Direito internacional sobre o Direito nacional.

h. Soberania

1. A soberania como qualidade de uma ordem normativa

A consequência mais importante da teoria que se origina da primazia do Direito nacional é a de que o Estado cuja ordem jurídica é o ponto de partida da elaboração inteira pode ser considerado soberano. Porque se pressupõe a ordem jurídica desse Estado como sendo a ordem suprema, acima da qual não existe nenhuma outra ordem jurídica. Essa é, também, uma consequência da teoria pluralista. Da mesma forma, essa teoria recusa-se a considerar o Direito internacional como uma ordem jurídica superior acima dos Estados e das suas ordens jurídicas. Contudo, a teoria pluralista incorpora regularmente a teoria do reconhecimento. Ao fazê-lo, ela abandona o dualismo do Direito nacional e Direito internacional e, portanto, o pluralismo jurídico. Podemos, por conseguinte, conjecturar que o seu real propósito é não tanto afirmar a independência do Direito nacional e do Direito internacional, mas antes sustentar a ideia da soberania do Estado.

A afirmação de que a soberania é uma qualidade essencial do Estado significa que o Estado é uma autoridade suprema. A "autoridade" costuma ser definida como o direito ou poder de emitir comandos obrigatórios. O poder efetivo de forçar os outros a certa conduta não basta para constituir uma autoridade. O indivíduo que é, ou que tem, autoridade deve ter recebido o direito de emitir comandos obrigatórios, de modo que os outros sejam obrigados a obedecer. Tal direito ou poder pode ser conferido a um indivíduo apenas por uma ordem normativa. Desse modo, a autoridade, originalmente, é a característica de uma ordem normativa. Apenas uma ordem normativa pode ser "soberana", ou seja, uma autoridade suprema, o fundamento último de validade das normas que um indivíduo está autorizado a emitir como "comandos" e que os outros são obrigados a obedecer. O poder físico, um mero fenômeno natural, nunca pode "ser soberano" na acepção apropriada da palavra. Tal como atribuída ao poder físico, a "soberania" poderia significar, ao que parece, apenas algo como a propriedade de ser uma causa primeira, uma *prima causa*. Mas a ideia de uma *prima causa* é uma contradição em termos, se, de acordo com o princípio de causalidade, cada fenômeno tem de ser considerado o efeito de uma causa, se cada fenômeno que é considerado a causa de um efeito tem de ser considerado, ao mesmo tempo, o efeito de outra causa. Na cadeia infinita de causas e efeitos, isto é, dentro da realidade natural, não pode haver uma causa primeira, e, portanto, nenhuma soberania.

O Estado na sua capacidade de autoridade jurídica deve ser idêntico à ordem jurídica nacional. Dizer que o Estado é soberano significa que a ordem jurídica nacional é uma ordem acima da qual não existe nenhuma outra. A única ordem que se poderia supor como sendo superior à ordem jurídica nacional é a ordem internacional. Assim, a questão de saber se o Estado é soberano ou não coincide com a questão de saber se o Direito internacional é ou não ordem superior ao Direito nacional.

Dizer que uma ordem é "superior" a outra é – como assinalamos[37] – uma expressão figurada. Ela significa que uma ordem, a inferior, deriva o seu fundamento de validade, a sua norma fundamental relativa, de outra ordem superior. O problema da soberania do Estado não é o problema de saber se um objeto natural possui ou não uma dada propriedade. Não se trata de uma questão que possa ser respondida do mesmo

---

37. Cf. *supra*, 129 s., 362 ss.

modo que, por exemplo, saber qual é o peso específico de um metal, ou seja, através da observação da realidade natural ou – de modo análogo – através de uma análise do conteúdo do Direito positivo (nacional e internacional). O resultado da nossa análise foi o de que o Direito internacional, através do princípio de eficácia, determina a esfera e o fundamento de validade da ordem do Direito nacional, e, desse modo, a superioridade do Direito internacional sobre o Direito nacional parece ser imposta pelo conteúdo do próprio Direito. Mas, do ponto de vista da teoria do reconhecimento, o Direito internacional determina a esfera e o fundamento de validade do Direito nacional apenas se o Direito internacional possuir validade, e se essa validade for reconhecida pelo Estado. Após o Estado ter reconhecido o Direito internacional, esta ordem, por seu próprio conteúdo, determina a esfera e até mesmo o fundamento de validade da ordem jurídica nacional. Mas, como esse efeito é ocasionado apenas pelo reconhecimento do Direito internacional da parte do Estado, o Direito internacional determina a esfera e o fundamento de validade do Direito nacional apenas num sentido relativo. Por fim, o Direito nacional é a ordem suprema, e o Direito internacional tem o seu fundamento de validade no Direito nacional. De acordo com a teoria do reconhecimento, a norma fundamental da ordem jurídica nacional é a fonte de validade suprema e absoluta de todo o Direito e, portanto, o Estado pode ser concebido como soberano.

A tese da teoria do reconhecimento: a primazia do Direito nacional sobre o Direito internacional, é – como assinalado – apenas uma hipótese jurídica, exatamente como a tese oposta: a primazia do Direito internacional. Por conseguinte, a "soberania do Estado" não é um fato que pode, ou não, ser observado. Não se pode dizer que o Estado "é" ou "não é" soberano; pode-se apenas pressupor que ele é ou não é soberano, e essa pressuposição depende da teoria que usamos para abordar a esfera dos fenômenos jurídicos. Se aceitarmos a hipótese da primazia do Direito internacional, então o Estado "não é" soberano. Sob essa hipótese, o Estado poderia ser declarado soberano apenas no sentido relativo de que nenhuma outra ordem além da ordem jurídica internacional é superior à ordem jurídica nacional, de modo que o Estado está sujeito diretamente apenas ao Direito internacional. Se, por outro lado, aceitarmos a hipótese da primazia do Direito nacional, então o Estado "é" soberano no sentido absoluto, original, do termo, sendo superior a qualquer outra ordem, inclusive o Direito internacional.

2. A soberania como qualidade exclusiva de uma única ordem

Se os fenômenos do Direito forem interpretados segundo a hipótese da primazia do Direito nacional, uma única ordem jurídica nacional, e, portanto, apenas um único Estado pode ser concebido como soberano. Essa hipótese é possível somente a partir do ponto de vista de uma única ordem jurídica nacional. Só pode ser pressuposto como soberano o Estado cuja ordem jurídica é o ponto de partida de toda a estrutura. A relação necessária entre esse Estado e os outros Estados pode ser estabelecida apenas pelo Direito internacional, e apenas caso se admita que o Direito internacional determina as esferas de validade das ordens jurídicas desses Estados. O Direito internacional, porém, segundo a hipótese fundamental, é válido apenas por ser reconhecido pelo Estado mencionado em primeiro lugar, o qual "é" soberano porque a ordem jurídica internacional é considerada parte da sua ordem jurídica e, portanto, inferior a ela. Uma vez que as ordens jurídicas nacionais derivam a sua validade do Direito internacional, elas devem ser consideradas inferiores à ordem jurídica do Estado que é pressuposto como soberano em primeiro lugar e que, portanto, é o único que pode ser pressuposto como tal. Essa ordem jurídica, através da mediação do Direito internacional, que faz parte dela, abrange todas as outras ordens jurídicas nacionais "delegadas" pela ordem jurídica internacional. Essas outras ordens jurídicas nacionais são, segundo o Direito internacional, válidas exclusivamente para as suas esferas territoriais e pessoais específicas, e podem ser criadas e modificadas em conformidade com as suas próprias constituições. Mas o Direito internacional, que garante aos outros Estados essa soberania relativa, tem – do ponto de vista dessa interpretação – o seu fundamento de validade na ordem jurídica nacional da qual procede a interpretação. Apenas essa ordem jurídica nacional que, no que diz respeito ao fundamento de validade, e não ao conteúdo de outras ordens jurídicas nacionais, se apresenta como a ordem jurídica universal, é soberana absoluta, ou seja, apenas esse Estado é soberano no sentido original do termo. A soberania de um Estado exclui a soberania de todos os outros Estados. Essa é uma consequência inevitável da teoria do reconhecimento baseada na hipótese da primazia do Direito nacional. A maioria dos expoentes desses pareceres, porém, não os desenvolve até as suas últimas consequências. Eles concebem o mundo do Direito como uma quantidade de ordens jurídicas nacionais isoladas, cada uma delas soberana e cada uma delas contendo o Direito internacional como parte. Por motivos já explicados, esse pluralismo jurídico é logicamente impossível. Com base nesse parecer, existiriam, incidentemente, tantas ordens jurídicas internacionais diferentes quanto há Estados ou ordens jurídicas nacionais. É, porém, logicamente possível que diferentes teóricos interpretem o mundo do Direito partindo da soberania de diferentes Estados. Cada teórico pode pressupor a soberania do seu próprio Estado, isto é, pode aceitar a hipótese da primazia da sua própria ordem jurídica nacional. Então, ele tem de considerar o Direito internacional que estabelece as relações com as ordens jurídicas dos outros Estados e essas ordens jurídicas nacionais como partes da ordem jurídica do seu próprio Estado, concebido como uma ordem jurídica universal. Isso significa que o quadro do mundo do Direito variaria de acordo com o Estado que fosse tomado como base da interpretação. Dentro de cada um desses sistemas, erigidos sobre a hipótese da primazia do Direito nacional, apenas um Estado é soberano, mas esse Estado nunca seria o mesmo sequer em dois desses sistemas.

i. A significação filosófica e jurídica das duas hipóteses monistas

1. Subjetivismo e objetivismo

A hipótese da primazia do Direito nacional é um paralelo da filosofia subjetivista que, a fim de compreender o mundo, parte do próprio *ego* do filósofo e interpreta o mundo como a vontade e a ideia do sujeito. Essa filosofia, proclamando a soberania do *ego*, é incapaz de compreender outro sujeito, o *non-ego*, o *tu* que também afirma ser um *ego*, como um ser igual. A soberania do *ego* é incompatível com a soberania do *tu*. A consequência última de tal filosofia subjetivista é o solipsismo.

A teoria da primazia do Direito nacional é o subjetivismo de Estado. Ela torna o Estado que é ponto de partida da elaboração, o Estado do teórico, o centro soberano do mundo jurídico. Mas essa filosofia jurídica é incapaz de compreender outros Estados como iguais ao Estado do filósofo, ou seja, como seres jurídicos que também são soberanos. A soberania do *ego* de Estado é incompatível com a soberania do *tu* de Estado. A consequência última da primazia do Direito nacional é o solipsismo de Estado.

O *ego* e o *tu* podem ser concebidos como seres iguais apenas se a nossa filosofia partir do mundo objetivo dentro do qual ambos existem como partes e nenhum dos dois como centros soberanos do todo. De modo semelhante, a ideia da igualdade de todos os Estados pode ser sustentada apenas se basearmos a nossa interpretação dos fenômenos jurídicos na primazia do Direito internacional. Os Estados podem ser considerados iguais apenas se não forem pressupostos como soberanos.

Nem a hipótese de primazia do Direito internacional, nem a da primazia do Direito nacional, ocupa-se de modo algum com o conteúdo material do Direito positivo. As obrigações e os direitos internacionais dos Estados são exatamente os mesmos, quer se admita uma ou outra hipótese. O fato de o Direito positivo de um determinado Estado declarar a ordem jurídica internacional como sendo parte da sua ordem jurídica nacional não pode impedir a teoria jurídica de supor que a validade do

Direito internacional não depende de um reconhecimento da parte do Estado, isto é, de aceitar a hipótese da primazia do Direito internacional. Tampouco o fato de o Direito internacional determinar as esferas e o fundamento de validade das ordens jurídicas nacionais impede a suposição de que o Direito internacional é válido para um Estado apenas se reconhecido por ele, que é a hipótese da primazia do Direito nacional.

2. Usos indevidos das duas hipóteses

As duas hipóteses – dois modos diferentes de compreender todos os fenômenos jurídicos como partes de um único sistema – são, é verdade, usadas indevidamente como base para afirmações sobre o conteúdo do Direito positivo. A partir da suposta primazia do Direito nacional ou do Direito internacional, tenta-se tirar conclusões que se opõem ao conteúdo efetivo do Direito positivo. Desse modo, segundo os que pressupõem a primazia do Direito nacional, a soberania do Estado implica que o Estado não é sempre obrigado por tratados que firmou com outros Estados, ou que o Estado não pode ser sujeitado à jurisdição de um tribunal internacional, ou então que não pode ser obrigado contra a sua vontade por resoluções majoritárias de órgãos colegiados internacionais, ou ainda que o Direito nacional não pode ter a sua origem num processo de Direito internacional, especialmente, que a soberania do Estado é incompatível com a ideia de que a sua constituição seja criada por um tratado internacional, e assim por diante.

Todas essas questões não podem ser respondidas através de deduções a partir do conceito de soberania, mas apenas por meio de uma análise do Direito positivo; e o Direito positivo demonstra que todas as asserções acima são incorretas. Os que aceitam a hipótese do Direito internacional, porém, estão igualmente incorretos quando sustentam que o Direito internacional se sobrepõe ao Direito nacional, que uma norma do Direito nacional é sempre nula se contradiz uma norma do Direito internacional. Esse seria o caso apenas se existisse uma norma positiva que fornecesse um meio de anular uma norma do Direito nacional por causa da sua não conformidade a uma norma do Direito internacional. De qualquer modo, o Direito internacional geral não contém qualquer norma desse tipo.

As duas teorias monistas podem ser aceitas ou rejeitadas em face de quaisquer estipulações empiricamente apresentadas pelo Direito nacional ou internacional positivo – precisamente por se tratar de hipóteses epistemológicas que não carregam quaisquer inclinações quanto a esse aspecto.

3. A escolha entre as duas hipóteses

Em nossa escolha entre elas, temos a mesma liberdade que na escolha entre uma filosofia subjetivista e uma objetivista. Como a escolha entre estas últimas não pode ser ditada pela ciência natural, assim a escolha entre as primeiras não pode ser feita por nós por meio da ciência do Direito. Em nossa escolha, somos obviamente guiados por preferências éticas e políticas. Uma pessoa cuja postura política é marcada pelo nacionalismo e pelo imperialismo estará naturalmente inclinada a aceitar a hipótese da primazia do Direito nacional. Uma pessoa cujas simpatias são pelo internacionalismo e pelo pacifismo estará inclinada a aceitar a hipótese da primazia do Direito internacional. Do ponto de vista da ciência do Direito, a escolha entre as duas hipóteses é irrelevante. Mas, do ponto de vista da ideologia política, a escolha é importante, já que está ligada à ideia de soberania.

Mesmo que a decisão esteja além do alcance da ciência, a ciência ainda tem a tarefa de revelar as relações entre elas e determinados sistemas de valores de caráter ético ou político. A ciência pode tornar o jurista cônscio dos motivos da sua escolha e da natureza da hipótese que escolhe, e, desse modo, impedi-lo de tirar conclusões que o Direito positivo, tal como conhecido na experiência, não confirma.

Apêndice

A doutrina do Direito natural e o positivismo jurídico

I. A ideia de Direito natural e a essência do Direito positivo

A. A TEORIA SOCIAL E O PROBLEMA DA JUSTIÇA

O problema da sociedade como objeto de conhecimento científico era, originalmente, o problema de determinar uma ordem justa de relações humanas. A sociologia surgiu na condição de ética, de política, de jurisprudência, independentemente ou como parte sistemática da teologia. Em cada caso, era uma ciência normativa, uma doutrina de valores. Apenas no início do século XIX é que de fato surge a tendência de empregar um método causal no tratamento de problemas da teoria social. Ela não mais promove uma investigação sobre a justiça, mas sim sobre a necessidade causal na conduta efetiva dos homens; não se trata de um estudo que busca determinar como os homens deveriam agir, mas sim como eles efetivamente agem e têm de agir, de acordo com as leis de causa e efeito.

A transformação completa da teoria social, de investigação normativa em investigação causal, significou uma desnaturação do seu objeto de conhecimento. Que as ciências naturais assim impelissem as ciências sociais rumo a algo não inteiramente diverso de um ato de autodestruição é algo que não pode ser inteiramente explicado pelo fato de o sucesso da ciência natural nos séculos XIX e XX recomendar o seu método como modelo. Essa transformação da ciência das relações sociais, de uma ciência ética numa sociologia causal, que explica a realidade da conduta efetiva e que é, portanto, indiferente a valores, está, hoje, em boa parte, consumada. Trata-se, fundamentalmente, de um recuo da teoria social perante um objeto que ela perdeu toda a esperança de dominar, de uma aceitação involuntária da parte de uma ciência centenária que, pelo menos temporariamente, abandona, como insolúvel, o seu problema essencial. A ciência jurídica dos séculos XIX e XX declara-se expressamente incapaz de incluir o problema da justiça no objetivo das suas investigações. Em princípio, pelo menos, o positivismo limita-se a uma teoria do Direito positivo e à sua interpretação. Consequentemente, ele se mostra ansioso por manter a diferença, e mesmo o contraste entre "justo" e "jurídico", uma antítese que se manifesta na nítida separação entre a filosofia jurídica e a ciência jurídica. Tal não era o caso até o início do século XIX. Antes da ascensão vitoriosa da escola histórica de Direito, a questão da justiça era considerada pela ciência jurídica como o seu problema fundamental. Este, e nenhum outro, é o significado do fato de que, até então, a ciência do Direito era a ciência do Direito natural. Isso não implica que a ciência do Direito não se ocupasse do Direito positivo, mas, simplesmente, que ela acreditava na necessidade de tratar o Direito positivo apenas em estreita conexão com o Direito natural, isto é, com a justiça.

B. O PRINCÍPIO DE VALIDADE NO DIREITO NATURAL E NO DIREITO POSITIVO; O FATOR DA COERÇÃO; DIREITO E ESTADO

Era característica da doutrina do Direito natural, fosse na condição de parte da ética ou da teologia, fosse como disciplina autônoma, o costume de trabalhar sobre o pressuposto de uma "ordem natural". Ao contrário das regras do Direito positivo, as regras vigentes nesta "ordem natural" que governa a conduta humana não estão em vigor por terem sido criadas "artificialmente" por uma autoridade humana específica, mas sim porque emanam de Deus, da natureza ou da razão, e são, desse modo, boas, certas e justas. Neste ponto entra a "positividade" de um sistema jurídico, em comparação com a lei da natureza: ele é feito pela vontade humana – um fundamento de validade totalmente estranho ao Direito natural, porque, na condição de ordem "natural", este não é criado pelo homem e pela sua própria pressuposição, não pode ser criado por um ato humano. Nisso reside o contraste entre um princípio de validade material e um formal. Esse princípio formal é a principal causa do muito enfatizado, e frequentemente mal compreendido, "formalismo" do Direito positivo.

Uma vez que a ideia de um Direito natural é uma ideia de uma ordem "natural", segue-se que as suas regras, diretamente, tal como fluem da natureza, de Deus ou da razão, são imediatamente evidentes como as regras da lógica e, desse modo, não requerem qualquer esforço para serem percebidas como reais. Este é o segundo ponto no qual o Direito natural se distingue do Direito positivo. O Direito positivo é essencialmente uma ordem de coerção. Ao contrário das regras do Direito natural, as suas regras derivam da vontade arbitrária de uma autoridade humana e, por esse motivo, simplesmente por causa da natureza da sua fonte, elas não podem ter a qualidade da auto evidência imediata. O conteúdo das regras do Direito positivo carece da necessidade "interna" que é peculiar às do Direito natural em virtude da sua origem. As regras do Direito positivo não estabelecem uma determinação definitiva das relações sociais. Elas levam em conta a possibilidade de que essas relações também podem ser determinadas por outras regras do Direito positivo, seja subsequentemente, por regras da mesma autoridade jurídica, seja simultaneamente, por regras de outra autoridade jurídica. Não se pode pressupor que aqueles cuja conduta é regulamentada desse modo adquiram, com essas regras, também a convicção da sua retidão e justiça. Obviamente, é possível que a sua conduta efetiva seja diferente da que é prescrita pelas regras do Direito positivo. Por este motivo, a coerção torna-se parte integral do Direito positivo. A doutrina que declara a coerção como característica essencial do Direito é uma doutrina positivista e se ocupa unicamente com o Direito positivo.

Como o Direito positivo é uma ordem de coerção, no sentido de que prescreve atos coercitivos, o seu desenvolvimento conduz necessariamente ao estabelecimento de agências especiais para concretizar atos de coerção apropriados. Não é mais o indivíduo cujos interesses foram prejudicados quem executa a lei contra o malfeitor, como ocorria no Direito primitivo; é uma "agência" ou "órgão", no sentido mais restrito da palavra (um "juiz" ou "funcionário"), estabelecido com base na divisão de trabalho. Podemos considerar a criação de tais órgãos como o verdadeiro início da "organização", no sentido estrito, técnico, do termo. O Direito positivo como ordem humana arbitrária, cujas regras carecem de justeza autoevidente, requer necessariamente uma agência para a concretização de atos de coerção e exibe a tendência inerente de evoluir, de ordem coercitiva para uma "organização" coercitiva específica. Essa ordem coercitiva, sobretudo quando se torna uma organização, é idêntica ao Estado. Assim, pode-se dizer que o Estado é a forma perfeita do Direito positivo. O Direito natural é, em princípio, uma ordem não coercitiva, anárquica. Toda a teoria de Direito natural, na medida em que conserva a ideia de uma lei pura de natureza, é necessariamente um anarquismo ideal; todo anarquismo, do cristianismo primitivo ao marxismo moderno, é, fundamentalmente, uma teoria de Direito natural.

C. O "DEVER SER": VALIDADE ABSOLUTA E RELATIVA

Embora o Direito positivo seja uma ordem coercitiva e o Direito natural, uma ordem não coercitiva, ambos são, simplesmente ordens, sistemas de normas cujas regras só podem ser expressas por um "dever ser". O sistema do Direito natural, assim como o do Direito positivo, não se conforma à regra da necessidade no sentido causal, mas sim à regra essencialmente diferente do "dever ser" da normatividade.

Esta regra da normatividade deve ser compreendida num sentido inteiramente relativo e formal, caso deva ser tomada como forma tanto do Direito positivo quanto do Direito natural. Antes de mais nada, o contraste entre realidade e norma ("ser" e "dever ser") deve ser reconhecido como relativo. Porque, em relação à lei da natureza, o Direito positivo surge como algo artificial, *i.e.*, como algo feito por um ato empírico de vontade humana que ocorre no domínio do ser, isto é, na esfera dos eventos concretos. Assim, ele surge como uma realidade que é confrontada pelo Direito natural como um valor. A possibilidade de um Direito bom ou mau surge dessa relação. Apenas quando avaliado de acordo com o padrão de um Direito natural, cuja validade é tida como certa, é que um Direito positivo específico, o Direito de uma determinada comunidade histórica, pode surgir como bom ou mau, como "justo" ou "injusto". Por outro lado, o Direito positivo, como norma, é, do ponto de vista que lhe é imanente, um "dever ser" e, portanto, um valor, e confronta, sob tal aspecto, a realidade da conduta humana que avalia como lícita ou ilícita. Este é, realmente, o problema da positividade do Direito: o Direito surge como "dever ser" e "ser" ao mesmo tempo, sendo que, logicamente, essas duas categorias são mutuamente exclusivas.

Além disso, devemos evitar o erro, com frequência repetido, de identificar a categoria do "dever ser" com a ideia de "bom", "reto" ou "justo" num sentido material, caso desejemos compreender o Direito natural e o Direito positivo como normativos e, ainda assim, manter a distinção entre eles. Apenas o elemento normativo das regras do Direito natural carrega o sentido de absoluto que comumente se associa à concepção de "justo". Inevitavelmente, encontramos um "dever ser" expresso no Direito positivo, caso o consideremos como, inerentemente, comunicando uma norma ou regra. Porém, trata-se de um "dever ser" que possui apenas um significado relativo. Segue-se que a categoria do "dever ser" (normatividade) possui apenas um significado formal, a menos que seja relacionada a um determinado conteúdo exclusivamente qualificado como "bom" ou "justo". É claro, mesmo que algo seja declarado como sendo lícito apenas no sentido do Direito positivo, essa declaração pretende expressar que esse algo é, de certa forma, "reto" ou "justo". Como ainda permanece a possibilidade de que algo positivamente lícito possa, a partir de algum outro ponto de vista, ser errado ou injusto, a "retidão" ou "justiça" incorporada à ideia de Direito positivo só pode ser um termo relativo. Ser relativo significa, aqui, que um curso de conduta prescrito por uma norma jurídica positiva é considerado o conteúdo desse "dever ser" e, consequentemente, "reto" ou "justo" apenas com base numa pressuposição cuja "retidão" e "justiça" não foram verificadas. Nesse sentido, todo conteúdo jurídico material, se for Direito positivo, deve ser tomado como "reto" e "justo". O "dever ser" do Direito positivo só pode ser hipotético. Isso se segue necessariamente da natureza do fundamento de validade que distingue o Direito positivo do Direito natural. As normas do Direito positivo são "válidas", ou seja, devem ser obedecidas, não porque, como as leis do Direito natural, derivam da natureza, de Deus ou da razão, de um princípio do absolutamente bom, reto ou justo, de um valor ou norma fundamental absolutamente supremo ou de uma norma fundamental, a qual se acha, ela própria, investida da pretensão de validade absoluta, mas, simplesmente, porque foram criadas de certo modo ou feitas por certa pessoa. Isso não implica nenhum enunciado categórico quanto ao valor do método de legiferação ou da pessoa que funciona como autoridade jurídica positiva; esse valor é uma pressuposição hipotética. Caso se admita que se devem observar os comandos de um determinado monarca ou que se deve agir de acordo com as resoluções de um determinado parlamento, as ordens desse monarca e as resoluções desse parlamento são Direito. Elas são normas "válidas", e a conduta humana "deve" se conformar aos seus conteúdos. Assim como a validade absoluta das suas normas corresponde à ideia de Direito natural, a validade meramente hipotética das suas normas corresponde à de Direito positivo. Da mesma forma, as normas positivas são válidas apenas com base numa pressuposição: a de que existe uma norma fundamental que estabelece a autoridade legislativa suprema. A validade dessa norma fundamental não é provada e deve permanecer assim dentro da esfera do próprio Direito positivo.

D. A NORMA FUNDAMENTAL DO DIREITO POSITIVO

Essa norma fundamental estabelece a validade do Direito positivo e expressa o caráter hipotético-relativo de um sistema de normas investido apenas da validade do Direito positivo. Ela não é apenas a hipótese de uma teoria especial do Direito. Ela é simplesmente a formulação do pressuposto necessário para qualquer compreensão positivista de materiais jurídicos. Ela apenas eleva ao nível da consciência o que todos os juristas fazem, mesmo inconscientemente, quando, na compreensão da sua matéria, rejeitam o Direito natural (*i.e.*, limitam-se ao Direito positivo) e, ainda assim, consideram os dados da sua cognição não como meros fatos de poder, mas como leis, como normas. Eles ordinariamente compreendem as relações jurídicas de que se ocupam não como relações naturais de causa e efeito, mas como relações normativas de obrigações e direitos. Mas por que um ato humano, que ocorre no tempo e no espaço, e que é perceptível por meio dos sentidos, é interpretado como um ato jurídico (uma transação jurídica ou uma decisão judiciária), dentro do significado de qualquer Direito positivo (alemão, francês ou inglês)? Por que um tal ato deve ser considerado uma norma, e não um mero evento da realidade? Por que deve ser dado também um significado objetivo ao significado subjetivo desse ato? Por que, em outras palavras, não se diz simplesmente que certo indivíduo humano exige que outro aja de um modo específico em vez de efetivamente sustentar que um está habilitado a prescrever e o outro, a agir em conformidade com a prescrição? Por que supomos que aquilo que o ato em questão comunica subjetivamente deve ser feito, objetivamente, pelo Direito? A resposta do jurista positivista é: porque esse indivíduo age baseado em uma norma, uma regra geral, um estatuto, porque o estatuto prescreve que se deve agir como as partes combinaram na transação jurídica, ou como o juiz ordenou na sua decisão. Pode-se ainda perguntar por que esse "estatuto" representa uma norma, por que ele é objetivamente válido. *Prima facie*, o "estatuto" é uma simples matéria real, ou seja, o fato de várias pessoas terem expressado a sua vontade de que a vontade expressada por essas pessoas, sob certas circunstâncias particulares, deve significar um "estatuto", quando, se isso fosse feito por outros, sob outras circunstâncias, não teria, de modo algum, a mesma significação? Neste caso, a resposta será: o evento que interpretamos como a elaboração de um estatuto está em conformidade com uma norma ainda superior, porque a essas pessoas a constituição conferiu o poder de fazer leis. Essa "constituição" é, por sua vez, nada mais que um evento concreto *prima facie* cujo significado normativo só pode ser encontrado recorrendo-se à constituição anterior em conformidade com cujas regras ela foi criada. O recurso a essa constituição anterior deve levar, por fim, à constituição original, que não pode ser derivada de outra anterior. O jurista positivista, que não pode ir além dos fatos fundamentais, pressupõe que esse fato histórico original tem o significado de "constituição", que a resolução de uma assembleia de homens ou a ordem de um usurpador tem a significação normativa de uma lei fundamental. Apenas fazendo tal pressuposição é que ele pode demonstrar o significado normativo de todos os outros atos que ele compreende como atos jurídicos simplesmente porque ele atribui a origem de todos eles à constituição original. A norma fundamental hipotética que estabelece o legislador original expressa essa pressuposição; ela a formula conscientemente e nada mais. Isso quer dizer que o positivismo jurídico não vai além dessa constituição original para apresentar uma justificativa material e absoluta da ordem jurídica. Ele para nesse ponto. A norma fundamental é um pressuposto indispensável, porque, sem ela, o caráter normativo do evento histórico fundamental não poderia ser estabelecido. Este ato último, ao qual recorre o jurista positivamente e além do qual ele não prossegue, é interpretado como um ato de legiferação, já que é expressado na norma fundamental, a qual, por sua vez, não é justificada por uma norma superior e, portanto, transmite apenas validade hipotética.

A característica essencial do positivismo, em contraste com a teoria do Direito natural, pode ser encontrada precisamente na difícil renúncia a uma justificativa material absoluta, nesta limitação abnegada e autoimposta a uma fundamentação formal, meramente hipotética, sobre uma norma fundamental. O positivismo e o relativismo (epistemológico) são tão apropriados um ao outro quanto o são entre si a doutrina do Direito natural e o absolutismo (metafísico). Qualquer tentativa de ultrapassar os fundamentos relativo-hipotéticos do Direito positivo, isto é, de abandonar uma norma fundamental hipotética por uma norma fundamental absolutamente válida, que justifique a validade do Direito positivo (uma tentativa que, por óbvios motivos políticos, ocorre regularmente), significa o abandono da distinção entre Direito positivo e Direito natural. Significa a invasão do tratamento científico do Direito positivo pela teoria do Direito natural, e, na medida do possível, uma analogia com as ciências naturais, uma intrusão da metafísica no domínio da ciência.

E. A IMUTABILIDADE DO DIREITO NATURAL

Valendo-se de sua origem a partir de um valor absoluto, o Direito natural reivindica validade absoluta e, portanto, em harmonia com a sua ideia pura, apresenta-se como uma ordem permanente, imutável. O Direito positivo, por outro lado, com a sua validade hipotético-relativa, é uma ordem infinitamente mutável, que pode se ajustar às condições à medida que elas se modificam no espaço e no tempo. Uma análise dos seus métodos específicos demonstra que, repetidas vezes, a teoria do Direito natural tem se inclinado, direta ou indiretamente, a abandonar ou atenuar o postulado de imutabilidade. Substituindo o Direito natural absoluto, ou somando-se a ele, ela afirma existir um Direito natural meramente hipotético-relativo, variável e ajustável a circunstâncias especiais. Assim, são feitas tentativas para se resolver a divergência entre o Direito natural e o Direito positivo. Ao obscurecer a fronteira entre os dois sistemas, luta-se, conscientemente ou não, para legitimar como Direito natural ou, pelo menos, como um tipo de Direito natural, um Direito positivo variável com uma simples validade hipotético-relativa: ou seja, luta-se para demonstrar a sua justiça.

F. A LIMITAÇÃO DA IDEIA DE DIREITO NATURAL

A comparação do Direito natural com o Direito positivo, que esclarece a natureza de ambas as ordens normativas, leva-nos, por fim, a um ponto em que, em lugar de uma diferença essencial, vem à luz uma afinidade fundamental entre as duas – uma afinidade que, de mais a mais, expõe o caráter problemático do Direito natural. O problema consiste sobretudo na necessidade, inerente a qualquer ordem normativa (seja um sistema de Direito natural ou de Direito positivo), de individualizar (concretizar) normas gerais (abstratas). Sempre que o Direito natural tem de ser concretizado, sempre que as suas normas, como o Direito positivo, são imediatamente empregadas às condições reais da vida social que elas pretendem determinar, *i.e.*, sempre que elas têm de ser aplicadas a casos concretos, surge a questão de saber se o Direito natural pode manter a sua existência dissociado da positividade, se a sua simples ideia permite a existência de um sistema de normas distinto do Direito positivo e dele independente. A questão é saber se o Direito natural como tal é possível.

Uma análise mais extensa dessa questão demonstra que a ordem do Direito natural, desde que tal exista, deve, necessariamente, ser positivada na sua aplicação às condições concretas da vida social, já que as normas abstratas gerais do Direito natural só podem se tornar normas individuais concretas por meio de atos humanos. Suponhamos que A peça a B que lhe restitua um empréstimo com juros. B recusa-se a obedecer, afirmando não ter recebido a importância em questão ou que não a recebeu em empréstimo e que a usou apenas no interesse de A. Caso essa controvérsia deva ser decidida de acordo com uma regra do Direito natural, torna-se necessário que a pessoa que tem de aplicar a norma em questão esteja capacitada a determinar com perfeita certeza se a importância controversa foi dada como empréstimo, se foi efetivamente usada no interesse do emprestador, mesmo que isso tenha ocorrido sem a sua ordem. Ele deve saber, em outras palavras, se os fatos determinantes necessários para a aplicação da regra de Direito natural em questão são realmente encontrados no presente caso. Além disso, ele precisa saber que consequências o Direito natural atribui a esses fatos determinantes e o que considera "reto" ou "justo" em tal caso: a restituição da importância com ou sem juros, o não pagamento por causa do seu uso etc. Finalmente ele deve não apenas saber tudo isso, mas também estar animado de boa vontade para decidir em conformidade com a regra de Direito natural, isto é, para criar uma norma individual que corresponda à norma geral do Direito natural. Essa norma individual, mesmo quando em plena concordância com a norma geral, só pode ser, pelo menos formalmente, uma norma positiva, porque foi produzida por um ato humano. Seria supérfluo estabelecer órgãos especiais acima das partes em litígio para solucionar as controvérsias por meio de normas individuais, se as próprias partes possuíssem diretamente o conhecimento e a vontade e, assim, evitassem qualquer controvérsia. Essa é, claramente, uma suposição utópica. Caso se descarte tal suposição, é de esperar que o conhecimento inadequado (seja no que diz respeito aos fatos condicionantes, seja no que diz respeito às consequências) e a má vontade impedem a concretização do Direito natural. É óbvio que as normas do Direito natural, idealmente independentes da ação e da volição humanas, requerem, em última análise, a mediação de atos humanos a fim de cumprirem o seu propósito. Esse propósito é a determinação das relações entre os homens. Desse modo, a concretização do Direito natural torna-se dependente do conhecimento e da vontade dos homens, por cuja agência, apenas, o Direito natural abstrato é transmutado numa relação jurídica concreta. Até que grau tal concretização do Direito natural (sempre supondo a sua existência) é, em absoluto, possível, em vista da impropriedade do conhecimento e da vontade humana, é outra questão. De qualquer maneira, deve-se reconhecer que encontramos aqui limitação da ideia de Direito natural[1].

---

1. Essa discussão é levada adiante em meu ensaio "Die Idee des Naturrechts", 7 *Zeitschrift für Öffentliches Recht*, 221 s.

II. O Direito natural e o Direito positivo como sistemas de normas

A. A UNIDADE DOS DOIS SISTEMAS DE NORMAS

O Direito natural e o Direito positivo foram descritos acima como sistemas de normas. Serão eles, de fato, dois sistemas de normas distintos? Pode-se ter dúvidas quanto a isso, já que ambas as ordens estão relacionadas ao mesmo objeto, ou seja, à conduta humana. Porém, os métodos empregados pelos dois ao regularem a conduta humana são essencialmente diferentes. Uma ordem age prescrevendo a conduta socialmente desejada como conteúdo de um "dever ser"; a outra age instituindo um ato coercitivo a ser aplicado à pessoa cuja ação constitui o direito oposto do que é desejado. A segunda manifesta-se como uma ordem coercitiva. Talvez essa diferença não fosse em si importante o suficiente para estabelecer dois sistemas distintos a menos que se lembre que ela se estende também à diferença das suas fontes, ou seja, dos seus respectivos fundamentos de validade. A unidade e a natureza específica do fundamento último de validade constituem a unidade e a natureza específica de um sistema normativo.

Normas diferentes constituem uma única ordem e pertencem a um único sistema de normas se, em última análise, todas elas puderem ter a sua origem remontada ao mesmo fundamento de validade, se elas emanarem da mesma "fonte" – para usar a expressão comum – ou, usando a familiar expressão antropomórfica, se a mesma "vontade" for o fundamento da sua validade. Esta última fórmula já possui um matiz fortemente positivista. Ela opera sobre o pressuposto de que as normas são feitas pela vontade humana. Consequentemente, a um sistema de Direito natural que, por exemplo, atribui a criação dessas regras à vontade de Deus, ela deve ser aplicada com cautela e com plena consciência do seu caráter meramente analógico. Do contrário, estaremos preparados para aceitar uma falsificação ou enfraquecimento da ideia pura do Direito natural. Estabeleceu-se que o fundamento de validade de qualquer norma só pode ser outra norma; um "dever ser" só pode derivar de um "dever ser", e não de um "ser", e a norma tomada como suprema e definitivamente válida é a norma fundamental. Sempre que a investigação sobre o fundamento de validade de duas normas diferentes nos reconduz a duas normas fundamentais distintas, mutuamente independentes e exclusivas, isso significa que elas não pertencem ao mesmo sistema, mas a duas ordens diferentes individualizadas pelas características específicas das suas duas normas fundamentais.

B. O PRINCÍPIO ESTÁTICO DO DIREITO NATURAL E O PRINCÍPIO DINÂMICO DO DIREITO POSITIVO

A relação essencial de unidade que prevalece entre as normas de um sistema no que diz respeito à sua norma fundamental tende a ser de diferentes tipos. Sistemas estáticos e dinâmicos podem ser distinguidos pelo método de "derivação" que neles prevalece. As normas de uma ordem podem ser direta ou indiretamente "derivadas" da sua norma fundamental e obter, desse modo, a sua validade. No primeiro caso, a norma fundamental revela-se em normas de conteúdo variável, exatamente como um conceito geral origina conceitos especiais que lhes são subordinados. A norma fundamental da veracidade ou honestidade produz as normas: "não enganarás", "manterás a tua promessa", etc.; a norma fundamental do amor: "não ferirás ninguém", "ajudarás os necessitados" etc. Destas normas particulares resultam normas mais específicas, por exemplo: a de que o comerciante não deve ocultar defeitos de que tenha conhecimento dos seus produtos; de que o comprador deve pagar o preço prometido no tempo combinado; de que não se deve conspurcar a reputação de ninguém ou infligir dano físico a ninguém etc. Todas essas normas resultam da norma fundamental sem que seja necessário um ato especial de elaboração de normas, um ato de vontade humana. Todas estão contidas desde o princípio na norma fundamental e dela derivam por meio de uma simples operação intelectual. Um sistema dinâmico é diferente. A sua norma fundamental simplesmente confere o poder de criar normas a uma vontade humana específica. "Obedece a teus pais" é um tipo de tal norma fundamental. Nenhuma operação intelectual simples pode derivar dela uma única norma especial. É necessária uma ordem dos pais com um conteúdo específico (por exemplo: "vai para a escola"), ou seja, um ato especial de criação de normas ou legiferação. Essa norma particular não possui "validade" simplesmente porque o seu conteúdo é compatível com a norma fundamental, como uma coisa especial é relacionada a uma geral, mas apenas porque o ato da sua criação está de acordo com a regra enunciada pela norma fundamental, porque foi feita da forma como prescrevia a norma fundamental. A autoridade que recebeu o seu poder da norma fundamental pode, por sua vez, delegar a jurisdição da totalidade ou de uma parte da sua esfera. Assim, os pais podem delegar a um professor a educação dos seus filhos, e essa delegação pode continuar linha abaixo. A unidade do sistema dinâmico é a unidade de um sistema de delegação.

Segue-se que o Direito natural tende idealmente a ser um sistema estático de normas embora permaneça a questão de saber se ele é possível em vista das qualidades inapropriadas da vontade e do intelecto humanos. A partir da discussão precedente, evidencia-se também que o Direito positivo, cuja norma fundamental consiste na delegação de uma autoridade legisladora, constitui um sistema dinâmico. A "positividade" consiste, de fato, nesse princípio dinâmico. Todo o contraste entre Direito natural e Direito positivo pode, em certo sentido, ser apresentado como o contraste entre um sistema de normas estático e um sistema de normas dinâmico. Na medida em que a teoria do Direito natural deixa de desenvolver a sua ordem natural de acordo com um princípio estático e o substitui por um dinâmico, isto é, na medida em que é impelido a introduzir o princípio de delegação porque tem de ser concretizado na aplicação a condições humanas concretas, ela imperceptivelmente se transforma em Direito positivo.

C. A LIMITAÇÃO DO POSITIVISMO

Por sua vez, o princípio estático ganha acesso ao sistema do Direito positivo. Isso, não porque a autoridade constituída pela norma fundamental não possa, ela própria, criar outras normas, que não normas puras de delegação. O legislador constitucional não determina apenas órgãos para a legislação, mas também um processo legislativo; e, às vezes, as suas normas, isto é, a constituição, determinam, nas chamadas liberdades fundamentais e cartas de direitos, o conteúdo das leis, quando prescrevem certo grau mínimo do que elas devem e não devem conter. O legislador ordinário, em particular, não se satisfaz, de modo algum, com o estabelecimento de agências para a atitude judiciária e a administração. Ele emite normas para regulamentar o processo dessas agências e outras, por meio das quais ele determina o conteúdo das normas individuais que as agências aplicadoras de Direito são chamadas a criar. A aplicação de uma norma geral de Direito positivo a um caso concreto envolve a mesma operação intelectual que a dedução de uma norma individual a partir de uma norma geral do Direito natural. Ainda assim, nenhuma norma individual, na condição de norma positiva, emana simplesmente de uma norma geral (tal como: um ladrão deve ser punido) como o particular do geral, mas apenas na medida em que tal norma individual seja criada pelos órgãos aplicadores de Direito. Dentro do sistema do Direito positivo, nenhuma norma positiva, nem mesmo a material, é válida, a menos que tenha sido criada de uma maneira, em última análise, prescrita pela norma fundamental. A existência de outras normas, que não puramente delegativas, não significa uma limitação do princípio dinâmico no Direito positivo. Tal limitação provém de outra direção. Antes de mais nada, mesmo a validade da norma fundamental de uma dada ordem jurídica positiva não repousa sobre o princípio dinâmico. Esse princípio faz sua primeira aparição na norma fundamental e através dela. A norma fundamental não é uma norma construída, mas sim uma norma hipotética, pressuposta; ela não é Direito positivo, mas apenas a sua condição. Mesmo isso demonstra claramente a limitação da ideia de "positividade" jurídica. A norma fundamental não é válida por ter sido criada de certo modo, mas a sua validade é pressuposta em virtude do seu conteúdo. Ela é válida, então, como uma norma de Direito natural, separada da sua validade meramente hipotética. A ideia de um Direito positivo puro, assim como a do Direito natural, tem a sua limitação.

D. O DIREITO POSITIVO COMO UMA ORDEM SIGNIFICATIVA

Essa limitação revela-se ainda em outro aspecto. O significado da norma fundamental numa ordem positiva de Direito não pode ser determinado, como a ideia de "positividade" o exigiria, como um de delegação pura e simples. A norma fundamental não pode significar meramente o estabelecimento de um órgão legislador. É bem verdade que ela não deve conter qualquer coisa que venha a fixar as normas da sua ordem jurídica positiva no sentido de uma "justiça" material, absoluta. A norma fundamental não pode ter a função de garantir a "justiça" desse sistema. Isso seria irreconciliável com o princípio da "positividade". Ainda assim, se o sistema de normas jurídicas positivas, erigido sobre a norma fundamental, deve ser um todo significativo, um padrão compreensível, um objeto possível de cognição em qualquer sentido (uma pressuposição inevitável para uma ciência jurídica que, para o propósito de compreensão, usa a hipótese de norma fundamental), então a norma fundamental deve prover isso. Ela tem de estabelecer não uma ordem justa, mas uma ordem significativa. Com o auxílio da norma fundamental, os materiais jurídicos apresentados como Direito positivo devem ser compreensíveis como um todo significativo, isto é, devem se prestar a uma interpretação racional.

O princípio puro de delegação não pode garantir isso. Porque ele dota de validade qualquer conteúdo, mesmo o mais sem sentido, desde que tenha sido criado de certa maneira. Ele justifica qualquer norma, sem levar em conta o seu conteúdo, desde que tenha sido criada por meio de certo processo, e mesmo que se trate de uma norma de conteúdo autocontraditório ou de duas normas de conteúdos logicamente incompatíveis. O princípio de não contradição, como veremos mais tarde, aplica-se igualmente à esfera normativa ("dever ser") e à esfera concreta ("ser"). Em ambas, os julgamentos "A deve" e "A não deve" são tão mutuamente exclusivos quanto "A é" e "A não é". Se a cognição se depara com tal contradição destruidora de sentido em materiais jurídicos, se atos jurídicos surgem com esses significados subjetivos, tal contradição num mesmo sistema deve ser resolvida. Um significado subjetivo autocontraditório não pode se tornar um significado objetivo.

De fato, a cognição começa, na interpretação do seu objeto, com a pressuposição autoevidente de que tais contradições são solucionáveis. Quando as normas cujos conteúdos se contradizem mutuamente estão separadas pelo tempo da sua origem, quando uma precede a outra no tempo, aplica-se o princípio de *lex posterior derogat priori*. Este princípio, embora não seja ordinariamente estabelecido como uma regra positiva de Direito, é tido por certo sempre que uma constituição prevê a possibilidade de modificação legislativa. De modo geral, ele se aplica onde quer que a ordem jurídica se apresente como um sistema de normas variáveis. Na medida em que tal princípio não foi expressamente estabelecido, ele só pode ser estabelecido pela via da interpretação, isto é, através de uma interpretação dos materiais jurídicos. Isso significa simplesmente que ele é pressuposto, de modo bastante apropriado, como um princípio para a interpretação dos materiais dados, porque uma ordem jurídica mutável não pode ser interpretada significativamente sem tal pressuposição.

Além disso, o princípio de *lex posterior* é, via de regra, invocado quando ambas as normas pertencem ao mesmo nível. Quando está implicada a relação de uma norma superior e uma inferior, como, por exemplo, na relação entre uma constituição e um simples estatuto ou entre um estatuto e uma decisão judiciária, pode ser aplicado outro princípio: em caso de conflito, a norma inferior dá lugar à superior, *i.e.*, é anulada. Quando a norma inferior é posterior no tempo, pode-se aplicar o princípio de *lex prior derogat posterior*.

Possivelmente, uma norma pode ser interpretada de tal modo que o conflito seja apenas aparente e desapareça ao cabo dessa interpretação. Um estatuto, por exemplo, foi decretado em violação da constituição. Em tal caso, as regras constitucionais que governam o processo legislativo são interpretadas simplesmente de modo a dizer que um estatuto deve ser decretado de certo modo, por exemplo, por meio de uma resolução majoritária de dois terços de um determinado parlamento eleito popularmente e com a aprovação do chefe de Estado. Ainda assim, um estatuto decretado de modo diverso por uma maioria simples não é nulo, mas pode ser declarado nulo por determinada agência, tal como uma corte suprema. Pode até mesmo ser estabelecido que a elaboração de tal estatuto "inconstitucional" é apenas a condição de uma punição do órgão considerado responsável pela sua inconstitucionalidade.

Mais uma vez, uma decisão judiciária pode contradizer a lei. A contradição é eliminada caso se descubra que o que a lei quer dizer é que o juiz deve decidir de acordo com a lei, mas que também pode fazer um julgamento válido contrário à lei, se esse julgamento adquiriu a força de lei, ou seja, sempre que a ordem jurídica torna impossível anular ou modificar a decisão do juiz (*res judicata*). Esse princípio, de que a decisão judiciária é válida assim que obtém força jurídica, mesmo que não esteja em conformidade com a lei, é reconhecido e aceito geralmente em todas as ordens jurídicas positivas. Todas as ordens jurídicas positivas limitam a possibilidade de anular ou modificar uma decisão judiciária sob a alegação de que essa decisão viola a lei. De modo geral, revela-se mais importante encerrar uma controvérsia jurídica tão logo ela seja decidida pelo juiz do que fazer que o julgamento se conforme à lei sob quaisquer circunstâncias. Isso significa, simplesmente, que mesmo uma decisão judiciária contrária à lei pode tornar-se válida.

Todas essas interpretações não são necessariamente feitas na aplicação de quaisquer regras jurídicas positivas de interpretação, mas, com mais frequência ainda, na contestação da redação de regras positivas de Direito, que prescrevem que o processo legislativo tem de manter certas formas e não permitem expressamente que atos aprovados em violação de tais regras se transformem em estatutos válidos. De modo semelhante, nenhum estatuto criminal contém a estipulação expressa de que não o ladrão "real" deve ser punido, mas apenas o indivíduo que, embora não tendo "realmente" cometido apropriação indébita, recebeu tal sentença, aprovada com força jurídica por um tribunal com a jurisdição apropriada. Essa é a única interpretação aceitável de um estatuto criminal que estabelece que uma sentença, após um determinado período de tempo e sob certas condições, não mais pode ser anulada ou modificada. Quem quer que esteja sob uma sentença que adquiriu força de lei foi sentenciado licitamente. Na esfera do pensamento jurídico não existe pessoa condenada "sendo inocente". Existem apenas sentenças que podem ser anuladas ou modificadas e outras sentenças que não mais podem ser anuladas ou modificadas. A mesma lei ordena a punição do ladrão e estabelece que quem quer que tenha sido declarado juridicamente como tendo cometido apropriação indébita pelo tribunal com jurisdição apropriada deve ser considerado um ladrão. A redação do estatuto deve ser reinterpretada nesse sentido, a fim de se evitar a contradição lógica que, do contrário, ocorreria entre o estatuto e a sentença judiciária.

Se dado estatuto contém estipulações logicamente contraditórias, mutuamente exclusivas, duas possibilidades se oferecem. O estatuto pode ser interpretado de modo a tornar possível que o órgão encarregado da sua aplicação use o seu arbítrio e decida de um modo ou de outro, que aplique uma ou outra estipulação. Ou, pode-se sustentar que as estipulações anulam-se mutuamente, que o material jurídico não fornece qualquer significado aplicável e que, portanto, esse conteúdo do estatuto é juridicamente irrelevante. Essas interpretações são também reinterpretações sem fundamentação no Direito positivo. Elas se chocam com a redação e o significado pretendido, isto é, subjetivo, do material jurídico.

E. O SIGNIFICADO SUBJETIVO E OBJETIVO DO MATERIAL JURÍDICO

Existem ainda outros casos em que é necessário à cognição jurídica desqualificar materiais jurídicos criados em conformidade com a norma fundamental (a constituição), em que é necessário considerá-los como não Direito e juridicamente irrelevantes. Isso é válido para todo material que não se ajusta à forma básica da regra positiva de Direito, por meio da qual um ato coercitivo definido é associado a condições definidas. Pertencem a essa categoria todos os materiais designados como *lex imperfecta*, regras que, embora surjam em forma jurídica como estatuto, decreto-lei, etc., não podem ser relacionadas direta ou indiretamente a um ato de coerção. Isso não se aplica apenas a estipulações sem sanção coercitiva, mas também a enunciados de caráter teórico, a referências às motivações do legislador, e matérias similares, encontradas não sem frequência no texto de estatutos, decretos-lei tratados e outros instrumentos jurídicos. Se, por exemplo, se desconsiderasse a existência desses materiais, nada seria modificado no conteúdo jurídico real.

De modo geral, deve-se enfatizar que os materiais jurídicos dados à luz pelo processo legislativo tornam-se significativos apenas por meio de uma interpretação, a qual, em última análise, depende da norma fundamental pressuposta. Esse significado é objetivo e se origina da cognição jurídica. Ele pode diferir do significado subjetivo apresentado pelos materiais quando submetidos à interpretação objetiva. Se, por exemplo, uma constituição contém a cláusula: "O presidente da república nomeia os funcionários do Estado", uma interpretação científica descobrirá que o significado dessa cláusula não é o que parece ser. Ela significa meramente que o presidente coopera na nomeação de funcionários públicos como um órgão parcial, sempre que a constituição contiver outra cláusula no sentido de que cada ato presidencial requer, para ser válido, a cooperação de um ministro de gabinete. Embora outra cláusula de Direito positivo seja invocada nesse caso, a reinterpretação da primeira cláusula está em conflito aberto com a sua formulação jurídica positiva. Isto é feito unicamente num esforço para superar a contradição lógica que ocorreria se o significado subjetivo da cláusula fosse aceito como o seu significado objetivo. Naturalmente, é uma contradição que o presidente (um órgão simples) deva nomear os funcionários públicos e que um órgão inteiramente diverso (um órgão composto, formado por um presidente e um ministro) deva fazer o mesmo.

Embora positivismo signifique que apenas o que foi criado por processo constitucional é Direito, isso não quer dizer que tudo o que foi assim criado seja aceitável como Direito, ou que seja aceitável como Direito no sentido que atribui a si mesmo.

A pressuposição de uma norma fundamental que estabelece uma autoridade suprema para a legiferação é a pressuposição final que nos permite considerar como "Direito" apenas os materiais modelados por um determinado método. A interpretação de material jurídico acima descrita tem sido efetivamente usada há um bom tempo pela ciência jurídica. Se for correta e se essa imputação de um significado objetivo for possível (sem o que não pode existir ciência jurídica), então deve ser a própria norma fundamental que dá a significação de Direito ao material produzido por um determinado processo. Deve ser possível, além disso, averiguar, a partir dessa norma fundamental, que parte do material é Direito "válido", e também qual é o significado objetivo do material jurídico, o qual pode efetivamente se chocar com o seu significado subjetivo. A hipótese da norma fundamental simplesmente expressa as pressuposições necessárias para a cognição jurídica. A norma fundamental apenas expressa as condições sob as quais o material empírico pode ser mais claramente definido como Direito positivo pela ciência jurídica.

Portanto, a sua função é, em primeiro lugar, estabelecer uma autoridade legisladora suprema; trata-se, acima de tudo, de uma função de delegação. Contudo, ela não se esgota nisso. A norma fundamental não proclama simplesmente que tudo o que essa autoridade criou deve ser Direito porque foi criado por essa autoridade e que, portanto, nada mais pode ser Direito. Ela também contém a garantia de que tudo o que foi assim criado pode ser compreendido como significativo. Ela estabelece que se deve agir em obediência aos comandos da autoridade suprema e das autoridades por ele delegadas, e que esses comandos devem ser interpretados como um todo significativo.

F. A IMPORTÂNCIA METODOLÓGICA DA NORMA FUNDAMENTAL NO DIREITO POSITIVO

Caso se considere o caráter concreto do material que é compreensível como Direito em virtude de norma fundamental, torna-se claro que a própria norma fundamental já deve expressar o caráter coercitivo do Direito positivo. A sua fórmula, portanto, não é a que se acabou de enunciar de forma um tanto quanto abreviada: Tudo o que a autoridade suprema comandar será feito. Mais exatamente, ela diz: sob certas condições, estabelecidas pela autoridade suprema, a coerção deve ser aplicada de um modo determinado por essa autoridade. A norma fundamental tem a forma e o padrão básicos da regra jurídica. Por esse motivo, a interpretação pode ignorar como juridicamente irrelevante qualquer material jurídico que não assumiu essa forma. Como esta hipótese, de que toda a ordem jurídica positiva tem a forma de uma regra jurídica, a ideia de legalidade, *i.e.*, de conformidade ao Direito, é inerente a ela. Trata-se da ideia de que certa consequência está ligada a certa condição concreta, de que, se essa consequência está ligada a essa condição, apenas essa consequência e nenhuma outra (ou nenhuma consequência) pode se seguir. A norma fundamental estabelece que, sob certas condições X, deve ocorrer certa consequência A. Assim, ela estabelece que, sob condições similares X, não A não deve ocorrer ao mesmo tempo. Porque o princípio de não contradição deve estar assentado na ideia de Direito já que, sem ele, a noção de legalidade seria destruída. Esta pressuposição sozinha, contida na norma fundamental, permite que a cognição jurídica forneça uma interpretação significativa do material jurídico. Isso não inaugura nenhum novo método de jurisprudência científica; apenas revela, através de uma análise dos procedimentos efetivamente seguidos, as pressuposições lógicas de um método largamente usado. Os princípios de interpretação discutidos acima, o princípio de *lex posterior derogat priori*, o princípio de que a norma inferior deve ceder lugar à superior, a reinterpretação de cláusulas constitucionais à decretação de estatutos, a regra referente a duas cláusulas contraditórias no mesmo estatuto, a declaração de que parte do conteúdo de um estatuto pode ser juridicamente irrelevante etc. – todos eles não têm outro propósito que não o de dar uma interpretação significativa ao material do Direito positivo. Todos o fazem aplicando o princípio de contradição na esfera normativa. Na maior parte, não são regras de Direito positivo, não são normas estabelecidas, mas pressupostos de cognição jurídica. Isso quer dizer que são parte do sentido da norma fundamental, que, desse modo, garante a unidade das normas do Direito positivo com a unidade de um sistema que, se não é necessariamente justo, pelo menos é significativo. Em última análise, é a norma fundamental que garante esse complexo de normas como uma ordem[1].

---

1. Para simplificar o problema, tomamos o Direito positivo na sua manifestação como ordem jurídica de um único Estado cuja relação com o Direito internacional é desconsiderada. Se devêssemos considerar a totalidade de um sistema jurídico que abrange o Direito internacional e as suas ordens jurídicas nacionais subordinadas, o problema da norma fundamental hipotética seria deslocado. Nesse caso, a norma que estabelece o legislador constitucional na ordem nacional surge como uma mera regra jurídica positiva do Direito internacional, cuja norma fundamental sozinha seria do nosso interesse.

III. *A relação do Direito natural com o Direito positivo. A significação política da teoria do Direito natural*

A. A VALIDADE EXCLUSIVA DE UM SISTEMA DE NORMAS: O PRINCÍPIO LÓGICO DE CONTRADIÇÃO NA ESFERA DA VALIDADE NORMATIVA

Dois sistemas de normas podem ser reduzíveis a duas normas fundamentais diferentes, cuja diferença não tem de ser tão geral ou essencial quanto a que existe entre um tipo estático e um dinâmico. Podem estar envolvidas duas normas de mesmo caráter, por exemplo, a norma do amor e a norma do bem público, ou a que delega o Papa como o representante de Deus e outra que institui o imperador ou outra autoridade secular como suprema. Se forem dados sistemas diferentes de normas, do ponto de vista de uma cognição interessada na validade de normas, apenas um deles pode ser admitido como válido.

No interesse da simplicidade, é impossível supor que as normas de ambos os sistemas se relacionam ao mesmo objeto, à conduta humana, que ocorre no tempo e no espaço, isto é, que possuem a mesma esfera de validade temporal, espacial, pessoal e material. Isso é verdadeiro, claro, para o Direito natural e o positivo, cuja relação é a única que nos interessa no momento. Não é necessária, portanto, nenhuma prova de que uma limitação do objeto das normas (isto é, da esfera de validade temporal, espacial, pessoal e material da ordem jurídica), e, com ela, a possibilidade da coexistência de dois sistemas normativos com objetos diferentes, depende de certa limitação das normas fundamentais que constituem os dois sistemas. A norma fundamental, que estabelece o sistema com um objeto limitado, deve ser subordinada a uma norma superior, que impõe tal limitação, e, consequentemente, a um sistema superior de normas. Segue-se que as duas normas fundamentais supostas não são normas fundamentais genuínas, que os sistemas de normas estabelecidos relativamente por elas e limitados em objeto (ou seja, na sua esfera de validade) só podem ser ordens parciais. Claramente, duas ordens assim, limitadas a diferentes objetos ou esferas de validade, são possíveis apenas dentro do mesmo sistema total. Por conseguinte, revela-se falsa a pressuposição de dois sistemas verdadeiramente diferentes. Se existissem dois sistemas de fato diferentes de normas, mutuamente independentes na sua validade devido à diferença das normas fundamentais, ambos relacionados ao mesmo objeto (tendo a mesma esfera de validade), não se poderia excluir uma contradição lógica insolúvel entre eles. A norma de um sistema pode prescrever a conduta A para certa pessoa, sob certa condição, em certo tempo e certo espaço. A norma do outro sistema pode prescrever, sob as mesmas condições e para a mesma pessoa, a conduta não A. Essa situação é impossível para a cognição de normas. Os julgamentos "A deve ser" e "A não deve ser" (por exemplo, "você deve falar a verdade" e "você não deve falar a verdade") são tão incompatíveis mutuamente quanto "A é" e "A não é". Porque o princípio de contradição é tão válido para a cognição na esfera de validade normativa quanto na da realidade empírica. O único motivo por que não se deve aceitar isso como óbvio é o fato de "ser" e "dever ser" não serem suficientemente distintos. Entre julgamentos "A deve ser" e "A não é" (por exemplo, "X deve dizer a verdade" e "X mente aqui e agora") não existe nenhuma contradição lógica. Ambos são possíveis simultaneamente (X mente, embora não deva mentir). Eles apenas designam a situação de um conflito efetivo entre o que é e o que deve ser, de um conflito, por assim dizer, teleológico, mas não lógico. Apenas caso os conteúdos A e não A ocorram ambos na forma do "dever ser", ou ambos na forma do "ser", é que eles se excluem logicamente.

B. A NORMA COMO UM "DEVER SER" E COMO UM FATO PSICOLÓGICO: CHOQUE DE DEVERES E CONTRADIÇÃO DE NORMAS

O descaso por essa circunstância leva a uma objeção frequentemente reiterada: a "realidade" não demonstra que duas normas contraditórias e que, portanto, dois sistemas diferentes de normas mutuamente independentes quanto a validade e conteúdo podem coexistir e produzir o "fato" do "choque de deveres", como, por exemplo, no caso da moral e do Direito positivo, ou no caso das ordens jurídicas de dois Estados? A aparente justificativa dessa objeção desaparece tão logo se demonstra a ambiguidade dos termos "norma", "norma jurídica", "ordem jurídica", dos quais esse argumento retira a sua enganosa força. Estas palavras não significam apenas o "dever ser", a norma, o Direito, a ordem, na sua validade específica, que é uma validade normativa. Elas também são usadas para designar o fato de imaginar ou querer uma norma, um ato psicológico que ocorre na esfera do ser. Apenas deslocando o uso do termo "norma", no curso do mesmo argumento, ora para esse, ora para outro significado, é que se pode ocultar a contradição lógica. É contraditório afirmar que a norma A (como norma moral) e a norma não A (como norma jurídica) são válidas ao mesmo tempo, isto é, que A e não A devem prevalecer ao mesmo tempo. Que uma seja uma norma jurídica e a outra norma, moral não exclui uma contradição lógica se as duas forem estabelecidas como normas, isto é, na mesma esfera do "dever ser" e, consequentemente, no mesmo sistema de cognição. Não há contradição alguma caso se afirme que a norma jurídica A é válida, mesmo que persista o fato empírico ("ser") de que os homens acreditam, imaginam ou querem que não A deva ser. A validade normativa da norma jurídica que prescreve a conduta A não é afetada nem mesmo pelo fato de que o indivíduo que deveria agir em obediência a essa norma exiba efetivamente a conduta não A, e é afetada menos ainda pela sua crença, imaginação ou volição correspondente (pois ele está assim motivado por uma concepção moral). A afirmação de que um indivíduo tem o dever jurídico de obedecer à ordem de mobilização do chefe de Estado (isto é, de que a norma jurídica correspondente tem validade de "dever ser") não contradiz logicamente a afirmação de que o mesmo indivíduo, por motivos morais, se considera obrigado a fazer o contrário, isto é, a afirmação de que existe o fato empírico de uma concepção ou volição com esse conteúdo. Não é a validade de uma norma moral contradizendo a norma jurídica o que se afirma aqui. O julgamento que estabelece A como conteúdo de uma norma jurídica positiva (um "dever ser") não é confrontado por um que estabelece não A como conteúdo de um "dever ser" da moralidade. Isso seria um contrassenso. Mais exatamente, o primeiro julgamento normativo é confrontado, ou, na realidade, colocado lado a lado, com um julgamento concreto ("ser"). O que se costuma chamar de um "choque de deveres" é um evento que não ocorre na esfera normativa e não implica uma contradição entre dois julgamentos normativos, mas antes uma concorrência de duas motivações diferentes. Trata-se, então, de uma situação que pertence completamente à esfera da realidade empírica. Uma pessoa se torna cônscia de que A e não A são exigidos dela ao mesmo tempo, de direções diferentes. O julgamento que anuncia essa situação contém uma pequena contradição lógica como o julgamento que enuncia o efeito de duas forças opostas que atuam sobre um corpo. Elas são essencialmente diferentes dos dois julgamentos que enunciam algo sobre o "dever ser" de dois conteúdos conflitantes, A e não A, estes últimos não dizem respeito, de forma alguma, a um processo psicológico ou corporal, ou seja, à esfera do ser ou realidade empírica.

C. DIREITO E MORAL: O POSTULADO DA UNIDADE DE SISTEMAS

Na realidade, tal contradição é evitada. Sempre que se estabelece um conflito entre Direito e moral, um exame mais rigoroso demonstra que ele não sugere realmente a validade simultaneamente das duas ordens. Isso significa antes que algo é comandado a partir do ponto de vista jurídico, embora seja proibido do ponto de vista moral, e vice-versa. Supõe-se, talvez de modo não inteiramente consciente, que as circunstâncias podem ser julgadas do ponto de vista jurídico ou do moral, mas o julgamento a partir de um ponto de vista exclui o outro. Esse é o significado do argumento estereotipado de que determinada conduta pode ser moralmente censurável, mas que, juridicamente, só essa e nenhuma outra conduta é correta. É evidente para qualquer jurista que, como jurista – isto é, quando está implicada a cognição de normas jurídicas –, ele deve considerar o aspecto moral. Nenhum moralista pensaria em deixar que considerações de Direito positivo interferissem na validade das normas que ele reconhece do seu ponto de vista. De modo semelhante, na decisão de um caso, um juiz só pode aplicar, por exemplo, o Direito alemão ou francês, porque, nesse ato de aplicação que é dirigido especificamente ao "dever ser", à "validade" do Direito, apenas o Direito francês ou alemão podem ser reconhecidos como válidos, ou seja, como obrigatórios para o órgão que aplica o Direito. Neste contexto, é claro, devemos desconsiderar os casos em que o Direito positivo se refere expressamente a normas morais, e a moralidade a regras de Direito positivo, ou o Direito alemão à aplicação do Direito francês (ou vice-versa). No primeiro desses casos, a moralidade delegada torna-se Direito; na segunda, o Direito delegado torna-se moralidade; no terceiro, o Direito francês torna-se Direito alemão (ou vice-versa). A ordem delegada é subordinada à ordem delegante. Tal subordinação, porém, só é possível dentro da mesma ordem total, que compreenda as ordens supraordenadas e infra-ordenadas. Conhecer um objeto e reconhecê-lo como uma unidade significa a mesma coisa.

Um sistema de normas só pode ser válido se a validade de todos os outros sistemas de normas com a mesma esfera de validade foram excluídos. A unidade de um sistema de normas significa a sua singularidade. Isso é simplesmente uma consequência do princípio de unidade, um princípio básico para toda a cognição, inclusive a cognição de normas cujo critério negativo se encontra na impossibilidade de contradição lógica.

D. A IMPOSSIBILIDADE DA COEXISTÊNCIA DO DIREITO POSITIVO E DO DIREITO NATURAL

Uma vez que o Direito positivo e o Direito natural foram reconhecidos como dois sistemas de normas que diferem um do outro em seu fundamento último de validade, a sua relação não mais pode ser discutida no sentido de dois sistemas diferentes e simultaneamente válidos. Porque uma "relação" só é possível entre elementos do mesmo sistema. Tanto o Direito natural quanto o positivo podem ser reivindicados como sistemas de normas válidas. Neste sentido, a relação do Direito positivo com o Direito natural é a mesma que a do Direito positivo com a moral, ou que a da ordem jurídica nacional (interna) com o Direito internacional[1]. Qualquer tentativa de estabelecer uma relação entre os dois sistemas de normas em termos de ordens simultaneamente válidas conduz, em última análise, à sua fusão em termos de infra e supraordenação, ou seja, ao reconhecimento do Direito positivo como Direito natural, ou do Direito natural como Direito positivo. Existe uma profusão de tais tentativas que expressam, geralmente sem a plena consciência da parte dos teóricos, a tendência irreprimível do conhecimento rumo à unidade do seu objeto. O discernimento de que existe uma necessidade lógica sobre a validade exclusiva de um sistema de normas leva a uma consequência que é da maior significação para a teoria do Direito natural. Caso se admita a validade de uma ordem jurídica natural, não se pode, ao mesmo tempo, admitir a existência de uma ordem jurídica positiva simultaneamente válida com a mesma esfera de validade. Do ponto de vista de um positivismo coerente, que considera a ordem jurídica positiva como suprema, não derivada e, portanto, não justificável por meio de referência a um sistema superior de normas, a validade do Direito natural não pode ser admitida. De modo semelhante, do ponto de vista do Direito natural,

---

1. Cf. meu estudo "Les rapports de système entre le droit interne et le droit international public" (1927), *Académie de Droit International, Extrait du Recueil des cours*.

na medida em que ele se conforme à sua ideia pura, não há espaço para a validade de um Direito positivo. A coexistência de um Direito natural e de um Direito positivo como dois sistemas diferentes de normas está logicamente excluída; porque uma contradição entre os dois é possível. Se as normas do Direito positivo contradizem as normas do Direito natural, elas devem ser consideradas injustas. É esta possibilidade que impele a diferenciação entre o Direito positivo e o Direito natural. Existe, finalmente, não apenas uma contradição possível, mas uma contradição necessária entre o Direito positivo e o Direito natural, porque um é uma ordem coercitiva, enquanto o outro é, idealmente, não apenas uma ordem não coercitiva, mas também uma ordem que tem de proibir efetivamente qualquer coerção entre os homens. Um Direito positivo, então, ao lado do Direito natural, é, não apenas impossível do ponto de vista da lógica formal, mas também supérfluo de um ponto de vista material-teleológico, se forem válidas as únicas pressuposições que permitem que se mantenha a validade de uma "ordem" natural. Pois, por que deveria uma ordem de arbítrio humano ser necessária para a regulamentação da conduta humana, se uma regulamentação justa já pode ser encontrada numa ordem "natural", evidente a todos, e em harmonia com o que proporiam todos os homens de boa vontade? Instituir quaisquer atos coercitivos para a concretização de tal ordem seria não apenas supérfluo, mas poderia ser considerado positivamente prejudicial e suscetível de produzir precisamente os males cuja prevenção e eliminação constituem a única justificativa da coerção.

E. A IMPOSSIBILIDADE DE UMA RELAÇÃO DE DELEGAÇÃO ENTRE O DIREITO NATURAL E O DIREITO POSITIVO

Do ponto de vista da ideia pura do Direito natural, qualquer relação entre o Direito natural e o Direito positivo deve ser considerada impossível. Sugeriu-se acima que, por meio de tal delegação, um sistema teria de ser fundido ao outro, de modo que qualquer elaboração de tal tipo resultaria necessariamente na eliminação do caráter específico de um dos dois sistemas. Tomemos, em particular, a tentativa, frequentemente repetida e com todas as variações possíveis, de encontrar o Direito positivo baseado numa delegação de Direito natural (por exemplo, a autoridade foi instituída por Deus). Um exame mais rigoroso revela que a ordem do Direito natural não pode prover tal delegação sem contradizer o princípio fundamental da sua própria validade, sem efetivamente se dissolver e ceder lugar à ordem do Direito positivo. Este é um ponto fundamental da doutrina histórica do Direito natural; um entendimento teoricamente bem fundado do mesmo é um pressuposto básico para a compreensão de toda a doutrina, tal como representada por mais de dois mil anos. Neste caso, talvez seja suficiente estabelecer que uma delegação de Direito positivo pelo Direito natural só pode significar uma coisa: o segundo sistema deve conter uma norma por meio da qual se confere a uma autoridade o poder de criar Direito positivo, e cujas normas devem ter validade, não por causa da justiça do seu conteúdo, mas porque foram emitidas por essa autoridade instituída pelo Direito natural. Por outro lado, as normas do Direito natural, em conformidade com a sua ideia básica, derivam a sua validade da justiça "objetiva" do seu conteúdo. É evidente que a norma de delegação não está em harmonia com essa ideia. Admiti-lo, porém, representa a tentativa, logicamente impossível, de estabelecer o princípio de validade do Direito positivo com o auxílio do princípio de validade do Direito natural, embora os dois princípios sejam incompatíveis. Em vista do fato de que o Direito positivo não está, em princípio, sujeito a limitações, pelo menos na sua validade material e temporal (limitações da validade da ordem jurídica nacional pela ordem jurídica internacional podem ser desconsideradas aqui), tampouco se pode admitir que a norma do Direito natural que delega a criação de Direito positivo sofra tal restrição. Caso se admita que existem, além dessa norma de delegação, outras normas materiais de Direito natural, a delegação do Direito positivo pelo Direito natural deve significar que o Direito natural confere ao Direito positivo poder para substituí-lo. Esse é, efetivamente, o resultado desejado, consciente ou inconscientemente, da teoria de delegação, por mais que ela procure dissimulá-lo com afirmações em sentido contrário. De todas as normas do Direito natural, só permanece a que delega Direito positivo (e que, na realidade, não é, em absoluto, uma norma do Direito natural). Um Direito natural assim desnaturado não tem outra função que não a de legitimar o Direito positivo. A ideia de Direito natural foi transformada numa ideologia do Direito positivo. A tentativa de compreender o Direito positivo como "delegado" pelo Direito natural não mais tem de nos ocupar neste contexto, já que ela representa a renúncia, óbvia e confessa, à suposta validade de uma ordem autônoma de Direito natural.

F. O DIREITO POSITIVO COMO MERO FATO NA SUA RELAÇÃO COM O DIREITO NATURAL COMO NORMA

Pode-se objetar, contudo, que a existência do Direito positivo é um fato que se manifesta na "vida" dos Estados e, talvez, mesmo na da comunidade dos Estados. Se, além disso, se sentir a inclinação de admitir também a existência de uma ordem "natural" de Direito, a "relação" entre os dois, que até agora negamos, é obviamente dada, e a determinação da sua natureza torna-se uma tarefa inevitável da ciência jurídica. Mas mesmo esta objeção repousa sobre a demonstrada ambiguidade do termo "norma" e dos seus corolários. Falamos da "existência" do Direito no duplo sentido de uma validade normativa de regras jurídicas e de uma efetividade de concepções e volições humanas que abrangem regras jurídicas, de uma função com uma qualidade de causa e efeito. Se a validade de uma ordem de Direito natural for admitida, a existência "efetiva" do Direito positivo significa simplesmente que o Direito positivo não deve ser tomado como um sistema de normas com validade de "dever ser", mas, literalmente, como um mero fato empírico.

Por esse motivo, um anarquista, por exemplo, que negou a validade de norma fundamental hipotética do Direito positivo (o anarquismo teórico sempre compartilha, de certo modo, a posição do Direito natural, e o Direito natural, a do anarquismo) verá essa regulamentação positiva das relações humanas (tais como a propriedade, o contrato de trabalho) como simples relações de poder, e a sua descrição como normas de "dever ser", como mera "ficção", como uma tentativa de fornecer uma ideologia justificadora. O Direito natural e o fato do Direito positivo (o último como um fenômeno concreto, e não na sua validade normativa) não estão relacionados um ao outro como dois sistemas normativos válidos, mas apenas no mesmo sentido em que o estão uma norma e o evento concreto materialmente coordenado a ela: isto é, estão em relação de possível conformidade ou não conformidade. A conduta de um indivíduo pode se conformar à norma que o governa se o conteúdo da conduta efetiva (um conteúdo de "ser") estiver de acordo com o da norma (um conteúdo de "dever ser"). Ele pode não se conformar à norma, contradizê-la ou "violá-la" se o seu conteúdo for logicamente contrário ao da norma. Deve-se ter sempre em mente que a contradição lógica entre o conteúdo da norma (do "dever ser") e o conteúdo da conduta humana efetiva (do "ser") não implica uma contradição lógica entre a norma em si (o "dever ser") e a conduta humana efetiva (o "ser").

É apenas nesse sentido que se pode falar de uma relação do Direito natural com o Direito positivo, sempre tomando o Direito natural como um sistema de regras com validade normativa: a conduta efetiva, externa ou interna, de seres humanos que criam ou executam, emitem ou obedecem, regras de Direito positivo, os atos mentais e físicos envolvidos nessa conduta, conformam-se às normas de uma ordem natural ou as violam? Sempre que o Direito positivo, tomado no seu aspecto mais concreto, se conforma ao Direito natural, ele é "justo" no mesmo sentido em que uma conduta efetiva, tal como a execução de um assassino após a imposição de uma sentença válida por um tribunal competente é "jurídica", na medida em que se conforma ao Direito positivo, tomado agora no seu aspecto normativo. Assim como um Direito positivo é "justo" porque corresponde ao Direito natural, ele é "injusto" quando o contradiz. Porque o Direito positivo em relação ao Direito natural não tem aqui "validade" alguma (sendo, à luz do Direito natural, um mero fato, e não um conjunto válido de normas), a questão da validade ou invalidade da norma positiva em virtude de sua harmonia ou conflito com o Direito natural não pode surgir da ideia pura e coerentemente desenvolvida de Direito natural[2].

G. A RELAÇÃO DO DIREITO NATURAL COM O DIREITO POSITIVO NA DOUTRINA HISTÓRICA DO DIREITO NATURAL

Apesar disso, a doutrina histórica do Direito natural não se mantém fiel a essa ideia pura de Direito natural. O Direito natural, na realidade concreta, isto é, tal como tem sido representado pela doutrina jusnaturalista por mais de dois mil anos, mostra variações bastante essenciais a partir do quadro original, que acabou de ser delineado. Isso se deve principalmente à tendência da doutrina do Direito natural de ver o Direito positivo não como um mero fato, mas como um sistema de normas válidas, como uma ordem jurídica com validade normativa, que existe lado a lado com um Direito natural, compreendido de maneira semelhante. De modo geral, a doutrina do Direito natural procura sustentar que o Direito natural e o positivo são ambos supostos como ordens simultaneamente válidas. Para esse fim, ela elabora, direta ou indiretamente, conscientemente ou não, uma relação entre os dois, a qual pressupõe a unidade de um sistema de normas que compreende ambos. Devido à preponderância do Direito positivo, tão logo a sua validade é aceita, o

---

2. A tendência que constantemente reaparece, mesmo numa teoria com pretensões positivistas de identificar a "validade" do Direito positivo com a sua eficácia e de negar ao Direito positivo qualquer validade específica separada dessa eficácia, origina-se, basicamente, na especulação do Direito natural. Ela tem certa afinidade com a tendência "sociológica" da ciência, cujo caráter de Direito natural mal consegue se ocultar por trás da terminologia da causalidade.

Direito natural tem de se adaptar a esse Direito positivo, a fim de ganhar acesso, de uma maneira ou outra, ao sistema unificado que abrange o Direito positivo. Segue-se que o Direito natural, pelo menos no aspecto particular de ideia que exclui inteiramente o Direito positivo, não mais pode ser mantido. É esta posição fundamental da teoria do Direito natural quanto ao Direito positivo que ocasiona todas as várias modificações que a própria ideia de Direito natural sofre nas mãos dos seus diversos teóricos; tais modificações conduzem virtualmente a uma eliminação mais ou menos percebida do Direito natural. Trata-se de uma posição que a doutrina sustenta e que tem de sustentar por motivos que estão fora do campo da teoria.

A doutrina do Direito natural de todas as nações e de todos os tempos tem negado enfaticamente o parecer de que o Direito positivo que coexiste com o Direito natural é supérfluo ou pernicioso. Essa teoria pode-se permitir menos ainda a aceitação da ideia de que a coexistência do Direito positivo com o Direito natural é logicamente impossível[3]. Citamos como exemplo característico a seguinte passagem de uma obra de Melanchton, que pode ser considerado um representante típico da doutrina do Direito natural. Ele está essencialmente enraizado na teoria católica medieval de Tomás de Aquino e, ao mesmo tempo, estabelece o fundamento da doutrina, quase que exclusivamente protestante, do Direito natural dos séculos XVII e XVIII. Em seu trabalho sobre ética, ele escreve: *Etsi autem multi imperiti homines stolide vociferantur, non opus esse scriptis legibus, sed ex naturali judicio eorum, qui praesunt, res judicandas esse. Tamen sciendum est, hanc barbaricam opinionem detestandam esse, et homines docendos esse, melius esse habere scriptas leges, et has reverenter tuendas et amandas esse*[4]. A necessidade absoluta do Direito positivo,

---

3. Cf. meu artigo "Naturrecht und positives Recht: Eine Untersuchung ihres gegenseitigen Verhältnisses" (1928), 2 *Internationale Zeitschrift für Rechtstheorie* (Brünn), 81 ss.
4. *Ethicae Doctrinae Elementorum Libri Duo. Corpus Reformatorum*, vol. XVI (Halis Saxonum, 1850), 234 s.

como sistema de regras normativas válidas ao lado do Direito natural, é tida como certa pela doutrina do Direito natural. Evidentemente essa posição não é possível sem uma modificação considerável da ideia pura de Direito natural. Uma vez estabelecido de maneira definitiva o dualismo de Direito natural e Direito positivo, o problema de um possível conflito entre os dois torna-se progressivamente mais difícil.

H. O DIREITO NATURAL COMO JUSTIFICATIVA DO DIREITO POSITIVO

Qual atitude da teoria histórica do Direito natural neste ponto é decisiva para a sua apreciação? Antes de mais nada, ela evita uma apresentação clara e inequívoca do problema. A maioria mesmo dos mais importantes teóricos do Direito natural nem fizeram a pergunta ou a responderam apenas incidentalmente, como se ela não implicasse um problema teórico fundamental. Além disso, tem havido pouca crítica séria dos materiais de Direito positivo com base nas normas do Direito natural, tal como a teoria as desenvolveu. Os teóricos do Direito natural examinam apenas as instituições mais importantes do Direito positivo, de qualquer Direito positivo do seu tempo, com vista à retidão destas à luz da ordem natural, tais como a magistratura, a propriedade privada, a escravidão, o casamento. O resultado, quase que sem exceção, é a justificativa dessas instituições baseada no Direito natural, e, com isso, a legitimização da ordem positiva do Direito (a qual, afinal de contas, é apenas uma manifestação dessas instituições básicas) através da ordem superior do Direito natural. Além disso, a teoria desenvolve uma profusão de métodos visando fazer que qualquer conflito entre o Direito positivo e o Direito natural surja como impossível ou então, caso haja possibilidade de conflito, fazer que ele pareça improvável ou inofensivo para o Direito natural. Tais métodos, os métodos específicos da doutrina do Direito natural, são, evidentemente, indicações de uma desnaturação adicional da ideia pura de Direito natural.

Porque, no processo, o seu conteúdo tem de ser progressivamente assimilado ao Direito positivo ou reduzido a fórmulas vazias, tais como "coisas iguais devem receber tratamento igual"; "*Suum cuique*"; "Não fira ninguém sem justa causa"; "Faça o bem e evite o mal" etc. Sem pressupor a existência de uma ordem jurídica positiva, todas essas fórmulas são desprovidas de sentido, mas, se relacionadas a alguma ordem jurídica positiva, elas podem justificá-la. Ademais, os teóricos do Direito natural sustentam, numa versão que permanece um estereótipo desde que os pais da Igreja até Kant, que o Direito positivo deriva toda a sua validade do Direito natural, que ele é essencialmente uma simples emanação do Direito natural, que a elaboração de estatutos ou decisões não cria livremente, mas apenas reproduz o Direito verdadeiro que já existe, de um modo ou de outro, e que o Direito positivo (a cópia), sempre que contradiz o Direito natural (o modelo ou arquétipo), não pode ter validade alguma.

Um estudo mais detalhado das fontes revelará que estas teses eram irrelevantes para a validade do Direito positivo: o caráter da doutrina do Direito natural em geral, e da sua principal corrente, era estritamente conservador. O Direito natural, tal como postulado pela teoria, era essencialmente uma ideologia que servia para apoiar, justificar e tornar absoluto o Direito positivo ou, o que redunda no mesmo, a autoridade do Estado. A asserção de que o Direito natural derroga o Direito positivo foi tornada praticamente inócua por uma teoria elaborada e teve de ser mantida apenas no interesse da aparência, a fim de preservar para o Direito natural a sua função de justificar um Direito positivo. Este é o quadro típico que a doutrina do Direito natural faz do mundo jurídico – o seu quadro do mundo jurídico, por assim dizer. Em primeiro plano, está o Direito positivo, com validade essencialmente inconteste; atrás do Direito positivo, duplicando-o de uma maneira peculiar, está um Direito natural, representando uma ordem superior, a fonte de toda validade e valor social, cuja função principal é a justificação do Direito positivo.

Sempre existiram, é claro, correntes de oposição, que, confrontadas com a tendência dominante, propunham uma teoria mais ou menos revolucionária e, em face de um Direito natural desnaturado pela ciência oficial, novamente expunham a sua ideia pura. Mas pouco nos foi legado desses movimentos intelectuais. Todos os teóricos do Direito natural a que se atribui ainda alguma eminência pertencem à tendência conservadora. Como poderia ser de outro modo? Não foram todos eles servos fiéis e obedientes do Estado ou ministros de uma Igreja de Estado, professores, emissários diplomáticos, conselheiros privados etc.? Afinal, o apogeu da doutrina do Direito natural, o seu período clássico, coincide com o período do mais implacável absolutismo político, sob cuja pressão uma teoria revolucionária não tinha a menor chance de se desenvolver como movimento literário, quanto mais de ser ensinada oficialmente nas universidades.

I. O CARÁTER SUPOSTAMENTE REVOLUCIONÁRIO DA DOUTRINA DO DIREITO NATURAL

Por que a opinião concernente à teoria do Direito natural que hoje prevalece entre os estudiosos apresenta exatamente o quadro oposto? Ela afirma que a sua doutrina individualista do contrato social possuía um caráter enfaticamente revolucionário ou, pelo menos, radicalmente reformista. Não podemos aqui iniciar uma discussão detalhada dos erros inerentes a esse parecer, especialmente da sua compreensão errônea da significação da teoria do contrato do Direito natural. É suficiente dizer que a asserção do caráter revolucionário-destrutivo do Direito natural, iniciada por Friedrich Julins Stahl[5] e mais tarde adotada por Bergbohm[6], foi causada pelo fato de uma fase particular dessa tendência milenar, a saber, a teoria jurídica e

---

5. 2, F. J. Stahl, *Philosophie des Rechts* (4ª ed.), 175 ss. e 289.
6. C. Bergbohm, *Jurisprudenz und Rechtsphilosophie* (1892), 116, 200, 217 e *passim*.

política de Rousseau, de meados do século XVIII, ter sido identificada simplesmente com a doutrina do Direito natural em geral. Podemos ignorar aqui a questão do caráter revolucionário dos ensinamentos de Rousseau. Que, a propósito, não é tão autoevidente como geralmente se supõe. Não obstante, a Revolução Francesa de fato forneceu uma interpretação absolutamente revolucionária da doutrina do Direito natural de Rousseau. Nada pode ser mais significativo que o fato de ter sido este o motivo pelo qual a ciência jurídica oficial, tal como ensinada nas universidades, abandonou a doutrina do Direito natural. Embora ela tenha provado durante gerações o seu valor conservador no apoio à autoridade real e à Igreja, ela, de modo manifesto, podia ser usada para fins diametralmente opostos. Não é de admirar que encontremos uma nova ideologia emergindo no lugar da velha doutrina do Direito natural, que não mais cumpria com segurança a sua função de defensora do Direito positivo, da ordem estabelecida do Estado: a escola histórica do Direito. Podemos desconsiderar aqui o fato de que ela não tinha menos caráter de Direito natural que a ciência jurídica oficial tinha antes. Ela apenas substitui a razão ou natureza como fonte de uma ordem natural que era o oposto de uma ordem artificial pelo *Volksgeist*. Pode-se dizer apenas isso: a escola histórica, para tornar mais eficiente a sua luta contra a versão revolucionária da doutrina do Direito natural, usou um artifício típico de qualquer nova teoria. Qualquer nova teoria faz que a luta contra uma parte pareça uma luta contra o todo, que a sua luta contra um erro do sistema pareça uma luta contra o sistema inteiro e que ela pareça representar uma mudança fundamental na ciência. Por isso a teoria de caráter revolucionário do Direito natural encontrou tão larga aceitação nos séculos XIX e XX. Trata-se de um erro na história das ideias que foi ainda mais fortalecido pelo fato de que a ideia de um Direito natural realmente pode ter um caráter revolucionário, enquanto, na sua realidade histórica, a doutrina do Direito natural, com a exceção acima mencionada, tem manifestado justamente o contrário.

A doutrina do Direito natural não deve o seu caráter conservador apenas a esses motivos políticos, tal como esboçados aqui, os quais, de modo bastante compreensível, desempenham um importante papel em qualquer teoria política e jurídica. Esse conservadorismo está fundamentalmente enraizado na situação epistemológica de uma ciência que busca compreender a natureza do Estado e do Direito. Disso resulta uma dificuldade extraordinária, um obstáculo à análise crítica de qualquer teoria política e jurídica: revelar uma motivação política cuja eficácia varia com a situação histórica é tão mais difícil quanto mais a motivação política for paralela a uma tendência epistemológica que pode, até certo ponto, obscurecê-la e dissimulá-la.

IV. Os fundamentos epistemológicos (metafísicos) e psicológicos

A. O DUALISMO METAFÍSICO

a. A duplicação do objeto de cognição na esfera da realidade natural; a teoria da imagem

É fato peculiar e frequentemente discutido que a cognição humana, sempre que segue os seus impulsos originais ingênua e acriticamente, tem a tendência de duplicar o seu objeto. Isso acontece porque o homem não se satisfaz, em absoluto, com o que os seus sentidos apresentam e a sua razão compreende. Se ele tem de se deter dentro das fronteiras do que é conhecido em seu próprio ser, com a natureza tal como ele pode percebê-la e compreendê-la através das energias da sua própria alma, a sua ânsia apaixonada e essencial de conhecimento permanece insatisfeita. O desejo de penetrar na essência das coisas impele-o a indagar o que está por "trás" das coisas. E por não poder encontrar uma resposta para essa questão dentro da sua experiência, isto é, na esfera do mundo dos seus sentidos, tal como controlado e ordenado pela sua razão, ele audaciosamente supõe uma esfera além da sua experiência. Essa é a esfera que se diz ocultar os fundamentos e as causas que ele busca, as ideias e os arquétipos de todas as coisas experimentadas, as coisas como elas são, as "coisas em si", tal como existem independentemente dos sentidos e da razão, uma esfera que, por ser inacessível aos seus sentidos, é, ao mesmo tempo, considerada como eternamente vedada a ele. Esta estranha hipótese, por meio da qual o homem produz a ilusão de crescer além de si mesmo, esta curiosa tentativa do eterno Munchausen de escalar os seus próprios ombros, constitui o cerne elementar de toda a metafísica e de toda a religião. Embora esse empreendimento verdadeiramente tragicômico tenha sido, desde longa data, o orgulho do espírito humano, ele está enraizado numa curiosa desconfiança que esse espírito humano nutre por si mesmo. Apenas porque o homem evidentemente carece de confiança plena nos seus próprios sentidos e razão é que ele se inquieta neste mundo autocriado e auto-ordenado de conhecimento. É apenas essa depreciação do seu próprio eu que o induz a considerar o mundo que esse eu reconhece como sendo um mero fragmento, um pequeno grão de outro mundo que está além do seu conhecimento justamente porque e na medida em que ele é o mundo "real", "definitivo", "perfeito" e "verdadeiro".

O dualismo metafísico do "aqui e agora" e do "além", deste mundo e de outro mundo, da experiência e da transcendência, conduz à doutrina epistemológica, amplamente aceita, conhecida como teoria da imagem. Ela declara que, essencialmente, a cognição humana apenas fornece, como um espelho, uma imagem das coisas tal como elas "realmente" são, tal como são "em si mesmas". Por causa da impropriedade do material usado no espelho (os sentidos meramente humanos, a razão meramente humana), essa é uma imagem inadequada, vaga, daquela realidade ou verdade que nunca está ao alcance do homem. A importância decisiva desta comparação da cognição humana com um espelho repousa no fato de que o mundo verdadeiro e real está além do espelho, isto é, além da cognição humana, e que, seja o que for que seja compreendido em sua moldura – o mundo tal como o homem o experimenta com os seus sentidos e a sua razão –, é apenas aparência, apenas o pálido reflexo de um mundo superior, transcendente. O dualismo metafísico está tão profundamente arraigado em nosso pensamento comum que esta concepção da relação do nosso conhecer com o seu objeto, tal como determinada pela teoria especificamente dualista da imagem, é mais compreensível que qualquer outra, a despeito da sua natureza obviamente paradoxal. Ela parece até mesmo autoevidente e, portanto, quase inerradicável. No entanto, nada é mais contraditório e, portanto, incompreensível, do que a suposição de que a nossa cognição reflete um mundo inacessível à nossa cognição. Nada é mais problemático do que explicar o que é conhecido pelo que não é, o compreensível pelo incompreensível. E não menos paradoxal é o fundo psicológico dessa situação: uma percepção diminuída do eu permite que a função do espírito degenere num ato de copiar, meramente dependente e absolutamente não criativo; ao mesmo tempo, permite que esse espírito que, no processo de conhecer, é capaz apenas de reprodução inadequada, construa, com os seus próprios meios, todo um mundo transcendente. É como se o espírito humano, embora desprezando a sua razão e os seus sentidos, compensasse a si mesmo com a sua imaginação veleidosa.

b. A duplicação do objeto de cognição no domínio dos valores

O estranho fenômeno da duplicação de objetos não é encontrado apenas no processo do conhecer, no sentido mais restrito de conhecer a natureza ou a realidade, mas também na função intelectual da avaliação, que pode ser considerada como a cognição de valores ou normas, na medida em que seja expressada em enunciados de "dever ser". A cognição de valores, distinguida da cognição da realidade, não se ocupa da explicação, mas da justificação. Também nesta esfera pode-se ver como a investigação do "por que" (isto é, no caso, o fundamento de qualquer valor exprimível num "dever ser"), daquilo que é, de algum modo, conhecido ou alcançável dentro do domínio racional, análogo ao da experiência natural, penetra num mundo de valores transcendentes. O valor empírico imediatamente cognoscível deve ser representado como a emanação desse mundo de valores transcendentes para poder ser um valor. Mais uma vez, existe aqui uma tendência para avaliar um objeto, para justificar algum conteúdo, acrescentando, por assim dizer, ao objeto imediato do julgamento de valor um segundo objeto que está, em certo sentido, por trás e acima dele.

O objeto imediatamente conhecido deve surgir como a cópia ou reprodução desse último, de modo que possa ser interpretado como sendo de valor e pareça justificado. A moralidade positiva, por exemplo, válida numa comunidade social qualquer e moldada de modo específico, em conformidade com o termo e o local, é representada como a emanação de uma lei eterna e divina. De modo semelhante, na doutrina do Direito natural, uma ordem natural de conduta humana surge por trás do Direito positivo do Estado. A filosofia metafísica da natureza, em particular, tem a intenção de retratar o mundo da experiência como nada mais que uma repetição imprecisa de uma realidade transcendente e, por meio da sua teoria específica da imagem, permite meramente que a cognição humana reflita, e não que crie este mundo empírico. A filosofia do Direito natural caracterizada acima sustenta a mesma ideia quando insiste que, ao contrário das aparências, o Direito positivo não é a criação livre de um legislador ou juiz humano, mas uma simples reprodução de um Direito natural por trás desse Direito positivo, uma cópia inadequada de um "Direito em si", e que, por esse motivo, o Direito positivo tem validade e valor. As dificuldades por entre as quais se esgueira a filosofia política e jurídica do Direito natural, por meio deste dualismo de ordem positiva e ordem natural, são sistematicamente análogas às da filosofia metafísica da natureza com o seu dualismo do "aqui" e do "além", de experiência e transcendência. Em ambos os casos, existe a inacessibilidade do arquétipo e a tentativa sem esperança, num caso, de explicar, e, no outro, de justificar o que é conhecido. Tanto num caso como no outro, não existe apenas a ameaça constante de uma contradição insolúvel entre um ideal, de certa forma, aceito e uma realidade que não se conforma ao ideal, mas também a tendência imanente de superar o dualismo cedendo ao postulado da unidade do conhecimento. É neste esforço rumo a uma ciência livre da metafísica que a ciência natural se emancipa da teologia, e a ciência jurídica e política, da doutrina do Direito natural.

    Na medida em que esta visão dualista do cosmo e da vida percorre a filosofia da realidade e do valor, da natureza e do

APÊNDICE

Direito, pode se manifestar em diferentes estágios ou níveis de intensidade, dependendo do grau a que o dualismo foi levado. Esses estágios serão desenvolvidos mais adiante. Aconselha-se ter em mente que um determinado estágio da filosofia natural não está necessariamente associado ao estágio da filosofia jurídica que a ele corresponde epistemologicamente. A filosofia jurídica encontra, no seu desenvolvimento rumo a formas superiores, obstáculos muito maiores que a filosofia natural, que não é, ou é apenas indiretamente, influenciada por interesses políticos, isto é, governamentais. Acima de tudo, a seguinte representação esquemática não deve (ou, pelo menos, não primariamente) ser compreendida como uma descrição histórico-genética de estágios evolucionários que sucedem um ao outro de acordo com uma regra estrita.

c. A teoria da natureza e do Direito entre os primitivos

A concepção do meio natural do homem primitivo é determinada pela impotência que ele experimenta diante das poderosas e irresistíveis manifestações da natureza. Isto é especialmente verdadeiro quando a sua vida é inteiramente ocupada pela difícil e perigosa luta contra a natureza. A interpretação da natureza pelo homem primitivo é determinada pela sua característica falta de si mesmo; a sua filosofia natural, se é que é possível falar de uma, é a expressão dessa sensação de inferioridade. Tudo se lhe afigura como um deus. Para o homem primitivo, a árvore é ou abriga um espírito poderoso, um demônio, que faz essa árvore crescer e florir. Ele imagina que o sol é movido por uma divindade masculina, e a lua, por uma feminina. Ele considera os animais, especialmente os animais que caça, tão importantes para a sua existência, como seres a ele superiores e não se atreve a matá-los sem lhes pedir perdão. Ele até se convence de que não pode matá-los sem a sua vontade, que eles consentem em ser mortos por ele apenas caso ele aja de uma maneira que eles aprovem. Esta crença permanece mesmo tendo ele próprio inventado armas eficientes e desenvolvido engenhosos métodos de caça. Na concepção mitológica que o primitivo tem da natureza, proveniente da débil percepção de si mesmo, nada é mais característico do que o fato, observado mesmo recentemente numa tribo selvagem, de que os seus membros veneram como divindades as suas ferramentas caseiras, martelos e serras. Mesmo quando o primitivo cria com as suas próprias mãos, com a força do seu corpo e do seu espírito, ele duvida da sua própria capacidade. Ele acredita que deve reverenciar os seus produtos como produtos de forças sobrenaturais, como obras dos deuses. Para ele não há coisas ou obras humanas "arbitrárias", "artificiais"; ele as interpreta, como diríamos, como algo "natural", o que, para ele, significa algo divino, algo que um deus criou nele e através dele.

O homem primitivo adota a mesma atitude em relação à ordem social em que vive, em relação ao Direito positivo que, como comando do chefe, do curandeiro, do sacerdote, do juiz ou de outra autoridade, exige a sua obediência, ou que, na forma de costume antigo, é aplicado por essas mesmas autoridades. Ele não considera essas normas individuais e gerais que constituem a sua comunidade social como estatutos humanos, mas como a expressão direta da vontade divina. O primitivo ainda não acredita que existe um Direito natural ao lado ou acima desse Direito positivo, porque ele não experimenta o Direito positivo como tal, mas como algo diretamente natural ou divino. A sua teoria jurídica ainda não é propriamente dualista, não mais que a sua filosofia natural. Ela apenas contém o germe desse dualismo. O homem primitivo ainda não imagina um além divino acima da natureza, acima do seu próprio mundo, uma esfera sobrenatural acima da esfera natural. Ele apenas duplica as coisas da sua experiência povoando o mundo natural com deuses e demônios. A concepção da natureza imediatamente divina do Direito que cria e mantém a sociedade está ligada à convicção, resultante de uma consciência subdesenvolvida de si, de que esse Direito positivo não é uma obra artificial do homem. Isso se manifesta no mito, ainda encontrado em condições sociais relativamente avançadas, de que a ordem jurídica do Estado foi criada pela deidade nacional através de um líder venerado como divino. ou então de que ela remonta, essencialmente, a um ato de legislação divina. Assim, diz-se que Jeová deu a Moisés as Tábuas da Lei no Monte Sinai, que Alá, ou o arcanjo Gabriel, ditou o Corão a Maomé, que Hamurábi recebeu o seu código do deus Sol; Dike, a divindade do Direito, afigurava-se aos gregos antigos como dádiva e filha de Zeus; a antiga saga frísia relata que os Asegen, os mais antigos porta-vozes e descobridores do Direito, os primeiros legisladores, foram instruídos no Direito por uma divindade. Quando o próprio governante com poder para fazer Direito positivo é reverenciado como uma divindade ou como descendente remoto de um ancestral divino, isso é apenas uma variação da mesma ideia. A significação política dessa mitologia é óbvia. Como uma filosofia natural, ela tem de explicar a natureza, como uma ideologia do Direito e do Estado, ela tem de justificar a ordem positiva e elevar, tanto quanto possível, a sua eficácia, criando uma obediência incondicional fundada sobre o medo da divindade misteriosa e onipotente. Originado a partir de um sentimento de inferioridade, o mito tem a função de reforçá-lo, pelo menos na esfera social.

d. O dualismo metafísico-religioso

Na medida em que cresce o seu conhecimento da natureza, o homem, mais e mais, busca e encontra uma ordem imanente no caos das coisas, ele se torna mais e mais cônscio da natureza como um todo, de certo modo, coerente. Ele agora deixa de duplicar cada coisa e, em vez disso, passa a duplicar a natureza como um todo. Ele percebe que esta árvore provém do pequeno arbusto, o arbusto, de um broto, o broto, de uma semente, a qual, por sua vez, vem da fruta da árvore. Onde estava a dríade quando a árvore ainda era uma semente? Na medida em que o homem reconhece a mudança na natureza e, através disso, a conexão mútua das coisas, ele remove a metade divina das coisas, remove-a da esfera das coisas inter-relacionadas do seu mundo visível e tangível, e deixa que ela se aglutine a um segundo mundo supranatural afastado tanto dos seus sentidos quanto da sua razão. Só agora é consumado o dualismo metafísico, um dualismo que consiste num além, que abrange a verdade absoluta, e no mundo empírico que é o único ao alcance do homem que erra, um dualismo de transcendência e experiência, de ideia e realidade.

A mesma transformação de concepções ocorre em relação ao Direito positivo. Na medida em que o Direito positivo progressivamente se revela, ao olhar mais crítico, como um sistema de normas mutável e sempre em mutação, criado por uma variedade de legisladores, variando no tempo e no espaço, o homem reconhece esse Direito positivo como uma obra humana. A ligação pessoal entre a sua própria ordem governamental – que ele agora reconhece como apenas uma entre muitas – e a sua divindade nacional individual dissolve-se na sua consciência. No seu lugar, ele forma a concepção de uma ordem divina, permanente e imutável, de uma justiça natural, absoluta, que reina sobre qualquer Direito que é positivo e variável no tempo e no espaço. A concepção primitiva da natureza divina do Direito transformou-se no dualismo de Direito natural e Direito positivo.

Como vimos, este dualismo metafísico-religioso, comparado à ingênua filosofia natural e social mítica, já representa o resultado de certa consideração crítica. A mente humana, porém, não pode suportar este contraste terrível e, em princípio, irreconciliável, entre "aqui" e "além", humanidade e divindade, Direito e justiça. Portanto, à medida que se desenvolve o discernimento deste conflito, nasce também o desejo insaciável de superá-lo. Se é possível considerar a história do espírito humano como o desenvolvimento deste dualismo metafísico-religioso nas suas várias formas, é necessário reconhecê-la, ao mesmo tempo, como o esforço constantemente renovado do espírito humano para se libertar deste enorme conflito no qual ele mesmo se atirou e no qual parece estar tragicamente destinado a reentrar, sempre e sempre.

Dependendo da maneira em que o dualismo metafísico--religioso procura se resolver, podem-se distinguir essencialmente três tipos. Dentro do sistema dualista da sua filosofia cósmica e moral, o homem filosófico enfatiza o além, o domínio da ideia e da justiça; ou coloca a ênfase sobre o mundo empírico sobre o domínio da experiência e do Direito positivo. Ou, numa terceira alternativa, adota uma solução de compromisso e tenta de algum modo equilibrar os dois lados da balança, um dos quais o elevaria aos céus, e o outro o atiraria ao inferno. Podemos admitir que existe uma correspondência interna entre a filosofia cósmica e moral do homem e o seu caráter[1]. Sobre tal base, o primeiro desses três poderia ser explicado pelo ânimo fundamentalmente pessimista de uma consciência de si mesmo, não fraca em si, mas dirigida, por assim dizer, contra si mesma, um ânimo de uma consciência, na verdade, não debilitada, mas autorreprovadora. O segundo tipo tem a sua origem no otimismo de uma consciência de si exaltada e crescente que chega às fronteiras de uma exagerada vaidade. O terceiro tipo é associado ao caráter cujo ânimo fundamental é de resignação cansada ou cautelosa, e que se interpõe entre os extremos, inclinando-se às vezes para um, às vezes para o outro lado.

e. Dualismo pessimista: tipo de personalidade e atitude metafísica

O dualismo do primeiro tipo está obviamente voltado para a esfera transcendente. Nela se encontram as imagens realmente verdadeiras, originais, de todo o ser, as *ideias* numa luz gloriosamente radiante que não é visível para o homem, pelo menos não durante a sua existência corpórea. As coisas terrestres, que possuem uma existência vaga no crepúsculo do aqui e agora, mal transmitem um lampejo delas. O mundo inteiro da realidade experimentada não é, basicamente, "real", é apenas aparência e ilusão. A verdadeira realidade está só no "além", no qual o homem tem esperanças de entrar após a morte. Essa ânsia pelo "além", uma mera dissimulação ideológica do medo e da fuga da existência presente, faz que o homem considere o

---

1. Cf. Müller-Freienfells, *Persönlichkeit und Weltanschauung* (2ª ed., 1923).

mundo inteiro, tal como conhecido pelos sentidos e pela razão, não apenas como não valendo nada, mas até mesmo como sendo nada. É função própria do "além" que a sua imaginação elaborou destruir o mundo conhecido da experiência sensorial e racional. "Não faz caso do mundo; ele não é nada." É a expressão filosófica deste ânimo fundamental de pessimismo. O seu representante é o tipo ascético, o santo.

É quase ocioso dizer que um dualismo assim acentuado leva, no campo da filosofia política e jurídica, a uma rejeição completa do Direito positivo e do Estado existentes, como sendo supérfluos e perniciosos, e que ele considera "Direito" apenas a ordem "natural" que jaz por trás de todo Direito positivo e do Estado e, como verdadeiro "Estado", a comunidade dos justos, dos santos, que só pode existir no além. É a posição do anarquismo ideal, com a qual nos familiarizamos em outro contexto, a do Direito puro da natureza, em cuja perspectiva o Direito positivo não surge como uma ordem de regras normativas válidas, mas como simples conjunto de relações nuas de poder, enquanto o Estado não é, de forma alguma, distinguido de um bando de ladrões. Aqui, mais uma vez, a ordem transcendente tem unicamente a função de nulificar a ordem positiva e terrena, isto é, de fazer que ela pareça nada. Sempre que tal pessimismo social se desenvolve numa personalidade com um lado volitivo forte num assim chamado tipo "agressivo", o solo está preparado para o surgimento do revolucionário. Não chega a constituir uma diferença essencial o fato de que o santo, mais enraizado na metafísica, espere por um paraíso celestial além desta vida, enquanto o revolucionário utópico sonha com um paraíso terreno que, porém, deve ser adiado para o não menos inacessível futuro.

f. Dualismo pessimista: a sua teoria social; a posição revolucionária

Usamos aqui o contraste entre otimismo e pessimismo para caracterizar ânimos espirituais básicos uma explicação psicológica para dois tipos diferentes de dualismo metafísico. Ainda assim, este contraste, especialmente caso ele deva servir a uma qualificação psicológica e de caracteres, não deve ser tomado como absoluto. O homem nunca pode ser perfeita e inteiramente otimista ou pessimista. Qualquer uma das atitudes acabaria por levá-lo para além das fronteiras psicológicas dentro das quais os tipos psicológicos têm qualquer significado; porque, além delas, podemos falar apenas de fenômenos patológicos. Mesmo os tipos básicos que foram aqui usados apenas demonstram uma preponderância de um dos elementos contrastantes sobre o outro, e nenhum está inteiramente excluído. Com certeza é possível que, com uma parte do seu ser e com uma das duas atitudes, um homem pode encarar o presente, as condições concretas sob as quais vive, e, presumivelmente, continuar a viver durante algum tempo, ao passo que, com a outra, ele encarará o futuro mais remoto tal como o deseja ou teme. É justamente esta atitude variável que distingue o pessimista social do otimista social. Neste sentido, uma pessoa pode ser chamada um pessimista consumado se for pessimista apenas quanto ao presente, se considerar as circunstâncias presentes da sociedade como inteiramente ruins e, até, mesmo, como dignas de serem destruídas por estarem em conflito com os seus desejos e interesses. Ele não pode permanecer um contemplativo, mas deve se engajar numa atividade que tenha esse propósito: ele se torna revolucionário. Isso não tem de impedi-lo necessariamente de visualizar o futuro, modelado de acordo com os seus desejos e esperanças, como o oposto perfeito do presente. Justamente porque teme o presente e dele foge, ele vive apenas no futuro. Ao mesmo tempo, ele deve ampliar essa atitude para com o presente também ao passado, já que este pode lhe parecer unicamente a fonte dos males presente. Segue-se que esse tipo de anarquista ideal carece de senso histórico e confronta as condições sociais sem atribuir qualquer importância ao seu desenvolvimento orgânico. Ainda assim, a crença numa idade de ouro costuma ser, com frequência, significativamente associada a tal pessimismo social. É verdade que esta lenda, nos seus diversos contextos intelectuais e variações, se mostra extremamente ambígua. Num sistema de dualismo metafísico pessimista, um paraíso, transposto para o início dos tempos (ou, de modo correspondente, para o fim dos tempos), significa, antes de mais nada, isso: uma vez que o bem não pode ser encontrado no presente, ele só pode ter existido, se isso for possível, no passado imemorial. Na lenda, é uma peculiaridade característica da idade do ouro o fato que ela parece separada por uma barreira fundamental, por um abismo intransponível, do desenvolvimento histórico que leva ao presente – assim como o "além" está separado do mundo conhecido, a ideia, da realidade, e a verdade divina, do erro humano. Crimes terríveis do homem ocasionaram a intervenção de deuses vingadores e punitivos e enterraram para sempre o paraíso terreno. Ele foi, de algum modo, colocado fora da continuidade do tempo. Fala-se do paraíso apenas para aumentar o contraste entre o mal sombrio do presente e esse fundo luminoso. No fundo, essa idade de ouro é a ideia da ordem justa e natural confrontada com o Direito positivo e o Estado real para expô-los no seu nada essencial. Isto revela o caráter radicalmente pessimista deste tipo de dualismo metafísico.

g. Dualismo otimista: tipo de personalidade e atitude metafísica

É um desvio decisivo rumo ao otimismo, um sintoma de fortalecimento da confiança do homem em si mesmo, na percepção dos seus sentidos e nas conquistas da sua razão, quando o dualismo metafísico não é tomado de modo a significar que toda a realidade e valor verdadeiro só podem ser encontrados no além. A realidade não mais é negada ao mundo da experiência; ele é reconhecido como "real", ou, pelo menos, reconhecer a sua realidade torna-se um postulado do conhecimento, ou, então, estabelecê-la torna-se um postulado da cognição. O mundo do além, com os seus arquétipos de verdade, não tem mais a função de negar o "aqui" e "agora", o mundo da experiência humana, mas, antes, de explicá-lo. Não mais se tenta superar o conflito entre esses dois mundos através da aniquilação de um pelo outro, mas sim pela afirmação da sua correspondência. Assim, as coisas terrenas são consideradas emanações essencialmente similares de arquétipos supranaturais. Considera-se a lei da existência, do ser interior, que cada entidade empírica se esforce para se incorporar à sua ideia transcendente. Embora não podendo contar com a concorrência perfeita entre cópia e arquétipo, é preciso ter a certeza serena e até mesmo orgulhosa de que as coisas terrenas não estão separadas das celestiais por um abismo, mas de que, de algum modo misterioso, a terra contém o céu, que o homem, ao reconhecer o mundo através dos sentidos e da sua razão, embora não perceba o segredo final, ainda assim capta o "manto infinito da divindade". Na sua luta pelo saber, o homem não se concebe como uma criatura eternamente cega, tateando no escuro. Este otimismo é particularmente pronunciado na epistemologia, na medida em que desenvolve a possibilidade, senão de alcançá-la, então, pelo menos, de chegar perto da verdade com o auxílio da ciência humana. O dualismo otimista não apenas considera este mundo "real" como também valioso; inclina-se mesmo a ver nele o melhor, ou, de qualquer modo, o melhor possível de todos os mundos empíricos.

Não se deve esquecer, porém, que todas as ideias transcendentes, quando não têm de negar, mas, sim, explicar a experiência, devem adaptar-se a essa experiência. Na medida em que o homem, confiante na sua ciência, amplia e aprofunda a mesma ao obter um conhecimento progressivamente íntimo das "cópias", as imagens originais, as ideias, devem mudar o seu conteúdo em conformidade com a experiência ou, já que tal variabilidade contradiz a essência das ideias, devem ser gradualmente privadas do seu conteúdo e, de modo mais ou menos consciente ou confesso, ser transformadas em padrões formais. Desse modo, o homem, que pensa em si como a imagem de Deus, primeiro molda a divindade à sua imagem e, depois, atemorizado pela sua semelhança com o homem, formaliza Deus num conceito vazio: é nesse ponto que o dualismo metafísico começa a se transformar num tipo inteiramente diferente.

h. Dualismo otimista; a sua filosofia política e jurídica; conservadorismo

O dualismo metafísico do tipo otimista costuma ser chamado de "idealismo", embora o tipo pessimista não mereça menos a designação. O termo diz respeito, em particular, aos julgamentos de valor desse sistema, a sua ética, da qual a filosofia jurídica e política constituem uma parte essencial. É precisamente no domínio ético, no domínio do bem e do mal, que este idealismo crê realizar-se de modo mais profundo, porque é aqui que o terrestre participa mais plenamente do celestial, que o homem mais se aproxima da divindade. A filosofia do Estado e do Direito deste assim chamado dualismo "idealista" revela-se completamente paralela à sua filosofia da natureza. Ela está bem distante do pressuposto de que a justiça reside apenas além do Direito positivo; ela considera a ordem política do Direito positivo como um sistema de normas de "dever ser" perfeitamente válidas e, de modo algum, como uma mera expressão nua de força. Ela reconhece o Estado e o Direito antes de mais nada como artifício humano. Ainda assim, à ordem natural divina que ela supõe estar acima da positiva não é atribuída a função de anulá-la ou mesmo de questionar a sua validade. Pelo contrário, ela declara que, como o mundo das ideias tem de lançar a base para a realidade do mundo da experiência – isto é, explicar a realidade natural –, assim o fim apropriado do Direito natural é justificar o Direito positivo e emprestar-lhe uma auréola de prestígio. O Direito positivo, consequentemente, deve ser considerado, senão perfeito, pelo menos como a reprodução mais próxima possível do Direito natural, e deve-se admitir que qualquer Direito positivo tem a tendência inata de ser semelhante à imagem original. Os elementos essenciais desta filosofia jurídica já foram delineados em outro contexto. Dentro do sistema do dualismo idealista existe a óbvia tendência de legitimar o Direito positivo do Estado como justo, como o que é humanamente possível, e de elevar, ou de, pelo menos, tornar absoluta, a sua pretensão de validade, considerando-o como uma emanação do Direito divino-natural.

O caráter político desta filosofia jurídica é o conservadorismo. Se supomos aqui que este conservadorismo está baseado sobre um otimismo social, isto é, no sentido de que consideramos um otimista aquele para quem o presente parece bom porque se conforma aos seus desejos e interesses, e porque está de acordo com o seu ideal. Ele afirmará o presente e viverá nele e, precisamente por este motivo, será pessimista quanto ao futuro, do qual nada mais tem a esperar. Porque quem está perfeitamente satisfeito com o presente está desconfiado e apreensivo quanto ao futuro. O seu lema é: "Nada melhor virá". O conservador, portanto, enquanto busca preservar o presente, também busca rechaçar qualquer mudança. A sua opinião a respeito do presente, visto como o produto necessário do passado, é fácil e alegremente estendida ao passado. O conservador é um *laudator temporis acti*. Ainda assim, ele não fala dos "velhos e bons tempos" em contraste com o presente mau, mas como algo para ser lembrado com gratidão. A devoção respeitosa pelo passado como berço e fonte do presente, a reverência pela própria história e a adoração dos heróis a cujos feitos divinamente abençoados ela remonta, o senso de história: estes são os traços característicos do conservadorismo que repousa sobre o otimismo social. Ele corresponde – e isso merece particular ênfase aqui – à mesma tendência da filosofia da natureza que fundamenta a realidade empírica sobre ideias transcendentes e, desse modo, busca a confirmação, e não a negação, da sua verdadeira condição de realidade.

Esse princípio conservador, que defende o Direito positivo e o Estado tal como são, e que até mesmo fortalece a sua validade e eficácia, é compreensível, portanto, mesmo sem uma motivação política. Não devemos, porém subestimar a significação dessa motivação, isto é, do interesse enfático dos que, direta ou indiretamente, governam o Estado, pela existência e pela aceitação mais ampla possível de tal filosofia jurídica e política. A ligação entre tal filosofia jurídica de Direito natural e a filosofia natural idealista, isto é, religioso-metafísica com tendências otimistas, faz que compreendamos por que os grupos governamentais invariavelmente favorecem uma concepção "idealista" do mundo. É um estranho fato a filosofia natural metafísico-dualista poder se manter com persistência impressionante a despeito do seu crescente choque com o rápido progresso das ciências naturais. Este fenômeno só pode ser adequadamente explicado se for levado em conta o interesse político característico dos grupos governantes por uma filosofia "idealista".

Com o progressivo desenvolvimento das ciências naturais, as ideias transcendentes da filosofia natural – como assinalamos – devem mudar ou transformar-se em fórmulas vazias; de modo semelhante, no domínio da filosofia jurídica, o Direito natural deve se tornar uma réplica mais ou menos fiel do Direito positivo ou, quando não mais pode cumprir o seu fim porque foi assim "desmascarado", deve também se esvanecer em fórmulas vazias que se ajustam a qualquer ordem jurídica, não entram em conflito com nenhuma e justificam todas. Da metafísica formalizada e de tal teoria de Direito natural está-se a apenas um passo, e bem curto, de uma teoria jurídica e política inteiramente diversa, que descarta completamente o dualismo metafísico.

i. O tipo conciliador do dualismo metafísico

Antes de tentarmos esboçar o padrão básico desta filosofia, devemos considerar o terceiro tipo que ainda é possível dentro do dualismo metafísico. Ele se caracteriza pela tentativa de encontrar um meio-termo entre as formas pessimista e otimista de dualismo metafísico. O seu fim é uma conciliação entre os dois extremos. Portanto, ele assume características de ambas as filosofias entre as quais busca se interpor. O seu retrato total não é, absolutamente, unificado, mas, antes, consideravelmente contraditório, por causa desse caráter conciliador que, logo de início, o distingue da intransigência dos outros dois. Trata-se, mais uma vez, da base de um dualismo metafísico do "aqui" empírico e do "além" transcendental. A sua filosofia natural não possui qualquer nota distintiva. Embora se ajuste mais ou menos ao otimismo dualista, ele o modifica, percebendo com mais força o conflito entre a ideia pura e a realidade indistinta, entre o espírito divino, perfeito, e o espírito humano, imperfeito; ele, portanto, tem menos confiança na sua capacidade de captar a verdade divina no domínio da experiência através do espírito humano. Impregna-o certo ceticismo, embora, ao contrário do pessimismo dualista, ele não perca completamente a esperança da possibilidade da compreensão humana e não acredite no vazio e na vaidade de todas as coisas terrenas.

A peculiaridade, e também a significação histórica, desse tipo de conciliação não se encontra tanto no campo da filosofia natural (que ele nem ao menos precisa desenvolver) quanto no da ética e, em particular, da filosofia jurídica e política. Ele também parte da concepção de uma ordem divino-natural acima do Direito positivo do Estado. Aqui, novamente, ele percebe com mais força o otimismo social, o conflito entre ideal e realidade, entre justiça e Direito. É característico do tipo de personalidade correspondente a esse otimismo dualista particular que ele sofra esse conflito. E como ele enfrenta esse dilema? A resposta a esta questão revela a falta de um pensamento homogêneo, coerente e direcionado dentro desse tipo de sistema. Neste ponto nos tornamos mais conscientes que nunca da sua correspondência com o temperamento dos homens que desenvolvem o sistema. Mais intensamente que nunca, percebe-se que por trás de cada "livro" existe um homem com os seus conflitos.

j. O tipo conciliador: personalidade e metafísica

As duas variedades de dualismo metafísico desenvolvidas acima podem ser atribuídas ao pessimismo de uma consciência de si, ou autoconsciência reduzida, e ao otimismo de uma autoconsciência elevada. Pode-se supor, então, que o sistema de filosofia jurídica e natural que mantém o equilíbrio entre os dois extremos através de uma conciliação corresponde ao tipo de personalidade que, de modo similar, vacila entre o autodesprezo pessimista e a vaidade otimista, cujo pêndulo espiritual algo instável oscila ora numa, ora em outra direção, e que, portanto, anseia, acima de tudo, pelo equilíbrio, pela paz do espírito. O seu ânimo básico é de uma nobre resignação, que não resulta nem da fraqueza constitucional, nem da covardia correspondente, e que procura manter-se tão longe quanto possível tanto do desespero exaltado e do ódio violento, quanto do amor cego e da esperança avassaladora. Ele não fecha os olhos ao fato de que este não é o melhor dos mundos possíveis; ele encara os fatos com firmeza; a sua razão, não mais fraca que o seu sentimento, é forte o suficiente para não ser ludibriada pelos seus desejos e interesses. Portanto, ele percebe que o Direito positivo e a ordem do Estado têm graves deficiências que os fazem parecer quase insuportáveis. Mas ele não compartilha a reação do pessimismo diante desse discernimento, que o otimismo absolutamente se recusa a encarar. Ele está simplesmente decidido a aceitar o mundo tal como ele é e a suportá-lo bravamente, a despeito de toda a aflição que comporta. Isso significa que é preciso agir de acordo com comandos, especialmente do Direito positivo e da autoridade política, assim como de acordo com as normas válidas de legisladores competentes, mesmo quando elas parecem injustas. E enquanto se procura suportar este mundo, o mundo torna-se suportável durante o processo. Quem quer que se submeta a ele descobre que ele não é tão mau quanto parecia, que, por baixo dos seus aparentes defeitos, rigores e injustiças, jaz escondido algo do certo, do bom e justo, quer se julgue que os seus males são devidos à própria culpa, quer se aprenda a compreendê-los como castigos por tal culpa. O mundo empírico e sobretudo o social são interpretados como relativamente bons porque não são absolutamente maus. Porque bem e mal, justo ou injusto, são transformados em termos relativos, ocorre uma mudança bastante significativa neste sistema. No corpo da teoria política e jurídica, ela é expressa pela doutrina do Direito natural relativo. Também o tipo conciliador esforça-se para reconhecer o Direito positivo como justo e, portanto, como Direito natural, precisamente como no sistema do otimismo social. Ainda assim, o discernimento crítico da condição concreta desse Direito não permite que ele seja justificado de modo geral recorrendo-se ao Direito natural. Introduz-se um estágio intermediário, por assim dizer, entre a ideia e a realidade. Introduz-se a ideia de um Direito natural relativo entre o Direito natural absoluto da justiça divina e a obra humana imperfeita do Direito positivo, a ideia de um Direito natural ajustado às circunstâncias particulares e, especialmente, à impropriedade da natureza humana, um Direito natural secundário abaixo do Direito natural primário. A partir deste estágio, é mais fácil justificar o Direito positivo que a partir do mais alto estágio na pirâmide de valores. Evidentemente, este relativismo, que corresponde ao esforço pela conciliação e à tendência ao ceticismo, choca-se com as bases metafísicas deste sistema que ainda se agarra ao dualismo e culmina no pressuposto de uma verdade absoluta, de um valor absoluto. O absoluto não tolera gradações; é o perfeito "ou isto, ou aquilo". A concepção de que o bem absoluto é a extremidade de uma série de valores, cuja extremidade oposta é o mal absoluto, é, na verdade, uma rejeição do absoluto. Isto é verdade não só porque tanto o bem quanto o mal são transpostos para a distância infinita e, desse modo, abandonados como inacessíveis à ação e à cognição, mas também porque qualquer posição empírica entre esses extremos surge simultaneamente como boa e má. Isso é possível apenas se bom e mau forem tomados como meramente relativos ou caso se torne quantitativa a sua posição. No entanto, a adesão a um princípio fundamental único não pode constituir a força de uma doutrina que busca servir de mediação entre opostos. Tal doutrina preocupa-se não tanto com uma solução radical de um problema insolúvel, mas antes com um modo decente de evitá-lo. Mas existe um caminho que leva desta atitude de conciliação e relativismo quase cético à rejeição do dualismo metafísico, uma solução à qual já nos referimos.

k. O tipo conciliador: a sua atitude jurídico-política. Conciliação e posição evolucionária

O adepto de tal filosofia de conciliação resignou-se ao presente, especialmente às condições sociais conhecidas. Ele não as considera absolutamente tão más a ponto de terem de ser negadas epistemologicamente ou destruídas politicamente, como o dualista pessimista está inclinado a exigir. A sua atitude, que aprova o mundo em geral e o Direito positivo do Estado conhecido, em princípio, é hostil a qualquer revolução. Como não está perfeitamente satisfeito com o presente como o otimista social, o conciliador não nutre tanta desconfiança pelo futuro quanto aquele; ele não se opõe a toda a mudança das condições existentes; ele não é extremamente conservador. Ele considera as condições existentes como passíveis de melhoria; ele acredita na possibilidade de uma evolução rumo a estágios mais elevados e não rejeita mudanças necessárias. Ao mesmo tempo, ao contrário do utópico revolucionário de tipo pessimista, ele não acredita num paraíso futuro que é *toto coelo* diferente do inferno do presente. O seu relativismo, com a sua simpatia pela ideia de desenvolvimento gradual, torna isso impossível. Ele procura antes a concretização do ideal social no passado. Ele é por demais crítico e consciencioso para dar a si mesmo o fardo de uma promessa de uma esperada era de ouro. Portanto, um paraíso colocado no início dos tempos é particularmente característico dele. "Era uma vez" – este adorável conto desempenha um papel proeminente no seu sistema. Não se trata da expressão de um sonho sem esperanças de uma felicidade permanentemente sepultada, perdida para sempre. A lenda de um tempo em que os deuses andavam entre os homens ou lhes falavam diretamente é, para ele, antes o símbolo consolador da possibilidade de reconciliação entre o terreno e o celestial. Esta imagem da *aurea aetas* não é contrastada, como no sistema do revolucionário utópico, com a imagem de uma futura sociedade perfeita que só poderia surgir das ruínas de um presente tão consumadamente mau que deve, por isso mesmo, ser destruído. Nem é a concretização do ideal social no passado retratada como separada do presente por um golfo intransponível, como o faria o sistema do idealismo pessimista. Pelo contrário, faz-se uma tentativa de encontrar uma ponte que conduza do passado feliz ao presente feliz revelando que todos os elementos essenciais da ordem existente podem ser encontrados, pelo mesmos na sua forma germinal, no paraíso primevo da humanidade. É particularmente nesta versão, que pertence ao tipo conciliador de sistema, que a suposição de uma era de ouro ou estado original de inocência humana paradisíaca ganhou a sua maior significação para a teoria do Direito natural. Precisamente nesta forma ela torna possível uma justificação da ordem positiva do Estado.

B. A FILOSOFIA CIENTÍFICO-CRÍTICA

a. O fim do dualismo metafísico

O dualismo metafísico-religioso de céu e terra, Deus e mundo, é superado quando o homem, especialmente através do avanço da ciência empírica, encontra a coragem para rejeitar o domínio do transcendente, que está além da sua experiência, por ser uma hipótese incognoscível, incontrolável e, portanto, cientificamente inútil. A confiança no vigor dos seus próprios sentidos e da sua razão tornou-se agora forte o suficiente para restringir a sua visão científica do mundo à realidade empírica. Não podemos aqui examinar as várias formas de transição que levam de um sistema a outro. Poder-se-ia destacar o sistema panteísta, que coloca Deus no mundo, por ser o que desempenha um grande papel na história da teoria do Direito natural. O retrato típico de uma filosofia que procura libertar-se de toda a metafísica só pode ser esboçado aqui na medida em que sirva para elucidar o paralelo de uma doutrina jurídica e política emancipada de toda a teoria do Direito natural.

A filosofia aqui descrita como científica rejeita o dualismo metafísico, isto é, qualquer enunciado sobre um objeto além da experiência. Isto não é feito sobre o pressuposto de que a tendência especificamente metafísica, que tem objetivos além deste limite, seja inteiramente desprovida de fundamento. Mesmo uma filosofia livre da metafísica e baseada apenas na experiência científica deve permanecer consciente do segredo eterno que rodeia o mundo da experiência por todos os lados. Apenas cegueira ou ilusão poderiam se atrever a negar o enigma do universo ou declará-lo solucionável cientificamente. A atitude do tipo filosófico ideal em discussão, o único que merece ser chamado "científico", é parar diante do enigma final, que ele reconhece livremente, porque tem consciência das limitações do saber humano. Trata-se de uma autodisciplina da mente humana que tem consciência tanto do seu vigor quanto das suas insuperáveis limitações. O adepto desta perspectiva filosófica não sabe se as coisas deste mundo e as suas relações são "realmente" como os seus sentidos e a sua razão os representam, e, no entanto, ele recusa qualquer especulação sobre as ideias ou arquétipos dessas coisas, das "coisas em si", como sendo infrutíferas e vãs. Não obstante, ele mantém este conceito da "coisa em si" como um símbolo, por assim dizer, dos limites da experiência. Ele se considera incapaz de perder-se no além e, portanto, sem o direito de fazê-lo. A "coisa em si" é, para ele, não a expressão de uma realidade transcendente, mas o impasse no processo infinito da experiência. Ele não pode rebaixar os dados da experiência à condição de meros "fenômenos" e tirar a realidade deste mundo, que se tornaria, então, simplesmente, um mundo de aparência. Porque o mundo, tal como ele se nos apresenta, porque não existe e não pode existir nenhum outro para nós, é o único mundo, e, portanto, o único real.

**b. A epistemologia da perspectiva científica;
o seu fundamento psicológico**

A teoria da imagem do conhecimento cai com o dualismo metafísico. A cognição não pode ser apenas passiva na relação com os seus objetos; ela não pode se restringir a refletir coisas que, de certa forma, são conhecidas em si mesmas, que existem numa esfera transcendente. Tão logo deixamos de acreditar que tais coisas possuem uma existência transcendente, independente da nossa cognição, a cognição deve assumir um papel ativo, produtivo, na relação com os seus objetos. A própria cognição cria os seus objetos a partir de materiais fornecidos pelos sentidos de acordo com as suas leis imanentes. É esta conformidade às leis que garante a validade objetiva dos resultados do processo de cognição. É fato que os julgamentos ontológicos não se pretendem ser verdade absoluta; porque eles não mais se sustentam sobre a sua relação com um absoluto transcendente. A verdade afirmada dentro do sistema nunca é mais que uma verdade relativa, e ela surge, portanto, em comparação com a verdade metafísico-absoluta, como uma verdade meramente formal. Pode parecer que uma cognição que produz os seus próprios objetos só pode reivindicar validade subjetiva para os seus julgamentos, de fato, se deixarmos de fundamentar a verdade num domínio transcendente, acima de toda cognição humana, corremos o risco de cair no poço sem fundo do subjetivismo, num solipsismo sem limites. O nosso tipo evita este perigo pela ênfase constante sobre um saber que cria os seus objetos em conformidade com leis e que considera a demonstração desta conformidade como uma das suas principais tarefas. Em lugar de especulação metafísica, temos uma determinação das leis, isto é, das condições objetivas sob as quais ocorre o processo de cognição. O homem pode penetrar até este ponto e não mais na sua luta para além da esfera da ciência empírica material. Uma teoria crítica do conhecimento toma o lugar da metafísica, o "transcendental" (no sentido da filosofia de Kant), o lugar do transcendente. No entanto, esta filosofia também é dualista; só que ela não mais repousa num dualismo metafísico, mas num dualismo epistemológico, crítico. Em contraste com a metafísica, podemos chamá-la filosofia da crítica.

    Ao caracterizar o tipo de personalidade que corresponde a esta atitude antimetafísica, crítica, podemos supor que nela prevalecem a energia intelectual e uma luta por conhecimento. Ela está mais interessada em compreender este mundo, em experimentá-lo por meio do saber, do que em captá-lo com a vontade e modelá-lo, romodelá-lo ou até mesmo governá-lo de acordo com anseios que tendem a gratificar desejos instintivos. O componente racional da consciência é mais forte que o emocional. A fonte espiritual de que se nutre toda a especulação metafísica, a imaginação veleidosa, flui aqui, onde predomina uma razão cética, apenas de modo parcimonioso. O contraste entre otimismo e pessimismo não é mais aplicável a este tipo. Porque os retratos que tanto o otimista quanto o pessimista fazem do mundo são, antes de mais nada, determinados pelo efeito sobre as suas volições e anseios, sobre os seus interesses. No entanto, o tipo de filosofia científica, crítica, caracteriza-se primeiramente pelo empenho compulsório de manter o conhecimento livre das influências que muito facilmente se originam dos desejos e interesses subjetivos. Por existir neste caso um equilíbrio entre a renúncia e a vaidade, pode-se fazer um esforço para eliminar o eu do processo de cognição. O ideal de objetividade emerge como dominante. Portanto, encontramos o predomínio do lógico e a tendência ao relativismo. A ideia do absoluto tem as suas raízes mais no domínio da volição que no da cognição.

c. O positivismo jurídico; Direito e poder

Esta é a base filosófica e psicológica da teoria jurídica que rejeita seriamente o pressuposto de um Direito natural e é chamada positivismo jurídico. O seu caráter epistemológico pode ser aqui traçado nos seus elementos essenciais. Enquanto o positivismo recusa qualquer especulação jusnaturalista, ou seja, qualquer tentativa de reconhecer um "Direito em si", ele se restringe a uma teoria do Direito positivo. Desse modo, o Direito positivo é tomado unicamente como um produto humano, e uma ordem inacessível não é, de modo algum, considerada necessária à sua justificação. Ao mesmo tempo, não se reivindica nenhum valor absoluto para o Direito. Ele é considerado como possuindo uma validade inteiramente hipotético-relativa, a qual já foi examinada acima num contexto diferente. O caráter hipotético-relativo do Direito não impede que se conceba o Direito positivo como um sistema de normas de "dever ser" válidas. O positivismo jurídico recusa-se a considerar o Direito positivo como um mero complexo de fatos empíricos e o Estado como nada mais que um agregado de relações concretas de poder. Ele difere do anarquismo individualista, do anarquismo sem ideal, que vê a suposta validade objetiva e normativa da ordem político-jurídica como uma mera ficção ou ideologia, assim como a filosofia natural crítica rejeita o solipsismo subjetivo análogo. Do ponto de vista do positivismo jurídico, apenas o Direito natural é visto como tal ideologia. O sistema do positivismo jurídico rejeita a tentativa de deduzir, a partir da natureza ou da razão, normas substanciais que, estando além do Direito positivo, podem lhe servir de modelo, uma tentativa eternamente bem-sucedida apenas de modo aparente e que termina em fórmulas que apenas aparentam ter um conteúdo. Ao contrário, ele examina deliberadamente os pressupostos hipotéticos de todo o Direito que é positivo e, em substância, infinitamente variável, isto é, as suas condições meramente "formais". Já nos deparamos com a norma fundamental que, do ponto de vista do positivismo jurídico, constitui o pressuposto final e base hipotética de qualquer ordem jurídica e que delega a autoridade legisladora suprema. Assim como os princípios lógicos transcendentais da cognição (no sentido de Kant) não são leis empíricas, mas simplesmente as condições de toda a experiência, a própria norma fundamental não é uma regra jurídica positiva, um estatuto positivo, porque não foi feita, mas, simplesmente, pressuposta como a condição de todas as normas jurídicas positivas. E, assim como não se pode conhecer o mundo empírico a partir dos princípios lógicos transcendentais, mas, simplesmente, por meio deles, o Direito positivo não pode ser derivado da norma fundamental, mas apenas ser compreendido por meio dela. O conteúdo da norma fundamental, isto é, do fato histórico particular qualificado pela norma fundamental como o fato legislativo original, depende inteiramente do material a ser tomado como Direito positivo, da riqueza dos atos empiricamente conhecidos que se pretendem subjetivamente como atos jurídicos. Em termos objetivos, eles são válidos apenas em virtude da sua relação com o ato fundamental que, graças à norma fundamental, é pressuposto como o fato legislativo original. Para ser positiva, portanto, qualquer ordem jurídica tem de coincidir até certo ponto com a conduta humana concreta que ela busca regular. A possibilidade de atos que violem a ordem jurídica nunca pode ser inteiramente excluída; até certo ponto, eles sempre ocorrerão. Uma ordem destituída de conflito com a conduta efetiva seria possível apenas caso ela se restringisse a prescrever como norma apenas o que efetivamente ocorre ou ocorrerá. Tal ordem seria, como ordem normativa, destituída de sentido. A tensão entre a norma e a existência, entre o "dever ser" e o "ser", não deve descer além de certo grau mínimo. O contraste entre a norma jurídica e a correspondente efetividade da existência social não deve, por outro lado, ir além de certo grau máximo. A conduta efetiva não deve contradizer completamente a ordem jurídica que a regula. É possível expressar isso também de outro modo: a norma fundamental só pode estabelecer uma ordem jurídica cujas normas são, de uma maneira geral, cumpridas, de modo que a vida social se conforme, de uma maneira ampla, à ordem jurídica fundamentada na norma hipotética. O jurista positivista, quando estabelece a norma fundamental, é guiado pela tendência de reconhecer como Direito objetivo o maior número possível de atos empiricamente conhecidos que devem ter como significado subjetivo atos jurídicos. Estes atos – criadores e executores de Direito – constituem a chamada realidade histórico-política. Assim, a norma fundamental significa, em certo sentido, a transformação de poder em Direito.

d. A doutrina jusnaturalista lógico-transcendental. A indiferença política do positivismo jurídico

Já assinalamos que a função da norma fundamental é não apenas reconhecer o material historicamente conhecido como Direito, mas também compreendê-lo como um todo significativo. Deve-se admitir francamente (e isso já foi estabelecido) que tal feito não seria possível por meio do positivismo puro, isto é, por meio do princípio dinâmico de delegação tal como expressado na norma fundamental do Direito positivo. Com o postulado de uma ordem significativa, isto é, não contraditória, a ciência jurídica ultrapassa a fronteira do positivismo puro. Abandonar este postulado acarretaria, ao mesmo tempo, o autoabandono da ciência jurídica. A norma fundamental foi aqui descrita como a pressuposição essencial de qualquer cognição jurídica positivista. Caso se deseje considerá-la como elemento de uma doutrina de Direito natural, a despeito de sua renúncia a qualquer elemento de justiça material, pouca objeção se pode fazer; na verdade, tão pouca objeção quanto se pode opor caso se queira chamar metafísicas as categorias da filosofia transcendental de Kant por não serem elas dados da experiência, mas condições da experiência. O que está envolvido, simplesmente, é, lá, um mínimo de metafísica, e aqui, de Direito natural, sem os quais não seria possível nem uma cognição da natureza, nem do Direito. A norma fundamental hipotética responde à questão: como é possível o Direito positivo como objeto de cognição; como é possível o Direito positivo como objeto de ciência jurídica; e, consequentemente, como é possível uma ciência jurídica? A teoria da norma fundamental pode ser considerada uma doutrina de Direito natural em conformidade com a lógica transcendental de Kant. Ainda permanece a enorme diferença que separa, e deve sempre separar, as condições transcendentais de todo o conhecimento empírico e, consequentemente, das leis vigentes na natureza, por um lado, e da metafísica transcendente além de toda a experiência, por outro. Existe uma diferença semelhante entre a norma fundamental, que apenas torna possível a cognição do Direito positivo com uma ordem significativa, e uma doutrina de Direito natural que propõe estabelecer uma ordem justa além e independente de todo o Direito positivo. É a diferença entre filosofia crítica e especulação subjetiva[2]. Portanto, é preferível chamar esta teoria de Direito positivo, que tem consciência dos seus pressupostos e limitações, de positivismo crítico.

Assim como a filosofia crítica da natureza busca, antes de mais nada, conformar-se ao postulado da objetividade, o ideal do positivismo jurídico é manter a teoria do Direito positivo livre da influência de qualquer tendência política ou, o que redunda no mesmo, de qualquer julgamento subjetivo de valor. A pureza do seu conhecimento, no sentido de indiferença política, é o seu objetivo característico. Isso significa que ele aceita a ordem jurídica conhecida sem avaliá-la como tal, e que se esforça para ser o menos tendencioso na apresentação e na interpretação do material jurídico. Ele sobretudo se recusa a apoiar quaisquer interesses políticos sob o pretexto de interpretar o Direito positivo ou de fornecer a sua necessária correção através de uma norma de Direito natural, fingindo que tal norma é Direito positivo, quando, na realidade, ela está em conflito com ele. Exatamente do mesmo modo, o positivista crítico permanece consciente de quanto do conteúdo da ordem jurídica com a qual ele se ocupa é o resultado de esforços políticos. A questão quanto à origem do conteúdo da ordem jurídica positiva, quanto aos fatores que causaram esse conteúdo, está além desta cognição, que está limitada ao sistema conhecido das normas jurídicas positivas na sua qualidade de "dever ser". Caso se levante a questão, a resposta encontra-se neste

---

2. A metafísica, quando deseja deixar o domínio da imaginação subjetiva, ingressa no dogmatismo da religião revelada; a especulação jusnaturalista, quando procura por certeza em algum lugar, desemboca em normas jurídicas positivas, constituídas sob a autoridade de uma Igreja, isto é, uma organização de poder, que afirma representar uma ordem com uma validade superior à do Direito do Estado, cuja esfera ela limita ou cujo conteúdo ela, de certo modo, determina. Ordinariamente, estas normas eclesiásticas apresentam-se como Direito natural, mesmo que apenas para demonstrar a sua superioridade sobre o Direito positivo do Estado. Na realidade, elas são apenas Direito positivo, assim como a Igreja é apenas um tipo particular de Estado. O paralelo entre a religião revelada e o Direito positivo é evidente. O anseio por objetividade impõe a positividade.

discernimento nem um pouco frutífero: toda a ordem jurídica que possui o grau de eficácia necessário para se tornar positiva é, mais ou menos, uma solução de compromisso entre grupos de interesses conflitantes na sua luta pelo poder, nas suas tendências antagônicas para determinar o conteúdo da ordem social. Esta luta por poder apresenta-se invariavelmente como uma luta por "justiça"; todos os grupos em luta usam a ideologia do "Direito natural". Eles nunca apresentam os interesses que procuram concretizar como sendo meros interesses de grupos, mas como sendo o interesse "verdadeiro", "comum", "geral". O resultado desta luta determina o conteúdo temporário da ordem jurídica. Esta é, tão pouco quanto as suas partes componentes, a expressão do interesse geral, de um "interesse" superior "do Estado", acima dos interesses de grupo e além dos partidos políticos. Ademais, este conceito do "interesse do Estado" dissimula a ideia de um Direito natural como justificativa absoluta da ordem jurídica positiva personificada como Estado. A concepção de uma ordem que concretiza o interesse "comum" ou "geral" e constitui uma sociedade perfeitamente solidária é idêntica à utopia do Direito natural puro. O conteúdo da ordem jurídica positiva nada mais é que a conciliação de interesses conflitantes, que não deixa nenhum deles completamente satisfeito ou insatisfeito. Ele é a expressão de um equilíbrio social que se manifesta na própria eficácia da ordem jurídica, no fato de que esta é estabelecida de modo geral e não encontra nenhuma resistência séria. Nesse sentido, o positivismo crítico reconhece toda ordem jurídica positiva como uma ordem de paz.

e. O ideal de justiça torna-se um padrão lógico

Se, como estabelecido acima, a função da norma fundamental hipotética é dar ao material jurídico empírico a forma de uma ordem significativa, não contraditória, o resultado do positivismo jurídico parece se aproximar consideravelmente do objetivo da doutrina do Direito natural. Não é decisivo que ambos forneçam uma base para o Direito positivo; o positivismo, direta e conscientemente, a doutrina do Direito natural, indireta e, na maioria das vezes, inconscientemente. O ponto decisivo é este: todos os esforços da doutrina do Direito natural para determinar uma medida absoluta de valor para o Direito positivo, para definir a justiça como o seu arquétipo, convergem, em última análise, para a ideia de uma ordem formal, para a ideia de um sistema não contraditório, para uma fórmula que, em outras palavras, é irreconciliável com qualquer Direito positivo. O ideal de justiça não tem, essencialmente, nenhum outro significado que não a norma fundamental hipotética com a função de constituir o material jurídico empírico como ordem.

A ideia de igualdade, por exemplo, que os adeptos do Direito natural afirmam com mais frequência como sendo a essência da justiça, o princípio de que coisas iguais devem ser tratadas igualmente ou, em outras palavras, que iguais têm merecimentos iguais, *suum cuique*, não proclama nada mais que o princípio lógico de identidade ou o princípio de contradição. Ela nada mais comunica além de uma ideia de ordem, de unidade dentro do sistema. Um exame do tratamento conceitual do princípio de igualdade pelos teóricos do Direito natural, que nele encontram a essência da justiça, demonstra que eles nunca foram capazes de determinar o que ou quem é igual. Tem-se sustentado simplesmente que se A se iguala a B ambos devem ser tratados igualmente. Como, na realidade, não há dois indivíduos perfeitamente iguais, a igualdade como princípio de justiça significa que certas diferenças entre os indivíduos devem ser consideradas irrelevantes. A questão, porém, de saber se, em dado caso, A e B são ou não iguais, ou seja, quais as diferenças irrelevantes efetivamente existentes entre A e B, não pode ser respondida pela doutrina do Direito natural. A resposta é dada exclusivamente pelo Direito positivo. O princípio de igualdade como princípio de justiça implica apenas que, se A deve ser tratado de certo modo, e B é igual a A, conclui-se que B deve ser tratado do mesmo modo. Do contrário, haveria uma contradição lógica; o princípio de identidade seria violado, e a ideia da unidade do sistema, destruída. Reduzir a ideia de justiça à ideia de igualdade ou unidade significa, nada mais, nada menos, que a substituição do ideal ético pelo ideal lógico. Significa a racionalização da ideia originalmente irracional de justiça, a "logificação" de uma ideia originalmente estranha ao *logos*. É o resultado inevitável de uma tentativa de transmutar a justiça, um valor de volição e ação, num problema de cognição que, necessariamente, está sujeito ao valor da verdade, isto é, à ideia de uma unidade não contraditória.

Como a doutrina de Direito natural chega, no fim, ao mesmo ponto que o positivo crítico, este último poderia ser induzido a adotar uma atitude afirmativa em relação ao problema da justiça. A doutrina do Direito natural afirma, com toda a ênfase concebível, que existe uma justiça absoluta acima do Direito positivo; ainda assim, ela não pode produzir mais do que a ideia formal de ordem ou igualdade. Nestas circunstâncias, o positivismo crítico, que não tem de ser mais real que o rei, pode afirmar que também captou a essência da justiça na sua norma fundamental, a qual constitui o Direito positivo como ordem não contraditória, especialmente caso se compreenda o Direito positivo, por meio da sua norma fundamental, como uma ordem de paz. Isso é uma tentação, particularmente para o presente, com a sua sede de *pathos* metafísico. Não obstante, embora possa ser mais gratificante dar uma resposta falsa à busca eterna de justiça pela humanidade que não dar resposta alguma, o positivismo crítico renunciou a tal vantagem. Como ciência, ele está, antes de mais nada, preocupado com o valor cognitivo. O dever de veracidade compele-o a afirmar que a concepção científica de justiça nada tem em comum com o ideal ao qual a volição original aspirava. O problema real foi alterado pelo truísmo de que iguais requerem tratamento igual. A resposta à pergunta principal, saber o que ou quem são iguais, isto é, o conteúdo da ordem justa, é pressuposta tacitamente. A solução do problema de saber quais diferenças entre os indivíduos são irrelevantes tem de ser determinada pelo legislador positivo. Assim, confirma-se a antiga verdade de que a ciência não tem capacidade e, portanto, não tem direito de oferecer julgamentos de valor. Isso se aplica igualmente à ciência do Direito, mesmo que ela seja considerada uma ciência de valores. Como todas as ciências de valores, ela consiste em compreender normas, mas não pode criá-las[3]. A cognição, na forma de ciência natural, não pode produzir o material empírico, pode apenas elaborar, a partir do material dado pelos sentidos, um objeto específico. No campo da ciência jurídica, ela não pode propriamente produzir valores materiais; pode apenas estabelecer os valores e os atos de valoração dados pela volição como um objeto específico, um sistema não contraditório de normas. É irrelevante para a busca da ideia original de justiça que, uma vez estabelecida uma ordem, ela exija a conformidade daqueles a quem se aplica. Ainda assim, a ideia de igualdade formal não exige mais. Do ponto de vista da justiça material, importa apenas o conteúdo que a ordem deve ter para ser justa. Mesmo a ordem jurídica menos contraditória e a concretização mais perfeita da ideia de igualdade podem constituir uma condição de suprema injustiça. Mesmo uma ordem de paz pode não ser mais que isso. "Paz" não tem de significar "justiça", nem mesmo no sentido de uma solidariedade de interesses. É possível que apenas um grupo esteja interessado na "paz", a saber, aquele cujos interesses são melhor preservados por esta ordem que os interesses de outros grupos. Estes outros grupos também podem deixar de violar a ordem. Eles podem manter o estado de paz não apenas porque o considerem justo, mas porque, em vista da sua própria fraqueza, devem se satisfazer com o mínimo de proteção que esta ordem oferece aos seus interesses. A ânsia por paz significa, via de regra, uma renúncia ao ideal original de justiça. No entanto, qualquer concepção de justiça obtida pela cognição justificará qualquer estado de paz tal como constituído por qualquer ordem que seja e, consequentemente, por qualquer ordem de Direito positivo. Esta é a raiz mais profunda, independente de todas as

---

3. Por esse motivo, o positivismo decididamente rejeita a doutrina específica da ciência jusnaturalista como fonte de Direito.

tendências políticas, da função conservadora da filosofia jurídica como doutrina de justiça.

Assim que a justiça se torna o seu objeto, a cognição, em virtude da sua tendência imanente, não tem como deixar de desnaturar o ideal ético de justiça para a ideia lógica da ordem como unidade não contraditória de sistema, uma concepção totalmente estranha àquele ideal. Não obstante, a ciência sempre persistirá em tentar responder à questão da justiça, e a política sempre insistirá em exigir da ciência a resposta a esta questão. Na verdade, a cognição, isto é, a ciência ou filosofia do Direito, enquanto finge prescrever a justiça à volição, isto é, ao poder, irá, no final, subsequentemente, legitimar o produto do poder declarando como justo o Direito positivo. É precisamente este uso indevido da cognição que o positivismo crítico deseja evitar.

f. O método do tipo ideal

Os tipos filosóficos da discussão precedente são tipos ideais. Eles foram elaborados a partir de um ponto de vista particular, a saber, o da correspondência de uma visão do universo e de uma filosofia de vida, da filosofia natural e da social. Isso contribui, desde o início, para certa unilateralidade do esquema. Não é de surpreender que nenhum dos sistemas filosóficos concretos da história intelectual se ajuste completamente ao nosso esquema. Assim como não existe nenhum homem vivo que seja a personificação de um tipo de personalidade, não importa como elaborado, nenhum pensador conhecido na história criou um sistema de filosofia natural ou social que correspondesse, em todos os pontos, aos nossos tipos ideais. Estes sistemas históricos apenas exibem uma tendência maior ou menor para um tipo ideal. Este é o motivo por que o método do tipo ideal é tão questionável na opinião de tantos. Todavia, ele tem a virtude dos seus vícios, caso não percamos de vista o seu verdadeiro caráter. Melhor que qualquer descrição filosófico-jurídica concreta, ele demonstra o importante paralelo entre os problemas da filosofia natural e da filosofia social e a possível ligação entre as suas respectivas soluções. E isto é de particular importância para nós. Importa menos, em comparação, que a realidade não corresponde sempre a esta possibilidade, se ao menos a tendência real puder ser adequadamente interpretada com o auxílio do esquema ideal. Deve-se lembrar, em particular, que a ligação entre a filosofia natural e a social do mesmo indivíduo pode ser perturbada por vários fatores, e que, sob certas circunstâncias, pode até mesmo ser completamente rompida. É aqui que a posição social do pensador desempenha um importante papel; a sua condição de membro de uma classe e o seu respeito consciente ou inconsciente pelos poderes constituídos, em especial pelas autoridades políticas da sua sociedade: tudo isso é significativo. Não é impossível que um caráter filosófico básico, tal como o do dualismo pessimista, se manifeste na filosofia natural de modo mais nítido que na filosofia moral, já que, nesta última, a sua manifestação poderia se deparar com vários obstáculos externos bastante sérios. Na filosofia política e jurídica, por exemplo, tal caráter pode, até mesmo, mudar de ideia. Por outro lado, é inegável que a posição de um pensador na filosofia política e jurídica – mesmo tal como determinada pelas circunstâncias externas – influencia a sua metafísica e a sua epistemologia. Num sentido até certo ponto diferente do significado original, poder-se-ia de fato falar aqui de uma primazia da razão prática sobre a teórica. Mas existem outros fatores importantes para a formação de uma filosofia social e, sobretudo, de uma filosofia política e jurídica, que são fortes o suficiente para redirecionar e até mesmo obstruir a orientação proveniente de uma dada visão do universo. O mais forte incentivo à adoção de uma atitude diretamente oposta a uma orientação profundamente enraizada na personalidade pode se achar onde estão implicadas as relações mútuas dos indivíduos e, com elas, o lugar do Direito e da autoridade política; ambos afetam profundamente os interesses pessoais do pensador. É mais do que provável que tal abandono da orientação original ocorra sob certas circunstâncias, especialmente no caso de naturezas nobres e orgulhosas.

Por fim, pode-se não ser capaz de estabelecer tal ligação entre a filosofia natural e a ética no caso de um pensador particular, por ter ele desenvolvido apenas uma filosofia natural, e não uma política e jurídica, possivelmente por motivos não relacionados a estes fatores. Ele também pode, desde o início, ter restringido o seu sistema à filosofia social, tal como se tem observado com bastante frequência em tempos recentes.

g. A concretização dos tipos ideais na história intelectual

Com todas estas reservas em mente, podemos agora tentar responder à questão quanto às doutrinas históricas concretas que mais intimamente correspondem aos nossos tipos ideais. O desprezo pelo mundo e a fuga dele inspiram o dualismo pessimista, cuja negação radical da realidade natural e do Direito positivo geralmente impedem a sua adoção, exceto como doutrina esotérica. Ele está, portanto, fora de cogitação para qualquer sistema que queira conseguir o apoio pelo menos da maioria das pessoas instruídas. Consequentemente, uma teoria jurídica e política que corresponda a este tipo pode ser de fato encontrada apenas em oposição à tendência dominante da doutrina do Direito natural, a qual, em todos os aspectos, se apresenta como a teoria do Direito natural do grupo ou classe dominante. O cristianismo primitivo e, mais tarde, o monasticismo ascético, assim como os ensinamentos de certas seitas, o liberalismo revolucionário, todos podem ser tomados como veículos dessa oposição, que expõe a ideia pura de Direito natural contra a realidade do dogma dominante. O anarcossocialismo revolucionário de nossos dias também exibe traços essenciais desta doutrina de Direito natural, pelo menos na medida em que é o parecer de uma minoria e uma oposição baseada em princípio[4].

---

4. Sobre a mudança que ocorre na teoria do liberalismo e do socialismo tão logo um ou outro se torna a ideologia de um grupo que governa ou se aproxima do governo, cf. meu estudo *Marx oder Lassalle* (1924), 1 ss.

Apenas o tipo do dualismo otimista está destinado a se tornar uma doutrina "vigente" que, serenamente, afirma a realidade da natureza, assim como da ordem conhecida da vida social. O mesmo vale para o tipo conciliador do dualismo resignado, cuja sabedoria final é submeter-se à realidade. O tipo otimista é desenvolvido de modo mais nítido na filosofia platônico-aristotélica, e a do tipo conciliador, no sistema estoico. Um dos fatos mais significativos na história intelectual da humanidade é o cristianismo ter evoluído, através do desenvolvimento paulino, de um tipo estritamente pessimista, primariamente no campo da filosofia política e jurídica, para um tipo conciliador, apoiando-se, em parte, na filosofia estoica. Quando este jovem e vigoroso grupo emergente do cristianismo paulino, recrutado, em boa parte entre as camadas mais inferiores do povo, resignou-se ao Estado romano com indiferença estoica, esta resignação tinha um aspecto um tanto quanto diferente do que motivou os ensinamentos dos seus modelos clássicos de Grécia e Roma. Não foi por acidente que a filosofia social do *Stoa* culminou na obra de um imperador romano; a sua resignação é o fruto de uma civilização que percorreu todas as fases de especulação filosófica e luta política, e que está protegida por certa fadiga de qualquer excesso de pessimismo ou otimismo. A resignação do cristianismo primitivo, embora concorde com a filosofia estoica, não é apenas, ou não tanto, o resultado da humildade religiosa; é antes o sintoma de uma vitalidade, tolhida por circunstâncias externas, e prudentemente propensa à cautela perante os poderes constituídos. Esta cautela é tanto mais fácil de ser exercida se for inspirada pela confiança de que o futuro pertence a uma força assim reservada. Consequentemente, tão logo a doutrina cristã conquistou esse Estado romano, com o qual havia primeiro aquiescido prudente e cautelosamente, ela mudou, do tipo conciliador para o do dualismo otimista, acrescentando à sua metafísica platônico-aristotélica uma teoria jusnaturalista perfeitamente harmonizante. Na doutrina do cristianismo protestante, essa mudança teve como resultado, especialmente no campo da teoria política e jurídica, um apogeu insuperável. Considerando a importância dominante que esta teoria protestante tem para a doutrina clássica do Direito natural dos séculos XVII e XVIII, não é coincidência que o ponto final no desenvolvimento de toda a doutrina do Direito natural também se encontre na linha que passa por este apogeu.

h. O idealismo crítico de Kant e o positivismo jurídico

O último dos tipos aqui desenvolvidos por nós, o qual, em contraste com o dualismo metafísico, foi descrito como dualismo crítico, tem obviamente as características da filosofia do idealismo crítico de Kant. No entanto, observar-se-á imediatamente que o sistema filosófico de Kant difere um tanto do nosso retrato ideal. Isso já ocorre no caso de sua filosofia natural. A luta que este gênio, apoiado pela ciência, moveu contra a metafísica, que lhe valeu o título de "destruidor de tudo", não foi efetivamente levada por ele até a conclusão final. Em caráter, ele provavelmente não era um lutador, mas, antes, alguém disposto a conciliar conflitos. O papel que a "coisa em si" desempenha no seu sistema revela muito de transcendência metafísica. Por esse motivo, não encontramos nele uma confissão franca e intransigente de relativismo, a consequência inevitável de qualquer eliminação real da metafísica. Uma emancipação completa da metafísica era provavelmente impossível para uma personalidade ainda profundamente enraizada no cristianismo como a de Kant. Isso se torna mais evidente na sua filosofia prática. É exatamente aqui, onde repousa a ênfase da doutrina cristã, que o dualismo metafísico desta invadiu completamente o seu sistema, o mesmo dualismo que Kant combateu com tanta persistência na sua filosofia teórica. Neste ponto, Kant abandonou o seu método de lógica transcendental. Esta contradição dentro do sistema do idealismo crítico já foi observada com frequência suficiente. Assim acontece que Kant, cuja filosofia de lógica transcendental estava proeminentemente destinada a fornecer o fundamento para uma doutrina jurídica e política positivista, permaneceu, como filósofo jurídico, na rotina da doutrina do Direito natural. Na verdade, os seus *Princípios da metafísica da ética* podem ser considerados como a mais perfeita expressão da doutrina clássica do Direito natural, tal como desenvolvida nos séculos XVII e XVIII com base no cristianismo protestante. Nenhuma tentativa de explicação deste fato deve deixar de notar o quão estritamente a teoria do Direito do dualismo metafísico otimista se aproxima de uma doutrina positivista do Direito e do Estado. Já vimos, alhures, que ambos se preocupam primeiro com a validade da ordem jurídica positiva e a autoridade do governo. De fato, esta doutrina não admite a validade de nenhuma outra ordem jurídica que não a positiva. Ela é distinguível do positivismo já a partir de seu modo de estabelecer a validade, que é absoluta num caso e apenas relativa no outro. Essencialmente, o positivismo se revela apenas ao descartar a ideologia particular que a teoria do Direito usa na sua justificação do Direito positivo.

Contudo, eliminar uma ideologia legitimadora é extremamente difícil, não apenas por motivos epistemológicos, mas também por motivos políticos; o anseio por uma fundamentação absoluta da ordem social conhecida é tão poderoso que mesmo a chamada teoria jurídica e política positivista dos séculos XIX e XX nunca renunciou completamente a ela, estando, portanto, às vezes completamente impregnada, embora de maneira não confessada, com elementos jusnaturalistas. Na época em que se pensava que o positivismo havia definitivamente derrotado a especulação jusnaturalista, na segunda década do século XX, foi deliberadamente inaugurado um movimento jusnaturalista. Ele coincidiu com um desvio da filosofia natural, da crítica kantiana para uma nova metafísica e um renascimento do sentimento religioso. O eterno movimento ondulatório do espírito humano, que o leva da auto-humilhação ou autoexaltação à eliminação do eu, do pessimismo ou otimismo ao ideal da objetividade, da metafísica à crítica do conhecimento e de volta, parece ter sido acelerado pela experiência avassaladora da Grande Guerra. Uma filosofia antimetafísica, científico-crítica, que tem a objetividade como ideal, como é o caso do positivismo jurídico, parece prosperar apenas em tempos relativamente calmos, em períodos de equilíbrio social. Os fundamentos sociais e, com eles, a autoconfiança do indivíduo foram profundamente abalados em nossa época. A maioria dos valores até então tidos como certos são questionados; o conflito entre grupos de interesses foi tremendamente intensificado e, com isso, a luta por uma nova ordem está em andamento. Em tais tempos, manifesta-se uma necessidade intensificada de uma justificação absoluta dos postulados propostos na luta. Se mesmo o indivíduo experimenta ingenuamente o seu interesse temporário como um "direito", quão mais não irão querer os grupos de interesse invocar a justiça na concretização das suas exigências! Antes que tivéssemos motivo para esperá-la, manifestou-se a reação que profetiza um renascimento da metafísica e, desse modo, da teoria do Direito natural.

Nesse momento da nossa história intelectual, o presente ensaio tenta explorar os fundamentos da teoria do Direito natural e do positivismo. Terá obtido sucesso se houver conseguido demonstrar que o contraste entre essas duas tendências elementares da ciência jurídica está enraizado nas profundezas últimas da filosofia e da personalidade, e que implica um conflito interminável.

5ª **edição** 2016 | **1ª reimpressão** junho de 2022 | **Fonte** TimesNewRomanPS
Papel Offset 75 g/m² | **Impressão e acabamento** EGB